30.

Georg Groddeck · Werke

GRODDECK
WERKE

Stroemfeld/Roter Stern

herausgegeben
im Auftrag
der
Georg Groddeck-Gesellschaft

Ein Kind der Erde

Roman von Georg Groddeck

herausgegeben von Galina Hristeva

Bibliografische Information
der Deutschen Nationalbibliothek
Die Deutsche Nationalbibliothek verzeichnet diese
Publikation in der Deutschen Nationalbibliografie;
detaillierte bibliografische Daten sind im Internet über
http://dnb.ddb.de abrufbar.

ISBN: 978-3-86600-065-0

Copyright © 2010
Stroemfeld Verlag
Frankfurt am Main und Basel
Alle Rechte vorbehalten. All Rights Reserved.

Printed in the Federal Republic of Germany.

Bitte fordern Sie unsere Programminformation an:
Stroemfeld Verlag
Holzhausenstraße 4, D-60322 Frankfurt am Main
Altkircherstrasse 17, CH-4054 Basel
www.stroemfeld.com / info@stroemfeld.de

Inhalt

Erster Band 9

I Quellen und Bäche 11
    Erstes Buch   13
    Zweites Buch   76
    Drittes Buch   132
    Viertes Buch   180
    Fünftes Buch   226

Zweiter Band 275

II Der Strom 277
    Erstes Buch   279
    Zweites Buch   338
    Drittes Buch   389
    Viertes Buch   432
    Fünftes Buch   482

III Das Meer 523
    Schluß   525

    Editorische Notiz   537
    Erläuterungen   539
    Ein Kind der Erde – eine Ballade vom Übermenschen   547

Erster Band

Meiner Frau und ihren Kindern

I
Quellen und Bäche

Erstes Buch

1.
Frau Brigitte Guntram wußte, warum heute die Sonne freundlich lachte. Sie grüßte den Gefährten, den jüngstgeborenen kleinen Wolfgang. »Warme Mittagsglut, herbstliche Fülle der Frucht wird dieses neue Leben verbreiten, dein Herbstkind, Brigitte«, so sang das goldene Licht der glücklichen Mutter.

Inmitten des lauten Treibens der Familie wuchs der kleine Wolfgang nachdenklich und ernsthaft heran. Mit großen Augen schaute er umher. Wen deren Leuchten traf, dem wurde das Herz von Schönheit weit. Freilich die Tanten seufzten gar oft, als auch im zweiten Lebensjahr kein Wort über die schweigsamen Lippen des Knaben kam, und die vollen Beinchen keinen Schritt taten, aber Herr Adalbert Guntram ließ es sich nicht anfechten. Mit Stolz und geheimer Hoffnung sah er das stille Reifen seines Kindes, wie reinlich und sicher es die Dinge schied, wie es in ruhiger Gleichheit über dem Schmerz und der Freude stand, wie sein Lachen nicht toll und sein Weinen nicht jämmerlich war, wie es das Glück mit dem Vater, das Leid mit der Mutter teilte. Die Geschwister wußten, wie heiter geduldig der Kleine am Spaß teilnahm, wie alles Weh sich leicht in seiner Nähe vergaß. Frau Brigitten aber war er das »helle Wetterchen«, das glühende Leben des Herbstes, sie zweifelte nicht an der kommenden Größe des Kindes.

Und eines Tages öffnete sich der stille Mund, sprach fließende Worte und nannte die Menschen und Dinge seiner Umgebung. Wolfgang hatte lange geträumt, im Traum war ihm Sprache und Wissen gekommen. Viel mußte dieses Kind lernen, doch was es auch lernte, alles flog ihm im Halbschlaf, gleichsam unterirdisch, zu und immer wieder während seines ganzen Lebens kamen plötzlich Schätze zum Vorschein, die ungeahnt von andern und ihm selbst unbewußt sich angehäuft hatten.

Wolfgangs erste Erinnerung knüpfte an einen Weihnachtsabend an. Freilich nur der leuchtende Baum und ein freundliches Greisengesicht waren ihm im Gedächtnis geblieben. Aber der Mann, der den Kleinen damals zu den brennenden Kerzen emporhob, war Brigittens Vater, und nur dieses eine Mal bekam ihn der Enkel zu sehen. Der alte Herr starb bald darauf, und so konnte Guntram den ersten dauernden Eindruck zeitlich bestimmen. Was weiter an jenem Abend geschah, kannte er nur aus der Erzählung. Sein ganzes Leben jedoch erschien ihm diese Ereignisse vorbedeutend. Die Mutter berichtete: »Ich trug dich schweren Bengel auf dem Arm an das Stühlchen mit deinen Geschenken und setzte dich davor nieder; denn obwohl du ein kräftiges Kind warst, konnte niemand dich bewegen zu laufen, und auch kein Wort war aus dir herauszubringen. Deine Augen gingen gleichgültig über die Schätze hinweg und flogen zu deiner Schwester Tisch hinüber, wo ein Armleuchter helles Licht auf ein buntes Bilderbuch warf. Plötzlich halfst du dir am Stuhl empor, gingst mit festen Schrittchen zu Käthens Tisch und sagtest, herrischen Blicks das Buch an dich reißend: ›Mir!‹. Siegesbewußt trolltest du dich mit dem geraubten Schatz von dannen. Das war deine erste Tat in der Welt.«

Im Laufe der nächsten Jahre faßten die Eindrücke der Umgebung bei Wolfgang Wurzel. In der Ecke des weiten Kinderzimmers auf einem schwarzen Ledersofa sitzt beim Schein der Lampe Frau Brigitte inmitten ihrer Kinderschar. Der älteste Sohn fehlt, er ist schon im Gymnasium und kehrt nur in den Ferien nach Haus zurück. Auch dann hält er sich vornehm von den Kleinen fern und führt sein eigenes Leben. Die vier andern aber sammeln sich um die Mutter, die beiden Brüder sind emsig über die Schularbeiten gebeugt, Käthe liegt zum Knäuel geballt hinter der Mutter auf dem Sofa, und Wolfgang sitzt auf Brigittens Schoß. Er läßt sich ein Bilderbuch vorlesen, »Die Arche Noah« betitelt. Frau Brigitte muß fleißig nähen, stricken und flicken, wenn sie ihre wilde Brut in heiler Kleidung sehen will. Sie kennt längst die Kinderverse auswendig und sagt sie mechanisch her, während ihre kurzsichtigen Augen der fliegenden Nadel folgen. Aber Wolfgang ist ein kleiner Pedant, der sich nicht leicht betrügen läßt. Von Zeit zu Zeit stößt er unsanft die Mutter an: »Du mußt umwenden, Mama. Das steht da gar nicht, wo du es liest«. Brigitte schlägt rasch ein neues Bild auf, und der Kleine gibt sich zufrieden.

Dieses Zimmer mit den hellen, geblümten Tapeten war lange Zeit Wolfgangs Welt. Ein riesiger runder Ofen strahlte reichliche Wärme aus, daneben stand der Korb der alten Miez, die sich seidenweich anfühlte und so gemütlich schnurren konnte. Sie war mit ihm zusammen in das Haus gekommen, und er hing zärtlich an ihr. Sein Leben lang behielt er eine Vorliebe für Katzen, begriff es nie, wie jemand den Hund vorziehen könne und eiferte sich noch in späten Tagen über die Verleumdung ihres Geschlechts. Dort drüben stand das alte rotlackierte Kastenklavier, auf dem die Mutter unermüdlich Volkslieder begleitete. Die klangen von dem Kinderchor gesungen wunderbar genug und behielten nur dadurch Ähnlichkeit mit Musik, daß Brigitte von Zeit zu Zeit die verrenkte Melodie zurechtrückte. Dort war auch der trauliche Frühstücksschrank mit seinen grünen Fliegenfenstern. Gespannt folgte der Knabe der Hausfrau, wenn sie ihr Schlüsselbund hervorholte, um die Schatzkammer zu öffnen. Welche Herrlichkeiten gab es da zu schauen! Bunte Gläser und Zuckerschalen, Tabletts und Fruchtplatten, gemalte Tassen und Teller und das Schönste von allem, Wolfgangs Geburtstagstasse mit dem tiefsinnig wunderlichen Spruch:

»Dem Vater zur Freude,
Der Mutter zum Glück
Legt Wolfgang Guntram
Sein erstes Jahr zurück.«

Der kleine Kerl war gewaltig stolz, wenn er so das Gewicht seiner Persönlichkeit rühmen hörte. Bald aber wurde die Aufmerksamkeit der Kinder – denn Schwester Käthe folgte auch dem Klirren der Schlüssel – von den geheimnisvollen Schüben in Anspruch genommen, die süße Äpfel- und Birnenschnitte, gedörrte Pflaumen und gepreßtes Kirschenmus bargen. Sie zupften und zerrten an der eiligen Mutter und ruhten nicht eher, bis ihre Mäuler gestopft waren. Mit vollen Backen trollten sie sich dann, um unter dem Klapptisch, ihrem Puppenheim, feierlich zu schmausen.

Mit Puppen zu spielen war Wolfgangs größte Seligkeit, und das Puppenreich unter dem Tisch sein liebster Aufenthalt. Eine Latte teilte den Baum in zwei Hälften, deren eine Käthe, die andere Wolfgang sein eigen nannte. Hier spielte sich das Leben, welches der Knabe um sich her sah, zum zweiten Male ab. Eltern und Geschwister wurden in Worten und Taten nachgeahmt und mit größtem Ernst die Erziehung der toten Wesen mit ihren abgestoßenen Nasen und Medusenhaaren geleitet. Ab und zu nur überwog der Wissensdrang die Vatergefühle, und Wolfgang riß unbarmherzig den eignen Kindern den Bauch auf, um über das hervorquellende Sägemehl zu spotten und den leeren Balg achtlos beiseite zu werfen. Bei diesen Spielen war Käthe die allzeit willige Genossin. Ein Jahr älter half sie mit ihrer größeren Lebensweisheit dem Bruder aus den unmöglichen Lagen, in welche seine übergroße Phantasie das Kindervolk brachte. Von zarter Gesundheit und milder Denkart bildete sie ein Gegengewicht zu der kräftigen Natur und dem herrischen Wesen des Kleinen. Wolfgang fügte sich im ganzen gutartig ihrer Leitung, doch zuweilen brach ein unbändiger Wille bei ihm durch, der ihn auf selbständige Pfade führte, leider immer zu seinem und der Puppen Schaden.

Auch beim Soldatenspiel mußte Käthe mittun. Das war für sie weit weniger erquicklich. Denn wenn Klein-Wolfgang unter dem Klapptisch friedlich all seine Familientalente und seine Begabung für Leben und Erziehung entwickelte, entfalteten sich auf der Platte des Tisches die grausamen Triebe, mit denen er reichlich ausgestattet war. Unbarmherzig zertrümmerte er, auf seine Kräfte pochend, die Heere des schwächeren Gegners, und bald mit List und Falschheit, bald mit roher Gewalt wußte er den Sieg an sich zu reißen. Mißlang es ihm einmal, so geriet er außer sich, warf sich auf die Erde und weinte vor innerer, ohnmächtiger Wut. Dann tobte er sich in einen glühenden Haß gegen alle Welt hinein, und das Schwesterchen stand ratlos dabei, um schließlich hilfeflehend zur Mutter zu eilen. Kehrte sie dann mit dem Spruche getröstet: »Zankt euch nicht, schlagt euch lieber« zu dem grollenden Bruder zurück, so begann das Spiel von neuem. Solche Ausbrüche der unbändigen Leidenschaft waren damals noch selten, sie endeten stets mit doppelter Innigkeit der Geschwister. Doch störten sie den Frieden zu sehr, um nicht die Lust am Krieg zu vermindern, und so blieb das Puppenidyll die Hauptbeschäftigung der Kinder.

Aber nicht alle Freuden und Leiden mochte Wolfgang mit der Schwester teilen. Es gab stille Augenblicke in seinem Leben. Dann kletterte er mühsam auf einen Stuhl, um an der Wand einen Kupferstich zu mustern, auf dem eine romantische Waldlandschaft dargestellt war. Ein Baumstumpf im Vordergrunde lockte seine Einbildungskraft, er wußte sich die Bedeutung dieses Wesens nicht zu erklären und suchte immer wieder nach neuen Lösungen. Bald glaubte er ein lauschendes Tier zu sehen, bald ein uraltes Erdmännchen, wie es in Mutters Erzählungen lebte. Wenn er lange davor gekauert hatte, stieg er seufzend herab, legte sich auf den Boden und starrte durch das Fenster in den blauen Himmel hinein, am liebsten mitten in die goldne Sonne, deren Strahlen sein Kindesauge nicht blendeten. Obwohl kaum irgendein Gedanke sein Hirn bewegte, liebte er es doch nicht gestört zu werden, eine tiefe Traurigkeit erfaßte ihn, die sich schließlich in heftiges Weinen auflöste. Noch nach Jahren wußte er nicht, was ihn, der stets an allem Unverständlichen vorüberging, als ob es nicht da sei, zu diesem seltsamen Verhalten bewog, und erst als Mann merkte er, daß es der Haß gegen alle Unklarheit in seiner Umgebung war, daß es der verletzte Stolz war, sich etwas nicht zu eigen machen zu können, was er sehen mußte.

Das Verhältnis zu seinen Brüdern war kühl. Wolfgang kümmerte sich nicht um Menschen, die ihm keine Beachtung schenkten. Erst viel später, als er an ihren wilderen Spielen teilnehmen konnte, entwickelte sich ein gewisser Verkehr, der jedoch mehr durch das Band der Pietät als durch ein echtes Gefühl zusammengehalten wurde. Völlig fremd blieb ihm lange der älteste Bruder, der durch einen Altersunterschied von elf Jahren getrennt, mit dem Abscheu des Gymnasiasten auf die krabbelnden, heulenden Kinder herabsah.

Auch aus dem Vater machte sich Wolfgang nicht viel. Er sah den Vielbeschäftigten kaum, und die unbedingte Ruhe, die in seiner Gegenwart herrschen mußte, belästigte den kleinen Wicht. Er war an Ungezwungenheit und Selbstbestimmung gewöhnt. Daß dieses Mannes Wesen einmal bestimmend für sein Leben werden würde, ahnte er nicht. Um so größer war Wolfgangs Liebe zur Mutter. Er hing ihr an der Schürze, quälte sie um Geschichten, Bilder und schöne Gedichte und war stolz darauf, wenn sie ihm etwas zu tragen oder zu besorgen gab. Und Frau Brigitte wußte diesen Eifer früh zu begünstigen. Bei den häufigen Krankheiten der Schwester war das Kind oft auf sich selbst angewiesen und irgendeine Tätigkeit in Küche oder Keller, bei der er sich und andern keinen Schaden tun konnte, paßte der Mutter gut. So saß der Knabe häufig mit einer Küchenschürze angetan vor der Kaffeemühle, sich vergeblich abmühend, sie in Bewegung zu setzen, oder schleppte einzeln die Teller zum Mittagstisch herbei, lernte Servietten falten, Stühle tragen und Zucker durchsieben. Mit tausenderlei kleinen Listen wurde er an Ort und Stelle gebannt. Lange freilich vermochten diese Dinge den unermüdlichen Knaben nicht zu fesseln, und bald lief er der Mutter wieder auf Schritt und Tritt nach. Sie opferte dann eine Viertelstunde und erzählte. Auch das war nicht ganz einfach. Märchen fanden keine besondere Gnade vor ihm, allenfalls ließ er sich Dornröschen gefallen. Er besaß ein Bild, auf dem der junge Prinz dargestellt war, wie er furchtlos, im prächtigen Gewand siegstrahlend durch die Dornenhecke dringt, in deren Gestrüpp die Leichen seiner verunglückten Vorgänger hängen. Daß hier dem einen gelingt, woran so viele untergehen, lockte ihn und jedesmal hörte er klopfenden Herzens den Preis des Helden, mit welchem er sich jetzt schon eins fühlte. Rotkäppchen und Hänsel und Gretel langweilten ihn, es ging ihm darin zu fromm und moralisch zu; ganz verhaßt war ihm der Junge, der das Fürchten lernen wollte; dieses Überlistetwerden durch ein Mädchen empörte ihn. Er war sich seiner Überlegenheit über Weibesart bewußt.

Da es also mit den Märchen nicht sonderlich glücken wollte, war Brigitte auf den Gedanken gekommen, ihm lange Gedichte vorzusagen, die er durch das häufige Wiederholen auswendig lernte. So konnte sie bald, während der Kleine mit der wichtigsten Miene und genau in demselben Tonfall wie die Mutter Uhland und Schiller hersagte, schreiben oder lesen, ohne gestört zu werden.

Stets half auch das nicht. Dann blieben als letztes Mittel Erzählungen von dem Großvater. Brigitte hing mit Liebe und Verehrung an dem Andenken des Vaters. Er war Germanist gewesen und hatte mit unermüdlichem Fleiß eine Fülle von Wissen zusammengetragen, welches er der begabten Tochter vererbte. Ihm, dem begeisterungsfähigen und begeisternden Idealisten mit dem Gepräge menschlicher Liebenswürdigkeit, gestaltete sich alles rein, und seine unerschöpfliche Güte hatte ihm weit und breit Freunde verschafft. Wolfgang konnte nie genug von diesem Manne hören, nach ihm bildeten sich seine Ideen und Gedanken; und wenn er auch noch zu klein war, um die Bedeutung eines solchen Menschen zu fassen, so war er doch groß genug, um zu sehen, wie schön das Gesicht der Mutter wurde, wenn sie von dem Großvater sprach. Diese verklärte Schönheit tat es ihm an. Deutlich besann er sich, wie er einst im Regen unter dem Vordach des Hauses auf und ab schritt, möglichst gerade und würdig, die Hände auf dem Rücken. Eine alte Dienerin, die vorüberging, begrüßte ihn: »Na, mein süßes Hähnechen, was machst denn du hier?« was er mit den entrüsteten Worten zurückwies: »Ich bin kein schüsches Jähnechen, ich bin der Herr Professor Hildebrand.«

Wolfgang war inzwischen zu größerer Bewegungsfreiheit herangewachsen, die auszuüben das weitläufige Haus reichlich Gelegenheit bot. Der breite Flur reizte die Einbildungskraft. Eine alte eichene Haustür mit gewaltiger Klinke zauberte Kerkertor und Burgpforte vor. Die finstere Gewölbetreppe, die unter steinernem Vorbau zu Küche und Keller hinabstieg und in der die Stimmen geheimnisvoll düster erklangen, konnte recht wohl zu feuchten Verliesen führen. Eine hohe gotische Uhr zog den Blick auf sich. Den Kindern war es ein Fest, wenn ihre blanken Gewichte von dem alten hinkenden Uhrmacher mit der spitzen Nase und großen Hornbrille aufgezogen wurden. Ein geräumiges

Treppenhaus ging durch die Stockwerke, und es war vergnüglich genug, von der Höhe des obersten Flurs Kirschkerne nach den drunten Vorübergehenden zu werfen oder zum Schrecken der Mutter rittlings das Holzgeländer hinunterzurutschen. Ein Hochgenuß war es nun gar, an der Hand der Mutter durch die Zimmerflucht zu gehen, die gewöhnlich vor den verwüstenden Trieben der Kinder sorglich verschlossen wurde. Kupferstiche nach den Meisterwerken der Renaissancezeit schmückten die Wände, ernste Sybillen und heitere Madonnen grüßten die schauenden Kinder, und von den Schränken und Kaminsimsen blickten die Köpfe der ewigen Götter herab, die in dem Elternhause zu neuem Leben auf neuer olympischer Höhe erwachten. Überall herrschte der Geist der Goetheschen Zeit, und nicht ohne Grund nannte Frau Brigitte den kleinen Band Goethescher Lieder, der ihren Nähtisch zierte, ihre Bibel.

Wenn die Mutter in Gedanken verloren die Gegenwart der Kinder vergaß, dann gelang es zuweilen in das Allerheiligste zu dringen, in das Arbeitszimmer des Vaters, mit der schweren grünen Portiere und der dunkeln Ledertapete, dem breiten Arbeitstische und dem einfachen Sessel, mit dem Kopfe des Zeus, der als einziger Schmuck die Seele des Eintretenden erschütterte. Ganz abgeschlossen von der Welt lag dahinter ein kleines Zimmer. An seinen Wänden erhoben sich von oben bis unten Holzgestelle, mit wunderbaren Büchern gefüllt. Kühl und schattig umfing der Raum den Besucher wie mit Geisterfittichen, und die Größe der Jahrhunderte sang dort ihr einfaches Lied. Ein Schauer ergriff den Kleinen, wenn er furchtsam-fromm die Reihen entlangblickte. Enger klammerte er sich an die Mutter, der Zeiten hoffend, die ihm die Ewigkeit erschließen sollten.

Freier und ungebundener bewegte sich Klein-Wolfgang mit seiner Schwester Käthe in den Mansardenzimmern des oberen Stockwerks, die, schmucklos und mit langgedienten Möbeln ausstaffiert, weder andächtige Stimmung noch saubere Hände und Füße forderten. Hier wurden Versteck und Haschen gespielt, hier führten die großen Geschwister mit ihren Freunden in allerlei Verkleidungen Trauer- und Schauspiele auf. Die Kleinen dienten dann als Zuschauer, mußten auch wohl hie und da eine Sklaven- oder Kinderrolle übernehmen. Da gab es einsame Eckchen und verborgene Winkel hinter Pfeilern und Schränken, wo Wolfgang ungestört träumen und phantasieren konnte. Seine Lieder durfte er hier mit lautester Stimme singen und mit dem drolligsten Pathos Balladen hersagen. Ein alter verblaßter Spiegel an der Wand diente ihm dazu, als eigenes Publikum Gesten und Mienenspiel zu studieren, und je grimmiger und lauter seine Worte klangen, je wütender der Kindersäbel umherschwirrte, mit dem er Vers und Rhythmus begleitete, um so höher stieg der Stolz und die Eitelkeit des knirpsigen Wichtes. Jetzt begannen auch Entdeckungsreisen in das Freie. Eine breite Holzgalerie, mit dem Hof durch eine Treppe verbunden, führte auf zwei Seiten um das Haus herum; lustig ließ sich da wettlaufen. Durch die Gitterstäbe konnte man leicht den Kopf hindurchstecken, und wer Mut dazu hatte, wußte von der Galerie auf das Pappdach der Wirtschaftsräume zu klettern und von dort aus auf das einer großen Wandelhalle, die der kränkliche Ahne einst gebaut hatte, um auch im Regen seine gichtischen Glieder bewegen zu können. Hier schaute man weit in das Land. Hier brannte die Sonne mittäglich heiß, und ein warmer Geruch nach Teer stieg von den schwarzen Flächen empor. Im Winter ließen sich Schneebälle auf die schräge Ebene werfen, die als mächtige Lawinen prasselnd herabrollten. Im Hofe aber stand alles voller Obstbäume und Fruchtsträucher, dort an der Wand entlang waren die Stachel- und Johannisbeeren besonders süß; wer sich darunter legte, dem wuchsen die Früchte gleichsam in den Mund, und im Schmausen spielte es sich so schön mit der Schwester. Dann hatte Wolfgang die Welt lieb und küßte und herzte die kleine Käthe. Himbeeren gab es auch, aber um Erdbeeren zu finden, mußte man weit in den Wald gehen. Dorthin nahmen die Brüder die beiden Kleinen nicht mit. Seufzend blieben sie zurück. Dafür konnten sie rasch zur Mutter laufen, die mit der Arbeit unter dem Pflaumenbaume saß und sich am Kindesleben freute. Von jenem Birnbaum war der Bruder einmal herabgefallen, und man hatte ihn halbtot davongetragen. Und dort oben auf dem schlanken Kirschbaum, auf den selbst der Älteste nicht hinaufklettern konnte, weil er sehr glatt und hochstämmig war, versammelte sich die Schar der Spatzen zum täglichen Mahl. Unter den Äpfeln gab es welche, in denen die Kerne klapperten, wenn man sie schüttelte, ach, war das schön! Das Herrlichste nun waren die drei alten Aprikosenbäume, deren Früchte die Kinder nur allzufrüh herunterholten. Sie schmeckten so süß und waren so selten. Wolfgang wurde alle Jahre traurig, wenn die letzte goldene Kugel geraubt war, sorgfältig vergrub er den Kern in seinem Beetchen, freilich ohne daß je ein Baum daraus gewachsen wäre. Dort wuchs überhaupt nichts. Frau Brigitte gab wohl ab und zu einen Groschen, um Stiefmütterchen und Vergißmeinnicht zu kaufen, aber die Blumen verwelkten rasch. Zwei Tage lang ertränkten Wolfgang und Käthe die armen Dinger, und dann ließen sie sie verschmachten. So gaben die Kinder das wüste Feld ihrer Gärtnerei bald auf und suchten andere Freuden. Da war denn gleich in der Nähe eine Kastanie, bequem zu erklettern und lustig zu bewohnen, wenn der Wind darin spielte und die alten Zweige bog und wiegte. Seine Früchte ließen sich zu niedlichen Körben und Schiffchen, mit Hilfe eines Streichholzes und Gummibandes in drollig hopsende Frösche verwandeln. Auf der Wiese herum standen in Massen Kettenblumen, braune Finger gab es beim Pflücken, aber was bedeutet der Schmutz für Kinder? Wenn eine lange Kette glückte, war des Lachens kein Ende. Nur war Wolfgang ungeschickt, Käthe konnte alles viel besser.

Inmitten des grünen Rasens erhoben sich alte Turngeräte, die einst für den ältesten Bruder errichtet, jetzt halb vermodert dastanden. Waren sie von den andern Geschwistern wenig gebraucht worden, für Wolfgang blieben sie ganz nutzlos. Er lernte nie die Glieder nach der Regel zwingen und beherrschen, selbst nicht als Soldat, obwohl er sich redlich Mühe gab. Die Beine brauchte er zum Laufen und die Arme zum Schlagen, leicht holte man den Flüchtigen nicht ein, und im kindlichen Ringen wußte er stets die Niederlage zu vermeiden, wenn auch nichts ihm mehr mangelte als Körperkraft. Aber zu etwas waren diese morschen Holztrümmer noch gut, zum Seiltänzerspielen. Die Eltern und größeren Geschwister gestalteten sich dem Knaben dann zu Zigeunern um, die ihn und das Schwesterchen aus fernen Schlössern geraubt hatten und die Kinder nun mit Hunger und Schlägen zwangen, das schwanke Seil zu betreten. Der halbzerbrochene Schwebebaum stellte das Tau vor, auf dem die zitternden Kleinen tanzten. Wolfgang erlebte seine Spiele. Er sah die drohende Peitsche der Zigeuner vor sich, den häßlichen Wagen, die braunen Gestalten. Seine Kleider verwandelten sich ihm in flimmernde Flitter. Tränen standen ihm in den Augen und unsägliches Leid quälte sein Herz. Wie furchtbar war dieses Spiel, wie lockte es immer wieder zu neuer Wiederholung, und doch wie froh war der Knabe, wenn er endlich aus seinem Traumleben erwachte und lachend in der Mutter Arm flog.

Ein breites hohes Tor verschloß dieses Reich gegen die Straße und an diesem Tor endeten der Kleinen Spiele. Was jenseits der hölzernen Gitterstäbe lag, war unbekanntes, verbotenes Land. In Gedanken nur konnte Wolfgang hineinfahren, und die Torflügel mußten als Fahrzeug dienen. Auf einer Querstange hockend, stieß er die knarrenden vorwärts und in der kurzen Minute des Dahingleitens durchwanderte er alle Reiche der Welt. Die Steinpfeiler, in denen die Angeln hingen, wurden zu Burgen. Dort lauerte Wolfgang mit seiner schönen Gemahlin auf vorüberziehende Krämer, um sie in raschem Sprung zu Boden zu werfen und zu berauben. Ein alter Messerschärfer aus Stahl diente als blitzendes Schwert. Dicht neben der Burg führte ein Lichtschacht zum Keller hinab, das war das Verlies, in dem die unglücklichen Gefangenen verschmachten mußten. Ein eisern Gitterwerk, für kindliche Kräfte fast zu schwer, verwehrte die Flucht.

Und mit der Fülle dieser Herrlichkeiten war Wolfgangs Königreich denn ein Königreich war ihm der Eltern Haus – noch nicht zur Hälfte erschöpft. Ging man eine kleine Treppe, oder für die Kinder bequemer, sprang man eine Mauer hinunter, so war man in einem zweiten Hof mit neuen Freuden und Spielen, mit anderen Bäumen und schöneren Blumen. Dort konnte man verstohlene Blicke in die Maschinenräume werfen oder an den Regenfässern beladene Schiffe in fremde Erdteile senden. Rote und gelbe Blätter tanzten mit den Kindern in flatternden Kleidern um die Wette, und die Herbststürme spielten ihre Weisen in den uralten Pappeln, die ernsthaft von der Straße hereinschauten. Was war das für Musik! Stundenlang lauschten die Kinder den brausenden Klängen, wundersame Mär hörten sie singen, fast schöner als der Mutter Geschichten. »Und dort, Käthe, siehst du, von dort sieht man die rostige Rathausuhr mit dem weithin schallenden Schlagwerk.« Wie ehrwürdig drehen sich die Zeiger im Kreise, wie schwer ist es, ihren Lauf zu begreifen, wie köstlich, wenn zärtliche Schwalben in ihr nisten und das Räderwerk stillstellen. Schauet und lebet, ihr Kinder! Nie wieder seht ihr das Himmelreich offen.

Der Regen fällt, aber was kümmert es euch? Unter dem Dach der großen Halle könnt ihr euch tummeln und dem Sturm zum Trotz jauchzen und singen. Von der Rampe der breiten Treppe, die zum Hof führt, springt ihr hinab, bald hoch, bald niedrig. Den Reifen treibt ihr mit raschen Schlägen vor euch her, mit lautem Zuruf und selbst gepeitscht von glühend kindlichem Ehrgeiz. Runde Kugeln, gelbe und schwarze, laßt ihr nach dem Ziele rollen, und wenn ihr zu weit warft, stoßt ihr mit keckem Füßchen die falschgeschleuderten vorwärts. Und dann gibt es Zank und Tränen und Schreien und bald wieder Lachen. Ihr schmiegt euch zusammen, hinauflauschend nach den klatschenden Tropfen auf dem Dach. Oder ihr streckt die Händchen weit in die Luft hinaus und laßt den Regen darauf fallen. Bald leuchtet die Sonne, so stürmt ihr hinaus in den lockenden Garten, wo ihr aus des Rotdorns bunten Zweigen mitten in Blumen als schönste Blüten hervorlacht. Hier beginnt euch der Frühling. In Baum und Strauch liegen die Ostereier, blaue, gelbe und rote, zwischen den Steinen und unter dem Grün der Schlingpflanzen, von dem Vater sorglich versteckt. Eines trägt euren Namen und ein kindlich heiteres Verschen dazu. Der große Bruder aber löst die Hüllen von den Leckerbissen und goldnen Apfelsinen, und wenn ihr froh einen Fund getan habt, fällt euch ein Stein entgegen. Ihr scheltet und zetert über den losen Necker, um rasch zu neuem Suchen zu eilen. Der Berberitzensaft färbt euch Stirn und Wangen mit Blut, Faulbeere und Olive erfüllen die Luft mit betäubendem Geruch, und Veilchen blühen zu euern Füßen. In den Rosenbeeten kostet ihr Blumenduft, Efeu und wilder Wein rankt sich umher und weite Flächen laden zu Spiel und Tanz. Wie mütterlich lächelt die Sonne. Zwei schöne Kinder sieht sie im Grase sitzen, nackt und bloß. Das blasse Mädchen hat sich Rosen um die weißblonden Haare gewunden, und in des Knaben dunkleren Locken glänzt ein grüner Kranz von Grashalmen und Blättern. Sie pflücken der Mutter, welche drüben in dem Spargelbeet tätig ist, Blumen, die Kleider aber haben sie von sich geworfen; ist es doch heiß, und glühendes Leben pulsiert in diesen Körpern. Jetzt ist es genug, und wie der Blitz fliegen die feinen Gestalten zu der lachenden Brigitte.

Göttlich war deine Kindheit, du Mittagskind, du Herbstkind Brigittens. Aber schon stirbt die Gottheit in dir. Du trittst in das Leben hinaus, und in tausend Feuern wird es dich brennen, ehe du wirst, was du bist.

2.

Brigitte hatte bisher den Beginn eines regelrechten Unterrichts hinausgeschoben. Käthe erschien ihr zu zart, um sie fremden Händen anzuvertrauen. So versuchte sie selbst, den Kindern die Buchstaben als Anfangsgründe alles Wissens beizubringen. Aber alle Mühe scheiterte an Käthes bestimmter Versicherung: »Ich will nicht lesen lernen, mir genügt es, wenn Mama vorliest.« So wurde denn beschlossen, das Kind der höheren Töchterschule zu überantworten, wo Fräulein Engels Unterricht mehr Erfolg versprach. Und um ihr den Übergang zur Arbeit zu erleichtern, wurde Wolfgang mit in die Schule geschickt.

So sah sich der Knabe eines Tages in einem großen Zimmer mitten unter einer Menge unbekannter, kleiner Kinder, die auf gelben Bänken zusammengedrängt, ihn und Käthe neugierig betrachteten. Er fühlte sich durch diese Blicke beengt und wäre am liebsten auf- und davongegangen. Die Schwester jedoch hielt ihn fest an der Hand und zog ihn mit sich zu einer dicken, grün gekleideten Dame, welche würdig auf einem Rohrsessel thronend, die Kleinen erwartete. Käthe knickste und bestellte Grüße von Papa und Mama, sie sollte hier in die Schule gehen.

Wolfgang stand mit zusammengezogenen Brauen hinter der Schwester und heftete den finstern Blick fest auf die künftige Herrin seiner Gedanken. Er war an die zierliche Gestalt Brigittens gewöhnt, und dieses fette Wesen mit dem süßen Lächeln mißfiel ihm sehr. Als sich nun gar zwei gewaltige Arme ausbreiteten und die Kinder an den vollen Busen zogen, stieß er heftig mit Händen und Füßen um sich, mit bewußter Bosheit nach dem Schienbein seiner huldreichen Freundin zielend. Es half ihm nichts. Im nächsten Moment saß er mit Käthe im engen Verein auf Fräulein Engels Schoß. Die Gute ahnte nichts von dem grimmigen Haß, der Wolfgang erfüllte, und als sie jedem der Kinder eine große Zuckerdüte in die Hand gedrückt hatte, glaubte sie fest, die Herzen der beiden gewonnen zu haben. Aber Wolfgang war nicht gewöhnt, gezwungen zu werden, und als er so gegen seinen Willen in die Umarmung der Lehrerin gezogen wurde, erwachte in ihm ein unauslöschlicher Widerwille. Da er jedoch nicht die Anlage besaß, persönlich zu hassen, so blieb sein Groll nicht bei Fräulein Engel stehen, sondern umfaßte den Lehrstand an und für sich. Von jenem Moment an betrachtete er die Schule als ein Gefängnis und die Lehrer als Feinde. Der Bestechungsversuch mit der Zuckerdüte mißlang völlig. Die Kinder wußten längst durch die Brüder, daß Frau Brigitte ihre milde Hand aufgetan hatte, und waren auch schon auf die unvermeidliche Teilung der Süßigkeiten gefaßt. Der Unterricht begann, bald hatte der Knabe allen Kummer vergessen und verfolgte gespannt die Rede der grünen Frau. Als er aus der Schultür trat, machte er mit den Worten »pfui Teufel« seinem Herzen Luft, so die Eindrücke des ersten Schultages in möglichst knapper Form zusammenfassend. Dann trabte er, so schnell ihn die Füße trugen, nach Haus.

In den nächsten Tagen gewöhnte sich Wolfgang an die Schule, obwohl der Aufbruch dorthin kaum je ohne Tränen abging. Das Lernen fesselte ihn, und allmählich freundete er sich mit ein paar Buben an, die mit ihm den Unterricht besuchten. Allerdings blieb er schüchtern und schweigsam, was ihm fälschlich als Hochmut ausgelegt wurde. Die Neckereien, denen er deshalb anheimfiel, kränkten ihn um so mehr, als er zu harmlos war, um Gleiches mit Gleichem zu vergelten. So blieb sein Verkehr auch jetzt noch im wesentlichen auf die Schwester beschränkt. Gegen die Lehrerin verhielt er sich ablehnend und verschlossen; da er aber spielend lernte, so war er bald einer der besten Schüler. Im großen und ganzen machte die Welt, in die er eingetreten war, keinen Eindruck auf ihn. Er führte sein altes Leben weiter, spielte seine gewohnten Spiele und suchte, verdrußscheu wie er war, mit möglichst wenig Ärger über die Stunden hinwegzukommen.

Nur in einem änderte sich sein Dasein. Die Pforten des elterlichen Grundstücks waren ihm nun geöffnet, und er benutzte die väterliche Erlaubnis, sich auf den Straßen herumzutreiben. Schon ein Schritt aus dem Garten genügte, um in der großen Welt zu sein. Dicht an dem Guntramschen Hause lief eine Chaussee, die weit nach dem Osten Deutschlands leitete. Napoleon hatte sie einst gebaut, um die große Armee nach Rußland zu führen. Der hochaufgeschüttete Damm war mit Rasen bewachsen, jubelnd rollten ihn die Kinder hinunter. Dort rechts auf den Höhen, von deren waldigen Abhängen die ausgetrockneten Betten von Gießbächen mit merkwürdigen Felsgruppen und Steintrümmern herabzogen, von dort hatten einst die Kanonen des großen Kaisers ihre Geschosse ausgespien, um den Rückzug der geschlagenen Franzosen zu decken. Noch sah man an dem Hause des Krämers dicht bei der großen Brücke rostige Kugeln in der Wand stecken. Lief man die Chaussee ein wenig hinab, so kam man an einen Eisenbahnübergang. Wie lustig war es, die Züge vorbeisausen zu sehen, die Wagen zu zählen und den Schaffnern zuzuwinken, die droben in ihren fliegenden Häuschen so beneidenswert wohnten. Hier wußten die Brüder zu erzählen. Dort drüben an der Warterhütte war einst eine Lokomotive entgleist, den halb zerschmetterten Führer hatte der Vater auf eigenen Armen in sein Haus getragen. Droben im Giebelstübchen lag der Unglückliche lange, ehe er genas, und noch jetzt kam er von Zeit zu Zeit, um den Herrn Landrat zu besuchen. An derselben Stelle war Fritz, der älteste Bruder, zu den Soldaten geklettert, um mit in den Krieg zu ziehen, und nur mit Mühe holte man den halbwüchsigen Jungen wieder heraus. Hier wurden die Verwundeten erquickt und die Masse der Gefangenen wurde hier ausgeladen, die, wie es schien, den ganzen Tag nichts taten als angeln oder Frösche fangen. Am meisten aber beschäftigte die Brüder der endlose Zug, welcher das erbeutete Geld nach der Hauptstadt schaffte. Immer wieder schilderten sie dem kleinen Wolfgang, wie man das große Vaterhaus in diesem Golde begraben könne. Den Knirps reizte dieser Gedanke. Es erschien ihm als eine Herabsetzung seines geliebten Heims, und trotzig sagte er: »Was ist denn Geld? Geld ist gar nichts. Wenn ich groß bin, gehe ich in den Wald und lebe von Wurzeln und Beeren, ich brauche kein Geld.« Die Brüder lachten, aber Wolfgang war es so ernst mit seinen Worten, daß er am liebsten morgen schon fortgegangen wäre.

Jenseits der Schienen teilte der Strom das Städtchen in zwei Hälften. Eine steinerne Brücke überspannte ihn. Man erzählte sich, sie sei von Karl dem Großen in den Sachsenkriegen gebaut worden, manches Jahrhundert mochte sie schon stehen und viel erlebt haben. In einem steinernen Giebel hatte wohl einst ein Muttergottesbild gehangen, vor dem der Vorübergehende andächtig das Knie beugte. Jetzt war es ein leerer Steinrahmen, Wolfgang wußte nichts Besseres damit anzufangen, als sich hineinzusetzen und in die Ferne zu schauen. Unter ihm brauste der Fluß in mächtigem Wellenschlag ein Wehr hinabstürzend, große Flöße trieben in dem Strom, oft drei, vier Baumreihen hintereinander, Schiffer in hohen Wasserstiefeln standen darauf, und Wolfgang sah mit weiten Augen, wie die vordersten Stämme über das Wehr hinschossen, um im nächsten Augenblick in den stürmischen Wogen zu versinken. Eilig liefen die Flößer mit ihren Stoßhacken über die glatten Baumriesen zum hinteren Ende, um nicht in das Wasser gerissen zu werden, und rasch stürmten sie wieder nach vorn, denn nun galt es, in der reißenden Strömung den Weg durch den engen Brückenbogen zu finden. Über dem Wehr breitete sich der Strom in weiter ruhiger Fläche aus, und Sonne und Mond warfen goldene Schätze in die Tiefe des Wassers. Steile Felswände stiegen am Ufer empor, von einem dunkeln Salinenwerk gekrönt. Tagaus tagein rannen die falzigen Tropfen durch die Reisigbündel hinab, allerlei Wasserkünste spielten im Sonnenlicht, und die dicken Salzzacken, welche man hie und da unbemerkt von dem Wächter stehlen konnte, waren ein herrliches Spielzeug.

Weit hinaus schweift der Blick hier oben. Wogende Saaten reifen der Ernte entgegen, dunkle Wälder laden in ihren Schatten, weinbekränzte Hügel bieten der Sonne die Frucht. In das Tal des Stromes schmiegt sich das Städtchen mit roten Ziegeldächern und grünenden Gärten. Hoch über allem thront das ehrwürdige Vaterhaus, von wildem Wein umrankt, kenntlich an seiner Lage und am stolz ragenden Schornstein. Jene Insel, auf der sich die schwingenden Räder des Wellenbads drehen, trennt ein uralter Kanal von dem Lande. Fleißige Mönche gruben ihn, ehe noch eines deutschen Bürgers Fuß die Gegend betrat. Wohl eine Meile zieht er sich bis zu dem Kloster hin, welches nun längst zur Schule verwandelt ist, und wo unter lustigen Knaben Fritz Guntram sich tummelt. Flußaufwärts aber schauen zwei verfallene Burgruinen ernsthaft auf das Treiben der Welt hinab, und wenn der Sturm durch ihr ödes Mauerwerk braust, klingt es, als ob die Harnische klirren, das Streitroß wiehert, und der schrille Ruf des Turmwarts zu Kampf und Raub fordert. Berauschende Träume erwachen hier in dem Knabengehirn; der Zauber trotziger Mannheit umweht und erfüllt es. Wenn dann die Sonne hinabsinkt und die Schatten länger werden, eilt der Knabe durch das finstere Mordtal, welches blutige Mär erzählt, und durch den Waldesdom, wo sich die Kronen der Bäume zu Kuppeln wölben und rote Beeren mit Wiesengrün und blumiger Farbenpracht Teppiche wirken, heimwärts. Eindringlich spricht das Walten der Erde zu dem sonnigen Herbstkind unvergeßliche Worte.

Alles gestaltete sich diesem Gemüt zur Schönheit. Als echter Herrscher verwandelte der Knabe in kindlicher Größe die Welt zum Schemel seiner Füße. Die Schrecken des Lebens waren ihm Freude und hochhebender Genuß. Die Brust wurde ihm weit, als er zum ersten Mal den rotschimmernden Schein am Himmel erblickte, als er die lohende Flamme emporschießen sah, als er, von der Hand des Vaters geleitet, die Brandstätte betrat, wo aus schwarzen Trümmern qualmender Rauch und zuckende Flämmchen hervorstiegen. Das Unglück ging an dem Kinde vorüber, von dem Jammer der Menschen ahnte er nichts. Ihm war das Feuer eine Lust, ein wonniges Schauspiel, das befreiend wirkte, und jubelnd klang der Gruß, den er dem stolzen Element schenkte. Freudig erschaute sein klares Auge den Blitz des Himmels, und der Donnerlaut entfesselte in ihm alles Entzücken der Größe.

Stets gegenwärtig blieb es ihm, wie einst die Nacht hereinbrach mitten am Tage, wie die Wolken brechend unendliche Ströme Wassers herabregneten. Wie ein Gießbach schossen braune, schlammige Fluten von den Bergen hinab, entwurzelte Bäume, zerbrochene Stämme, zersplitterte Felsen mit fortreißend. Vor Lust bebend stand Wolfgang auf der Brücke, hinabjauchzend in die rollenden Wasser, die den Frühling begrüßend Eisschollen und zerbrochne Flöße gegen das alte Mauerwerk warfen. Ein wonniger Schauer durchlief seine Glieder, wenn er das Leben der Brücke fühlte, und voller Begier ersehnte er den Augenblick, wo die festgefügte brechen würde. Ein Herrscher war dieses Kind, göttlich froh gestaltete sich ihm die Welt.

3.

Hie und da betrat Wolfgang jetzt auch ein fremdes Haus. Frau Brigitte hielt mit einigen Damen des Städtchens ein Lesekränzchen, und für die Kinder war es ein schauerlich ehrenvoller Auftrag, die Mutter abzuholen. Sorglich wurde die alte Laterne mit dem blanken Messinggehäuse angesteckt, und bei ihrem schwachen Schein machte man sich auf den Weg. Das war ein gruseliger Gang! Hinter dem Tannengestrüpp der Chaussee lauerten gewiß Räuber, verdächtige Schatten huschten über den Steig, und der Schrei des Käuzchens drang durch Mark und Bein. Hand in Hand flogen die Kinder im eiligsten Laufe dahin. Sind sie erst an der Waldecke vorbei, so bleiben sie stehen, holen tief Atem und lachen sich an. »Warum rennst du so,« sagt Wolfgang, »ich habe mich gar nicht gefürchtet,« und doch pocht ihm hörbar das bange Kinderherz. »Dann kannst du auch heute anklopfen, wenn du keine Angst hast,« erwidert Käthe. Der Bruder weigert sich, nein, er ist nicht an der Reihe.

Er hat das vorige Mal die Mutter ganz allein abgeholt, noch dazu bei den alten Damen unten am Fluß, wo das Wasser so gespenstisch rauscht und der große Hund so schrecklich bellt. So streiten die beiden, bis sie vor der Tür stehen, da verkriecht sich Wolfgang hinter der Schwester, und dem Mädchen bleibt nichts übrig als zuerst einzutreten. Der Bruder ist gar zu blöde. Nun stehen die beiden mitten unter den lebhaft sprechenden Damen, sie gehen von einer zur andern und reichen abgewandten Gesichts die Händchen, werden rot und stottern, wenn man sie anredet, und schauen ängstlich zur Mutter, die noch immer keine Anstalten zum Aufbruch macht. Mit einem Stück Kuchen setzen sie sich in eine Ecke, blicken starr nach Frau Brigitte und wagen es nicht, den schönen Bissen zu kosten. Die Unterhaltung geht fort, und Wolfgang horcht gespannt, was die großen Leute erzählen. Endlich, endlich erhebt sich die Mutter, sucht mit tastenden Händen ihr Brillenfutteral und verabschiedet sich. Die Dame des Hauses geleitet sie, und noch auf dem Flur beim Anziehen gibt es ein Schwätzchen. Wolfgang stampft mit dem Fuß, aber recht leise, damit es nicht gehört wird, jetzt will die gute Wirtin noch einen Kuß von den lieben Kleinen, die Mama öffnet die Tür, mit hastigem Gruß springen die Kinder voraus, selig, der unwillkommenen Liebkosung entgangen zu sein. »So lange darfst du uns aber nicht wieder warten lassen,« heißt es. »Ich nehme das Buch,« jubelt Wolfgang; hastig reißt er das wohlbekannte an sich. Es ist eine Kunstgeschichte in braunem Einband mit einem goldenen Tempel vorn darauf. Frau Brigitte hat ihm oft Bilder darin gezeigt. Käthe muß sich mit dem Strickbeutel begnügen, und jetzt hängt sich jedes der Kinder an einen Arm der Mutter und vorwärts geht es. Gar nicht mehr ängstlich, Mutter ist ja da. Nein sachte, sachte, damit Mama nicht fällt. Und »hier ist ein Stein,« warnt Käthe. Und »Mama gib acht, da ist eine Rinne,« ruft Wolfgang. Dann fragt Käthe, warum bei Frau Schmidt die Haare obenauf so schwarz seien, während sie unten doch so schön weiß aussähen. Und der Knabe will wissen, wer Perikles gewesen sei und warum Fräulein Saalborn ihrer Venusbüste einen Schleier um die Brust gehängt habe. Plötzlich ruft er »Mama, hupple mal!« Frau Brigitte tut sehr erzürnt, sie kennt den

Scherz schon, es ist ja gar keine Rinne da, und sagt: »Kindern, die ihre Mutter verspotten, wächst die Hand aus dem Grabe.« Darauf lachen sie alle drei und lachend kommen sie heim zu dem wohlgedeckten Abendbrottisch, und die Kinder sind froh, daß alles überstanden ist.

Von den Gästen des Guntramschen Hauses fand nur einer Gnade vor Wolfgangs Augen: der alte Konrektor, Herr Polycarpus Schäufflein. Das war um so merkwürdiger, als Polycarpus niemals sonderliche Notiz von dem kleinen Verehrer nahm. Er hatte ein ungewöhnliches Gefallen an Frau Brigitte, die ihrerseits den alten Herrn sehr hoch schätzte und in einer Stunde Plauderns mit ihm gern alles Sorgen vergaß. Ein Hang zum Grübeln und die Feinfühligkeit höchster Herzensbildung hatte beide zusammengeführt und ein ideales Freundschaftsbündnis geschlossen, das um so fester wurde, je länger es hielt. Wöchentlich einmal zur festgesetzten Stunde erschien der Konrektor, um mit der Freundin zu musizieren, und jedes Mal wußte es Wolfgang so einzurichten, daß er in der Nähe war. Halb lachend, halb staunend sah er sich hinter der Mutter hervor den kleinen Mann an, freute sich über den zerstreuten Blick, der ihn aus großen Brillengläsern freundlich traf und war selig, wenn er den Violinkasten in den Salon tragen durfte. Dort setzte er sich in die Ecke und hörte andächtig den beiden zu, wie sie von Gott und Welt und allem Hohen sprachen. Wie freute er sich an dem jugendlichen Feuer, das in diesem alten Gesicht glühte, über die begeisterten Worte, die aus den weißbebarteten Lippen hervorbrachen, über die kurzen, gelenkigen Finger, die in der Aufregung hastig über die Tasten des Flügels glitten. Und wenn dann nach langem Reden endlich das saubere Seidentuch von der heiligen Geige fortgenommen wurde, Frau Brigitte mit ihrem wunderbar ernsten Wesen vor dem Klavier saß und der Konrektor den Bogen führte, dann schloß das Kind träumend die Augen, und es war ihm, als ob es in einer Schaukel säße und hoch den blauen Himmel flöge, hoch und höher im wonnigsten Rausch. Verklang der letzte Ton, so seufzte Wolfgang tief, wie ein seliger Mensch traurig und doch im Innersten froh, von Schönheit erfüllt, zur Erde zurückkehrt. Ging es dann zum Abendbrot, so schmeckte alles doppelt schön. Die

Mutter Natur hatte den Knaben mit einem unverwüstlichen Appetit versehen, und wenn Frau Brigitte im frohen Bewußtsein vollbrachter Tätigkeit über ihre Brut hinsah und fragte, »Schmeckt's euch, Kinder?«, konnte sie unfehlbar darauf rechnen, daß ihr Herbstkind im Ton tiefster Überzeugung erwiderte: »Mir schmeckt's, Mama.«

Mittlerweile ging die Schule ihren Gang weiter. Es war nicht allzuviel, was ein Kind dort lernen konnte, und von dem wenigen trieb Wolfgang nur das mit Eifer, was ihm Freude machte: Lesen. Seine Begabung befähigte ihn, sich alles spielend anzueignen. Bald war er hinter den Kunstgriff gekommen, zu glänzen und doch faul zu sein. Die Folge war nun wirklich die Entwickelung eines geistigen Hochmuts, der um so gefährlicher war, weil er in der bevorzugten Stellung des Vaters eine Stütze fand. Als Landratssohn mitten unter den Kindern von kleinen Beamten und Kaufleuten stehend, dabei geistig überaus verwöhnt durch den ästhetisch gestimmten Ton des Elternhauses und durch seine leichten Erfolge betört, gewöhnte sich Wolfgang an, sich vornehm abzuschließen und auf seine Mitschüler herabzublicken.

Ein scharfes Auge für alles Lächerliche lehrte ihn die Schwächen der Lehrerinnen herausfinden, so daß diese nach und nach jede Gewalt über ihn verloren. Die einzige Ausnahme machte ein junges Mädchen, welches, zum ersten Mal Unterricht erteilend, die Anforderungen an die Kinder sehr hoch stellte und mit eiserner, aber gerechter Strenge verfuhr. Während sie bei der ganzen Schule bald in Verruf war, hing Wolfgang schwärmerisch an ihr. Es gelang ihr, ihn an die Arbeit zu bannen und überraschende Erfolge zu erzielen. Namentlich prägte sie dem Knaben eine tiefe Liebe für Geschichte ein, welche ihn nicht wieder verließ und die Grundlage seiner Entwicklung wurde. Dieser Lehrerin zuliebe focht er auch seinen ersten Streit mit den Genossen aus. Als sie einst einen Spottvers auf die Unbeliebte sangen, wurden sie plötzlich durch einen wütenden Anfall des Landratssohnes überrascht. Seine allzueifrige Ritterlichkeit brachte ihm nichts weiter ein als Prügel, Hohn und Ärger. Aber er fühlte zum ersten Mal die wunderbare Befriedigung, der Menge gegenüber für seine Meinung eingetreten zu sein.

Leider verließ Fräulein Keller die Schule bald, und der Knabe verfiel von neuem seiner Anmaßung und Untätigkeit. Träumerisch saß er stundenlang da und starrte in die Weite. Kein Mensch hätte aus dem klug werden können, was in dem kleinen Gehirn vorging. Nur ein Bild kehrte immer wieder, die Schaukel, die ihn in sanftem Schwung zu den Wolken trug. Dabei war sich der Knabe seines Weges bewußt. Er lernte von Tag zu Tag mehr, seine Handlungen zu prüfen und zu unterscheiden, was als Recht und Unrecht galt. In dem natürlichen Drang, sich alle Gewissensqualen fernzuhalten, machte er sich ein doppeltes Moralsystem für sich und andere zurecht. Daß er so mitten hinein in Verstellung und Lüge geriet, bedrückte ihn nicht. Er war überzeugt, innerlich wahrhaft zu sein.

Wolfgang sprach nicht über die seltsamen Entdeckungen, welche er jetzt in seinem Innern machte, und da man an seine Schweigsamkeit und Phantasterei gewöhnt war, ahnte niemand, wie weit der Knabe mit den hellen Kindesaugen in die Tiefen des Lebens eingedrungen war. Den Eltern sollten die Augen auf eine merkwürdige Art geöffnet werden. In jener Zeit erkrankte Käthe an einem langdauernden Gelenkrheumatismus und mußte die Schule versäumen. Wolfgang trabte also eines Tages allein dorthin. Schon auf dem Rückweg stand sein Entschluß fest, daß es das letzte Mal gewesen sein sollte. Am nächsten Morgen zog er mit wohlbepacktem Ranzen und tüchtigem Frühstück ab, aber statt in die Schule zu gehen, setzte er sich friedlich in eine verborgene Ecke hinter der Wandelhalle und genoß die Freiheit, so gut es der enge Raum gestattete.

So trieb er es einige Tage lang. Wenn die Rathausuhr die ersehnte Stunde des Schulschlusses schlug, erschien er trällernd und unbefangen im Elternhaus, um pünktlich wieder in seinem Versteck zu verschwinden. Aber die Idylle wurde gestört. Eines Tages zogen sich düstere Wolken am Himmel zusammen, Donner und Blitz folgten sich ununterbrochen, und der Regen floß in Strömen. Trotz der Schiefertafel, mit der Wolfgang sich zu decken suchte, war er in kurzer Zeit bis auf die Haut durchnäßt, ihn fror, und plötzlich erwachte in dem Kinde das Gewissen. Der rächende Gott des alten Testaments stand vor seinen Augen. Bebend vor Angst stürzte er nach Hause. Frau Brigitte war höchlichst erstaunt, als sie ihren Sprößling eine Stunde zu früh aus der Schule kommen sah. Aber arglos glaubte sie den treuen Worten des Buben: Fräulein Engel habe Kopfschmerzen und könne heute nicht unterrichten.

Da die Sonne wieder am Himmel lachte, war der eifrige Gott vergessen. Nur ein neuer Zufluchtsort mußte gefunden werden. Das Einfachste war, im Hause zu bleiben, und Wolfgang zögerte nicht, sich den besten Platz auszusuchen, der denkbar war, die Bibliothek. Dort brachte er die nächsten Tage zu. Für Zeitvertreib war gesorgt. Die Namen der großen Dichter hatte Wolfgang oft genug gehört, und eifrig suchte er sich die Schillerschen Dramen heraus. Freilich reichte sein Verständnis nicht weit. Er ließ alles Schwierige beiseite und begnügte sich, das Kleingedruckte zu lesen. Auf diesen Angaben vom Kommen, Sehen und Sterben der Personen, von Szenen- und Handlungswechsel baute er sich seine eignen Stücke zurecht, und sie erschienen ihm schön genug.

Auch diese Freude dauerte nicht lange. Eines Tages entdeckte ihn Schwester Käthe, wie er eben im Begriff war, sein Frühstück zu verzehren. Nun hätte sich das Schwesterlein lieber die Zunge abgebissen, als den Bruder mit einem Wort verraten. Aber die Überraschung nahm dem Bürschchen die Überlegung, und wenige Minuten nach Käthen tauchte er vorn im Kinderzimmer auf, wieder mit lächelndem Munde und treuherzigen Augen sein Märchen von der ausgefallenen Stunde erzählend. Die Mutter sah ihr Kind zweifelnd an, glaubte ihm aber schließlich. Um so betrübter war sie, als sie in der Bibliothek das halbverzehrte Frühstuck Wolfgangs fand. Sie nahm ihn ins Gebet, und nach einigen ernsten Worten gab er zu, daß er die Schule geschwänzt habe. Es sei dort langweilig. Frau Brigitte war völlig niedergedrückt, ihrem offnen Charakter war jede Verstecktheit im tiefsten verhaßt und die Lüge verachtete sie als erbärmliches Laster. In höchster Entrüstung hielt sie dem Kinde das Jämmerliche seiner Handlung vor und scheinbar erreichte sie ihren Zweck. Wolfgang weinte und schluchzte, umarmte die Mutter und suchte auf alle Weise, sie zu begütigen. Bei der unwiderstehlichen Liebenswürdigkeit seines Wesens gelang es ihm nur allzurasch. Anfänglich war er wirklich tief zerknirscht und von seiner Sündhaftigkeit durchdrungen, aber schon nach wenigen Stunden hatte sich sein Gewissen erholt. Er begann sich vorzustellen, daß es doch ganz richtig sei, wenn er die Schule langweilig nenne, daß er beschlossen habe, nicht wieder hinzugehen und daß er seinem Entschluß treu bleiben müsse. Selbstverständlich müsse er dann auch lügen, schon um der heißgeliebten Mutter den Kummer über seinen Ungehorsam zu ersparen. So sah ihn der nächste Morgen wieder nicht in der Schule. Um vor jedem Überfall sicher zu sein, kroch er auf den obersten Boden, zog die Leiter nach und fühlte sich nun frei. Und da er keine Entdeckung fürchtete, schlug ihm auch das Gewissen nicht.

Um so überraschter war der Knabe, als er bei seiner Rückkehr in das Studierzimmer des Vaters gerufen wurde. Das war ein böses Vorzeichen. Jedoch sein Entschluß war gefaßt, und trotz des hohen Respekts, den er vor dem Vater hegte, trat er festen Schrittes ein. Herr Guntram rief den Knaben zu sich, forderte ihn auf, ihn anzusehen und fragte: »Bist du heute in der Schule gewesen?« Ohne einen Augenblick zu zögern, gab er die Antwort: »Ja, Papa.« Aber so entschlossen das Kind auch war, auszuharren, es erschrak doch vor dem Blick, der ihn aus dem gewaltigen Auge des Vaters traf. »Du trägst eine eherne Stirn beim Lügen,« hörte er noch, dann brach ein solches Ungewitter über ihn herein, wie er es sich nicht hatte träumen lassen. Anfangs biß Wolfgang die Zähne zusammen, entschlossen, keinen Ton zu äußern; aber die Schläge trafen so scharf und unbarmherzig, daß er bald in lautes Weinen ausbrach und schließlich völlig vernichtet war. Seine Qual war damit nicht zu Ende. Bei Tisch nahm kein Mensch von ihm Notiz, er war ausgestoßen und geächtet, die beiden Brüder wandten sich von ihm ab, und selbst seine geliebte Käthe wagte es nicht, ihn anzusehen. Den ganzen Tag verfolgte ihn das Gespött »Schulschwänzer, Schulschwänzer«, und seine Scham wurde aufs tiefste gekränkt, als er erfuhr, daß alle Gespielen von seiner Untat unterrichtet seien.

Wahrlich, die Strafe war hart. Und doch hatte sie keinen Erfolg. Aufs äußerste getrieben und verbittert blieb er standhaft bei seinem Entschluß, nicht in die Schule zu gehen, und führte ihn durch. Natürlich wurde er sofort entdeckt. Er erwartete zitternd eine neue Züchtigung. Aber es kam anders. Die Eltern hatten die Sache tiefer aufgefaßt und besser verstanden als Wolfgang selbst. Die Hartnäckigkeit, mit der er verfuhr, mußte einen Grund haben. Der Junge war weder schlecht noch ungehorsam. Wenn er, der bisher stets zärtlich und aufmerksam, harmlos und offen war, in einen solchen Wust von Lüge und Verstocktheit geriet, so mußte eine Veranlassung dazu da sein, und sie konnte nur in der Schule liegen. Schon am selben Tage wurde daher der Knabe in dem Lichtwarkschen Progymnasium zur Prüfung angemeldet. Um ihrer Autorität nichts zu vergeben, sandten die Eltern am nächsten Morgen Schwester Käthe mit in die Schule, und so mußte der Bengel wohl oder übel noch einmal die verhaßten Räume betreten. Gott sei Dank war es das letzte Mal.

4.

Wenn Wolfgangs Eltern gehofft hatten, die neue Schule werde den Knaben aus seiner gefährlichen Bahn führen, so war das eine Täuschung. Alles, was die verflossenen Jahre in seinem Charakter entwickelt hatten, der Haß gegen den Zwang, die Gleichgültigkeit gegen die Pflicht, der Mangel an Arbeitslust, die geistige Überhebung, die eigene Wertung von gut und böse saß in ihm so fest wie die Kenntnis im Lesen und Schreiben. Das Kind ahnte dunkel, welche Gewalt es mit seinem Willen ausüben konnte. Wenn es nicht in Trotz und Wildheit ausartete, so lag es nur daran, daß ihm keine Hindernisse in den Weg gelegt wurden und daß der Ton des Guntramschen Hauses unsinnige Neigungen nicht aufkommen ließ. Der ästhetische Sinn, der dort herrschte und das Leben zu einer Sinfonie gestaltete, unterdrückte alle Disharmonien. Und da sich Wolfgang auch in der neuen Umgebung von den Kameraden zurückhielt, so konnten von außen kommende Einflüsse seinen Entwickelungsgang nicht stören. Diese innerliche Einsamkeit, welche er selbst den Eltern und der Schwester gegenüber behielt und welche ihn bis in die reife Zeit seines Lebens begleitete, machte von vornherein jeden Versuch, ihn zu leiten und umzubilden, unmöglich. Sie schuf in ihm eine seltsame Mischung von nachdenklicher Frühreife und wunderlicher Kindlichkeit. Er blieb länger als andere ein ungeschliffener Tölpel, ein indifferenter Mensch, welcher wie ein Schwamm alles in sich einsog, und – nie ausgepreßt – seine Kräfte ungenützt liegenließ. Diese geistige Unabhängigkeit schützte ihn davor, seine Willenskraft zu vergeuden. Sie verbarg sich in den innersten Tiefen seines Wesens, eingedämmt von Träumerei und Schwermut, kam nur tropfenweise zum Vorschein, um endlich alles um sich her niederwerfend, ein majestätischer Strom, hervorzubrechen.

So blieb für den heranwachsenden Knaben die Schule nur als Vermittlerin von Kenntnissen wichtig, und den Lehrern beugte er sich nur so weit, als sie ihn wissend machten. Denn wenn dem Kinde auch jedes bewußte Streben fehlte und es vor der Arbeit zurückwich, so lockte doch das neue Feld der Tätigkeit unwiderstehlich an. In Guntrams Familie war es ein Glaubenssatz, daß die Kenntnis der alten Sprachen den edlen Menschen vom Pöbel unterscheide, und nichts wirkte mächtiger auf Wolfgangs Gemüt als die Tradition des Hauses. Die Menschen maß er nach seinen Eltern, und ihre Ideen waren ihm bindend. So warf er sich begierig auf die lateinische Sprache, welche mit ihrer wuchtigen Klangfülle ihm den ersten, wenn auch unbewußten Genuß des Wohllautes verschaffte. Unterstützt wurde dieser Eifer durch die römische Geschichte: mit ihren pomphaft aufgestutzten Märchen machte sie tiefen Eindruck auf seine Seele. Als ihm der Geburtstag das Stollsche Werk »Die Helden Roms« bescherte, lebte er wochenlang inmitten dieser stolzen Männer, deren Verwandtschaft ihn begeisterte, und er gewöhnte sich das Pathos Liviusscher Erfindung an. Viel gleichgültiger stand er damals der griechischen Historie gegenüber; ihm fehlte noch das Verständnis für die Bedeutung der Persönlichkeit, welche so unendlich fein aus jeder Zeile hellenischer Überlieferung hervortritt. Die eintönige, gleichmäßige Wucht römischer Tendenz, welche immer denselben Charakterzug der

Hoheit und Unüberwindlichkeit Roms betont, riß ihn fort. Und doch empörte ihn diese hochmütige Anmaßung. Als er an die Gestalten der großen Karthager kam, benutzte er jede freie Minute, um in atemloser Spannung, mit glänzenden Augen und fiebernden Backen weiterzulesen. Eine jubelnde Freude erfüllte ihn bei den Siegen Hannibals, und der Untergang dieses Mannes, der ihm alle Größe verkörperte, stimmte ihn so traurig, daß er wochenlang das Buch nicht wieder aufschlug. Erst die Gestalt des Marius, der mit dem Blick Mörder bändigte, und noch mehr die überlegene Größe Cäsars fesselten ihn wieder.

Vermutlich würde bei dieser Vorliebe für römisches Wesen die Aneignung der griechischen Sprache große Schwierigkeiten bereitet haben, wenn nicht auch hier die Stimmung des Elternhauses ausgleichend gewirkt hätte. Die olympischen Götter waren so fest mit Wolfgangs Wesen verwachsen, die Gestalten der Sage so tief in sein Gedächtnis eingepflanzt, die ewigen Sänge Homers seinem Ohr so vertraut, daß er ihrer Sprache mit gespannter Erwartung entgegentrat und die Anfangsgründe spielend bewältigte.

Alle anderen Fächer litten unter der Gleichgültigkeit, dem Mangel an Streben und dem Hochmut Wolfgangs. Die Leichtigkeit, mit welcher ihm alles zuflog, entwöhnte ihn der Arbeit, seine überraschenden Leistungen in den toten Sprachen verschafften ihm den Ruf einer großen Begabung, und daß er nebenbei für einen ausgemachten Faulpelz galt, schmeichelte seiner Eitelkeit. Andere mochten in dem Schweiße des Angesichts arbeiten, ihm, dem sonnigen Herbstkind, gebührte heiterer Genuß.

Die Folgen dieser fragwürdigen Selbstschätzung zeigten sich sehr bald, und was schlimmer war, sie wurzelten sich unausrottbar fest. Jede Taxe fremder Arbeit, jede Hochachtung vor der Leistung anderer ging dem Knaben verloren, eine durch nichts begründete Selbstvergötterung ließ ihm das Lob als selbstverständlich, den Tadel, das Mißlingen als ungerecht erscheinen.

Zunächst äußerte sich seine Nachlässigkeit in kleinen Äußerlichkeiten. Die Schrift wurde schlechter, die Bücher und Hefte waren zerfetzt.

Natürlich fehlte es nicht an Mahnungen und Strafen. Aber was machte das dem Übermütigen aus? Seine Erfolge hielten ihm den ersten Platz der Klasse offen, und wenn man ihm die Führung des Klassenbuchs nahm, so fühlte er nur die Annehmlichkeit, eine Last los zu sein. Sein Ehrgefühl wurde nicht dadurch gekränkt. Er glaubte sich schon damals über den Auszeichnungen stehend. Schlimmer für ihn war, daß er die Elementarfächer ganz beiseite ließ. Naturgeschichte und Geographie fesselten ihn nicht, er kannte keine Blume beim Namen, keinen Vogel wußte er zu benennen, die Bäume waren ihm alle gleich und die Steine gingen ihn nichts an. Gebirge und Flüsse, Länder und Städte lernte er für den Augenblick, er ließ sich vorsagen oder las unter der Bank ab, was von ihm verlangt wurde. Wenn hie und da etwas in dem Gehirn sitzenblieb, so war es gewiß nicht sein Verdienst. Im Rechnen hatte er eine gute Grundlage bei Fräulein Engel erhalten. Das schützte ihn in den nächsten Jahren vor Mißerfolgen, aber bei der Geometrie und Algebra versagten die Kräfte, und Wolfgang mußte durch sein ganzes Schulleben eine schwere Last unverstandenen Gedächtniskrams mitschleppen.

Sehr eigentümlich war des Knaben Verhältnis zur deutschen Sprache. In klassischer Luft aufgewachsen ermangelte Wolfgang jeder Naivität, und seine unglaublich verfrühte Belesenheit war ihm eher hinderlich als fördernd. Um kindisch nachzuahmen, war er zu selbständig, und um selbst zu schaffen, war seine immer tätige Phantasie zu einseitig. Durch sein unklares Traumleben verlernte er die Stetigkeit, durch seine verschlossene Schweigsamkeit die Fähigkeit des Ausdrucks. So kam es, daß während der Gymnasialzeit seine Aufsätze schlechte Zensuren erhielten. Wenn ihm später in der Zeit seines höchsten Schaffens ein Schriftstück aus der Schule, ein Brief oder ein Aufsatz in die Hände fiel, begriff er nicht, wie er je so Minderwertiges hatte leisten können, und noch weniger verstand er, wie die vollendete Kraft des Worts in ihm unbemerkt gewachsen war.

Auch die schauspielerische Begabung Wolfgangs kam nicht zur Geltung. Die liederliche Art des Lernens, die übermütige Handhabung seiner Denkkraft, die keck dem Dichter eigne Erfindung unterschob, wenn das Gedächtnis versagte, rächte sich; der Knabe verlor die Fähigkeit auswendig zu lernen, und das anfangs von Lehrern und Mitschülern bewunderte Hilfsmittel zu improvisieren, wurde gerade da zur Notwendigkeit, als ihm das Vermögen, die deutsche Sprache zu meistern, versagte. So wurden ihm, dem Hochbegabten, eine Menge von Aufgaben der Schule schwer, die anderen keine Mühe bereiteten. Freilich stärkte der Zwang, aus eigner Tiefe Vergessenes zu ersetzen, seine schöpferischen Kräfte, und er selbst pries es später als Glück, ohne Gedächtnis gelebt zu haben.

Die neue Schule brachte Wolfgang zum ersten Male in Berührung mit der Kirche. Die Schüler wurden nicht zum Besuch des Gottesdienstes gezwungen. Der Vorsteher der Anstalt hatte jedoch die Gewohnheit, in der Religionsstunde nach Evangelium und Text der Predigt zu fragen. Wolfgang opferte also seinen Sonntag und zog im Feierkleide zur Kirche. Die Sonne strahlte vom Himmel herab, die Vögel sangen ihr freudiges Lied, und der Wald rauschte lockend. Der Knabe wanderte weiter, die Chaussee hinab. Sehnsüchtig winkten die Pappeln, sich im Winde wiegend, bunte Schmetterlinge flatterten über den Weg, wie Eisberge leuchteten die Wolken aus dem blauen Dunst hervor. Alles trieb hinaus in das weite Gotteshaus der Natur. Aber der Knabe ging weiter über die alte Brücke. Dort drüben brauste der Zug dahin, weit in der Ferne verschwand sein ringelnder Rauch. Drunten rauschten die grünen Wogen, und die Fische plätscherten im Sonnenschein. Wolfgang bog sich weit über das Geländer und schaute in die Tiefe. Da spielten die Nixen im grünen Gewand, sie lockten und sangen, und lauschend weilte der Knabe. Aus den Bergen riefen die Riesen, und in der Erde Schachten hämmerten Zwerge. Wie schön war die Welt! Wolfgang schwankte, ob er weitergehen solle. Da hallte der Glockenschlag voll tönend über die Stadt hinweg, und eilenden Fußes lief der Junge zur Kirche. Wie oft hatte er das alte finstere Gebäude aus der Ferne betrachtet und sich verwundert gefragt, warum dieser viereckige Kasten ein Gotteshaus heiße. Jetzt trat er ein. Dumpfe Luft schlug ihm aus dem halbdunkeln Raume entgegen. Eine Menge gelber Bänke standen lang aufgereiht und schwarzgekleidete Leute saßen in steifer, gezwungener Haltung darauf. War es auch eine Schule, in die er geraten war? Bretter mit schwarzen Zahlen hingen an den Pfeilern, und nun erklangen mißlautend die langgezogenen Silben eines Chorals, von eintönigen Orgelstimmen begleitet. Das also war die Gemeinde der Heiligen, wie der Katechismus meinte. Und der schwarzgekleidete, dicke Mann mit den Schauspielergebärden und den pathetischen Brusttönen, die wie aus vollem Munde erschollen, das war der gute Hirt.

Ein drückender Eisenpanzer legte sich um die Brust des Knaben, der kaum atmen mochte und völlig verängstigt auf dem Rand einer Bank sich nicht zu regen wagte. Wie eine Ewigkeit erschien ihm die Liturgie, von der er nichts verstand, obwohl jedes Wort ihm bekannt war und mit wuchtiger, taktmäßiger Kraft an sein Ohr schlug. Und nun wieder dieser quälende Gesang mit den krähenden Weiberstimmen und den nie endenden Vokalen.

Jetzt endlich begann die Predigt. Wolfgang erwachte aus dem dumpfen Traumzustand und horchte auf. Immer größer wurden seine Augen, immer heller sein Mut, immer schärfer sein Geist. Er verstand sehr gut, was der Prediger da oben sagte. Aber was war es ihm?

»Wir sind allzumal Sünder und brauchen alle der Gnade.«

Was war das: Sünde? Wo waren seine Sünden?

Die Lüge fiel ihm ein. War es nicht gut, wenn er log? Er log nicht aus Angst oder Hochmut. Stand er nicht über den Kameraden mit ihren faden Späßen, ihrer tölpischen Gier, ihrem bäuerischen Fleiß?

Die Faulheit? Die Fische spielten wieder vor seinen Augen. Er zuckte die Achseln. Er war kein Sünder. Und was sollte ihm die Gnade? Er brauchte sie nicht. Seine Eltern liebten ihn, dort fand er ein offnes Herz und treue segnende Hände. Aber das war ja selbstverständlich. Niemals war ihm Gnade begegnet. Das konnte kein Gott sein, der gnädig war. Ein Gott mußte sein wie die Mutter, hold, vertraulich, eng befreundet, vielleicht auch streng, aber gnädig? Nein, er brauchte keine Gnade.

Wolfgang hörte nicht mehr auf die Worte des Redners. Er sann und sann.

Wer weiß, fuhr es ihm durch den Kopf, vielleicht gibt es gar keinen Gott; und wenn einer da ist, so ist es ein anderer als dieser gnädige Gott der Sünder. Aber wozu darüber denken? Was ging es ihn an? Mochte er kommen, sich ihm offenbaren. Er brauchte ihn nicht.

Die Zeit verrann, und aus tiefen Träumen schreckte der Knabe empor, als mit geräuschvollem Scharren die Kirchenbesucher sich erhoben.

Er eilte hinaus in den Wald, warf sich in das weiche Gras und träumte vom Sonnengott und dem Donner des Zeus, von der lieben Mutter und dem ehrfurchtgebietenden Mann, der ihm Vater war.

Frisch und fröhlich kehrte er zu Tisch nach Hause zurück. Von jenem Tage an ließ er das Christentum beiseite liegen. Niemals, solange er lebte, rührte die christliche Lehre eine Saite in seinem Wesen. Der Christ ward ihm zur Merkwürdigkeit, zum Rätsel, welches er jahrelang mit angestrengtem Interesse studierte, wie ein naturgeschichtliches Phänomen. Mit eisernem Fleiß eignete er sich weitliegende Kenntnisse in der Geschichte der Religionen an, die dogmatischen Streitigkeiten reizten seinen Verstand, die Entwickelung des Christentums seine psychologischen Fähigkeiten. Aber er selbst war nie Christ, und nicht für einen Moment kam es ihm in den Sinn, daß ihm Religion notwendig sei oder daß er irgendwo außerhalb des Weltalls etwas zu suchen habe.

5.

Eine eigentümliche Nahrung erhielt das frühreife Denken und die grüblerische Richtung Wolfgangs durch den Verkehr mit Polycarpus Schäufflein. Der kleine Herr hatte an dem Knaben Gefallen gefunden, und einsam alternd streute er mit vollen Händen Saat in das junge Herz.

Die Freundschaft der beiden hatte sich in sehr charakteristischer Weise entwickelt. Eines Tages war Wolfgang ganz begeistert aus der Schule gekommen. Er sollte eine Karte des Deutschen Reiches zeichnen. Mit der Tollkühnheit des Unerfahrenen begann er sein Werk. Ach, diesmal war es kein Spiel, und alle leichtfertige Begabung scheiterte an dem neuen Problem. Wolfgang hatte das Zeichnen nie ernst genommen. Der Lehrer langweilte ihn, die Hefte starrten vor Schmutz, und seine

Linien gingen kreuz und quer. Was half ihm jetzt Zirkel und Winkelmaß? Bogen auf Bogen mißriet. Aber es mußte gehen, es sollte gehen, Wolfgang wollte es. Die Stunden verrannen. Der Knabe saß und maß und zeichnete. Und endlich war das Meisterstück vollendet. Voll Stolz brachte er es der Mutter. Brigitte starrte das Wunder an, es schien ihr ein wenig komisch, besonders das Meer mit seinen künstlerischen Linien, die wie riesige Spinnen aussahen. Sie wollte lachen. Da sah sie das erwartungsvolle Gesicht des Knaben. Freundlich strich sie ihm über den Kopf und sagte: »Heut bist du fleißig gewesen, mein Junge, die Eierkuchen werden gut schmecken.«

Siegesgewiß gab Wolfgang seine Karte dem Lehrer. Seine Augen hingen an dem Mann, als er in der nächsten Stunde mit den Arbeiten erschien. Drei oder vier andre wurden gelobt, ihre sauberen Zeichnungen herumgereicht und zur Nachahmung empfohlen. Wolfgangs Werk blieb in dem Haufen liegen, der Erwähnung nicht wert. Das Kind biß die Zähne aufeinander und antwortete in jener Stunde auf keine Frage. Wolfgang wußte, daß er weinen würde, sobald er den Mund auftat, und er wollte nicht weinen. Nach der Schule aber ging er in seine Kammer und schluchzte bitterlich. – Zum ersten Male hatte er gearbeitet, und seine Arbeit war nichts wert. Nur dieses eine Mal hatte er mit ganzer Seele versucht, etwas zu leisten, und seine Leistung war nichts, gar nichts. Wenn er nichts tat, wurde er gelobt, und wenn er arbeitete, wie nur ein Mensch arbeiten kann, sah keiner danach. Er war nicht verbittert, nicht gekränkt, aber tief, tief unglücklich. Er war irre an sich selbst.

Brigittes Zureden prallte an dem Knaben ab, und seufzend gab sie den Versuch auf, zumal der alte Konrektor soeben zu dem Musikabend erschien.

Als Wolfgang die Stimme Polykarps unten auf dem Flur hörte, raffte er sich auf, um der Mutter zu folgen. Die beiden waren schon im Musikzimmer angelangt, der Kleine blieb an der Türe stehen und horchte. Er wußte, daß jetzt von ihm gesprochen wurde.

»Ja, Frau Landrat,« hörte er die laute, sichere Stimme des Konrektors, »da ist nichts zu machen. Solche Erfahrungen werden dem jungen

Herrn nicht erspart bleiben, und der wirkliche Schmerz ist ein guter Erzieher. Lassen Sie ihn allein damit fertig werden. Nur nicht trösten, das gibt bloß Schwächlinge.«

»Der arme Kerl,« sagte die Mutter, »er war so stolz auf sein Machwerk.«

»Bah, wenn es echter Stolz war, so kümmert er sich nicht um die Anerkennung. Glauben Sie mir, Mitleid mit Kindern ist ganz töricht. Kinder haben so viel Elastizität, sie brauchen keinen Trost.«

»Nein, nein,« sagte Brigitte, »meine Kinder heulten immer erst, wenn irgendeine gefühlvolle Tante ihre Beulen bedauerte.«

»Sie haben ganz recht, Frau Landrat. Solche jungen Leben brauchen ganz etwas anderes: eine Fohlenweide, wo sie sich tummeln können, und eine Mutter, die sie liebt und nicht viel Wesens von ihren Schmerzen macht. Aber statt dessen sperrt man die Kleinen in die Schule, und die arme Mutter verschwendet ihre Liebe an den Staublappen.«

»Sie lästern, Herr Schäufflein, wenn der Junge Sie hört, schwänzt er wieder die Schule.«

Wolfgangs Herz klopfte, aber er regte sich nicht. Der alte Konrektor lachte breit und behaglich.

»Das hat mir an dem jungen Herrn gefallen, daß er sein Joch brach. Der wird mal gut. Der hat Kopf. In der Schule verwöhnt und doch nicht zufrieden. Hat schon früh ein feines Gefühl für das Leben. Die Schulen sind ein Unsinn.«

»Sie sind ja selbst Lehrer, Verehrtester.«

»Aber nicht Schullehrer. Bin ich gewesen, bin's nicht mehr, Gott sei Dank. Gerade weil die Schule nichts taugt, habe ich's aufgegeben. Wie soll man zwanzig Bengel gleichzeitig lieben können? Und ohne Liebe ist alles Unterrichten Strohdreschen. Ich weiß ein Lied davon zu singen. Wenn ich jetzt jemanden unterrichte, so ist's einer, den suche ich zu verstehen; von dem will ich lernen. Man kann viel von den Kleinen lernen, und wenn sie von uns empfangen, so wir noch mehr von ihnen. Das heißt, man muß überhaupt lernen können. Die meisten Menschen sind Karussellpferde, gehen immer in die Runde. Da habe ich eine Schülerin« –

Wolfgang trat rasch ein. Er kannte den Alten. Jetzt war seine Sache erledigt, und es kamen endlose Erzählungen, die interessierten ihn nicht. Er wollte Musik hören. Wirklich verstummte das Gespräch, und die beiden begannen zu spielen.

Am selben Abend fragte Wolfgang die Mutter: »Was treibt eigentlich Herr Schäufflein, und wie kommt er zu dem Titel Konrektor?«

»Er war vor Jahren an dem Progymnasium angestellt, von dieser Zeit her hat er den Titel beibehalten, wahrscheinlich um seinen Reden über die Schule mehr Gewicht zu geben. Jetzt lebt er ruhig seinen Studien und der Musik. Von dem könntest du viel lernen.«

Wolfgang sah seine Mutter nachdenklich an. »Er sprach von Stunden geben. Wo ist er jetzt Lehrer?«

»Seine Ersparnisse sind nicht groß. Er erteilt, um leben zu können, hie und da Unterricht, aber nur Auserwählten und nur Mädchen.«

»Warum nur Mädchen?«

»Weil er sich nicht ärgern will, und ein einzelnes Mädchen besser zu regieren sei als ein Knabe. Wenn mehrere zusammenkämen, sei es umgekehrt.«

»Ist das wahr, Mama?«

Brigitte zuckte die Achseln. »Ich war nie Lehrer und bin froh, wenn ich mit euch Rangen fertig werde. Aber was der Konrektor sagt, ist immer wahr und doch niemals wahr. Er sagt nicht alles, was er denkt, und so wird er wohl auch hier noch andere Gründe haben.«

»Hat er sie dir nicht gesagt?«

»Nein. Ich denke mir, die jungen Dinger tun ihm leid. Es sind lauter angejährte, 25, 30 Jahre alt. Wenn sie die Bälle hinter sich haben, wissen sie nichts mit sich anzufangen. Dann gehen sie zu Schäufflein, und wenn sie recht unzufrieden sind, nimmt er sich ihrer an. Es ist nicht eigentlich Unterrichten, was er treibt.«

»Und warum wählt er gerade die Unzufriedenen aus?«

»Er behauptet, sie seien die Begabtesten. Das innere Unglück sei der beste Maßstab für die Befähigung eines Menschen.«

Der Knabe schwieg und sagte bald gute Nacht. Am nächsten Morgen jedoch erklärte er der Mutter, er wolle auch vom Konrektor unterrichtet werden.

»Du bist nicht gescheit, Junge. Du hast ja gehört, er mag bloß alte Mädchen. Was soll er mit dir, Wicht?«

»Er wird es schon tun, Mama, wenn du ihn bittest.«

»Du hast doch wahrhaftig genug Stunden und stöhnst jetzt schon über die Schule.«

»Ach, die Schule, die Schule, das ist etwas andres. Unter den Buben ist keiner, der mir lieb wäre. Sie sind alle so dumm, und der Lehrer muß sie doch fragen. Wenn ich etwas verstanden habe, sitzen die andern zwei Stunden darüber, und ich habe nichts zu tun. Ich langweile mich so, Mama.«

Die Worte des Knaben machten Eindruck auf die Mutter. Das war ja der alte Gedanke Polykarps, daß die Schule den Begabten schädige, weil sie ihn in das gleiche Joch mit dem Dummkopf spanne. Ein Ausweg fiel ihr ein. »Vielleicht könnte er dir Klavierstunde geben.«

Der Junge ließ sie nicht ausreden. »Aber Mama, du weißt doch, ich mag nicht Klavier spielen. Ich könnte euch nicht mehr zuhören, wenn ich auch Tasten schlagen müßte. Und ich höre eure Musik so gern. Nein, ich will lernen, was er weiß.«

Die Mutter seufzte: keines der Kinder schien ihre musikalische Begabung geerbt zu haben. »Schön,« sagte sie, »ich werde mit Papa sprechen, und wenn der einwilligt, sollst du Stunden bei dem Konrektor bekommen, das heißt, wenn er dich nimmt.«

»Er wird mich schon nehmen,« frohlockte Wolfgang und eilte zur Schule.

Herr Adalbert Guntram gab seine Einwilligung, und noch in derselben Woche wurde alles mit Polycarpus geordnet.

So saß denn Wolfgang am nächsten Sonnabend in der Dämmerstunde dem kleinen, dicken Mann gegenüber.

»Was will denn der Herr nur wissen?« fragte Polykarp, den Knaben zerstreut ansehend.

»Alles.«

»Das ist das Einfachste. Leider weiß ich selber nicht alles; aber wo ich nicht weiß, habe ich gedacht, oder andre haben es für mich getan. Wir werden schon etwas zustande bringen. Sie müssen nur nicht denken, daß Sie hier Schule haben. Wir wollen Freunde werden und als Freunde plaudern. Dazu müssen wir uns ein wenig kennenlernen. Junge Herrschaften pflegen ja irgendeine Lieblingsbeschäftigung zu haben. Was macht Ihnen wohl den größten Spaß?«

»Lesen.«

»So, so, lesen. Wissen Sie auch, daß Sie sich die Augen damit verderben? Sie werden eine Brille tragen müssen, ehe Sie zwanzig Jahre alt sind. Und den Verstand verdirbt es auch. Was lesen Sie denn?«

»O, alles. – Was ich kriegen kann,« fügte er nach einer Weile hinzu.

»Haben Sie denn soviel Bücher?«

»Ich hole sie mir aus Papas Bibliothek.«

Polykarp machte große Augen. Es war nicht nach seinem Geschmack, daß der zehnjährige Knabe so unbeaufsichtigt schaltete. »Na, und was gefällt Ihnen am besten,« forschte er weiter.

»Richard III.«

Der Alte traute seinen Ohren nicht. »Was,« fragte er ganz entsetzt, »Richard III. von Shakespeare?« Polykarps Grundsatz war, sich über nichts zu wundern, aber für ein Kind schien ihm diese Vorliebe doch merkwürdig. »Warum denn gerade der?«

»Das weiß ich nicht. Er ist anders als die gewöhnlichen Menschen. Er gefällt mir.«

»Und haben Sie sich nicht gefreut, daß dieser miserable Buckelkerl abgemurkst wird, oder tut er Ihnen gar leid?«

»Nein. Er hatte erreicht, was er wollte, fiel im Kampfe als König. Ich finde ihn ganz famos.«

»Famos ist gut,« lachte Schäufflein. »Und in der Geschichte, wer ist da Ihr Held?«

»Hannibal.«

»Das ist dann schon ein andrer Kerl als das krumme Scheusal. Der hatte wenigstens Vaterlandsliebe.«

»Ja, aber wenn ich es gewesen wäre, ich hätte mit den Römern Frieden geschlossen und mit ihnen verbündet Karthago zerstört.«

»Ei, ei, unternehmend scheinen wir ja zu sein, und das Gewissen ist auch weit. Es ist nur gut, daß du nicht Hannibal bist.« In seinem Ärger über die ruchlosen Ansichten Wolfgangs duzte er ihn, was er sonst für ein Staatsverbrechen hielt.

»Napoleon mag ich aber noch mehr,« fuhr der Knabe fort, den Alten frei ansehend. »Der war noch größer.«

Polycarpus fuhr wie von einer Viper gestochen zurück. Für ihn, den genußfähigen, heiteren Mann, gab es nichts Schlimmeres als diesen Schinder, wie er den Franzosenkaiser zu nennen pflegte. Halb ärgerlich über den vorwitzigen Bengel, halb belustigt über den Größenwahn, der in allen seinen Worten lag, lenkte er das Gespräch ab. »Immer können Sie doch nicht lesen, was machen Sie, wenn Sie keine Bücher haben?«

»Dann tue ich gar nichts, das heißt, ich schlafe.«

»Du schläfst?«

»Ja. Ich sitze da und tue nichts, bis Mama sagt, Junge, schlaf nicht; und dann ist's vorbei.«

»Und arbeitest du nie?«

»Nein. Ich passe in den Stunden auf und die schriftlichen Arbeiten für das Haus schreibe ich in den Zwischenpausen ab.«

»Du bist ja ein sauberes Früchtchen,« knurrte der Alte ungeduldig. »Woran denkst du denn, wenn du schlafst, wie du es nennst?«

»O, dann male ich mir aus, wie ich unser Haus verteidige. Dann kommen von allen Seiten Feinde, und ich stehe hinter der Tür und schieße durch kleine Löcher, welche ich hineingebohrt habe, und Käthe gibt mir immer frischgeladne Flinten. Dann kommen sie immer näher, schlagen die Tür ein, und ich weiche zurück, werfe ihnen Schränke entgegen und breche mit einer riesigen Kraft die Treppe ab. Wenn ich wütend bin, bin ich sehr stark, müssen Sie wissen. Dann holen sie Leitern und ich schmeiße sie um. Aber schließlich werde ich bis auf den Boden gedrängt, und so viele ich auch getötet habe, es sind immer noch welche da.«

»Und dann fangen sie dich?«

»Nein. Erst schieße ich Käthe tot, werfe dem nächsten meine abgeschossene Pistole an den Kopf und springe aus dem Fenster.«

»Na, und dann?«

»Dann bin ich tot.«

»Gott sei Dank,« murmelte der Alte.

»Manchmal denke ich auch, ich säße in einem großen Saal und spielte Klavier und sänge dazu, bis alle Leute weinten, und dann drehe ich mich um und lache.«

»Kannst du denn Klavier spielen?«

»Nein, ich tue nur so. Ich will es auch nicht lernen.«

»Warum denn nicht?«

»Ich habe zu steife Finger. Es genügt mir zuzuhören. Ich finde das bequemer.«

Polykarp lächelte schmunzelnd. Wenn er das nicht getan hätte, wäre Wolfgang vielleicht auch mit dem Schaukeltraum hervorgerückt. Aber dieses Lächeln mißfiel ihm. Er behielt seinen höchsten Genuß für sich.

Schäufflein überlegte noch, wie er dem Jungen beikommen könne, als dieser selbst ihm weiterhalf.

»Wer ist denn Ihr Lieblingsheld, Herr Konrektor?«

»Wenn man alt wird, mein Kind, hat man keine Vorliebe mehr für den oder jenen. Wir Alten sind auf eine hohe Warte gestiegen; von dort schweift unser Blick weit über die Häupter der Menschen hinweg nach dem goldenen Nebel, welcher das bunte Lichtspiel des Lebens abschließt. Wer so unverwandt in die Ferne schaut, dem erscheint die Menschheit wie das Meer. Zu unsern Füßen spielen die Wellen am Strande, wir hören ihren gleichmäßigen Takt, wir sehen sie eine der andern folgend, in heftiger Wucht heranrollend, alle in nichts zerfließend. Weiter hinaus breitet sich die Fläche aus. Seit ich alt wurde, schwanden meine Helden zusammen, und die kleinen Menschen wuchsen. Nichts erscheint mir groß, aber auch nichts gering. Und wenn ich mich jetzt am Menschen weiden will, so gehe ich zu den Kindern, den kleinsten Kindern. Dort findet man Könige und ewiges Leben.«

Der Knabe hörte atemlos auf die warmen Worte des Konrektors. Er verstand wohl nicht alles. Aber die selbstvergessne Begeisterung eines Menschen war ihm neu. Ein Schauer ergriff ihn.

Der Alte schien den Schüler vergessen zu haben. Er schritt im Zimmer auf und ab, gestikulierte und sprach vor sich hin. Dann setzte er sich an den offnen Flügel und spielte. Wolfgang hatte nie so spielen hören. Er war im Innersten erregt, die fremde Umgebung verwirrte ihn, das Dämmerlicht umspielte seine Augen, der einsame kleine Mann wurde größer und größer, von der Wand blickte Beethovens Kopf gespenstisch herab, und in der Ferne draußen stieg der goldne Nebel empor, in dem das Leben sich auflöst. Eine goldne Schaukel an goldnen Bändern hängend schwebte vom Himmel hernieder und führte den Knaben in leisem Schwung hinauf und hinab, den Tönen der Musik folgend. Und aller Seligen Seligkeit umfing ihn.

Der alte Mann hatte längst aufgehört zu spielen, er stand neben dem Jungen und schaute gedankenvoll auf ihn hinab. Unter diesem Blick erwachte das Kind, Tränen traten ihm in die Augen. Er umfaßte den Alten und schmiegte seinen Kopf an ihn.

»Als ich selbst noch so ein junger Träumer war wie du, Wolfgang, hatte ich auch meinen Helden. Aber er sah anders aus wie der deine. Er trug ein weißes Gewand, seine Hände waren fein und zart, und sein Blick milde. Und noch etwas hatte ich vor dir voraus, ich sah ihn mit eigenen Augen. In Rom habe ich ihn gesehen, in dem Tempel der ewigen Stadt, den heiligen Vater.«

»Den Papst?« fragte Wolfgang verblüfft.

»Du sprichst das so, als ob es der Teufel sei,« lachte der Alte. »Ja, ja, ich weiß, die jungen Herren lernen in den Schulen nicht viel Gutes über die Katholiken, und es ist auch recht so. Wenn man schon in der Religion unterrichten will, so soll man Saat säen, die aufgeht, Saat der Partei und des Fanatismus. Du brauchst mich nicht so verängstigt anzusehen. Ich gehe schon längst nicht mehr in die Messe, und der Papst ist mir ebenso gleichgültig wie der Pastor hier. Das ist auch ein Vorzug des Alters, daß es kirchenlos wird. Wenn du das nächste Mal kommst, will ich dir erzählen, was ich davon denke. Heut mußt du gehen, und grüßen Sie die Frau Mutter schön.«

Wolfgang trabte nach Hause. Diese Stunde hatte einen überwältigenden Eindruck auf ihn gemacht. Er war zum ersten Mal einem Manne begegnet, welcher sich harmlos vor ihm gehen ließ, als ob er mit seinesgleichen spräche. Er hatte Worte gehört, die, nur halb verstanden, in seiner Seele widerhallten wie das Brausen des Windes in den alten Pappeln oder der Wellenschlag drunten am Wehr. Dieser Mann wirkte auf ihn wie das Ruhen im Gras, wenn der Wald immer stummer und größer wurde, die Stimmen der Vögel leise verklangen, wenn surrende Mücken um ihn spielten und die Sonne goldne Flecke auf das trockne Laub warf, wenn die heilige Mittagsstunde anbrach. Langsam, träumerisch schritt er dahin; zu Hause bat er die Mutter, ihn nicht zu fragen. Er aß zerstreut sein Abendbrot. In der Stille der Nacht träumte ihm, wie er ausging, den Nebel zu finden. Der aber wich immer weiter zurück, und er konnte ihn nicht erreichen.

Als Wolfgang erwachte, vermochte er sich die Stimmung des vorigen Abends nicht in das Gedächtnis zurückzurufen. Alles, was ihn gestern so wundersam ergriffen hatte, war vergessen. Nur die Erwähnung des Papstes schwebte ihm noch vor, und er fürchtete ernsthaft, der verehrte Konrektor sei ein verkappter Jesuit, welcher junge Seelen fischen wolle. Der künstlich aufgepfropfte Abscheu vor dem Katholizismus regte sich in ihm, und mit dem Worte »alter Fuchs« suchte er sich wieder freizumachen.

Wolfgang trat an den Frühstückstisch. Da sah er auf seinem Platz ein Häuflein nett eingebundener, kleiner Bücher liegen. Er schlug den obersten Band auf, in ungefügen Lettern stand darin: Polycarpus Schäufflein seinem jungen Freunde Wolfgang Guntram. Es war die Geschichte Napoleons von Thiers in einer schönen Übersetzung.

»Gehört das wirklich mir?« fragte er, und ein wunderbar fröhlicher Strahl der Kindesaugen traf die Mutter.

»Gewiß, mein Kind, Herr Schäufflein hat es dir gestern abend noch gebracht. Du mußt ihm sehr gefallen haben, da er dir etwas schenkt, noch dazu das Leben Napoleons, den er so haßt.«

»Ich sagte ihm, er sei mein Lieblingsheld. Warum haßt er ihn? Er ist der größte Mann.«

»Das mußt du den Konrektor selbst fragen. Er hat ein zartes Gemüt. Der Krieg erschien ihm stets als eine Schande der Menschheit, und seit er im Jahre 70 die Verwundeten gesehen hat, gerät er schon bei dem Gedanken an eine Schlacht in Aufregung.«

Der Knabe sah seine Mutter nachdenklich an und vertiefte sich dann in seine Bücher, welche er am liebsten mit dem Frühstück verzehrt hätte.

»Erzähl doch ein bißchen,« begann die Mutter wieder, »wovon habt ihr gesprochen?«

»Ich weiß wahrhaftig nicht mehr, Mama. Es ist alles wie weggeblasen. Aber er sprach ganz, ganz anders mit mir als sonst Menschen sprechen. Ich war vollkommen toll, als ich fortging.«

»Er nannte dich einen guten Jungen mit einem weichen Herzen. Ihr werdet Freunde werden.«

Dem Knaben fiel der gespenstische Baum mit dem goldenen Nebel ein, und wie er den Kopf an des Alten Brust gelegt und geweint hatte. »Mama,« sagte er, »ich habe den Mann lieb, anders als dich, eigentlich nicht ihn selbst, sondern das, was er und wie er es sagt.« Die Stimme des Kindes brach und es fehlte nicht viel, so hätte es angefangen zu weinen. Es stopfte eine Menge Semmel in den Mund, um seine Rührung zu verbergen. Dies altbewährte Mittel half ihm über die Tränen hinweg, und als der Knabe gesättigt war, brachte er endlich die Frage heraus, welche ihn so gewaltig beschäftigte.

»Gibt es noch Jesuiten hier?«

Brigitte sah erstaunt auf. »Nein, sie sind aus Preußen ausgewiesen. Keiner darf hier leben und lehren, der einem Orden angehört.«

»Aber heimlich, Mama, heimlich könnte einer doch da sein?«
»Das ist schon möglich, aber sehr unwahrscheinlich. Was sollte er mitten in einer protestantischen Gegend?«
»Kommt es nicht vor, daß sie gerade unter lauter Protestanten zu bekehren suchen? Hast du nie gehört, daß hier einmal irgend jemand plötzlich Katholik geworden ist?«
»Gewiß nicht. Niemals. Das ist Unsinn.«
»Aber Herr Schäufflein ist doch streng katholisch, nicht wahr?« platzte der Junge heraus.
Frau Brigitte lachte laut auf. »Hältst du den für einen Jesuiten? Das muß ich ihm erzählen, das wird ihm Spaß machen.«
Wolfgang war verstimmt. Er ließ sich nicht gern auslachen. »Er sagt, der Papst sei ihm der liebste Mensch.«
»Er wird dir noch manches konfuse Zeug vorreden. Wenn du ihn länger kennst, wirst du selbst merken, was er aufrichtig meint. Ich sagte dir ja, er spricht nie alle seine Gedanken aus. Du kannst ruhig sein. Der wird dich nicht bekehren. Seine Religion, wenn er eine hat, sieht sehr bunt aus, aber gewiß ist er kein Katholik, was man so darunter versteht.«

Die Schulstunden erschienen Wolfgang in dieser Woche noch qualvoller als gewöhnlich. Er sehnte den Sonnabend herbei, um sich Gewißheit zu verschaffen; denn die Worte der Mutter hatten ihn nur halb beruhigt. Als er endlich dem Alten unter dem düstern Beethovenbild gegenübersaß, war seine erste Frage, was der Konrektor mit seiner Vorliebe für den Papst gemeint habe. Der erzählte ihm denn, wie er im Schwarzwald als einziger Sohn eines Holzfällers aufgewachsen sei. Er habe nichts gekannt als die dunklen Tannen der Berge, das Rauschen der Bäche und das huschende Wild. Den Eltern aber sei er die beste Freude gewesen. Eines Tages nun sei er schwer erkrankt, er müsse so neun, zehn Jahre alt gewesen sein; genau könne er es nicht mehr sagen. Da habe die Mutter zur heiligen Jungfrau gefleht, welche sie in ihrer Einfalt für den tüchtigsten Arzt hielt, und habe ihr eine Wallfahrt nach Rom gelobt, wenn ihr das Kind erhalten bliebe. Und als er dann wirklich genesen sei, habe die Mutter ihn mit sich geführt, weit durch die dunklen Täler des Waldes und an vielen Seen vorbei, über die Schneeberge der Alpen an schäumenden Wassern entlang hinab zum goldnen Land Italien. Je weiter sie gekommen seien, um so freudiger sei dem Knaben zumute geworden, und wenn er müde war, erzählte die Mutter von der Herrlichkeit der Stadt St. Peters, wie der Vater der Welt dort wohne, und alle Armen und Elenden zu ihm kämen, wie sein Segen die Kranken heile und die Gnade des Himmels schenke. In dem Knaben nun wuchs die Sehnsucht, diesen Heiland mit Augen zu schauen und seine Füße seien nach diesem Ziele flink geworden. So seien sie denn beide nach Rom gekommen, gerade zur Osterzeit. Und in der Peterskirche habe er den heiligen Mann gesehen, sein mildes Antlitz habe ihm ein stilles Feuer im Herzen entzündet, welches nie erloschen sei. Er habe die Eltern gebeten, ihn auch der Kirche zu widmen. Der heimische Pfarrer habe ihn auch als Chorknaben zu sich genommen, weil er eine gar so schöne Stimme gehabt habe. Von ihm habe er Schreiben und Lesen gelernt und Latein und Griechisch. Es sei ein gelehrter Herr gewesen, der sich freilich besser auf den Plato als auf die Dogmen der großen Kirche verstanden habe. Deshalb sei er auch in den fernen Winkel des Schwarzwaldes gesteckt worden, wo den Bauern der heidnische Greuel des Pfarrers unverständlich blieb. Dem Knaben jedoch, den er bei sich aufzog und liebgewann, dem habe er seine eigene Seele eingeflößt, seine Liebe zur reinen Menschlichkeit, zur freien Gottesverehrung und zum tätigen Mitleid. Dann habe er ihn in die Welt gesandt, nicht als Priester, sondern als Lehrer für die Herzensunglücklichen, weil er selbst so herzlich unglücklich war.

Wolfgang war aufmerksam der Erzählung gefolgt. Er hatte sich vor den Alten hingekniet und die Hände über der Stuhllehne gefaltet. So andächtig war er noch nie gewesen, und er begriff auf einmal, daß in dem Menschenherzen Gotteshaus sei. Der tiefe Ernst des Lebens schaute ihn an, und seine hellen Kindesaugen waren feierlich still geworden. Ein neuer Keim brach unter der milden Wärme dieses Mannes aus seinem Wesen hervor. Und als er nach Hause ging, erfüllte ein Freuen sein

Herz, eine fernhinweisende Ahnung seines kommenden Lebens bewegte ihn im Innersten.

Die Sonnabendstunde bei dem Konrektor wurde beibehalten, bis Wolfgang sein Vaterhaus verließ. Der Knabe ließ lieber die schönsten Spiele und Bücher im Stich, als daß er einmal den Besuch in dem heimlichen Gelehrtenzimmer versäumt hätte. Ganz abgesehen von der Erweiterung der Begriffe, welche dieser eigentümliche Verkehr herbeiführte, entwickelte er Eigenschaften in Wolfgang, die sonst aller Wahrscheinlichkeit nach verkümmert wären. Für die zarteren und milderen Seiten des Lebens wurden dem Knaben die Augen geöffnet, dem naiven Egoismus, den er übte, stellte sich eine tiefere Auffassung der menschlichen Pflichten gegenüber, das Bedürfnis zu schenken, mitzuteilen erwachte. Der heitere Gleichmut, welcher den alten Mann auszeichnete, verfehlte seine Wirkung nicht, und wenn er auch der Melancholie der nächsten Jahre gegenüber lange nicht aufkommen konnte, so wuchs doch auf dieser Grundlage Wolfgangs spätere unzerstörbare Ruhe. Die Saat der Ehrfurcht, der Anerkennung fremder Denkart wurde hier ausgestreut, um in den Tiefen verborgen zur Blüte zu reifen.

Mit bewußter Dankbarkeit gedachte Guntram des alten Sonderlings, der seine Kindheit beschirmt hatte, und wie er oft sagte, schuldete er ihm und den Eltern allein, daß er nicht unterging. »Meine Entwickelung,« erzählte er später seiner herzensvertrauten Frau, »ging so scharf an dem Abgrund des Verbrechens vorbei, daß nur die grenzenlose Liebe meiner Mutter, die unerschütterliche Verehrung für meinen Vater, und die Freundschaft des Konrektors mich behütet haben, einer der gefährlichsten Menschen zu werden. Ich glaube, daß auch dann etwas aus mir geworden wäre, aber jedenfalls ein Monstrum und kein Mann, den zarte, liebe Hände gern streicheln.«

6.
Übrigens ging Schäuffleins Einfluß nicht weit genug, um das einsame Kind ganz aus seiner Bahn zu bringen. Ja, scheinbar veränderte sich nichts in ihm, als daß sein Hang zum Grübeln womöglich noch größer

wurde, daß er mit bodenloser Keckheit allerlei Probleme lösen wollte, daß seine Ausdrucksweise fahrig und ungenau wurde, und er die mangelnden Kenntnisse durch vorlautes Besserwissen zu ersetzen suchte. Originell zu erscheinen und auch äußerlich die Miene tiefsten Denkens zu tragen, wurde ihm Bedürfnis. Der Scheffelsche Spruch:

»Die Falten auf der Stirne dein
Laß sie nur heiter ranken,
Das sind die Narben, die darein
Geschlagen die Gedanken –«

wurde ihm zum lockenden Ziel, und monatelang mühte er sich ab, die Augenbrauen finster zusammenzuziehen. Als er endlich eine tiefe, senkrechte Furche oberhalb der Nase entdeckte, wuchs sein kindischer Stolz. Wenn hierbei auch dreiviertel Schauspielerei mitwirkte, so wurde ihm doch der finstere Ernst unbemerkt zur Gewohnheit. Die Harmlosigkeit und Kindesart, den Dingen gegenüberzustehen, ging verloren. Die Augen gewannen ihren tiefen Glanz, und der Blick, der schwermütig fragend unter der Wölbung der Stirn von unten heraufdrang, war bald nicht mehr gekünstelt. Er verriet schon früh die entscheidende Richtung, die das junge Leben einschlagen mußte.

Die unheimliche Lust des Schmerzes nahm Wolfgang bald ganz gefangen. Ursprünglich wurde er von dem Gedanken getrieben zu imponieren. Er sonderte sich von den Geschwistern ab, wußte den Spielen stets eine Wendung in das Sentimentale und Düstere zu geben, gewöhnte sich maßlose Ausbrüche der Wut bei Neckereien an, weil er damit Eindruck zu machen glaubte, ja er versuchte sich in den absurdesten Gefühlen, schwelgte in dem Gedanken sich zu ermorden oder als Vagabund durch die Welt zu ziehen, entwandte heimlich für ihn ganz gleichgültige Gegenstände, um die Empfindungen kennenzulernen, welche den Dieb beherrschen.

Wenn so die Sucht, vor anderen Geltung zu gewinnen, eine Rolle zu spielen, ihn zu den absonderlichsten und unkindlichsten Handlungen trieb, war das Traumleben seiner Spiele fast noch gefährlicher. Die frühe, allzufrühe Aneignung aller möglichen Lektüre erhitzte seine Phantasie auf das äußerste, und die grausame Richtung seines Denkens gewann immer mehr Boden, weil er alles, was er las, selbst im Spiel zu erleben suchte. Freilich verbarg er diese Freude an der Gewalttat sorgfältig, höchstens seine Schwester Käthe wußte damit Bescheid. Sobald er allein war, phantasierte er sich in die Rolle irgendeines Tyrannen hinein, welcher seine Feinde mit allen Mitteln zu Boden wirft, und oft sah ihn die Sonne, wie er mit einem ungefügen Holzschwert Grashalme köpfte oder Sträucher zerhieb, die ihm seine Gegner vorstellten; oder er saß in der Stube mit Spielkarten vor sich, aus denen er sich eine aussuchte, um sie zum männermordenden Achill zu stempeln oder zum pestsendenden Lichtgott Apollo, dessen göttliche Gestalt ihm am meisten zusagte.

Die Beschäftigungen des Knaben gewannen an Ausdehnung und Gehalt, aber sie wurden einsamer und verschlossener, je stiller das Elternhaus wurde. Als der älteste Bruder zur Universität überging, kamen statt seiner die beiden mittleren Geschwister in die alte Mönchsschule. Das enge Verhältnis zu Käthe begann sich zu lockern. Während Wolfgang in hetzender Eile allem, was sich lesen oder hören ließ, nachjagte, während seine Entwickelung in großen Sprüngen vorwärtsging, blieb die Schwester ihrer Abneigung gegen das Lesen getreu. Eine ausgeprägte Vorliebe für kleine Kinder trieb sie dazu, hie und da helfend einzuspringen, Säuglinge zu wiegen, Ringelreihen mit den Kleinsten zu tanzen, ihnen Kränze zu flechten oder Lieder vorzusingen. Der wildere Bruder wußte mit den Geschöpfchen nichts anzufangen; wenn er vergeblich versucht hatte, das mütterliche Schwesterlein von ihren Pflegebefohlenen fortzulocken, schlich er traurig davon und verlor sich in seinen Träumereien.

Ein enges Gefühl des Zusammengehörens führte jedoch die beiden immer wieder zueinander, so daß die Entfremdung nur unmerklich Fortschritte machte. Ein besonderes Bindemittel zwischen ihnen wurde eine Verabredung, die sie zu gegenseitiger Überwachung und Erziehung anhielt. Sie räumten sich Strafgewalt für alle kleinen und großen Sünden ein. Unbedingte Offenheit galt als Pflicht, und sie wurde von beiden geübt, da sie zu stolz waren, Furcht zu zeigen. So lernte Wolfgang seine eigenen Ansichten von Gut und Böse mit denen eines anderen Menschen vergleichen, und das Nachdenken über Zweck und Mittel der Erziehung erwachte in ihm. Je eifriger beide Kinder anfangs mit Hunger und Schlägen bei der Hand waren, um so rascher kamen sie dazu, diese stumpfen Waffen zu verachten, um so tiefer wurzelte sich die Freude ein, welche aus der Einwirkung des Beispiels entspringt, der feste Stolz, mit dem die echte Persönlichkeit ihren Einfluß auf das Tun und Lassen anderer Menschen sieht.

Das Verhältnis zur Mutter wurde womöglich noch inniger. Das führte auch die Kinder enger zusammen. Seitdem die beiden Kleinen allein im Hause waren, teilte Frau Brigitte vieles mit ihnen, was vielleicht für ihr Verständnis zu hoch war, aber andererseits ihr Selbstvertrauen – diese Grundlage aller gedeihlichen Entwickelung – erheblich stärkte, ihnen frühzeitig die Augen für eine Menge unbekannter Begriffe öffnete und sie mit unbegrenztem Vertrauen zur Mutter erfüllte. Sie wurden mit den kleinen und großen Sorgen des Lebens bekannt, gewannen die Fähigkeit, Dinge, Ereignisse und Menschen von verschiedenen Gesichtspunkten aus zu beobachten. Beweggründe und Ziele erwachsener Personen wurden ihnen klarer, Charaktere entrollten sich in ihrem Zusammenhang vor ihren Augen, und Rätsel der Welt drängten sich auf, für welche Brigittens Lösungen maßgebend wurden. Die Kinder ihrerseits kamen mit allen Freuden und Leiden zur Mutter, und bei der hohen Begabung und feinen Bildung der Frau wurde ihr Umgang der lautere Quell der Strömungen, welche Wolfgang durch das Leben trugen. Dabei füllte die Freundschaft der Mutter sein Herz aus. Es blieb kein Platz darin für irgend jemand oder irgend etwas. Sein Liebesbedürfnis, so groß es war, wurde gestillt, er hing mit allen Fasern seines Wesens an der seltenen Frau bis an ihr Ende, nahte ihr mit Zärtlichkeit und lieblichster, unschuldiger Freude. Und da diese unendliche Liebe sich völlig mit seinem Wesen und Handeln verschmolz, erschien er andern sowohl wie sich selbst kalt und herzlos. Erst der Verlust seiner Mutter lehrte ihn die innere Kraft der Empfindung kennen, erst durch ihren Tod öffnete sich ihm das Verständnis für eine Seite seines Charakters, welche ihm scheinbar gefehlt hatte. Die Entfernung der Brüder hatte auch eine Annäherung an den Vater zur Folge. Bisher wurden die Kinder frühzeitig schlafen geschickt. Nun blieb die Familie abends um den Vater versammelt. Wolfgang lernte jetzt erst diesen Mann einigermaßen kennen. Früher hatte der herrische Ton des Landrats den Knaben eingeschüchtert. Sobald er begriff, daß innere Kraft sein Wesen bedingte, gab er sich dem wohltuenden Gefühl ehrfürchtiger Zuneigung ohne jeden Vorbehalt hin. Hier stand er einem geborenen Herrscher gegenüber, hier sah er alle seine unbestimmten Träume von Macht und Herrlichkeit, die ihm aus den Büchern aufstiegen, in Fleisch und Blut. Dieses Auge durchdrang das tiefste Dunkel, dieser Wille kannte kein Hindernis, dem unermüdlich Schaffenden schien nichts zu schwierig und nichts unmöglich. Daß dem dämonischen Zauber die Bildung des Körpers in ihrer stattlichen Größe, die mächtige Stirn und der feste Mund entsprachen, verstärkte den Eindruck, und die maßlose Heftigkeit, das Ungestüm, mit welchem der Landrat alles ergriff und umgestaltete, waren dem Knaben Zeichen von echter Größe. Wie er den Feueratem Dietrichs von Bern sich immer wieder als den gewaltigsten Ausdruck der Kraft vorstellte, so liebte und fürchtete er zugleich die Leidenschaft des Vaters. Die tiefe Verwandtschaft ihres Wesens trieb ihn zur höchsten Verehrung, welche sich zeitweise fast zur Anbetung steigerte und bis in späte Jahre unerschüttert blieb. Daß diesem Vorbild gerade das wichtigste Bedürfnis jedes Gebieters fehlte, die Geduld, entging dem Knaben. Er hatte diese Eigenschaft auch nicht schätzen können, sie vermutlich für Schwäche gehalten. Erst das völlige Zerbrechen seiner Jugendträume und Ideale brachte ihn von der Bahn des Vaters hinweg und zwang ihn, die tiefsten Abgründe der Seele zu durchforschen, für die es nur eine Leiter gibt, Geduld.

Die Abende mit den Eltern erweiterten Wolfgangs Horizont bedeutend. Herr Adalbert Guntram besaß das wunderbare Talent, aus den Menschen herauszuholen, was in ihnen saß. Mit spielenden Fragen leitete er die Kinder zu eigenem Nachdenken an, den Gebieten, die er vernachlässigt fand, gab er lockende Fernsichten, unmerklich und ohne große Mühe fesselte er das Interesse an Dinge, welche dem Knaben ohne Vermittelung des Vaters langweilig und überflüssig vorgekommen wären. Sein impulsives Wesen weckte Funken aus dem gleichgültigsten Erlebnis, und der willensstarke Mann ruhte nicht eher, als bis er in den glänzenden Augen seines Sohnes las, daß das Feuer entzündet war. Sobald das erreicht war, erlosch sein Eifer, und er ließ den Gegenstand fallen.

Auf diese Weise skizzierte er mit scharfen Strichen eine ganze Welt vor den erstaunten Augen des Kindes. Allein Herr Guntram verrechnete sich, wenn er auf ein rasches Aufgehen der reichen Saat hoffte. Wolfgang verstand nicht, sich anzustrengen. Solange das Wort des Vaters in seinen Ohren schallte, lebte heißeste Glut in den Vorsätzen des Knaben. Sich selbst überlassen scheute er in altgewohnter Indolenz vor dem Hartholzbohren zurück.

Überall zeigten sich Anläufe, nirgends wurde das mindeste ausgeführt. Heut schweifte der Knabe weit umher, alle möglichen Steinarten in seinem Zimmer zusammenzutragen. Morgen schleppte er Blätter und Gräser in die Bibliothek, um sie mit den Bildern des botanischen Werks zu vergleichen. Sorgfältig entworfene Zeichnungen harrten der Vollendung, Pläne zu Gedichten und Erzählungen entstanden, Münzen und Markensammlungen lagen verstaubt auf den Schränken. Blindschleichen und Salamander, Schmetterlinge, Raupen und Vögel, in der Laune des Augenblicks gefangen, verschmachteten unter der Nachlässigkeit des kleinen Autokraten. Allerlei Tischlerarbeiten standen halb beendigt da, physikalische Spielereien scheiterten an der Liederlichkeit des Leimens – kurz, alles blieb in den Anfängen stecken. Brigitte seufzte über den Wirrwarr im Kinderzimmer, aber jeder Versuch, Ordnung zu schaffen, rief den heftigen Widerspruch des Allerweltskünstlers wach, der jedes einzelne heute oder morgen zu beenden gedachte. Da aber der neue Abend neue Aufgaben brachte, neue Ideen wachrief, so kam nichts zustande. Und wie tote Steine ruhten die Saatkörner des väterlichen Einflusses in der Tiefe. Es brauchte der Risse und Furchen, mit denen die Pflugschar des Lebens die Seele zerfetzte, um sie zu wecken.

Den tiefsten Eindruck auf Wolfgang machten die Vorlesungen des Vaters. Ein nicht unbedeutendes dramatisches Talent, gehoben von seltenem Wohllaut der Stimme, befähigte ihn, die großen Tragödien hinreißend vorzutragen. Unter der eigenartigen Auffassung eines begabten Mannes gewannen alle Gestalten neues Leben für Wolfgang, und er konnte sie jetzt besser schätzen, weil er unwillkürlich nicht mehr sich selbst, sondern den Vater mit ihnen verglich. Seine Psychologie vertiefte sich, und der Reiz, all die bekannten Vorgänge noch einmal mit fremden Augen zu betrachten, gab dem Grübler merkwürdige Lichter für die Menschenbetrachtung.

Und da er nicht mehr wie früher vollständig als Kind behandelt wurde, sondern hie und da bei den Besuchen Erwachsener zuhörte, konnte er seine Ideen vielfach prüfen und in persönliche Erfahrungen umsetzen.

Eine willkommene Ergänzung der väterlichen Vorträge boten die Theatervorstellungen des benachbarten Gymnasiums. Alljährlich zu Fastnacht traten die beiden oberen Klassen der Schule zusammen, um unter der Leitung eines Lehrers eine klassische Tragödie aufzuführen. Von nah und fern strömten die Honoratioren der Umgegend herbei, das ungewohnte Schauspiel zu sehen. Die frische Ursprünglichkeit, die dieses Unternehmen charakterisierte, verfehlte ihre Wirkung nicht. Mit leidenschaftlicher Begeisterung erfüllten die jungen Gemüter ihre Aufgabe; die improvisierten Scherze, der donnernde Beifall der Kameraden, der naive Aufputz von Bühne und Zuschauerraum gaben dem Ganzen etwas Volkstümliches, fast Familiäres. Die Guntrams besonders fühlten sich eins mit diesen Aufführungen, weil sie von Brigittes Vater eingerichtet waren. Durch den Aufenthalt von drei Brüdern hatten sich nun mannigfache Beziehungen zu der Schule angeknüpft, so daß das Interesse verdoppelt war.

Schon Wochen vorher befand sich Wolfgang in der größten Erregung. Sein heißester Wunsch war, selbst auf der Bühne zu stehen. Er malte sich aus, wie er die Zuhörer mit sich fortreißen wolle, wie der Beifall von Akt zu Akt sich steigern werde, wie er etwas ganz Unerhörtes leisten wolle. Geltung zu gewinnen, zu glänzen, bewundert zu werden, war damals sein innigster Gedanke. Seine Träume und Phantasien waren davon erfüllt, wie er unbemerkt und beiseite geschoben dahinleben werde, um plötzlich wie die Sonne blendend hervorzutreten und gleichgültig die Huldigungen entgegenzunehmen, die ihm gebührten. Saß er endlich vor dem geheimnisvollen Vorhang, so zitterte er vor innerer Bewegung, um im Moment des Beginnens alles umher zu vergessen. Atemlos starrte er auf die Bühne, er sah sich selbst dort oben im spanischen Gewand oder im klirrenden Harnisch, hörte seine eigene Stimme im weichen Liebesgeflüster oder in der majestätischen Pracht des Zornes. Seine Hände begleiteten die Bewegungen, und die Augen glühten unter den dichten Brauen. Er war es, der dort den Todesstreich führte, seine Seele wurde von den inneren Kämpfen zerrissen, die in den wunderbaren Versen sich aussprachen, seine Kraft spannte sich zur gewaltigen Tat an, sein Herz jubelte und blutete vor der Geliebten, er fiel im Tode siegend, ein Held. Der Knabe war völlig berauscht, ekstatisches Entzücken durchflutete seine Seele.

Besonders deutlich blieb ihm eine Aufführung des Julius Cäsar im Gedächtnis haften. Es war im letzten Jahre, ehe er das Elternhaus verließ, um in die ehrwürdigen Räume des Gymnasiums überzusiedeln. In der hereinbrechenden Dämmerung schritt er an der Seite des ältesten Bruders, der von der nahen Universität herübergekommen war, dahin. Die tote Ruhe der Felder mit ihrer Schneehülle, das hungrige Krächzen der Krähen, welche als große schwarze Punkte über die weiße Fläche dahinflatterten oder in tausendzähligen Heeren hoch am Himmel Schlachten kämpften, der Wind, der sausend daherstob und den einsamen Menschen Eiskristalle ins Gesicht blies, die Scheu vor dem schweigsamen großen Bruder, alles das spannte die Nerven des Kleinen aufs höchste. Er mußte sich Luft verschaffen und unterbrach plötzlich die Stille mit den Worten: »Möchtest du nicht mitspielen?«

Der ältere Bruder zuckte die Achseln. »Als ich noch auf der Penne war, habe ich zweimal gemimt, jetzt bin ich Student, und die ganze Schule kann mir gestohlen werden. Übrigens kenne ich die Bengel noch alle, die heut auftreten. Ich möchte wissen, wie der kleine Lüderitz den Marc Anton verarbeitet. Er war einmal mein Unterer und ein ganz netter Kerl.«

»Weißt du, Fritz, mir gefällt Cassius am besten. Er hat mehr Mut als Brutus.«

»Das ist kein schlechter Geschmack. Brutus ist schlafmützig. Aber man soll Dichtungen nicht daraufhin lesen, ob einem etwas daraus gefällt oder nicht. Es kommt darauf an, ob die Charaktere echt sind, und echt ist Brutus gewiß.«

Das Wesen des Bruders hatte etwas Einschüchterndes, aber seine Worte gruben sich tief ein.

»Ist es denn wirklich wahr, daß Cäsar König werden wollte?«

»Was weiß ich, es ist auch ganz gleichgültig. Shakespeare hat es nun einmal so geschrieben – du mußt nicht so dumm fragen.«

Wolfgang überhörte die brüderliche Zurechtweisung absichtlich, ihm brannte noch etwas auf der Seele.

»Cäsar ist doch recht dumm, daß er gar nichts vorher merkt. Bei all den Weissagungen und Vorzeichen muß er doch wissen, daß er im Senat ermordet werden soll. Ich habe es gleich gemerkt.«

Fritz brach in ein Gelächter aus.

»Ja, du bist ein Schlauraps. Das ist gerade das Kunststück. Ein echter Dichter sagt von vornherein: so und so geht die Sache aus, der stirbt, und jener heiratet. Aber dann weiß er seine Tragödie so spannend zu gestalten, daß der Zuschauer nicht aus der Erregung herauskommt und zwischen Furcht und Hoffnung schwankt. Nimm doch den Cäsar. Alle anderen Mitspieler, die Zuhörer, selbst ein solcher Bengel wie du wissen, daß die Iden des März ihm Verderben bringen werden. Nur er, der Größte, der alle an Geist überragt wie ein Turm, er merkt nichts, und wenn du näher zusiehst, wirst du finden, daß er nichts merken kann. Er ist zu stolz, zu groß, zu sehr Cäsar. Sein Charakter erzwingt sein Geschick. Es ist notwendig. Alle echten Kunstwerke sind notwendig. Aber das verstehst du noch nicht, du bist noch dumm.«

Wolfgang schwieg verstimmt, er liebte es nicht, dumm zu sein. Aber er hätte etwas darum gegeben, wenn der Bruder weitergesprochen hätte. Und wirklich, Fritz hatte sich in Feuer geredet, die Lust am Lehren saß ihm vom Großvater her im Blute, und es machte ihm Spaß, sich zu hören.

»Du wirst schon sehen, der Tod Cäsars wirkt doppelt erschütternd auf dich, gerade weil du ihn vorherahnst. Übrigens kommt auf die Erzählung selbst, auf die spannende Handlung sehr wenig an. Hintertreppenromane sind die allerspannendsten, aber sie sind nur gut zum Wursteinwickeln. Echte Charaktere zu schaffen und schön zu gestalten, ist schon eher etwas. Da kannst du bei Shakespeare lernen. Ihm ist nichts Menschliches fremd.«

»Ist es ein großes Kunstwerk?« fragte Wolfgang schüchtern. Der große Bruder imponierte ihm sehr, und er wagte kaum zu sprechen.

»Wie man es nimmt. Groß gewiß, ein reines Kunstwerk aber nicht. Es ist in der Mitte zerbrochen. Du mußt älter werden, ordentlich lesen lernen. Mit dem Buchstabieren und sinnlosen Schmökern, das du betreibst, ist es nicht abgetan. Du schmökerst,« wiederholte er, »und das ist Majestätsverbrechen am Dichter. Aus Neugier lesen die Backfische, die wollen wissen, wie es endet, ob sie sich kriegen, die fangen von hinten an. Männer lesen nicht um der Erzählung willen. Du kannst aus dem Schneefeld hier eine Dichtung schaffen, gegen welche all deine Indianergeschichten und Schillerschen Dramen langweilige Scharteken sind.«

Wolfgang war starr vor Staunen, er begriff nicht, was der Bruder wollte.

»Wir Männer sehen im Gemälde die Kunst, lesen im Buche die Kunst, und in der Musik hören wir sie. Aber da du noch keine Bilder gesehen hast, Musik nicht kennst und für das Lesen zu dumm bist, kann ich dir das nicht begreiflich machen. Außerdem sind wir jetzt angelangt.«

Wolfgang saß heute sehr nachdenklich vor den Brettern. Die Worte des Bruders verfolgten ihn, er wußte damit nichts anzufangen, hatte aber zuviel Respekt vor dem Ältesten, um dessen gewichtige Stimme zu überhören. Er nahm sich vor, auf die Kunst zu achten, das Wort hatte ihm gefallen, und es machte ihm nichts aus, daß er keinen Begriff damit verband. Als aber die Handlung begann, riß sie ihn mit sich fort. Er vergaß Bruder und Kunst und schwelgte im Sehen und Hören. Auch auf seine Art des Lesens hatte die Unterhaltung keinen Einfluß. Er schmökerte weiter; nur ein bewunderndes Interesse für den Bruder war wachgerufen.

7.

Der letzte Sommer im Elternhause verging. In wenigen Wochen sollte der Knabe auf das Gymnasium übersiedeln. Eine tiefe Erregung erfaßte ihn. Ruhelos durchstreifte er Wald und Feld, jeden Winkel im Hause durchkroch er, im Garten suchte er die Plätze seines kindlichen Glücks. Dann häufte er seine Schätze zusammen, um sie mitzunehmen, kleine Spielereien, welche ihm lieb waren, seine Bücher und Bilder; er pflückte Blumen von trauten Stellen und trocknete sie, schnitt sich Späne aus dem alten Schreibpult, vor dem er so manche Stunde verträumt hatte; seinen Namen schnitzte er in die Rinde des Kirschbaums, und das quellende Baumharz dünkte ihm Tränen. Oft saß er in seinem Winkel an der Halle, wo er aus dem Gezweig dichte Lauben geflochten hatte. Unklare Bilder zogen an ihm vorbei, er versuchte sich sein zukünftiges Leben auszumalen. Er würde dann nicht mehr als Klippschüler verlacht werden, die Kleidung Erwachsener war ihm schon angemessen, an die Stelle des kindischen Du trat das vornehme Sie. Unter lauter Jungen würde er leben, auf der ersten Schule Preußens, zu welcher aus weiter Ferne die besten und fähigsten Knaben zusammenströmten. Dort hatte der Großvater gelehrt, dort klang sein Name voll und gewichtig als der des Enkels eines verdienten Mannes. Stolz und Zuversicht schwellten Wolfgang das Herz. Er zweifelte nicht, daß er das hohe Vorbild erreichen werde. Auf der Brüder Worte und Erzählungen hatte er sorglich gehört, und halb in froher Erwartung, halb in banger Sorge suchte er sich vorzustellen, wie es in einem Schlafsaal hergehe, wie man sich in zehn Minuten waschen und anziehen solle, wie das Essen schmecken werde, wenn die Mutter es nicht mehr vorlegen könne, Käthe ihm nicht durch Scherz und Necken Würze gäbe. Ein düsteres, nebelhaftes Gespenst kroch heran, Arbeitsstunde genannt. Immer tönte es aus den Reden der Brüder: Arbeiten, Arbeitsstunden, Studientage. Was um Gottes willen war denn Arbeiten? Und wie sollte man auch nur eine Stunde vor einer Grammatik aushalten? Wolfgang schloß die Augen, der Gedanke mißfiel ihm. Seine goldene Freiheit schien ihm bedroht, und mit Anstrengung rief er sich die Sonnenzeit im Elternhaus vor die Seele. Des Vaters schöne Augen blickten ihn an, ein unendlicher Reichtum floß von dessen Lippen. Die warme Stimme der Mutter tönte ihm im Ohr, er sah ihr fleißiges Schaffen, ihr frohes Lachen erscholl, und die liebe Hand strich über seinen Kopf. Käthes Gesicht erschien ihm, er sah ihre feinen Finger Kränze flechten, lauschte ihren Liedern und Geschichten und sog sich die Brust voll Liebe und Liebe. Nur wenige Wochen, dann kam der Abschied. Das Leben lastete auf dem Knaben.

Wolfgang war ganz mit sich beschäftigt; die Tage verstrichen ihm wie im Traum. Er merkte nicht, wie schweigsam der Vater wurde, er sah die weinenden Augen Brigittes nicht, die drückende Schwüle im Hause fiel ihm nicht auf. Das alles paßte zur eigenen Stimmung und war so verständlich. Auch das weckte ihn nicht, daß eines Tages Käthe am Frühstückstisch fehlte. Wohl stutzte er, als die Mutter ihm sagte, »Käthe ist krank.« Ein fremder Ton zitterte in den Worten, ein Ton wie aus fernen Welten. Aber schon auf dem Wege zur Schule dachte er daran, wie schön es sei, krank zu sein.

Als er noch klein war, hatte er oft Käthen zur Gesellschaft Husten oder Halsweh bekommen. Damals schliefen sie noch im gleichen Zimmer. Behaglich streckte man sich im Bett, während die Turmuhr den Schulanfang verkündete. Wie leicht war es, zu zweit die Stunden zu töten. Da ward alles zum Spiel. In den Milchkaffee wurden Semmelbrocken eingeweicht und in die Tasse gepreßt, bis ein fester Pudding entstand; der wurde gestürzt, und herrlich war es, wenn die Form schön herauskam; dann wurde dick Zucker daraufgestreut, und der Rest der

Milch gab die köstlichste Sauce für die Götterspeise. Hell klang ihm das Lachen der Schwester ins Ohr.

Heut hörte Wolfgang wenig von den Worten des Lehrers. Die braunweiße Tapete des gemeinsamen Zimmers stand vor seinen Augen. Die beiden Betten waren nahe aneinandergerückt und quer darüber lag ein Plättbrett, auf welchem die Tafel gedeckt war. Jetzt war das Frühstück beendet, Wolfgang kletterte aus dem warmen Nest und schleppte mit aller Kraft das schwere Brett davon. »Gott sei Dank.« Nun wieder ins Bett. Noch dauerte es eine Weile, ehe die Mutter kam, ihre kranken Hühner zu sehen.

Da wurden aus Kopfkissen und Federbetten Berge gebaut, geheimnisvolle Höhlen grub man hinein, in deren Tiefen winzige Zwerge Schätze hüteten. Jünglinge kamen daher, mit der Wunderblume den Eingang zu finden. Verzauberte Mädchen schliefen im Schoß der Gebirge dem Erlösungskuß entgegen. Das unendliche Reich der Kinder tat sich auf! Als Riesen packten die Geschwister die Felsen und schleuderten sie im wilden Kampf einander zu. Geschrei, Lachen, Schäkern und Necken erklang, Kissen und Decken, Strümpfe und Kleider flogen umher. Und dort lockte Wasser!

Jubelnd stürzten sich die rasch Versöhnten darauf. War das ein Waschen? Welch ein Genuß! Hu, wie frisch die Kühle durch den Körper rieselte! Aus den Schwämmen ergossen sich triefende Ströme über die schlanken Gestalten, schauernd schraken sie zusammen, wenn das Naß den Rücken herunterrann. Göttlich frei wurde jede Bewegung, jeder Laut jubelnd, jeder Blick sonnig. Das war freudiges Leben, lebendige Freude.

»Und nun paß auf,« hörte er Käthe sagen, »eins, zwei, drei, Mama!«

Wolfgang fuhr zusammen und blickte um sich. Nein, er war nicht zu Haus, es war lateinische Stunde, und der kleine Reinhard sagte die Regel vom Akkusativ mit dem Infinitiv her. Er hatte doch so deutlich Käthes Ruf »Mama« gehört. Und ein Zittern war darin gewesen, derselbe Ton, der heute morgen aus Brigittes Worten klang, so klagend, weltenfern. Aber das war ja unmöglich. Geklopft hatte es, das war es. Der

Lehrer sprach an der Tür flüsternd mit jemandem. Wolfgang konnte nur die Hand dieses Menschen sehen. Aber an der Art, wie sich die Finger respektvoll auf den Türrahmen legten, erkannte er den alten Kutscher des Hauses, Johann. Was wollte der hier? Auf einmal wurde es dem Knaben klar. Ein stechender Schmerz ging ihm durch den Körper, und ehe es ihm irgend jemand gesagt hatte, wußte er es, daß die Schwester gestorben war. Niemals hatte er daran gedacht, niemals überhaupt an den Tod gedacht, aber er wußte es, Käthe war tot.

Wolfgang schritt schweigend neben dem alten Johann dahin. Was in ihm vorging, konnte er nicht begreifen. Nur ein brennendes Verlangen glühte in ihm, Gewißheit zu haben, zu sehen, zu fühlen, was er nie gesehen. Er war nicht traurig. Der Atem stockte ihm und die Glieder waren seltsam schwer.

Leise trat er an das Bett der Schwester. Wie der Schatten heiligen Friedens umfing es ihn. Still hingestreckt lag das Mädchen, die Augen waren im Schlaf geschlossen, die Wange ruhte auf der einen Hand, während die andere sanft gekrümmt wie im Spiel die Decke berührte. Wolfgang beugte sich über die Schwester und rief sie »Käthe«, dann blickte er scheu im Zimmer umher. Der Vater stand an dem Fenster, neben ihm saß, seine Hand haltend, ohne Bewegung Brigitte. Eine Träne nach der andern lief lautlos über ihre Backen herab. Das schnitt dem Knaben ins Herz. Er faßte nach der kleinen Hand der Toten und streichelte sie. Dann brach er in Tränen aus und schlich zu der Mutter, um seinen Kopf in deren Schoß zu bergen.

»Du mußt nicht um die Kleine weinen, mein Junge,« hörte er jetzt den Vater sagen. »Es ist gut so, wie es ist, und sie ging, ehe sie Leid erfuhr und Leid tat. Aber deine arme Mutter –«

Ach, das wußte das Kind nur zu gut. Seine Tränen galten nicht dem toten Schwesterlein, es dachte gar nicht an den eignen Verlust, konnte ihn auch nicht ermessen. Das Mitleid hielt den Knaben umfangen, und jede Träne aus dem Mutterauge fiel auf sein Herz und mischte sich mit seinem Blut.

Am Nachmittag ging Wolfgang in den Garten zu den Rosenbeeten. Er schnitt die letzten halb erblühten Knospen ab, setzte sich auf den Rasen und wand sie mit grünem Gras zum Kranze. Allerlei Gedanken fuhren ihm durch den Kopf. Es war doch schön, geliebt und beweint zu werden. Er dachte sich selbst auf das Totenbett hingestreckt, die trauernden Eltern neben sich, er hörte ihr Weinen, und ein wehmütiger Schauer durchrieselte ihn. Dann aber fiel ihm die Mutter ein, ihr Schmerz packte ihn von neuem, und er biß die Zähne zusammen. Wurde man dazu geliebt, um unendlich betrauert zu werden? Das Sterben war nichts; wie leicht war Käthe gestorben, sie schlief, kein Zug ihres Gesichts war verändert. Aber daß die Liebe den Tod überdauerte, das machte ihn schrecklich. Warum nagte es so an seinem Herzen, wenn er leiden sah? Wie dumm war das alles.

Während er so saß, fügte er eine Rose zur anderen und reihte Gräser und Ölblätter dazwischen, bis er ein kleines Kränzlein in der Hand hielt. Das setzte er sich auf den Kopf und schaute still vor sich hin. Sie dünkte ihm leicht und schön, diese Todeskrone der Schwester.

Nahende Schritte rissen ihn aus seinen Träumen. Wolfgang versteckte den Kranz unter der Jacke und wollte davoneilen. Er konnte jetzt nicht sprechen. Aber es war zu spät. Die alte Dame dort hatte ihn schon gesehen und rief ihn zu sich. Er kannte sie längst. Eine gute Seele hatte die Mutter sie einst genannt.

Sie zog den Knaben an sich, streichelte ihn, und er fühlte Tränen auf seinen gesenkten Kopf fallen. Aber wunderbar! Diesmal faßte ihn nicht das furchtbare Weh, wie bei dem Schmerz der Mutter. Diese Tränen empörten sein Inneres, alle jähen Triebe erwachten, und ein kochender Zorn stieg in ihm auf.

»Armes Kind, dein Schwesterchen ist von dir gegangen. Aber weine nur nicht; sieh, sie ist jetzt im Himmel bei dem lieben Gott und schaut als Engel auf dich hernieder.«

Wolfgang riß sich los, seine Augen sprühten, und die Hände ballten sich krampfhaft zusammen: »Es ist nicht wahr,« schrie er, »es gibt keine Engel. Käthe ist tot, sie ist tot und nichts weiter,« und dabei stampfte er mit dem Fuß auf und zitterte wie unter einem Schlage. Mit raschen Sprüngen eilte er davon.

Jetzt erst fiel ihm ein, was es mit dem Tode wohl sein möge, jetzt erst dachte er an seine tote Schwester. Was das für ein Unsinn war, diese Engelsgeschichte. Wußte er etwa nicht, daß der Mensch wie Staub zerfällt, daß er zu Erde wird, aus der er genommen? War es etwa schrecklich, tot zu sein? Es mußte sein wie ein tiefer Schlaf, und wenn er schlief, was kümmerte ihn dann das Leben um ihn? Er wußte nichts davon. Tote konnten nichts wissen, nichts empfinden. Für sie war es leicht; denn der Tod war ein Ende. Es war dumm, sich damit nicht zu begnügen, dumm, an ein Leben nach dem Tode zu glauben, dumm, sich mit alledem zu beschäftigen. Was ging ihn die Leiche droben an? Das war gar nichts mehr, galt ihm nicht mehr als ein welker Strauß. Man wirft ihn weg, aber der Gedanke an die lachenden Farben, an den Duft bleibt.

In seinem Innern lebte Käthe noch, das wußte er sicher. War das nicht ewiges Leben, herrlicher als alle Himmelsseligkeit?

Der Kranz fiel ihm bei dem hastigen Laufen unter der Jacke hervor. Er hob ihn auf und betrachtete ihn. Wozu das? Für Käthe war es ja ganz gleichgültig; sie merkte es nicht. Er schleuderte ihn von sich und eilte weiter. Aber plötzlich kehrte er um. Der Kranz war nicht Käthe zur Freude gewunden. Nicht mit einem Gedanken hatte er an sie gedacht. Der Mutter war er bestimmt. Sie sollte den Kranz in Käthes Locken setzen, er sollte ihr sagen, wie lieb der Sohn die Mutter habe, und er wußte, daß ihr das wohltun werde.

Wolfgang trat leise in das Totenzimmer. Es war leer, die Eltern saßen wohl drüben und weinten. Wie still es war, wie göttlich schön! Heilig war dieser Ort, heilig der Augenblick, der Schauer der Schönheit ergriff ihn. Er hob zart das tote Haupt, küßte es und drückte den Kranz in die langen, aufgelösten Haare. Dann legte er sanft den Kopf in die Kissen zurück und schaute lange auf die ruhende Gestalt, auf das stumme, ewig schöne Gesicht und die schlanken Hände, in denen zwei blutrote Rosen glühten. Vorsichtig schlich er hinaus und setzte sich still an seine Bücher.

Im Laufe des folgenden Tages trafen die Brüder ein, traurig und niedergeschlagen. Besuche kamen und gingen, Kränze und Briefe wurden gebracht. Wolfgang fand sich wie in eine fremde Welt versetzt. Überall sah er Tränen. Alle Plätze, welche ihm lieb waren, schienen ihm ausgestorben und kahl, seine lieben Ecken und die Sträucher sahen ihn vorwurfsvoll an. Denn, ach, er selbst, er begriff die Trauer nicht. Immer wieder und wieder verglich er sich staunend mit den anderen, und stets erschrak er vor sich selbst und der eignen Herzenskälte. Nicht eine Regung von Schmerz war in ihm. Er weinte, wenn er die Mutter weinen sah, wenn er jedoch allein war, gingen seine Gedanken den alten bunten Gang, die schillernden Träume der Zukunft umgaukelten ihn und erfüllten sein Herz mit sehnlichster Freude und unwiderstehlicher Kraft des Begehrens. Vergeblich suchte er sich das Bild der Schwester hervorzurufen, vergeblich mühte er sich ab, an sie zu denken, Schmerz um sie zu fühlen. Es war umsonst. Sie war tot. Ihm war sie tot. Wolfgang schämte sich vor sich selbst, er litt unter der eignen Natur wie unter einem Laster, er floh die Menschen und suchte sie zugleich. O, wie unglücklich, wie schlecht war er doch!

Am dritten Tage wurde die Tote zu Grabe getragen. Am Morgen hatte der Vater den Knaben mit sich in den stillen Wald genommen und hatte ernst und lange mit ihm gesprochen. Er hatte ihm gesagt, wie gut es sei, daß Käthe so früh gestorben, wie sie, je älter sie geworden wäre, um so schwerer am Leben gelitten haben würde, wie sie ein unheilbar krankes Herz gehabt habe, das jeden Schritt zur Qual, jede laute Freude, jedes hohe und höchste Glück unmöglich gemacht haben würde, wie er wisse, daß Wolfgang die Schwester geliebt habe, – dem Knaben war bei diesen Worten, als ob ein Stein von ihm abfalle – , daß aber das Leben sein Recht fordere, und daß man die Toten ihre Toten begraben lassen solle. »Aber die Mutter braucht dich jetzt, liebes Kind. Ich hoffe auf dich, du sollst mir helfen, sie zu trösten. Niemand kann es besser als du; denn du bist noch Kind genug, um froh zu sein und Frohsinn zu schenken.« Wolfgang warf sich laut schluchzend in die Arme des Vaters. Wenn je seine Brust voll von guten Gedanken war, so war es in diesem

Augenblick. Er fühlte, wie heiß er Vater und Mutter liebte, und daß er nicht kalt und herzlos war. Mit heiliger Freude lauschte er dem Vater. Der erzählte ihm vom Sterben und von der Geburt, von der Mutter und seiner eignen Kindheit, und als sie beide nach Hause kamen, leuchtete der Blick des Knaben im alten Feuer.

Die Eltern wünschten nicht, daß Wolfgang dem Sarge folge. So ging er denn zur selben Stunde, als Käthes Leiche aus dem Haus getragen wurde, zu seinem alten Freunde, dem Konrektor. Er fand ihn behaglich auf dem Balkon sitzend und in die Weite schauend. Wolfgang zögerte ein wenig an der Tür. Der Anblick dieses ruhigen Greises tat ihm wohl nach all den wirren Trauerszenen und den bohrenden Kämpfen in seinem Innern.

»Das ist recht, kleiner Kerl, daß Sie mich einmal wieder besuchen,« rief ihm der Alte zu. »Ich dachte gerade daran, wie Ihnen wohl zumute sein möge. Aber ich sehe ja, Sie sind tapfer.«

Wolfgang zuckte zusammen. Also auch der hatte Trauer, Schmerz, Verzweiflung erwartet. Aber er beherrschte sich bald. Einen Stuhl herbeiziehend, sagte er: »Erzählen Sie mir etwas, Herr Konrektor. Sagen Sie mir, wie der Schmerz in die Welt kommt, und warum der Tod die Menschen traurig macht.«

»Das war nicht immer so, ist es auch jetzt nicht überall. Die Alten weinten wohl eine Stunde lang, dann aber aßen und tranken sie tüchtig und freuten sich, selbst dem Hades entronnen zu sein. So kannst du es oft genug in der Odyssee lesen, und es war keine schlechte Sitte. Auf dem Lande bei den Bauern ist es wohl vielfach noch so, bei uns wenigstens im Schwarzwald war man nach der Uhr traurig. Der Leichenschmaus gab das Zeichen zur Freude.«

»Aber ist der nicht schlecht, der keine Trauer fühlt?«

»Schlecht? Ja Gott, wie man es nimmt. Was heute schlecht ist, gilt morgen als gut. Wie gesagt, man dachte nicht immer so, wie wir jetzt denken. Du weißt ja, selbst Christus, der gewiß gut war, sagt: Lasset die Toten ihre Toten begraben.«

Da war dasselbe Wort, welches er heut morgen vom Vater gehört hatte. Der Knabe atmete auf.

»Freilich, jetzt ist die Welt anders geworden. Man lebt enger zusammen, liebt sich tiefer, als man vordem tat; die Menschen stehen nicht mehr auf eigenen Füßen, sie leben für und in den anderen. Und dann gibt es jetzt die Familie, das ist ein eisernes Band, und wenn ein Glied der Kette springt, so leiden die anderen schwer darunter. Das Zusammenleben ist freundlich und hüllt uns wie eine warme Decke ein. Wer jetzt nicht trauert, wenn der Tod an einen der Seinen tritt, der muß schon ein hartes Herz haben, muß ein sonderbarer Mensch sein, aber« – der Alte sah sein Gegenüber über die Brille scharf an – »schlecht ist er deshalb noch nicht.«

Wolfgang schwieg. Er hätte gern gefragt, ob solche Leute nicht doch weich sein könnten, er hätte gern gewußt, warum der Anblick der Mutter ihn in Qualen verzehrte. Aber er wollte sich nicht verraten. Er merkte, daß der Konrektor ihn durchschaut hatte, und der Gedanke, ein sonderbarer Mensch zu sein, gefiel ihm. Er sah eine Rolle vor sich. Nicht um die Welt hätte er etwas von seiner Pein gesagt. Beide blieben eine Weile still, dann fragte der Knabe nach anderen Dingen, und bald hatte er alles um sich her vergessen und lauschte nun eifrig den Worten des Lehrers. Erst auf dem Heimwege fiel ihm ein, daß zu dieser Stunde seine Schwester begraben worden war, und ein Grauen beschlich ihn.

Es waren nur noch wenige Wochen, bis Wolfgang in die Schule eintrat. Sie gingen träge dahin. Eine Schwere lastete auf dem Leben im Elternhause. Die Räume erschienen groß und leer, und immer sah der Knabe ernste Gesichter. Er war unablässig um die Mutter bemüht. Überall suchte er sie, brachte ihr Blumen und Früchte, erzählte ihr, las ihr vor, küßte und streichelte sie und führte sie stolz spazieren. Und wirklich glaubte er von Zeit zu Zeit zu siegen. Brigitte taute auf, wenn sie mit dem Knaben war, sie fing an mit ihm zu scherzen, und hin und wieder überhäufte sie ihn unter heißen Tränen mit Liebkosungen. Dann fühlte sich Wolfgang glücklich. Unbewußt kostete er schon den hohen Genuß, Freude zu schenken, aus der eignen Fülle mitzuteilen. Aber der

Kampf war schwer. Immer wieder fühlte er beim Erwachen denselben kalten Hauch in den Zimmern. Die rechte Freude kam nicht zurück. So ward der Tag des Scheidens für ihn ein leichter.

Morgen sollte er übersiedeln. Brigitte weinte viel, und am Nachmittag schritt der Vater wieder mit Wolfgang einher. Heut ging es zu dem Kirchhof. Der Knabe sollte das Grab sehen, von welchem man ihn bisher sorgsam zurückgehalten hatte. Der kühle Schatten des Kirchhofs erfrischte ihn, und er atmete hoch auf, während seine Augen forschend über die Gräber hinflogen. Vor einem frischen Hügel hielt der Vater an. Dort also lag Käthe. Das Grab war über und über mit Kränzen bedeckt und über den halbwelken Blumen summte ein Bienenschwarm.

Herr Adalbert Guntram faßte den Knaben fester. »Sieh, Wolfgang,« sagte er, »wie der Tod noch Honig gibt. So mußt du die Welt erleben. Es gibt für den Starken kein Unglück, keinen Tod und keinen Stillstand. Tätig sein ist alles. Wir beide werden immer an diese Stunde denken.«

Wolfgang sah den Vater mit festem Blick an, dann beugte er sich über die starke Hand, welche ihn so warm hielt, und küßte sie.

Das war der letzte Abschnitt in dem Todesdrama. Am nächsten Tage wanderte der Knabe seelenvergnügt in die neue Heimat seinem Schicksal entgegen. Eines aber blieb ihm im Inneren fest und unerschütterlich, die Erinnerung an seinen frühesten Kameraden. Er verlor die Schwester nie ganz. Und als er später, ein reifer Mann, von neuem an dem Grabe der Schwester stand, sagte er zu seinem Weibe, dem er alles sagte: »Sieh, hier liegt ein Stück von mir selbst, meine früheste, froheste Kindheit. Kein Mensch kann wissen, wie mir zumute ist, wenn ich auf mein totes Selbst zurückblicke. Ich war damals sehr töricht, als sie starb. Ich glaubte, schlechten Herzens zu sein, weil ich keine Trauer empfand. Jetzt verstehe ich es besser. Wie hätte ich traurig sein sollen, daß ein Stück von mir starb, ein Stück, welches krank war und mich nicht frei werden ließ? Der Tod ist nichts, das Leben ist alles, und das Leben lebt selbst vom Tode.«

Zweites Buch

1.

Der Aufenthalt in dem Alumnat der Klosterschule war für Wolfgangs einseitige Entwickelung von großer Bedeutung. Alle Keime des Guten und Bösen, welche sich schon kräftig entwickelt hatten, erhielten Nahrung und schossen üppig empor; aber kein neues Saatkorn fiel in den verwahrlosten Boden, und die kümmerlichen Pflänzchen der Liebe, die unter den gütigen Augen von Mutter und Schwester aufgesproßt waren, mußten kläglich verdorren. Hier unter zweihundert Knaben, welche, von der heimatlichen Scholle losgerissen, allen Trotz und alles Weh der Trennung mitbrachten, die – noch halbe Kinder – gezwungen waren, sich selbst zu leben, hier umfing ihn die harte Einsamkeit. Eine eiserne Disziplin bewachte Tag und Nacht jeden Atemzug, nur mit dem einen Ziel, eine fleißige, kenntnisreiche Herde zu schaffen, fähig, dem Staat und den Mitbürgern zu nützen. Gierig den Kopf zur Erde gesenkt, im Staub der Jahrhunderte Nahrung zu suchen, trotteten die Tiere dahin, eng sich drängend und schiebend, mit ängstlichem Blick den Stecken der Herren und den Biß der Hunde meidend. Hier und dort brachen Zank, Streit und Widerstand aus, zwei Neulinge rauften sich um die besten Bissen, aber bald kamen die älteren Schafe und schlichteten alles, ehe noch der knurrende Hund zur Stelle war. Oft schlossen sich einige Stücke zusammen, liefen jahrelang, ja während der ganzen Schulzeit nebeneinander, scheinbar in innigster Freundschaft verbunden. Aber sobald die Pforten der Schule sich öffneten, zerriß das scheinheilige Band. Nur die Wahrscheinlichkeit, gemeinsam besser zu leben, mehr und bequemer äsen zu können, hatte gefesselt. Seitwärts von dieser Schar, die, im Innern boshaft und tückisch, gehorsam dem Ruf der Lehrer folgte, wandelten starke Tiere, von allen geschmäht und gestoßen, solange sie sich nicht wehrten, ängstlich geflohen, beneidet, bewundert, wenn sie die Hörner gebrauchten, von den Hunden zerbissen und von Schlägen zerzaust. Die meisten wurden im Lauf der Jahre verjagt, wenige blieben. Sie wurden sonderbar, störrisch, boshaft, aber sie wurden stark und wehrhaft.

Für Wolfgang war der Weg vom ersten Tage an gegeben. Was sollte der Wolf unter der Herde? Die Schafskleider, die man ihm anzog, zerriß er anfangs in heftiger Wut, später trug er sie lässig und unbekümmert. Sein Fell schimmerte durch, sein Gebiß ward schärfer, und der Hunger nach Fleisch und Blut trieb ihn umher.

Wolfgang schloß sich niemandem an, und doch mißfiel ihm das neue Leben nicht ganz. So eng die Fesseln der Klostermauern waren, innerlich wuchs seine Freiheit, denn nichts Fremdes störte ihn mehr, kein Erlebnis drang ihm in die Tiefe. Die starre Ordnung überhob ihn der Mühe, für den Tag zu sorgen; er mußte dahingleiten, morgen wie heute und gestern, Monate, Jahre hindurch.

Wenn Wolfgang später auf sein Schulleben zurückblickte, so erschien es ihm wie ein langer, ruhiger Schlaf. Kaum der Umgebungen, in denen er sechs Jahre zubrachte, vermochte er sich zu entsinnen, die Gestalten und Namen der Lehrer und Mitschüler entfielen ihm, und nur das letzte Halbjahr konnte er deutlich abgrenzen. Und doch war er ein anderer, als er die Schule verließ, sein Wesen war doppelt geworden, zerrissen, die Gewohnheiten hatten ihm eine entstellende Maske aufgedrückt.

Eine nährende Mutter nannte sich diese Schule, aber ihre Nahrung fruchtete dem klaren, ruhigen Geiste nicht. Das junge Wachstum kräftigen Verstandes mußte hier verkommen, wenn es sich nicht im innersten Menschen schlafen legte. Alle Triebe des Herzens dagegen, des Gemütslebens mit seiner sehnsüchtigen Qual und dem unwiderstehlichen Begehren blühten und gediehen. Hier wehte noch die betäubende Luft mönchischer Asketik, die Melancholie des deutschen Waldes beschattete das Dasein, der Modergeruch uralter Überlieferung erfüllte alle Stätten und Räume. In diesen Mauern gab es keine ruhigen Empfindungen, die Zuneigung wurde zur glühenden Schwärmerei, die Abneigung zum tödlichen Haß. Friedlos wogten die Leidenschaften im verborgenen, beherrscht von der kaltblütigen Willenskraft, welche tagtäglich in dem

Brechen des Zwanges wuchs und wuchs. Der Blick für die Gelegenheit schärfte sich, das geduldige Warten lernte sich hier, das blitzschnelle Ergreifen des Augenblicks, die sichere Selbstbeherrschung in jeder Lage und das rasende Sichgehenlassen, wenn die Ketten für einen Moment sich lockerten. Gebärde, Worte, ja selbst Gedanken und Gefühle mußte man wohlgeordnet verwahren, um sie gegebenenfalls rücksichtslos zu verwerten. Alle Furcht und alle Ehrfurcht vergaß sich hier, die Gefahr wurde zur lockenden Gewohnheit.

Wolfgang benahm sich am ersten Tage wie ein junges Raubtier im Käfig. Spät am Freitagabend angelangt, folgte er willenlos dem beaufsichtigenden Lehrer, welcher ihn in den Schlafsaal zu seinem Bett führte. Die stickige Luft dort oben benahm ihm den Atem, und daß er neugierige Knabenaugen auf sich gerichtet sah, erschien ihm lästig. Aber sobald er lag, umfing ihn der Schlaf.

Der früheste Morgen fand ihn schon wach, er richtete sich auf und schaute in dem Dämmerlicht umher. Lange Reihen von eisernen Betten standen da, eines neben dem andern, und ringsum hörte er das rauhe Atmen der Schlafenden. Ihm wurde eng zumute, mit einem Satz sprang er vom Lager.

»Scheren Sie sich in Ihr Bett, Sie Kamel,« brüllte ihn eine Stimme aus dem Nebenbett an, und das zornige Gesicht eines Primaners schoß aus den Decken hervor. »Wissen Sie nicht, daß es verboten ist, bei stockfinsterer Nacht zu lärmen?«

»Es ist heller Tag,« erwiderte der Junge gereizt.

Von allen Seiten zischte es nun, und »Ruhe« und »Esel« erscholl in den verschiedensten Tonarten.

Wolfgang hatte Lust zu widersprechen, da zupfte ihn von der andern Seite eine Hand, und leise flüsterte es:

»Legen Sie sich wieder hin, Kleiner, der Schlafsaal ist noch verschlossen. In einer halben Stunde kommt der Aufwärter, dann stehe ich mit auf und zeige Ihnen alles.«

Seufzend warf sich das Kerlchen auf sein Lager zurück und wartete. Er war in verzweifelter Stimmung. Auf manches war er gefaßt gewesen, aber der herbe Gruß, der ihn hier empfangen hatte, überstieg seine Befürchtungen.

Endlich klirrte der Schlüssel, eine dunkle Männergestalt huschte durch den Saal, und eilig erhob sich Wolfgang voll Sorge, was nun kommen werde. Zu seinem Trost nahm sich sein rechter Nachbar, ein Knirps, welcher kaum ein Jahr älter sein mochte, seiner an. Mit dem Warnungsruf »leise, leise« führte er ihn die Treppe hinab. Unten blieb er stehen.

»So, nun können wir sprechen. Im Schlafsaal ist es verboten, und der Inspektor läßt nicht mit sich spaßen. Das haben Sie ja gemerkt.«

»Was für ein Inspektor?« fragte Wolfgang.

»Ihr Nachbar, der lange Gustav, er ist der strengste von allen.«

»Was ist das, ein Inspektor?« fragte der Neuling weiter, während er mit seinem Beschützer den langen Korridor hinabging.

»Die 15 Ersten der Schule sind die Inspektoren. 15 Stuben gibt es, und jeder Inspektor hat eine unter sich. Den Primanern darf er nichts sagen, aber die Mittleren straft er mit Strichen, und wir Unteren, wir Tertianer, müssen uns melden, Fidibusse machen oder Verse auswendig lernen. Da sehen Sie, das ist unsere Stube, Nr. 9. Hier ist unser Tisch, da an dem Pult sitzt der Obere, Behrendt heißt er, bei dem müssen Sie sich nachher melden. Er ist ganz nett, aber ein kolossaler Spießer, er ochst den ganzen Tag.«

Wolfgang mußte recht dumm aussehen, sein kleiner Freund lachte. »Stieren Sie nicht so. Ochsen ist arbeiten, und ein Spießer büffelt, daß es raucht, daher der Name,« schloß er stolz. Er hatte merkwürdige Augen. Sie blitzten wie blankgeputzte Knöpfe und traten aus ihren Höhlen, als ob sie sich über die Welt verwunderten. »Drüben an dem andern Pult« – er deutete mit dem Kopf nach einem zweiten Tisch – »sitzt der Stubeninspektor Iasmund, Mathesenhahn und mächtig beliebt beim Coetus. Das ist mein Platz. Ich bin Ihr Nebenstock, müssen Sie wissen, heiße Schwarze und bin doppeltalter Quartaner.«

Dabei zog er an der Breitseite des einen Tisches die Schublade heraus und holte ein schmieriges Wischtuch hervor, mit welchem er ein paarmal über den Tisch fuhr.

»Die dummen Ölfunzeln sind eine verdammte Schweinerei,« schimpfte er. »Ewig tropfen und stinken sie. Am nächsten Sonntag kriegen Sie die Woche, da müssen Sie den Tisch abwischen und Wasser holen.« Er zeigte auf zwei weiße Tonkrüge, die in der Ecke standen.

»Hier ist Ihr Tischkasten, und dort drüben Ihr Schrank.« Schwarze öffnete ein altes, rotangestrichenes Spind, dessen eine Seite ein Kleiderbehälter war, die andere war in einzelne Fächer abgeteilt.

»Sehen Sie hier,« ein tintenbefleckter Finger deutete auf die Innenseite der Schranktür – »lesen Sie: Richard Köhler, Ostern bis Michaelis, das war Ihr Vorgänger, darunter müssen Sie Ihren Namen setzen. Guntram heißen Sie ja wohl?«

Wolfgang nickte und schaute betrübt in das gähnende Kleiderfach. Aber sein geschwätziger Nachbar zog ihn wieder an den Tisch.

»Unser Mittlerer Kraemer sitzt mir gegenüber, er ist Obersekundaner, sitzen geblieben, dem traut sich keiner was zu sagen. Er ist ein feiner Kerl, aber mit unserm Oberen Behrendt toll, der hat ihn neulich vor die Inspektorenversammlung bringen wollen, weil er bezecht war. Aber Iasmund hat den alten Spießer gründlich ablaufen lassen. Seitdem sprechen die beiden kein Wort mehr miteinander, und Kraemer sagt, wenn er nach Prima kommt, wird er sich den Mann mal kaufen. Es ist auch ein Skandal, einen doppeltalten Obersekundaner anzuzeigen.«

Der kleine Schwarze schloß sein Pult auf, nahm Handtuch, Waschlappen und Seife – »kommen Sie, Guntram, wir wollen in den Waschsaal. Ich pumpe Ihnen meine Sachen, bis Ihr Koffer ausgepackt ist,« sagte er großmütig. Sie traten wieder auf den Korridor und eilten raschen Schrittes vorwärts.

»Es ist nicht alle Tage so gemütlich wie heute,« gähnte der Quartaner, »heut sind keine Stunden, wir dürfen schmökern. Ein Sonntag ohne Spaziergang. So hat man wenigstens etwas von euch Neuen.«

In der Mitte des Ganges blieb Schwarze vor einer Tür stehen: »Da wohnt der Hebdomadar,« zischelte er, »die Kerle« – Wolfgang wußte, daß es die Lehrer waren –»haben abwechselnd die Woche, dann müssen sie hier schlafen. Der Dachs ist an der Reihe, der schläft den ganzen Tag.«

Wolfgang hörte mit halbem Ohr zu, er wunderte sich über die lange Reise vom Schlafsaal zum Waschsaal über allerlei Gänge, Treppen und Treppchen. Sie traten nun in einen großen, viereckigen Raum mit langen, eisernen Tischen, in welchen emaillierte Becken standen, über jedem Becken befand sich ein Wasserhahn. Ein paar einsame Gestalten, meist klein und unansehnlich, prusteten vor dem kalten Wasser.

»Ich habe einen Platz für Sie aufgehoben drüben am Ofen, im Winter ist es kolossal kalt hier« – Wolfgang fröstelte jetzt schon – »aber Sie müssen früh aufstehen, es ist Kraemers Waschbecken, na, er ratzt immer bis zum letzten Augenblick, und heut am Ausschlafetag erst recht. Bis der kommt, sind wir längst fertig. Was ist denn das,« unterbrach er sich und stürzte voll Wut auf einen langaufgeschossenen blassen Knaben zu, der im besten Waschen begriffen war. »Scheren Sie sich hier weg. Sie langer Lulatsch, Sie haben hier gar nichts zu suchen, das ist Kraemers Waschbecken, und er hat es meinem Nebenstock abgetreten.«

»Ich bin eher dagewesen,« stotterte der Angegriffene.

»Ach was, wenn Sie nicht abschieben, beschwere ich mich bei Kraemer, und der wird Sie schön trietzen.«

Der Lulatsch packte seine Sachen und suchte einen andern Platz.

»Da, da können Sie sich waschen, Guntram. Das fehlte gerade noch, daß der Piepmatz sich hier breitmachte.«

»Aber lassen Sie ihn doch,« warf Wolfgang ein, »ich kann mich ja ebensogut dort oben waschen.«

»Sind Sie verrückt geworden? Das sind Primanerplätze, dort dürfen Sie überhaupt nicht hin.« Schwarze warf eifrig Jacke und Hemd ab und drehte den Wasserhahn auf.

»Na, Dicker, was hast du dir denn da für ein Früchtchen aufgegabelt,« erscholl eine Stimme vom Nebentisch. Ein pausbäckiges Gesicht mit kleinen verschmitzten Augen schielte neugierig herüber.

»Mein Nebenstock Guntram.«

»Ist er verwandt mit den beiden Igeln?«

»Ein Bruder, der Jüngste,« erwiderte Schwarze, während er sich die Hände wusch.

»Na, da wird sich Iasmund freuen, der wird ihn zwiebeln.«

»Quatsch, Iasmund ist ein anständiger Kerl; wenn er mit den Brüdern toll ist, kann er deshalb immer noch den Kleinen gern haben. Aber ziehen Sie sich doch aus, Menschenskind.«

Wolfgang stand noch immer ratlos vor dem schmutzigen Wasser, welches der Lange im Stich gelassen hatte. Die Erwähnung der Brüder, der Ton, in dem es geschah, traf ihn wie ein Peitschenhieb. Mechanisch fing er an sich zu entkleiden, während sein Nachbar Gesicht und Brust mit Wasser bespülte.

»Schämen Sie sich nicht, sich nackt auszuziehen,« schrie ihn der auf einmal an. »Die Hosen müssen Sie anbehalten. Da« – er warf ihm sein Handtuch zu – »binden Sie das um, damit sie nicht rutschen, und da ist Seife, und nun, dalli, dalli, Sie sollen mich gleich übergießen.«

Der Neuling biß die Zähne aufeinander, das Weinen war ihm nahe, aber er war von allen Eindrücken viel zu benommen, um sich zu wehren. Er fühlte, daß hier irgendein dunkler Grund vorlag, den er nicht kannte. Seufzend schaute er an sich herab, dann begann er sich einzuseifen; was jenem unschicklich erschien, galt ihm als Reinlichkeit, und den ganzen Tag verließ ihn das Gefühl nicht, nur halb angezogen zu sein. Er ahnte nicht, wie rasch seine Begriffe von Reinlichkeit und Anstand sich ändern, und wie er schon in kurzer Zeit die verderbte Sittlichkeit teilen würde, welche ihm jetzt so unverständlich war. Er merkte den beobachtenden Blick seines Nebenmannes, welcher eben den Hahn aufdrehte und eine schmutzige Zahnbürste unter den Wasserstrahl hielt. Eine peinliche Befangenheit preßte ihm die Brust zusammen.

»Die ganze Pastete wird Ihnen gleich runterrutschen, Guntram,« begann sein Peiniger wieder, »Sie müssen die Beine weit auseinanderstellen, so –« der dicke Bengel stellte sich breitbeinig vor ihn hin.

Wolfgang zuckte zusammen, die Wut kochte in ihm auf. Er rieb an sich herum, als ob es sein Leben gälte, sein ganzes Herz war von Bitterkeit bei der ewigen Schulmeisterei erfüllt.

Schwarze hatte unterdes seine Zähne bearbeitet, beugte sich an den Hahn herab, fing den Wasserstrahl mit dem Mund auf und begann zu gurgeln und zu spucken. Wolfgang faßte der Ekel.

»Sind Sie endlich fertig, dann nehmen Sie das Waschbecken und gießen Sie es mir über den Buckel.«

Der dicke Stöpsel beugte sich ganz nach vorn, stemmte die Hände auf die Erde und erwartete mit halbverdrehtem Kopf den kalten Guß aus dem Becken, welches Wolfgang über ihn hielt. »Nehmen Sie sich in acht, Ihre Hosen rutschen schon wieder,« kreischte er, »das ist unanständig, haben Sie denn keine Scham im Leibe?«

Jetzt war es zu Ende. Mit einem Wutschrei stürzte der gepeinigte Knabe das Wasserbecken über seinen Tyrannen aus, dann schleuderte er es fort und warf sich mit voller Wucht auf den verdutzten Schwarze. Im Nu waren beide von einer johlenden Schar umringt.

»Feste, Dicker, laß dir nichts gefallen, so ein frecher Novize,« erscholl es. Und »drauf, Kleiner, nicht unterkriegen lassen,« während die Ringenden sich auf dem Boden wälzten. Schwarze, im ersten Moment betäubt und ohne zu begreifen, wodurch diese blöde Wut veranlaßt war, kniete jetzt dem kleineren Wolfgang auf der Brust und schlug schreiend auf ihn los. Der gab keinen Laut von sich. Plötzlich glitt er wie ein Aal unter dem tölpischen Bengel hinweg, packte ihn an der Gurgel und warf ihn schmetternd zu Boden.

»Bravo,« ertönte es von allen Seiten. Er stand jetzt ganz nackt da, seine geschmeidigen Glieder bebten vor Aufregung, eine stolze Siegesfreude durchflutete ihn. Sein Gegner hatte sich erhoben und stürmte wieder auf ihn los.

»Achtung,« hieß es.

»Was soll das, Schwarze,« sprach eine scharfe Stimme. Eine lange Gestalt mit wirrem Haar und ungeordneten Kleidern trat in den Haufen, welcher scheu Platz machte.

»Warum hauen Sie den – wie heißen Sie?« unterbrach er sich.

»Guntram.«

»Was, Ihren Nebenstock prügeln Sie am ersten Tage, Sie Galgenstrick?« herrschte der Große den armen Schwarze an, »melden Sie sich heute abend bei mir.«

»Er hat angefangen,« stammelte der Angegriffene.

»Halten Sie gefälligst Ihren Rachen, Sie, dummer Junge, und Sie, Liliput, ziehen Sie sich an, Sie werden sich erkälten.«

Der Große wandte sich ab und schritt nach den Primanerplätzen, wo ihn ein dunkelhaariger Mensch mit einer Stumpfnase bewillkommnete.

»Das ist ja eine nette Kröte, Iasmund,« hörte Wolfgang den Schwarzen sagen, der eben den Kopf aus dem Wasser zog und zwischen dem triefenden Naß hervorblinzelte, wie ein auftauchender Meergott.

»Er ist auf meiner Stube, Behrendts Unterer, der kleinste Igel. Spaßhaft, diese Sorte hält nie Ruhe; der Knirps prügelt am ersten Tage seinen Nebenstock. Den Guntrams sitzt der Teufel im Leibe.«

2.
Wolfgang stand jetzt allein. Sein Gegner war wutschnaubend davongegangen. Er war ratlos, was er nun tun solle. Der Waschsaal war noch immer sehr leer und von seinen Brüdern nichts zu sehen. Wie sehnte er sich nach seinem Kämmerlein im Elternhause. Da trat der lange Lulatsch zu ihm, der vorhin ihm gewichen war.

»Kommen Sie, Guntram, ich werde Sie führen. Auf welcher Stube sind Sie?«

Wolfgang zuckte die Achseln, er konnte noch nicht sprechen. »Iasmund,« stammelte er. Der Name war ihm im Gedächtnis geblieben.

»Also Nummer 9.« Er zog den Kleinen mit sich fort. Im Gehen kam Wolfgang wieder zur Ruhe.

»War das Iasmund?« fragte er und deutete zurück nach dem Waschsaal.

»Ja. Sie haben Glück, er ist ein guter Inspektor.«

Sie schritten den Korridor entlang, ein helles Läuten schallte durch

die Räume und aus der geöffneten Türe eines Schlafsaals tönte eine brüllende Stimme: »Steht auf, steht auf, macht rasch – noch drei Minuten.« Wolfgang blieb stehen. Der Lulatsch lächelte. Sein Gesicht gewann einen seltsamen Ausdruck. »Hier darf man sich nicht verspäten. Hier gibt es keine gemütliche Lässigkeit. Dafür braucht man auch kein Gewissen, die Glocke trägt alles, Gutes und Böses.«
Guntram sah erstaunt auf seinen Begleiter. Die Worte taten ihm wohl, aber gleich wandte er sich ab. Dies Gesicht war zu stumpf, die Figur zu lächerlich, er schämte sich des neuen Bekannten. Wieder scholl es von oben: »Noch zwei Minuten.« Guntram blickte fragend nach dem Nachbar. »Das ist der Schlafsaalinspektor; in ein paar Augenblicken können Sie die Herde zur Schwemme laufen sehen.« – »Noch eine Minute!« Wolfgang ging ungeduldig weiter, alles nach der Uhr, alles auf Kommando!

»Geht hinunter, beeilt euch,« hörte er es hinter sich tönen, und im selben Moment polterte und trampelte es auf den Treppen und Gängen, kleine und große Gestalten mit verschlafenen Gesichtern, verdrossen und stumm, stolperten an ihm vorüber, eilig und blind, ihre Handtücher über dem Arm, und die Hände tief in den Hosentaschen vergraben.

»Das sind die zukünftigen Denker und Dichter,« spöttelte der Lange. Seine Stimme klang hölzern, und sein Gesicht blieb unbeweglich wie das eines Nußknackers. Nur die Kiefer klappten beim Sprechen auf und zu. Wolfgang fühlte deutlich, daß ihm der Geselle unsympathisch war.

»Da kriecht der Dachs aus seinem Bau,« fuhr der andere fort. Eine breite, untersetzte Gestalt mit gesenktem Haupte bewegte sich schwankend vor ihnen her. Der Schein einer Blendlaterne fiel über die Dielen. »Er visitiert die Schlafsäle. Der findet doch keinen.«

Der Dachs setzte eben den Fuß auf die eine Schlafsaaltreppe. In demselben Moment stürmten lachend und plaudernd ein paar struppige Gesellen herunter und rannten den Lehrer fast um. Beide stutzten, mit dem Ausrufe »verdammt« flog der eine in rasender Eile den Korridor hinunter. Der andere suchte sich an der breiten Figur, die ihm den Weg versperrte, vorbeizudrängen, blieb dann aber respektvoll stehen.

»Halten Sie, Sie da vorn,« kreischte der Lehrer, »ich habe Sie erkannt, bleiben Sie stehen.« Seine Stimme schlug fast über, so strengte er sie an. Aber der Gerufene war längst um die nächste Ecke verschwunden.

»Wer war das, Kraemer?« wandte der Lehrer sich an den vor ihm stehenden Jungen.

»Ich weiß es nicht, Herr Professor.«

»Sie wissen es nicht? Sie haben doch mit ihm gesprochen?«

»Dann ist es im Schlafe geschehen, Herr Professor, das passiert mir oft. Des Morgens bin ich immer völlig verschlafen. Ich weiß wirklich nicht, wer es war.« Dabei blitzten die verschmitzten Augen lustig zu Guntram hinüber, der ganz starr über die unverschämte Antwort war.

»Sie haben zu lange geschlafen, Sie bekommen einen Strich,« hieß es weiter.

»Aber, Herr Professor, ich bin schon zehn Minuten auf, ich habe meine Strümpfe gesucht.«

»So, na dann laufen Sie. Aber ein andermal ziehen Sie Ihre Strümpfe an, ehe Sie aufwachen.«

Guntram lachte, der also Gemahnte eilte vorüber und warf halblaut ein »Döskopp« hin; der Lehrer stieg langsam die Treppe hinauf.

»Ein Rindvieh, so weit wie er warm ist,« sagte der Lulatsch. »Der faßt keinen. Haben Sie sich Ihren edlen Mittleren angesehen?«

»Wen?«

»Na, den eben, Kraemer, der versteht es, sich herauszusohlen, was?«

Guntram ging schweigend vorwärts. Vor der Tür der neunten Stube blieben sie stehen.

»So, wenn Sie wollen, führe ich Sie in den Schulgarten. Wir haben Zeit. Das Gebet ist heute später.«

Wolfgang hätte gern angenommen, aber der Mensch war ihm zuwider.

»Nein, danke, ich bleibe hier,« sagte er und trat ein.

An dem zweiten Tisch saß lesend ein schmächtiger Junge. Er hatte die Arme aufgestützt und beide Zeigefinger in die Ohren gestopft.

Schwarze bürstete sich vor einem winzigen Spiegel, der an der Innenseite seiner Schranktüre hing, die Haare. Wolfgang blieb einen Moment in der Tür stehen. Dann ging er auf den Zehen durch die Stube. Am liebsten hätte er den gekränkten Nebenstock um Verzeihung gebeten. Aber der warf ihm einen so grollenden Blick zu, daß der kleine Kerl eingeschüchtert wurde. Verlegen drückte er sich an dem Gegner vorbei und ließ sich an dem leeren Tisch nieder. »Das ist mein Platz,« schrie ihn Schwarze an.

Wolfgang nahm einen zweiten Stuhl. »Der gehört Kraemer,« hieß es. Den dritten Versuch wagte er nicht mehr. Er trat an das Stehpult, das zwischen beiden Tischen am Mauerpfeiler stand.

»Sie haben um Erlaubnis zu fragen, wenn Sie am Pult stehen wollen,« erscholl die Stimme des kleinen Lesers vom Nebentisch, und ein paar scharfe Augen blickten strafend den Eindringling an.

Schwarze grinste hinter der Schranktür hervor, und gerade das ärgerte Guntram. Der Junge war kaum größer als Schwarze und saß nicht an dem Platz des Mittleren, wahrscheinlich war es also einer von Iasmunds Unteren. Wolfgang beschloß, seine Stellung zu wahren.

»Sie haben mir doch nichts zu erlauben oder zu verbieten,« sagte er.

»So. Allerdings habe ich zu erlauben, und am Stehpult zu stehen, verbiete ich Ihnen hiermit, Sie Frechling. Wissen Sie nicht, wer ich bin? Ich bin Untersekundaner und werde Ihnen die Flötentöne schon beibringen, mein Bürschchen, wenn Sie sich hier mausig machen wollen.«

Er hatte sich erhoben und ging, mit den Händen auf dem Rücken, hin und her, bei jedem Schritt den Körper auf die Zehen werfend, um größer zu erscheinen. Schwarze lachte laut, und Guntram wußte nicht mehr aus noch ein. Niedergeschlagen trat er ans Fenster, lehnte den Kopf gegen die Scheiben und starrte hinaus auf den alten Kastanienbaum, der seine Zweige fast in die Stube hineinstreckte.

Iasmund trat ein.

»Guten Morgen,« rief er und warf seine Sachen in die Ecke hinter seinem Pult. »Wo hast du deinen Prügelknaben, Schwarze? Vorwärts, ihr biederen Haudegen, gebt euch die Flossen, zu küssen braucht ihr euch nicht, wenn ihr nicht wollt.«

Wolfgang trat auf seinen Nebenbuhler zu und reichte ihm die Hand.

»Na, Schwarze, wird's bald?«

Zögernd ergriff der Gekränkte die dargebotene Rechte.

»So, du brauchst dich nicht bei mir zu melden, Schwarze, ich schenke dir's, und du, jugendlicher Recke Guntram, wirst deine Heldenkraft in Zukunft an andern auslassen als an deinem Nebenstock, dem würdigen Doppeltalten.«

Dabei kämmte und bürstete er sich eifrig die Haare.

»Guten Morgen, Behrendt, ausgeschlafen?« rief Iasmund jetzt. »Da ist dein Vater, Guntram, du Sohn Guntrams, dein Oberer ist damit gemeint. Kümmere dich gefälligst um die Ausdrücke hier!«

Ein langer, steifbeiniger Geselle mit strohblondem Haar und wasserblauen Augen kam hereingestampft. In der einen Hand hielt er Handtuch und Seife, in der andern ein Paar breite, langschäftige Stiefel. Er beantwortete den Gruß mürrisch.

»Kommen Sie her, Guntram und Schwarze,« fuhr er dann fort. »Sie werden sich beide in der Woche ablösen. Schwarze fängt an und Sie sehen zu. Ich bitte mir aus, daß Sie alles hübsch sauber halten und meine Stiefel des Morgens nicht vergessen.«

»Und meine auch nicht,« rief eine neue Stimme. Kraemer, der Mittlere, war eingetreten. Er war ein zierliches Kerlchen, in dessen immer vergnügtem Gesicht tausend Streiche lachten. »Kinder, ich habe eine famose Pietsche,« begann er und nun erzählte er unter schallendem Gelächter sein Morgenabenteuer mit dem Dachs.

»Du hast eine feine Mutter,« lachte Iasmund und schlug Kraemer auf die Schulter. »Sie ist goldeswert und kann so bleiben.«

Wolfgang wunderte sich über das neue Elternpaar, aber er sah Iasmund dankbar an. Dessen Wesen war der einzige freudige Eindruck des Tages. Behrendt erhob sich würdevoll.

»Mit andern Worten, Guntram, ich bin Ihr Oberer, und dieser Herr hier« – er wies auf Kraemer – »Ihr Mittlerer. Sie haben meinen und Ihres

Mittleren Befehlen unweigerlich zu gehorchen. Übrigens wünsche ich nicht, daß meine Unteren sich prügeln, hören Sie, Schwarze und Guntram, es ist genug, wenn zwei am Tisch nicht miteinander verkehren.«
Kraemer grinste.
»Meine Schuld ist es nicht. Und wenn der Vater es satt hat, so will ich als liebende Mutter um der Kinder willen meinen Zorn vergessen.«
»Der eheliche Frieden ist also wiederhergestellt. Nehmt euch ein Beispiel daran, ihr Krabben.«
In der Stube herrschte die größte Geschäftigkeit. Während der eine hastig seine Stiefel anzwängte, fuhr sich der andere durch die Haare, und der dritte steckte den Kopf zur Tür hinaus, um nach dem Kaffee auszuschauen. Nur Wolfgang stand ratlos da und wußte nichts mit sich anzufangen. Soeben holte Behrendt aus der Tiefe seines Pultes eine Kakaobüchse und eine Düte mit Zucker hervor.
»Kommt denn der alte Esel mit der Milch noch nicht,« brummte er. Die Tür öffnete sich, und ein Mann mit zwei dampfenden Krügen und einem Semmelkorb trat schleppenden Ganges ein.
»Morgen, Herr Eduard Kiesewetter, wünsche wohl geschlafen zu haben,« rief ihm Kraemer zu, während er ihm das Bein mit dem halbangezogenen Stiefel hinreckte.
Der Alte, dem man seine ständige Rede fortgenommen hatte, war starr vor Entrüstung.
»Es ist nicht schön von Ihnen, Herr Kraemer, einen alten Mann zu ärgern,« wandte er sich an der Türe zurück, – aber:
»Eduard und Kunigunde,« tönte es im Bänkelsängerton von Meyers Platz her. Ein schallendes Gelächter ertönte, und eilend entfloh der Wärter der grausamen Schar. Wolfgang war empört, der Spott gegen Untergebene beleidigte ihn.
»Iasmund, wollen Sie Zwiebäcke haben?« fragte Behrendt, während er seinen Kakao mit Zucker sorgfältig in einer großen Geburtstagstasse mischte.
»Wenn Sie mir pumpen, natürlich, das übliche.«
»Also, Schwarze, bemächtigen Sie sich Ihres Nebenstocks und

schleife Sie ihn runter zum Schneiderhannes, zeigen Sie ihm, wie man Zwiebäcke kauft, für Iasmund zehn Pfennige, für mich zwanzig.«

Wolfgang folgte dem Kameraden, der eilig den Korridor hinunterrannte. Er merkte recht gut, daß der andere noch nicht versöhnt war. »Schwarze,« rief er, »Schwarze, seien Sie mir doch wieder gut, ich habe es wahrhaftig nicht bös gemeint.«

Der Kleine blieb stehen. »Na, also, diesmal will ich es noch verzeihen, aber Sie müssen mir helfen Fidibusse drehen. Ich habe hundert bei dem Wocheninspektor abzugeben.«

»Wenn ich es kann,« murmelte Wolfgang, »ich bin ungeschickt.«

»Sie werden es schon lernen. Kommen Sie, rasch, rasch.«

Sie stiegen im Sturmschritt die Treppe hinunter. Ein weiter Kreuzgang mit einfachen Steinpfeilern und Rundbögen dehnte sich vor ihnen aus. Er umschloß einen viereckigen Raum; in dessen Mitte stand die alte Kastanie, die vorhin dem trauernden Wolfgang tröstend die Äste entgegengestreckt hatte.

»Das ist der Primanergarten,« erklärte Schwarze, »dort ist das Cönakel, der Eßsaal zu Deutsch, und auf jener Seite« – er deutete nach dem andern Flügel – »der innere Eingang zur Kirche. Es ist Mittlerenrecht, in dem Kirchenkreuzgang spazierenzugehen.«

»Hier scheint es überall Rechte zu geben.«

»Natürlich, nur die Novizen haben keine. Wir Doppeltalten dürfen die Hände in die Hosentaschen stecken, das dürfen Sie nicht. Die Daumen müssen aber draußen bleiben, das ist altes Obertertianerrecht, sie mit in die Tasche zu stecken. Und dann müssen Sie uns auch die Kegel aufbauen,« erwähnte er weiter.

Sie waren am Ende des Kreuzgangs, eine kleine Treppe führte in einen Raum abwärts.

»Das ist der untere Kreuzgang, er führt zum Betsaal, und dort hinten ist der Laden vom Schneiderhannes.«

Wolfgang jappte nach Atem, so rasch mußte er laufen.

»Wer ist der Schneiderhannes?«

»Der Stadtbote, er kommt jeden Morgen mit den Besorgungen der

Lehrer. Eigentlich darf er nur Obst verkaufen, aber selbstverständlich hat er immer Zwiebäcke und mittags Pfannkuchen und Schokolade, die Tafel zu zehn Pfennigen. Sonst könnte man hier verhungern.«

Sie waren angekommen. In einem dunkeln Kellerloch drängten sich ein Dutzend Untere um einen fetten Mann mit blöden Augen und einem dicken Schal um den Hals, der das Schieben und Stoßen mit den Worten »Sachte, sachte, einer nach dem andern« beschwichtigte.

Ein kleiner Kerl stand gerade vor ihm und verlangte für seinen Oberen Winkler Zwiebäcke.

»Ne, ne, wird nichts draus. Erst soll der Herr Winkler seine Schulden bezahlen, er ist schon beinahe auf einem Taler. Ich habe meine Zwiebäcke nicht gestohlen. Weiter.«

Mit denkbar größter Geschwindigkeit ging der Handel vor sich, und nach wenigen Augenblicken schritt Guntram, mit Zwiebäcken bepackt, an der Seite des Nebenstocks wieder zurück. Schwarze hatte für sich die besten ausgesucht; kauend und schmatzend weihte er Wolfgang tiefer in die Geschäfte ein. Das Essen stimmte ihn versöhnlich.

»Sie werden sich schon bald einleben. Es sind lauter nette Jungen auf unserer Stube. Behrendt ist zufrieden, wenn sein Platz abgewischt ist. Bei Iasmund wär's freilich feiner, da könnte man schmökern, wann man wollte. Von dem Lichtputzer, dem Meyer, der Sie vorhin anranzte, müssen Sie sich nichts gefallen lassen. Wenn man ihm mal ordentlich frech wird, ist er beruhigt. Geben Sie ihm ab und zu was aus Ihren Freßkisten ab.«

Während sie weitereilten, erklang droben wieder die Glocke.

»Da keilt's schon zum erstenmal zum Gebet. Wir müssen rasch machen.«

Auf der Stube fanden sie alle, ungeduldig wartend, vor den Kaffeetassen. In kurzer Zeit herrschte gefräßige Stille. Der unglückliche Guntram, um den sich niemand kümmerte, setzte sich verlegen an seinen Platz. Der Magen knurrte ihm. Aber er besaß kein Gefäß, um zu trinken. Eben schaute Behrendt, der Obere, höchst zufrieden von seinem

Kakao auf. Er hatte die Hälfte der Mahlzeit verzehrt und machte nun eine Kunstpause.

»Warum trinken Sie nicht, Guntram,« fragte er stirnrunzelnd. Offenbar hielt er Enthaltsamkeit für ein Laster.

»Ich habe keinen Hunger,« erwiderte der Kleine. Er schämte sich, seine Besitzlosigkeit einzugestehen.

»Dann frühstücken Sie ohne Hunger. Vorwärts! Ich mag keine Muttersöhnchen, denen nichts schmeckt, als was Mama gekocht hat.« Wolfgang seufzte, er rückte auf seinem Stuhle hin und her. »Haben Sie nicht verstanden?« hieß es.

»Könnte ich dann wohl eine Tasse bekommen? Ich besitze keine.«

»Gehen Sie zu Ihren Brüdern und holen Sie sich eine. Sie wohnen auf Nummer 15. Jeder vernünftige Mensch hat doch eine Tasse.« Wolfgang erhob sich. Zu den Brüdern zu gehen, war ihm unangenehm. Er hatte darauf gerechnet, daß sie sich seiner annehmen würden, und sie hatten es Frau Brigitten fest versprochen. Nun fragte keiner von beiden nach ihm. »Der erste Guntram schläft bis zum Gebet durch,« sagte Iasmund, »und der zweite ist mit Lüderitz zu einem Frühschoppen in den goldenen Bären geprellt. Der kommt erst beim letzten Läuten zurück.«

»Hat hier denn niemand eine Tasse für meinen Unteren?« brüllte Behrendt.

»Sie können mein Teeglas bekommen,« sagte Kraemer, der Mittlere, »es ist gut angeraucht.«

Er brachte ein Wasserglas zum Vorschein, dessen Inneres vollständig von einer braunen Kruste bedeckt war. »Sie brauchen sich nicht zu genieren, es ist nicht Dreck, nur Tee.«

Wolfgang schauderte einen Moment, dann lachte er, schenkte sich ein und aß das Neckchen, das ihm Schwarze zuschob. Schön war es nicht, was man ihm bot. Aber der Hunger war arg und so ging es.

Schwarze erhob sich. »Kommen Sie, Guntram, wir müssen zum Gebet, es hat zum zweitenmal gekeilt.« Mit dem Gesangbuch bewaffnet lief er voraus die Treppe hinab durch den Kreuzgang. Sie fanden den Betsaal noch ziemlich leer. Ein breiter Gang führte durch die Mitte des

Raumes nach einem Podium mit zwölf Stühlen und einem Katheder; zu beiden Seiten des Ganges standen gelbe Schulbänke aus Eichenholz. Schwarze wies ihm den Platz. »Sie sitzen im fünften Tisch ganz unten. Sie müssen dem Bankinspektor melden, wer fehlt.«

Guntram starrte ihn ratlos an. Wie sollte er die Namen derer kennen, die hier auf der Bank saßen? Schwarze war schon unter der Menge, die hereinströmte, verschwunden.

Allmählich wurde die Zahl der Kommenden geringer. Die Glocke tönte zum drittenmal, und nun standen neben der Eingangstür zwei größere Schüler, die Wocheninspektoren; jeder hatte ein kleines Buch in der Hand, und dem Eintretenden schmetterten sie, je nachdem sie Mittlere oder Untere waren, ein dröhnendes »Strich« oder »Zu mir« entgegen.

Die Bänke waren gefüllt, nur die oberen Plätze noch leer. Deren Inhaber, Primaner, standen in Gruppen umher, eifrig plaudernd und schwatzend. Mitten darunter konnte Wolfgang seinen einen Bruder unterscheiden. Es war ein Lärm in dem Raum wie in einer Judenschule.

»Sprecht nicht mehr,« ertönte jetzt die Stimme des einen Inspektors, und augenblicklich ward es ruhig, nur die Primaner sprachen und lachten weiter.

»Bitte, meine Herren, wollen Sie sich setzen,« hieß es nun, und mit freundschaftlichem Drängen und Stoßen wurden die zögernden Jünglinge nach ihren Plätzen geschafft.

An das obere Ende von Wolfgangs Bank hatte sich ein breitschulteriger Gesell mit rotem Gesicht gesetzt. Er beugte sich vor und schielte die Reihe entlang.

»Sie müssen melden,« flüsterte Guntrams Nachbar.
»Was denn, um Gottes willen?«
»Sagen Sie, besetzt.«

Wolfgang gehorchte, und der rote Kopf zog sich befriedigt zurück.

»Der Dachs kommt, ich bitte um Ruhe,« ertönte jetzt wieder die Stimme des Inspektors, der Wache gestanden hatte, und kurz darauf trat der Hebdomadar, begleitet von seinem Famulus, einem gescheit aussehenden Primaner mit hinkendem Gang, ein. Von den Bankenden klang es gleichmäßig, während der Lehrer vorbeischritt, »besetzt«, ein oder zweimal statt dessen auch ein unbekannter Name. Wolfgang starrte ermüdet vor sich hin, als ihn von der ersten Bank der Name »Guntram I.« aufschreckte. Er sah erstaunt nach vorn und erwartete irgendein großes Ereignis. Aber der Lehrer ging ruhig weiter und nahm auf dem Katheder Platz, die Orgel spielte, und zwei Verse eines Kirchenliedes wurden abgesungen. Der Gesang klang kräftig und rein, fast alle schienen einzustimmen. Nach dem ersten Vers öffnete sich die Tür, und Wolfgang sah seinen älteren Bruder eintreten und sich ganz vorn an das obere Ende der ersten Bank setzen.

Jetzt begann der Dachs mit seiner eintönigen, schläfrigen Stimme das erste Kapitel des ersten Buchs Mosis vorzulesen, dann faltete er die Hände, und auf die Worte »Lasset uns beten« erhob sich die ganze Schar mit Donnergepolter. Der Mann auf dem Katheder sprach das Vaterunser, und nach einem dritten Liedervers ging er, wieder gefolgt von seinem Famulus, davon. Hinter ihm drein eilte mit langen Schritten Guntram I. Er sah verschlafen und ungekämmt aus. Kurz darauf drängte alles nach dem Ausgang.

3.

Wolfgang hegte jetzt den lebhaften Wunsch, seinen Bruder zu begrüßen. In dem Menschengewirr hatte er den zweiten fest im Auge behalten, und trotz des drohenden Rufes »nicht drängeln«, der ihm von allen Seiten entgegenschallte, eilte er auf ihn zu. »Guten Morgen, Walther,« rief er ihm nach.

Der Bruder drehte sich um. »Ha, Wölfchen, wie gefällt's dir hier?« sagte er mit gutmütigem Lachen.

»Sehr schlecht.« Die Worte waren mit solcher Überzeugung gesprochen, daß die Umstehenden lachten.

»Das glaube ich. Hast du den Großen schon gesprochen?«

»Nein, er hat durchgeratzt.«

»Schau, wie rasch du dich eingewöhnst, weißt schon, was Durchratzen ist. Komm, wir wollen zusammen zum Heinz gehen.«
Wolfgang war es, als ob eine Last von seiner Seele fiele. Er machte sich nichts aus den Brüdern. Aber er kannte sie doch von den ersten Lebenstagen an, ihre Gesichter und Stimmen waren ihm vertraut, und all ihre kleinen Gewohnheiten, ihr Gang, ihre Haltung führten ihn in die verlorene Heimat. Er hatte sofort seine frühere Sicherheit und Freude wiedergewonnen.
»War's fein im goldenen Löwen?« fragte er verschmitzt, während er sich an den Bruder hing.
»Wo, Teufel, weißt du das her? Natürlich war's fein. Famosen Kaffee haben wir geschlemmt. Aber bei einem Haare hat uns der August gefaßt. Wir wollten gerade über die Mauer klettern, als er seine schiefen Beine drei Schritt vor uns schwenkte. Na, Gott sei Dank, der Kerl ist ja stockblind. Neugierig bin ich, wie sich Heinz herausgesohlt hat.«
Sie waren auf dem Korridor angelangt. Walther blieb einen Moment stehen.
»Hör mal, Kleiner, du könntest mir eigentlich was pumpen, mein Tabak ist zu Ende. Ich will nur morgen auf dem Spaziergang welchen kaufen.«
»Dürfen die Primaner denn rauchen?«
»Natürlich nicht, aber sie tun's; wenn's verboten wird, erst recht.«
»Papa hat mir einen Taler geschenkt,« sagte Wolfgang und holte ihn hervor.
»Na also, danke schön, zu Weihnachten kriegst du ihn wieder.«
Walther nahm das Geld und versenkte es in seiner Tasche. Wolfgang schmiegte sich fester an den Bruder, froh, ihm gefällig zu sein.
Sie trafen Heinz in einer merkwürdigen Situation. Er wusch sich über dem Stubeneimer, wobei ihm sein Unterer aus einem der Tonkrüge Wasser übergoß.
»Morgen, Großer, Katzenwäsche heute?«
Walther kannte den Bruder.
»Hab's verschlafen. Gießen, Kauer!«

»Hier ist Wölfchen, er will dir guten Tag sagen.«

»So, so, bist du auch da, Kleiner? Du hast gut angefangen. Setz dich, ich bin gleich fertig.« Dabei trocknete er sich die Hand ab.

»Was sagte denn der Dachs?« fragte Walther wieder.

»'s ist gut. Was sollte er sagen? Ich hatte mir Nasenbluten zugelegt. Der Kerl glaubt ja alles. Nächste Woche kommt der Huß an die Reihe, der ist geriebener, da ist's nichts mit dem Ausschlafen.«

Wolfgang war gewiß skrupellos. Aber die Fertigkeit, die hier im Belügen der Lehrer entwickelt wurde, überstieg doch seinen Glauben. Ganz starr vor Erstaunen war er aber, als jetzt sein Bruder Walther eine Pfeife und einen Riesenkasten mit Tabak hervorholte.

»Ich denke, du hast keinen Tabak mehr?« platzte er los.

»Doch, doch, und Geld jetzt auch noch für 20 Seidel dank dir und den Göttern. Ich war ganz abgebrannt.«

Wolfgang war betrübt. Der Taler hatte ihn sehr gefreut, das Abschiedsgeschenk des Vaters. Die Bitte, »gib ihn mir zurück,« schwebte ihm auf den Lippen. Aber er unterdrückte sie, er war noch Kind genug, seine Besitztümer königlich zu verschenken. Doch dunkel dämmerte ihm die Ahnung auf, daß er sich seiner Haut werde wehren müssen.

»Kommst du mit, Heinz?« fragte der Bruder, der inzwischen seine Pfeife gestopft und in den Tiefen der Rocktasche versteckt hatte.

»Sind Lüderitz und Karsten schon auf dem Platz?« fragte der andre.

»Ich denke, sie wissen, daß heute Skatkränzchen ist.«

»Schön, ich komme gleich.«

Heinz fuhr eilig hin und her und band sich Kragen und Schlips um. Die Brüder nahmen Wölfchen in die Mitte und gingen.

»Gehst du morgen zum Alten?« fragte Walther.

»Natürlich, der Kleine hat den ersten Spaziergang, und die Alten würden mächtig flatzen, wenn wir nicht mitkämen. Im Löwen paßt mir's morgen sowieso nicht. Iasmund gibt seine Inspektorbowle, ich habe keine Lust, mich von ihm freihalten zu lassen. Wie gefällt's dir bei Iasmund?« fragte er den Bruder. »Ist es nett?«

»Sehr nett.« Wolfgang dachte gern an den frischen Jungen, der von Lust und Leben sprühte.

»Geschmackssache,« meinte Walther, das Gespräch abbrechend.

»Wie wär's, wenn wir Lüderitz mit uns zu den Alten nähmen?«

Wolfgang zuckte jedesmal bei dem Ausdruck »die Alten« zusammen. Ein dumpfer Groll stieg in ihm auf, und er fühlte sich gegen den Bruder erkaltet.

»Famos. Und du mußt Behrendt einladen, Kleiner. Er ist zwar nicht amüsant, aber er kann mit dem Alten Schach spielen.«

Sie waren in den Kreuzgang des Klosters gekommen und bogen rechts neben dem Eßsaal ab.

»Dort ist das Wasserhöfchen, dort wirst du oft stöhnen, Wölfchen,« meinte Heinz, »wenn du bei 10 Grad Kälte Wasser schleppen mußt, und beim Glatteis wirst du manchen Krug zerschlagen.«

»Auf der zwölften Stube sind Blechkrüge angeschafft, sie sollten überall eingeführt werden.«

»Dummheit,« schalt der Ältere, »ewige Neuerungen. Die Kerls wissen nicht, was sie alles ausdenken sollen, den Coetus zu piesacken. Das Wasser schmeckt aus den Blechkrügen scheußlich, und außerdem stinken sie.«

Walther zuckte die Achseln. Er kannte die reaktionäre Gesinnung des größeren Bruders. Sie waren eine kleine Treppe hinabgestiegen und befanden sich im Freien. »Das ist der Brunnen, das Beste in dem ganzen Nest. Das einzig Gute hier ist das Wasser.«

»Es ist ein Skandal,« schalt Heinz weiter, »gestern in der Synode hat der Huß beantragt, den Primanern die Wochenspaziergänge zu nehmen. Da hat aber der alte Gauchy losgelegt. Seit 25 Jahren« – Heinz sprach mit verstellter Stimme, offenbar ahmte er dem sogenannten Gauchy nach – »bin ich hier Lehrer und habe noch nie so etwas gehört. Wenn den Primanern der Turnus genommen werden soll, fällt die ganze Schule zusammen, hat er gesagt, und der Huß hat zurückgezupft. Der Gauchypietz hat es mir selbst erzählt.«

»Der ist noch der vernünftigste von allen Lehrersöhnen. Der hält zum ewig grünen Coetus. Da oben im Fürstenhaus ist die Synode, Wölfchen.« Walther zeigte nach dem oberen Stock eines grauen, finsteren Gebäudes, das sich breit vor ihnen erhob. »Hoffentlich lernst du diese edle Versammlung, wo die Kerls den Schulmist der Woche beriechen, nicht allzufrüh kennen. Daneben hat der Großvater gewohnt, dort hinter jenen Fenstern.« Walthers Stimme bekam einen feierlichen Klang, der von seinem sonstigen Wesen seltsam abstach.

»Wenn der noch lebte, wäre es anders hier.« Auch Heinz sah ernsthaft und still hinauf. »Als er Vizerektor war, hat er den Primanern das Rauchen erlaubt.«

Wolfgangs Herz klopfte schneller, als er den Großvater nennen hörte. Er war stolz auf den Ahnen, und die freisinnige Handlung, von der Heinz erzählte, erschien seinem kindischen Denken wie eine Heldentat. Er strahlte vor Freude, und unwillkürlich drückte er sich dicht an die Brüder, die er in diesem Moment heiß liebte.

Die drei durchschritten den finsteren Gang des Fürstenhauses und traten in den Schulgarten. Wolfgang schützte die Augen vor dem leuchtenden Sonnenschein. Weite Rasenflächen in frischem Grün breiteten sich aus, dahinter glänzte der weiße Kies des Turnplatzes, und schattige Lindenalleen umschlossen das Ganze, die Mauern des Gartens verdeckend. In der Kühle der Bäume lagerten junge Gestalten, Arm in Arm schritten Schüler, hastig redend und streitend, vorüber, und aus der Ferne erscholl das Rollen der Kugeln und das Schreien der Spielenden von den Kegelbahnen. Gerade vor dem Eingang in das Fürstenhaus breitete eine uralte Fichte ihre mächtigen Zweige aus. In Wolfgang regte sich fast ein Gefühl der Freude, aber die fremden Menschen, die ihn mit kalter Neugier betrachtend vorübergingen, schüchterten ihn ein.

Quer durch den Schulgarten schreitend gelangten die drei an den Fuß eines Hügels, der, von Unterholz dicht bewachsen und mit alten Baumstämmen gekrönt, die Schule vor Sturm und Gewitter schützte. Ein Fußpfad, unterbrochen von kleinen Treppchen, führte zu einem freien Platz, ein paar Holztische und Lattenbänke standen dort, so verborgen, daß man vom Schulgarten aus nichts davon erkennen konnte.

Die beiden Primaner waren unschlüssig stehengeblieben. Der kleine Bruder war ihnen lästig. Mit raschem Entschluß machte sich Walther frei. »Na, adieu, Kleiner. Wir werden erwartet. Viel Vergnügen!« Wolfgang starrte die beiden an. Die Tränen stiegen ihm in die Augen, und mit halb erstickter Stimme fragte er: »Kann ich denn nicht bei euch bleiben?«

»Wo denkst du hin! Wir haben Skatkränzchen, das ist nichts für Kinder,« hieß es, und »geh da hinauf bis zur Mauer. Da führt der Musengang entlang. Von dort aus kannst du dir die Herrlichkeit der Plätze beschauen.«

Wolfgang blickte den Brüdern traurig nach. Dann wandte er sich und stieg den Abhang hinauf. Nach kurzer Zeit stieß er auf die Mauer, welche die Schule umschloß. An der lief er mit hastigen Schritten entlang. Sehnsüchtig schaute er an dem festen Steinwerk empor. Hier und da sah er an den Quadern Ritzen und künstliche Stufen, deutliche Spuren, daß schon mancher Fuß hinaufgeklettert war. Wie gern würde er fliehen. Aber was hatte es für Zweck? Wo sollte er hin? Er seufzte und schritt weiter. Bald war er am Ende des Ganges angelangt. Er kehrte um und lief wieder zurück, immer hin und her. Ihm fiel der Wolf ein, den er einst hinter den Gitterstäben einer Tierbude gesehen hatte, wie er ruhe- und rastlos die paar Schritte des Käfigs auf und ab rannte, mit gierigen Augen in die Freiheit schauend. O, er wußte wohl, was er tun wollte. Morgen auf dem Spaziergang wollte er die Mutter anflehen, ihn wieder zurückzunehmen. Gewiß, sie würde es tun, wenn er sie bäte, wenn er ihr alles sagte, was ihn quälte. Bis dahin mußte er aushalten, das half nichts. Und solange er frei umhergehen konnte, ließ es sich ja ertragen. Die andern Jungen mußten ihn nur in Ruhe lassen.

»He, Guntram,« erscholl von unten eine helle Stimme. »Sie laufen ja wie ein brüllender Löwe umher. Kommen Sie! Sie können uns Kegel aufbauen.« Schwarze stand am Fuße des Berges, hemdärmelig und schwitzend.

Wolfgang zauderte. Aber schließlich – es war ja eine Beschäftigung, und er tat dem Nebenstock, den er so schwer beleidigt hatte, gern den

Gefallen. Mit wenigen Sätzen, fast freudig, sprang er den Abhang hinab. Die stumpfsinnige Tätigkeit gefiel ihm; das Bücken und das Schleppen der Kegel, das Hochrecken des Körpers, um die Kugeln in der Rinne wieder hinabrollen zu lassen, die weiten Sätze, die man machen mußte, um den abprallenden Kugeln auszuweichen, machten ihm die Glieder geschmeidig und die frohen Scherze, der laut tönende Ruf »Achtung«, »Sandhase«, stimmten ihn heiter. In kurzer Zeit hatte er alle Trauer vergessen, sah gespannt dem Gange des Spiels zu und waltete seines Amtes. Gern folgte er dem Rufe der Kameraden, selbst ein paar Kugeln zu schieben. Eben hielt er prüfend eins der runden Dinger in der Hand, um gut zu treffen, da erscholl der Ruf »es keilt«. Wirklich tönten die Klänge der Glocke herüber, und von dem Fürstenhaus her rief die bekannte Stimme des Inspektors: »Geht hinüber! Beeilt euch!«

»Ist man denn hier keine Minute seines Lebens vor diesem Bimmeln sicher? Ich hasse es, gezwungen zu werden,« fuhr Guntram ungeduldig auf.

»Wenn Sie sich nicht zwingen lassen wollen,« lachte der lange Lulatsch, »müssen Sie ein paar Minuten vor dem Läuten hinübergehen, dann tun Sie es freiwillig.« Er hatte neben den Spielenden gestanden und zugesehen. »Ich meinerseits finde die letzten Momente am schönsten. Aber nun rasch, sonst kommen wir zu spät.«

Wolfgang warf verstimmt die Kugel fort und rannte dem Kameraden nach. »Was ist denn schon wieder los?« fragte er.

»Beschäftigungsstunde. Nachher ist zweites Frühstück! Rasch, rasch.«

Sie eilten in langen Sätzen vorwärts an dem Inspektor vorbei, der mit dem drohenden Büchlein in der Hand neben der Fichte stand. Im Fürstenhaus verschnauften sie sich und gingen langsam weiter.

»Sie brauchen nicht Kegel aufzustellen,« sagte der Lange. »Lassen Sie die dummen Jungen für sich selber sorgen.«

»Aber es macht mir Spaß.«

»Na, wie Sie wollen. Die Geschmäcker sind verschieden. Mir kommen sie nicht mehr damit. Als sie mich einmal gezwungen haben, habe ich sie alle angezeigt.«

»Pfui!«

»So, pfui? Soll ich mich etwa von diesen Eseln schuhriegeln lassen, die noch nicht wissen, was ein Stoiker war, und was Epikur lehrte, und für die der Satz von der Erhaltung der Kraft ein böhmisches Dorf ist?« Aus des Knaben Worten sprach grenzenlose Verachtung, und Wolfgang wurde plötzlich bescheiden. Er sah seinen Gefährten, der mit so großen Worten um sich warf, bewundernd an und beschloß auf seiner Hut zu sein, um die eigne Unwissenheit zu verbergen. Er nickte also beistimmend und schwieg.

»Wenn Sie wollen, können wir öfter zusammen verkehren,« fuhr der Lange fort. »Ich glaube, Sie sind gescheiter als die andern. Wir könnten Brüderschaft schließen.«

Wolfgang grauste vor dem Gedanken. So sehr er die geistige Überlegenheit seines Nachbarn anstaunte, so sehr widerte ihn dessen Gestalt und Wesen an. Zum Glück waren sie jetzt vor der neunten Stube angelangt, und Guntram entwischte rasch mit den Worten: »Auf Wiedersehen.«

Alle waren schon in der Stube versammelt, und als jetzt die Glocke von neuem erklang, rief Iasmund mit Nachdruck »Setzt euch«. Sofort wurde es ruhig, und jeder vertiefte sich in irgendein Buch, während Behrendt sich erhob, um an dem zweiten Tisch mit Iasmund Schach zu spielen. Sein Blick fiel auf den unglücklichen Guntram, der hilflos und ohne eine Bewegung zu wagen dasaß. »Ich werde Ihnen ein Buch geben,« sagte er und nach einigem Suchen schob er dem Knaben einen zerfledderten Band zu. Nach wenigen Augenblicken hatte Wolfgang über Scotts Ivanhoe Welt und Menschen umher vergessen, hörte nicht, wie der Dachs leise in das Zimmer schlich, um irgendwelche schweren Verbrechen aufzuspüren, merkte nicht, wie Behrendt über der Schachpartie zuweilen heftig wurde. Der treue Gurt und der närrische Wamba, Cedriks Halle und das große Turnier nahmen ihn ganz gefangen. Er hörte die Waffen klirren, sah die geputzten Frauen im Kreis umher, den kühnen Bogenschützen und den schwarzen Ritter im Eisenpanzer. Seine Seele durchlebte die heftigsten Wandlungen, und mit einem Seufzer schlug er das Buch zu, als die unerbittliche Glocke ihn mitten in dem Verhör des alten Juden unterbrach.

Wolfgang folgte dem Strom der Knaben, der sich nach dem Kreuzgang ergoß. Das zweite Frühstück sollte eingenommen werden. Man hatte ihm mitgeteilt, daß er zu dem vierzehnten Eßtisch gehöre und neben einem anderen Novizen Weyermann sitze. Damit wußte Guntram nicht viel anzufangen. Suchend und bald hier, bald da stehenbleibend irrte er durch die Haufen, die sich vor dem Eßsaal ordneten. Ein fromm und bieder aussehender Knabe zeigte ihm schließlich den Platz, an dem sich der vierzehnte Tisch versammelte. »Hier ganz vorn an der Treppe wird Ihr Platz sein. Sie sitzen über Weyermann, gehen also rechts von ihm und müssen die Fehlenden melden, wenn Sie an dem Lehrer vorüberkommen. Ihre beiden Vordermänner sind Kraemer und Müller I. Die beiden Namen nennen Sie beim Eintreten in den Saal. Jetzt können Sie in den Primanergarten gehen und sich mit Ihrem Nachbar anfreunden. Klettern Sie einfach über, dort drüben steht Weyermann.«

Wolfgang dankte, stieg über die niedrige Steinmauer des Primanergartens und begrüßte sich mit einem schüchternen, blaß und verweint aussehenden Jüngelchen, das offenbar ebensowenig mit sich anzufangen wußte wie Guntram. Die beiden standen sich verlegen gegenüber und seufzten sich an. Das Schweigen wurde immer drückender, und endlich entschloß sich Guntram zu den Worten: »Nicht wahr, es ist fürchterlich hier.« Statt aller Antwort brach der Kleine in Tränen aus.

Wolfgang war sofort wie umgewandelt. Er faßte Weyermann unter den Arm und zog ihn mit sich fort, fragte ihn nach Heimat, Eltern und Geschwistern und erzählte von dem eigenen Vaterhause, von der Schwester und von den Großeltern, die hier so lange gelebt hatten. Bald hatte er das trauernde Kind zu einem fröhlich lachenden gemacht, das unbefangen schwatzend neben ihm herging. Und in ihm selbst wurde es dabei licht und warm. Ihm fielen die Stunden mit der Mutter ein, die er in letzter Zeit so oft aus Tränen aufgeweckt hatte. Er kam sich gehoben vor, das Gefühl, Kraft zu geben, stärkte ihn. Dann erwachte wieder die Sehnsucht nach Haus, aber es war keine Bitterkeit mehr darin, nur ein weiches, wohliges Verlangen und ein Hoffen auf morgen. Es konnte ja nicht sein, daß er wieder in die Schule zurückgesandt wurde. Auch der Vater mußte einsehen, daß die Mutter jetzt nicht ohne ihn sein durfte.

Die Knaben waren so vertieft, daß sie nicht merkten, wie der Kreuzgang sich gefüllt hatte. Jetzt traten einige Primaner in den Garten, und der eine rief ihnen zu: »Ihr tätet auch besser anzutreten. Nachher findet ihr eure Plätze nicht, und dann ist der Teufel los.« Das genügte, um sie wieder in die Wirklichkeit zurückzuversetzen. Eiligst rannten sie nach dem Kreuzgang, wo sich schon alle zu zwei und zwei geordnet hatten.

An der Treppe, die von den Stuben herabführte, stand wieder der verhängnisvolle Wocheninspektor, während der zweite den hinteren Gang bewachte, durch den sich an dem Kircheneingang vorbei hie und da ein verspäteter Sekundaner einzuschleichen suchte. »Zu mir« und »Strich« erschollen wieder in derselben Weise, wie in dem Betsaal.

Jetzt erschien auf der gegenüberliegenden Treppe der Hebdomadar mit dem unvermeidlichen Famulus. Das »sprecht nicht mehr« erscholl, und wie ein rasender Eber schoß der Inspektor die Reihen entlang, hier und dort die leise zischelnden Schüler mit Meldungen und Strichen strafend.

Mittlerweile war der Dachs am Eingang des Primanergartens vorbeigetappt, die Mehrzahl der Primaner drängte sich hinter ihm her, während einige mit kühnem Satz über die Mauerbrüstung sprangen. Der Dachs verschwand in der geöffneten Tür des Eßsaals, und sofort setzte sich der Zug in Bewegung, streng in Reih und Glied zu zwei und zwei.

»Sie müssen melden,« hörte Wolfgang hinter sich rufen, als er die Schwelle überschritt. »Kraemer und Müller I« sagte er, zwischen Lehrer und Famulus hindurchgehend.

»Was? Sprechen Sie lauter,« schrie ihn der Dachs an. Sofort traten dem Knaben die Tränen in die Augen, er konnte nicht antworten. Der Famulus aber beugte sich vor und wiederholte die beiden Namen. »Es ist gut. Weiter,« hieß es. Und der stockende Zug setzte sich wieder in Gang.

Zwei endlose Tische, zu einem Hufeisen verbunden, durchzogen den langgedehnten Raum. Sie waren mit weißen Tüchern bedeckt und von niedrigen Bänken ohne Lehnen eingefaßt. Die Reihen der Schüler teilten sich: während die größeren zu sechs an der Wand entlangschritten, gingen sechs von den Kleinen an der andern Seite des Tisches. Der vierzehnte Tisch befand sich an der entferntesten Ecke des Saales, und Wolfgang hatte Zeit, sich im Dahinschreiten alles anzusehen. Große, breite Fenster erleuchteten den Raum, dessen Decke von zwei mächtigen Pfeilern getragen wurde. Hoch von den Wänden schauten die Gipsköpfe gelehrter Männer herab und über dem fünfzehnten Tisch, der das Hufeisen schloß, war die Büste des Kaisers angebracht. Auf den Tischtüchern standen in regelmäßigen Abständen je zwei Teller mit Butter, und vor jedem Platz lag ein rundes Gebäck aus grobem Mehl, daneben ein Messer mit Stahlgriff. Sobald der Eingang überschritten war, begann ein halblautes Gespräch.

»Ich bin doch neugierig,« hörte Guntram hinter sich, »ob der Pächter heute wieder Kartoffeln in die Butter getan hat. Neulich hat es Müller angezeigt.«

»Mir ist es wurscht,« hieß es weiter, »ich frühstücke nicht. Heut Mittag gibt's Kartoffelklöße, da hole ich's nach.«

Der Zug machte halt. Einer von den größeren Schülern auf der gegenüberliegenden Seite teilte die Butter in sechs Teile, tat sein Stück in das aufgeschnittene Brötchen und schob dieses dem Neuling zu. »Bringen Sie's mir hinauf, Stube 6, Wiegand, und holen Sie heute mittag meine Serviette.« Damit eilte er dem Ausgang zu. Der Reihe nach nahmen sich nun die andern, und bald war Wolfgang mit seinem kleinen Freunde allein. Nach kurzem Zögern ergriffen sie ihre eigenen Brötchen und die der Vorschneider und gingen hinaus. Das Ganze hatte etwa drei Minuten gedauert.

»Haben Sie eine Ahnung, wo die sechste Stube ist?« fragte Guntram.

»Gleich neben der Inspize, ich werde sie Ihnen zeigen.« Sie stiegen die Treppe hinauf, am Waschsaal vorbei, und durch den Korridor. Wolfgang sah nun, daß über den Stubentüren römische Ziffern standen. Er dankte Weyermann und eilte allein weiter. Vor der sechsten Stube blieb er verlegen zögernd stehen. Hinter der Tür ertönte Lachen und Schelten.

Er überlegte, ob er anklopfen solle oder nicht. Schließlich tat er es. »Herein,« brüllte ein halbes Dutzend Stimmen. Er öffnete, und ein schallendes Gelächter empfing ihn. »Der ist höflich,« hieß es und »nur Mut, sagte der Hahn zum Regenwurm und verschlang ihn.« »Was wollen Sie hier?« fuhr ein dritter auf ihn los. Wolfgang drückte sich in die Ecke. »Ich soll für Herrn Wiegand das Brötchen bringen.« »Hier wird nicht angeklopft,« schrie der andre wieder. »Wiegand, dein Schäfchen bringt dir Futter.« Wiegand stand vor seinem Pult und kramte darin.

»Legen Sie es dahin.« Er deutete nach dem Fenster. Wolfgang eilte davon.

»Halt! Wie heißen Sie?« fragte der Primaner.

»Wolfgang Guntram.«

»Was, ein kleiner Igel,« rief ein rothaariger, mittelgroßer Gesell, und eine freche Nase fuhr dicht an Wolfgangs Gesicht heran. »Wollen mal sehen, ob ihm schon die Stacheln wachsen.« Dabei fuhr er mit der sommersprossigen Hand über die Haare des Knaben.

Wolfgang ekelte sich, rasch stieß er die Hand zurück. »Lassen Sie das,« sagte er in drohendem Ton.

»Hoho, sie wachsen, sie wachsen,« lachte der andre.

»Hier bleiben,« hieß es wieder. Wiegand hatte aus dem Pult eine Serviette geholt und reichte sie dem Knaben, der jetzt im Ärger alle Verlegenheit vergessen hatte. »Zum Mittagessen bringen Sie sie mit.« Wolfgang verbeugte sich und ging. Wieder lachte die ganze Rotte. Offenbar war es nicht üblich zu dienern. Er ging nachdenklich nach seiner Stube. Ausgelacht zu werden war ihm sehr unangenehm, und er beschloß, scharf aufzupassen, wie die älteren Schüler sich betrugen. Wenn er oft so gehänselt wurde, hielt er es nicht aus, das fühlte er.

Der kurze Auftritt hatte den Trotz in Wolfgang geweckt. Langsam und ohne sich um irgend jemanden zu kümmern, schlenderte er in den Schulgarten. Dort warf er sich unter einen Baum und vertiefte sich in Grübeleien. Als um zwölf Uhr die Glocke zum Mittagessen rief, stand sein Entschluß fest: Entweder nahmen ihn die Eltern, wenn sie vernünftig waren, wieder fort, oder er wollte der Schule zeigen, daß Wolf Guntram nicht leicht zu bändigen sei. Er freute sich seines Namens; der schien ihm von guter Vorbedeutung. Ach, seine Eltern waren nicht vernünftig.

Traurig strich der Tag hin, Freistunden kamen, Vesperbrot und wieder Beschäftigungsstunden. Die kriegerische Stimmung des Knaben hielt nicht lange an. Ein schwerer Druck senkte sich auf ihn, der jede Freudigkeit lähmte und allmählich alles Leben ersticken ließ. Als er vor seinem Koffer stand und seine Sachen in den Schrank räumte, schien es ihm, daß er erst jetzt von der Heimat getrennt werde, und unaufhaltsam rollte eine Träne nach der anderen über die Backen. Kein Mensch kümmerte sich um die Trauer des Knaben. Man war dergleichen Jammer gewöhnt. Schließlich wurde er so müde, daß er einschlief, und mitleidig trug ihn Iasmund schon vor dem Abendessen auf den Schlafsaal, wo er friedlich weiterschlummerte.

4.

Der nächste Morgen brachte dasselbe Bild wie der vorhergehende Tag. Aber Wolfgang stand den Dingen kühler gegenüber und vor allem feindseliger. Das Heimweh war noch ebenso stark, aber darein mischten sich Verzweiflung und Hohn. Der Gedanke, daß er heute wieder frei werde, beschäftigte ihn und gab ihm genug Frische, um alles äußerlich ruhig zu ertragen.

Zur Feier des Sonntags war heute Kirchgang. Gleich nach dem zweiten Frühstück versammelte sich die Schule in dem Kreuzgang, um in das Bethaus hineingelassen zu werden. Mit Staunen sah Wolfgang, wie Iasmund einen kleinen Band in der Tiefe seines Rocks versenkte, auf dessen Rücken der Name Byron aufgedruckt war. Neugierig erkundigte er sich bei seinem Nebenstock. »Was will Iasmund mit dem Buch in der Kirche?« »Schmökern«, lautete die kurze Antwort. Guntram dachte nach. Es wurde ihm unheimlich zumute. Er besaß wahrhaftig genug von dem Geist der Widersetzlichkeit, aber dieses heimlich versteckte Treiben beschämte ihn. Er sah recht gut, der Zwang verdarb auch das, was etwa von frommen Neigungen in den Schülern war. Als er an den gierigen Augen des Dachs vorbeischlüpfte, schlugen ihm Orgeltöne entgegen, und das Sonnenlicht warf bunte Lichter durch die Rosette des Portals in die düster kühlen Räume. Wolfgang kannte die Kirche schon. Sooft er die Eltern in die Klosterschule begleitet hatte, war er an ihrer Seite hier eingetreten, hatte die hohen Bogen und Pfeiler bewundert, ehrfurchtsvoll vor dem geharnischten Grafen auf dem Steinsarkophag gestanden und die Augen das Schiff entlang nach der Apsis mit dem Altar und Taufbecken, der Kanzel und den Chorstühlen schweifen lassen. Jetzt saßen dort nebeneinander die Lehrer, der Dachs nahm mitten unter ihnen Platz, und der Gottesdienst begann. Außer den Schülern und ihren Zuchtmeistern war niemand in der Kirche zu sehen. Der Gesang klang matt, kaum einer aus der Schar der Knaben sang mit. Alle saßen bequem hingefleget und schienen den Moment zu ersehnen, wo sie nach beendeter Liturgie die Predigt selig verschlafen konnten. Der Geistliche vorn am Altar sprach die Worte der Liturgie laut und eindringlich, aber kein Mensch achtete auf ihn. Eben verklang sein letzter Satz, da schwellten harmonische Töne durch die Kirche. Von einem Knabenchor gesungen erklang der Psalm: Ich hebe meine Augen auf zu den Bergen. Wolfgang traten die Tränen in die Augen. Wie oft hatte Frau Brigitte das vor sich hingesummt! Dieser Sang hatte vor kurzem die Schwester in die Gruft geleitet. Am Grabe der Großeltern war der Psalm gesungen worden, und auch die Mutter wollte unter seinen Klängen bestattet werden. Eine weiche Stimmung ergriff den Jungen, eine Ahnung davon, was fromm sein bedeute. Er lauschte den wunderbaren Tönen, dem Anschwellen und leisen Verklingen, dem süßen Nachschwingen in den Gewölben der Kirche. Über allen erhob sich ein glockenreiner Ton, wie nur Engel ihn singen konnten, so schön und überirdisch war er. Wolfgang schaute zur Orgel hin. Ganz vorn unter den Sängern stand ein blonder Knabe. Sein heller Sopran schwebte über dem Chor, und dem Jungen drunten war es, als ob er liegend in den Himmel blicke, wie der sich jetzt öffnen müsse und die Herrlichkeit des Paradieses hervortreten werde. Er konnte deutlich die schwärmerischen Augen des Sängers, seine feierliche Andacht verfolgen. Die Brust schwoll ihm vor seliger Freude und fast ein Gefühl des Neides stieg in ihm gegen den Knaben auf, der seinen Gott so freudig grüßte. Die Erinnerung an diesen Augenblick blieb ihm, und er behielt den blonden Sänger lieb, obwohl er kaum je drei Worte mit ihm sprach.

Die letzten Töne hallten noch wieder, als die Orgel schon in den Choral überleitete, der matt und dumpf dahinschlich, nach dem Psalm doppelt verdrießlich zu hören. Durch die Seitenschiffe drängten sich währenddessen die Sänger vor in das rechte Kreuz der Kirche, dort wo der Chor der Schule jahraus, jahrein seine festen Plätze während der Predigt hatte. Ein anderer Geistlicher stand jetzt auf der Kanzel, und alles erhob sich, um die Worte des Textes zu hören. Die letzte Silbe schien einen Zauber zu verkünden. In wenigen Minuten sah der umherspähende Guntram nichts andres als verträumte Gesichter, die der Erlösung entgegenschliefen.

Wolfgang gab sich einige Zeit Mühe, der Predigt zu folgen, aber schon bald irrten seine Gedanken ab. Auf der Bank vor ihm saß Iasmund, eifrig in dem Bande Byron lesend. Warum mochte Iasmund gerade Byron gewählt haben, dessen Gedichte ihm der Bruder Student einst fortgenommen hatte, weil sie keine Kinderlektüre seien, von dessen Werken die Mutter zu sagen pflegte, sie seien wie schwerer südlicher Wein. Sinn und Hirn werde benebelt, und das Herz werde ungerecht traurig. Ob wohl Iasmund, der lustige Iasmund, auch traurig sein konnte? Und warum machte man sich künstlich traurig? Er beneidete diesen Primaner, der so selbstherrlich dasaß, als ob kein Prediger spräche und kein Kirchendach über ihm thronte. Endlich überfiel Wolfgang die Müdigkeit und er schlief ein.

Nach der Kirche bemächtigte sich Schwarze sofort seines unglücklichen Nebenstocks. Er sollte seinem Versprechen gemäß helfen, Fidibusse zu drehen. Anfangs wollte es nicht recht gehen, nach einiger Zeit erlangte Wolfgang aber Übung und seiner Hände Werk begann ihn zu fesseln. Dabei bemühte sich Schwarze, dem Neuling den alten Tischgesang beizubringen, mit welchem mittags und abends das Cönakel eröffnet wurde, und Guntram versuchte sich darin, die schweren Mönchsnoten des Gloria tibi trinitas nachzusingen. Da erschien, zum ersten Mal seit dem gestrigen Morgen, der ältere Bruder.

»Du fängst früh an, Wolfgang. Sie sind schon ganz nett, deine Fidibusse,« sagte er und gleichzeitig reichte er ihm drei Zettel zu.

Wolfgang sah sie sich an. Auf dem einen stand Guntram III bittet um 0,25 M. Taschengeld, auf dem zweiten, Guntram III bittet um die gütige Erlaubnis zum Haarschneiden und auf dem dritten Guntram III bittet gehorsamst um die gütige Erlaubnis, sich folgendes anschaffen zu dürfen; nun folgte eine Reihe von Grammatiken, Schreibheften, Federhaltern und ähnlichen Dingen, zuletzt stand noch ein Taschenmesser und ein Schlips. Beim Lesen fiel Wolfgang die Stufenleiter der Höflichkeit auf.

»Komm,« fuhr Heinz fort, »wir müssen zum Tutor gehen.«

»Ich habe Schwarze versprochen, ihm zu helfen.«

»Das kannst du nachher tun, jetzt müssen wir zum Tetete gehen. Wann sollen Sie die Dinger abgeben, Schwarze?«

»Heut abend bei Kraemer.«

»Sie können sich auf mich entschuldigen. Komm, Kleiner!«

Wolfgang folgte dem Bruder. Sie schritten durch den unteren Kreuzgang am Betsaal vorüber in das Freie.

»Ich habe alle deine Bücher aufgeschrieben. Der Tetete wird seinen Namen darunter setzen, der gilt hier für Geld. Am Mittwoch kannst du dir alles bei den Handwerkern holen. Sie sind dann von 2 bis 4 vor dem dritten Schlafsaal zu finden. Der Schlips ist für mich. Aber ich habe schon so viel aufgeschrieben, daß der Kerl imstande ist, ihn mir zu streichen. Da segelt er besser unter deiner Flagge.«

Wolfgang nickte. Er begriff jetzt den Zweck der überhöflichen Formeln, die so protzig die Regeln der Sprache umstießen.

»Die Haare mußt du dir dann auch schneiden lassen. Du siehst aus wie ein Dichter, aber im Leben nicht wie ein ordentlicher Alumnus.« Sie schritten quer über den freien Platz vor dem Schulgebäude auf ein einzeln stehendes Haus zu. Links sprang das schöne Portal der Kirche hervor und gegenüber davon führte das alte Tor des Klosters auf die Chaussee. Wolfgang warf einen sehnsüchtigen Blick dorthin. Heut nachmittag, heut nachmittag, jubelte es in ihm.

»Der Tetete, alias Professor Klein, ist etwas unbequem für seine Empfohlenen. Du mußt kurz und bestimmt antworten, sonst kann es vorkommen, daß er dich anschnauzt. Aber er ist ein anständiger Kerl, gerecht und vornehm denkend. Er und der Gauchy sind die besten von der ganzen Bande. Er nimmt sich seiner Empfohlenen an, und man ist sicher, bei ihm Rat und Hilfe zu finden.«

Aus dem einen Fenster des Hauses, das sie jetzt erreicht hatten, erklang eine heftige Stimme. Die einzelnen Worte konnte man nicht verstehen, aber der Ton verriet den Zorn, in dem sich der Sprecher befand.

»Hörst du,« sagte Heinz, »das ist dein Tutor. Er flazt.«

Sie traten in den Flur des Hauses. Ein paar Schüler standen umher, alle mit Zetteln in den Händen.

»Wer ist drin?« wandte sich Heinz an einen von ihnen, einen stämmigen Gesellen mit breiten Lippen und schlicht blondem, fast weißem Haar. Etwas tückisch Hinterlistiges lag in dessen versteckten Augen.

»Wilmar. Er bekommt seinen Synodenrüffel, ist beim Teekochen abgefaßt.«

Heinz lachte. »Zwei Stunden Karzer und dafür soviel Lärm. Es ist gut, daß der Alte sich austobt. Dann geht es bei uns leichter.«

»Haben Sie soviel Wünsche?« fragte der andre und schielte neugierig nach den Zetteln.

»Es geht.« Heinz zog die Zettel zurück, »jedenfalls zuviel, um glatt durchzukommen. Ich muß mich für den Schulball ausstatten. Haben Sie schon eine Dame?«

»Nein, ich tanze nicht. Ich gehe nur hin, um Kuchen zu senken.«
»Sind auch die Taschen groß genug?«
»Natürlich. Ich habe die Nähte aufgetrennt. Mindestens einen ganzen Streuselkuchen kann ich bergen.« Sein Mund wurde so breit, als ob er dort schon jetzt ein gutes Stück bergen wollte.
»Na, da können Sie sich ja scheinen.« Heinz lächelte verächtlich und wandte sich ab.
Die Tür öffnete sich, und ein schmächtiger Jüngling mit hochrotem Kopf drückte sich heraus. Er wehrte die Fragen ab und stürmte davon. An die kaum geschlossene Tür hatte ein anderer geklopft und war eingetreten.
»Wen werden Sie denn bei dem Lämmersprung beglücken,« fragte der Kuchenfreund wieder.
»Das Mauerblümchen. Sie wissen ja, ich bin bei dem Schreiblehrer Hausfreund, und die beste Art, sich für Kaffee und Kuchen zu bedanken, ist mit seiner Tochter zu tanzen.«
»Na, ich danke für das Vergnügen. Nehmen Sie nur einen Korkzieher mit, sonst kriegen Sie aus dem Stockfisch nicht ein Wort heraus.«
»Sie natürlich nicht, Meister. Mit mir unterhält sie sich ganz gut.« Und »widerwärtiger Gesell« rief er dem Kameraden noch nach, der eben in die Tür des Professors trat.
Wolfgang hatte eifrig zugehört. Er freute sich des Bruders, der ihm neben dem andern wie ein Kavalier vorkam. Ein hagerer Junge mit hübschem Gesicht, fein geschniegelt und gebügelt, ging vorbei. Verdrießlich schob er eine Reihe von Zetteln hin und her.
»Wie steht es drin, Günther,« fragte Heinz.
»Verdammt schlecht. Der alte Geizkragen hat mir wieder die Hälfte gestrichen. Drei Krawatten hatte ich aufgeschrieben, und eine hat er stehen lassen. Diese Gnietschigkeit ist widerwärtig.«
»Der Alte spart in die Tasche Ihrer Eltern; seien Sie doch verständig.«
»Ach was! Mein Vater kann's bezahlen. Ich wollte, ich wäre beim schönen Erwin, der unterhaut alles, ohne zu lesen. Karsten hat sich

neulich die Erlaubnis geben lassen, seine Nase grün anzustreichen. Der Herr ist so geizig, daß er selbst an der Länge der Hosen spart. Sie reichen ihm heute knapp bis zu den Waden.«

Heinz zuckte die Achseln. »Der schöne Erwin kümmert sich nicht den Deut um seine Empfohlenen. Ich lobe mir den Alten. Wenn er Ihre Narrheiten nicht duldet, so kann ich ihm das nicht verdenken.«

Der letzte vor den Guntrams kam aus dem Tutorenzimmer heraus, und beide konnten eintreten. Nach einer tiefen Verbeugung blieben sie an der Tür stehen. Vor einem altmodischen gelben Schreibtisch mit hohem Aufbau, der über und über mit Papieren und Büchern bedeckt war, saß ein dicker Herr mit glattrasiertem Gesicht und einer Brille auf der Nase. Der Kopf war von einer fuchsroten Perücke bedeckt, unter welcher hie und da graue Haarsträhne hervorguckten.

»Was bringen Sie mir Gutes, Guntram,« fragte er.

»Meinen jüngsten Bruder, Herr Professor.« »Na, wir werden ja sehen, ob das was Gutes ist. Die Haare muß er sich schneiden lassen, hören Sie!«

»Der Zettel ist schon geschrieben.«

»Ich hoffe, Sie werden ein braver Schüler werden, Guntram III,« wandte der Professor sich an Wolfgang. »Sie werden gut tun, sich stets an mich zu halten, wenn Sie einen Wunsch haben oder wenn Sie etwas bedrückt. Ich werde versuchen, Ihnen zu helfen. Geben Sie her, Guntram I.« Der alte Herr streckte die Hand aus und nahm die Zettel in Empfang. Er sah sie flüchtig durch.

»Ich liebe es nicht, wenn man die Dinge durcheinander mischt, das sollten Sie wissen. Hier sind die Zettel Ihres Bruders, er sollte selbst abgeben.«

Wolfgang empfing mit einer Verbeugung seine drei Zettel, während der Alte die des größeren Bruders aufmerksam las und unterschrieb. Bei jedem Federzug stieß er seltsame Laute aus, die eine gewisse Ähnlichkeit mit Tetete hatten. Wolfgang verstand jetzt den Spitznamen. Bei dem letzten Zettel stutzte der Professor, legte die Feder beiseite und schob die Brille in die Höhe.

»Sie haben da lauter unnütze Dinge aufgeschrieben. Es taugt nichts, wenn die Söhne das Geld ihrer Herren Väter zum Fenster hinauswerfen.«

»Ich will auf den Primanerball gehen.«

»So, so,« der Dicke vertiefte sich wieder in den Zettel. »Weiße Weste, Handschuhe, weiße Binde, nun ja, das mag gut sein. Aber wozu brauchen Sie einen Hut? Wollen Sie mit dem Hut auf dem Kopf tanzen?« Und er lachte laut. »Mein alter Hut ist zu schlecht. Ich kann ihn nicht mehr tragen.«

»Hier in der Schule dürfen Sie sowieso keinen Hut aufsetzen, und für die Landstraße reicht der Ihre noch aus. Sehen Sie meinen an,« er nickte nach dem Kleiderreichel in der Stubenecke, »er ist auch nicht nach neuester Mode. Aber darum bleibe ich doch der Professor Klein, und kein Mensch schätzt mich deshalb weniger. Auf dem Ballsaal können Sie elegant sein, das ist in der Ordnung, aber ein Straßenstutzer brauchen Sie nicht zu werden.«

»Aber Herr Professor,« stammelte Heinz, »der Hut ist wirklich –«

»Schweigen Sie, aus dem Hut wird nichts.« Der Professor sprach mit erhöhter Stimme und mit dickem Federzug strich er den Hut aus. »So, hier ist Ihr Taschengeld. Viel Vergnügen für den Ball, tanzen Sie fleißig. Das ist gesund. Nun, Guntram III.«

Während Heinz aus dem Zimmer ging, trat Wolfgang schüchtern an den Schreibtisch. Die lauten Worte des Alten hatten ihn eingeängstigt.

»Flott, flott, Sie Waldknabe! Wir haben hier keine Zeit zu Ziereien,« schrie ihn der Dicke an. Wolfgang verlor völlig die Besinnung. Er stand da, die Zettel in der vorgestreckten Hand, und der Professor mußte sie ihm gewaltsam fortreißen. Wieder tönte das Te–te–te, die Zettel wurden unterschrieben und zurückgegeben. Dann zählte der Alte sorgfältig fünfundzwanzig Pfennige ab und reichte sie hinüber.

Wolfgang streckte die Hand aus, aber als er das Geld nehmen wollte, sagte der Professor in strengem Ton: »Sie sollten sich schämen, so schlecht gekämmt zu mir zu kommen.« Wolfgang fuhr erschreckt mit der Hand nach dem Kopf. Bei der raschen Bewegung warf er das Tintenfaß um, das mitten auf dem Schreibtisch stand.

»Te–te–te, Te–te–te,« brummte der Professor ärgerlich. »Da haben Sie etwas Schönes angerichtet.« Er riß einige Blätter beiseite, über welche sich der Tintenstrom ergoß. »Gut, daß es nicht die Obersekundaneraufsätze sind. Mein Manuskript über die Ermanarichsage ist freilich verloren. Na, das werde ich wieder zurechtkriegen. Aber die Aufsätze selbst abzuschreiben, wäre schwer gewesen, und den Obersekundanern die Arbeit noch einmal zuzumuten, ging auch nicht an. Sie sollten besser auf fremde Sachen achtgeben.«

Während er hastig die Papiere fortkramte, um der Tinte freien Raum zu geben, merkte er nicht, was in Wolfgang vorging. Erstaunt blickte er auf, als er ein lautes Schluchzen hörte.

»Nun, weinen Sie nur nicht. Es war ja nicht schlimm von Ihnen gemeint, das weiß ich. Aber da Sie einmal hier sind und eine Strafe verdient haben, können Sie mir helfen.« Der Alte hatte mit Löschpapier die Tintenflut aufgetrocknet. »Ist noch jemand draußen?«

»Wir waren die letzten,« stammelte Wolfgang.

»Schön. Hier,« er warf dem Knaben einen Zettel zu, »suchen Sie mir die Bücher heraus, die hier aufgeschrieben sind. Sie stehen alle dort.« Dabei zeigte er im Kreis umher auf die Büchergestelle, die bis hoch an die Decke gefüllt waren. Wolfgang ergriff begierig den Zettel. Das Zartgefühl dieses Mannes, der ihn für die Vernichtung seines Manuskriptes mit einem Akt des Vertrauens strafte, tat ihm wohl. Freudig erregt ging er ans Werk, während der Professor sich setzte, ohne den Schüler weiter zu beachten. Leise und vorsichtig schlich der Knabe an den Bücherreihen entlang, behutsam zog er die verlangten Bände hervor und häufte sie am Boden auf, hie und da einen schnellen Blick hineinwerfend. Welche Wunder gab es da zu schauen! Wie traulich und heimlich war es hier! Unendlicher Reichtum umgab ihn, er fühlte Ehrfurcht, und als er jetzt von der Arbeit ruhend hinüber zu dem weltentrückten Gelehrten schaute, empfand er ein inniges Dankgefühl. Hier war er zu Hause. Er öffnete den obersten Band der vor ihm liegenden Bücher und begann zu lesen.

»Was lesen Sie da, Guntram,« hörte er plötzlich. Der Professor stand vor ihm. Er erschien jetzt noch größer, und seine Figur war durch die kurzen Hosen, die breiten Stiefel und die rote Perücke unsagbar grotesk. Der Knabe errötete und schlug das Buch rasch zu. »Ich war fertig und wollte nicht stören. Es las sich so schön hier,« setzte er leise und bittend hinzu.

»Geben Sie.« Der Professor nahm das Buch zur Hand, dann schob er die Brille in die Höhe und sah den Knaben scharf und streng an. »Der Faust ist noch nichts für Sie,« sagte er kurz und legte das Buch zurück. Wolfgang war gekränkt. »Ich habe ihn schon oft gelesen,« fuhr er auf. Er sah trotzig und verbissen aus.

Der Professor lächelte. »Erzählen Sie, was Sie gelesen haben.« Damit rückte er sich die Brille wieder zurecht.

Wolfgang begann, er sprach stockend und unter dem Eindruck der strengen Augen, die ihn beobachteten. Er erzählte von dem Kampfe Fausts und Valentins, von dessen Tod und der Flucht des Mörders. Seine Worte waren kindisch und unzusammenhängend. Allmählich wurde er mutiger. »Dann ist Faust allein und spricht mit sich selbst.« Und nun trug er die Verse vor: »Erhabner Geist, du gabst mir, gabst mir alles.« Er sprach mit kindlichem Feuer, laut schreiend und heftig gestikulierend. Der Professor hörte schmunzelnd zu, offenbar machte er sich ein wenig lustig. Wolfgang brach mitten im Vers ab.

»Nun weiter, kleiner Schauspieler, weiter!«

»Ich kann es nicht weiter, und wenn Sie so lachen, schon gar nicht.« Der Professor lachte jetzt laut und schallend, daß ihm die Tränen kamen. Er nahm die Brille ab, und putzte sie sorgfältig mit einem riesigen, rotseidenen Schnupftuch, setzte sie wieder auf und nahm eine Prise.

»Es ist gut, Guntram, Sie können jetzt gehen. Haben Sie die Bücher alle gefunden?«

»Der Briefwechsel zwischen Schiller und Goethe ist nicht da.«

»Tetete, das ist unmöglich!« sagte der Alte, plötzlich finster wer-

dend. Er schritt auf den Platz zu, wo die Bände stehen mußten, dann sah er den Knaben an. »Wer kann ihn weggenommen haben?«
Wolfgang bezog den Blick auf sich. »Ich gewiß nicht, Herr Professor. So etwas ist mir viel zu langweilig.«
Von neuem ertönte das herzerfreuende Lachen des Professors. »Das glaube ich, das glaube ich. Ich weiß jetzt schon, wo die Briefe sind. Da drüben habe ich sie selber hingelegt. Sie können gehen. – Warten Sie,« rief er noch einmal, »ich will Ihnen ein Buch mitgeben, das Ihnen gefallen wird.« Er griff in ein Fach hinein und holte daraus einen dicken Oktavband. »Da, das können Sie lesen. Aber werfen Sie keine Tintenfässer darüber. Und am nächsten Mittwoch lassen Sie sich die Haare schneiden.«
Wolfgang verbeugte sich dankend und ging. Draußen angekommen öffnete er das Buch. Es war der Roland von Berlin. Das Herz klopfte ihm, und mit Freudensprüngen eilte er auf die Straße. Alle Kräfte seiner Seele waren entfesselt. Wenn er jetzt den Eltern gegenüberstand, das glaubte er fest, mußten sie seine Bitte erfüllen. Eine unwiderstehliche Sehnsucht trieb ihn nach dem Tor der Schule. Er wollte die Straße sehen, die zur Heimat führte. Ein alter, verdrießlich aussehender Mann saß unter dem Torbogen. Er sah den vorbeischreitenden Knaben mißtrauisch mit seinem Bulldoggenblick an, und in dem Augenblick, als Wolfgang hinaustreten wollte, faßte er ihn am Rock und zog ihn zurück.
»Hier wird nicht ausgerückt; solange der alte Hitschke aufpaßt, kommt so etwas nicht vor.« Wolfgang lachte vergnügt. Er hatte nicht daran gedacht, auszurücken, nur eine Brust voll freier Luft wollte er einatmen. Lachend nickte er dem Cerberus zu und ging nach dem Schulhaus zurück.
Gegenüber von dem Gebäude rauschte ein Mühlrad. Der alte Mönchskanal trieb es. Wolfgang trat auf die kleine Brücke, die über ihn hinführte. Wehmütig lehnte er sich über das Geländer. Ihm war, als ob das Flüßchen Grüße von der Mutter bringe. Aber schon fesselte ihn der Anblick von ein paar Pferden, die von barfüßigen Reitern gelenkt in dem Mühlteich sich tummelten. Man sah, wie wohl sie sich in dem

feuchten Element fühlten. Ans Ufer getrieben, wateten sie immer wieder in das Wasser zurück, bis sie den Grund unter den Beinen verloren und eifrig rudernd einige Fuß weit schwimmen mußten. Das war auch etwas, Soldat werden, Schlachten schlagen, auf fliegendem Roß dahineilen! Der Zorn stieg in ihm auf. Knirschend vor Wut dachte er der Fesseln der Schule. Der Anblick der Tiere tat ihm jetzt weh, und bitteren Herzens wandte er sich ab. Wenn die Eltern ihn nun nicht zurücknahmen, was dann? Sollte er hier sechs Jahre lang leben? Sechs Jahre lang? Finster schritt er an der Kirche vorbei. Als er an den Friedhof kam, lockte es ihn dort einzutreten. Er suchte die Gräber der Großeltern und setzte sich auf den Stein des einen Grabes. Die schwermütige Stimmung des stillen Totengartens behagte ihm, er beugte sich auf die beiden Hügel nieder, ergriff von jedem eine Handvoll Erde und warf sie hinter sich, mit einem hohen Schwur sich selbst gelobend, der Ahnen würdig zu werden. Diese gefühlvolle Weichheit verflog gar bald. Das laute Kreischen von dem Obersekundanerplatz her schreckte ihn auf, und zwei vorübergehende Tertianer, die ihm zuriefen, ob er der neue Totengräber sei, verscheuchten alle Poesie. Der Trotz erwachte wieder, er antwortete mit einem kurzen Ja, und wirklich begann er zwischen dem dichten Efeu Unkraut auszuraufen und beiseite zu werfen. Das machte ihm Freude, und für einen Moment schoß es ihm durch den Kopf, er wolle davongehen, fern in die Urwälder Amerikas und dort mit Baumfällen, Wildtöten und Indianerkämpfen sein Leben verbringen.

Da fiel sein Blick auf das neben ihm liegende Buch; das stille Gelehrtenzimmer, das er eben gesehen hatte, trat ihm wieder vor Augen. Das hatte ihm gefallen. Bücher, Bücher und stille, alte Menschen. Seltsam, daß er alte Männer so gern sah. Und sie mochten auch ihn. Vorhin mit dem Professor, das war fast wie mit dem Konrektor verlaufen. Wenn doch alle so mit ihm wären. Er dachte an den älteren Bruder Fritz, der wußte viel, den verehrte er. Aber er war ganz anders als die beiden Alten. Der Bruder würde ihn verspotten, wenn er nicht griechisch lernte. Mit einer hastigen Bewegung erhob sich Guntram und eilte davon, mitten in das Treiben der Klassengenossen hinein.

5.

Die letzten Stunden vor dem Spaziergang verbrachte Wolfgang in großer Aufregung, die sich von Minute zu Minute steigerte, und lange vor Schluß der letzten Arbeitsstunde schon stand er an der halb geöffneten Tür des Zimmers, gierig unter den Armen seines Oberen nach dem Strang der Glocke ausschauend. Behrendt, der gar gern der Einladung zu den Eltern folgte, hielt ihn an der Hand gepackt, und beim ersten Glockenschlage riß der Primaner ihn den Korridor entlang und die Treppe hinab, dem Kleinen fast Hals und Beine brechend. Im Tore trafen die beiden mit den großen Igels und ihrem Freunde Lüderitz zusammen, der den Hut tief in die Stirn gedrückt ungeduldig hinaussah, als wolle er den Weg mit seinem Blicke abkürzen. In Windeseile ging es die Chaussee entlang, und Wolfgang mußte, um Schritt halten zu können, einen flotten Hundetrab anschlagen. Während des Laufens schaute er auf Lüderitz, wie schlank und geschmeidig der war. Der gefiel ihm mit seinen schwarzen Locken und glühenden Augen.

Hier begegnete es Wolfgang zum ersten Male, daß ein Gesicht tiefen Eindruck auf ihn machte. Es war nichts Bestimmtes, was ihn fortriß. Wie ein Zauber erfaßte es ihn, urplötzlich. Gar oft sollte Guntram ein ähnliches Gefühl kennenlernen. Noch als Mann erlebte er es hin und wieder, daß er auf der Straße mitten in dem Gewühl der Menschen ein Antlitz sah, welches ihn tagelang in Anspruch nahm, seine Gedanken fesselte und seine Träume auf sich zog. Er trat diesen Menschen nicht näher, nur aus der Ferne beschäftigte er sich mit ihnen, wie mit Göttern. Guntram dachte oft über diese eigentümliche Seite seines Gemüts nach. Er wußte, daß seine Persönlichkeit durch die Sparsamkeit und den Geiz des Gefühls bedingt war, daß für ihn, den Einsamen, eine Gefahr in Freundschaft und Liebe lag, daß er die geheimen Schätze seines Innern verschwenden würde, wenn er sich fortreißen ließ. Mit wacher Geduld unterdrückte er jede rasche Regung.

Eine halbe Stunde war vergangen, da sah Wolfgang endlich das Vaterhaus, und laut jubelnd sprang er allen voran in die liebenden Arme der Mutter.

Mit ungestümem Hallo drang die Bande der Knaben ein. Alles war in freudigster Erregung. Selbst Brigitte schien ihren Schmerz vergessen zu haben. Ein über das andere Mal zog sie ihren Jüngsten an sich, küßte ihn und flüsterte ihm Koseworte zu. Der Landrat aber führte die Schar in der Mutter Zimmer hinüber. Eine Tafel war gedeckt, und wie ausgehungerte Wölfe fielen die Buben über das Essen her. Ohne Pause und ohne Besinnung widmeten sich die Knaben ihrer Arbeit, und der hurtigste dabei war Wolfgang. Vor diesen Herrlichkeiten verschwanden alle Sorgen.

Die Teller waren reingefegt, der Kaffee aufgetragen, und während Behrendt richtig mit dem Vater am Schachbrett saß, scherzten die anderen rauchend und trinkend mit Frau Brigitte. Wolfgang hatte seinen Stuhl eng zu der Mutter geschoben. Seitdem er satt war, nagte der Schmerz wieder an seinem Inneren. Er hielt die zarte Frauenhand fest umklammert, hatte den Kopf auf den Schoß der Mutter gelegt und blickte vor sich hin.

Diese Stunde hatte er herbeigesehnt. Was für Hoffnungen hatte er daran geknüpft! Jetzt wankte seine Zuversicht. Es erschien ihm nicht mehr selbstverständlich, daß die Eltern ihn wieder zu sich nehmen würden. Und noch viel schrecklicher war es, daß er es nicht mehr wünschte. Er wünschte nicht zu Hause zu sein. Das alles war ihm fremd geworden. Die Stimmen der Eltern klangen anders, die Ehrfurcht durchschauerte ihn nicht mehr, wenn der Vater sprach, und der Mutter Zärtlichkeit erweckte nicht mehr die alte Hingabe. Den Knaben packte die Angst. Er hob den Kopf und schaute um sich. Es war alles wie früher, der Bücherschrank und der Nähtisch und dort der Plato auf dem Kamin. Aufmerksam betrachtete er das Gesicht der Mutter, die sich besorgt zu den ernsten Augen des Kindes niederbeugte. Er kannte jede Falte, jeden Zug, und diese guten Augen blickten so warm wie je.

»Was fehlt dir, Wolfgang,« flüsterte die Mutter. Der Knabe schüttelte den Kopf, er ließ die Hand los, die er noch immer in der seinen gehalten hatte, und erhob sich. Er ging in das Kinderzimmer. Unter der schweren Portière blieb er stehen. Sein Blick fiel auf den gegenüberhängenden Spiegel. Er trat näher und prüfte jede Linie seines Gesichts. Es war unverändert, nur die Augen glühten. Und doch lag es ihm auf der Brust, daß er ein Fremdling im Vaterhause war. Betrübt wandte er sich ab. Drüben am Ofen saß in ihrem Korbe behaglich blinzelnd die alte Miez. Er kniete sich zu ihr, schlug die Arme um ihren Leib und vergrub das Gesicht in dem weichen Pelz.

Wolfgang fühlte eine Hand auf seiner Schulter. Aber er hob den Kopf nicht. Er wußte, daß es die Mutter war.

»Ich habe dich sehr vermißt, mein Liebling,« hörte er sie flüstern. »Ich bin so allein hier, seitdem du fort bist.«

Wolfgang regte sich nicht. Er horchte und wartete. Sein Herz klopfte wie ein Hammer gegen die Brust, und jeder Schlag dröhnte in seinem Kopf.

»Ich weiß, mein Herz, wie dir zumute ist. Jetzt, wo du aus neuer Umgebung in die alte Heimat zurückkehrst, wacht das alte Leid wieder auf, und jeder Atemzug läßt dich vermissen, was du verlorst. Ach glaube mir, mein Kind, ich fühle stündlich bei Tag und bei Nacht, bei jedem Schritt und jedem Ton, was du jetzt durchmachst, und seit du fort bist, umschwebt mich immer und immer dein und deiner Schwester Bild. Nichts wird sie uns beiden ersetzen können.«

Wolfgang fuhr auf, er war blutrot geworden. Einen Augenblick hatte ihn Scham überwältigt. Die Mutter traute ihm mehr zu, als in ihm war.

»Ich dachte nicht an Käthe,« sagte er und vergrub von neuem sein Gesicht in dem Katzenfell. Eine furchtbare Bitterkeit stieg in ihm auf. Sein Gefühl war richtig. Die Mutter verstand ihn nicht.

Brigitte fuhr dem Knaben leise über den Kopf, zog ihn an sich und küßte ihn. »Die Arbeit wird dir helfen, wie sie mir hilft. Treue und Hingebung an die Pflicht, das hält uns in allem Leid aufrecht.«

»Ich dachte nicht an Käthe,« wiederholte Wolfgang. Er hatte sich losgemacht, stand jetzt aufrecht und sah mit harten Augen in das zu ihm hochgewendete Gesicht der trauernden Frau.

»Warum weintest du denn,« fragte die Mutter.

Wolfgang antwortete nicht. Seine Augen, sein ganzes Gesicht gewann den Ausdruck des tiefsten Seelenschmerzes. Er sah die Mutter lange an, küßte sie und ging ohne ein Wort zu sagen zu den anderen. Brigitte blieb allein. Sie fühlte, daß etwas zwischen ihr und dem Knaben stand. Aber sie wußte nicht was. Seufzend erhob sie sich und schritt zu dem großen Schrank, den Kindern Zehrung für die Woche mitzugeben. Als sie in das Zimmer trat, sah sie Wolfgang hinter dem Vater stehen, eifrig die letzten Züge der Schachpartie verfolgend.

»Wir müssen gehen,« hieß es jetzt, und in wenigen Minuten war alles zum Aufbruch bereit. Heinz hielt den Kober in der Hand, in dem unter der frischen Wäsche allerlei Gutes für Herz und Magen verborgen war. Walther tat noch ein paar heftige Züge aus seinem Zigarrenstummel, während die beiden Gäste den Wirten dankend die Hände schüttelten. Noch einmal stieg der heiße Wunsch in dem Knaben auf, den Eltern zu Füßen zu fallen, sie um die Heimkehr anzuflehen. Der Schmerzenszug trat von neuem auf sein Gesicht. Aber er merkte, wie ahnungslos der Vater ihm zunickte und Lebewohl sagte, er sah, wie ängstlich die Mutter in seinen Augen zu lesen suchte, und mit einem gewaltsamen Ruck raffte er sich zusammen. Mit den Worten »Auf Wiedersehen in acht Tagen« riß er sich aus der Umarmung und eilte den Brüdern nach.

Auf dem Heimweg aber wunderte er sich über sich selbst. Die Brust war ihm frei geworden, die Sehnsucht von ihm genommen und eine tote Gleichgültigkeit hatte sich seiner bemächtigt. Ohne Bedauern sah er das Elternhaus verschwinden, ruhigen Herzens trat er in den Torbogen des Klosters und mit lautem Gruß bewillkommnete er die Stubengenossen. Und er vergaß das Leid um die Mutter, die ihn nicht mehr verstand.

Als der späte Abend den Coetus zum Gebet versammelte, war Wolfgang so mit seinen Gedanken beschäftigt, daß er nichts von allem, was vorging, verstand. Er sann darüber nach, warum seine Betrübnis verschwunden sei. Das Grauen vor der Roheit und kahlen Nüchternheit aller Eindrücke war vergangen, das merkte er wohl. Und mit geheimer Genugtuung stellte er fest, wie völlig verändert sein eignes Wesen war, wie erhaben er auf die Seelenpein der beiden Tage zurückblicken konnte. Er war nicht mehr das Muttersöhnchen mit dem leicht verletzlichen Herzen. Er war ein echter Schüler geworden, in dem verwegne Lust an Knabenkraft lebte. Als der Bruder ihn beim Verlassen des Betsaals wieder fragte, wie es ihm gefalle, sagte er frisch, »sehr gut«. Die Erinnerung an den Morgen, wo die Antwort so ganz anders gelautet hatte, weckte sein Lachen. Er fühlte seine Zusammengehörigkeit mit der Schule und da er es liebte, seine Ideen symbolisch zu gestalten, schloß er noch an demselben Abend mit seinem Nebenstock Brüderschaft, obwohl nichts weniger als Zuneigung ihn zu dem dummen Quartaner trieb.

6.
Wolfgang gewöhnte sich rasch in die neuen Verhältnisse ein. In wenigen Wochen war er ein echter Alumnus, dessen ganzes Dichten und Trachten darauf gerichtet war, sich und den Mitschülern verbotene Früchte zu pflücken. Der Geist der Widersetzlichkeit, der die Schule beherrschte, entsprach seiner Charakteranlage, und er teilte ihn um so bereitwilliger, als es sich nicht um offne Auflehnung, sondern um versteckten Widerstand handelte. Seine Pläne, die allerdings nie über die nächste Zukunft hinausgingen, hielt er mit Zähigkeit fest. Er opferte nötigenfalls alles auf, um eine Idee durchzusetzen, mochte sie in anderer Augen noch so geringwertig sein. Er lernte warten, sein feuriges Temperament wußte er hinter müder Schläfrigkeit zu verbergen. Leicht konnte er einem bestimmten Interesse all seine Kräfte dienstbar machen. Die Gleichgültigkeit, mit der er Unverständliches an sich vorübergehen ließ, steigerte sich bis zur Scheu vor allem Fremden, Neuen. Mißtrauisch mied er jeden Eindruck, der ihn aus der gewohnten Bahn zu werfen drohte. Dabei stumpfte sich sein überfeines ästhetisches Empfinden allmählich ab. Die Roheit des Schultons, die gehässige, eigensüchtige Art des Verkehrs mit Lehrern und Kameraden mußten ihm als Waffen gegen die gefahrbringenden Seiten seines Wesens dienen, gegen die innere Leidenschaftlichkeit, die Zartheit seines Fühlens. Er trat den Dingen kühl gegenüber; mit einem gewissen Hohn betrachtete er alle sogenannten Ziele, und spöttische Skepsis ward ihm zur Gewohnheit. Für die Motive

der menschlichen Seele schärfte sich sein Blick ungewöhnlich früh, vor allem für das eigene, tief verborgene Innenleben. Er wurde aufrichtig gegen sich zur selben Zeit, da er eine Meisterschaft in der Verstellung und Lüge erwarb.

Freilich ging dabei seine Kindlichkeit verloren. Die Zuneigung, die ihm früher von selbst zugeflogen war, fand er jetzt nicht mehr. Seine Sprache bewegte sich in Übertreibungen, Redensarten traten an Stelle des gemäßigten Ausdrucks, er wurde von vornherein absprechend. Von Zeit zu Zeit wurde er sich der eigenen Lächerlichkeit bewußt; aber das hinderte ihn nicht, über alles und jedes sein vorlautes Verdikt zu sprechen.

Weit schlimmer war noch, daß er den eigenen Geschmack verlor; daß er nachsprach, was er hie und da hörte. Je schnoddriger eine Bemerkung war, je hochtrabender ein Lob klang, um so mehr gefiel es ihm, um so sicherer konnte man darauf rechnen, daß er es bei der nächsten Gelegenheit selbst anwenden würde.

Hier wurde ihm der älteste Bruder zum Vorbild. Mit gespitzten Ohren schlich Wolfgang während der Ferien hinter Fritz her, der jetzt als angehender Staatsmann sich den echten Ton der hauptstädtischen Bildung angeeignet hatte. Für die scharfe Auffassung, die große Gabe der Schilderung und die Sicherheit des Ausdrucks, die dem Bruder eigentümlich waren, fehlte ihm der Sinn. Er borgte nur den schillernden Flitter, unbekümmert darum, daß er, der unerfahrene, faule Schüler der breiten Grundlage des Wissens und Denkens ermangelte. Natürlich merkte der Bruder sehr bald, was für einen Affen er an dem Wölfchen hatte, und mit der Gabe stillen Humors versehen, übertraf er sich nun selbst in den gewagtesten Redensarten. Mit heimlichem Lachen hörte er dann sein Witzchen aus dem Munde des unreifen Bengels. Wie oft mußte Guntram später an sich selbst und diese Zeit denken, wenn er von Zarathustras Grunzeschwein las. Vollgepfropft mit blühender Narrheit kam er nach dem Ferienschluß in die Schule zurück, und ohne Wahl streute er seinen fragwürdigen Segen unter den Bekannten aus.

Während der Schulzeit mußte ihm die Heinesche Prosa den lehrreichen Unterricht des Bruders ersetzen. Das Nachahmen wurde nun selbstverständlich bei ihm; es war, als ob er absichtlich seine Persönlichkeit vernichten wollte, so gründlich merzte er alles Eigene aus, um durch gestohlenen Aufputz zu glänzen. Fade und schal erschien er jetzt.

Die Folgen dieses Benehmens zeigten sich bald. Bei den Lehrern ohnehin durch seine Faulheit, Unordnung und den Leichtsinn ungern gesehen, entfremdete er sie sich ganz durch sein selbstgefälliges, hochfahrendes Wesen. Und seine Kameraden, gekränkt durch das ewige Besserwissen, die Zanksucht und langweilige Großsprecherei zogen sich von ihm zurück. Die Einsamkeit war und blieb sein Los während der sechs Jahre seiner Schulzeit.

Und doch quälte ihn diese Einsamkeit. Wolfgang besaß ein begehrliches Herz. Er brauchte Anerkennung, Lob, Liebe, da er sie nirgends fand, wurde er bitter und traurig. Sein gespielter Schwermut wurde echt, und in stillen Stunden grämte er sich in Sehnsucht nach einer mitfühlenden Seele. Er hatte Zeit genug, sich zu härmen. Die Freistunden freilich suchte er mit Schwatzen und Zanken hinzubringen, und er fand auch meistens unter den Knaben einen oder mehrere Zuhörer. Daß der Wortstreit ab und zu in Tätlichkeiten ausartete, war ihm gerade recht. Der innere Groll, die verbissene Wut konnten sich dann austoben. Gelang es ihm nicht, irgendeinen gefälligen Gegner zu finden – und er wählte oft die verrufenen Zöglinge zu seinem Verkehr, die, aus der großen Gemeinschaft ausgestoßen, ihm mehr zu bieten schienen als die Herdentiere – so beteiligte er sich mit Eifer an den Spielen der Menge, Ballschlagen, Paarlaufen, Wettspringen, an Schneeballschlachten und Schlittschuhlaufen. In späteren Jahren wurde er ein fleißiger Raucher und Skatspieler. Weder Schnee noch Regen hielt ihn dann ab, mit ein oder zwei räudigen Schafen droben am Musengang auf einer alten Kiste zu stehen, dicht an den Nachbar gedrängt, zum Schutz gegen die Kälte mit einem Plaid bedeckt, aus schlechter Pfeife schlechten Tabak schmauchend, und als er von der Schule abging, konnte er sich mit stolzer Befriedigung den Meistbestraften, den Karzer- und Synodenkönig nennen.

Aber wenn sich auch so ein Teil des Tages totschlagen ließ, es blieben die langsam dahinziehenden Arbeitsstunden, die Qual und Marter seines Daseins. Solange er Unterer war, durfte er nicht lesen, ein Auskunftsmittel, dem er sich später mit vielem Fleiß und mit wahlloser Liederlichkeit des Geschmacks widmete. Statt dessen stierte er gedankenlos auf seine Bücher, spielte mit dem Federhalter, zählte die Wörter einer Druckseite oder malte die Buchstaben mit dem Bleistift aus. Diese Gewohnheit des Dösens kam ihm später zugute, um bei anstrengender Tätigkeit seinen Geist durch mechanischen Stumpfsinn ausruhen zu lassen.

Auch in den Schulstunden wurde Wolfgang jetzt schlaff. Seine Leistungen waren so gering, daß er sich knapp als letzter von einer Klasse zur anderen durchschwindeln konnte.

Diese Lässigkeit in dem lebendigen Verkehr mit den Lehrern war ihm bis zu seiner Aufnahme als Alumnus fremd gewesen. Durch scharfes Aufmerken hatte er bisher die häusliche Arbeit zu ersetzen gewußt, und das gesprochene Wort, der Vortrag hatten ihn stets gefesselt. Daß es jetzt anders wurde, lag zum großen Teil an dem grenzenlosen Haß, vermischt mit der dümmsten Geringschätzung, die er den Lehrern widmete. Schon die Spitznamen, mit welchem jeder der Herren gekennzeichnet war, weckten in ihm verächtlichen Hohn, der heimliche Krieg, den er ringsumher zwischen Schülern und Lehrern sah, befestigte seine Meinung, und der Spott, den alt und jung über die Schwächen des einzelnen ausgoß, erstickte jede aufkeimende Hochachtung. Er antwortete verbissen auf alle Fragen, sein Gesicht blieb stets mürrisch und ablehnend, und hinter einem freundlichen Wort suchte er die feindliche Absicht, weil er selbst Freundlichkeit nur noch als Mittel zu irgendeinem versteckten Zweck benutzte.

Noch mehr behinderte ihn jedoch seine Neigung zur Überhebung in allen Fortschritten. Da er nie mit eignen Gedanken ausgefüllt war, suchte er sich Abwechslung durch Belauschen älterer Schüler zu verschaffen. Er hörte zu, wie die Primaner ihre Meinungen über die Art des Unterrichts austauschten, und wußte bald geschickt über das unberechtigte Bevorzugen des Lehrbuchs vor dem Lesen der Schriftsteller zu schwatzen. Aus den fremden Worten baute er sich Pläne zur Verbesserung des Schulwesens auf, die er breit und selbstgefällig seinen harmloseren Klassengenossen entwickelte, zog gegen Examina und Prüfungsarbeiten zu Felde, verlangte stürmisch nach freierer Lehrauffassung, nach Abschaffung der schriftlichen Arbeiten und größerer Abwechslung in dem Lesen der Schriftsteller. Um seine Unzufriedenheit zu zeigen, vermied er absichtlich jede Sorgfalt in seinen Vorbereitungen.

Im Grunde genommen hatte er wenig Ursache zu dieser Unzufriedenheit. Unter den althergebrachten Sitten der Schule gab es eine, die das Alumnat auf dem Gebiet des Altertums weit über andre Anstalten emporhob. Allwöchentlich fielen an einem Tage die Unterrichtsstunden aus. Statt dessen waren die Schüler gehalten, an diesem Tage griechische und lateinische Dichter für sich zu lesen. Wolfgang hätte also reichlich Gelegenheit gehabt, den Geist des Altertums in sich aufzusaugen. Daß er es nicht tat, war seine eigne Schuld. Er sah das in den letzten Schuljahren selbst ein und änderte seine Gewohnheiten. Doch war er unredlich genug, diese Wandlung sorgfältig zu verbergen. Als er die Schule verließ, hatte er, soweit sein unreifes Wesen es zuließ, alle Schönheiten der antiken Schriftwelt in sich aufgenommen. Ein unvergänglicher Schatz wurde ihm von der alten Mutter der Weisheit mitgegeben, und kaum ein Tag in seinem Leben verging, an dem er nicht bewußt oder unbewußt den Dank fühlte, den er Lehrern und Schule schuldete. Er merkte das besonders deutlich, als er ausgereift und blühend die alten Mauern wiedersah. Ein Strom von Kraft, Dankbarkeit, Erhebung durchflutete ihn dann und hob ihn zu einer Höhe jugendlicher Begeisterung, die ihm sonst schon fremd geworden war.

Wolfgangs persönliches Verhältnis zu den Lehrern gestaltete sich so unerquicklich wie möglich. Anfangs schien es, als ob wenigstens der Professor Klein, der ihm am ersten Tage so freundlich entgegengekommen war, Einfluß auf ihn gewinnen sollte. Der Knabe schwärmte ganze acht Tage lang für ihn und sehnte die Sonntagsstunde herbei, in der er wieder mit dem Alten zusammentreffen mußte. Aber die heimlichen Beziehungen wurden nicht weiter gepflegt. Der Professor war verstimmt, er hatte Ärger mit anderen Empfohlenen gehabt, auch waren ihm schon allerhand Klagen über den neuen Zögling zugegangen, der den Ruf eines großen Lichtes der Gelehrsamkeit und eines fleißigen Schülers so gar nicht bewahrheitete. Er fertigte den Neuling kurz ab, ja ein scharfes Wort fiel dabei, weil Wolfgang seine Zettel nicht beschnitten hatte. Damit waren alle Keime zerstört. Der Knabe gab verletzt mit einem kurzen Dank sein Buch zurück und beobachtete nun auch diesem alten Herrn gegenüber das düstere und abstoßende Wesen.

Überbrückt wurde diese Kluft nie. Professor Klein gab nur in den oberen Klassen Unterricht. So lernte er seinen Empfohlenen vorläufig nur aus den Schilderungen der anderen Lehrer kennen, erhielt dadurch ein falsches Bild und stieß durch unnötige Härte das Gemüt zurück, das sich ihm sonst wahrscheinlich geöffnet haben würde. Als er später den Knaben in seiner Klasse hätte näher kennenlernen können, war Guntram schon völlig verbittert und kaum eine Spur von echtem Wesen in ihm zu entdecken. Wolfgang reizte den empfindlichen Mann geflissentlich durch Unaufmerksamkeit, Widerspruch und offene Geringschätzung. Dabei fraß die Scham an ihm, denn die Freundlichkeit des Lehrers hatte er nicht vergessen. Sie war tief im Innern eingegraben. Aber es paßte einmal nicht in seine Denkart, einem der geborenen Feinde Anerkennung zu schenken, und mit aller Kraft seines Willens wehrte er sich dagegen, unter den Einfluß dieses bedeutenden Mannes zu kommen. Er verschloß sein Ohr gegen den Wohllaut des Vortrags, verstümmelte lieber seinen Verstand, als daß er ihn den feinsinnigen Gedanken des Germanisten hätte folgen lassen, kurz, er rechtfertigte in jeder Weise seinen Ruf als trotziger, widerhaariger Geselle.

7.

Das einzige fördernde Interesse Wolfgangs war die deutsche Literatur. Freilich war der Kreis, in welchem er sich bewegte, nur klein. Denn seinem Hochmut entsprechend hielt er es unter seiner Würde, von Mitschülern Bücher zu borgen oder selbst die recht ansehnliche Bibliothek zu benutzen. Was er las, mußte sein eigen sein. So blieb es denn ein kleines Häuflein Bücher, die er immer und immer wieder vornahm; vor allem besaß er eine kleine Ausgabe der Goetheschen Werke, den Shakespeare, Schiller, Kleist und ein altes Exemplar des Immermannschen Münchhausen. Wenn er ehrlich gewesen wäre, hätte er wohl zeigen können, wie weit er in bestimmter Richtung seinen Altersgenossen voraus war. Aber auch hier schadete ihm die Sucht, Eindruck zu machen, die großspurige Art zu sprechen, der Hang nachzuahmen. Von Schiller, gegen den damals die Hetze der jungen Deutschen aufkam, sprach er nie anders als von dem »rothaarigen Scheusal, der innerlich verlogen kein echtes Kunstwerk geschaffen habe«. Goethe, den er am wenigsten verstand und im Herzen für langweilig hielt, erklärte er für den Dichter an sich. Aus ihm machte er sich, der Zeitrichtung folgend, seinen Götzen zurecht. An Shakespeare ließ er allenfalls das Genie gelten, doch wußte er zu tadeln, daß er ungebildet, geschmacklos und ästhetisch widerwärtig sei. Nur bei Kleist ließ er seiner Begeisterung die Zügel schießen. Der wurde seine stille und laute Liebe, er lernte ihn auswendig, träumte von ihm, verfolgte ihn auf allen seinen Lebenswegen und machte ihn zum Abgott seines Herzens. Ein Buch, von dem er nie sprach, das aber mit seinem göttlichen Humor einen großen Einfluß auf ihn gewann, war der Münchhausen. Er hielt seine Zuhörer, wohl nicht ganz mit Unrecht, für zu dumm für diesen Genuß.

Das Lesen der Kleistschen Schriften hatte noch in andrer Hinsicht Bedeutung für Wolfgangs Entwicklung. Der Knabe trat jetzt dem Alter der Geschlechtsreife immer näher, und in seinem leidenschaftlichen Gemüt wuchs der Trieb um so üppiger, je sorgfältiger er ihn zu verbergen suchte und je unklarer sein Wissen war. Seinem Wesen entsprechend fragte er nie – Fragen verriet Dummheit – er suchte durch Beobachten, Lauschen und Lesen das Gebiet kennenzulernen, das ihn so mächtig anzog. Mit verhaltener Begierde hörte er umher, prüfend schaute er auf die Genossen, fiebernd vor Aufregung genoß er die Sinnlichkeit seines Lieblingsdichters. Sein Auge schärfte sich für Anmut und Schönheit, für weiche Formen und Grazie des Wesens. Seine Phantasie erhitzte sich immer mehr und mehr und verzehrte ihn, nicht zum wenigsten durch die gefährliche Richtung, welche sie nahm. Abgeschlossen von jedem Verkehr mit Frauen und Mädchen lernte er nur die Schönheit des Knaben kennen und schätzen. Für das andre Geschlecht hatte er nur kindische Verachtung, der Weiberrock erschien ihm unwürdig, er floh vor der geringsten Möglichkeit, einem Mädchen zu begegnen, er haßte den Tanz und schüttelte die ganze Schale seines Hohns über die Frauenzimmer aus. So irrte er einsam umher, gepeinigt und erschüttert von Gemütserregungen, die er nicht verstand und nicht zu äußern wagte. Eine gebieterische Sehnsucht nach einem Herzensgenossen erfüllte ihn, er bangte sich fast zu Tode in dem Gedanken, einsam zu sein, in den lichtesten Farben malte er sich eine Freundschaft aus, eine wirkliche Freundschaft, eine Sternenfreundschaft.

Sorgfältig verbarg Wolfgang diese innere Unruhe. Hie und da begegnete er einem Kameraden, der ihm gefiel. Mit der ganzen Schwärmerei der Jugend betete er den dann an, träumend erlebte er mit ihm Gefahren und Siege, mit dem Reichtum der eignen Seele stattete er ihn aus und hob ihn empor zu den höchsten Höhen, um selbst in dem Gefühl zu schwelgen, daß er von solchem Knaben geliebt werde. Alle Schönheit seines Wesens enthüllte er diesen Phantasien. Die Stimmungen und Leidenschaften eines Menschenlebens wechselten in ihm und warfen ihn hin und her. Aber all diese Freuden und Leiden junger glühender Liebe – denn Liebe, nicht Freundschaft empfand er – blieben tief versteckt, und niemals verriet auch nur die leiseste Andeutung, wie grenzenlos sein Gefühl entfesselt war. Das waren gefährliche Augenblicke. Er haßte und verachtete sein eigenes Wesen, das ihm so widrig in den Schutz- und Vorzugsverhältnissen der älteren Schüler zu den jüngeren entgegentrat. Er schämte sich. Und dieser Scham zu entfliehen, sie zu vernichten, wurde er roh und gemein. Die schmutzigsten Redensarten flossen von seinen unreifen Lippen, als ob er tief in das Laster untergetaucht sei. Dieses Kind ahnte die Gefahr, die in dem Feuer seines Seelenlebens lag, es fürchtete, daß ein einziger Funke überspringen könne und ihn dann rettungslos ausbrennen werde. So umpanzerte er sich mit einem Wall von Schlamm und Schmutz, in der sicheren Gewißheit, alle Gemüter von sich abzustoßen, dafür aber selbst unberührt zu bleiben.

Dieser innere Kampf der Leidenschaften, dieses Ringen mit dem unbekannten Feinde der Begierde dauerte jahrelang. Alle äußeren Erlebnisse wurden dadurch übertönt und der ganze Mensch davon beherrscht. Der Schlafzustand, der für Guntram so kennzeichnend war und ihn scharf von seinen Altersgenossen unterschied, entstand daraus. Wolfgangs Entwicklung blieb jetzt auf den meisten Gebieten auffallend zurück. Anscheinend verdummte er immer mehr. In der Tiefe aber wuchs eine unschätzbare Macht, ihm selbst unbewußt und von niemandem geahnt, die Kenntnis dessen, was gut und böse war. Blitze der schärfsten, tiefsten Gedanken erhellten von Zeit zu Zeit sein Gemüt, Rätsel wurden ihm jetzt schon gelöst, die andre nie auch nur als Rätsel empfinden. So sehr er an Wissen, an äußeren Erfolgen einbüßte, so hoch überragte seine Menschenkenntnis alles, was ihn umgab. Als er endlich aus den Wirren erwachte, war eine Seite seines Wesens mächtig entwickelt, reif und überkräftig. In diesen Kämpfen wurzelte der Zwiespalt seiner Erscheinung, die doppeltgestaltet unausgeglichne Züge der Kindlichkeit und der tiefsten Erkenntnis trug.

Dem außenstehenden Beobachter war Wolfgang in dieser Zeit ein hohler Geselle, schläfrig, unentschlossen, faul und verdrießlich. Selbst in den Ferien änderte sich das nicht. Schweigsam saß er zu Haus, hörte lüstern auf die Gespräche der Eltern und Geschwister und nahm sich daraus, was er verstand, schnüffelte in den Büchern der väterlichen Bibliothek umher, beteiligte sich schlaff und unlustig an den Vergnügungen und war sich selbst und anderen zur Last. Kein Jubellaut ertönte mehr, keine Freude, keine Lust malte sich auf seinem Gesicht. Den alten Freund Schäufflein besuchte er wohl, aber er sprach kaum ein Wort, saß ruhig und finster in einer Ecke des Zimmers und ließ sich durch das Spiel des Alten in Träume wiegen. Der schüttelte den Kopf und schalt auf die Schule. Er erkannte seinen Liebling nicht wieder.

Der einzige Mensch, dem Wolfgang zugetan blieb, dem er sich allenfalls offen gab, war seine Mutter. In ihrer Gegenwart versanken alle

Gedanken und Träumereien. Bei Brigitten fühlte er sich wieder als Kind und rückhaltlos überließ er sich dem Gefühl, eine Mutter zu haben, Kind zu sein, beschützt zu werden. Ein Empfinden wunderbaren Friedens kam dann über ihn, welches ihn glücklich und frei machte.

Dieses hohe Glück des Anlehnens und der Sicherheit, verstanden zu werden, ward ihm später noch einmal zuteil, schöner und inniger. Es knüpfte das Band, das nie zerriß. Mutter und Weib blieben die einzigen Wesen, die ihm vertraut waren. Während alles unter dem ätzenden Wirken seines Verstandes zusammensank, überdauerte die Liebe zu diesen beiden selbst seine Einsamkeit. Diese Liebe war heilig.

Drittes Buch

1.

In der Obersekunda blieb Wolfgang sitzen und drückte nun als Doppeltalter ein weiteres halbes Jahr die Bank der Klasse. Das Ehrgefühl des Knaben war dadurch nicht verletzt, im Gegenteil, er kam sich unter dem jüngeren Geschlecht würdevoller vor. Die erzwungene Wiederholung der Lehrgegenstände füllte die größten Lücken seiner Kenntnisse aus. Er gewann durch den Mißerfolg erst die Möglichkeit, auf festen Füßen zu stehen. Damit fiel eine Last von dem Knaben. Zu tief hatte er bisher das Mißverhältnis seiner Leistungen und der Anforderungen gefühlt. Seine Eitelkeit war oft gekränkt worden, und das hatte ihn, gleichsam zur Entschuldigung vor sich selbst, immer tiefer in Faulheit und Liederlichkeit hineingetrieben. Jetzt, wo er das Bewußtsein hatte, etwas leisten zu können, gab er sich Mühe.

Wesentlich gefördert wurde diese Lust an der Arbeit dadurch, daß die beiden Brüder die Schule verließen. Wolfgang hatte die älteren Verwandten stets als eine Last empfunden. Ihre Bevormundung, die ihnen von den Eltern zugestanden war und die sie bald hier, bald da willkürlich zur Geltung brachten, reizte ihn, und er war stets geneigt, das Gegenteil von dem zu tun, was sie ihm anrieten. Eine entschiedene Abneigung setzte sich in ihm fest, die noch später bei flüchtigen Gelegenheiten zum Vorschein kam. An dem Verhältnis zu den Brüdern lernte Wolfgang schon damals die Gefahren der Blutsverwandtschaft kennen. Ab und zu tauchten in ihm merkwürdig klare Gedanken über den Zusammenhalt und die Rechte der Familie auf, Gedanken, die ihm selbst frevelhaft dünkten und die er doch nicht von sich weisen konnte. Diese ersten Erfahrungen zwangen ihm allmählich die Absicht auf, sich innerlich möglichst von allen Ketten zu befreien, die Sitte und Recht der Stammesverwandtschaft zugestehen. Aber er war doch noch längst nicht hart genug, um nicht an dieser Absicht zu leiden. Jetzt war er die beiden Hüter los, deren Anwesenheit allzuschwere Kämpfe in ihm aufregten. Von diesem Druck befreit, kam seine Unbefangenheit wieder zum Vorschein.

Die entscheidende Wendung in seiner Entwicklung brachte die Konfirmation. Nicht daß die religiöse Handlung an sich irgendeinen Einfluß auf ihn gehabt hätte. Der Knabe sah mit Hohn auf die Genossen, die diese Komödie ernst nahmen. Er machte dessen auch kein Hehl, und der Geistliche trug Bedenken, den gottlosen Menschen einzusegnen. Er warnte Wolfgang, und der war viel zu schlau, um durch Trotz zwecklose Ärgernisse zu schaffen. Er nahm sich zusammen, und da er recht gut konnte, was er wollte, erwarb er sich durch Bescheidenheit, Fleiß und aufmerksam liebenswürdiges Wesen die Gunst des Pfarrers, die ihm auch fortan blieb. So kam er denn glücklich vor den Altar, strahlend im neuen Gehrock, getragen von dem Bewußtsein, den Mittelpunkt der Familie zu bilden. Die Einsegnung selbst ließ ihn völlig kühl, und auch die innigen Worte seiner Mutter vermochten daran nichts zu ändern. Stolz und Eitelkeit waren die einzigen Gefühle, die ihn bewegten.

In diese Stimmung hinein traf der Brief seines ältesten Bruders Fritz, der fern von der Heimat ein Wort des Glückwunsches sandte.

Fritz schrieb:

Lieber Bruder,
Es ist schon lange her, daß ich mich in gleicher Lage befand wie du heute, und es wird mir einigermaßen schwer, mich in die Gefühle eines sechzehnjährigen Konfirmanden zu versetzen. Ich kenne dich auch zuwenig, um mir ein Urteil darüber anzumaßen, wie du der Feierlichkeit gegenüberstehst. So will ich dir von meinem Standpunkt aus einiges sagen, damit du nicht, durch mein Schweigen verletzt, den Eltern den Tag verdirbst. Es ist immerhin für ihr gewiß nicht heiteres Dasein ein Freudentag.

Ich stehe der Kirche zu fern, um fromme Betrachtungen anzuknüpfen und vermute dasselbe bei dir. Für mich bedeutet die Einsegnung den Eintritt in das Leben. Sooft ich hier in Berlin einem Trupp von Konfirmanden begegne – und in den letzten Tagen war das häufig der Fall – erfaßt mich der halb wehmütige, halb frohe Gedanke: da ist eine Schar neuer Männer, die, aus den Kinderschuhen herausgewachsen, Bürger werden. Eine Summe unberechenbarer Tätigkeit kommt mit ihnen zur Entfaltung. Mag der eine oder andre zugrunde gehen, die Mehrzahl wird in Arbeit und Fleiß etwas leisten. Und der schwarze Rock, den sie zur Feier des Tages anziehen, bedeutet etwas. Schön geputzt in siegreicher Stimmung huldigen sie dem Leben, der Arbeit, dem Kampf. Mit Recht wird dieser Eintritt in den Kampf von dem Priester geweiht. Darin liegt etwas von der uralten Überlieferung, eine Erinnerung an das ver sacrum der Vorfahren. Für uns aber, die wir auch nach der Einsegnung auf der Schulbank sitzen, will dieser Gedankengang nicht passen, und ich versuche vergebens, einen Sinn in die Handlung hineinzubringen. Es bleibt für mich, so sehr ich mir Mühe gebe, nur eine Förmlichkeit, die man mit genügendem Anstand durchmachen muß. Gerade dieses Gefühl des Anstandes scheint dir aber zu fehlen. Ich weiß ja nicht, inwieweit die Gerüchte, die ich über dich höre, zutreffen, aber ich persönlich glaube, daß sie wohl noch nicht einmal ausreichend schwarz malen. Das blasse Prahlen, das du so liebst, kenne ich aus eigner Erfahrung, ein großes und hinreichend schnoddriges Mundwerk hast du und Kenntnisse drücken dich nicht, so daß du es verhältnismäßig leicht hast zu schwadronieren.

Respekt vor der Leistung, mein Junge! Das bloße Mundaufsperren genügt heutzutage nicht mehr, ja es hat zur wirklichen Leistung wohl nie genügt. Arbeit tut not, Arbeit und wieder Arbeit, hart Holz bohren, wie es der Großvater nannte. Und dann Ehrfurcht vor dem Schweiße der Menschen. Es ist ja sehr leicht, sich vor irgendein Bild hinzustellen, die Fehler zu finden und dann von oben herab zu reden, sehr leicht Gesetze zu tadeln, ganze Teile der Geschichte, redliche Männer mit gutem Willen durch ein Wort herabzusetzen und zu vernichten. Aber schön ist das nicht, und nützlich gewiß nicht, und vornehm am wenigsten. In der geringen Leistung die Arbeit suchen, das ist vornehm, verstehen lernen, was der Menschen Kraft selbst im Kleinen, Schlichten vermag. Das Streben des Menschen ist das Ausschlaggebende, und nicht ohne Grund nennt Auerbach den Goetheschen Spruch »Wer immer strebend sich bemüht, den können wir erlösen« das erlösende Wort des Jahrhunderts. Mit deinem Streben aber ist es wohl etwas windig bestellt, wenn du nicht etwa Rauchen, Kartenspielen und Klugschwätzen als Leistungen aufzählen willst. Darin scheinst du ja einige Fertigkeiten erlangt zu haben. Glaube mir nur, alles, was du jetzt über Schule und Lehrer denkst, ist, so weise und superklug du dir und den dummen Jungen deines Verkehrs auch vorkommen magst, grundfalsch, und der Tag wird hoffentlich bald kommen, wo du dich deiner jetzigen Anschauungen schämst.

Und nun noch eins. Mama schreibt mir, daß du nur mit jüngeren Mitschülern verkehrst. Das scheint mir doch nicht ganz das richtige zu sein. Denke an das Wort: Wer selbst nicht besser ist als du. – Nichts für ungut. Der Brief wird dir vermutlich wenig behagen. Aber du verträgst wohl einen gehörigen Puff, und ein anderer wird dir nicht sagen, was ich dir sagen kann. Du hast gute Anlagen, und ich habe nicht Lust, dich vor die Hunde gehen zu lassen, wenn ich es verhindern kann. Herzlichste Grüße, dein Bruder Fritz.

Der Brief machte tiefen Eindruck. Ärger, Scham, Freude und Stolz wurden gleichzeitig lebendig. Wolfgang fühlte gut, wie richtig ihn der Bruder beurteilte. Aus all den scharfen Worten las er heraus, daß auf Verständnis bei ihm gerechnet wurde. So schluckte er denn die Bitterkeiten hinunter, hielt sich in seiner Weise an das, was ihm einleuchtete und ihn fördern konnte. Wolfgang bewahrte den Brief wie ein Heiligtum und trug ihn monatelang mit sich herum. Er faßte nicht etwa gute Vorsätze, das war seine Sache nicht. Still einwirken ließ er die Worte, und sie wirkten ein. Sein Wesen änderte sich. Er wurde bescheidener in seinem Urteil, stiller und vorsichtiger in seinen Reden. Er sprach nicht mehr gedankenlos nach, was er hörte, nur weil es merkwürdig klang. Er lernte prüfen und selbst urteilen. Die Neigung, über Dinge mitzureden, die er weder verstand noch kannte, verlor sich, und zuweilen gab er ehrlich sein Nichtwissen zu, wo er früher einfach erfunden hätte.

Auch in Wolfgangs Gefühlsleben trat eine Wandlung ein. Der Knabe wurde älter und körperlich reifer. Er lernte begreifen, daß die leidenschaftlichen Stimmungen, welche ihn so gequält und beschämt hatten, unvermeidliche Folgen seines körperlichen Wachstums waren, es gelang ihm zuzeiten, sich selbst kühl auseinanderzusetzen, daß bei diesen und jenen Empfindungen Entwicklungsvorgänge mitspielten, daß der Übergang zur Mannbarkeit notwendig Handlungen mit sich brachte, die ihm noch vor kurzem ferngelegen hatten, und zeitweise wußte er sich die stürmische Liebe, die ihn zu diesem oder jenem Knaben hintrieb, erklärend zu rechtfertigen. Ganz in der Tiefe aber und vorerst unbemerkt von ihm selbst klärte sich ihm die Eigentümlichkeit der Antike mit ihrer Verachtung der Frauen und der Liebe zum reifenden Knaben. Er lernte auch darin die griechische Denkart verstehen, die ihm göttlich jung erschien. Dankbar gedachte er der eigenen Nöte, sie hatten ihn Dinge gelehrt, an welchen der Mensch vorübergeht.

Am deutlichsten zeigte sich Wolfgangs Veränderung in dem Verkehr mit den Eltern. Seine großen Ferien fielen in die Zeit, als die Universität noch nicht geschlossen war. So verlebte er die Tage fast allein mit den Eltern. Er nahm sein altes Amt, die Mutter zu zerstreuen, wieder auf, unterhielt sich mit ihr über alles, was ihm begegnete, besprach die Eindrücke seiner Bücher und las ihr vor, soviel und sooft sie mochte. Darin entwickelte er eine wahre Leidenschaft und geriet in Aufregung, wenn Brigitte mitten im Lesen abgerufen wurde. Er nannte das Entweihung der Kunst und ließ es unentschieden, ob er unter dieser Kunst die Dichtung oder seinen eignen Vortrag verstand. Allmählich glätteten sich die Falten des Verdrusses in Wolfgangs Gesicht, sein Blick erhielt etwas von der alten Kindlichkeit. Allerdings mußte er allein mit der Mutter sein, um sich frei gehenzulassen. War ein dritter zugegen, so legte sich ein Schatten über den Knaben, er blieb dann stumm und gab durch Verdrossenheit seine Mißbilligung zu erkennen. Es machte ihm immer noch Freude, sich verkannt und zurückgesetzt vorzukommen.

Auch seine frühere Wißbegierde erwachte wieder, aber sie nahm eine andre Richtung. Er suchte aus der Mutter alles herauszupressen, was sie über Naturgeschichte und Politik wußte. Von beiden verstand Brigitte herzlich wenig, aber ihre Mahnung, sich an den Vater zu wenden, überhörte Wolfgang geflissentlich. Er fühlte dessen Überlegenheit zu deutlich, fürchtete seine Unwissenheit zu verraten und spielte lieber die Rolle des stummen Denkers, wie ihn Herr Adalbert scherzend nannte. Sich aus Büchern belehren, wie er es bei der reichen Sammlung des Vaters leicht gekonnt hätte, mochte er nicht. Für ihn, dessen ganzes Leben sich in der Phantasie abspielte, mußte ein Buch spannend sein, um es zu lesen, jede unbequeme Beschäftigung mit Wissenschaft war ihm verhaßt, ja fast unmöglich. Er ließ also die Fragen, welche ihm auffielen, unerörtert und wartete auf die Antwort einer fernen Zukunft.

Für den Vater war das Zusammenleben unerquicklich genug. Er versuchte ein paarmal die Unterhaltungen am Abendtisch aufzunehmen, aber er stieß auf so viel trägen Widerstand, daß er es aufgab. Dann schalt er, wurde heftig und schüchterte den Sohn nur noch mehr ein. So saßen die drei abends meist sich stumm gegenüber, die Eltern in die eigne Beschäftigung vertieft, Wolfgang gelangweilt und mit schlechtem Gewissen, denn es quälte ihn, daß er dem Vater so fremd geworden war. Er grübelte, wie er diesem Zustand eine Wendung geben könne, und jeden Morgen bewegte er die besten Vorsätze, um sie am Abend der Wirklichkeit gegenüber zu vergessen. Wolfgang litt unter der eignen Feigheit mehr als er ertragen konnte.

2.

Eines Morgens sollte sich das ändern. Der Landrat war gerade im Begriff, in eine entfernte Feldmark seines Kreises zu fahren, wo ein starker Hagelschlag niedergegangen war. Der alte Johann saß schon auf dem Bock, steif und regungslos, mit den würdig gekrümmten Ellenbogen die niedrige Welt gleichsam fernhaltend, und die Pferde harrten ungeduldig der Abfahrt. Herr Guntram sprach noch mit dem Kreisboten, dessen schiefe Schulter auch jetzt, wo er nichts trug, unter der Last der Akten herabzusinken schien. Als der Landrat einsteigen wollte, trat Wolfgang hinzu. »Ich möchte mitfahren, Papa.« Schweigend wies ihm der Vater den Platz, und in scharfem Trabe ging es vorwärts.

»Wie tiefblau heut der Himmel ist und wie heiter die Schäfchen droben am Himmel weiden. Mir ist froh zumute, Papa!«

Der Landrat sah zerstreut auf. In Sorge versunken hatte er die Gegenwart seines Sohnes vergessen. »Das Tal lacht über uns,« erwiderte er, »die Menschen sorgen und mühen sich, und eines Tages öffnet sich der Himmel und vernichtet den Erntesegen. Die Natur ist grausam!«

Wolfgang schwieg betroffen. Er hatte nicht daran gedacht, daß sie ernster Arbeit entgegenfuhren. »Aber die Leute sind versichert,« suchte er sich zu trösten.

»Ein großer Teil gewiß, und für die andern wird Rat geschafft werden. Aber du weißt nicht, was das ist, die Frucht fleißiger Arbeit untergehen zu sehen. An jeder Ähre klebt ein Tropfen Schweiß. Kein Mensch müht sich gern umsonst.«

Wolfgang sah den Vater fragend an. »Du arbeitest oft umsonst,« sagte er.

»Hätte ich nichts Auszeichnendes vor den andern, wie sollte ich ohne Scham vor mir selbst ihnen befehlen? Der Bauer sieht nur sich und seinen Nachbarn. Mich aber trägt das Bewusstsein, hoch zu stehen. Ich bin der Sohn eines alten Geschlechts. Soll ich wie ein Bauer denken?«

Der Landrat schwieg eine Zeitlang, dann fuhr er fort: »Es ist auch nicht richtig, was du da sagst. Wann arbeitete ich je umsonst? Oder glaubst du wirklich, daß Erwerb der einzige Lohn ist, ja auch nur der wichtigste? Für uns, denen die Väter ein großes Herz vererbten, gewiß nicht. Das bedenke man ja, das Beste, was wir von den Vorfahren besitzen, ist die Art des Denkens, die vornehme Lebensauffassung. Man zählt die Summen, die der Tote hinterläßt, und danach schätzt man ihn ein. Aber das Geld ist doch nur Nebensache, Mittel zum Zweck. Der geistige Schatz, den Geschlecht auf Geschlecht sammelt, der hebt uns empor, der gibt uns das Recht und die Pflicht. Heißt es umsonst arbeiten, wenn man die Wohltat zu verdienen sucht, welche der Zufall der edlen Geburt den Menschen in den Schoß wirft? All unser Dasein ist nur geliehen, und jeder soll das Pfund wuchern lassen, das ihm gegeben wurde. Wer wahrhaft reich ist, innerlich reich, der schenkt gern. Und unser Mühen ist ein Geschenk, das wir ausstreuen und auf fruchtbaren Boden säen. Schau dich doch um! Erwartet deine Mutter einen Lohn dafür, daß sie ihre Kinder nährt und erzieht? Sie sieht ihre eignen Kräfte neu und lebendig werden, sie will nichts andres, sie fühlt darin vielleicht, ohne daß sie es weiß, die Freude der Ewigkeit. Und für mich, für jeden, der ein wenig weiter denkt, für dich auch, sind die Menschen Kinder. Sehe ich den Nebenmann wachsen, so freut es mein Herz, und geb ich ihm Regen und Sonnenschein, so fühle ich die Allmacht des eignen Selbst. Es ist herrlich, anderen zu leben, es ist auch notwendig. Kein Mensch lebt, ohne nützlich zu sein, ohne andre vorwärts zu treiben, kein Stäubchen fällt, ohne eine Welt in Bewegung zu setzen. Wer das weiß, der hat das Höchste erreicht. Denn tätig zu sein ist der Zweck des Menschen, und sein letztes Ziel zu wissen, was er tut.«

Wolfgang hörte mit glänzenden Augen zu. Eine neue Welt tat sich vor ihm auf. »Wenn alle Menschen so dächten wie du, wäre es herrlich auf Erden. Aber sie arbeiten ja doch alle für sich, um das Geld. Nimm doch den Bauer, den Kaufmann, den Heringsbändiger.«

»Falsch, grundfalsch«, unterbrach ihn der Vater, »alle denken wie ich, vielleicht nicht so klar, aber das ist nicht mein Verdienst, ich erbte es. Alle müssen so denken in der tiefsten Heimlichkeit ihres Inneren. Sieh die Sonne an. Sie leuchtet und muß leuchten. Sie leuchtet sich selbst, wenn du willst. Sie weiß nichts davon, daß ihre Strahlen uns wärmen, daß sie Früchte und Saaten hervorlockt, daß sie die Bäume grünen läßt und die Werke des Menschen mit ihrem Lichte vergoldet. Aber sie tut es doch. Und der Bauer? Er bestellt sein Feld, pflügt und eggt, erntet und freut sich der vollen Scheuern. Er arbeitet sich, seinem Erwerb und Vorteil. Aber behält er die Frucht? Sie wandert hinaus und nährt die Tausende. Gewiß, der Bauer denkt nicht daran, was er bedeutet. Er ist wie die Sonne, eine Naturkraft, ein Hebel, der Welten bewegt. Und so ist es mit dem Kaufmann, dem Arzt, dem Gelehrten. Ob sie auch glauben, nur für den Tag zu leben, so sind sie doch nur Werkzeug des göttlichen Geistes, der das Schicksal vor sich hertreibt.«

Wolfgang sah den Vater erstaunt an. Eine Frömmigkeit trat ihm hier entgegen, welche er bei dem unkirchlichen Manne nicht vermutet hätte. »Und doch ist das Dasein leer. Die Menschen quälen sich, sie erreichen wenig, und ihr Denken ist schlecht. Man sollte ihnen allen sagen, was du mir erzählst; jeder würde es begreifen, und die Welt wäre anders und besser.«

Der Vater lächelte. »Willst du die Kühe lehren, ihre Milch sorgfältig zu bereiten, weil Kälber und Kinder daran erstarken? Die Welt ist notwendig und gut. Nähmst du dem Bauer den kurzen Sinn, glaubst du, er würde noch länger im Brand der Sonne hinter dem Pfluge gehen? Seine Schlauheit, sein Geiz, seine Geldgier ist das Beste an ihm; er wäre nicht mehr, was er ist, wäre er nicht schlecht, wie du es nennst. Aber das ist keine Schlechtigkeit. Die Erde gibt auch nur her, wenn sie mit dem Eisen zerrissen wird, sie ist geizig, hartrindig und eigensüchtig. Und der Bauer ist wie die Erde, ihr stammesverwandt und geistesgleich. Aus sich heraus wird er nichts opfern. Den Weg wird er bauen, um sein eignes Korn zu fahren, aber der Nachbar gilt ihm nichts. Den Brunnen gräbt er dem eignen Hof, sich und sein Vieh mit Wasser zu versorgen. Mißtrauisch ist er, und eine harte Kruste umgibt ihn. Wir andern aber sind die Pflugschar, welche die Furchen in diese Rinde bricht. Jeder Blick, mit dem du umherschaust, zeigt dir die Hand deiner Ahnen, deines Vaters. Wir sitzen hier lange im Land, und an tausend Stellen spürst du, was wir getan haben. Ist das nichts? Ist das kein Lohn? Über den Menschen zu stehen, sie zu leiten und vorwärtszuführen, nach dem einen großen Ziel, der Vollendung der Menschheit, das ist das Höchste. In der Tätigkeit liegt des Menschen Glück. Du liebst ja mit Goethes Worten um dich zu werfen. Lies es nur nach! Tätig sein ist alles, sagt er irgendwo. Und Kämpfer sein, kämpfen mit Gott für König und Vaterland, nicht nur in der Feldschlacht, sondern da, wo du stehst, augenblicklich, immer. Hebt dich ein Gott höher als mich, so danke ihm, aber blicke nicht auf andre herab. Jeder ist ein Stein im Bau und trägt die Last des Gebälks. Kannst du Dach sein, um so besser für dich. Ich aber bin Mörtel, die Quadern zu binden, und will nicht mehr sein.«

Der Wagen näherte sich dem Ziel. »Sperr deine Augen auf, Junge, und die Ohren dazu. Heut kannst du lernen, wie dein Vater ein Menschenfeld ackert.« Damit sprang der Landrat aus dem Wagen.

Die geschädigten Bauern, geführt von dem Ortsvorsteher, erwarteten in dem Dorfkrug den Landrat. Herr Guntram begrüßte jeden einzelnen mit Handschlag und sprach ein paar Worte dazu. Etwas zurück hinter den andern stand ein hagerer Mann mit krummem Rücken, dessen Gesicht jeder Ausdruck fehlte, als ob sich die Augen im nächsten Moment zum Schlaf schließen müßten. Der Landrat schüttelte ihm besonders herzlich die Hand.

»Nun, Schleicher, wie stehts mit unsrer Eisenbahn?« begann er. »Wollen Sie Ihren Fetzen Land nicht zum allgemeinen Besten hergeben? Es ist eine hübsche Summe, die man bietet.«

»Ich kann's nicht, Herr Landrat, für den Preis kann ich es nicht. Der Wiesengrund wird mir zerrissen, wenn ich das Land abtrete. Das Vieh kann dann nicht mehr laufen, wie es mir bequem ist, und mein Heu –«

»Ja, ja,« unterbrach ihn der Landrat, »Sie haben ganz recht, die Herren Direktoren haben das auch schon eingesehen. Die Strecke wird drüben durch die Wiese des Gutes gelegt. Freilich, Sie haben dann eine Stunde bis zum Bahnhof zu laufen. Aber das geht ja dann nicht anders.«

Die Bauern sperrten die Mäuler auf und drängten sich näher heran. »Was, das Gut soll den Bahnhof haben und wir nicht,« murrten sie. Der alte Schleicher verzog keine Miene.

»Der Herr Gutsbesitzer will sein Sumpfland loswerden, das werden die Herren sich schon noch überlegen. Da läßt sich keine Eisenbahn bauen. Das kostet zuviel.«

»Täuschen Sie sich nur nicht, Schleicher,« warf der Landrat hin. »Der Streckenmeister hat sich das Terrain angesehen. Es geht. Am Sonnabend ist der Termin angesetzt. Da wird es festgemacht.«

Der lange Bauer schwieg. Nichts verriet, was er bei sich dachte. Man brach auf, die andern scharten sich ziemlich erregt um den Schleicher und sprachen auf ihn ein. Der Landrat ging mit dem Ortsvorsteher voran, und Wolfgang trabte nebenher.

»Das ist eine dumme Geschichte mit dem Langen,« begann Herr Guntram. »Er muß das Land hergeben, Ortsvorsteher. Das ganze Dorf leidet unter seinem Eigensinn.«

»Ja, Herr Landrat, was soll man da machen? Der Alte weiß, daß der kürzeste Weg durch sein Grundstück führt, und darauf trotzt er.« Er hatte in seinem Wesen etwas von einem Hunde, der von dem Herrn gehetzt zubeißen möchte und sich nicht traut.

»Er ist ein abgefeimter Schlaukerl. Man sollte nicht denken, daß hinter diesem Schafsgesicht soviel Berechnung steckt.«

»Das mag wohl sein,« nickte der Angeredete. Sie schwiegen eine Weile, dann begann der Ortsvorsteher wieder: »Es wäre doch schlimm, Herr Landrat, wenn wir den Bahnhof nicht bekämen. Der Schleicher gibt nicht nach, wenn die Eisenbahn nicht zahlt, was er fordert.«

»Nicht einen Pfennig mehr erhält er, als ihm geboten ist,« fuhr Herr Guntram auf. »Der Bettel ist nicht einmal so viel wert. Nein, fügt er sich nicht, so kommt die Station in das Gut trotz des Sumpfes. Mir tut es leid. Die Gemeinde könnte den großen Verkehr brauchen.«

Die Männer schritten jetzt zwischen den Feldern hin, und der Landrat ließ sich über den Hagelschlag berichten. Mit geübtem Blick schaute er umher. Die Erzählung des Ortsvorstehers floß jetzt ruhig dahin, einfach und verständig gab er Auskunft. Die Verwüstung hatte einen Abhang getroffen, dessen Saaten zum großen Teil geringen Bauern gehörten.

»Es ist nicht so schlimm, wie ich dachte,« sagte der Landrat, der von Zeit zu Zeit eine Ähre aufhob und prüfte. »Die Saat kann sich erholen, und den Bauern wird dazu ihre Versicherung ausgezahlt. Das ist kein schlechtes Geschäft. Acht Tage später wäre es schlimm abgelaufen. Es sind doch alle versichert?«

»Fast alle, nur der Schulze nicht. Der Herr Landrat weiß, der rote Schulze, der mit der brustkranken Frau.«

»Ach, das ist ärgerlich, sehr ärgerlich. Er braucht es am meisten. Nun vielleicht kann ich ihm etwas aus der Kreiskasse geben. Wie ist es denn, will er seine Frau immer noch nicht in das Krankenhaus bringen?«

»Nein, Herr Landrat. Er meint, da käme niemand lebendig heraus. Die Luft sei hier gut, und frische Eier gäbe es dort nicht.«

»Weil ihr Bauern alte hinschickt,« lachte der Landrat. »Sie müssen ihm zureden, Mann. Es ist ja eine Schande, daß das schöne Haus nicht benutzt wird.«

»Ja, das will ich wohl tun. Aber die Hinke-Schmidt, die Hebamme, redet dagegen. Sie sagt, das Krankenhaus sei schlimmer als das Gefängnis, und was die Doktoren könnten, könne sie auch.«

»Ich drehe der Vettel das Genick um,« zürnte der Landrat, »habt ihr von ihrer Kräuterweisheit noch nicht genug? Ihr wißt so gut wie ich, daß sie den Balderjungen ins bessere Jenseits befördert hätte, wenn der Herr Kreisphysikus nicht dazwischengekommen wäre.«

»Das ist's, was ich sage. Aber die Bauern sind eigensinnig. Man sieht es ja an dem Schleicher.«

Sie kamen an ein langgedehntes Feld, dessen Ähren flach auf der Erde lagen, anscheinend völlig von dem Hagel zerschlagen.

»Hier ist es am schlimmsten,« sagte der Ortsvorsteher. Der Landrat schritt in das Feld und prüfte die Saat. »Wem gehört der Boden,« fragte er. »Gewiß keinem der kleinen Leute. Es ist ein gutes Stück Land.«

»Dem Schleicher, Herr Landrat.«

Guntram sah den Ortsvorsteher mit einem eigentümlichen Blick an, den der mit einem Lächeln beantwortete. Dann beugte er sich wieder zu den Ähren, hob eine auf und mit einem Pfiff zwischen den Zähnen wies er sie seinem Begleiter. »Jetzt habe ich ihn, wart, du alter Sünder,« murmelte er.

Die Besichtigung ging zu Ende, und alle kehrten zum Wirtshaus zurück. Der Landrat setzte sich, ein Glas Kornbranntwein vor sich, zu den Bauern, um noch ein kurzes Wort mit ihnen zu reden. Die saßen rings um den Gasttisch. Einer wie der andre hatte ein undurchdringliches Aussehen, die Hände hielten sie auf den Knien und blickten feierlich auf den Landrat. Er sprach ihnen Trost ein, der Schaden sei nicht so schlimm, und es werde sich alles machen. »Freilich, auf Geld von der

Hagelversicherung könnt ihr nicht rechnen. Ich habe mir alles angesehen. Die Frucht ist nicht geschädigt.«

Die Bauern blieben regungslos. Herr Guntram trank sein Glas aus und rief nach dem Kutscher.

»Ja, ja Leute, viel wird nicht dabei herauskommen. Der Versicherungsbeamte kommt morgen hierher, ich werde ihn begleiten und ihm alles zeigen. Ihr Feld sieht bös aus, Schleicher, aber trösten Sie sich. Ein paar Tage Sonnenschein, und alles ist wieder gut. Und überlegen Sie sich die Sache mit der Eisenbahn. Wenn Sie hartnäckig sind, erhält das Gut das Geld, schöne, harte Taler, bar ausgezahlt. Sie wissen ja, mein Wort gilt etwas da oben. Guten Morgen allerseits.«

Wolfgang war den Verhandlungen mit gespannter Aufmerksamkeit gefolgt. Er dachte nach. Vieles war ihm nicht klar geworden. »Die Felder haben also nicht sehr gelitten,« fragte er, als er wieder neben dem Vater saß.

»Nein, nicht sehr. Es sieht unheimlich aus, bedeutet aber nichts. Die Bauern werden ein gutes Geschäft machen.«

Wolfgang sah seinen Vater erstaunt an. »Ein gutes Geschäft?« wiederholte er.

»Gewiß, der Hagel hat die Halme zur Erde geworfen, aber die Frucht ist unberührt. Nun hat die ehrenwerte Versicherungsgesellschaft hier einen jungen Mann angestellt, der sich sehr weise dünkt, aber im Grunde nichts versteht. Man wird ihm die schlimmsten Stellen zeigen, ihm vorjammern und vorklagen, ihm schmeicheln und schöne Worte geben, und jedes schöne Wort wird sich für den Bauern in einen blanken Taler verwandeln. Ich kann mir lebhaft vorstellen, wie dunkel der Bericht gefärbt und wie hoch der Schaden geschätzt wird. Im Herbst haben die Bauern ihre Ernte fast ungeschädigt und dazu eine nette Summe von der Versicherung.

Der Knabe sah den Landrat von der Seite an. Eine unbestimmte Ahnung erfaßte ihn, daß hier etwas Sonderbares in dem Charakter seines Vaters vorlag. »Weißt du, das ist doch der höhere Betrug.«

Der Landrat zuckte ungeduldig mit den Achseln. »Das Leben ist ein Kampf. Man muß die Dummheit zu benutzen wissen.«

Wolfgang wurde ganz irre. Hier trat ihm eine ähnliche Auffassung in dem großen Leben entgegen, wie er sie von der Schule her kannte. Aber was er bei sich gut und selbstverständlich fand, verletzte ihn an dem Vater. Er klammerte sich an eine letzte Hoffnung. »Du fährst ja diesmal mit hinaus,« sagte er. »Da kannst du dem Beamten doch sagen, wie es steht.«

»Das werde ich schön bleiben lassen, mein Junge. Stellt man Esel an, muß man ihre Eseleien auch büßen. Ich bin nicht Versicherungsbeamter, mich geht es nichts an. Außerdem –«

Er schwieg, offenbar wollte er nicht alles sagen, was ihn beschäftigte. Aber Wolfgang ließ nicht ab. »Außerdem –« fragte er.

»Ach du mußt besser aufpassen, zwischen den Worten lesen. Die Bauern haben mich doch verstanden, warum du nicht? Hör zu! Ich brauche die Eisenbahn in dem Nest, habe seit Jahr und Tag mit List und Vorsicht die Behörden bearbeitet, sie zu bewilligen, und nun scheitert die ganze Sache an der Starrköpfigkeit des einen Bauern, der seine Wiese nur für einen wahnsinnigen Preis hergeben will. Nun, dieser Bauer ist am meisten durch den Hagelschlag betroffen. Er hat sich wie alle andern gleich in der ersten Viertelstunde den Gewinn berechnet, den er davon haben wird. Wenn ich aber dem jungen Beamten ein Wort zuraune, wie die Sachen liegen, dann ist es nichts mit dem Versicherungsgeld. Der Mann weiß jetzt, welchen Preis er für mein Schweigen zu zahlen hat, und er wird uns das Land geben, verlaß dich darauf.«

Wolfgang lachte. So empört er anfangs war, als er sich auf Vermutungen angewiesen sah, jetzt erschien ihm das alles komisch. Er bewunderte die Schlauheit des Vaters. »Du bist ein rechter Jesuit und verstehst mit den Leuten umzugehen.«

Der Landrat schmunzelte. »Ich hoffe. Siehst du, unsereins ist wie eine Mutter. Wir schneiden das Fleisch für den dickköpfigen Landmann zu, der mit Messer und Gabel noch nicht umzugehen versteht. Was habe ich nicht schon alles für Mittel brauchen müssen, um die Menschen zu ihrem Glück zu bringen. Aber freilich, man muß auch wissen, was man will. Einen Blick für das große Ganze muß man haben.«

»Aber mir scheint doch, was du deinem Kreis zuwendest, nimmst du dem großen Ganzen,« warf Wolfgang ein. Der Landrat wurde ungeduldig. »Schwatze nicht!« fuhr er auf. »Ich stehe auf einem bestimmten Platz, kenne meine Grenzen und weiß, wofür ich zu sorgen habe. Mein Kreis ist mein Leben. Ich habe dem Staat gute Steuerzahler und brauchbares Kanonenfutter zu liefern. Das ist meine Pflicht nach oben, aber weiter geht sie nicht. Im übrigen lebe ich mit der Regierung auf Kriegsfuß. Ich will ein freier Mann bleiben und nach eignem Gutdünken schalten und walten. Mögen die Herren Regierungsräte und Präsidenten weiter sorgen. Ich bin nur ein Teil der Maschine und will nicht mehr sein. Und heutzutage, wo alle Welt von der Industrie schwärmt und die Landleute in Scharen in die Städte laufen, muß man für den Bauer sorgen, in erster Linie und einzig. Die Bauernschaft ist der beste Teil der Menschheit, der beste, das heißt der nützlichste. Denn mit der Bauernmoral sieht es bös aus; da heißt es immer, erst ich, dann noch einmal ich und dann noch lange, lange nichts andres.«

Die beiden saßen eine Zeitlang still nebeneinander. Die Erklärung des Vaters genügte Wolfgang nicht ganz. Jedoch der Landrat begann wieder. »Wir andern, wir sind ja alle keine Menschen mehr, wir sind Berufssklaven, Maschinenteile. Wir sind nur durch den andern etwas. Was ist das, ein Landrat? Wenn er keine Schreiber hat und keine Gendarmen, so ist er nichts. Oder selbst ein König. Er braucht Soldaten, Minister, vor allem Geld, immer wieder Geld. Dem Bauer ist nichts nötig als ein Stück Erde. Alles andre schafft er sich selbst, oder im Notfall könnte er es sich schaffen. Unsereins, mein Gott, um zu leben, müssen wir schon den Fleischer haben und den Bäcker und den Schneider, den Schuster. Dann brauchen wir Schulen, Bücher, Tinte, entsetzliche Ströme von Tinte. Wir sind alle nichts gegen den Bauer. Und ohne ihn erst recht nichts. Er schafft uns das Brot.«

Die Erregung des Vaters hatte sich dem Knaben mitgeteilt. Tausend neue Gedanken, verworren und unklar, stürmten auf ihn ein. Er brach los. »Aber, wenn es so steht, dann ist es ja Wahnsinn, den Leuten Eisenbahnen zu geben, sie lesen und schreiben zu lehren, ihnen den Weg nach der Stadt zu ebnen.«

Der Landrat lachte. »Du gehst gut darauf los. O, diese Weisheit! Natürlich, das Beste wäre, wir kröchen alle wieder in die Felle der Vorfahren zurück, tränken Met und schlügen unsre Frauen. Nein, mein Junge, wir müssen vorwärts. Hinter uns liegt das Chaos. Unsre Ahnen haben in ihrer Feldmark Wälder gerodet und Sümpfe getrocknet. Wir umspannen die Welt mit eisernen Netzen, wir streuen die Saat des Wissens und Denkens in den bebauten Boden. Wie der Sturmwind fahren wir daher, allen Wust der Jahrhunderte fortfegend. Aus jedem Bauernkinde, aus jedem armseligen Bettler schaffen wir einen Menschen, der Staat und Vaterland trägt, wie die Säulen drüben das Dach meines Hauses.«

Aus der Ferne stieg das Elternhaus empor. Die großen Sandsteinsäulen der Fassade glitzerten im Sonnenlicht, breit und mächtig der Last lachend, die sie drückte.

3.
Seit diesem Tage schloß sich Wolfgang wieder mehr dem Vater an. Das Wesen dieses Mannes hatte für ihn etwas Hinreißendes. Eine elementare Gewalt lag in ihm. Sein stets lebendiger Geist, der tausend Pläne zu gleicher Zeit hegte, bezauberte um so mehr, als die rastlose Tatkraft und der jugendfrische Frohmut Hindernisse nicht zu kennen schien. Wo er des Vaters nur habhaft werden konnte, hing sich Wolfgang nun an ihn. Er begleitete ihn auf den Fahrten, nahm teil an dem, was den Kreis betraf, baute in Gedanken mit ihm Straßen und Gräben, legte Wasserleitungen an und schuf neue Erwerbsquellen. Hier fiel eine Pappelallee, und Obstbäume traten an ihre Stelle; dort entstand eine Fohlenweide; Versuche mit neuem Vieh wurden gemacht; Schulen wurden besucht und Kranke versorgt. Jeder Tag brachte neue Aufgaben, jede Stunde war ausgefüllt, und was mißlang, wurde durch neues Wirken ersetzt, dessen Erfolg weniger zweifelhaft schien.

Ein Rausch packte den Knaben. Zum ersten Male lernte er den Genuß kennen, die Kräfte anzuspannen und durch das Leben zu jagen, von dem Bewußtsein des Schaffens gehoben. Dabei flogen ihm neue Kenntnisse gleichsam im Spiele zu. Er fühlte sein eigenes Wachsen, und die trübe Melancholie und Schläfrigkeit fielen von ihm ab. Sein Wesen gewann von Tag zu Tag wieder den alten Schimmer.

Dieses Leben nahm alle Gedanken Wolfgangs in Anspruch. Die kurzen Stunden, welche ihm der Vater gönnte, verflogen ihm rasch in selbständigem Pläneschmieden, wie er es von dem älteren Manne gelernt und sich angeeignet hatte. War er frei, so trieb er sich auf eigne Hand im Kreise umher, sprach mit den Bauern, gab seinen kindischen Rat und tauschte Weisheit des Landes gegen sein Klugschwätzen ein.

So war es kein Wunder, daß er über dem Zusammensein mit dem Landrat alles andre vergaß und der Mutter nicht acht hatte, die still und einsam ihre Tage verbrachte. Eines Morgens jedoch – es war kurz vorher, ehe die älteren Brüder von der Universität zurückkehrten – öffnete ein Zufall dem Knaben die Augen.

Er war früh aufgestanden, denn Herr Guntram wollte ihn mitnehmen, alte Bäume zu zeichnen, die abständig waren und gefällt werden sollten. Ein Herr von der Regierung war dazwischen gekommen, und nun lungerte Wolfgang im Hause umher, ungeduldig die Abfahrt des Lästigen ersehnend. Brigitte saß an ihrem Nähtisch und schaute von Zeit zu Zeit still nach dem Knaben, der in nicht zu bezwingender Hast bald dieses, bald jenes ergriff, um es rasch wieder beiseite zu werfen.

»Eine solche Eselei!« schalt er. »Wir könnten längst im Walde sein. Es ist nur Quatsch, was dieser Regierungsknabe zusammenredet. Man sollte den Vater gewähren lassen. Er versteht doch alles am besten. Die reine Zeitverschwendung! Ich ärgere mich wütend.«

»Ist es denn so unerträglich, zu Hause zu sein?« fragte Brigitte scherzend.

»Nein, gewiß nicht. Unerträglich? Es ist schön hier. Aber alles wartet auf uns. Wir haben keine Zeit zu versäumen.«

»Eure Bäume stehen schon an die hundert Jahre. Sie werden, denk ich, auch noch ein paar Stunden länger stehen können. Was soll das Hetzen und Jagen? Dein Vater würde mehr erreichen, wenn er ruhiger wäre und warten könnte.«

»Ach, Mama, das verstehst du nicht.«

»Doch, Wolfgang, ich verstehe das ganz gut.« Brigitte war ernsthaft geworden. Ein wehmütiger Ton klang aus ihren Worten. »Ein langes Leben hindurch habe ich warten müssen, im Kleinen wie im Großen. Was ich auch gewollt und erstrebt habe, mir waren stets die Hände gebunden, durch das Haus, den Vater, durch euch. Es ist nicht gut, daß du so gedankenlos durch das Leben stürmst, ohne zu sehen, was dein Nächster empfindet.«

Die Bitterkeit der Worte steigerte sich immer mehr. Wolfgang sah seine Mutter erstaunt an, dann zuckte er die Achseln und blätterte verstimmt in einem Buch.

»Laß das, Wolfgang,« sagte Brigitte scharf, »setz dich hierher und höre mir zu. Du bist alt genug, um mich zu verstehen, und das wegwerfende Achselzucken zeigt mir nur, in wie gefährlichem Grade du dir Papas Eigentümlichkeiten angewöhnt hast. Ehe man aber an seiner Mutter vorübergehen darf, muß man etwas sein, und du sollst erst etwas werden. Ich sehe schon lange mit Schmerzen die Wege, welche du gehst. Nicht daß sie schlecht wären, deine Wege, o nein, sie führen zu hehren Gipfeln, und dein Vater ist gewiß ein Mann, dem nachzueifern Gewinn ist. Aber das Jähe in deinem Wesen, diese ungezogne und unerzogne Rücksichtslosigkeit ängstigt mich. Ein Mann, den das Leben hart schmiedet und scharf schneidend, ist verständlich. Aber du bist ein Knabe. Wo ist die Weichheit bei dir, die schmiegsam zum Bilden auffordert? Du nimmst das Leben vorweg. Womit willst du es ausfüllen, wenn du alt bist?«

»Aber Mama, ich verstehe dich gar nicht.«

»Du verstehst mich nicht? Höre zu! Die Welt besteht nicht nur aus Chausseen und Eisenbahnen. Da sind auch Menschen vorhanden, weiche, leicht verletzliche Seelen, und mich dünkt, sie sind die Hauptsache. Ihretwegen fügt man Gesetze und für sie wirkt man. Ich kann mir vorstellen und ich sehe es ja täglich, daß im Laufe der Zeit ein Mensch vergißt, wofür er arbeitet, daß die Arbeit ihn fesselt, ihn berauscht, ihm Sinn, Verstand und Herz raubt. Aber das bei einem Kinde zu schauen, schneidet in die Seele.«

Sie hielt inne, um mit den Tränen zu kämpfen. Wolfgang hatte seinen Kopf auf die Hand gestützt und sah die Mutter aufmerksam und ernst an.

»Ich meine,« fuhr Brigitte fort, »es gibt nähere Pflichten und nähere Freuden für dich, als die bei den Bauern. Mitten unter die Seinen ist der Mensch gestellt, und dort Tränen zu trocknen, ein Lächeln hervorzulocken, Freude zu geben ist ein lohnendes Ding. Und wer das nicht tut –« Sie brach plötzlich ab. »Wie willst du helfen und trösten mit diesem steinernen Herzen?« »Aber Mutter.«

»Laß mich! Bist du nicht steinhart, so zu handeln, wie du tust? Du weißt, daß du die einzige Freude bist, die mir Gott gelassen hat. Wie habe ich mich nach dir gesehnt, wie habe ich Stunden und Minuten gezählt, bis du mir wiedergegeben wärst. Mein Herz jauchzte bei jedem Wort, das du mir gönntest. Wie eine Verdurstende habe ich alles in mich aufgesaugt, was du mir botest, jeden Brocken, den du mir hinwarfst, habe ich erfaßt. Oh dieser furchtbare Hunger nach Liebe! Ich bin unter deinen Blicken aufgelebt, wie unter den Strahlen der Sonne, wie der trockne Erdboden habe ich jeden Tropfen deiner kindischen Reden in mich aufgenommen. Und nun sehe ich – Ach ich bin allein, einsamer denn je, und ich verschmachte in unendlicher Liebe. Und du, du bist so herzlos, das nicht zu sehen. Das ist mein Kind.«

Der Knabe hatte sich der Mutter zu Füßen geworfen, die Tränen liefen unaufhaltsam über seine Wangen, den nassen Blick hatte er zu der erregten Frau erhoben, ihr liebevoll und in verzweifelt stummem Schmerz in die Augen sehend und ihr den Arm streichelnd.

Brigitte neigte sich zu ihm und legte ihm den Arm um den Hals. »Ich denke nicht an mich, Wolfgang, gewiß nicht. Ich habe entbehren gelernt und entsagen. Aber ich möchte, daß du ein guter Mensch wirst, Güte im Herzen, ein Freudebringer, daß du wieder der Sonnenstrahl wirst, der du warst. Der Verstand, ach, um den ist mir nicht bange. Aber dein Herz soll weich bleiben, du sollst wissen, daß die Liebe dir näher steht als die Pflicht, du sollst nicht, wenn du einmal groß bist, über das blutende Herz deiner Frau wegschreiten, um groß und erhaben zu sein. Du sollst dein Weib lieben, mit dir nehmen und durch sie und mit ihr wirken und leben. Dein Weib soll dir die Nächste sein, alles soll sie dir sein. Vergiß das nicht, nie, nie, hörst du?«

Wolfgang nickte stumm in lautlosem Schluchzen. Brigitte umschloß seinen Kopf mit den Armen und zog ihn an ihre Brust. So blieben sie lange innig umfangen.

Endlich erhob sich der Knabe. Er schritt ein paarmal im Zimmer umher, in Gedanken verloren. Dann blieb er vor dem Frühstücksschrank stehen, schnüffelte in der Luft und machte begehrliche Augen.

Brigitte war ihm mit den Blicken gefolgt. »Hast du etwas aufgestöbert, du Nimmersatt?«

»Ich wittre, wittre Pflaumenkuchen, Mutter. Gib mir, willst du?«

Brigitte erhob sich. Als sie das verweinte Gesicht des hochaufgeschossenen Knaben sah, wie es lüstern nach dem Schrank ausschaute, lachte sie laut auf, und Wolfgang stimmte schallend ein.

»So, Mutter,« sagte er mit dem Ton der größten Befriedigung und biß in den Kuchen, »jetzt wollen wir uns einen vergnügten Tag machen, erst schwatzen, dann lesen, dann spielen. Du hast mir so lange nicht mehr vorgespielt.«

»Ja und bei dem Konrektor bist du auch noch nicht gewesen. Der alte Herr fragt stets nach dir.«

»Ach der, geh doch mit deiner stillen Liebe! Der kann warten. Der Tag heute gehört uns, ganz allein uns, nicht wahr, Mutter?«

Sie nickte ihm heiter zu und setzte sich wieder an den Nähtisch, während er vergnügt seinen Imbiß verzehrte.

Herr Adalbert trat ein, hastig und offenbar mit seinen Gedanken weit abwesend. »Komm, Wolfgang,« rief er schon in der Türe. »Wir müssen eilen, dieser Schlechtschwätzer hat mich endlos viel Zeit gekostet.«

Wolfgang schwieg eine Weile, dann sagte er etwas kleinlaut: »Ich möchte lieber hier bleiben. – Mama ist so allein,« fuhr er fort, als der Vater ihn erstaunt ansah.

»Ach so, ja, du hast recht. Es ist besser, du bleibst.« Dabei zuckte er mit den Achseln und warf einen Blick nach der Frau, die ruhig weiterarbeitete. Einen Moment zögerte er noch, als ob ein Wort auf seiner Zunge schwebte, dann drehte er sich um und »nun, viel Vergnügen. Heitre die Mutter auf, das ist brav,« rief er noch, dann war er fort.

Wolfgang sah seine Mutter an, die aber hob die Augen nicht von ihrer Näherei. Er hatte das Achselzucken gesehen und nun begriff er völlig, was es bedeutete. Ein tiefes Mitleid erfüllte ihn, und das entfaltete alle schönen Kräfte seines Herzens. Als der Abend hereinbrach, umfing er seine Mutter zärtlich, schmiegte sich an sie und sagte: »Heute war es schön, Mama, so schön wie früher, als ich noch klein war.« Brigitte lächelte unter Tränen und segnete ihr Kind in ihrem Herzen. Von diesem Tage an gewann Wolfgangs Leben ein eigentümliches Aussehen. Er hatte ganz gut verstanden, daß hier zwei schroffe Gegensätze waren, daß jedes der beiden Eltern trotz aller Liebe und Verehrung in der Tiefe eine andre Richtung verfolgte, und daß lange erbitterte Kämpfe vorangegangen sein mußten, ehe ein kümmerliches Dulden, ein stilles Verbergen des verwundeten Gefühls eingetreten war. Das weckte seine Aufmerksamkeit, und er begann zu beobachten und nachzudenken. Sein Herz war dabei unbeteiligt, er hing viel zu sehr an beiden Eltern, um sich für eine bestimmte Partei zu entscheiden. Den tieferen Gründen des Zwiespalts suchte er auf die Spur zu kommen und die Vorgänge forschend zu verfolgen.

Dabei wurde es ihm deutlich, daß in seinem Inneren beide Kräfte gleich stark entwickelt waren, der Drang zur Tätigkeit nach außen sowohl wie der Hang, sich auf einen engen Kreis des Behagens einzuschränken und dort Wurzeln zu schlagen. Eine dunkle Ahnung ergriff ihn, daß hier ein Verhängnis auf ihn laure, und diese Furcht trieb ihn auf den Ausweg, den ihm das häusliche Leben bot. Er suchte, sich zwischen den beiden Parteien das Gleichgewicht zu erhalten und beide Eltern zu befriedigen. Wenn er damit auch nicht den Ausgleich der feindlichen

Richtungen herbeiführte, weder bei den Eltern noch in sich selbst – denn spätere Zeiten lehrten ihn, daß das Schicksal nur verzögert, nicht verhindert war, – so erreichte er doch für sich ein leidlich gutes Gewissen und vor allem einen großen Takt im Behandeln der Menschen, deren Wunden zu schonen ihm Gewohnheit wurde.

Freilich wären seine jungen Kräfte wohl bald an der Aufgabe des Doppellebens gescheitert. Aber diesmal handelte es sich nur um wenige Tage. Denn mit dem Hereinbrechen der Studenten kam in das Elternhaus ein neues Leben, eine andre Färbung. Wolfgang trat völlig hinter den älteren Brüdern zurück, und die letzten Tage der Ferien wurden ihm durch das bittere Gefühl vergällt, noch sehr jung zu sein. Als er in die Schule zurückkehrte, geschah es ohne das gewöhnliche Schaudern. Er bemerkte mit innerer Genugtuung bei dem Vergleich mit seinen Klassengenossen, wie plötzlich und rasch er innerlich gewachsen war.

4.

Die Nachwirkungen dieser Ferien zeigten sich in Wolfgangs Schulleben. Er begann mit Zähigkeit und Ausdauer zu arbeiten und konnte selbst bald die Folgen davon merken. Für die Schulstunden allerdings bereitete er sich nur notdürftig vor. Aber da in der Prima der Unterricht freier gehandhabt wurde und viel von der kleinlichen Art des Fehlerwägens früherer Klassen verschwand, behauptete er sich leidlich auf seinem Platz. Mit vollem Eifer warf er sich dagegen unabhängig von dem Unterricht auf die Fächer, welche er bisher vernachlässigt hatte. Er hielt eine Generalmusterung über seine Kenntnisse und besserte aus, was er unvollkommen fand.

Den Beginn machte er mit der Mathematik. Der Sinn dieses Gegenstandes war ihm verschleiert geblieben. Als er jetzt mit festem Willen und scharfer Aufmerksamkeit darantrat, merkte er, daß ihm der Untergrund fehlte. Er arbeitete nun das gesamte Material der unteren Klassen für sich durch, trieb sich mit Bleistift und Papier in dem Schulgarten herum und konstruierte Dreiecke oder berechnete den Inhalt aller möglichen Gegenstände. Dazu suchte er jetzt mit Vorliebe den Verkehr mit den sogenannten Mathesenhähnen, die ihm hie und da willkommne Hilfe versprachen, jedenfalls aber sein Denken immer wieder in dieselbe Richtung trieben. Er wurde zwar kein Licht der Rechenkunst, aber das erreichte er doch, daß er dem Unterricht mit Verständnis und Nutzen folgen konnte und beim Abgang von der Schule die Gymnasialbildung der Mathematik beherrschte.

Hand in Hand damit gingen Studien in der Physik und Chemie. Zu seinem Verdruß merkte er, daß ihn eigne Arbeit wenig förderte und daß Anschauung, wenigstens für ihn, unbedingt erforderlich war. Er überwand deshalb seine Abneigung gegen den schönen Erwin, der Physik lehrte, und suchte mit dessen Hilfe hinter die Geheimnisse der hohen Kunst zu kommen. Viel erreichte er nicht. Die Hilfsmittel, welche die Schule bewilligte, waren gering, das Laboratorium schlecht ausgestattet und verwahrlost, und der Lehrer selbst ermangelte jedes Talents zum Versuch und Vortrag. Jedoch das Interesse war einmal geweckt, und Wolfgang beteiligte sich allen Ernstes an den schwärmerischen Versuchen zweier Klassengenossen, von denen der eine das perpetuum mobile erfinden wollte, der andre das Problem des vollkommnen Klaviers zu lösen suchte. Das eigentliche Studium der Natur blieb ihm auch jetzt noch fremd. Jede Anregung fehlte, selbst das kleinste Interesse dafür schien aus den Mauern dieser Schule verbannt zu sein, und Wolfgang wunderte sich, daß einer der größten Botaniker hier ausgebildet war. Und doch stand als Zeichen dafür der große Kastanienbaum in dem Primanergarten. Er war vor vielen Jahren von einem Knaben gepflanzt worden, und wie er selbst gewachsen war und mit seinen Zweigen den Hof beschattete, so war der Ruhm Ehrenbergs gestiegen, und seine Forschungen breiteten ihre Äste in alle Gebiete des Lebens aus. Wolfgang betrachtete diesen Baum mit Sehnsucht und geheimem Verlangen. Er saß gern darunter und träumte von kommender Größe.

Eine eigentümliche Wirkung auf den Schüler hatte das Studium der Geographie. Auch das war stiefmütterlich behandelt worden, und Fleiß tat not, um nicht zurückzustehen. Bei dem Betrachten der Karte ging es Wolfgang eigentümlich. Alte, liebgewordene Anschauungen gerieten in Schwanken. Er begriff auf einmal die Größe der Welt gegenüber Europa. Und während plötzlich in ihm das bewundernde Verständnis für die Kraft dieses kleinen Weltteils erwachte, erkannte er auch gleichzeitig, daß diese Kraft sich allmählich gegen sich selbst wandte und sich zu verzehren drohte. Die europäischen Reiche erschienen ihm nun gar klein, und in junger Überhebung gewöhnte er sich an, auf die Kämpfe der Völker wie auf Gezänk herabzusehen. Sie schienen ihm nicht mehr im Einklang mit der Größe der menschlichen Aufgaben. Und in dieser Stimmung begrub er, was er bisher hochgehalten hatte, seine Vaterlandsliebe.

Im Guntramschen Hause wurde ein altväterischer Götzendienst mit dem Preußentum getrieben. Königs Geburtstag wurde gefeiert, die Fahnen für die hohen Festtage blieben schwarz-weiß und als Nationallied galt nach wie vor: »Ich bin ein Preuße.« Der Landrat sprach nie anders als von seinem König. Er verweigerte Kaiser und Reich seine Anerkennung, und wenn er es auch nicht aussprach, so ließ er es doch nicht undeutlich merken, daß er kein Heil von den Großmachtsgedanken erwartete. Wolfgang hatte diese etwas abgestandene Kleinstaaterei mitgemacht und die väterlichen Ansichten verteidigt, ohne sich weiter viel um ihre Berechtigung zu kümmern. Er war dem Vater auch gefolgt, als dieser langsam und leise umschwenkte und sich unter den Einfluß Bismarcks begab. Aber während der Landrat nach und nach aus einem Stockpreußen ein Anhänger des Reichsgedankens wurde, hielt der Knabe an seiner kindlichen Vaterländerei fest und war harmlos genug, damit eine grenzenlose Verehrung des Mannes zu verbinden, welcher Preußen zugunsten des Großstaats aufgeopfert hatte. Solcher unvermittelter Gegensätze gab es genug in seinem Wesen und Wissen.

Jetzt nun regten sich leise Zweifel. Die Berechtigung des deutschen Reichs erschien ihm nicht sicher, er ließ es allenfalls als Vorstufe zu einem einigen Europa gelten, aber er mußte sich doch fragen, ob die künstliche Mache eines deutschen Volkes mit dem Gefolge von Größenideen und nationaler Eitelkeit der richtige Weg zu einer Einigung sei. Mit dem Preußentum brach er jedoch ganz. Der kleine Staat wurde ihm eine historische Merkwürdigkeit, an dessen unsterblicher Kraft sich sein Herz erfreute. Die Gestalt Bismarcks gewann für ihn etwas Unheimliches. Noch nicht weitsichtig und vorurteilslos genug, um einfach die Größe des Mannes zu bewundern, blieb er stets vor der Frage des Nutzens oder noch mehr vor der moralischen Frage des Gut und Böse stehen. Und weil er auf diesem Wege zu gefährlichen Schlußfolgerungen für den Mann seiner Liebe kommen mußte, ließ er den zwiespältigen Baum unbekümmert wachsen, schalt auf das Deutsche Reich und hob in demselben Atem dessen Gründer in den Himmel.

Neben und über all diesen Studien aber erwachte die Antike in ihm. Von allen Seiten suchte er ihr näherzukommen. Die großen Geschichtsschreiber des Altertums breiteten ihre Schätze vor ihm aus, Herodot führte ihn in die Welt griechischer Pracht und Herrlichkeit, Thukydides öffnete ihm den Blick für den eigentümlichen Pessimismus der Hellenen, für die tiefen Rätsel ihrer Moral. Und gleichzeitig schlug die schwere Wucht taciteischer Sprache an sein Ohr, mit ihrer düsteren Begeisterung für Freiheit den Knaben hinreißend. Das homerische Land mit seinem ewigen Sommer tat sich vor seinen sehend gewordenen Augen auf, er fühlte im eigenen Innern etwas von dieser göttlichen Höhe, auf der es sich lachend über das Schicksal hinwegtanzen ließ. Die Tragiker traten ihm näher, er gewann Verständnis für ihre große Behandlung, für die ewige Ruhe, die ungerührt mit dem Schrecken spielt. Freilich bedurfte es jahrzehntelangen Wachsens und inneren Fortschreitens, um all das zur Klarheit zu bringen. Aber die Keime wurden in jenen letzten Schuljahren gelegt, die so reich an stiller Arbeit waren.

Damals begann Wolfgang auch, sich mit Kunstgeschichte zu befassen. Da ihm jegliche Möglichkeit fehlte, sich durch eigne Anschauung weiterzubilden – denn die Gipse im Elternhause gaben ihm kaum eine Ahnung der Wirklichkeit, – so war er auf Abbildungen angewiesen. Er suchte sich daraus deutliche Vorstellungen zu machen, aber die Folgen des Sehens von Flächen, welche erst die Phantasie körperlich gestaltete, waren ihm später hinderlich, um plastisch anschauen und urteilen zu lernen. Es kamen Zeiten, wo er mit Bedauern auf diese Studien an unvollkommnem Material zurückblickte, die weiten Umwege, auf welchen er zu einem geläuterten Geschmack kam, erschienen ihm unnütz.

Noch etwas störte seine Genußfähigkeit. Ihn, der ganz Leidenschaft und Träumerei war, in dessen Kopf alle Romane der Welt herumspukten und dessen Herz von der großen Sehnsucht des Reisenden erfüllt war, fesselte zuerst und fast allein der Gegenstand des Kunstwerks. Die eigne grausam düstere Melancholie suchte er in der Kunst, das schauerlich-unverständliche seines tieferen Wesens. So gelangte er dazu, die schauspielerische Gebärde als das Ideal der Kunst zu betrachten, das Märchen, die Lüge in der Kunst, den Effekt. Und hinter der Darstellung suchte er den Künstler, mit drängender Neugier, glühend vor Begierde, dieser geheimnisvollen Göttersöhne Tiefen kennenzulernen.

Dabei war er von der Unfehlbarkeit seines Geschmacks und Urteils überzeugt. Wer ihm damals gesagt hätte, daß er im Grunde genommen sich noch immer auf der mäßigen Höhe der Hintertreppenlegenden bewegte, den hätte er gehaßt. Eine gewisse Berechtigung auf Stolz war ihm auch nicht abzusprechen. Er besaß den Willen, das schön zu finden, was die Geschichte als schön festgestellt hatte, mochte sein Wunsch auch oft genug zu ganz andern Dingen hinflattern. In der Einsamkeit sprach er so lange sich vor: das Werk ist schön, bis er sein begehrliches Herz zur Wahrheit verführte. Und wenn er allein nicht mit sich fertig werden konnte, so sprach er mit anderen, verleitete sie zum Angriff auf das, was er sich gern zu eigen machen wollte, und in der Verteidigung, bei dem lauttönenden Wort des Lobes, das er aussprach, wurzelte sich der Glaube in ihm fest.

Auch bestimmte Abneigungen traten schon damals auf, die er nicht überwinden konnte. Eine Art von Feindschaft gegen gute Menschen, ja gegen die Tugend an sich blieb ihm von jener Zeit her. Gewisse Namen vermochte er nicht ohne ein Gefühl des Widerwillens zu hören. Dahin gehörten vor allem Sokrates, Paulus, Luther und Kant. Ursprünglich mochten diese Männer ihm nur unbequem gewesen sein, nach und nach nahmen sie die Gestalt von Widersachern an. In eigentümlicher Weise lehrte ihn dieser Haß viele Rätsel des moralischen Werdens lösen.

5.

So verstrich die letzte Schulzeit rasch. Das Prüfungsjahr brach an, und die große Frage nach dem künftigen Beruf Wolfgangs tauchte auf. Der Junge hatte sich nie ernstlich mit dieser Sache beschäftigen wollen. Er war sich undeutlich der Gefahr bewußt, die in einem Mißgriffe lag, und schob nach alter Gewohnheit die verdrießliche Angelegenheit auf die lange Bank. Während seine Kameraden eifrig hin und her überlegten, scherzte er: »Der liebe Gott wird helfen. Ich zähle es an den Knöpfen ab, ob Jurist, Philologe, Mediziner oder Lump.« Wirklich brachte der Zufall ihn zu einer vorläufigen Entscheidung.

Seit Wolfgang zu den fünfzehn Ersten der Schule gehörte, erfreute er sich des Amts eines Inspektors. Er hatte gelacht, als ihm die Würde zuerteilt wurde. Inspektor morum zu sein, die jüngeren Schüler zu überwachen, die Lehrer in der Spionage zu unterstützen, erschien ihm sehr merkwürdig. Und absonderlich handhabte er sein Amt. Er ließ die Dinge laufen, wie sie wollten, und die Schüler machten es sich weidlich zunutze, so oft der Igel die Wochenaufsicht hatte. Auf acht Tage verwilderte dann alles. Wolfgang lachte darüber. »Laß doch die Jungens sich austoben,« pflegte er den Amtsgenossen zu trösten, der sich vergeblich bemühte, allein den zuchtlosen Haufen zu bändigen. »Es dauert nur acht Tage, dann kommt der brave Nachfolger an das Regiment. Er mag sich schinden, ich bin zu faul dazu.« Natürlich erhöhte das nicht Wolfgangs Ansehen bei den Lehrern. Er war kein gern gesehener Gast, und man harrte nur der Gelegenheit, um ihn zu beseitigen. Sie ließ nicht lange auf sich warten.

Eines Tages stand Wolfgang vor der Synode der Lehrer, um die Strafe für ein Rauchabenteuer zu empfangen, in welches er verwickelt war. An und für sich war das Vergehen gering, und Wolfgang hatte sich voller Stolz auf eine Vergrößerung seiner Karzerleistungen gefaßt gemacht. Der Rektor eröffnete ihm jedoch in scharfen und kurzen Worten, daß er seiner Inspektoratswürde entsetzt sei. Er habe durch fortgesetztes Übertreten der Schulgesetze sich unfähig erwiesen, andern zu befehlen. Um Wolfgangs Mund zuckte es, die Strafe erschien ihm lächerlich. Der

Rektor fuhr fort: »Das Lehrerkollegium ist ferner zu der Überzeugung gekommen, und ich persönlich habe dem aus vollem Herzen beigestimmt, daß Sie nicht diejenigen moralischen Qualitäten besitzen, die nötig sind, um jüngere Schüler zu erziehen. Wir können es nicht länger verantworten, daß an Ihrem Tisch und unter Ihrer Leitung Tertianer als Untere sitzen, wir können das weder den Unteren, noch den Eltern, noch der gesamten Schule gegenüber tun. Man würde uns mit Recht einen Vorwurf daraus machen, wenn wir den entsittlichenden Einfluß, welchen Sie auf Ihre Untergebenen ausüben, dulden wollten. Es ist daher beschlossen worden, Ihre bisherigen Unteren einem andern Tische zu überweisen.«

Diesmal war die Strafe so gewählt, daß sie den Sünder empfindlich traf. Er fühlte den Verlust seiner Unteren so stark, daß die Freude, nun wirklich Karzerkönig durch die neu zuerkannten Stunden zu sein, davor zurücktrat. Er hatte sich mit den beiden Tertianern seines Tisches viel Mühe gegeben, sie in seiner Weise liebgewonnen, er hatte sie überall zu fördern gesucht, sie zu Ordnung, Fleiß und Gehorsam angehalten, kurz, er war sich bewußt, vollkommen seine Pflicht getan zu haben. Er war tief verletzt und empört.

An demselben Tage wurde bei den Oberprimanern die förmliche Anfrage gestellt, welchem Beruf sie sich nach bestandner Prüfung widmen wollten. Inmitten der Verbitterung blitzte es in Wolfgangs Gehirn auf: ich werde den Kerls zeigen, daß ich sehr wohl fähig bin, Menschen zu erziehen, fähiger als ein andrer; und in hohnvollem Trotz schrieb er auf den feierlichen Bogen: Wolfgang Guntram Studium der Philologie.

Sein Entschluß verbreitete sich rasch unter den Mitschülern, und alle bewunderten den herrlichen Witz des Igels, der seine Stacheln gezeigt habe. Keiner aber glaubte daran, daß Wolfgang Lehrer werden würde. Man sprach ihm das aus, und als er ernsthaft bei seinem Vorsatz beharrte, verspottete man ihn. »Es ist undenkbar, hieß es. Guntram paßt zum Pädagogen wie der Bock zum Gärtner.« Der allgemeine Unglaube reizte ihn nur noch mehr. Was ihm als Laune durch den Kopf gefahren war, setzte sich jetzt fest. Er freute sich darauf, allen diesen Zweiflern seinen starken Willen entgegenzustellen. Damit war für Wolfgang die Entscheidung gefallen. Es wurde sein Schicksal, Menschen zu erziehen. Dem Beruf, den er in dem Moment der höchsten Verbitterung gewählt hatte, konnte er nicht wieder entfliehen, wiewohl er freilich kein Schullehrer wurde.

Am nächsten Sonntag verkündete Wolfgang seinen Entschluß den Eltern. Frau Brigitte sah ihren Sohn erstaunt und fragend an, der Landrat zuckte die Achseln und brummte ein »dummer Junge« vor sich hin, ohne weiter sich darum zu kümmern. Dieses Nichtbeachten seiner Pläne seitens der Eltern hatte nur die Folge, Wolfgang noch tiefer in seine Gedanken hineinzujagen. Er legte sich seine Zukunft zurecht, errichtete sich ein seltsames Gebäude seines Berufs, träumte davon, wie er alles so viel besser und größer machen wolle als seine Lehrer, wie er die Herzen der Schüler gewinnen und wie sein Name glänzen werde. Mit ungeduldigem Eifer begann er das durchzudenken, jede Einzelheit in dem Verhältnis der Lehrer und Schüler gewann für ihn Wichtigkeit, und immer von neuen Seiten beleuchtete er die Frage einer guten Erziehung, eines gedeihlichen Unterrichts. Stille Wochen verrannen, ausgefüllt von auftauchenden und anstürmenden Gedanken.

Wolfgangs neue Laune wurde viel von seinen Mitschülern besprochen. Seine Begeisterung wirkte ansteckend, und bald trug man ihm alles zu, was sich über den Gegenstand auftreiben ließ. Er stöberte in den Zeitschriften und Büchern umher und legte sie seufzend beiseite. Es war alles nicht das Rechte. Immer waren es die abgetretnen Wege, die wahrlich einen Menschen wie ihn nicht locken konnten. Eines Tages jedoch wurde seine Aufmerksamkeit durch einen Aufsatz gefesselt, den ihm sein Stubennachbar gegeben hatte. »Zur Frage der Schulreform« war er überschrieben und von einem Erich Tarner unterzeichnet.

Wolfgang las: »Zu einer Zeit, wo jedermann sich gute oder schlechte Gedanken über die Zukunft der Schulen macht, ist es auch mir erlaubt, einige Worte darüber zu sagen. Mehr oder weniger zielen die Vorschläge der reformlustigen Leute darauf ab, den Lehrplan zu ändern, hier einem Fach mehr Zeit zu widmen, dort die Anforderungen herabzudrücken.

Es gibt sogar ernsthafte Menschen – wenigstens möchten sie gern ernsthaft genommen sein – die mit vollster Überzeugung auf eine sogenannte Normalschule hinarbeiten, die dann alles leistet, was verlangt wird.

Ich bitte um Verzeihung, aber das ist eine kolossale Dummheit. Diese Herren sollten doch einmal versuchen, ihren rechten Stiefel auf den linken Fuß zu ziehen. Es wird nicht gehen. Und bilden sie sich wirklich ein, daß zwei Gehirne weniger voneinander verschieden sind als zwei Füße? – Oder vielleicht hat einer der Reformer schon einmal in seinem gelehrten Dasein seinen Hut im Wirtshaus verwechselt, welches ja selbst Schulverbesserer zu besuchen pflegen. Vermutlich hat die neue Erwerbung bedenklich auf dem Dickschädel hin und her geschwankt. Die Normalschule aber würde ein solches kleines Hütchen für einen großen Kopf sein. Sie würde Lehrern und Schülern gar schlecht stehen.

Das einzig Richtige wäre, die Schulen abzuschaffen, die Schulen, die unsre Kindheit verderben, die ein wüstes Chaos von Gedächtniskram in den Gehirnen der heranreifenden Jugend aufhäufen, die die moralische Spannkraft auf den Banken vertrocknen lassen, um nach der Schablone den künftigen Stützen Europas die Vorkenntnisse blödsinniger Examina einzubläuen, wobei es dann nicht zu verwundern ist, daß solch ein diplomierter Wissenschaftsjünger die Regeln des άν mit dem Optativ herschnattern kann, aber nicht imstande ist, die Schönheit eines homerischen Gesanges zu fassen. Nun ist leider die Welt noch längst nicht reif und vorurteilslos genug, die handelnde und leidende Gesäßarbeit der Klassen abzuschaffen, und wir müssen uns mit dem begnügen, was wir erreichen können. Hoffen wir, daß eine nicht allzuferne Zeit uns mehr Aussichten bietet als die jetzige.

Mein Vorschlag ist, zwei Sorten von Schulen einzurichten. Die eine Sorte – die Normalschule – ist für die Kleinen unter den Menschen, für die, welche das Geld für das Wichtigste im Leben halten, welche aus ihrem Studium möglichst nahrhaftes Brot backen wollen. Mache man diese Schulen so, daß sie für das sogenannte Leben vorbereiten, daß, wer sie verläßt, genau weiß, was für seinen Brotberuf nötig ist, der Jurist, wie die Gesetze lauten, der Pastor, was in der Bibel steht, der Arzt, wie eine Lungenentzündung zu behandeln ist, der Bäcker, wie man das Brot verdirbt, der Kutscher, wie man langsam fährt, während es aussieht, als ob das lahme Pferd totgepeitscht werde. Mehr als zur Routine ihres Berufs gehört, lasse man sie aber keinesfalls lernen. Hier ist Beschränkung, strengste Beschränkung vonnöten.

Das ist dann so die ideale Schule für das Brotbacken. Außer den Brotbäckern gibt es ja aber hie und da auch noch einen wirklichen Menschen, und für diese seltenen Vögel sollte man eine eigene Sangschule bauen. Dort müßten die Anforderungen so hoch gespannt sein, daß nur die Bestbegabten genügen könnten. Und unbarmherzig müßte man jeden ausweisen, dessen Anlagen und Leistungen nicht hervorragend wären. Das wäre dann eine Brutanstalt zur Vervollkommnung des Menschengeschlechts, eine Art praktisch-experimenteller Zuchtwahl.

Die Schwierigkeit aber liegt nicht in den Schülern. Fähige und unfähige Schüler sind wohl zu finden, und die Teilung würde bei einiger Übung auch leicht durchzuführen sein. Man erkennt den Brotbäcker schon an den Händen. Wo jedoch bekommt man die fähigen Lehrer her? Unfähige gibt es genug, ich aber habe noch keinen gefunden, der allenfalls den Erfordernissen einer rein züchtenden Sangschule entsprechen würde. Und wenn die jungen Vögel begabt sein müssen, so gilt das von den vorsingenden Alten erst recht. Deshalb heißt es also erst gute Lehrer schaffen. Das ist die vornehmste Aufgabe der Schulreform, und mit Wort und Tat dafür zu wirken, habe ich mir zum Ziel gesetzt und bin, wie man sieht, eifrig dabei. Möge der kleine Aufsatz hie und da einen Sangvogel zu ähnlichen Melodien reizen!«

Wolfgang war betroffen. Hier trat ihm ein Fremdes und doch nahe Verwandtes entgegen. Das waren Gedanken, die er selbst hegte, ein Idealismus offenbarte sich ihm, der trotz aller Schwärmerei auf der Grundlage eines großen und weitausholenden Verstandes sich aufbaute. Selbst in der Ausdrucksweise fand er – und nicht mit Unrecht – Anklänge an die eigne Sprache. Dieser wunderlich verschnörkelte Stil mit den lässigen und doch schlagenden Gleichnissen, das geschraubt Witzige, Wolfgang hätte ganz gut Ähnliches leisten können. Nur fühlte er deutlich, daß hier etwas Fertiges war, eine bestimmte Denkart, in sich abgeschlossen und reif, welche weit über seine fahrigen Träumereien und Ideensprünge hinausging.

Er steckte das Blatt zu sich und zeigte es bei der nächsten Gelegenheit den Eltern. Frau Brigitte lachte laut auf. Sie fand den Stil komisch, und auch die Idee wollte ihrem einfachen Wesen nicht wohl einleuchten. Der Vater aber ging schweigend auf und ab. Der Aufsatz hatte Eindruck auf ihn gemacht, und mannigfaltige Gedanken gingen ihm durch den Kopf.

»Hast du denn deine verrückte Schulidee noch nicht aufgegeben, Junge?« fragte er.

»Nein, Papa, es ist mir ernst damit. Irgend etwas muß ich doch werden, und das Zeug zum Erziehen glaube ich zu haben.«

»Ach, erziehen, erziehen und immer erziehen!« fuhr Adalbert ungeduldig auf. »In jedem Beruf kannst du erziehen, und wenn du keinen hast, auch. Dazu braucht man nur ein ganzer Mensch zu sein.«

Wolfgang schwieg. Er hatte sich vorgenommen, alles über sich ergehen zu lassen, aber seinen Entschluß durchzuführen.

»Sei doch nicht so albern verstockt, Wolfgang. Es ist der reine Wahnsinn. Wenn du zwei Jahre lang täglich denselben Kohl den Jungen vorgekaut hast, bist du des Lebens überdrüssig und gähnst dich und die Welt an. Willst du auf Menschen wirken, so ist ja Schulmeister werden das Allerverkehrteste.«

»Wieso? Kinder sind leicht zu beeinflussen.« »Darum handelt es sich nicht. Jeder beeinflußt den, der nicht auf gleicher Höhe steht; das ist kein Kunststück. Aber als Lehrer bist du Beamter und an Händen und Füßen gefesselt. Deinen Kopf legt man in einen Schraubstock, und du darfst ihn nicht regen. An bestimmte Lehrvorschriften gebunden mußt du dein Fach pauken, von der Weisheit deines Nektars abhängig mußt du den Kindern vorgeschriebne Moral beibringen. Du kannst nichts für sie tun, gar nichts, als was dir ein hohes Ministerium gestattet. Glaube mir doch. Ich bin selber Beamter und kenne die Geschichte, muß selbst oft genug die armen Lehrerschlucker rüffeln, wenn sie einmal unvorschriftsmäßig vernünftig gewesen sind. Wer nur eine Spur von freier Anschauung hat, sollte doch nicht Beamter werden.«

Wolfgang begann aufzumerken. Er stocherte in dem Essen herum, welches die sorgliche Mutter aufgehoben hatte. »Ich könnte ja an die Universität gehen,« warf er ein.

»Das ist dasselbe Elend. Gewiß, du bist dort freier, kannst dich besser rühren und brauchst nicht der Dolmetscher jedes Esels zu sein. Aber du kennst das nicht, wie es da zugeht. Die Herren Professoren bilden alle einen Ring. Sie dulden keinen freien Geist in ihrer Mitte. Sieh dir doch Schweninger an, wie es dem jetzt geht. Am liebsten verschlösse man ihm die Hörsäle. Und er hat Bismarck hinter sich. Aber was willst du machen, der du nichts weiter hast als einen guten Kopf und die Fürsprache eines alten Landrats. Nein, der Mann muß frei sein, wenn er etwas Großes leisten will, und das willst du ja wohl, Wolfgang? Arzt solltest du werden, das sind Herrscher von Beruf und die wahren Seelsorger der Menschheit, Erzieher der Zukunft.«

Wolfgang stutzte. Der Gedanke, Medizin zu studieren, war ihm noch nicht gekommen. Blitzschnell fuhr es ihm durch den Kopf, daß der Vater recht haben könne. Aber er war eigensinnig.

»Ich sehe nicht ein, warum ich nicht ebensogut Professor werden kann wie ein andrer.«

»Findest du es denn so großartig, halbwüchsige Burschen zu unterrichten, die den Kopf voll Bierideen haben. Ich habe schon an dir genug. Auf fertige Menschen einwirken, sie umgestalten und wie Wachs kneten, das ist eine Aufgabe. Die Bengel arbeiten auf der Universität auch nur für das Examen. Es sind auch nur Brotbäcker, wie dein Freund da sagt, der übrigens gar nicht dumm ist. Ja, wenn sich so etwas einrichten ließe, so eine Akademie für reife Leute, für die Besten der Guten, das wäre etwas, da machte ich selbst noch mit. Aber Studenten unterrichten ist nur höhere Schulfuchserei. Als Arzt hast du einen Wirkungskreis, wie er schöner nicht denkbar ist. Das tägliche Ringen mit Not und Tod, das Unterliegen, Aufraffen, Siegen, bei Gott, so etwas muß doch locken. Sieh dir einmal so einen Arzt an. Der schlichteste Landdoktor hat denselben unnahbaren Stolz wie der ordengeschmückte Geheimrat. Das Bewußtsein, Gutes zu tun, hebt den Menschen und noch mehr, es macht ihn gut. Helfen, helfen, helfen, das ist das Beste am Leben.«

Der Landrat schwieg. Nach einer Weile trat er vor den Sohn und fragte:»Nun wie ist es, willst du noch Lehrer werden?«

»Ich weiß noch nicht.«

»Na also. Du hast noch Zeit. Ich wünsche nicht, daß du so kindisch, wie du bist, in die Hörsäle gehst. Du sollst erst die Schärfe des Lebens kennenlernen. Ich werde dich nach dem Examen in den Soldatenrock stecken, da kannst du dein Jahr abdienen und deine Eigentümlichkeiten etwas auf dem Exerzierplatz ausstampfen.«

Das war keine schöne Aussicht für Wolfgang. Er versuchte, etwas einzuwenden. Aber der Vater blieb unerbittlich.»So habe ich es mir ausgedacht, und dabei bleibt es. Du kannst drüben bei der Feldartillerie eintreten. Das Reiten macht Spaß.«

»Dann laß mich wenigstens zur Kavallerie gehen.«

»Was willst du dort? Soldaten spielen? Das ist doch nichts für einen ernsthaften Menschen wie du. Die Schlachten werden heutzutage mit den Kanonen entschieden. Wenn du ein Urteil über das Kriegswesen bekommen willst, und das ist schließlich der Zweck der Sache, so kannst du das am besten bei den Geschützen erreichen. Basta! In den nächsten Ferien gebe ich dir Reitstunden. Und von den Lehrerdummheiten will ich vorderhand nichts mehr hören.«

Herr Guntram nahm den Sohn beim Kopf.»Sei doch vernünftig, mein Kind. Wenn es deines Herzens Wunsch ist, soll er dir erfüllt werden. Aber eine Probezeit mußt du dir schon gefallen lassen.«

»Ich verliere ein Jahr dabei.«

»Du verlierst ein Jahr? Rechnest du auch schon wie der Brotbäcker? Zum Mann wird man durch die Zeit und die Erfahrung. Es ist ganz gleichgültig, ob du ein Jahr früher oder später einen Titel hast. Der Titel macht es nicht. Aber ob du mit 18 oder 22 Jahren fleißig sein lernst, ist ein großer Unterschied. Und Fleiß werden sie dir schon im bunten Rock beibringen.«

Damit war die Sache abgetan. Wolfgang kannte den Vater. An dessen Entschluß ließ sich nichts ändern. Und je mehr er es sich überlegte, um so freundlicher lockte ihn die Aussicht, reiten zu lernen. Über das Dienstjahr machte er sich keine Sorgen. Vielleicht war es besser, gleich hintereinander den Schulzwang und den Dienstzwang abzumachen. Man blieb dann in der Übung.

6.
Die großen Ferien brachten wirklich die verheißenen Reitstunden. Anfangs wollte nichts gelingen, die Pferde gingen durch, und in jeder Stunde rollte der Junge in den Sand, aber allmählich wurde es anders. Die Ängstlichkeit und Hast verschwanden, Wolfgang lernte das eigene Gefühl kennen, ein lebendiges Geschöpf ganz von seinem Willen abhängig zu haben. So launisch und unbestimmt er im Leben war, so fest und königlich saß er im Sattel. Das Herrscherbewußtsein überkam ihn, der ganze Mensch wurde ein anderer, seine Bewegungen waren bestimmt, ruhig und sicher. Die Kraft seines Willens wurde in dem Machtgefühl lebendig.

Herr Adalbert war stolz auf den Sohn. Seine strahlenden Blicke flogen zu der Mutter hinüber, die halb ängstlich, halb entzückt dem Reiter nachspähte. Jetzt erst gewann er den Buben von ganzem Herzen lieb. Keinen seiner Wünsche ließ er unbeachtet, kein Wort entfiel ihm, ohne daß es auf Wolfgang berechnet war. Er geizte mit den Augenblicken, die er mit dem heranwachsenden Jüngling zubringen konnte. Sein erster und letzter Gedanke war Wolfgang, und Frau Brigitte begann ihn zu necken. »Du bist wie ein Liebhaber mit dem Jungen,« scherzte sie. Des Vaters Gesicht bekam einen seltsamen Ausdruck der Freude, und er erwiderte nur: »Ich habe den Jungen lieb. Er gefällt mir.«

Selbst Wolfgangs Fehler, seine Melancholie, die Unentschlossenheit seines Wesens, das anmaßende Besserwissen fanden jetzt einen Fürsprecher an dem Vater, und der tadelnden Mutter sagte er: »So laß ihn doch, Brigitte, er ist eine Herrennatur. Die will zart und vorsichtig behandelt sein. Er ist nicht wie die andern. Laß ihn sich entwickeln, wie er will.

Wer weiß, was ein einziges Wort in ihm vernichten kann. Sieh ihn dir nur an. Es ist eine Freude, ihn zu sehen.«

„Na, es geht,« meinte Brigitte trocken. »Ich finde, er kann recht unliebenswürdig sein, und Launen hat er auch.«

»Du nennst das Launen und Unliebenswürdigkeit. Aber achte einmal darauf, was in dem Jungen vor sich geht. Der sucht jetzt schon mit Dingen fertig zu werden, die andre erst im Mannesalter beschäftigen. Und wenn er trübselig und heftig ist – du brauchst nur bei ihm zu suchen, dann findest du den Stachel, der ihn quält. Es sind innere Kämpfe der höchsten und vornehmsten Art, keine Verstimmungen. Die Kleinigkeiten des Lebens existieren ja für den Jungen gar nicht. Hast du schon einmal gemerkt, daß er sich langweilt?«

»Nein,« mußte Brigitte zugeben, »er ist ernst, verdrossen, mürrisch, aber –«

»Na also, Launen kommen von der Langenweile, Wolfgang hat keine Launen. Die besten Kräfte des Menschen leben in ihm, sie versperren sich gegenseitig den Weg, das ist eine Brust, die frühe die Schmerzen und Freuden des Denkens durchmacht. Hat er je eine Entbehrung gescheut, jemals eine Zurücksetzung empfunden, sich jemals gerächt? Die Menschen sind ihm gleichgültig. Er fühlt sich über ihnen stehend. Nichts, gar nichts Kleines ist in ihm. Laß ihn doch unliebenswürdig sein, er ist groß angelegt.«

Brigitte schwieg. Die Begeisterung des Landrats tat ihr wohl. Fühlte sie doch deutlich, wie recht er hatte, hatte sie doch vom ersten Moment an um die kommende Macht des Sohnes gewußt. Aber gerade, weil sie so gern glauben wollte, weil sie so heiß liebte und wünschte, fraß ihr der Zweifel am Herzen. Und in solchen Momenten suchte sie bei dem Vater Halt, dessen tieferer Menschenkenntnis sie vertraute.

Herr Guntram hatte recht, auf den Sohn stolz zu sein. Aber es bedurfte scharfer Augen, um seine Vorzüge zu erkennen. Eine seltsame Mischung von Fertigem und Unreifem, bot er fast den Eindruck des Grotesken. Die Glieder waren lang und gestreckt, ziemlich hager. Die Rundung der Muskeln fehlte noch, und die Knochen waren weich. Die

Bewegungen des Alltagslebens erschienen schwerfällig, als ob der Junge mit den langen Beinen nichts Rechtes anzufangen wüßte. Fast konnte er sie zum Knoten verschlingen. Der Gang hatte etwas Unsicheres, Wechselndes, schlug oft in einen kurzen Hundetrab um. Seine Haltung war gekrümmt, die Augen schläfrig und der Mund verdrossen. Das Gesicht erschien leer wie ein Kindergesicht, aber es hatte den unbefangenen Glanz früherer Zeiten verloren. Noch war die Eitelkeit nicht erwacht, und die Sorglosigkeit der Schule hatte sogar bedenklich an seiner Reinlichkeitsliebe gerüttelt.

Auch sein Wesen zeigte den Charakter des Übergangs. Innerlich unsicher, war er streitsüchtig und rechthaberisch. Vorlaut, wo er etwas zu wissen glaubte, wurde er tückisch, wenn er sich widerlegt sah. Jedes Wort, mit dem er sich blamierte, blieb ihm monatelang im Gedächtnis haften und wurmte ihn. Mit erkünstelter Blasiertheit sprach er über die Freuden der Häuslichkeit. Und im Innersten unbefriedigt, faßte er eine Abneigung gegen jede reine Fähigkeit, das Leben zu genießen. Die unbefangene Freude am Dasein bei Kindern war ihm verhaßt, und jedes Wesen, das noch kein Hehl aus der Lebenslust machte, erschien ihm verächtlich. Es kränkte seine Seele, die so gern pessimistisch sein wollte und den unverwüstlichen Frohsinn in die Tiefe verbannt hatte. Ihn beschämte das Gefühl, daß diese Zwerge sicher und ohne Schwanken dahinlebten, während er selbst von jedem Windhauch hin und her geworfen wurde. Er glaubte, nur in der Weltverachtung und dem Schmerz Halt finden zu können, und immer mehr verrannte er sich darein, die schwarzen Seiten des Lebens aufzusuchen. Alles sollte bedeutend sein, was ihm begegnete und was er äußerte, und bei einer harmlosen Unterhaltung gab er seine Unzufriedenheit deutlich zu erkennen.

Von der weltschmerzlichen Seite kam er jetzt auch zum ersten Mal der Natur entgegen. Lenau hatte ihn dazu angeregt, und er wußte nun bald den Wäldern und Feldern einen düsteren, melancholischen Charakter beizulegen und seine Worte mit tiefsinniger Wehmut zu verbrämen. Ganz merkwürdige Versuche einer trüben Lyrik entstanden, die um so lächerlicher waren, als sie von Liebesleid und Herzensschmerz sprachen, während Wolfgang noch nie irgendeine Empfindung für ein Mädchen gehegt hatte. Er sammelte Lieder, schrieb Abhandlungen über Natureindrücke und las mit Andacht die Schilderungen Byrons. Aber plötzlich warf eine Bemerkung des Vaters, daß das sentimentale Naturgefühl eine Modekrankheit sei, alle diese Ansichten über den Haufen.

Wolfgang ergriff den Gedanken feurig, und in kurzer Zeit entstand ein Aufsatz, der beweisen sollte, daß dem Altertum, Juden und Heiden, der Sinn für Natur abgegangen sei, daß es einen echt deutschen Zug bedeute, mit der Welt und durch die Welt zu fühlen. Er versuchte das an der Geschichte des Lindenbaums in der Dichtung anschaulich zu machen. Wirklich vollendete er nach eifrigem Lesen und mit reichlichen Belegstellen ausgerüstet die Arbeit, aber er mußte hören, daß die Einleitung dreiviertel des Ganzen ausmache und voller unbewiesener und falscher Behauptungen stecke, während die Abhandlung selbst mehr als trocken und nichtssagend sei. Im ersten Zorn wollte er sein Opus verbrennen, dann jedoch legte er es beiseite. Vielleicht täuschte sich der Vater, und es war doch eine bedeutende Bereicherung des Literaturschatzes.

Mit seiner trübseligen Naturschwärmerei war es ein für allemal vorbei. Er versuchte es nie wieder, der Landschaft Stimmung unterzulegen, ihr eine Seele zu geben, sein Empfinden darin zu spiegeln. Die Schönheit wurde ihm ein Genuß, und nicht er meisterte mehr den Sinn der Erscheinungen durch tiefes Auslegen und träumerisches Weltendenken, sondern gewöhnte sein Auge, harmlos zu sehen und unabhängig vom eigenen Zustand sich zu erfreuen.

Die Mittlerrolle zwischen den Eltern füllte er durch. Nicht absichtlich, aber von inneren Strömungen getrieben, wußte er sein Wesen zu teilen und beiden gerecht zu werden. Im höchsten Grade bildsam und weich fiel er jedem von beiden Einflüssen anheim, sobald er ihm allein hingegeben war, und bei dem gemeinsamen Verkehr konnte er in biegsamem Anschmiegen alles befriedigen, da er scharfsichtig genug die Schwächen und Blößen verschonte und jeden drohenden Verdruß abzuleiten wußte.

So verliefen diese letzten großen Schulferien in traulichster Weise, und beiden Eltern tauchte beim Abschied der schmerzliche Gedanke auf, daß sie zum letzten Mal den Benjamin harmlos und allein genossen hatten. Als sie ihn mit zärtlichem Abschiedsgruß entließen, drückten sie sich hinter seinem Rücken die Hände, und ihre Augen suchten und fanden sich über dem Haupte des Knaben.

In die Schule zurückgekehrt nahm Wolfgang die Arbeit für die bevorstehende Abgangsprüfung auf. Anfangs widerstand ihm die mechanische Art des Büffelns. Aber da ihm keine Wahl blieb – er war entschlossen, sein Examen glänzend zu bestehen – so bezwang er sich, und nach einiger Zeit machte ihm das pedantische Leben Spaß. Er teilte seinen Tag ein, so daß jede Minute besetzt war, und es gelang ihm, am Schluß des nächsten Halbjahres völlig gewappnet der Prüfungskommission gegenüberzutreten. Siegesgewiß nahm er seinen Platz ein, schlagfertig und ohne jede Spur von Befangenheit beantwortete er jede Frage, und sein Abgangszeugnis bewies, daß er nicht unrecht gehabt hatte, triumphierend die Angst seiner Kameraden zu bespötteln.

Mit der echten Schauspielerei seines Wesens spielte er noch im letzten Augenblick einen Trumpf gegen die verhaßten Lehrer aus. Von dem Katheder des Betsaals pflegten vor versammelter Schule die glücklichen Abiturienten ihre feierliche Valediktion mit der altgeheiligten Formel einzuleiten: »Nächst Gott dem Allmächtigen danke ich Ihnen, meine hochverehrten Herren Lehrer, daß ich heute von dieser Stelle sprechen darf.« Wolfgang strich diesen Passus und sprach nur in warmen, ihm wirklich von Herzen kommenden Worten zu den Mitschülern und ging dann mit höhnischem Lächeln zu seinem Platz zurück, das Lehrerkollegium geflissentlich ignorierend. Er war stolzer auf diesen kindischen Trick als auf das ganze Examen.

Und doch war vielleicht keiner unter all den Kameraden, der durch ein langes Leben voll Erinnerungen und freudigen Ausbeutens aller Quellen des Schullebens seine tiefe Dankbarkeit deutlicher bewies als der junge Guntram. Keiner fühlte auch in dem Moment des Abschieds so tief, was er verlor, wie der trotzige Knabe. Die Tränen brachen ihm die Stimme, als er stolz aufgerichtet in dem vierspännigen Wagen, der die freien Musensöhne, geführt von Postillonen und Vorreitern, in die weite Welt fahren sollte, der wogenden Menge der Schüler die Abschiedsworte zurief: »Der ewig grüne Coetus blühe, wachse und gedeihe.«

Zum kurzen Abschiedstrunk versammelten sich noch einmal im nahegelegenen Dorf die Primaner um die scheidenden Genossen. Dann zerstoben die neuen Bürger der Welt in alle Winde.

Wolfgang aber ging einsam den Berg hinauf, wo im Waldesschatten eine stille Grotte im Felsen lag. Dort hatten die Eltern, heimlichen Liebesverlangens voll, in der Brautzeit das kommende Glück heraufbeschworen. Von der heiligen Höhlung schweifte der Blick über die Auen der Heimat zu, blieb an den grauen Mauern der alten Schule haften, die drunten im Tal, an den Berg geschmiegt, ihre roten und schwarzen Dächer im Sonnenschein glitzern ließ. Mit überströmenden Augen fiel er auf die Knie und streckte sehnsüchtig die Arme nach der Mutter der Weisheit aus.

7.

Wolfgang blieb nur wenige Tage im Elternhause. Die Stimmung dort war gedrückt. Der Landrat führte seit geraumer Zeit einen erbitterten Kampf mit den städtischen Behörden sowohl wie mit der Regierung. Der Bürgermeister des Städtchens, ehrgeizig und besorgt, seinen Namen im Munde der Leute zu wissen, war stets ein Gegenstand des Ärgernisses für Herrn Guntram gewesen. Es verging kaum ein Jahr, wo dieser unruhige Mann nicht mit Plänen zur Verschönerung und Hebung des Städtchens hervortrat, die vielfach den Ideen des Landrats schnurstracks zuwiderliefen. Ein alter Gegensatz in den politischen Anschauungen, die damals sich noch in den Namen Bismarck und Richter verkörperten, verschärfte die Abneigung zwischen dem alteingesessenen Patrizier und dem heraufgekommenen Sohn des Dorfschullehrers. Meist behielt die ruhig sichere und weitausschauende Vernunft des alten Guntram die Oberhand, aber hie und da war es doch dem keineswegs dummen Stadtoberhaupt gelungen, Dinge durchzusetzen, die der Landrat mißbilligte.

So hatte er die Einführung der elektrischen Beleuchtung erlangt, gegen die Wolfgangs Vater einen unüberwindlichen Abscheu hatte, weil er behauptete, das grelle Licht verderbe den Charakter. Die Vorteile des Unternehmens, das sich bei der großen Wasserkraft des Wehrs außergewöhnlich billig stellte, waren zu deutlich, und der Widerspruch des Landrats verklang ungehört. Auch eine große Zementfabrik hatte der rührige Bürgermeister auf städtischem Boden und mit städtischem Gelde eingerichtet, und es ließ sich nicht abstreiten, daß der Stadtsäckel recht ansehnliche Nahrung dadurch erhielt. Der Landrat aber vermochte die ragenden Schornsteine nicht ohne bitteren Schmerz zu sehen. Die Schönheit des Tals schien ihm geschändet, die alten Burgen, denen die neuen Gebäude vorgelagert waren, blickten vorwurfsvoll zu ihm herab, mit ihren verfallnen Mauern die vornehmere Vergangenheit betrauernd. Im Grunde waren es diese Bedenken gewesen, die Guntram zum Widerstand veranlaßt hatten, er suchte sich und anderen jedoch vorzureden, daß das Einbrechen der Fabrikarbeiter die Gesinnung und den genügsamen Fleiß der Landbevölkerung zerstören werde. Auch hier waren die vorgeschützten Gründe zu durchsichtig gewesen, um einer ernsteren Prüfung Stich zu halten. Denn an eine große Fabriktätigkeit war in dem fruchtbaren Lande mit seinem gänzlichen Mangel an industriellen Hilfsmitteln und bequemen Absatzgebieten nicht zu denken.

Wolfgang hatte nie recht begriffen, was den Vater bei diesen Gelegenheiten so ärgerte, warum er von Zeit zu Zeit seine Augen hartnäckig der besseren Einsicht verschloß. Die Mutter versuchte ihm dann zu erklären, wie der Eigensinn untrennbar mit den großen Eigenschaften des Vaters verwachsen sei, und wie ab und zu die natürliche Herrschsucht des Aristokraten in ihm zum Durchbruch kommen müsse. Der Knabe verstand das wohl, aber ein Mißbehagen fühlte er doch, den verehrten Mann so kleinlich zu sehen.

Jetzt handelte es sich um einen neuen Plan des Stadtbeherrschers, für den er in dem jüngst bestätigten Regierungsbaumeister einen eifrigen Fürsprecher fand. Die alte Brücke sollte verbreitert werden. Sie genügte dem gesteigerten Verkehr nicht. Gleichzeitig wollte man eiserne

Gerüste bauen, um die Pfeiler vor den Schollen des Eisgangs zu schützen. Der Landrat war außer sich über die neue Idee und setzte Himmel und Erde in Bewegung, um sie zu vereiteln. Die Aussichtslosigkeit seines Widerstandes sah er von vornherein ein. Aber um so tiefer war seine Verstimmung, die ihn sogar bis zu Abschiedsgedanken verleitete und jedenfalls schwer auf dem ganzen Hause lastete. An demselben Tage, an welchem Wolfgang die Schule verließ, fiel die Entscheidung, der Vorschlag des Bürgermeisters wurde gebilligt.

Der Landrat war in einer Stimmung, wie ihn Wolfgang noch nie gesehen hatte. Schweigend und finster ging er in dem gemeinsamen Zimmer auf und ab. Die Mutter saß mit traurigen Augen am Fenster und zog den Sohn liebevoll an sich. Von dem Vater wurde dem Knaben ein flüchtiger Gruß zuteil, dann begann Herr Adalbert wieder seinen ruhelosen Gang. Brigitte berichtete flüsternd von den Ereignissen.

Jetzt blieb der Vater stehen: »Ich habe es mir überlegt,« sagte er. »Man darf nicht feige sein. Ich werde im Amt bleiben, trotz allem und allem.«

Brigitte atmete auf. Der Gedanke, daß dieser Mann mit der unbändigen Tatkraft seine Stellung aufgeben könnte, hatte wie ein Alp auf ihr gelastet. Sie erhob sich und lehnte sich an die Brust des Gatten, der sie fest umschlungen hielt. »Ich verstehe gar nicht,« begann Wolfgang, »was an dieser ruppigen Brückengeschichte so schrecklich Ärgerliches ist. Wenn der edle Knabe Bürgermeister seinen dicken Bauch nicht über die schmale Brücke wälzen kann, mag er sie doch verbreitern. Wir brauchen es doch nicht zu bezahlen.«

Der Vater sah mit finsterem Blick auf den Knaben. »Meinst du,« fragte er.

»Nun ja. Im Grunde genommen ist das Ganze doch eine Lappalie. Hat dich der Bürgermeister heut untergekriegt, ziehst du ihm morgen die Ohren lang, das ist doch sehr einfach.«

Brigitte umfaßte den Mann. Sie sah die Wut in ihm kochen. Aber sie wurde heftig beiseite gestoßen. Mit blitzendem Auge stand der Landrat vor seinem Sohne, der sich verwundert erhoben hatte.

Wolfgang sah ihn gerade an. Ein unheimliches Gefallen an dem mühsamen Ringen des Zornes, das er vor sich sah, trieb ihn vorwärts. Er wollte sehen, wie weit es kommen werde. »Ich verstehe nicht,« fuhr er fort, »wie das deine Eitelkeit so kränken kann.«

Mit einem dumpfen Wutschrei faßte der Vater den Jungen am Halse. Brigitte warf sich zwischen die beiden. Ächzend ließ der Mann die Hand sinken, seine Gestalt schrumpfte zusammen, das Gesicht wurde welk und müde, und schleppenden Ganges verließ er das Zimmer.

»Was war das?« fragte Wolfgang verwundert.

»Hast du dich erschreckt?«

»Nein, das nicht. Aber es war häßlich und albern,« setzte er nach einer Weile hinzu, und er lachte spöttisch auf. »So imponiert er mir nicht, der Papa. Das ist unwürdig.«

Brigitte hatte sich erschöpft niedergesetzt.

»Wie konntest du ihn so reizen, Junge,« sagte sie und sah den Sohn vorwurfsvoll an.

»Aber Mama, kein Mensch kann doch ahnen, daß ein vernünftiger Mann sich so vergessen wird, und noch dazu wegen solcher Lappalie.«

Brigitte schwieg. Sie sah dem Sohne nach, der nun seinerseits heftig auf und ab ging. Offenbar suchte sie zu verstehen, was in ihm vorging.

»Du tätest gut, wenn du den Vater um Verzeihung bätest,« sagte sie endlich.

»Ich? Fällt mir gar nicht ein. Er? Ja, aber ich! Ich habe ihm nichts getan.«

»Doch. Wolfgang, du hast ihm wehe getan, mehr als du ahnst. Aber selbst wenn er unrecht hätte, es wäre edler, wenn du die Schuld auf dich nähmst.«

Wolfgang zuckte die Achseln, und sein Mund verzog sich höhnisch.

»Ich habe durchaus nicht das Bedürfnis, in dieser Weise edel zu sein.«

»Es tut mir leid,« begann Brigitte wieder, und ihre Stimme zitterte vor Erregung, »daß mein Kind so wenig vornehm gesinnt ist, das zu verweigern, was seine Mutter, vielmals und unter weit schwereren Bedingungen getan hat. Ich sehe daraus nur, wie kindisch du bist.«

»Kindisch, nun ich dächte, wenn jemand kindisch war –«

»So ist es dein Vater, fahre nur ruhig fort, ich kann viel von dir ertragen.«

»Ja, das ungefähr wollte ich sagen.«

»Und du schämst dich nicht?«

»Nein.«

Brigitte schlug die Augen nieder. Die unnatürliche Härte des Knaben tat ihr weh. Wie eine steinerne Hand reckte es sich ihr aus der Zukunft entgegen und preßte ihr das Herz zusammen. »Ich will dir wünschen, Wolfgang, daß du anders wirst als dein Vater, aber ich fürchte, nein. Wenn du ein wenig nachdächtest, statt zu toben, würdest du tun, was ich sage.«

Wolfgang blieb stehen und sah die Mutter feindlich an. »Damit es schön ruhig im Hause bleibt, und das stille Familienglück nicht gestört wird! Nein, Mama, dazu ist Papa etwas zu weit gegangen.«

»Warum hast du ihn so weit gebracht?«

Wolfgang schwieg, er schämte sich, die Wahrheit zu sagen.

»Du hast den Glückwunsch deines Vaters zu deinem Abgang vermißt, und ich begreife, daß dich das verletzt hat. Aber ich sehe auch, daß du eitel bist und daß du, du ganz allein in gekränkter Eitelkeit gehandelt hast. Was du tust, ist erbärmlich.«

»Mutter!«

Brigitte sah den Sohn groß an. »Du hast wohl verstanden, was ich sagte? Ist das dein gerühmter Scharfblick? Du nimmst in kindischem Leichtsinn an, dein Vater sei neidisch auf den Erfolg andrer, dünkelhaft und eigensinnig. Du glaubst, dieser Mann« – ihre Stimme brach und sie hielt inne. »Der Mann, über den du dich so erhaben dünkst und dem du die eignen niederen Gelüste und Triebe unterlegst, steht so hoch, ich wollte, Gott gäbe dir einmal einen Funken seiner Gesinnung. Wenn dein Vater so ganz aus den Fugen gerissen ist, daß er vergißt, an seines Kindes lang gehofftem Erfolg Anteil zu nehmen, wenn er, was viel mehr sagt, um dieser Sache willen Amt und Tätigkeit von sich werfen will – und du weißt besser als andre, was ihm Tätigkeit ist – so sollte dir selbst dein junger Verstand sagen, daß es sich nicht um eine Kleinigkeit handelt, ganz abgesehen davon, daß es erbärmlich ist, deinem Vater Neid zuzutrauen.«

Wolfgang wurde nachdenklich. »Aber was um Gottes willen ist denn los,« fragte er.

»Vermutlich sehr viel, ich weiß es nicht. Eines aber will ich dir sagen, freilich ohne zu behaupten, daß es bei dem Vater mitspricht. Die Brücke verdankt ihre Entstehung den Guntrams, und es geht in der Familie die Sage, das Geschlecht werde hier im Lande dauern, solange die Brücke steht. Bei Papas Gesinnungen halte ich es für möglich, daß das ihn beeinflußt.«

Wolfgang hatte sich zu der Mutter gesetzt und spielte mit deren Stickschere. Plötzlich erhob er sich und küßte die Mutter.

»Gehst du zum Vater?« fragte sie.

»Ich werde es mir überlegen.« Damit überließ er die Mutter ihren Sorgen und ging in sein Zimmer.

Wolfgang schämte sich. Die Scham hielt ihn ab, sofort den Vater aufzusuchen. Hätte er auch nur eine Spur von Recht in seinem Handeln gefunden, es wäre ihm leicht gewesen, um Verzeihung zu bitten, und er wäre sich dabei großartig vorgekommen. Die demütigende Bitte an sich achtete er nicht. Er hatte sein eigenes seltsames Maß für leichte und schwere Aufgaben. Aber gerade dieser Schein innerer Berechtigung fehlte, und er mußte ihn finden, ehe er zum Vater ging.

Noch etwas ganz andres kam in Betracht als die kränkenden Worte, das hatte er sich gleich selbst gesagt, und die Mutter hatte es ihm bestätigt. Der Ton im Hause hatte etwas Derbes, und wer einmal über die Grenzen hinausging, wurde mit einem kräftigen Wort geduckt. Der Vater war gewiß über persönliche Beleidigung erhaben und betrachtete sie als das, was sie war, als den Ausdruck der Kränkung eines halbwüchsigen Knaben. Er durchschaute die Motive Wolfgangs, dessen kleinliche Eitelkeit und seinen kindischen

Groll, und das lastete auf dem Jungen, der so gern reif und männlich sein wollte. Schon während seiner frechen Reden hatte Wolfgang gewußt, daß nicht der mindeste persönliche Beweggrund bei dem schweren Zorn des Vaters mitsprach, und während die Mutter auf ihn einredete, war das zur Gewißheit geworden. Ganz unvermutet aber hatte ihm letztere eine Handhabe gegeben, mit deren Hilfe er sich leidlich vor sich selbst rechtfertigen und eine Schwäche in des Landrats Denken finden konnte.

Daß die alte und wie ihm schien alberne Brückensage nichts mit des Vaters Handeln zu tun hatte, war ihm klar. In diesem einzelnen Fall war der Standpunkt des alten Herrn gewiß nur von der Fürsorge um die Gesamtheit bedingt. Aber finden mußte Wolfgang einen Fehler, um die eigne Sicherheit wiederzugewinnen, und deshalb griff er begierig die Bemerkung Brigittes auf, um sie zu verallgemeinern und so vom höheren Gesichtspunkt aus eine Rechtfertigung zu finden. Er kannte dieses Manöver sehr gut und hatte es oft genug verwendet.

In einem hatte die Mutter gewiß recht. Herr Guntram war von Kopf bis zu den Füßen ein Sproß seiner Familie. Der Stolz auf seine Abstammung war ein hervorragender Charakterzug, und jede Überlieferung galt ihm heilig. Hieran klammerte sich Wolfgang. So weltfern er in seinem Kloster gelebt hatte, ein gutes Stück von modernem Demokratismus hatte er doch aufgesogt. Die Menschenrechte begeisterten ihn. Er schwärmte für die Freiheit der Persönlichkeit, und wie er den äußeren Zwang der Schule als unwürdig empfand, so suchte er auch in dem Band der Familie eine Kette zu sehen, von der sich der Mann, auf sich selbst stehend, freihalten müsse. Etwas Chinesisches lag für ihn in dem Ahnenkult. Mit mir begann die Welt, so fühlte er in stolzer Selbstachtung. Er glaubte sicher zu sein, alles aus den eignen, in ihm entstandenen Kräften ableiten zu können. Leidenschaftlich stritt er gegen jede Theorie der Vererbung und mit geschickter Sophistik wußte er, seinem übermütigen Freiheitsdrang nachgebend, alle Erscheinungen des

Lebens auf äußere Einflüsse und Erziehung zurückzuführen. Der Stolz der Abkunft war ihm ein Vorurteil, auf welches er herabsah, froh, es abgeschüttelt zu haben. So frei von jeder Fessel zu sein, alles dieser Freiheit aufzuopfern, der Welt ohne Haß und Liebe entgegenzutreten, schien ihm ein Ziel, und von diesem Gesichtspunkte aus konnte er sich allerdings dem Vater mit seinen engen Begriffen von Adel und Geburt überlegen dünken.

Wolfgang erhob sich und ging zum Vater, Reue zu heucheln. Vor der Tür zögerte er voll Scham. Dann trat er doch ein und sprach seinen falschen Spruch.

Der Landrat empfing seinen Sohn offen und freundlich und half ihm rasch über jede Verlegenheit hinweg. »Wenn du in deinem Groll,« sagte er, »Zeit gefunden hättest nachzudenken, würdest du selbst herausgefunden haben, was die Verbreiterung der Brücke so bedenklich macht. Unser Strom ist ja im ganzen harmlos, aber er kann auch recht tückisch werden. Ich erinnere mich mehrerer Überschwemmungen, bei welchen das Wasser arg gehaust hat, und deutlich ist mir noch aus meiner Kindheit der Eindruck lebendig, als die Flut bis zu der Krönung der Brückenbogen stieg. Jeden Augenblick mußte man fürchten, daß die Strommassen sich an der Brücke stauen und sie fortreißen würden. Damals ist es noch gnädig abgelaufen. – Die Brückenbogen sind eng gespannt. Wenn unsre Vorfahren nicht so fest gebaut hätten, wie wir es gar nicht mehr können, stände nicht ein Pfeiler der ganzen Herrlichkeit mehr. Wird die Brücke jetzt verbreitert, so verlängert man damit den Engpaß, durch den das Wasser sich wälzt, und wenn man gar wahnsinnig genug ist, noch Eisbrecher davorzusetzen, so reißt die nächste Hochflut den alten Bau hinweg. Die Fundamente werden bei solchen Flickbauten geschädigt, das läßt sich nicht vermeiden. Wir bauen auch nicht mehr für die Ewigkeit, wie unsre Ahnen. Dazu lebt unsre Welt zu rasch. Was man damals in langen Jahrzehnten, vertraut mit den Launen und Gefahren des Stroms, geschaffen hat, das wird jetzt in wenigen Monaten nach den papiernen Berechnungen irgendeines vom Zufall hergeschneiten Ingenieurs zusammengebastelt. Es wird nichts helfen, und das schöne Denkmal aus der Väter Zeit geht an der leichtsinnigen Größensucht dieser Menschen zugrunde. Und die Häuser unten am Strom – ich kann es nicht ändern.«

Wolfgang hatte aufmerksam zugehört. Er sah ein, daß alles so verlaufen mußte wie der Landrat sagte, und wieder ergriff ihn das Gefühl tiefster Beschämung.

»Ich bin mit meinen Vorschlägen abgewiesen worden,« fuhr der Landrat fort. »Ich hätte gern die Brücke, so wie sie ist, gerettet. Sie ist wie für die Ewigkeit gebaut, und unsre Enkel hätten sich noch daran erfreuen können. Ich riet, wenn doch einmal Geld ausgegeben werden müsse, statt die Brücke zu verbreitern, den Mönchskanal zu vertiefen. Es hätte wenig Kosten gemacht und für alle Zukunft den Bau geschützt. Aber man wollte nicht. Dann habe ich vorgeschlagen, die alte Brücke abzureißen und eine neue, breitere zu bauen. Aber das hielt man für eine Sünde. Man will die Vergangenheit leben lassen, sie ziert die Gegend, aber man will sie modernisieren, bequem machen. Nun ich habe getan, was ich konnte. Es wird nicht gut ablaufen. Stürzt die Brücke, so reißt der gestaute Strom auch alles fort, was von Häusern und Hütten flußabwärts am Ufer steht.«

Der Landrat hielt inne und reichte dem Sohn die Hand. »Ich danke dir,« sagte er, »daß du gekommen bist. Es ehrt dich.«

Wolfgang wurde blutrot und mit niedergeschlagenen Augen verließ er das Zimmer.

Also auch der kümmerliche Notbehelf, den er sich zurechtgezimmert hatte, hielt nicht Stich. Der Mann da drinnen, der so ruhig davon sprach, daß er den Bau seiner Vorfahren abreißen wollte, war kein Sklave der Tradition. Der stand auf eigenen festen Füßen, ehrfurchtgebietend und ehrfurchtzollend. Daß er diesen Mann bei dem letzten, einsam ernsten Zusammensein nicht hatte ansehen können, vergaß Wolfgang nicht.

Viertes Buch

1.

Eine tiefe Niedergeschlagenheit bemächtigte sich Wolfgangs jetzt, die auch nicht wich, als er sah, wie befreiend seine Bitte um Verzeihung auf den Vater gewirkt hatte. Im Gegenteil drückte ihn die herzliche Freundschaft des Landrats noch mehr zu Boden. Ein stiller Groll fraß ihm am Herzen. Er verzieh es dem Vater nicht, daß der Sohn unrecht getan hatte. Die Eltern wurden aus dem Wesen Wolfgangs nicht klug. Sie suchten seiner seltsamen Stimmung durch Liebe und Heiterkeit die Spitze abzubrechen. Als das nicht gelang, begrüßten sie den Vorschlag des ältesten Bruders, den »Kleinen« bis zu seinem Eintritt in das Regiment zu ihm nach Berlin zu senden, mit Freuden. Wolfgang selbst wünschte nichts sehnlicher als aus dem Elternhaus fortzukommen. In aller Eile wurden die Vorbereitungen getroffen. Und schon am dritten Morgen nach seiner Heimkehr schied er aus dem Vaterhause. Während der Reise befand sich Wolfgang in der größten Aufregung. Nach den Erzählungen des ältesten Bruders hatte er sich eine Wunderwelt zurechtgeträumt. Das Wort »Berlin« rief in ihm die merkwürdigsten Vorstellungen hervor von Riesenhäusern, erdrückenden Volksmassen, tobendem Lärm, prachtvollen Läden und unausgesetzter Arbeit. Ein Leben mußte dort pulsieren, dessen wogende Kraft die Menschen mit sich fortriß. Dort sammelte sich alles, was groß und mächtig war, und wenn man dem Bruder glauben durfte, konnte man nirgends mehr leben, wenn man einmal die Stadt betreten hatte.

Und Wolfgang glaubte gern! Er wollte bewundern, er sehnte sich danach, einmal die unbefriedigte Qual seines Herzens fortzuweisen und aus voller Seele anzubeten. Sein Leben erschien ihm so leer. Was er auch kannte und lernte und sah, nichts war ihm groß genug. Er wollte überwältigt werden. Berlin, gewiß Berlin würde ihn überwältigen.

Unruhig lief er in den letzten Stunden von einem Fenster zum andern, endlich mußte doch die Riesenstadt aus dem Boden aufsteigen. Der Zug sauste jetzt an hohen Häusern vorbei, dazwischen breiteten sich weite Plätze aus, mit Schutt oder mit mächtigen Holzstößen bedeckt. Bretterzäune kamen und langgestreckte Fabrikmauern. Das mußte Berlin sein!

Das Herz schlug dem Knaben hoch! Er jauchzte laut auf und ging stolzen Schrittes in dem Coupé auf und ab, das Lied vom Fridericus Rex vor sich hinsingend, das ihm aus der Kindheit her vertraut war. Der große König verkörperte ihm den Eindruck der Stadt. Er sah wieder zum Fenster hinaus. Dort das mußten Pferdebahngeleise sein. Und da fuhren auch Droschken; die großen Häuser, das waren die Mietskasernen. Da waren auch die Karren mit den Besenwalzen, die die Straßen so reinlich fegten, daß man vom Pflaster essen konnte. Und richtig, das dort mußte Asphalt sein. Wolfgang schloß die Augen. Das war die Vorstadt. Wie mußte es erst unter den Linden sein und in der Leipzigerstraße!

Der Zug fuhr langsam in die Halle des Bahnhofs ein. Wolfgang beugte sich weit vor. Schon aus der Ferne erkannte er die hohe, schlanke Gestalt des Bruders, der scharfen Auges die Wagen musterte. Noch ehe der Zug hielt, sprang er in mächtigem Satz aus dem Coupé. In namenloser Aufregung eilte er auf den Bruder zu. Fritz empfing ihn freudestrahlend. Er dachte es sich hübsch, diesem jungen Kerlchen mit dem frischen, empfänglichen Sinn die Schönheit seiner geliebten Stadt zu zeigen.

Der erste Augenblick übertraf seine Erwartungen. Wolfgang starrte mit weitaufgerissenen Augen nach dem Zugang zum Bahnsteig, anscheinend völlig verwirrt und hingerissen durch die Menge der Menschen und die neuen Eindrücke. Er antwortete mit einem zerstreuten »ja, ja, danke schön« auf die Glückwünsche des Bruders, und wie geistesabwesend sagte er, als nach den Eltern gefragt wurde, »sie lassen grüßen. Aber nun komm! Ich möchte was sehen!«

Fritz lachte vergnügt.

»Willst du gehen oder fahren?« fragte er.

»Gehen natürlich, in die Leipzigerstraße.«

»Also, schön, die Leipzigerstraße, die Friedrichstraße und die Linden. So schlängeln wir uns am besten nach meiner Wohnung.«

»Ja, Schloßplatz, ich weiß. Du hättest mich nicht abzuholen brauchen, ich hätte mich allein hingefunden.«

»Na, na,« lachte Fritz, dann rief er einen Gepäckträger, gab ihm die nötigen Anweisungen, und beide Brüder machten sich auf den Weg.

Wolfgangs Blicke flogen umher wie Blitze. Er suchte das Wunderbare, das Überwältigende! Jetzt standen sie auf der Straße, ein öder Platz mit ein paar Bosketts dehnte sich vor ihnen aus, Pferdebahngeleise liefen darüber, Droschken hielten zur Seite, drüben eine Reihe hoher Mietskasernen, Wurst- und Zigarrenläden, Konditoreien, Restaurationen im untersten Stockwerk. Das Schlachthaus fiel dem Knaben ein und die Stelldicheins bei Telschows schöner Schlagsahne. Jostys Schokoladenpalast mußte auch hier in der Nähe sein, ein Märchen zu schauen. Ja, ja, er wußte das alles ganz gut. Dort in der Destille tranken die Kutscher Schnaps, vielleicht war es gar die vom groben Gottlieb. Eine Pferdebahn fuhr vorüber. Gewiß, so hatte er sie sich vorgestellt, nur rascher fahrend, der Trab war nicht schneidig genug; und die Droschkengäule, mein Gott, sie waren gar nicht so mager, wie er geglaubt hatte. Ein Wursthändler, richtig, zu dem kamen die toten Rößlein. Aber, wo war das Wunderbare, das Überwältigende, das Große!

»Hast du dir den Bahnhof angesehen?« fragte Fritz.

»Welchen Bahnhof?«

»Du bist eben darauf angekommen,« lächelte Fritz.

»Ach so, der,« – Wolfgangs Ton klang gedehnt und etwas verächtlich. »Was ist denn los mit dem Bahnhof?«

»Nun, er ist einer der größten und schönsten auf dem Kontinent und immerhin des Anschauens wert.«

»Sind wir bald in der Leipzigerstraße?«

»Das ist sie.«

»Das?« Es kam zaudernd und sehr enttäuscht von Wolfgangs Lippen. »Gott, die sieht auch nicht anders aus als die vorige Straße.«

Fritz lachte hellauf.

»Du bist himmlisch, ein echter Provinziale.«

Da war die Porzellanmanufaktur. Wolfgang verstand davon nichts.

Und nun das Reichstagsgebäude und das Kriegsministerium. Hier ging die Wilhelmstraße ab, und in der Ferne konnte man Bismarcks Haus sehen. Wolfgang strebte weiter. Das Wunder wollte er sehen, das Riesige, Unfaßbare. Die Siemensschen Brenner mußte Wolfgang bewundern und die neuen elektrischen Lampen. Der Knabe trottete schweigsam dahin, mit großen Augen umherblickend. Blumenläden, Zigarrenauslagen, dort ein niedliches Puppenheim. Käthe fiel ihm ein! Er trat an das Schaufenster, und jede Einzelheit prägte sich in sein Gedächtnis: die wohlfrisierten Köpfe, die Gießkännchen und die kleinen Harken, die Spreewälder Amme mit dem Baby und der Milchflasche, und die Sandhaufen, an denen ein paar Puppen zu spielen schienen. Ja, das war schön!

Wolfgang begann sich mit Berlin auszusöhnen. Er schritt weiter, und auf einmal fiel ihm ein, daß er gar nicht die Puppen bewunderte, sondern daß die Erinnerung an die Jugendgespielin ihn weich und eindrucksfähig gemacht hatte. Seine kaum erwachte Begeisterung verflog. Hefters Schaufenster. Ja, ja, das war der große Fleischer. Viele Menschen. Hast herrschte hier, das mußte man zugestehen. Aber das Gewühl hatte Wolfgang sich drängender, enger, aufregender gedacht, und der Lärm war ihm nicht toll genug. Küchensachen, Modewaren, bah, das ist nichts.

»Da drüben ist Gladenbeck,« sagte jetzt Fritz, »die große Bronzehandlung.«

Wolfgang horchte hoch auf. Er trat an das Fenster. Ein kleiner Guß des Siemeringschen Kaiserdenkmals stand aus. Er betrachtete ihn einen Augenblick. Aber er gefiel ihm nicht. Das hatte er sich ganz anders gedacht, diese Bronzen. Gesehen hatte er noch keine, aber er hatte davon reden gehört wie von einer großen Kostbarkeit. Wolfgang fand diese Kostbarkeit sehr mäßig. Nun ging's durch die Friedrichstraße. Die Enttäuschung des Knaben nahm immer mehr zu.

Das war nun die Meilenstraße, die längste von Berlin. Fritz hoffte jetzt auf einen Ausbruch der Ekstase. Aber der jugendliche Wolfgang blieb ganz kühl.

»Kommen wir nicht bald zu was Ordentlichem?« fragte er. Fritz zuckte die Achseln. Sie gingen rasch weiter. Jetzt war sich Wolfgang ganz klar darüber. Es war nichts mit Berlin. Die Linden würden gewiß nicht mehr bieten. Und wirklich ging er ungerührt an dem Königspalais vorbei und am Friedrichsdenkmal, am Zeughaus und an der Schloßfreiheit. Ihm imponierte das alles nicht. Er war noch erschreckend dumm und hielt sich doch für so klug!

Jetzt kletterten die beiden die dritte Treppe des Schloßplatzes 11 in die Höhe. Wolfgang geriet außer Atem. Es kam ihm doch hoch vor. Ein ungefährer Begriff von der Größe eines solchen Hauses ging ihm auf, und als er sich später den ganzen Gang überlegte, überraschte ihn die Erkenntnis, daß diese dunkeln Treppen das einzige waren, was ihn wirklich in Erstaunen gesetzt hatte. Als er endlich vor einer dampfenden Tasse Tee saß und einen ungeheuern Haufen Kuchen aufgetürmt sah, wurde er vergnügt und zutulich, warf sich dem Bruder in die Arme und sagte:

»Weißt du, Fritz, aus Berlin mache ich mir nichts, es ist mir nicht groß genug. Aber hier bei dir gefällt's mir.«

Fritz war durch die mangelnde Begeisterung verstimmt gewesen. Jetzt sah er den Bruder liebevoll an, lachte und meinte: »Du bist ein putziger kleiner Kerl.«

Wolfgangs Gedanken über die Großstadt änderten sich allmählich. Je weniger der erste Eindruck seinen Erwartungen entsprochen hatte, um so tiefer und nachhaltiger war die Wirkung des Aufenthalts auf des jungen Menschen Lebensauffassung. Konnte er nicht anbetend bewundern, so lernte er doch sehen und praktisch denken. Die zaghafte Blödigkeit, die ihm von dem einsamen Schulleben her anklebte, wurde von den täglichen Forderungen des Lebens abgebröckelt. Wolfgang wurde selbständig, er lernte befehlen, fremde Hilfe ausnützen, alle Quellen des Lebens gebrauchen, das Geld und seine Stellung verwerten. Fritz konnte sich nur wenig um ihn kümmern. Er füllte ihm die Börse, gab ihm einen Plan der Stadt und verabredete für den Abend irgendein Stelldichein. Tagsüber sahen sich die Brüder nicht.

Die Einsamkeit in der ungeheuren Stadt übte in ihrer unheimlichen Trostlosigkeit eine merkwürdige Anziehungskraft auf den Jungen aus. Er begann damit, ohne Ziel und Zweck umherzustreifen. Launisch der Eingebung des Augenblicks folgend lief er des Morgens hinaus, bald nach Osten, bald nach Süden, Norden oder Westen. Angestrengt achtete er auf die Namen der Straßen, auf die Schilder der Pferdebahnen, die Häuser und Läden der Biegungen und Ecken. Sein Ehrgeiz war, so rasch als möglich sich in Berlin auszukennen. Der Bruder hatte gemeint, dazu brauche man Jahre. Er, Wolfgang, wollte es in den kurzen Wochen leisten. Wurde er hungrig, so trat er in das erste, beste Gasthaus und aß. Anfangs war er schüchtern, die schwarzen Gestalten der Kellner beengten ihn um so mehr, je leerer eine Wirtschaft war, und in Winkelkneipen mit ihrer poveren Aufdringlichkeit wagte er kaum sich niederzulassen. Nur allmählich überwand er die Scheu vor dem niederen Leben. In den Weißbierstuben der Droschkenkutscher verstand er sich zu benehmen, still und aufmerksam beobachtete er dort Sitten und Treiben der Menschen. Die Roheit schreckte ihn nicht.

Hie und da warf ihn der Zufall in Weiberlokale. Das aber ging über seine Kräfte. Das Treiben dort, das er nur halb verstand, widerte ihn an. Die Herausforderung der Kellnerin wies er finster zurück, und so schnell als möglich floh er aus diesen Höllen. Bald lernte er es, den einzelnen Wirtschaften von außen ihren Gehalt anzusehen, und so gelang es ihm, die Weiber zu fliehen.

Sein größter Stolz war nun, sich ohne Hilfe des Plans nach dem Schloßplatz zurückzufinden. Verlor er den Weg, so irrte er erst suchend umher, schließlich zog er die Karte zu Rate, niemals jedoch fragte er. Der Bruder schalt wohl, daß er so zwecklos die Zeit vergeude. Wolfgang aber ließ ihn ruhig reden. Er wollte nicht fragen. Fragen verriet Dummheit, und wenn er dumm war, sollte es doch niemand merken.

Waren die beiden allein, so ließ sich Fritz berichten, was der Kleine gesehen habe. Er warf dann Fragen nach dem und jenem dazwischen, nach schönen Gebäuden, nach Denkmälern oder blumengeschmückten Plätzen, nach Kirchen und Brücken, nach Ausblicken und Einblicken in die Schönheiten der Stadt. Von alldem hatte Wolfgang gewöhnlich nichts gemerkt. Aber er vermochte zu sagen, was in den Grünkramkellern auslag, wo die Droschkenhalteplätze waren, wie die Marktweiber am Platze aufgereiht saßen, welche Linien der Pferdebahn da oder dort sich kreuzten, und wie ihre Farben und Laternen waren. Er wußte genau, wo er elegante Menschen treffen konnte, und welche Quartiere das Volk beging, er sah dem einzelnen an, was er trieb, und fast, was er dachte, er hörte, was sie sprachen, und sah, wie sie handelten. Die hervorragenden Schaufenster kannte er, und die Namen der großen Geschäftshäuser waren ihm vertraut, als habe er sie tausendmal betreten. Den Charakter der einzelnen Stadtteile hatte er sich in das Gedächtnis gegraben, von den winkligen Gassen der Königsstadt bis zu den breiten Promenaden des Rings. Und aus allem, was er sah, machte er seine Rückschlüsse auf Menschen, Sitten und Zeit. Eine wunderliche Saat ging bei ihm auf, neben der Frucht das Unkraut.

Sehr unangenehm war dem jungen Helden der Aufenthalt unter größeren Menschenmassen. Ein paarmal schleppte ihn der Bruder zu Vergnügungslokalen in der Nähe der Stadt, wo das Volk sich zu sammeln pflegte. In diesen drängenden Haufen verging dem Knaben der Atem, er wurde unruhig und fühlte sich bedrückt. Das Bewußtsein der eigenen Machtlosigkeit diesen rohen Gewalten gegenüber verdarb ihm die Stimmung. Sorgfältig vermied er jede Berührung, er machte sich so schmal als möglich, um in dem Gewühl nicht hier oder da anzustoßen und sich zu beflecken. Er wollte nicht zu dem Volk gehören. Sein ganzes Leben hindurch wäre seine Kenntnis der niederen Schichten theoretisch geblieben, wenn ihn nicht der Zufall und der Beruf mit ihnen in Berührung gebracht hätte. Aber auch dann beschränkte er sich auf die unumgänglichen Worte, zu denen seine Tätigkeit ihn nötigte. Es blieb ihm unmöglich, harmlos mit den Menschen des Elends zu plaudern, geschweige denn für sie etwas zu fühlen oder sich mit ihnen zu verbrüdern. Er beobachtete das Elend aus der Entfernung, gespannt und aufmerksam, aber ohne jede Regung des Herzens, mit dem Gefühl tiefen Widerwillens. Den Schatten des Lebens vermied er der Sonne zuliebe, und wo ihm das Unglück nicht eigensinnig den Weg vertrat, ging er vorüber. Nur dann half er, wenn der Zufall ihn zwang, dann aber half er mit allen seinen Kräften.

Eine willkommene Ergänzung seiner Studien lieferte ihm die Lektüre Zolas. Dessen Bücher verschlang er und suchte sich aus dem Vergleich des Gelesenen mit dem, was er sah, eine Vorstellung des großstädtischen Treibens zu bilden. Sein Interesse wurde durch die sorgfältige Beobachtungsweise des Autors gefesselt, seinen Schönheitssinn ergötzte hie und da eine poetische Stelle, die grausam lüsternen Triebe seiner Seele fanden hier einen lockenden Reiz. Dabei war sein Geschmack noch nicht geläutert genug, um die groben Hilfsmittel des Dichters zu erkennen.

Sein älterer Bruder regte ihn eher zu dieser Beschäftigung an, als daß er ihn zurückhielt. Fritz gefiel sich darin, die praktischen Seiten des Lebens zu betonen, und, obwohl selbst ein Mensch mit tief verstecktem Idealismus, trug er die Maske skeptischer Ironie, die sich vornehm und scharfschneidend jeder weicheren Regung schämt. Er hielt es für passend, möglichst früh das nackte Leben kennenzulernen. Zola bot ihm eine Handhabe, den jüngeren Bruder auf allerhand Dinge aufmerksam zu machen, die er sonst übersehen haben würde. Nebenbei benutzte er die Gelegenheit, seinem Schüler – denn als solchen betrachtete er Wolfgang – die Feinheiten der französischen Sprache zu zeigen, ihre klare Schönheit und Eleganz, die raffinierte Ausbildung ihrer Grammatik und ihre Klangfarbe, welche dem Schriftsteller erlaube, stilistisch noch Nuancen anzubringen, wo die deutsche Sprache längst versage. Er zeigte ihm, wie allmählich der französische Stil zugrunde gehe, wie in erster Linie Zola die vornehme Exklusivität dieser wunderbaren Kulturarbeit zerrissen habe und dem Volksdialekt Tor und Tür öffne. Von dort aus lenkte er darin auf den Zusammenhang der Denkweise mit dem Stil über, er machte darauf aufmerksam, wie unerbittlich die allgemeine Verrohung der Sprache eine Barbarei der Ideen nach sich ziehen müsse, und wie sicher dieses auserwählte Volk des Geschmacks seinem Verfall entgegeneile.

Wenn dem angehenden Studenten auch die Kenntnisse fehlten, um die Richtigkeit der brüderlichen Betrachtungen zu prüfen, so gewannen sie doch eine tiefe Wirkung. Wolfgang begann auf seine eigene Ausdrucksweise zu achten, sowohl im Sprechen wie im Schreiben, und seine Briefe gaben einen Beweis davon, wie sorgfältig er an seiner Ausbildung arbeitete. Auch im Lesen wurde er verständiger. Er begriff vollkommen, wenn ihm Fritz sagte, der Stoff einer Erzählung sei nur der Kanevas, auf den wenig ankomme. Wie die Nadel geführt werde, und ob das Muster der Stickerei harmonisch und gut zu schauen sei, das gäbe den Ausschlag.

An diesem Maßstab gemessen sank manches Buch, welches Wolfgang bisher hochgeschätzt hatte, in den Staub. Trotzdem blieb sein Geschmack unentwickelt. Immer noch klebte er zu sehr am Stoff. Das Interessante, die Fabel fesselte ihn. Er besann sich später, in jener Zeit Kellers Grünen Heinrich gelesen zu haben. Fritz hatte davon gesprochen, und das genügte für ihn, um mit dem festen Vorsatz an das Buch heranzugehen, es schön zu finden. Aber wie sehr er sich auch Mühe gab, es gelang ihm nicht, ihm war es langweilig. Er war noch nicht reif dazu.

2.

Öffnete ihm Zola die Augen für Volk und Leben, so riß ihn ein anderer Dichter, Ibsen, zur Beobachtung psychologischer Probleme fort, die ihm bis dahin fremd waren. Fritz führte den Jungen ab und zu in das Theater, und dort lernte Wolfgang den Nordischen Heiligen kennen. Er sah die Wildente.

Im allgemeinen brachte Wolfgang dem Theater wenig Sympathien entgegen. Der junge Mann hielt sich selbst für einen bedeutenden Schauspieler, ob mit Recht oder Unrecht, konnte niemand entscheiden, da er sich nie versucht hatte. Jedenfalls aber war die Dosis Selbstvertrauen auf diesem Gebiet groß genug, um ihm von vornherein die Leistung anderer zu verleiden.

So kam es, daß der Faust und Hamlet, der Prinz von Homburg und Maria Stuart eindruckslos an seinen Augen vorübergingen, höchstens daß die bittere Empfindung in ihm blieb, wieviel besser er selbst alles hätte machen wollen.

Hier bei der Wildente war es etwas anderes. Hier waren wirkliche lebendige Menschen von Fleisch und Blut auf der Bühne, nicht schreiende Gestalten auf ellenhohen Socken, deren Aufregung man nicht begreifen, noch weniger glauben konnte. Wolfgang hatte sich in seiner harmlosen Unwissenheit eingebildet, daß es ohne Toben und Kämpfen, ohne laute Leidenschaft und große Worte auf der Bühne nicht wohl anginge. Hier sah er verborgene Seelenvorgänge abgespiegelt, wie er sie ähnlich da und dort vermuten konnte, leise Andeutungen öffneten plötzlich und ohne Pathos den Einblick in Abgründe der Seele, eine hohe Symbolik lockte die Phantasie in immer tieferes Dunkel, welches nur ab und zu von hellen Blitzen erleuchtet wurde. Seine schonungslose Kritik verstummte, und vom ersten bis letzten Moment gefesselt und im Innersten erregt lauschte er. Fritz hatte den Bruder beobachtet. Als sie nach der Vorstellung beim Abendessen zusammensaßen, sagte er:

»Es ist mir interessant gewesen, das mitanzusehen, wie Ibsen auf einen unbefangenen Menschen wirkt. Ich habe mir bisher eingebildet, man müsse von des Gedankens Blässe angekränkelt sein, um ihn zu genießen. Das scheint aber nicht der Fall zu sein.«

»Wie meinst du das?« fragte Wolfgang.

»Nun, du hast doch noch nichts Rechtes erlebt und gesehen. Man kann dich schon unbefangen nennen, wenn es dir auch nicht paßt. Aber offenbar verstehst du dich auf diese reflektierenden Hirngespinste und allermodernsten Schattennaturen besser als auf die ewigen Gestalten der großen Dichtung. Bei einem großstädtischen Jungen, selbst bei einem Menschen, der in irgendeiner fortgeschrittenen Umgebung aufgewachsen ist, würde mich das nicht wundern. Aber du bist doch noch der reine Tor, hinter Riegel und Mauern groß geworden, hast dich an der Antike gebildet und denkst dabei modern. Man sieht daran recht, wie wenig Einfluß das Leben auf den Menschen hat, wieviel ihm angeboren wird, und wie fraglos er ein Kind seiner Zeit bleibt. Ich glaube beinahe, ein Mensch, der im Kerker ohne Licht und Luft, ohne Bildung und Verkehr aufwüchse, würde nicht anders denken als unsereiner.«

Wolfgang fuhren die Gedanken durch den Kopf, die er über den Vater gehegt hatte, wie er damals die Idee der Vererbung weit von sich gewiesen hatte. Fast heftig erwiderte er:

»Du gehst doch ein wenig weit. Ich halte diese ganze Vererbungsgeschichte für den höheren Blödsinn. Das bißchen Materie, das von Vater und Mutter auf das Kind übergeht, ist wohl kaum imstande, hohe geistige Eigentümlichkeiten zu tragen. Der Mensch ist das Produkt seines Lebens im weitesten Sinne des Worts, das lasse ich mir nicht nehmen.«

Fritz schwieg einen Augenblick. Er hatte längst den burschikosen Ton abgelegt, den sein Bruder beliebte. Er sah sein eignes Abbild vor sich, und dieses Abbild mißfiel ihm. Ein wenig gereizt begann er dann: »Nun, und in dieses Leben im weitesten Sinne des Worts gehören die Vorfahren nicht hinein, meinst du. Aber lassen wir das. Ich habe ähnlich gedacht wie du, und du wirst umlernen, wie ich umlernte. Ich sagte dir ja, mich interessiert, daß selbst ein harmloser Bursch so krank ist, Ibsen genießen zu können. Denn dazu muß man krank sein.«

»Das sehe ich nicht ein. Ist es etwa nicht interessant, den Seelenregungen des Menschen nachzugehen, sie in ihren feinsten Schwingungen zu verfolgen? Den Menschen zu studieren, ist der Zweck des Menschen.«

»Du brüllst wie ein braver Löwe, Wolfgang, aber sehr modern. Ich glaube nicht, daß diese feinen Regungen das wirklich Wertvolle sind, obwohl wir sie mit krankhafter Neugier beobachten. Uns fehlt eben der Sinn für starke, einfache Striche, das Gerade und Rechtwinkelige langweilt, und für die große Leidenschaft sind wir zu schwächlich geworden. Es liegt eine grausame Lüsternheit in diesem Durchforschen der Tiefen, ein weibischer Zug, etwas Hysterisch-Krankhaftes. Das läßt sich auf allen Gebieten des Lebens und der Kunst verfolgen. Das Überraschende, Geheimnisvolle suchen wir, das Wunderbare, wie es Ibsen in seiner Frau vom Meere nennt. Kein Zeitalter war wundersüchtiger als das unsere.«

Wolfgang gab das Widersprechen auf. Er kam sich dem überlegenen, ruhigen Wesen des Bruders gegenüber gar zu klein vor. Nur ab und zu sagte er ein Wort, um den stockenden Fluß der Rede wieder in Gang zu bringen.

»Ibsen bezeichnet eine Epoche,« fuhr der ältere Guntram fort, »er nicht allein, aber augenblicklich ist er in Mode, und weil er für die Bühne schreibt, tritt sein Einfluß am meisten hervor. Da sind noch die andern nordischen Leute, Björnson, Kielland, oder die Franzosen, die in ihrer Art viel Ibsensches an sich haben, ganz zu schweigen von Tolstoi, der nebenbei ein Dichter ist, was man von den andern nicht sagen kann. Und auch in der Musik sieht man dasselbe – Wagner. Das sind niemals antike Menschen, die er uns vorführt. Sein Wotan, mein Gott, das ist ein rechter moderner Denker und Träumer. Oder nimm die bildenden Künste. Überall bricht die düstere Symbolik hervor, der Pessimismus des Schwächlings, der der Kraft der eignen Gefühle nicht mehr traut. Landschaft heißt es jetzt, Farbe, Stimmung! Vom großen Stil ist nicht mehr die Rede, und an Leuten wie Genelli und Carstens geht man vorüber. Man kennt sie kaum mehr. Nebenher läuft ja natürlich allerlei Trödelkram für die Hintertreppen, schauerlich-schöne Räubergeschichten. Aber das kommt nicht in Betracht. Was die vornehmen Künstler schaffen und das auserwählte Publikum billigt, ist krankhaftes Ibsentum, gieriges Wühlen in der menschlichen Seele. Das wird sich ausbreiten und zunehmen. Wir leben noch in den Anfängen. Aber nach und nach wird auch die Masse von dieser haltlosen Sucht der Reflexion ergriffen werden. Im Geheimen ist es jetzt schon so. Sonst wäre die ungeheure Wirkung Bismarcks gar nicht denkbar. Was er geleistet hat, steht nicht im Verhältnis zu dem, was er gilt. Man beugt sich vor dem Manne, der in ihm steckt, und der fast einzig ist. Seine Tat, die Gründung eines Staates, der vielleicht schon die Keime des Verfalls in sich trägt, hätte das nie vermocht. Oder nimm kleinere Verhältnisse. Unser Vater ist gewiß kein Mann welterschütternder Ideen. Aber er gilt doch tausendmal mehr als all die interessanten Leute hier in dem Ministerium und den Botschaften. Er ist ein Mann der Tat, ein Held in seiner Art.«

3.

Die Worte des Bruders hatten für Wolfgang weitgehende Folgen. Sie lehrten ihn zum ersten Mal, Gegenwart und Vergangenheit psychologisch zu vergleichen. Sie führten ihn dicht an das Problem der Frau heran, mit dessen Lösung er sich später so lange beschäftigte. Sie bildeten die erste Stufe zu der hohen Warte, aus der er, frei von Zeit und Ort, die Welt überblickte. Für den Augenblick aber rissen sie ihn aus dem Gedankenkreis heraus, in den ihn das Treiben der Großstadt hineingeworfen hatte. Sein ästhetisches Gewissen regte sich, und er fühlte Reue, daß er die Gelegenheit hatte vorübergehen lassen, die Sammlungen Berlins zu sehen. Schon der nächste Morgen fand ihn in dem Museum, und nun verging kein Tag, an dem er nicht von früh bis spät die Galerien durchstreift hätte.

Er ging dabei methodisch zu Werke. Die Kunst an und für sich interessierte ihn für den Augenblick wenig. Ihm kam es darauf an, die Worte des Bruders zu verstehen, die Kraft der Ahnen und die Schwäche der Gegenwart zu finden. Anfangs mißlang ihm sein Vorsatz vollkommen. Er hatte die Nationalgalerie betreten und wanderte von Bild zu Bild, immer von der Idee getrieben, Ibsensche Spuren zu finden. Aber schon nach der ersten Viertelstunde war er eine Beute der Gegenstände geworden. Spangenbergs Zug des Todes fesselte ihn, der weiße Leib einer trunkenen Bacchantin lockte ihn, der Raub der Helena, Tannhäuser im Venusberg. Lange stand er vor einer Landschaft, die eine Überschwemmung aus der Weichselgegend darstellte. Er konnte die Augen nicht davon abwenden, und je länger er schaute, desto lebendiger wurde das Bild, in die Wasserfluten kam Leben und Bewegung. Und urplötzlich sah er die Heimat vor sich, die Hügel und Häuser, das Wehr und die Brücke, und unter der Brücke brauste der Strom, tosend und brandend, zum gewaltigen Meere anschwellend und wachsend. Je mehr er sah, um so unruhiger wurde ihm zumute. Eine seltsame Aufregung bemächtigte sich seiner, wie er sie wohl hie und da bei spannenden Romanen empfunden hatte. Gewaltsam riß er sich von dem Anblick los. Als er nach

Stunden die Sammlung verließ, glitten ihm allerlei Gedanken durch den Kopf.

Eines verstand er ohne weiteres. Er gehörte nicht zu dem auserwählten Publikum. Ihm war der Stoff der Darstellung maßgebend, die schauerlich-schönen Räubergeschichten, wie es der Bruder nannte. Das bedrückte ihn. In seinen eigenen Augen kam er sich herabgewürdigt vor. Noch etwas anderes beschäftigte ihn. Er war sich bewußt, aufmerksam gesucht zu haben, aber er hatte nichts finden können, was ihm die dunkeln Andeutungen des Bruders von moderner Symbolik und schwächlichem Pessimismus klarer gemacht hätte.

Am Nachmittag ging er in das alte Museum. Vielleicht gab ihm die Antike Licht. Als Wolfgang eintrat, umfing ihn ein feierliches Schweigen, das ihn fähig für die Größe machte. Im Tempel Gottes glaubte er zu sein, und ein Gefühl der tiefsten Andacht zwang ihn, still zu stehen und das Haupt zu entblößen. Er war sich bewußt, etwas Erhabenes zu erleben. Aber er verstand nicht, was ihn so mächtig ergriff. Nur daß es hier schön war, merkte er. Seine Augen flogen suchend umher, und wie ein Blitz durchfuhr es ihn: das mußte es sein, dort die Pergamenergruppen. Zaghaft auf den Spitzen der Zehen schritt er über den glatten Marmorboden, immer in Angst, den Bann zu brechen, der ihm so selig dünkte. Er trat vor den blitzewerfenden Zeus. Einen Augenblick wollte es ihm scheinen, als ob von dieser wildbewegten Gruppe der Zauber der Gottesgegenwart nicht ausgehen könne. Der frevelnde Gedanke schoß ihm durch den Kopf, daß auch dies nur Theater sei. Dann aber fiel ihm ein, daß er vor der Antike, vor griechischer Schönheit stehe, und demütig beugte er sich vor der Überlieferung. Langsam schritt er von einem Bildwerk zum andern, die durch die Säulen der Rotunde voneinander getrennt und aus ihrem Zusammenhang gerissen, den Beschauer verwirrten. Die tiefe Frömmigkeit wich jetzt. Als Wolfgang noch einmal, mitten im Saal stehend, den Blick umherschweifen ließ, begriff er sich selbst nicht mehr. Er vermochte den ersten Eindruck nicht wiederzugewinnen. Es störte ihn etwas, nur wußte er nicht, was es war. Langsam schritt er zu der Tür, die zu den andern Sälen der Antike führte. Dicht an dem Durchgang blieb er noch einmal stehen. Sein Blick fiel auf die verwundete Amazone. Lange schaute er sie an. Ein heiterer Ernst wurde in ihm wach, und das Gefühl friedlicher Ruhe überkam ihn. Erst hier ward ihm klar: Das war antik.

Wolfgang weilte lange unter den Trümmern alter Kunst. Tief grub sich das Bild des »Betenden Knaben« ein.

Zum erstenmal ging ihm der Begriff der Schönheit auf und zu gleicher Zeit eine Ahnung seines künftigen Lebens.

Als er, dem Drängen des Wächters folgend, den Saal verließ, wußte er, daß er in dieser Stunde gewachsen war.

Am Abend erzählte Wolfgang dem Bruder von dem Gang durch das Museum.

»Nun, was meinst du zu der Rotunde?« fragte Fritz.

»Welche Rotunde?«

»Welche Rotunde? Ja, hast du denn geschlafen, Menschenskind? Du bist im Museum gewesen und hast die Rotunde nicht gesehen.«

»Nein, wahrhaftig nicht.«

»Auch nicht die Pergamener und die verwundete Amazone?«

»Doch, da bin ich gewesen.«

»Und bist durch das schönste Bauwerk Berlins durchgelaufen, ohne es zu sehen? Das schreit zum Himmel! Morgen mit dem Frühsten siehst du es dir wieder an und gehst nicht eher fort, bis du begreifst, was du vor dir hast.«

Wolfgang kam sich wieder einmal sehr klein vor.

»Daß irgend etwas Besonderes da war, habe ich wohl gemerkt,« sagte er fast schüchtern. »Eine feierliche Stimmung hatte mich ergriffen. Aber wodurch sie veranlaßt war, konnte ich nicht herausbringen.«

»Ja natürlich, feierliche Stimmung,« fuhr Fritz auf, »damit begnügen sich die Menschen. Sie wollen nichts andres als in Gefühlen duseln. Aber es ist eine Schande für einen denkenden Menschen, sich nicht über den Grund einer Stimmung klar werden zu können. Wer ein Gewissen hat, ein waches Gewissen des Geistes, den muß es quälen und martern und nicht Ruhe lassen, bis er sich über seine Gefühle Rechenschaft geben kann. Der Verstand soll Herr bleiben über dieses verzwickte Ding, das man Seele nennt. Das gerade nenne ich weibisch, daß wir modernen Menschen unsern Empfindungen solche Macht eingeräumt haben. Man soll sein Herz straff zusammenhalten. Sieh dich um, wie verlogen die Menschheit geworden ist, seitdem das Gefühl Herrin wurde, was für ein Unfug mit dem einen Worte Liebe getrieben wird. Man kann kein Buch mehr aufschlagen, ohne diesem Theaterweibe zu begegnen, das selbst als Dirne noch sentimental ist. Und wenn es noch die Bücher allein wären. Aber das Leben ist auch nicht anders. Das sieht sich und verliebt sich und verheiratet sich gar daraufhin. Selbst wer mit klarem Verstande und aus wohlüberlegten Gründen ein Weib nimmt, glaubt diesen gefühlvollen Schwindel mitmachen zu müssen, und so verdorben ist unser Denken, daß ernsthafte Männer sich ein Gewissen daraus machen, ohne Liebe zu heiraten, von den Frauen gar nicht zu reden.«

Wolfgang hörte erstaunt zu. Diese nackte Vernunft erschien ihm gar zu öde, und es überlief ihn ein Fröstelnd, daß der eigene Bruder so denken konnte. Dabei mußte er sich gegen das geheime Grauen wehren, daß jene Denkweise vielleicht die richtige sei.

»Du bist also dafür, daß man aus Berechnung heiratet?«

»Wenn du so willst, ja. Es lassen sich viele Gründe dafür angeben, tausende und abertausende. Aber davon ein andermal. Mir kommt es jetzt nur darauf an, gegen die sogenannte Stimmung Front zu machen und dir beizubringen, daß es nötig ist, zu sehen und nicht zu fühlen. Das Gefühl ist ein Luxus, und Luxus soll man erst treiben, wenn man das Vermögen dazu beisammen hat. Woher kommen denn die vielen unglücklichen Ehen? Forsche nach! In neun Fällen von zehn sind es die Liebesheiraten, die bös enden. Glaube mir, eine Liebesheirat ist fast immer eine Narrheit.«

Wolfgang starrte den Bruder an. Sein ganzes Innere empörte sich.

»Ich will das nicht hören,« rief er, »ich will es nicht hören. Es ist nicht wahr! Ich glaube es nicht.« Dann ruhiger werdend, fuhr er fort. »Also du hältst es für richtig, kühl abzuwägen, was für Vorteile ein Weib in die Ehe bringt?«

»Gewiß. Empört dich das so?«

»Ja, das empört mich. Der Bauer erhandelt sein Weib. Aber wir stehen über dem Bauern.«

»Bei den Bauern gibt es keine unglücklichen Ehen,« erwiderte der Bruder kühl.

Wolfgang stockte. Diese Idee übernahm ihn, ein Ekel hatte ihn erfaßt und er wehrte sich aus allen Kräften. Aber die Argumente fehlten ihm, und er griff zu dem bewährten Mittel, persönlich zu werden.

»Nun, du magst es halten, wie du willst. Meinetwegen erhandle dir deine Frau. Ich aber,« – und dabei blitzten seine Augen, »ich will aus Liebe heiraten, nur aus Liebe. Und ich mag nichts hören von dem, was du sagst, du predigst die Prostitution in der Ehe.«

»Das hat leider nur zu oft Ähnlichkeit miteinander.« Je aufgeregter Wolfgang wurde, um so ruhiger war der Bruder. Er sah, welchen Fehler er mit der Berührung dieses Themas begangen hatte, und es tat ihm leid. Rasch einlenkend sagte er: »Lassen wir es doch. Wir sprachen von ganz etwas anderm, vom Sehen und Fühlen in der Rotunde.«

Dabei lachte er gutmütig auf. Wolfgang wurde plötzlich ruhig. Er schämte sich seiner Heftigkeit, verstand auch nicht mehr, was ihn so gereizt hatte. Die Gedanken drehten sich in seinem Kopf wirr durcheinander. Aber die Erinnerung an die Rotunde brachte ihn zu sich. Er stimmte in das Lachen ein. »Ja, das war dumm,« meinte er, »vielleicht lerne ich es auch, dein Sehen.« Er wußte jetzt, was ihm dort nicht gefallen hatte: gerade die Reste der Antike, zwischen den Pfeilern ausgestellt, störten den Eindruck der Schönheit.

»Das wollen wir hoffen, mein Junge. Es gibt ja aller paar Jahrzehnte einmal einen Menschen, der sehend geboren wird. Aber zu denen gehören wir beide nicht. Wir müssen es lernen. Und das ist nicht leicht. Du solltest dich üben. Es geht, wenn man sich Mühe gibt. Man muß sich klar werden, ob man an einem runden oder viereckigen Tisch sitzt, ob man Tapeten oder geweißte Mauern vor sich hat. Weißt du es?«

Unwillkürlich sah Wolfgang nach der Wand. »Siehst du, du weißt es nicht. Ich bin überzeugt, du weißt nicht, ob ich einen Zylinder oder einen Filzhut aufgehabt habe, und ob du aus einem grünen oder weißen Glase trinkst. Ach, wie blind gehen die Menschen durch die Welt, und sie ist doch so sehenswert. Du auch, du armer Kerl, du bist blind. Was mußt du alles noch lernen.«

Sie gingen. Auf der Straße hielt Fritz den Bruder einen Moment fest. »Du gefällst mir trotz deines Schwärmens,« sagte er.

Wolfgang traten die Tränen in die Augen. Er wollte den Bruder so gern lieben. Aber er fühlte, daß sich eine Kluft zwischen ihnen gebildet hatte. Und diese Kluft wurde breiter und breiter und wurde nie wieder überbrückt, selbst dann nicht, als Wolfgang längst wie der Bruder dachte. Ein Irrtum hatte beide auseinandergerissen.

4.

Ein warmer Frühlingsabend umfing die Brüder beim Hinaustreten. Wolfgang trottete stumm neben seinem Begleiter her. Er war aufgeregt. Das Gespräch hatte ihn benommen. Als sie am Rande des Tiergartens dem Brandenburger Tor zuschritten, tauchten hie und da aus dem Dunkel des Weges Liebespärchen hervor, Hand in Hand oder engumschlungen. Und auf den Bänken saßen sie, dicht zusammengedrängt, leise flüsternd oder in stummer Liebe sich aneinanderschmiegend. Wolfgang betrachtete sie. Eine seltsame Melancholie stieg in ihm auf, ein Gefühl des Neides. Er würde alles darum gegeben haben, wenn er auch so hätte dahinschreiten können, ein Wesen an seiner Seite, ihm ganz verfallen, an seinen Blicken hängend und warm sich hingebend. Wirre Gedanken fuhren ihm durch den Kopf. Was für wunderliche Gefühle mußten hier zusammenfließen, und das alles nannte sich Liebe! Hier war der Arbeiter mit dem festen, sicheren Tritt, der stumm in sich gekehrt die Hand der Geliebten drückte, während sie selig vor sich hinblickte. Die sahen aus, als ob sie der Ewigkeit entgegengingen. Nicht weit von ihnen ein junger Student mit glühenden Augen, der die zierliche Gestalt einer Verkäuferin dicht umschlungen hielt und ihr heiße Liebesworte zuflüsterte. Welches Verlangen sprach sich noch in ihrem Widerstreben aus! Tolle Jugend war es, in der die Lust frisch jauchzend hervorbrach.

Dann rauschende Seide und freche Gesichter, kraftstrotzende Soldaten mit ihren Schätzen. Dort hielt ein Trunkener ein Weib umfangen.

Sie ekelte sich vor ihm. Man sah ihr den Abscheu an. Und mitten unter dem Schwarm ein Ehepaar, das gleichgültig plaudernd miteinanderging. Es war, als sähen sie nicht, wie die Glut um sie her loderte. Wolfgang atmete auf, als er sie erblickte. Er hatte deutlich gefühlt, wie leicht das Tier in ihm zu wecken war, eine schwere Beklommenheit hatte auf ihm gelastet. Jetzt fühlte er sich wieder Herr. Er verachtete das alles. Es lag unter ihm, das rohe Begehren so gut wie die kalte Berechnung. Die Ehe, die Liebesehe war sein Schicksal, er wußte es gut. Das, was es nicht gab, die Einheit zweier Menschen mußte er schaffen. Und er schwur sich zu, der Liebe treu zu bleiben, der er sein Leben weihen wollte, auch vor der Ehe.

Als die Brüder die Stufen zur Wohnung emporstiegen, sagte Fritz: »Ich bin morgen zum Europäer eingeladen. Willst du mitkommen, so hol mich im Auswärtigen Amt ab.«

»Wer ist der Europäer?«

»Erich Tarner. Ich dachte, du wüßtest es.«

»Ach der. Gewiß, ich komme mit.«

Wolfgang hatte seinen Worten absichtlich einen gleichgültigen Klang gegeben. Innerlich bebte er vor Freuden: Erich Tarner, das mußte er sein, der Verfasser der Schulreform. Er suchte sich ein Bild von dem Manne zu machen. Aber wie sehr er sich auch Mühe gab, es gelang ihm nicht, eine bestimmte Vorstellung zu fassen. Wie ein Schatten stieg eine Gestalt vor ihm auf, undeutlich und mit verwaschenen Umrissen. Schon halb im Schlaf befangen glaubte Wolfgang ihn vor sich zu sehen, einen kleinen Mann mit herrischen Augen. Er wollte ihn halten, aber in demselben Moment ward er sich klar, daß er in das Wesenlose, in leere Luft griff. Mit einem Seufzer warf er sich auf die Seite und schlief ein.

Am nächsten Morgen beim Frühstück erkundigte sich Wolfgang nach Erich Tarner. Was er hörte, machte ihn noch begieriger.

Tarner sei reicher Leute Kind, erzählte Fritz, auf seine Erziehung habe man die größte Sorgfalt verwendet. Als er nach dem Tode seiner Eltern den juristischen Beruf aufgegeben habe, sei er in der Welt umhergereist, habe allerorten Verbindungen angeknüpft und in seinem Geist große Schätze des Wissens und Denkens angehäuft. Mit einer erstaunlichen Begabung verbinde er eine feurige Begeisterung für seltsam hohe Ideale, die er mit unerschütterlicher Kraft einer Welt von Gegnern aufzuzwingen suche. »Überall gern gesehen als geistreicher Plauderer und hinreißender Feuerkopf ist er doch vielfach wegen seiner scharfen Zunge gefürchtet und wegen seiner Anmaßung verspottet. Ihm zur Seite steht eine Frau, von welcher Leute, die sich darauf verstehen, behaupten, sie sei die klügste ihres Geschlechts. Tarners Einfluß ist unermeßlich, und man kann füglich von ihm sagen, daß er zurzeit einer der wichtigsten Männer Europas ist.«

»Im übrigen wirst du ja selbst sehen und hören,« schloß Fritz. »Ich meinerseits habe eine Abneigung gegen ihn, aber ich bin mir bewußt, daß sie rein persönlich ist. Ich glaube, daß er ganz der Mann dazu ist, die Welt auf den Kopf zu stellen. Er wird ihr für einige Jahrzehnte Ideen geben, aber richtig scheinen mir diese Ideen nicht zu sein.«

Wolfgang lief am folgenden Morgen zerstreut umher. All seine Gedanken beschäftigten sich mit dem Manne, den er heute kennenlernen sollte. Er suchte sich auszumalen, wie er ihm gegenübertreten würde, was er auf seine Fragen antworten wolle, wie er einen möglichst günstigen Eindruck machen könne. Von großen Plänen müsse dort die Rede sein, von den merkwürdigen Idealen Tarners, davon war er überzeugt. Der alte krankhafte Ehrgeiz erwachte wieder in ihm. Er schuf im voraus sich den Kreis der Gäste in seinen Gedanken. Einsam und unbemerkt wollte er bleiben bis ganz zuletzt, er wollte aufmerksam zuhören, was die großen Herren zu sagen hatten, und wenn sie alle gesprochen hätten, dann würde er sich erheben und in glänzenden Worten alles mit sich fortreißen. Eine Schilderung Heines von einem englischen Staatsmann fiel ihm ein. Mit leiser Stimme würde er beginnen, die verschiedenen Meinungen zusammenfassend, hie und da eine ironische Bemerkung hinwerfend, dann würde die Sprache scharf und schneidend werden, jedes Wort sollte ein Hammerschlag sein, immer lauter und schallender wurde sein Ton, und wie vor dem Sturmwind mußten die Gegner sich der Gewalt seiner Rede beugen. Seine gebückte Haltung würde sich verlieren, und seine Augen würden wie Messer glänzen. Dann sprach er rasch in kurzen Sätzen die eigene Meinung aus, klare und durchsichtige Gedanken, trocken und sachlich vorgebracht. Die Stimme mußte eintönig werden, die Haltung zusammengefaßt, innerlich. Und allmählich wuchs er empor, die Gestalt reckte sich zur vollen Höhe. Die Augen wurden groß, sonnengleich, die Rede rauschte dahin wie ein prächtiger Strom, gewaltig, unwiderstehlich. Hei, wie er sich freute! Er sah das ironische Lächeln der Männer, als der stammelnde Knabe sein Sprüchlein begann, er sah ihr wachsendes Erstaunen, ihren Groll aufleuchten, die Wut verletzter Eitelkeit erwachte in ihnen. Halb unterdrückte Ausrufe würden erschallen, und nun würden sie horchen, was er zur Sache sprach, lautlos, gespannt. Er würde sehen, wie das Feuer der eigenen Seele in diesen Menschen zündete, wie sie hingerissen von der Macht seiner Worte atemlos lauschten, wie hier und dort der Beifall hervorbrach, rasch gestillt von dem Wunsch, weiterzuhören. Und wenn er geendet hatte, würde der Saal dröhnen von Jubel und Jauchzen!

Ein halblauter Schmerzensschrei weckte Wolfgang aus seinen Träumen. Eine schlanke Frau stand vor ihm, die ihn beleidigt anblickte und ihm scharf zurief: »Man entschuldigt sich, wenn man anderen Leuten auf die Füße tritt.« Wolfgang stammelte einige Worte und sah sich um. Nein, er war nicht im Parlament, er stand in dem Treppenhaus der Nationalgalerie. Und er sollte heute abend auch nur an einem simplen Rout bei Erich Tarner teilnehmen, den er nicht kannte, von dem er so gut wie nichts wußte. Erschreckend deutlich trat ihm die eigene Lächerlichkeit vor Augen, und zornig schritt er vorwärts, mit aller Kraft bemüht, den Heldentraum wieder aufzunehmen. Da fiel sein Blick auf Feuerbachs Konzert. Die vier Frauengestalten, in lange Gewänder gehüllt, gekrönt mit ewiger Heiterkeit, schienen ihm Göttinnen zu sein. Dankbar wandte er die Augen, die sich der stillen Hoheit öffneten, hinüber zu dem Symposion desselben Meisters. Er beugte sein Haupt und blieb lange in Anbetung fremder Größe.

5.

Als Wolfgang am Abend, geleitet von seinem Bruder, die Tarnersche Wohnung betrat, waren schon alle Räume dicht gefüllt mit Menschen. Heller Lichterglanz blendete das Auge, ein Gewirr von Stimmen tönte durcheinander, mühsam quetschte man sich an den Gruppen der Besucher vorbei. Wolfgang stockte der Atem, schreckliche Angst, wie vor dem Ersticken, befiel ihn. Kaum noch hörte er Fritzens unmutige Stimme »ich muß dich der Wirtin vorstellen.« Voller Verzweiflung klammerte er sich an den Frack des Bruders. »Junge, du reißt mir die Frackschöße ab,« rief Fritz, und dabei lachte er laut auf, als er das unglückliche Gesicht des Knaben sah. »Laß nur, Kleiner, man frißt dich nicht. Da hinten wird die Gnädige wohl sein.« Er drängte vorwärts, suchend und spähend, und Wolfgang trottete dicht hinter ihm, so gut es gehen wollte. Bei seiner Verwirrung war das nicht leicht: Hier blieb er in einer Schleppe hängen und fing einen vernichtenden Blick der schönen Besitzerin auf, dort bekam er ein heftiges Wort zu hören, weil er empfindliche Füße gekränkt hatte.

Endlich stand Fritz still. Er klopfte einem kleinen, eleganten Herrn, der über die Stuhllehne der vor ihm sitzenden Dame gebeugt, lachend zu ihr herabsah, auf die Schulter.

»Guten Abend, Langen. Wissen Sie nicht, wo die Meisterin ist?«

»Doch ja, da drin, die Königliche Hoheit begnadigt sie. Warten Sie, ich komme mit. Ich habe auch noch nicht meinen Knicks gemacht. Verzeihung, Baronin! Ich bin tieftraurig, Sie zu verlassen, aber die Pflicht ruft. Morgen um acht also bei Hiller.«

»Um acht, ja, aber lassen Sie Sekt kalt stellen.«

»Wenn Sie artig sind und nicht zuviel anziehen, gewiß.«

Die Dame lachte und schlug mit dem Fächer nach dem kleinen Mann. Wolfgang starrte sie an. Sie hatte sich vorgebeugt. Ihr prachtvoller Rücken ließ sich tief verfolgen, und durch das dünne Kleid zeichnete sich scharf die Linie der übereinandergeschlagenen Beine. Ein Ekel ergriff ihn. War es denn möglich, daß solche Wesen sich hier bei dem ernsten Tarner einfanden?

»Du, die ist ja halbnackt,« raunte er dem Bruder zu.

»Still, du Naseweis,« sagte Fritz. Der kleine Langen hatte den Ruf gehört und nickte Wolfgang lachend zu. »Wer ist es denn?« fragte Fritz.

»Bah, die Frau von Wartegg, ein rassiges Weib, was?«

»Ist sie schon geschieden?«

»Keine Spur, wird sich auch nicht scheiden lassen. Warum? Der Gatte ist weit und amüsiert sich anderswo. Die vertragen sich wieder.«

Wolfgang sah sich noch einmal um. Er hätte diese Frau, die so trefflich alle möglichen Romanfiguren verkörperte, gern besser gemustert. Aber sie war verschwunden.

»Wie kommen Sie denn hierher, Guntram?« fragte Langen im Weitergehen.

»Im Auftrag des Chefs. Das Auswärtige Amt soll vertreten sein. Sie wollten ihn selbst gern herlotsen. Aber Sie wissen, der Chef läßt sich auf so etwas nicht ein.«

Wolfgang horchte auf. Er wußte, daß der Chef Bismarck war. »Kann ich ihm nicht verdenken,« knurrte Langen, »und der Kleine, den Sie da mit sich schleppen?«

»Ach so, mein jüngster Bruder, Wolfgang Guntram. Sie haben ja schon gehört, auf den Mund ist er nicht gefallen. Hier Wolfgang, der Baron Langen, Gesandtschaftsattaché und Liebenswürdigster aller Sterblichen, wünscht deine Bekanntschaft zu machen.«

Wolfgang verbeugte sich. Er war immer noch verlegen. Die blitzenden Uniformen um ihn her, die Orden und Sterne, die Schleppen und bloßen Nacken benahmen ihn, und er vermochte kein Wort zu äußern.

»Hat Tarner schon gesprochen?«

»Gewiß. Vom Zusammenschließen der höheren Menschen, von dem Beruf der Germanen als Führer Europas, von der Regeneration der Welt und der Wichtigkeit Erich Tarners.«

»Also das alte Lied. Na, meinetwegen.«

Die drei waren in den letzten Raum eingetreten. In der Tür begegnete ihnen ein alter General in reichem Ordensschmuck.

»Der Prinz,« flüsterte Fritz. Wolfgang sah ihn sich an. Das war ein

Fürst? Und trug eine blonde Perücke und brummelte vor sich hin? Wenn sie alle so aussahen, diese hohen Herren, dann war es kein Wunder, wenn es mit ihnen zu Ende ging. Der Vater fiel ihm ein. Der war ein Fürst. Rasch sich wendend folgte er dem Bruder.

Fritz steuerte auf einen Kreis von Damen zu, in deren Mitte eine hochgewachsene Frau mit scharfgeschnittenem Gesicht stand. Sie war einfach angezogen und hatte eine stolze Haltung. In demselben Moment, als die drei jungen Leute auf sie zutraten, löste sich die Gruppe, und ein großes, dickes Frauenzimmer trat an den Flügel. Die hohe Frau schritt auf einen Diwan zu und ließ sich neben einem jungen Wesen nieder, unter dessen funkelndem Diadem zwei traurige Augen hervorblickten. Sie war klein und zierlich gebaut, und ihre Züge trugen den Stempel edelsten Blutes.

»Das ist Frau Tarner, die Große,« erklärte Fritz, »und neben ihr die Prinzessin von Bourbon.«

Wolfgang streifte das junge Mädchen mit einem Blick. Die hohe Geburt sah man ihr an, aber welch ein schwächliches Geschöpf. Die Bürgersfrau neben ihr schien eher geschaffen zu sein, Könige zu gebären.

In dem Raum drängte sich jetzt die Masse der Menschen. Es war keine Hoffnung mehr, zu der Frau des Hauses zu gelangen, noch dazu, da die Dame am Flügel, Mme Hébert von der Opera, mit schmetternder Stimme ihre Arie zu singen begann. Wolfgang hatte noch nie eine große Sängerin gehört. Er suchte sich in eine andachtsvolle Stimmung zu versetzen, doch wollte das nicht gelingen. Er verstand nur wenig von dem Text, und die Verrenkungen, die der schwere Körper der Diva ausführte, störten ihn. Zerstreut blickte er umher und wunderte sich, wie dumm der Ausdruck der Zuhörer war. Er hatte sich die Wirkung der Musik anders vorgestellt.

Neben sich hörte er Herrn von Langen zischen. »Ich bin nur neugierig, wann sich die Dicke ganz aus ihrem Korsett herausgesungen haben wird. Die Brüste präsentiert sie schon. Eine famose Amme.«

Wolfgangs Lachen klang hell durch den Saal. Der Junge wurde blutrot vor Scham, als er die entrüsteten Blicke der Menge auf sich gerichtet sah. Aber gleich darauf lächelte er wieder. Ihm gegenüber stand ein kleiner Mann mit einer riesigen Stirn, der ihm behaglich schmunzelnd zunickte. Fritz beugte sich zu dem Bruder hinab. »Der kleine Dicke dort, das ist Tarner.«

Unter jubelndem Beifall schloß die Arie, die hohe Frau auf dem Sofa erhob sich und eilte auf die Sängerin zu, sie huldvoll auf die Stirn zu küssen. Wolfgang wunderte sich. Er fand die Leistung nicht so großartig.

Fritz drängte ihn vorwärts, und endlich stand Wolfgang der Wirtin gegenüber.

Sie nahm schweigend seinen Handkuß entgegen, sprach ein paar scherzende Worte mit Langen und wandte sich dann zu dem älteren Guntram. Wolfgang hörte nur die ersten Sätze. Das Organ der Frau hatte einen eigentümlich hellen Klang. Es gemahnte ihn an klirrenden Stahl.

»Nun und Ihr Chef, Herr Guntram,« begann sie, »hält der Fürst es nicht der Mühe wert, den Meister zu besuchen?«

Wolfgang war begierig, was Fritz erwidern werde, aber eine ältliche Dame, die neben ihm stand, nahm ihn in Anspruch. Puterrot im Gesicht und offenbar halb erstickt unter dem eigenen Fett und dem eng geschnürten Korsett himmelte sie den angehenden Studenten an. »O wie herrlich, daß selbst die Jugend schon teilnimmt an diesen weltbewegenden Ideen. Welch ein Heros der Meister! Wie glücklich bin ich, ihn kennengelernt zu gaben! Des Lebens Schwere lastete auf mir, und er, er hat mich erlöst. Wenn mir Gott nur Zeit läßt, um des Meisters großes Werk erleben zu können. Erleben, erleben! Es ist nicht genug, den Meister zu kennen, zu sehen, zu hören, man muß ihn erleben!«

»Schon gut, schon gut, beste Gräfin,« erklang es da im reinsten Sächsisch neben Wolfgang, und der kleine Herr, den Fritz vorhin als Tarner bezeichnet hatte, trat dazwischen, »wir werden das noch oft genug erleben, vorläufig wollen wir mal was essen, was meinen Sie, Gräfin? Ich bin sehr hungrig.« Der Meister faßte Wolfgang am Arm und zog ihn mit sich fort, ohne sich weiter um die Dame zu kümmern.

»Dieses unausstehliche Getratsche,« fuhr er fort, während er sich zwischen den Gruppen rücksichtslos mit dem Ellenbogen Bahn brach. »Aber Sie, Sie gefallen mir. Ne, wie Sie vorhin die alte Trutsche ausgelacht haben. Ich wollte ihr schon meinen Frack anbieten, damit sie sich nicht zu genieren brauchte, wenn sie sich alles abgeschlenkert hätte.«

Sie standen jetzt vor einem großen Büfett. Tarner häufte alle möglichen schönen Sachen auf einen Teller und schob ihn Wolfgang hin. »Da, und nun bringen Sie uns ein Glas Wein, Peter,« rief er dem Diener zu. »Wir wollen die junge Freundschaft begießen.« Sie setzten sich beide und hieben wacker ein.

»Wer sind Sie denn eigentlich?« fragte Tarner und sah seinen Gefährten neugierig an.

»Wolfgang Guntram; mein Bruder, der Legationsrat, hat mich hergebracht.«

»So,« sagte Tarner gedehnt, »na, da hätten Sie sich eine bessere Empfehlung aussuchen können. Das heißt,« setzte er gleich hinzu, als er das verstörte Gesicht Wolfgangs sah, »ich habe nichts gegen Ihren Bruder, nur dieses ganze Auswärtige Amt kann mir gestohlen bleiben, mit dem alten Eisenfresser obenan. Na, und nun wollten Sie sich mal ansehen, was hier für ein Rummel los ist.«

»Nein.« Wolfgang sah einen Augenblick umher. »Hätte ich gewußt, daß sich hier so viele Menschen herumtreiben, ich wäre nicht gekommen. Ich wollte Sie kennenlernen.«

»So. Hatte der Bruder Sie neugierig gemacht?«

»Ich habe vor einiger Zeit, noch auf der Schule, etwas von Ihnen gelesen,« sagte Wolfgang »Es waren so gute Gedanken, wie ich sie selber nicht besser hätte haben können.«

Tarner lachte laut und schallend. »Das nenne ich ein Lob! Was war es denn? Ich schreibe soviel Zeugs.«

»Über die Schulreform.«

Der kleine Mann lehnte sich in den Stuhl zurück. Sein Gesicht war ernst geworden. »Ja,« sagte er, »das ist eine schwierige Frage.« Und mit einem Ruck sich zusammenraffend, begann er zu sprechen, unaufhaltsam, blendend und hinreißend. Wolfgang hatte nie so reden hören. Überraschende Gedanken tauchten auf, alte erschienen in neuen richtigen Gewändern, in merkwürdigen Kombinationen gemischt, kühn dahinfahrend wie die Adler in den Lüften. Es war, als ob sich eine weithin sichtbare Ferne vor Wolfgang auftäte, mit herrlichen Wäldern und Feldern, mit Wiesengrün und Blumenschmuck, mit lockenden Hügeln, blitzenden Seen und Flüssen, fruchtbaren Tälern. Wie ein Gewaltiger der Erde erschien ihm der kleine Mann, der die Völker zusammenrief zum ewigen Frieden, der der höchsten Zukunft Tempel erbaute, unter dessen Augen der Haß der Nationen schwand, dessen segnender Blick das Geschlecht der Menschen wachsen ließ. Eine Gemeinde der Edlen wollte er schaffen, eine heilige Kirche des Wissens, Könnens und Denkens, des hohen Mitleids, der erhabensten Selbstverleugnung. Alles, was klopfende Herzen und fühlende Sinne hatte, mußte ihm folgen, ihm dienen, mit ihm arbeiten an dem großen Werke der Menschenumwandlung. Die Welt sollte gereinigt werden, neue Menschen sollten entstehen, mit dem gütigen Herzen des Christen die Schönheit des Griechen vereinend, ein Göttergeschlecht, welches dem ewigen Reich der Ideen lebte und wirkte. Hier rief er den Lehrer und dort den Arzt, den König zwang er zu sich und den armen Gelehrten, der Kaufmann fuhr in die Welt, sein Wort zu verkünden, und der Bauer pflanzte es in die Erde. Brausend, gewaltig floß diese Sprache, ein mächtiger Strom.

Wolfgang hing an den Lippen des Meisters. Mit großen Augen, wie weltentrückt lauschte er, seine Seele flog auf goldener Schaukel empor zu den ewigen Sphären, Jauchzen erscholl um ihn her, himmlische Freude erfüllte sein Herz. Mit wonnigem Grausen erlebte er den höchsten Moment seines Daseins, und tief erschüttert küßte er die Hand des Propheten, der ihm Herz und Nieren durchrüttelt hatte.

Ein Kreis von Zuhörern hatte sich um die beiden gebildet. Tarner drückte dem jungen Menschen die Hand und schaute ihn an. »So liebe ich Sie. Kommen Sie zu mir, Guntram. Ich will Sie führen und leiten,« damit wandte er sich und ging.

Wolfgang saß einen Moment wie betäubt. Diesem Manne wollte

er dienen, dem wollte er leben. Klar stand es vor seiner Seele, das war der Held seines Herzens, der Freund, der langersehnte, heißbegehrte. Er hob die Augen, und sein Blick begegnete einem andern Augenpaar, das nachdenklich auf ihn gerichtet war. Ihm gegenüber, an den leeren Stuhl des Meisters gelehnt, stand ein großer schlanker Mann, seltsam in seiner weltvergessenen Melancholie. Die feinen Hände spielten lässig mit der Troddel des Lehnstuhls. Wie ein Labetrunk drang sein Blick in Wolfgangs Seele.

Fritz rief ihn an. »Wir wollen gehen,« sagte er. Er sah ernst aus, ein Schatten lag über ihm. »Kommst du mit, Tasso?«

Der Mann gegenüber richtete sich auf und trat heran. Er war fast einen Kopf größer als Fritz Guntram. Etwas Müdes sprach aus seinem Wesen, aus den langsam schwerfälligen Bewegungen, den großen Schritten, mit denen er seine langen Beine setzte.

»Das ist dein Batteriechef, Wolfgang, der Herr von Tronka, Tasso unserer Tafelrunde, Hauptmann in deinem künftigen Regiment.«

Tronka gab dem verlegenen Wolfgang die Hand. Es war ein warmer Druck, der ihn wohltuend begrüßte.

Die drei machten sich schweigend auf den Weg, in Gedanken versunken. Auf der Straße begann Fritz zuerst. »Das ist ein furchtbarer Mensch, der Tarner. Er macht einem das Herz im Leibe wund.«

Tronka nickte.

»Man kann ihm nicht widerstehen und doch etwas in ihm ist nicht richtig,« fuhr Fritz fort. Als ob der Hauptmann gefühlt hätte, wie tief der Knabe neben ihm durch diese Worte verletzt werde, nickte er Wolfgang freundlich zu und sagte:

»Ich liebe den Mann.« Wolfgang hätte ihn küssen mögen. Tronka sprach aus, was der Junge selbst fühlte.

In dieser Nacht träumte Wolfgang einen seltsamen Traum. Ihm war, als sähe er wieder Feuerbachs Symposion vor sich, nur statt des Alkibiades sah er sich selbst. Sein Arm stützte sich auf ein Mädchen, dessen Züge er nicht unterscheiden konnte, aber er liebte es heiß und glühend, und es war ihm ein sicherer Halt! Blonde Locken wie eine

Löwenmähne flogen um das schattenhafte Haupt. Ihm entgegen trat in dem Gewande und der Gestalt des Agathon Erich Tarner, den Becher zum Gruße hebend. Dann wandelten sich die Züge, und statt des Meisters sah er hoch aufgerichtet die eine der Frauen vor sich, die er heute morgen beim Beschauen des Konzerts angebetet hatte. Sie lächelte mild und göttlich und hielt einen Kranz in den erhobenen Händen. Wolfgang zwang es auf die Knie nieder. Da wandelte sich zum zweiten Male das Gesicht. Statt der Göttin stand das Weib vor ihm, auf das er noch eben sich stützte. Deutlich konnte er sie sehen, und ihre Züge, die hohe Stirn und die Lockenflut gruben sich in seine Seele. Auf dem Arm trug sie ein Kind. Das Kind aber griff nach dem Lorbeer, der auf Wolfgangs Stirn ruhte. Da erwachte er und gedachte des Traumes.

6.

Wolfgang fand keine Zeit, sich über die Eindrücke der Großstadt klarzuwerden. Die Vorbereitungen für die Garnison füllten die wenigen Tage nach seiner Rückkehr in die Heimat aus.

Nur über einen Punkt wurden ihm zufällig die Augen geöffnet. Auf der Rückreise fuhr er eine Strecke mit einem seiner Konabiturienten zusammen. Der erzählte ihm voller Eifer, daß er in eine Verbindung eingetreten sei. Er war in der ausgelassensten Stimmung. Des Rühmens und Freuens war kein Ende. »Frei sein, niemandem mehr Rechenschaft schulden, mit seiner Zeit tun, was man will, Junge, wer mir das vor vier Wochen gesagt hätte, ich hätte es nicht fassen können, so schön ist es.«

Wolfgang hörte sich das alles schweigend an. Er staunte über sich selbst. War es denn möglich, daß er so gar nichts von dieser Freude der Freiheit empfand? Er überlegte hin und her. Nein, nicht einen Augenblick hatte er ebenso gefühlt wie der Kommilitone. Er war sich nicht bewußt geworden, daß der Schulzwang von ihm abgefallen war. Und da wurde es ihm klar. Für ihn war der Zwang nicht vorhanden gewesen. Während er geglaubt hatte, unter der Strenge der Schule zu leiden, hatte er sie überwunden. Nur dunkel konnte er sich der ersten Jahre mit ihrem Mißmut und ihrem Rebellensinn erinnern. Die letzte Zeit, das war gewiß, hatte er über der Schule gestanden, er war frei gewesen, vollkommen frei. Die Ordnung des Internats hatte er wie ein Gewand getragen, sie hatte ihn nicht beengt, und er hatte sie gleichgültig abgeworfen. Wie man des Morgens beim Erwachen ein anderes Kleid anzieht, so war er aus der Schule in das Leben getreten, innerlich derselbe wie früher.

Wolfgang freute sich dieser Wahrnehmung, und er neidete dem Nachbarn seinen Frohmut nicht. Er selbst war der größere, das fühlte er deutlich. Und die feste Hoffnung überkam ihn, daß er einmal auch über dem Leben stehen werde wie über der Schule, daß ihm nie eine Last drückend werden, und daß er unabhängig und frei mit dem Ernst des Daseins spielen könne.

Diese Erkenntnis, daß kein äußerer Zwang ihm die Freiheit nehmen werde, ließ Wolfgang von vornherein seiner Militärzeit anders gegenübertreten als der Schulzeit. Er betrachtete das Soldatsein als einen Zufall, in gewissem Sinne als ein Spiel. Und so wie er als Kind die geringste Handlung seiner phantastischen Beschäftigungen andächtig und sorgfältig ausgeführt hatte, so tat er es jetzt in dem Kriegsspiel der Garnison.

Wolfgang war durch die Großstadt reifer geworden. Der freie Umgang mit fertigen Männern, die ihn als gleichberechtigt gelten ließen, hatte ihn in kurzer Zeit gefördert. Die Zerstreutheit des Träumers verlor sich; solange er handelte, war er ganz bei der Sache.

Für alles suchte er sich zu interessieren, alles in eine angenehme Unterhaltung zu verwandeln. Es war gewiß kein Pflichtgefühl, was ihn antrieb, jeden Dienst auf sich zu nehmen und möglichst getreu zu erfüllen, noch weniger war es Ehrgeiz. Der Begriff der Pflicht, in dem er später so viele strömende Kräfte versanden sah, blieb ihm sein Leben lang fremd, und der Ehrgeiz, soweit er sich auf nahe Ziele richtete, nahm damals schon ab. Die fröhliche Lebenslust eines Kindergenius trieb ihn vorwärts, die unzähmbare jauchzende Frische gab ihm Gewalt über die Widerwärtigkeiten des Lebens.

Kleine Dinge lernte er frühzeitig als solche erkennen, er genügte ihnen sorgfältig, wie er sorgfältig in seiner Kleidung wurde, aber niemals ließ er sie sich über den Kopf wachsen, niemals nahm er sie schwer. Es war, als ob er ahnte, für welche Kämpfe er die Kräfte sparen müsse. Eine strenge Sparsamkeit mit seinem Innern wurde ihm Bedürfnis, sein Denken richtete sich ernsthaft nur auf große Fragen, sein Gefühl bezwang er, es geizig aufhebend, für die eine übermächtige Leidenschaft seines Lebens.

Anscheinend stand Wolfgangs Entwicklung wieder einmal still. Er war von Kopf bis zu Füßen Artillerist geworden, sprach mit den Worten und Gedanken seiner Umgebung, dachte wie der richtige Pferdeonkel und Kommißbruder. Alle seine Interessen schienen in einen tiefen Brunnen gefallen zu sein. Deshalb fiel es ihm nicht auf, daß der Hauptmann von Tronka, in dessen Batterie er eingereiht war, mit keinem Wort ihre Bekanntschaft vom Tarnerschen Hause her andeutete. Erst eine Anfrage des Bruders, wie es ihm beim Tasso gefalle, machte ihn auf das Verhalten des Hauptmanns aufmerksam. Aber er fand es ganz in der Ordnung, und sein Chef imponierte ihm gerade deshalb. Er gewann eine persönliche Vorliebe für den Mann, den er bisher nur als Vorgesetzten betrachtet hatte.

An diese beginnende Neigung zu denken, war ihm lieb. Wenn ihn etwas quälte, so war es das Gefühl, einsam zu sein. Er war jetzt so gut wie allein. Zwischen dem Vater und ihm stand die Scham. Er vermochte sie nicht zu überwinden, und das tat ihm weh. Die Mutter, das wußte er längst, konnte ihm trotz aller Liebe und allen Eifers auf seinen wirren Wegen nicht mehr folgen. Den Bruder trennte ein neuer Riß von ihm, den er nicht kitten wollte. Er empörte sich gegen die bessere Einsicht. Fritz hatte eine wunde Stelle in ihm berührt, und das schmerzte nach. Die Begeisterung für Tarner war in ihm erwacht. Sicherlich hatte er nie so für einen Menschen geschwärmt wie für diesen. Er betete ihn an wie einen Gott. Aber ganz heimlich lebte auch ein Grauen in ihm, wie vor einem Gott. Er wußte, daß er nie ganz offen gegen diesen Gott sein werde, und der Gedanke, an dieser Verstocktheit werde einst das Bild des Gottes zerschellen, überfiel ihn zuweilen.

Da war es ihm eine Erlösung, Tronka zu sehen. Etwas Verwandtes war in dem, derselbe hohe Flug der Gedanken, dieselbe Weiche verborgen unter gewohnheitsmäßiger Härte, dasselbe heimliche Spielen mit tief versteckten Idealen, Tronka war ihm ein Abbild der eignen Zukunft. Wolfgang sah in ihm alle hoffnungsreichen Anlagen, alles Liebens- und Schätzenswerte, und er neigte sich ihm in aufrichtigem Wohlgefallen zu. Und der Fehler des geschätzten Mannes, daß er allzusehr dem Berufe, der Pflicht lebte, warnte ihn rechtzeitig vor der gleichen Gefahr. Guntram verdankte seinem Hauptmann viel. Das sah er deutlich, als er ihn später wiedersah, ihn, den älteren, vielseitig begabten, tatkräftigen Mann haltlos schwankend, weil er die Stütze verloren hatte, den Beruf.

Die äußeren Schicksale in der Batterie gestalteten sich für Wolfgang anfangs ungünstig. Der Mangel an körperlicher Geschicklichkeit machte sich überall fühlbar und ließ sich durch Fleiß nicht ersetzen. Vermutlich wäre seine militärische Laufbahn sehr mäßig geblieben, wenn ihm nicht eine Eigenschaft über die Schwierigkeiten hinweggeholfen hätte: Wolfgang war ein tollkühner Reiter. Saß er zu Pferde, so kannte er weder Anstrengung noch Gefahr, dann lachte ihm das Leben. Und des Reitens wegen wurde er trotz der anfänglichen Verzweiflung des ausbildenden Offiziers eine Persönlichkeit, die selbst in den engen Verhältnissen etwas bedeutete. Man traute ihm unbedingt jede Leistung zu, vor der andre zurückschreckten.

Den Offizieren stand Wolfgang sehr kühl gegenüber. Anfangs hatte ihn der Ton empört, den sie im Verkehr mit den Leuten anschlugen. Die Roheit, die er an dem Subalternen verzeihlich fand, erschien ihm bei dem vornehm erzogenen Leutnant ungehörig. Allmählich sah er jedoch, daß der junge Offizier bei dem altgedienten Unteroffizier in die Lehre ging. Da fand er es begreiflich, wenn der Zögling sich die Unarten des Lehrers angewöhnte. Man hielt eben die Roheit für eine Seite des Handwerks. Als Wolfgang das eingesehen hatte, kümmerte er sich nicht mehr um das Wesen dieser Schüler. Es war ihm zu unreif.

Dagegen achtete er sorgfältig auf das Verhalten der Unteroffiziere. Er suchte sich ein unbefangenes Urteil über die Soldatenmißhandlungen zu bilden. Daß sie vorkamen, hatte er nie bezweifelt, und schon wenige Tage gaben ihm die Gewißheit. Der erste Eindruck davon war für ihn furchtbar. Zart und weich gestimmt fühlte er mit, als ob er selbst zu leiden hätte. Die Wut kochte in ihm, und jähe Entschlüsse stiegen auf. Je mehr Wolfgang jedoch seine Kameraden kennenlernte, je tiefer er in Grund und Zweck des Heeres eindrang, um so besser verstand er die Berechtigung dieser Quälereien. Hier heiligte wirklich der Zweck das Mittel. Sollten die Leute brauchbar werden, so mußte man sie hart behandeln. Wie konnten sie sonst die Furchtbarkeit des Krieges ertragen lernen? Alle feineren Empfindungen mußten abgestumpft werden, alles Gefühlsleben zugunsten der grausamen Triebe erdrückt werden. Diese Menschen sollten zum Morde erzogen werden, das mit der Muttermilch eingesogne Gesetz: du sollst nicht töten, mußte umgestürzt werden. Es war in der Ordnung, wenn der Soldat um sich herum nichts anderes sah als Härte und kaltherzige Handhabung der Macht.

Wolfgang machte sich gerade hier den Gedanken zu eigen, daß es auf den einzelnen Menschen nicht ankomme, ja auf Tausende und Hunderttausende nicht, daß ganze Völker besser geopfert würden, als daß eine einzige Herrschergabe unterginge. Er bezog diese Einsicht nicht nur auf andre, er rechnete sich selbst mit unter den Schutt, auf dem der Gebieter Mauern aufführen konnte.

So überwand er auf dem Wege des Nachdenkens den Abscheu wenigstens so weit, daß er den gewalttätigen Mißbrauch der Macht ertrug. Wenn sich innerlich seine ganze Natur dagegen auflehnte, so überzeugte ihn das nur davon, daß er selbst keine Herrschergabe besitze. Es kamen Stunden, in denen er durch diesen Gedanken tief gepeinigt wurde. Freilich konnte er nicht wissen, daß sein Leben weit feinere, aber auch weit grausamere Handlungen fordern werde. Die Zeit belehrte ihn, daß er unfähig für jede kleinliche Machtentfaltung, aber berufen zu der höchsten Herrscherstellung des Gedankens sei.

Was er persönlich unter der engen Denkart seiner Vorgesetzten zu leiden hatte, glitt an ihm ab. Ein günstiger Zufall fügte es auch, daß er sich in seinem Wachtmeister einen Gönner verschaffte. Der kleine hartgesottne Mann, der bis in die letzten Fasern seines Wesens kalt und überlegt grausam erschien, besah in einer Liebschaft eine wunde Stelle. Ein blondes Lehrerstöchterchen, das er in dem Manöver kennen lernte, tat es ihm an, und da er, ungewandt mit Gefühl und Feder, sich keinen Rat wußte, seine Liebe dem fernen Schatz auszudrücken, beauftragte er Wolfgang mit der Anfertigung der Herzensergüsse. Dem war es gerade recht. Er gewann dadurch eine nicht zu verachtende Hilfe an dem gestrengen Führer, und gleichzeitig lernte er es, sich in fremde Ausdrucks- und Gefühlsweise hineinzuarbeiten. Die Antworten, die er zu lesen bekam, gewährten ihm einen neuen Reiz. Er warf zum ersten Mal Blicke in ein schüchternes Mädchenherz, und manches fiel ihm in diesem seltsamen Briefwechsel auf, was ihm Grund zum Nachdenken gab.

Dabei machte Wolfgang eine Entdeckung. Er bemerkte eines Tages zu seinem Erstaunen, daß er eitel geworden war. Dieser lebendige, wenn auch nur gedachte Liebesverkehr hatte ihn umgewandelt. Er lachte laut auf, als er sich seiner selbst bewußt wurde, als er sah, daß er auch äußerlich mit dem schmachtenden Krieger Schritt gehalten hatte. Der Spiegel war ihm nun ein Gefährte geworden. Ein wenig Stutzertum hatte sich eingestellt und blieb an ihm haften. Wie ergötzlich war das doch! Guntram freute sich der eignen Harmlosigkeit.

Noch von einer anderen Seite kam Wolfgang der Weiblichkeit näher. Sein Putzkamerad, ein derber Wende aus dem Spreewald, machte ihn zu seinem Vertrauten. Er war vom Urlaub in gedrückter Stimmung heimgekehrt, und Wolfgang erfuhr auf seine Frage bald die Ursache des Kummers.

Im heimatlichen Dorf war der Vater ein angesehener, reicher Bauer. Sein Freund und gleichbegüterter Nachbar nannte eine Tochter sein eigen, und beide Familien waren übereingekommen, Sohn und Tochter zusammenzugeben und so die Güter ihrer Wohlhabenheit zu vereinen. Schon als Kinder hatten die zwei sich als zukünftige Eheleute betrachtet. Jetzt, als der junge Mann am Ende seiner Dienstzeit stand und hoffnungsvoll in seine Zukunft schaute, hatte man ihm die Braut zugeführt. Sie hatten die Tage und Nächte des Urlaubs miteinander gelebt. Aber dem kraftstrotzenden Burschen war das Mädchen zu schwächlich. Der scharfe Blick des Bauern hatte bald die Verkrümmung des Beckens gesehen, die bisher unter den Kleidern sorglich versteckt war. Das gab keine Aussicht auf Kindersegen, und kaltblütig hatte der Bräutigam selbst das Mädchen in das Elternhaus zurückgesandt.

Wolfgang fiel es auf, wie ruhig der Wende über dieses Drama sprach, er schien nicht zu ahnen, was er dem Mädchen angetan hatte, machte auch selbst durchaus nicht den Eindruck eines unglücklich Liebenden. Den jahrelangen Brautstand warf er ab wie ein Hemd, nur daß die langbegehrten Güter nicht in seiner Hand vereinigt wurden, verstimmte ihn. Daß es Gefühl für ein Mädchen geben könne, wußte er nicht, für ihn begann die Liebe mit der Ehe. Diese Auffassung berührte Wolfgang tief; er erinnerte sich des Bruders, und ein Gefühl des Unbehagens stieg in ihm auf, als er an den eigenen Abscheu dachte, mit dem er des erfahrenen Mannes Worte abgewiesen hatte. Er mußte gestehen, daß in des Wenden Handlung ein gesunder Heroismus lag, ein großer Zug des Sorgens für die Zukunft.

Interessiert fragte Wolfgang nach dem Mädchen.

»Sie hat geweint, als ich sie fortschickte, aber sie war darauf gefaßt gewesen.«

»Wer wird sie nun noch nehmen?«

»O, sie bleibt ledig, niemand nimmt sie.«

»Seid ihr so sittenstreng dort?« fragte Wolfgang. »Sie ist doch reich, das hilft ihr wohl zu einem Manne.«

Der Wende sah Wolfgang erstaunt an. Offenbar trat ihm etwas Fremdes entgegen. »Aber sie kann keine Kinder bekommen, sie ist nichts wert.«

Eine Kette von Gedanken knüpfte sich für Wolfgang an diese Worte.

Das Manöver brachte Guntrams Beförderung zum Gefreiten. Es machte ihm Spaß, die Knöpfe an den Kragen zu heften, obwohl er sich sagen mußte, daß die Auszeichnung selbstverständlich für jeden sei, der an der Reihe ist. Aber die Freude wurde ihm bald vergällt. Er wurde jetzt vor die neue Aufgabe gestellt zu befehlen, und dabei versagten seine Kräfte. Schreien konnte er wohl, und sein Kommando klang fest und sicher. Er sah auch die Fehler; aber er vermochte sie nicht zu tadeln. Tronka wetterte über die verdammte Höflichkeit seines Einjährigen. Es half nichts. Tag für Tag wiederholte sich dasselbe Spiel. Wolfgang war hilflos, durch und durch untauglich zum Führer, nicht imstande, zwei Leute über den Rinnstein zu führen, wie der Hauptmann meinte. Nur war es nicht Höflichkeit, was ihn zaghaft machte. Ein übermächtiger Takt des Herzens lag in diesem Jüngling, eine seltene Fähigkeit, sich in andere Menschen hineinzuleben, und die zwingende Notwendigkeit, den, dem er gegenüberstand, zu erraten und zu schonen.

Wolfgang war selbst am meisten von dieser Talentlosigkeit überrascht und bedrückt. Wieder hatte er die Empfindung, daß ihm die Gabe des Herrschens fehle, wieder täuschte er sich in der wichtigsten Seite seines Wesens über sich selbst. Er wußte noch nicht, daß wer zum Abseitsstehen berufen ist, nichts, gar nichts mit der Herde gemein hat und nimmermehr sie leiten kann.

Die Eltern sah Wolfgang oft. Sobald Aussicht auf ein paar freie Stunden war, sandte er Nachricht nach der Heimat und voller Ungeduld erwartete er dann die Ankunft seiner Lieben. Ach, sein Herz weilte in ihrer Mitte, und jede Minute mit ihnen verbracht war dem Jungen ein Stück wirklichen Lebens. Er wurde wieder Kind, wenn er die beiden von fern nahen sah, die stolze Gestalt des Vaters, der ritterlich die Frau am Arme führte. Immer wieder, immer wieder war es dieselbe Freude, derselbe Jubel, dieselbe Ausgelassenheit der Seele und des Leibes. Das Lachen wurde hell, offen Blick und Wort. Wie sicher stand man zu dritt dem Leben gegenüber.

Gar köstlich war es, die Eltern zu bewirten, den Teetisch zu richten, Zigarren zu bieten, ein Sträußchen zu schenken. Die langen Stunden des Exerzierens schwanden im Sinnen auf kleine Aufmerksamkeiten und Überraschungen. Wolfgang lernte zu geben. Eine zarte Feinheit des Nachempfindens leitete ihn dabei. Er bildete die Kunst zu schenken zu einer Virtuosität aus. Für ihn, der seine Fähigkeit zu genießen unverbraucht erhalten hatte, der abseits von allem Tand seine Lust in sich selbst fand und das Leben zum Spiel gestaltete, war es wonnig zu erfreuen. Und es gelang ihm leicht. Seine wohltuende Frische verführte zur Freude. In seinem verlegenen Lächeln sprach sich dann die ungeduldige Sehnsucht aus, schmunzelnd und sich die Hände reibend schritt er auf und ab und sog Lob und Dank in vollen Zügen, um dann plötzlich alles in überströmender Freude zur lauten Lust fortzureißen. Sein Wesen steckte an. Bald hatten die beiden alten Leute dem Kind seine glückschaffende Art abgelauscht. Wie die Helden der alten Sage tauschte man nun die Gastgeschenke. Hei, war das eine Lust! Wohl meinte die Mutter von Zeit zu Zeit: »Junge, du bist zu lüstern, du nimmst das Leben vorweg. Woran willst du dich freuen, wenn du erst alt bist?« Dann lachte er übermütig und selbstbewußt: »Geben und empfangen, Mutter, werde ich noch im Sterben können, das weckt mich vom Tode.« Er sprach wahr.

Ab und zu war Wolfgang auch in der Heimat, selten nur, der Dienst erlaubte es nicht. Und dann, er mochte es sich nicht eingestehen, im Elternhaus fühlte er etwas Fremdes. Dort ward er sich der Kluft bewußt, die zwischen einst und jetzt lag. Das Königreich der Kinderzeit war ihm verloren, das stimmte ihn traurig. Wenn er eilig zur Garnison zurückging, mußte er auch die Brücke überschreiten. In voller Tätigkeit sah er die Arbeiter daran bemüht, und es war ihm jedesmal, als ob die Hammerschläge auf sein Herz fielen. Eine ungesühnte Schuld lastete auf ihm. Hin und wieder vergaß er sich wohl in dem traulichen Hause. Seit aber einmal die Eltern mit ihm gegangen waren und der Baumeister im Übermut den Vater mitten auf der Brücke angeredet hatte, um ihm das neue Werk zu zeigen, vermied Wolfgang den Weg. Der Landrat war überraschend ruhig geblieben. Nichts verriet, daß er den Hohn verstand. Mit überlegner Höflichkeit hatte er geantwortet. Das Bild des vornehmen Mannes blieb in Wolfgangs Gedächtnis haften, ehrfurchtgebietend.

7.

Wolfgangs Kümmernisse als Geschützführer sollten nur kurze Zeit dauern. Nachdem er kaum ein halbes Jahr gedient hatte, wurde sein

Soldatenspiel jäh und für immer unterbrochen. Anfang November ging ein gewaltiger Schneefall hernieder. Die Straßen waren gesperrt, und die Züge blieben in ihren Gleisen stecken. Da ließ man das Militär ausrücken, und Wolfgang stand stundenlang und schaufelte Schnee.

Am nächsten Morgen packte ihn der Schüttelfrost, und gleichzeitig stellten sich Stiche in der Brust ein. Wie alle echten Soldaten fand der junge Gefreite es schmachvoll, krank zu sein, und versuchte, Dienst zu tun. Jedoch schon in der ersten Stunde brach er zusammen. Man führte ihn in das Lazarett. Er wollte sich sträuben, aber es half nichts, und als er in das Krankenhaus eintrat, sagte er sich betrübt, daß er wohl einige Zeit fest liegen werde. In dem kleinen Offizierzimmer neben dem großen Krankensaal wurde er untergebracht.

Von den nächsten Tagen wußte Wolfgang nur wenig. Sie gingen vorüber, den Schrecken durch andre Schrecken verhüllend. Ein tolles Gewirr wahnsinniger Phantasien zog durch sein Hirn, ein Mensch in einem Drillichrock spielte eine große Rolle darin. Auf dessen Befehl mußte Wolfgang ununterbrochen husten. Dieser Teufel peinigte ihn so lange, bis er sich aus der Tiefe der Lunge Blut herausquälte, das mußte er in ein vorgehaltenes Gefäß speien und dann durfte er sich wieder niederlegen. Kaum aber schloß er die Augen, so stand der Quälgeist wieder vor ihm und zwang ihn zu husten. Anfangs wütete Wolfgang und schlug nach dem Menschen, später fügte er sich verächtlich in das Unabänderliche.

Auch den Hauptmann sah er ab und zu. Der sprach mit dem Teufel, und beide blickten feindlich nach Wolfgang hinüber. Gewiß, gewiß, dachte der dann, ich werde schon husten, wartet nur. Dieser Tronka, wer hätte das gedacht, im Bunde mit dem schäbigen Kerl im Drillichrock. Eine Frau erschien, sie sah wie die Mutter aus, aber sie weinte zuviel. Sie brauchte nicht zu weinen, er würde schon husten. Sie sollten ihm nichts anhaben können. Warum der Vater nicht kam? Ja, ja, der mußte ja arbeiten, er mußte die Brücke tragen; die Pfeiler waren zerbrochen, und nun stand er im Wasser und hob mit den mächtigen Schultern die steinerne Wölbung. Wolfgang faßte krampfhaft der Mutter Hand. Es mußte doch besser werden, nur ein paar Tage brauchte er noch zu husten, der Arzt hatte es gesagt und dem glaubte er. Dann wollte er den Vater ablösen, und sie würden zusammen die Brücke wieder bauen. Aber die Mutter verschwand, und Wolfgang blieb allein mit dem Manne, der ihn husten ließ.

Völlig zu Verstand kam der Fiebernde nur in den wenigen Minuten, in denen der Arzt bei ihm war. Dem vertraute er ganz, dessen Anblick machte ihn ruhig, an den glaubte er wie an einen Gott. Wolfgang hegte ein Gefühl der Frömmigkeit für ihn, und dieses Gefühl überdauerte die Krankheit.

Eines Morgens erwachte der Leidende aus seinen Träumen. Er begriff, wo er war, aus dem grauen Quälgeist wurde ein friedlich sorgender Lazarettgehilfe, den Wolfgang längst kannte. Den Oberstabsarzt empfing er mit klarem, ruhigem Blick, und heiter nahm er die Glückwünsche des freundlichen Herrn zur Krise der Lungenentzündung entgegen.

Wolfgang schlief bald darauf ein. Als er erwachte, saß seine Mutter am Bett. Sobald er die Augen aufschlug, erhob sie sich. Wolfgang griff nach ihrer Hand. Es fiel ihm auf, wie mager sie war, diese Hand. »Willst du schon gehen,« fragte er. »Bleibe noch!«

Brigitte beugte sich über ihn und küßte ihn auf die Stirn. »Der Arzt hat es verboten,« erwiderte sie. Wolfgang fügte sich willig und schloß die Augen. Als die Mutter die Tür öffnete, rief er sie an. »Wo ist der Vater?«

Brigitte drehte sich um, einen Augenblick zögerte sie, dann sagte sie fest: »Er hat zu arbeiten, vielleicht kommt er morgen.«

Seine Phantasien fielen dem Kranken ein. »Ist diese elende Brückengeschichte noch nicht zu Ende?« fragte er.

»Doch, sie ist zu Ende.«

»Nun Gott sei Dank.«

Die Mutter ging, und Wolfgang schloß wieder die Augen.

Die nächsten Tage verbrachte Wolfgang in einem Traumzustand. Er genoß es, gesund zu werden. Voller Behagen sog er die Brust voll Luft, als ob er sie sprengen wollte, als ob er alles nachholen müsse, was er an Atem versäumt hatte. Das bißchen Husten, das ihm geblieben war, tat ihm nichts. Er kümmerte sich nur um sich selbst, das Bewußtsein, dazusein, genügte ihm. Die Mutter sah er wenig. Ab und zu fand er sie an seinem Bett sitzend, wenn er aus süßem Schlummer erwachte. Sie sprachen kaum zusammen, er lächelte ihr freundlich zu, nahm ihre Hand und behielt sie, bis er wieder vor Müdigkeit einschlief.

Eines Tages fand Brigitte ihn munter. Er schien zu neuem Leben erwacht zu sein. Forschend sah er die Mutter an. Sie kam ihm gealtert vor. So gebückt hatte er sie nie gesehen, und hie und da blitzte in ihrem schwarzen Haar eine weiße Strähne.

»Arme Mutter, wie mußt du gelitten haben!« Brigitte brach in Tränen aus. Sie kämpfte mit ihrem Leid. Der Kranke hob die Hand und streichelte ihr das runzlige Gesicht, sie mit einem warmen Liebesblick anschauend. »Liebe Mama,« flüsterte er, »weine doch nicht. Ich bin ja gesund, bald, bald ganz gesund.«

Er legte sich wieder zurecht und behaglich lächelnd schaute er zur Decke empor. »Du weißt gar nicht, Mama, was für amüsante Tiere die Fliegen sind. Ich sehe ihnen stundenlang zu und freue mich ihrer. Es ist so himmlisch schön, gesund zu werden.«

Brigitte antwortete nicht. Sie saß regungslos. Die Angst vor der nächsten Frage quälte sie. Aber noch hatte sie Zeit.

»Wie lange bin ich schon krank?« fragte Wolfgang.

»Seit vierzehn Tagen.«

»Habe ich lange gefiebert?«

»Elf Tage.« Brigittes Stimme klang gepreßt. Jetzt, jetzt, jede Sekunde mußte es kommen, und sie wußte, sie war nicht stark genug. Mit zitternden Händen nahm sie den Hut und wollte gehen.

»Habe ich häßlich geredet, während ich tobte? Ich meine, habe ich Dinge gesagt, die schlecht sind?«

»Nein, nein.«

»Und ich war nicht sehr entstellt? Werde ich wieder schön werden, Mama?«

»Gewiß, mein Junge, gewiß.«

Der Kranke stutzte. In der Mutter Ton war ihm etwas aufgefallen, eine alte Erinnerung. Was war es doch? Wo hatte sie so gesprochen, mit diesem überirdischen Klang? Er drehte sich nach der Mutter um und sah sie an. »Du siehst aus wie bei Käthes Tode, Mama,« sagte er, »ganz so wie damals. Aber sei gut, Mutter, dein Herbstkind bleibt dir.« Und dabei sah er sie glückstrahlend an und zog sie zu sich herab. Brigitte wandte sich wieder. Sie konnte nicht mehr. Und doch durfte er nicht wissen, was in ihrem Wesen an Käthes Tod erinnerte. »Warum kommt Papa nicht,« fragte Wolfgang plötzlich. Brigitte schwieg, nur einen Augenblick dauerte es. Sie sah die Augen des Sohnes weit werden. Entschlossen antwortete sie: »Er ist in Berlin. Er hat bei dem Ministerium zu tun.«

»Nun, es ist gut, daß er die Qual mit der Brücke überstanden hat. Grüß ihn von mir,« rief er der Mutter noch nach.

Am folgenden Morgen ließ sich Wolfgang Bleistift und Papier geben und mit zitternden Händen schrieb er an den toten Vater.

»Lieber Vater,

damit du siehst, wie gut es mir geht, schreibe ich diese Zeilen. Ich bin noch sehr müde, so wird es nicht viel werden. Aber ich bin sehr, sehr froh. Ich habe viel nachgedacht über mein Unrecht gegen dich. Ich will es dir später erzählen, was ich meine. Ich will werden wie du bist. Ich liebe dich immer und immer. Dein Sohn Wolfgang.«

Als er Brigitte den Brief gab, brach sie an seinem Bett in die Knie.

»Mein armes Kind, deinen Brief wird der Vater nicht mehr lesen.«

Wolfgang sah seine Mutter an. Seine Augen wurden groß und weit.

»Ist er tot,« flüsterte er. Die Mutter nickte. »Arme Mutter,« sagte er und nach einer Weile, »liebe Mutter«, und fuhr ihr über den Kopf, sie in die Kissen gedrückt hatte. Dann drehte er sich nach der Wand und lag lange regungslos.

Und die Mutter begann zu erzählen, mit jedem Worte gleichsam tastend, wie sie dem Sohne ein ewiges Bild des Vaters schüfe. »Den großen Schneefall hast du ja noch miterlebt. Anfangs sah es gar lustig aus. Die

Bäckerjungen und Laufburschen kamen wie Schneemänner daher, und der alte Kreisbote sah aus wie der leibhaftige Winter. Ich freute mich recht, als ich die Straßenkinder jauchzen hörte, es dauerte auch nicht lange, da tönte das erste Schlittengeläut vor der Haustür. Der Vater saß drinnen in seinem Zimmer und arbeitete. Du weißt ja, er kümmerte sich um so etwas nicht. Als aber der Kreisbote von der Post zurückkam und meldete, daß die Züge ausgeblieben seien, wurde er unruhig und kam zu mir herüber. Ein dunkles Gerücht wollte wissen, die Artillerie sei aufgeboten, um die Bahn freizumachen, wie es ja dann wirklich der Fall war. Er sprach von dir. Ich ängstigte mich, daß du krank werden konntest.«

Die Mutter stockte, dann fuhr sie fort. »Aber der Vater lachte so recht behaglich und vergnügt, wie nur er lachen konnte. »Laß nur den Jungen Schnee schippen, das schadet nichts.« Und nach einer Weile sagte er noch, sich die Hände reibend. »Ich möchte den Bengel wohl sehen, wie er schaufelt. Brigitte, der wird einmal die Welt bewegen.« Es waren die letzten Worte, die ich von ihm weiß. Später habe ich ihn nur auf Augenblicke gesehen, und dann war er still und schweigsam. – Der Schnee fiel weiter, und der Vater wurde immer einsilbiger und ernster. Gegen Mittag ging er aus. Nach einer Weile kam er zurück und ließ den Oberwachtmeister kommen. Mit dem hat er lange verhandelt. Und der erzählte mir, er solle Arbeiter schaffen, um den Damm des Mönchskanals zu durchstechen. Als ich das hörte, wußte ich, was der Vater dachte. Dieser Brückenbau schwebte seit Monaten wie ein Gespenst über ihm, gerade als ob er gewußt hätte, daß es ihm das Leben kosten würde.«

Die Mutter hielt einen Augenblick inne. Ihr war, als ob Wolfgang weinte. Der aber winkte ungeduldig mit der Hand. »Weiter.«

»Kaum war der alte Krüger fort, so erschien der Regierungsbaumeister. Der Vater trat ihm schon auf dem Flur entgegen. »Endlich,« sagte er. »Ja, es tut mir leid, Herr Landrat, daß ich vorhin nicht zu Hause war.« Weiter konnte ich nichts verstehen. Guntram zog ihn rasch in sein Zimmer.

Erst blieb es ruhig drin, aber allmählich hörte ich das dumpfe Grollen von Papas Stimme, wie es beim hereinbrechenden Sturm ist, und dazwischen tönte der scharfe Klang des Baumeisters. Die Tür wurde aufgerissen, und der Baumeister stürzte heraus. »Die Regierung soll erfahren, Herr Landrat, wie Sie Ihre Befugnisse übertreten. Sie dürfen den Damm nicht brechen.« »Ich darf nicht,« klang es zurück, »aber ich tue es.« Kurz darauf verließ der Vater das Haus. Als es dunkel wurde, ging ich ihn suchen. An der Kettenbrücke, die über den Kanal führt, hatten sie Feuer angezündet, und da stand er mitten unter seinen Arbeitern mit der Schaufel den Schutt emporwerfend. Der Krüger trat auf mich zu. »Sie müssen noch etwas warten, gnädige Frau,« sagte er. »Der Herr Landrat muß erst den Damm gebrochen haben, dann ist alles gut.« »Was ist denn nur los, Krüger,« fragte ich. »Der Herr Landrat fürchtet, wenn das Tauwetter kommt, wird es die Brücke fortreißen. Da will er dem Wasser hier einen Ausweg schaffen, damit es nicht auch die Häuser unten am Strom vernichtet.« Ich mußte lange warten. Endlich kam er auf mich zu und reichte mir die Hand. Seit lange hatte ich ihn nicht so heiter gesehen. Als wir auf die Chaussee einbogen, um nach Hause zu gehen – der Krüger folgte hinter uns mit der ganzen Schar der Bauern; Arbeiter hatte der Vater nicht bekommen, aber die Bauern hielten zu ihm – als wir auf die Chaussee einbogen, trat uns ein Mann entgegen. Es war der Besitzer der Wiesen, welche an den Kanal anstoßen. Er zeterte und schrie, man dürfe ihm sein Eigentum nicht ruinieren. Er werde die Regierung zu Hilfe rufen. Der Vater sah ihn ruhig an. Dann sagte er: »Die Regierung ist weit, mein Freund. Arbeiten Sie lieber mit.« Und zu dem Wachmeister gewendet sagte er: »Krüger, morgen mit dem frühesten steht die gesamte Gendarmerie des Kreises hier an dieser Stelle, und jeder, der sich eindrängen will, wird festgenommen, jeder, hören Sie, Oberwachtmeister.« »Zu Befehl, Herr Landrat,« klang es zurück, und wir gingen schweigend weiter. Der Schnee fiel unablässig, unablässig, wir sanken bei jedem Schritt tief in die weiße Masse ein. Auf der Brücke blieb der Vater einen Augenblick stehen. »Wie schön so ein Fluß ist,« sagte er und dann: »Läßt mir der Tauwind noch vierundzwanzig Stunden Zeit, so ist alles gerettet.« Der ganze Zug folgte uns. Sie haben bei uns im Hause übernachtet. Ehe der Tag anbrach, waren sie schon wieder auf den Beinen. Ich habe den Vater nicht wiedergesehen. Gegen Mittag brachten sie mir ihn tot ins Haus.«

Die Stimme brach der unglücklichen Frau. Laut schluchzend barg sie den Kopf wieder in die Kissen. Wolfgang drehte sich nach ihr um. Von neuem fuhr er ihr über das Haupt und küßte sie leise auf den ergrauenden Scheitel. Dann lag er still auf dem Rücken und sah empor zu der Decke. »Wie war es geschehen?« fragte er endlich.

»Ja, wie war es geschehen? Sie haben es mir alles erzählt. Höre! Das Wetter schlug um, der Schneefall hörte auf, und statt dessen begann es zu regnen, was vom Himmel herunter wollte. So gegen 11 Uhr etwa mochte es sein, da kam ein Wagen vorgefahren, und der Herr von Schoenberg sprang heraus, du weißt ja, der Geheime Baurat. Er schimpfte und fluchte, daß er bei diesem Wetter heraus müsse. Der Präsident habe ihm telegraphiert. Ob denn der Guntram verrückt geworden sei, fremdes Eigentum zu verletzen. Ich verbat mir seine groben Redensarten. Was denn das alles heißen solle, fragte er. Da führte ich ihn ans Fenster und ließ ihn hinaushorchen. Durch das Klatschen des Regens klang ein dumpfes Grollen. »Das ist der Fluß,« sagte ich ihm, »und wenn Ihr Herren den Guntram nicht gewähren laßt, so steht heut abend kein Haus mehr unten am Strom.« Ich muß wohl recht bestimmt gesprochen haben, denn der Herr wurde auf einmal sehr höflich. Da schickte ich ihn hinunter zum Kanal. Dort könne er den Vater treffen. Mittlerweile müssen die Leute fleißig gewesen sein. Der Damm war fast durchstochen, und gleichzeitig ließ der Vater mit aller Macht an dem Kanal arbeiten, um ihn zu erweitern. Der Krüger hatte Gendarmen aufgestellt. Die ließen niemanden durch.

Schon früh am Morgen, als der Fluß anfing zu toben, war der Baumeister zu dem Vater gekommen, völlig verängstigt und eingeschüchtert, was er denn tun solle, der Fluß steige von Minute zu Minute, und die Brücke sei in großer Gefahr.

»Die Brücke, ach, die Brücke ist verloren. Lassen Sie zwei Bogen sprengen,« sagte der Vater. »Nein, das könne er nicht,« hat er geantwortet. »Nun dann, in des drei Teufels Namen, helfen Sie sich selbst,« hat der Vater gewettert und dann: »So reißen Sie wenigstens die Gerüste ab, die dem Wasser den Weg versperren.« Das hat dem Manne eher eingeleuchtet, er hat ein paar Arbeiter mitgenommen, und sie haben die Gerüste abgebrochen. Als der Herr Baurat über die Brücke kam, hat er es verhindern wollen, aber diesmal hat der junge Mann nicht nachgegeben und man hat fleißig fortgearbeitet. Der Baurat ist dann weitergefahren, und am Kanal hat der Gendarm ihn festgehalten. Er hat wieder geflucht und gezetert, mit Gesetz und Gefängnis gedroht. Aber es hat nichts geholfen. Endlich hat sich der Krüger seiner erbarmt und hat ihn mit sich zum Vater genommen. Der hat unten im Graben gestanden, und als Krüger den Baurat meldete, hat er sich gar nicht darum gekümmert. »Die Leute heraus aus dem Kanal,« hat er gerufen und sich hoch aufgerichtet und, »die Schleusen auf,« schrie er noch. Die Wasser brausten in das leere Bett und durch den Dammbruch über die Wiesen, ein Jubelruf schallte durch den Regen. Da trat der Baurat auf den Vater zu, »das wird Ihnen teuer zu stehen kommen,« sagte er und faßte ihn nach seiner Gewohnheit vorn am Knopf. Aber im selben Moment erschütterte ein dumpfer Donner die Luft, der Vater schrie laut auf, seine Augen quollen ihm aus dem Kopf, und mit einem heiseren Fluch warf er den Baurat zur Seite. »Die Brücke bricht,« rief er noch, dann war er schon in dem Nebel verschwunden. Als die Leute zur Brücke kamen, war das Unglück schon geschehen.

Nur ein Pfeiler stand noch von dem alten Bau, als der Vater ans Ufer kam, und darauf hingen zwei Arbeiter und der junge Baumeister. Der Steinbau aber wankte hin und her. Am Ufer stand eine Menschenmenge dicht gedrängt.

Regungslos starrten alle nach dem zitternden Bau, um den die Flut raste, aus ihren starren Gesichtern sprach es deutlich: die sind verloren, und gierig warteten sie auf den Tod. Plötzlich teilte sich die Menge vor dem Vater. Seine breitschultrige Riesengestalt ragte hoch empor.

Einem Schiffer, der dastand, riß der Vater das Seil aus der Hand, warf es sich um die Brust und, das andre Ende in die Menge schleudernd, rief er »Haltet mich, Leute!« Einen Augenblick stand er noch und man sagte mir, er habe froh ausgeschaut wie ein Kind. Dann ist er ins Wasser gesprungen.«

Die Mutter schwieg wieder. »Weiter, Mama, weiter,« sagte der Knabe. Er hatte sich halb aufgerichtet und starrte mit großen Augen auf die Mutter.

»Er hat den Pfeiler nicht erreicht. Als er ganz nahe daran war, brachen die Trümmer mit ihrer lebendigen Last zusammen. Die Menschen wurden weggespült, und den Vater zog man tot ans Ufer. Ein Stein hatte ihm die Brust zerschlagen.«

Aus des Jungen Brust brach ein Jauchzen hervor. Er schlug die Arme um der Mutter Hals und laut weinend rief er: »So möchte ich auch sterben, Mutter.«

Brigitte erwiderte nichts. Nach einer Weile begann Wolfgang: »Arme Mutter, nun bist du ganz allein in dem großen Hause.«

Die Mutter schüttelte den Kopf. »Bis gestern war der Fritz da, die andern Brüder haben den Vater mitbegraben. Aber sie mußten bald wieder fort. Der Fritz ist geblieben und hat alles vorläufig geordnet. Heute morgen hat er mich hierhergebracht in das Hotel drüben und ist fortgefahren. Ich wollte bei dir sein.«

Wolfgang küßte die kniende Frau und hielt sie eng umschlungen. Es wurde ganz still in dem Zimmer, und die sinkende Sonne sah ein Kind, das seine Mutter tröstete.

Fünftes Buch

1.
Der Aberglaube der Guntrams bestätigte sich. Mit dem Einsturz der Brücke verließ das alte Geschlecht das sonnige Flußtal, in dem es so lange gehaust hatte, und der Hang zum Glauben an Vorbedeutung und Vorahnung wurzelte sich in Wolfgang fest. Mit Einwilligung ihrer Söhne schrieb Frau Brigitte das Gut zum Verkauf aus, welcher auch nach einiger Zeit zustande kam. Sie selbst siedelte, als sie erst den jüngsten Sohn außer Gefahr wußte, nach der Hauptstadt über, wo sie mit ihm während der Dauer seiner Studien zu leben gedachte.

Unterdessen erfuhr auch Wolfgangs Geschick eine Wendung. Man eröffnete ihm, daß er dienstuntauglich geworden sei. Auf seine Frage nach dem Grunde seiner Entlassung erhielt er die unbestimmte Antwort, die Krankheit habe ihn so angegriffen, daß er den Anstrengungen des Dienstes nicht mehr gewachsen sei. Da er noch recht schwach war, beruhigte er sich hierbei, zumal er herzlich froh war, die Uniform auszuziehen. Erst später sollte er am eignen Leibe erfahren, daß die ganze Sache doch nicht so harmlos verlaufen war, wie er annahm.

Die Förmlichkeiten der Entlassung fesselten ihn einige Zeit an die Garnison. In diesen Tagen verkehrte er viel mit seinem früheren Batteriechef, Hauptmann von Tronka, welcher jetzt ebenso eifrig die Gesellschaft des Geistesverwandten suchte, wie er sie vordem gemieden hatte. Die Schicksale Wolfgangs gaben den äußern Anlaß dazu, und die grüblerische Richtung beider führte sie eng zusammen. Sie sprachen von allem, was sie bewegte, und zum ersten Male öffnete Wolfgang die Schätze seines Innern. Dabei kam es dann, daß der Jüngere, aufgewachsen unter den bildendsten Einflüssen, ein geistiges Übergewicht über den etwas verwilderten Soldaten gewann, während dessen Charaktertreue und lautere Wahrheitsliebe dem unsteten und in der Verstellung so geübten Jüngling aufrichtige Ehrfurcht einflößte.

Oft drehte sich das Gespräch um die gemeinsame Liebe beider, Erich Tarner, und Wolfgang erfuhr so eine Menge intimer Züge aus dem

Leben des Meisters. Das Bild, welches er sich gemacht hatte, gewann an Deutlichkeit und Tiefe. Krankheit und Gemütserschütterung hatten seine Seele empfänglich gemacht, und da die einzelnen Erzählungen stets von einer warmen Empfindung beseelt waren, so erhitzte sich Wolfgangs Gefühl für Tarner immer mehr. Sein Verhältnis zu diesem Manne wurde geformt, ehe er ihn in Wahrheit persönlich kennengelernt hatte. Die schweren Konflikte, in welche Guntram später geriet, wären ihm vielleicht erspart geblieben, wenn er dem großen Zauberer unbefangen nähergetreten wäre. Aber Wolfgang gestand sich auch später ein, daß dieses Wandeln durch bitteres Leid wesentlich für seine Entwicklung war, und er bewahrte dem Herrn von Tronka Anhänglichkeit selbst noch, als er mit allem Gefühlsleben gebrochen zu haben glaubte.

Den Tod des Vaters überwand Wolfgang auf seine eigentümliche Weise. Anfangs suchte er das Gespenst des Schreckens durch eifrige Arbeit fortzuscheuchen. Eingedenk der Unterredungen mit dem Vater hatte er sich entschlossen, Medizin zu studieren. Die zwecklosen Wochen seines Garnisonlebens benutzte er dazu, sich vorläufig etwas einzuarbeiten. Leider stieß er dabei sehr bald auf Hindernisse. Er hatte sich einen Vorrat von Lehrbüchern angeschafft, statt sich jedoch ernstlich damit zu beschäftigen, schmökerte er hier und da herum, wie es ihm gerade gefiel. Auf diese Weise gewann er allerdings ein Bild über die Medizin, es war aber so lückenhaft und verworren, daß ihm selbst davor graute. Da er jede Unklarheit haßte, er andrerseits rasch fertig mit dem Gedanken war, so ergänzte er die mangelhaften Kenntnisse aus seiner eignen Phantasie, bis er ein abgerundetes und leicht zu verstehendes System vor sich hatte. An dieser Kette mißverstandner und vergewaltigter Gelehrsamkeit sollte er lange schleppen. Der Kampf der eignen vorgefaßten Meinungen mit dem, was die Wissenschaft Echtes und Wahres bot, begann, sobald der junge Mensch die Hörsäle betrat, und überdauerte seine Studienzeit. Erst das tätige Leben des Arztes söhnte die Gegensätze aus. Wolfgang langweilte sich bei den trocknen Lehrbüchern, und Langeweile war für ihn stets verhängnisvoll. Kurz und kühn urteilte er, die Wissenschaft sei ein fragwürdiges Ding, welches die Lobpreisungen gewiß nicht verdiene. Er suchte wieder außen eine Schuld, welche in seinem Innern lag. Ganz verdreht wurde sein Urteil aber durch ein Buch, das er zufällig in der Bibliothek des Oberstabsarztes fand: Rademachers Erfahrungsheillehre, das war etwas nach seinem Geschmack. Die scharfe Logik des Werkes, die begeisterte Auffassung des ärztlichen Berufs, die unleugbare Schönheit mancher Stellen, welche poetisch zu dem Besten gehörten, was Wolfgang kannte, vor allem aber der schonungslose Sarkasmus und die siegreiche Freudigkeit, mit der Rademacher die Schwächen der Wissenschaft und ihre Jünger angriff, bestachen ihn. Ehe Wolfgang noch anfing zu studieren, war seine Stellung zu Lehre und Lehrern entschieden.

Diese Verachtung, gleichviel ob sie berechtigt oder kindisch war, hätte einen andern vielleicht von dem Studium abgeschreckt. Das war aber bei Wolfgang nicht der Fall. Im Gegenteil, die Aussicht, ein verwahrlostes Feld bedeckt mit Unkraut und Schutt vor sich zu haben, lockte ihn an, und mit heißer Sehnsucht dachte er des Tages, welcher ihn endlich aus der Garnison erlösen würde.

Diese wachsende Begierde jedoch machte ihn unruhig, scheuchte ihn von den Büchern auf, und nun stand wieder der Tod des Vaters deutlich vor seinen Augen, ihn überall verfolgend und quälend. Der Versuch, sich durch Arbeit zu befreien, war mißlungen. An die Stelle der dumpfen Teilnahmlosigkeit, die er so lange künstlich gehegt hatte, trat ein wütender Schmerz, ein Leid wohl geeignet, ihn völlig zu vernichten. Nur allzusehr hatte er den toten Vater geliebt. Eine einzige Stunde brachte die Wendung.

Wolfgang brütete über seinen Büchern. Als er sich eine Zeitlang vergeblich an der trocknen Materie abgequält hatte, holte er seinen Heine hervor und begann in den Gedichten zu blättern. Der scharfe Wechsel von gefühlvoller Phrase und niedrigem Witze paßte in seine Laune, der alte Hang zersetzenden Hohnes wurde in ihm lebendig, und der verbissene Groll der letzten Tage steigerte sich aufs höchste. In diese Stimmung hinein geriet Tronka, der, gestiefelt und gespornt, nach seiner

Gewohnheit hastig in das Zimmer klirrte. Er hatte den Kragen hochgeschlagen, und sein Mantel triefte von Nässe.

»Guten Tag, kleiner Doktor,« sagte er. »Sie haben es gut, ein warmes Zimmer bei dem Schweinewetter und vernünftige Bücher. Weiß Gott, wenn ich nicht so gerne Soldat wäre, ich würde auch Arzt.«

»Na, ich danke.« Wolfgang sah seinen Freund giftig an. »Sie denken sich das so gemütlich. Aber vor dem Schweinewetter bin ich auch nicht sicher, wenn ich praktiziere. Ich wollte, ich hätte den ganzen Schwindel nicht angefangen.«

»Was denn? Sie haben ja noch gar nicht angefangen.«

»Aber ich habe die Sache jetzt schon satt. Was ist das für ein Leben als Arzt. Keine Minute ist man seiner Ruhe sicher. Mit hysterischen Weibern sich herumschlagen müssen, plärrende Kinder begütigen, die Grobheiten der Kranken einstecken, arbeiten, sich mühen und sorgen, nur damit es nachher heißt: Der Doktor Guntram hat den Müller zu Tode kuriert. Pfui Teufel!«

Tronka lief mit langen Schritten im Zimmer umher, hob hier oder dort einen Gegenstand vom Tische und hörte sich vergnügt die Rede des Zukunftsarztes an.

»Sie haben ja schon schreckliche Erfahrungen gemacht,« sagte er.

Wolfgang fühlte, wie lächerlich dem andern die abgestandne Weisheit vorkommen mußte, mit der er bewirtet wurde. Er wurde gereizt, und um seine Blöße zu verdecken, beschloß er, den Freund zu kränken. »Dieses Lumpenpack von Menschen ist es gar nicht wert, daß man sich seinetwegen anstrengt. Man soll das Gesindel versumpfen und verfaulen lassen, statt ihm zu helfen. Mich ekelt jetzt schon bei dem Gedanken an all die muffigen Gerüche und den Dreck, der meiner wartet.«

Tronka war stehengeblieben, sein Gesicht wurde streng.

»Wenn Sie das Leben so auffassen, wundert es mich nicht, daß Sie keine Freude daran haben. Aber Sie spaßen ja bloß. Im Grunde genommen sind Sie ein ganz guter Kerl.«

»So,« meinte Wolfgang, »Sie müssen es ja wissen. Ich will Ihnen etwas sagen, Herr Hauptmann, gut bin ich gar nicht, finde das auch höchst langweilig. Ich werde diese Medizingeschichte eine Zeitlang treiben, man behauptet ja, sie sei amüsant. Aber die sogenannte leidende Menschheit ist mir verdammt gleichgültig. Derentwegen rühre ich keinen Finger. Ich will mich amüsieren, und wenn ich das nicht erreiche, die gottselige Nächstenliebe hält mich keinen Augenblick.«

Tronka griff nach seiner Mütze. »Wissen Sie, lieber Guntram, Sie sind heute ein schlechter Gesellschafter. Sie meinen das auch nicht so. Ich bin überzeugt, daß gerade Sie einen hohen Begriff von Ihrem Beruf haben, daß Sie imstande sind, für andere zu leben und zu sterben, wie es Ihr Vater getan hat.«

»Ich denke gar nicht daran, ein solcher Narr zu werden wie mein Vater.«

Wolfgang wurde bleich, als er die eigenen Worte hörte. Der andre aber ging, ohne eine Silbe zu erwidern.

Wie mit einem Zauberschlag war der Groll verschwunden. Wolfgang trat an das Fenster und starrte hinaus. Der Regen strömte unablässig, und der Wind stob durch die Straßen und fegte die Wassermassen in dichten Wolken gegen die Mauern der Häuser. Ein Frostschauer überlief den Jungen am Fenster. Der Gedanke fuhr ihm durch den Kopf, wie kalt es auf dem Kirchhof sein müsse, und plötzlich dachte er daran, daß der tote Vater friere. Er suchte die Vorstellung fortzuscheuchen, aber sie blieb, er lachte darüber, aber sie blieb. Ein unbezwingbares Wehegefühl stieg in seiner Brust auf, ein tiefes quälendes Mitleid mit dem frierenden Vater, es überwältigte ihn, fraß ihm am Herzen und warf ihn weinend zu Boden. Wie ein Kind weinte und schluchzte er laut, unaufhörlich, unaufhörlich. Als er sich endlich erhob, war er ein andrer geworden. Entschlossen dachte er über den Tod nach.

Er rief sich der Mutter Erzählung in das Gedächtnis zurück und stellte sich alle Einzelheiten in ihrer schauerlichen Größe vor. Der Eindruck blieb derselbe, welchen er im ersten Augenblick gehabt hatte, Ehrfurcht, edler Neid erfüllte ihn. So zu sterben, im Vollbringen der Tat, im frohen Bewußtsein des Kampfes und Sieges, als Held, war schön. Konnte er den Vater noch bedauern? Wenn er einer Krankheit erlegen wäre, wie hätte er dann gelitten. Oder das zahnlose Alter hätte ihn dahingerafft. Das wäre dem tätigen Manne ein schweres Schicksal gewesen, allmählich zu verwelken, kraftlos dahinzusiechen, die schwellende Lebenslust und den beweglichen Geist einzubüßen. Es war ein Gedanke nicht auszudenken. Der Tod ist unvermeidlich. Nur die Art des Todes kann erschrecken. Auf der Höhe des Lebens mußte man sterben. Wer das Leben mit eigner Kraft zu zwingen vermochte, der mußte auch über dem Tode stehen, ihn rufen, wenn der wahllos blinde zu lange zögerte. Napoleon fiel ihm ein. Der hatte nicht zu sterben gewußt. Wie konnte man doch den Selbstmord feige nennen? Freilich, dem Unglück zu fliehen, darum durfte man nicht sterben. Vielleicht auch dann, aber nicht als Lebensmüder, als Überwundener mußte man sich unterwerfen.

Mitten im lachenden Sonnenschein des Lebens heiter grüßend zu scheiden, das war ein Ziel. Vielleicht hatte der Vater den Tod gerufen. Der Gedanke gefiel ihm. Bald freilich wies er ihn wieder von sich. Dieser Mann hatte an nichts andres gedacht als an die Not des Augenblicks. Aber der Wunsch, es hätte so sein sollen, blieb in Wolfgang lebendig. Und in gewaltiger Größe trat ihm das eigne Ende vor Augen.

Was aber war es, das ihn bei dem Gedanken an den Tod erschauern ließ? Er griff in die Tiefe der Brust und fand die Antwort. Ihm, dem Überlebenden, war etwas geraubt. Der Sterbende tat dem Nächsten, Liebsten ein Leid an. Der Tod war ein Unrecht gegen das Leben. Wolfgang fand es nicht mehr wie einst bei Käthen beneidenswert, beweint zu werden.

Wer frei sterben wollte, mußte frei leben. Nur dem Einsamen war ein reiner Tod erlaubt. Und aus der tändelnden Frage des Selbstmords blickte jetzt das starre Rätsel hervor, welches unerbittlich Antwort heischte: Lebst du für andre oder lebst du dir selbst? Verlangst du Liebe, so darfst du nicht sterben. Denn alle Tränen fallen auf dich. Verlangst du Freiheit, so darfst du nicht lieben. Nur der Einsame gebietet göttlich dem Leben und Sterben. Es war ein schöner Gedanke, unbeweint und selbst tränenlos als Herrscher des Schicksals einsam zu Grabe zu gehen.

Nein, noch lachte das Leben! Noch war er im Wachsen. Eine übermächtige Empfindung quoll in ihm hervor. Er umfaßte die Welt mit inbrünstigem Gefühl. Das Rad des Menschengeschicks wollte er packen und vorwärtsrollen: Glück säen, Freude bringen, leben und lieben! Wolfgang erhob sich von seinem Sinnen. Ihm war freudig zumute. Eine Sehnsucht nach Größe hatte die Trauer verschlungen, und mit festem Schritt ging er, den Freund zu suchen, welchem er wehgetan hatte.

2.

Noch vor Weihnachten traf Wolfgang in Berlin ein. Brigitte hatte ein trauliches Quartier im Westen Berlins gewählt, fast schon an der Grenze des bebauten Terrains. Der Blick schweifte dort noch unbehindert über die weite Ebene. Die vertrauten Möbel machten die Räume heimisch, und Wolfgang begrüßte mit wehmütiger Freude die lieben Andenken des Vaterhauses. An der Seite der Mutter schritt er durch die Zimmer, die nicht zu zahlreich und nicht zu groß, fast den Eindruck alteingewohnter Behaglichkeit machten. An den Portieren strich er liebkosend entlang, den Bildern nickte er lächelnd zu, an dem Spieltisch der Kindheit stellte er kindisch-heiter die Klappen auf und nieder, und um den runden Eßtisch tanzte er mit der Mutter dahin. Dann ließ er sich den Frühstücksschrank aufschließen, schob einen Stuhl herbei und holte geduldig ein Stück nach dem andern hervor, von Zeit zu Zeit die hinter ihm stehende Mutter anschauend und kurze Worte mit ihr tauschend. Zuletzt ergriff er die Geburtstagstasse und auf den Spruch deutend, sagte er: »Dem Vater zur Freude, der Mutter zum Glück, du mußt nun beides auf dich nehmen, Mutter.« Brigitte neigte sich über ihn und küßte ihn leise auf das Haar. »Ich möchte daraus trinken, Mama,« sagte er und reichte ihr die Tasse. »Ich bin ja groß genug und werde sie nicht zerbrechen.«

Die Mutter nickte. Dann zog sie ihn mit sich fort. »Komm, ich will dir noch etwas zeigen.« Sie führte ihn an die Tür des letzten Raumes und schlug die grünen Portieren zurück. »Das ist dein Zimmer,« sagte sie, und Wolfgang schaute hinein.

Der Schreibtisch des Vaters stand breit in dem Zimmer, und darüber leuchtete der weiße Kopf des Zeus. Die Tränen traten ihm in die Augen, und still barg er den Kopf an der Schulter der alternden Frau.

Wolfgang lebte sich rasch ein. Das Semester war schon so weit vorgerückt, daß es sich nicht mehr lohnte, mit dem Studium zu beginnen. Auch fühlte sich Guntram noch zu schwach und unlustig. So wurde denn beschlossen, den Rest des Winters zu verbummeln, und das wurde auch gründlich besorgt.

Schon am ersten Abend sagte Brigitte: »Du sollst dir dein Leben heiter gestalten. Dein Vater war kein Freund vom Trauern. Lasset die Toten ihre Toten begraben, meinte er, und ich denke, du handelst nach seinem Sinn. Ich bin eine alte, müde Frau und was ich jetzt brauche, ist Einsamkeit. Aber so weit ich es vermag, will ich mich mit dir des neuen Lebens freuen und du, mein Junge, führe dein Dasein in frohem Genießen des Augenblicks, wie es dein Vater tat. Wenn du die Welt durchlebst und dir zu eigen machst, bist du der echte Sohn deines Vaters.«

Wolfgang verstand seine Mutter, und dankbar wußte er ihre große Gesinnung zu schätzen, die ihm erlaubte, frei von konventioneller Betrübnis der Zukunft zu pflegen.

Weihnachten vereinte all die Brüder unter den brennenden Kerzen zum letztenmal, denn schon der nächste Winter führte den Ältesten als Gesandten weit in das Ausland. Als die Festtage verflossen waren, lebten die beiden Menschen, die so verschieden an Jahren, doch so ähnlich in frischer Empfänglichkeit waren, sich innig miteinander ein, und eine tiefe Freundschaft wuchs, die erst der Tod zerbrach.

In dieser ersten Zeit des engen Zusammenlebens mit der Mutter bildeten sich feste Gewohnheiten heraus, welche auch später beibehalten wurden, als Wolfgang durch sein Studium mehr abgelenkt wurde. Brigitte wurde Wolfgangs Kamerad, Freund und Schüler.

Der junge, aufblühende Mensch fand bei seinen Altersgenossen wenig Verständnis. Die seltsame Mischung von ernster Reife und kindischem Betragen, von feuriger Begeisterung und frechem Hohn, stieß die Kameraden ab, und Wolfgang selbst fühlte sich weder in der Gesellschaft der leichtsinnigen Zechbrüder noch im Gespräch mit den fleißigen Fachsimplern wohl. Sein künstlich gehegter Zynismus war nach und nach verlorengegangen. Zum Kneipgenie hatte ihn die Krankheit völlig verdorben, und seine Freude an Weibern war gar gering. Er merkte, welch ein Spielverderber er war und zog sich, sooft es ging, zurück. Heimlich jedoch wuchs die Begierde am Weibe, freilich war sie in ein seltsames Gewand gehüllt. Wolfgang legte sich darauf, die Seelenzustände der Mädchen zu erforschen, mit denen ihn der Zufall im Wirtshause zusammenwarf. Sie pflegten ihm die seltsamsten Märchen aus ihrem Leben zu erzählen. Er hörte zu, halb gläubig, halb skeptisch. Die melancholische Sentimentalität steckte ihm damals noch im Blute, und der Roman behielt etwas Lockendes, selbst wenn er noch so schlecht zusammengeflickt war. Als Wolfgang später reichlich Gelegenheit hatte, das menschliche Herzensleben in all seinen Regungen kennenzulernen, war er überrascht, wieviel er bei dieser tollen Art des Verkehrs gelernt hatte. Er sah dann, daß das sentimentale Schaugepränge überall dieselben Formen und Mittel verwendete. Ein unausrottbares Mißtrauen gegen die Gefühlsphrase setzte sich in ihm fest. Er gewann damals die Fähigkeit, Menschen in ihrem versteckten Innern zu erraten, gleichsam ungeniert in die Putzstube ihres Herzens zu treten, eine Fähigkeit, die ihn dem zufällig Begegnenden fast unheimlich machte.

Scheuchte so Wolfgangs grüblerische Richtung die lustigen Leute fort, so ging es mit den strebenden Wissenschaftsjüngern nicht viel besser. Seine Interessen waren zu vielseitig, um an einem bestimmten Fach hängenzubleiben, und er hatte die glücklich unglückliche Gabe, die Dinge im Zusammenhang zu schauen und in großen Zügen zu denken. So ging er in der Unterhaltung bald auf andre Gebiete über, auf die man ihm nur widerwillig folgte, vielfach auch nicht folgen konnte. In kurzer Zeit war er als Schwätzer und Phantast verrufen. Er selbst wandte sich unbefriedigt von diesen Brotbäckern ab, deren Gedanken froh waren, ein kleines Stück des Lebens zu durchwühlen.

Die Mutter blieb für Wolfgang alles. Mit ihr besprach er, was Tag und Leben bot, alles und jedes. Nur von sich selbst, von den Tiefen seines Wesens sprach er nie. Er wußte, daß Frau Brigitte ihn nicht verstehen würde, daß die seltsamen Irrgänge seiner Moral sie quälen müßten, daß sie unter der gefährlichen Art seines Denkens leiden könnte. Das ureigne Beste und Böseste in Wolfgangs Natur war der Mutter versteckt. Als echte Mutter traute Brigitte der scheinbaren Offenheit des Sohnes, sie glaubte alles in ihm zu kennen und kannte doch nur die Oberfläche.

Freilich diese Oberfläche war reich und buntfarbig und vermochte das Auge zu blenden. Frisch ging er den Dingen zuleibe, modelte und gestaltete an ihnen, bis sie seine Form angenommen hatten, bis sie ganz und gar sein Eigentum geworden waren. Das war einer der Menschen, welche von der Welt nicht umgewandelt werden können, welche sich alles dienstbar machen und die Zukunft prägen.

Die eigentümlichen Spiele seines Hirns teilte er Brigitten mit. Bald hatten sie dann schon eine feste Gestalt gewonnen, bald – und das war häufiger – suchte er durch Gespräch und Streit Herr irgendeines Gegenstandes zu werden. In reichem Wechsel zogen die Bilder der Welt vorüber. Menschen und Tiere, Politik und Kunst, Kochen und Musizieren, Theater, Kirche und Königreich, Geschichte und Märchen, Wissenschaft und Phantasterei, alles trug er zur Mutter.

Hier in Berlin machten sich auch die Tagesfragen geltend.

Es war fast unmöglich, ihnen zu entrinnen. Der Sozialismus beschäftigte Wolfgang lange Zeit. Der weibliche Geist des Jahrhunderts hatte in ihm tief Wurzel geschlagen, er dachte damals noch gerecht, das Recht stand ihm näher als die Pflicht, und die Ehrfurcht vor der Macht war noch nicht geweckt. Freilich störte es ihn, wenn er ab und zu einen Blick hinter die Bühne warf. Der Traum Lassalles, als Triumphator in die Hauptstadt einzuziehen, öffnete ihm für Momente die Augen, und er fand ein herzliches Wohlgefallen an diesem Manne. Bald aber tauchte wieder das Recht auf Arbeit hervor, das Mitleid mit dem Volk, das Gefühl für das Elend. Es brauchte langer Jahre, ehe Wolfgang sein Herz überwand.

Neben der weichen Auffassung des Lebens ging ein herrisches Wesen daher, das seltsame Widersprüche hervorrief. Eine blinde Schwärmerei für Menschengröße verführte den jungen Träumer zur starren Vorliebe für den Absolutismus, der war ihm die einzig richtige Staatsform, und es bedrückte ihn nicht, daß er dabei mit seinen sozialen Neigungen in Streit geriet. Heute so und morgen so, das war das Bild seines Denkens. Der ausgleichende Zusammenhang war noch nicht geknüpft. Seine Art zu sprechen war leidenschaftlich, heftig, übertreibend. Es klang, als ob er in voller Wut zankte oder stritt. Alles, was er vorbrachte, trug den Stempel der kecken Sicherheit, gerade weil es stets ein Stück seines Wesens, etwas Eigenes war. In dem Menschen steckte nichts Fremdes.

Brigitte hätte vermutlich viel an ihrem Herbstkind auszusetzen gehabt, wenn sie sein Wesen ernst genommen hätte. Sie hielt den Sohn für sehr jung und unreif. Das war falsch; aber wie hätte sie anders urteilen sollen? Bei ihrer einfachen Art, die kein verborgnes Fältchen besaß, war es unmöglich. Äußerlich tat sie unzufrieden, im Innern lachte sie über den Jungen. So nahm sie alles auf sich, las die Zeitungen und Bücher mit ihm, ließ sich belehren, soviel es ihm Spaß machte, und suchte möglichst in Fühlung mit dem Kinde zu bleiben.

Es war nicht schwer. In Wolfgang steckte der Erzieher, wie es ihm ein dunkles Gefühl schon auf der Schule gesagt hatte. So begann er, nicht absichtlich, aber von einem innern Zwange getrieben, die Mutter umzuwandeln. Viele Zukunftspläne schmiedeten die beiden, ihre lebhafte Phantasie malte heute in bunteren Farben, was gestern schon leuchtend genug war. Und dann blieb der Mutter noch ein unwiderstehliches Mittel, den Knaben an sich zu fesseln, die Erinnerung. Wie oft saß ihr Herbstkind still und ganz in sich versunken ihr gegenüber und lauschte ihren Erzählungen von der Schwester, vom Vater, den Großeltern, dem Haus, den Freunden und Gewohnheiten alter Zeiten. Das war ein unendlicher Schatz. Wolfgang wurde nicht müde, ihn vor sich ausbreiten zu lassen. Ohne es selbst zu gewahren, erwarb er das Erbe der Väter. Fester und fester, unausrottbar fest wurzelte sich in ihm die Kraft vergangner Geschlechter. Die Arbeit der Ahnen häufte sich in seinem Hirn und gab seinem Fuß Halt auf den glatten Wegen der wechselnden Tage.

Meist war es der Abend, welcher die beiden Freunde vereinte. Sie saßen dann beim Lampenlicht, vor sich den Klapptisch, auf dem alten Sofa, von welchem Brigitte einst das Kinderzimmer beherrscht hatte. Schon diese Umgebung, die von heimlichen Geistern lieber Vergangenheit belebt war, rief eine behagliche Stimmung hervor. Die klappernden Nadeln der Mutter, deren Schwachsichtigkeit jede andre Arbeit verbot, gab trauliche Musik dazu, und das Sausen der Spiritusflamme unter dem unerschöpflichen Teekessel erfüllte den Raum mit Zufriedenheit. Ein seltener Friede herrschte hier. Und wenn das Gespräch stockte, und die Mutter der verlorenen Zeit nachhängend traurig wurde, holte Wolfgang den Shakespeare oder einen Band Goethe und las. Welch ein Stolz war es für ihn, wenn die Mutter ihn beim Scheiden auf die Stirn küßte und sagte: »Wenn ich die Augen schließe, könnte ich denken, den Vater zu hören.« Mitunter schmuggelte er auch Kontrebande ein, irgendwelchen spannenden Roman. Beide schämten sich ein wenig der unwürdigen Beschäftigung, beide aber freuten sich daran.

Ein besonderer Genuß war es, die Museen zu besuchen. Wolfgang warf sich sofort zum Führer auf, und die Mutter ließ sich gutwillig sein Schulmeistern gefallen. Im Grunde genommen war der Junge der gewinnende Teil. Frau Brigitte hatte eine feine Art zu genießen und den Genuß zu lehren. Ohne daß Wolfgang es merkte, wußte sie ihn bei Dingen festzuhalten, die sie interessierten, und ihre etwas verstaubte Gründlichkeit zwang ihn auszuharren, bis sie alle Einzelheiten eines Kunstwerks in sich aufgenommen hatte. Auch ihre Kurzsichtigkeit nötigte sie, alles lange Zeit auf sich einwirken zu lassen. Wohl wurde Wolfgang ungeduldig. Aber er lernte durch diese Frau besser sehen als durch den geistvollsten Vortrag eines Sachverständigen.

Es lag nichts Blendendes in Brigitte, kaum etwas Eigentümliches, und für ein keckes Betonen eigner Sympathien war sie viel zu bescheiden. Ihr Geschmack war orthodox. Sie gab viel auf die Meinung anerkannter Leute, und im höchsten Grade ordnungsliebend suchte sie ihr Urteil mit ängstlicher Genauigkeit zu rechtfertigen und zu vervollkommnen. Eifrig frischte sie die halbvergessnen Erinnerungen der

Kunstgeschichte auf und verführte Wolfgang durch eignen Fleiß zu der unumgänglichen Grundlage alles Verstehens, zu Kenntnissen.

Ein besserer Leitfaden als die Berliner Galerie, die in ihrer Mittelmäßigkeit nirgends durch große Eindrücke betäubte, war kaum denkbar. Wolfgang wuchs an der Seite der Mutter zu ruhiger Urteilskraft. Zu einer Zeit, wo er noch in seinen Äußerungen gefährlich vorlaut tat, mit leidenschaftlichen Worten besondre Neigungen pries, wo er mit Redensarten wie »zum Niederknien schön« oder »zum Speien ekelhaft« um sich warf, war er innerlich schon ausgereift. Er trug noch die alte Schale, aber der Kern war verwandelt.

Als Guntram später die Schätze italischer Schönheit auf sich einwirken ließ, staunte er über die Schule, welche er durchgemacht hatte, über die eigentümlich sichere Art seines Sehens, welche ihn gleichzeitig genießen und urteilen ließ, aber niemals eine voreilige Bewunderung duldete. Das fiel ihm um so mehr auf, weil er in seiner Frau das Gegenbild sah. Sie war eine der wenigen Glücklichen, die mit der Gabe des Geschmacks geboren werden. Wie sie selbst in lieblicher Grazie ihr Leben lebte, wußte sie überall mit unbeirrbarem Takt das Schöne zu finden, besser als Wolfgang, schneller und sicherer. Aber sie stand unter dem Eindruck, sie wurde von dem, was sie sah, beherrscht und überwältigt. Sie litt mit der Trauer und jauchzte mit der Freude. Ihr ganzes Wesen war Ursprünglichkeit. – Wolfgang ließ sich nie hinreißen. Sein Geschmack war erlernt, gewiß weit feiner ausgebildet als der der Frau, aber ein Rest von Beschämung, Neid, Bewunderung kam ihm hier und da zum Bewußtsein, wenn er die elementare Kraft des Weibes neben sich sah. Je älter er wurde, um so mehr verschwand dieser Neid. Der Mann wurde sich der Macht bewußt. Er sah, daß er nicht geschaffen war, überwunden zu werden. Wie er Menschen, Dingen und Gedanken gebot, so beherrschte er die Kunst, nicht tyrannisch, frech, gewaltsam, wie in der Lehrzeit seines Lebens, sondern ruhig und gütig. Seine Freude an der Kunst erhielt etwas Kindliches. Er wurde ein Meister des Genießens. Wenn er still und faul, ein liebenswürdiger Mensch, nehmend und gebend, Italiens Freuden einsog, dann lachte der Frau das Herz im

Leibe. Dann klang in ihren Worten ein fast wehmütiger Ton: »Wie anders du hier wirst, Wolfgang, aus dem grübelnden Finsterling wirst du ein freudiger Mensch, der die Schönheit anbetet,« und dann, halb ärgerlich, setzte sie hinzu: »Nein, du bist ein alter Schlemmer, du trinkst das Schöne hinunter, wie ein rotnasiger Dickbauch seinen Wein schlürft. Oh, wie ich dich hasse! Du bist ein Egoist, schlimmer als irgendeiner, ein beneidenswerter, göttlicher König, du Guter.« Er lachte. Sein Weib gefiel ihm.

Wolfgang machte von der Erlaubnis Brigittes, sich über die Trauer hinwegzusetzen, weitgehenden Gebrauch. Und was noch besser war, er verführte die Mutter zum gleichen Leichtsinn. Wenn sie beide aus dem Museum zurückkamen, warf der Junge sehnsüchtige Blicke nach dem Opernhause hinüber. Das schnitt der traurigen Frau ins Herz. Sie redete ihm zu, in das Theater zu gehen, aber er schämte sich und sagte nein. Da ging sie eines Tages und kaufte ihm ein Billett.

Wolfgang wurde blaß und rot, er drehte die blaue Karte verlegen in den Händen, sein Herz jauchzte bei dem Gedanken, wieder den berauschenden Zauber der Bühne zu kosten, aber eine ängstliche Scheu hielt ihn zurück. »Mama, wie konntest du das tun,« sagte er.

»Du siehst, ich habe es getan. Ach, mein liebes Kerlchen, das ist ja meine einzige Freude, dich vergnügt zu sehen. Laß mir das bißchen, was mir geblieben ist.«

Der Junge gab nach, nur zu gern, er küßte die Mutter gerührt und rieb sich die Hände. Aber neue Bedenken kamen, und nun stritten sich beide, die Mutter zuredend, der Sohn abwehrend. Und plötzlich wie unter Eingebung kam es hervor. »Schon, ich will gehen, aber du mußt mitkommen.« Brigitte weigerte sich. Wie konnte sie! Aber Wolfgang triumphierte schon, ihm deuchte der Gedanke herrlich, und mit der ganzen Kraft seiner Liebenswürdigkeit begann er zu überreden.

Es war eine heitere Stunde, eine Stunde, die sich nicht vergaß, so mischte sich schelmische Freude mit betrübtester Trauer. Der Schluß war ein halber Sieg Wolfgangs. Er ging allein, aber die Mutter versprach, ihn das nächste Mal zu begleiten. Das war eine Freude! Was half es der

Mutter? Sie mußte ihr Versprechen halten, der Junge war unerbittlich. Sie ging mit ihm und, siehe da, sie genoß fast mehr als der Sohn und hatte Lust an der Wiederholung des Wagnisses. Seltsam, die müde Frau wurde von der kecken Freiheit des Sohnes angesteckt. Man mißbrauchte das Vergnügen nicht. Nur selten wie ein Fest wurde ein Abend dem Theater bestimmt, und wie ein Fest wurde er durchkostet. Brigitte saß manches Mal verwundert und dachte: »Was für ein Zauber geht von dem Kinde aus. Es macht mich jung, und ich bin doch so alt. Es macht mich froh, und ich litt doch so viel.« Und sie liebte ihr Kind nur noch mehr.

Der älteste Bruder nahm nur selten an dem Leben der beiden stillen Leute teil. Seine Tätigkeit fesselte ihn zu sehr. So ward es denn jedesmal ein Ereignis, wenn er kam. Brigitte war an solchen Tagen von frohester Eitelkeit auf die junge Kraft des Geschlechtes umhergetrieben. In stummer Erregung schaffte sie im Hause, musterte Keller und Küche und tischte die Lieblingsspeisen auf, welche sie gestern in langer Beratung mit dem Küken für den Stolz der Familie ausgesucht hatte. Ihr war der Fritz des großen Vaters größerer Sohn. Der Ausdruck, mit dem sie den eigenen Seelenzustand in ihrer eigentümlich malerischen Weise bezeichnete »wedeln«, paßte. Die reine, unbefangne Zuneigung des Instinkts, unbeirrt von jeder Reflexion, kam bei ihr zum Durchbruch. Fritz lachte gutherzig über die Geschäftigkeit der Mutter, aber er ließ sie sich wohl behagen und war munter und mitteilsam.

Und Wolfgang? Der war wie ein junger Hund, welcher unaufhörlich bellend vor dem ausschreitenden Herrn herspringt. Tagelang schon trug er alle möglichen Neuigkeiten und Themata zusammen, um sie zu besprechen. »Das ist was für Fritz,« war seine ständige Redensart, wenn ihm etwas Besonderes auffiel. Was er nicht verstand, mußte der Bruder erklären, er war für Wolfgang allwissend und alldenkend. Ungeduldig erwartete der Junge den Tag des Wiedersehens, und es war komisch zu sehen, wie er dem Bruder auf den Leib rückte. Wolfgang war durchaus kein geduldiger Zuhörer, und er hütete sich wohl, seine Schwärmerei zu verraten. Er suchte auf seinen eigenen Beinen zu stehen, und am liebsten war es ihm, den Bruder anzugreifen, sich mit ihm herumzustreiten, zu necken und zu zerren. Fritz ging gutmütig auf den Ton des kleinen Verzugs ein. Er spielte mit ihm wie ein großer treuer Bernhardiner, der das Kläffen des Spitzes träge duldet und sich das Fell zerzausen läßt, um ab und zu den Vorlauten abzuschütteln und in den Sand zu rollen. Das waren harmlos frohe Zeiten, und Mutter und Sohn sehnten den fernen Mann zurück, der nur zu bald von ihnen getrennt wurde.

Fritz, der einigermaßen Vaterstelle vertrat, leitete noch das erste Studiensemester Wolfgangs, dann folgte er dem Rufe in das Ausland. Er war kein Nörgler und ließ den Jungen frei gewähren. Aber für den schweifenden Sinn Wolfgangs war es doch von unschätzbarem Wert, daß er im Beginn seiner Laufbahn eine feste Hand über sich hatte. Die Neigung der Kinderzeit, zuviel auf einmal zu beginnen, zeigte sich wieder, und die Kräfte des jungen Studenten hätten sich nutzlos zersplittert, wenn die vorsorgliche Überlegung des Mannes ihn nicht geführt hätte. Fritz tat es mit Takt und ohne dem trotzigen Burschen etwas davon zu verraten. Die kurze Zeit seiner Herrschaft genügte, Wolfgangs Studien in bestimmte Richtungen zu lenken und ihn auf Jahre hinaus an den selbstgewählten Beruf zu fesseln. Das Schicksal fügte es günstig, daß in dem Moment, wo sein Einfluß erschöpft war, ein neuer Führer an seine Stelle trat.

3.

Lang nachwirkend blieb ein kleiner Streit der Brüder über Erich Tarner, im Guten und Bösen nachwirkend. Wolfgang hatte schon bald nach seiner Ankunft in Berlin den seltsamen Mann aufgesucht, aber zu seinem Leidwesen erfahren, daß er die Hauptstadt wohl auf immer verlassen habe. Um so freudiger war er überrascht, als er seinen Heros an einem schönen Sommertage unvermutet auf der Straße traf. Tarner ging in sich versunken daher. Wolfgang trat wie vor einem Fürsten zur Seite und stand mit tiefgezogenem Hut, bis der kleine Mann an ihm vorübergeschritten war. Tarner blickte umher, um den Gegenstand dieses untertänigen Grußes zu schauen, und als er merkte, daß ihm selbst die Huldigung galt, schoß ihm die Erinnerung an den begeisterten Jungen durch den Kopf. Er freute sich, trat auf Wolfgang zu, nahm ihn am Arm und lebhaft auf ihn einsprechend ging er wohl eine Stunde mit ihm umher.

Wieder geriet Guntram unter den Bann dieses Mannes. Er lauschte und lauschte, diese Ideen, die mit dem Griff der Kraft die Menschheit packten und wie einen Ball vorwärtsrollten, trugen ihn unwiderstehlich fort. Atemlos, mit glänzenden Augen stürzte er nach Hause. Schon in der Tür rief er: »Mutter, Mutter, ich habe Tarner gesehen, denk dir, eine ganze Stunde war ich mit ihm zusammen. Mama, was ist das für ein Mann!« Und nun begann er zu erzählen, aufgeregt im Zimmer umherlaufend, vom Hundertsten ins Tausendste kommend, bunt die eignen Gedanken mit den Worten des Meisters mischend. Anfangs schüttelte Brigitte den Kopf. Aber schon der Stolz, daß der berühmte Mann mit dem Herbstkind so lieb gesprochen hatte, bestach sie. Je länger Wolfgang sprach, um so mehr ließ sie sich von seiner reinen Begeisterung verführen, und es währte nicht lange, so glühte sie fast wie der Sohn. Und nun hallte das Gespräch wieder von den Worten: Der Meister und Tarner und Regeneration der Menschheit, Germanen und Europäer.

Mitten in diesen Sturm hinein geriet Fritz. Ihm, dem Staatsmann, der mit den gegebenen Tatsachen zu rechnen gelernt hatte, erschien das Streben Tarners nach einem europäischen Großstaat als Utopie, und der Gedanke, die Menschheit mit den Waffen des Geistes und der Begeisterung zu einer goldnen Ära des Denkens und Wissens emporzuheben, war ihm eine Albernheit. Ein dunkles Gefühl der Abneigung und des persönlichen Grolls, fast wie eine Vorahnung der Zukunft, verschärfte noch den Gegensatz.

Als er Mutter und Bruder so in Feuer fand, wollte er erst mit Hohn die Flammen ersticken. Und als das nicht gelang, wurde er ernsthaft. Er sprach lange und eindringlich. Er suchte sich in den Zustand des Jungen hineinzuversetzen, suchte nachzufühlen, was der empfand, und begann den Kampf mit gerechter Verteilung von Licht und Schatten. Kaum je hatte er eine Sache so geschickt geführt wie diese. Aber alle seine Beweise, alle vernichtenden Streiche, alle heimlich verlockenden Abwege führten zu nichts, und nur eine einzige Bemerkung, welche ihm absichtslos entschlüpfte, wirkte nach. »Der Meister, der Meister,« sagte er, »nun ja, das ist gut für andre, aber mich soll er nicht meistern. Ich bin mein eigner Herr und ich würde mich schämen zu dienen.« Das traf. Wolfgang wurde ganz still. Fritz beobachtete ihn und als er sah, daß der Schlag gesessen hatte, brach er bald auf. Er ließ die Wunde nachbluten. Wolfgang war irre geworden. Nein, er wollte nicht Knecht sein, wenn er frei bleiben konnte. Mit eiserner Strenge riß er sich los. Er wußte zu gut, wie gefährlich ihm das eigne Herz war, wie jung und unerfahren sein Inneres jedem Eindruck bloßlag. Er legte Tarners Schriften, welche er sich im ersten Moment des Rausches gekauft hatte, still beiseite. Die Entscheidung für oder gegen den Mann seiner Träume sollte erst fallen, wenn er seiner selbst sicher, wenn er reif war. Er konnte warten und er wollte warten. Wie ein Verliebter schlich er um das Hotel, in welchem Tarner abgestiegen war, neidvoll eifersüchtig betrachtete er jeden, der dort ein- und ausging, aber er bezwang sein Herz und ging nicht hinein. Er kämpfte einen guten Kampf mit sich selbst, und die Zeit schmiedete die schlechte Waffe der Eitelkeit zu einem harten Stolz um, freilich nicht ohne dem Träger vieles grausam zu verbrennen.

Schon vor diesem Zusammentreffen mit Tarner hatte Wolfgang seine Studien begonnen. Er stürzte sich mit Eifer darauf, und den sicheren Lehren der Vorbereitungszeit gegenüber traten alle ketzerischen Vorurteile zurück. Der große Wissensstoff fesselte ihn und füllte ihn aus. Die Art des Lehrens war ihm in dieser Zeit gleichgültig. Er ließ sich noch nicht von persönlichen Abneigungen gegen die Professoren leiten, was ihm später so hinderlich wurde. Einfach so viel als möglich lernen wollte er. Alte Interessen wurden durch neue verdrängt, festgesetzte Meinungen kamen ins Wanken, bedeutende Gesichtskreise öffneten sich. Die früh geübte Gabe zu verallgemeinern, weit Auseinanderliegendes zusammenzufassen, schärfte ihm den Blick, und die Lust an der Sache, die Freude am eigenen Wachsen gab ihm den nötigen Fleiß.

Zunächst und im höchsten Grade fesselten ihn Physik und Chemie. Er blieb nicht bei den trocknen Lehrsätzen und den augenfälligen Experimenten stehen. Das, was er sah und hörte, in Leben umzusetzen, gefiel ihm, er lief in den Fabriken umher und ließ sich die Maschinen erklären, verfolgte den Gang der Erfindungen und suchte sich ein scharfes Bild von den praktischen Erfolgen der Wissenschaft zu machen. Die Gedanken, die sich daran anschlossen, warfen eigentümliche Lichter auf seine allgemeine Weltauffassung. Er trat der Historie jetzt anders gegenüber, lernte die tief verborgnen Umwälzungen der menschlichen Zustände durch den technischen Fortschritt beachten, an Stelle der Schlachtenhelden seiner Schulphantasien traten jetzt Männer des Wissens und Denkens. Neben der Staats- und Glaubensgeschichte, die er bisher einseitig betont hatte, lernte er jetzt den spekulativen Gedanken und den sozialen Fortschritt als weltbezwingende Mächte kennen. Und ihnen gegenüber sah er die starre Masse der Gewohnheit, des trägen Beharrens in süßem Schlaf. Eigen berührte es ihn, das in dem Gang seines Werdens zu verfolgen, was er in großen Zügen in der Weltgeschichte fand. Je länger er dachte, um so furchtbarer erschien ihm die Kraft der Gewohnheit, wie der Stein des Sisyphus, wie der unüberwindliche Tod kam sie ihm vor, und fast verzweifelt starrte er auf den Schatz des Wissens. Dort lockten noch geheime Abgründe genug, nebelhafte Fernen blitzten im Zwielicht vor ihm auf. Die dunklen Verknüpfungen der Chemie und Physik zogen ihn an, die ewigen Fragen nach der Ureinheit, nach dem Anfang, nach Gründen, Folgen und Wirkungen. Tiefe Probleme fragten ihn eindringlich ernst um ihre Lösung.

Dann kamen andere Fächer mit neuen Rätseln. Das Wachsen und Sein der Pflanzen und Tiere drängte sich herzu, der Kampf um das Dasein, die Zuchtwahl, die Entstehung der Arten tauchten in den Gesichtskreis empor, der Vergleich der Körper und Charaktere. Wieder und wieder stand der Geist des einzelnen Schülers vor der Unendlichkeit, die ihn verzweifeln ließ und erhob. Der Einfluß von Licht und Wärme, Wasser, Erde und Luft war hier mit Händen zu greifen, und andre Gedanken für die Betrachtung des Menschen knüpften sich daran. Vor den Augen des erstaunten Grüblers verschwanden die finstern Wälder und Sümpfe der Vorzeit, die begehrlichen Tiere des Raubes versteckten sich, Pflanzen und Nahrung breiteten sich über den Boden, das Leben der Erde beugte sich unter das Joch, der Frieden wuchs, und die Welt lachte im Glück unter dem Szepter des Menschen. Alles wies dorthin, auf ihn, den Menschen. Riesig erschien nun dem Knaben der Mensch, begehrenswert, liebenswert, ein Gott der Erde.

Und diesem Menschen trat er näher, nahe bis an das Herz. Mit dem Messer zergliederte er ihn, alle Tiefen und Zusammenhänge des toten Körpers durchforschend. Wolfgang begriff den Ekel nicht, den er hier und da bei den Kameraden im Seziersaal sah. Ihm erschien dieses Wühlen in dem toten Fleisch selbstverständlich und künstlerisch schön. Ihm war, als ob er selbst von neuem den Menschen schüfe, er, ein Herr des Gedankens. Und diese Bilder des Todes gewannen Leben, wenn er die Physiologie zu Hilfe rief. Er sah dann das Blut kreisen und kreisen, dieselben Muskeln zum Schlag oder Wurf sich spannen und leicht den Ton der Musik hervorlocken, er sah den Körper von Speise und Trank wachsen, die Knochen erstarken, die Gestalt sich formen. Das Sehen des Auges und das Tasten der Hand wurde ihm klar, und in der Wölbung des Hauptes schlummerten tiefe Gedanken. Er lernte den Mann begreifen in seiner Kraft und die Weiche des Weibes, und vor ihm entstand das Werden des Menschen aus Mann und Weib. Ein feierliches Wogen des Freuens herrschte in ihm, ein erhabnes Ziel hob sich vor seinen Augen, und an seine Ohren tönte es laut und brausend: Mann und Weib sollen ein Fleisch und ein Blut werden, ein Fleisch und ein Blut, ein Fleisch und ein Blut. Und jauchzend gedachte er der eignen Zukunft.

So gestaltete sich der junge Student eine eigne Welt. Daß ein ernster Beruf vor ihm lag, bedachte er nicht. Über die nächsten Ziele flogen seine Augen in ein fernes Land.

Das erste Examen führte Wolfgang wieder in eine engere Wirklichkeit zurück. Er bestand es glatt, ohne sich sonderlich Mühe darum gegeben zu haben. Aber es machte ihm wenig Freude. Es fraß an ihm, daß er nicht als Bester daraus hervorgegangen war, daß die engherzigen Banausen, deren Bauernfleiß er ebenso verachtet hatte wie ihren blinden Glauben an die Worte des Lehrers, mehr erreichten und mehr galten als sein feurig schwärmender, weit umherfliegender Geist. Er kehrte stumm nach Haus zurück und sah verbissen auf die festlichen Freuden, welche Brigitte ihm richtete. Ihr unverhohlener Stolz über den ersten Schritt auf der Bahn des Berufes reizte ihn, und plötzlich mitten aus dem friedlichsten Gespräch heraus packte er ein vor ihm stehendes Weinglas und schleuderte es klirrend gegen die Wand. Es war der erste Ausbruch des wachsenden Jähzorns, mit dem er sein Liebstes so oft unheilbar verletzte.

Brigitte sah den Sohn fragend an, dann erhob sie sich und sammelte schweigend die Scherben. Sie war bleich geworden, und ihre Augen hatten einen entsetzten Ausdruck. Wolfgang aber fühlte sich wie von einer Last befreit. Eine laute Fröhlichkeit war über ihn gekommen. Er begriff nicht, warum die Mutter einsilbig geworden war, und harmlos suchte er den düstern Unmut fortzuscherzen. Dann, als das nicht gelang, kniete er sich neben die Schweigsame und fragte: »Was ist dir, Mutter?«

Sie blieb eine Weile still, dann sagte sie langsam und stockend: »Ich kenne dieses Wesen, Wolfgang. Es ist mir verhaßt und hat mein Leben zerstört. Du hast ein böses Erbteil von deinem Vater übernommen.«

Wolfgang senkte den Kopf, streichelte die Hand der Mutter und küßte sie flüchtig. »Ich werde mich zusammennehmen, Mama,« und sich erhebend setzte er hinzu: »Übrigens kann ich sie nicht so bös finden, diese Eigenschaft. Wenn du wüßtest, wie mir vorhin zumute war. Und jetzt, mein Gott, ich bin frei. Dies Gefühl der Befreiung ist schon ein zerbrochnes Glas wert.«

»Und an mich denkst du nicht, Wolfgang?«

»Doch, doch. Ich sagte dir ja, es soll nicht wieder vorkommen.«

Im Inneren dachte er anders. Er hatte den Zauber der jähen Tat kennengelernt. Mochte die Handlung selbst noch so albern sein, es schien ihm besser eine Viertelstunde zu toben als tagelang an einem Verdruß zu leiden. Er dankte dem Vater im stillen. Der Mutter glaubte er nicht, er schonte sie nur.

Wolfgang trat jetzt in das klinische Studium ein, und es begannen damit die seltsamen Irrgänge der nächsten Jahre. Der junge Mensch hatte in einem bestrickenden Traum gelebt, welcher ihm den Arzt als Helfer und Gott zeigte; der Beruf, der Menschheit zu dienen, Leiden zu lindern, aufopfernd für andre zu leben, dünkte ihm lockend, und er fühlte sich stark genug, ihn zu erfüllen. Das Bild des toten Vaters schwebte unablässig um ihn, mahnend und anfeuernd, begeisternd und gebietend. Eine unklare heiße Sehnsucht trieb ihn in seinen Beruf. Der heftige, durch seine Abgerissenheit erschütternde Umschwung trat ein.

Das erste, was Wolfgang zurückschreckte, war der Mangel an Zusammenhang in der Medizin. Er hatte begriffen, daß eine umfassende Wissenschaft wie die Physik oder Botanik nur soweit auf die allgemeinen Kenntnisse zurückgriff, als es zum Verständnis unumgänglich nötig war. Das jeweilige Fach war Selbstzweck, es trug seine Berechtigung in sich, und von jedem einzelnen aus konnte der Gedanke die Welt umspannen, es als Grundlage zur Lösung ewiger Fragen benutzen. Ja, mochte man noch so scharf das gegebene Gebiet umgrenzen, es war zu eng mit dem Nachbarreich verbunden, und die Arbeit auf dem einen Felde verlangte eine bestimmte Kenntnis des andern. Der Blick auf das große Ganze blieb gewahrt.

Die einzelnen Reiche der Medizin aber standen unvermittelt nebeneinander, jedes abgeschlossen für sich: hier gab es eine innere Klinik, dort einen chirurgischen Hörsaal, und weiter Vorlesungen über Kinder- und Frauenkrankheiten, Geburtshilfe und psychische Medizin. Jedes Glied rühmte sich, selbständig zu sein, eine eigne Disziplin. Das verbindende Glied, welches dem Beruf der Ärzte Berechtigung gab, fehlte. Diese Fächer hatten sich eignes Recht angemaßt, eigne Zwecke erdichtet. Daß ein gemeinsames Ziel bestand, war vergessen.

Nirgends fand Wolfgang eine Andeutung des hohen Arztberufes. Keiner der Lehrer versuchte es oder wagte es auch nur, benachbartes Gebiet zu betreten. Höchstens warfen sie einander ein höhnisches Wort hin. Wie in einer Uhrenfabrik jeder einzelne ein bestimmtes Rad oder eine Feder herstellt, so bearbeitete hier jeder ein bestimmtes Stück Mensch. Die leitende Hand jedoch, welche die Uhr zusammensetzt, fehlte. Man bildete hier nicht Menschen schaffende Ärzte aus, nur fleißige Stückarbeit wurde gelehrt, und der arme unerfahrene Jünger mußte selbst das Werk fügen. Das Studium der Medizin schwankte hin und her, wie ein Schiff, dessen Mannschaft den Kapitän verloren hat, und auf dem nun jeder einzelne den Kurs geben will.

Wolfgang war ernüchtert. Arzt wollte er werden, ein Gebieter der Not und des Todes, ein Wissender des Lebens, ein höherstehender Mensch. Was tat er mit den diagnostischen Spielereien, mit dem weichlichen Kram der Humanität, der hier gehandelt wurde? Ein Zeitvertreib war es, nicht mehr. Von Woche zu Woche, von Semester zu Semester stieg seine Erbitterung, ja seine Verachtung. Nein, dazu war er sich zu gut, um mit der Binde vor den Augen eine hohe Stange zu erklettern, von deren Spitze er, künstlich geblendet, nicht weiter blickte als von der flachen Erde. Je heiliger sein Feuer geglüht hatte, um so tiefer haßte er diese Kunst der Akrobaten. Das halbvergessne Wort Tarners von den Brotbäckern fiel ihm ein, und mit einem Gefühl der Bitterkeit sah er sich selbst in Engherzigkeit und Wichtigtuerei verkommen.

Unstet und unzufrieden trieb er sich in den Hörsälen umher, ohne Plan und Ausdauer bald diesen, bald jenen Lehrer bevorzugend. Der Stoff fesselte ihn; den suchte er sich anzueignen, aber bequem, fahrig, würdelos. Anfangs bestrebte er sich noch, hie und da einen Blick in die Weite zu erhaschen, ein geistreich hingeworfenes Wort ließ ihn hoffen, er glaubte über den Lehrer hinweg und trotz des Lehrers in die Tiefen des Menschenlebens dringen zu können. Aber der Mangel an Kenntnissen ließ ihn ermatten, der gleichmäßige Takt, mit dem Fall auf Fall besprochen wurde, schläferte ihm den Sinn für das Große ein. Er geriet unter den Bann des kleinlichen Interesses, die emsige Tüftelei wurde ihm Gewohnheit. Das Alltagsleben umstrickte ihn wie mit einem Netz, und die Gefahr, daß der Strom seines Lebens versande, wuchs.

Da offenbarte sich ihm zum ersten Mal die Kraft des Überwindens, welche er besaß. Mit eigenem Machtspruch riß er sich empor. An dem Bewußtsein, sich selbst geholfen zu haben, stieg sein Stolz, und ein neuer Schwung trug ihn zu freierer Höhe.

Die Ferien waren angebrochen, und Wolfgang reiste mit der Mutter in den Thüringer Wald. Noch befangen in den Bildern der Hörsäle, über interessanten Fällen und fein ausgeklügelten Diagnosen spintisierend, war er einsam in die Tannenwälder getreten. Aber als ob die frische Bergluft sein Hirn reingefegt hätte, sah er in einem Augenblick den geistigen Sumpf, in welchem er watete. Und auch der Weg, der hinausführte, war ihm klar. Er mußte sich selbst von dem Studium abziehen, die Medizin nicht mehr als Ziel betrachten, sie nur als Weg zu höherem Beruf benutzen. Er durfte nicht Arzt werden. Das konnte er ja gar nicht. Mensch wollte er werden und bleiben, bleiben vor allem. Der Gedanke übermannte ihn. Er fühlte sich von satter Zukunft voll wie ein empfangendes Weib.

Am nächsten Tage schon trieb er Frau Brigitten aus dem Nest, welches sie sich auf der Schmücke gebaut hatte. Es zog ihn nach Ilmenau. Dort in der Goetheschen Luft mußte er gesunden. In der lebenden Frische des Morgens schritten die beiden dahin, eine Mutter mit ihrem aufblühenden Sohn. Die halbvergessne Erzählung Schäuffleins fiel dem Burschen ein. Der war auch so an der Seite der Mutter gewandert. Aber Wolfgangs Ziel war ein besseres, ein größeres war nicht denkbar.

Mit Zärtlichkeit schaute er auf die welken Züge der Alten. Geist steckte in dieser Frau, die den bejahrten Körper zur Kraft zwang. Eine Freude stieg in ihm auf und ein warmer Stolz auf das Blut, dem er entstammte. Und aufgeregt begann er zu sprechen; er wußte, daß er sich jetzt frei sprechen konnte. Nach den Worten ringend, die Sätze ineinanderschachtelnd und kurz abbrechend, bald hier, bald da stockend den Ausdruck suchend, redete er.

Es mußte anders werden in der Welt, er wollte anders werden. Was war das doch für eine Menschheit, die ewig im Staube lebte? Wie war es gekommen, daß der Beruf den Menschen fesselte und seine Gedanken einengte? War es nicht der höchste Beruf, Mensch zu sein, Herr des Himmels und der Erden? Wozu dann dieses Streben nach Wahrheit? Ein ganzer Mensch muß man sein, ein Mensch, der aus dem vollen lebt, und wenn sein Leben ein Irrtum ist, was schadet es, wenn das Irren nur groß war. Wie wenig ist aus der Wahrheit geboren! Der Irrtum ist der

Vater der Welt, und fast sollte man die Lüge als heilig verehren. Angst sitzt in den Menschen. Alles soll richtig sein, was sie sagen und denken, und ein Fehler ist ihr größtes Erschrecken. Der alte Pilatus wußte doch schon, wie es mit der Wahrheit steht. Sich die Welt untertan machen, sie biegen und beugen, brechen und quetschen, bis man sie bewältigt, bis man die widerspenstige in das Gehirn hineingesperrt hat, das ist etwas. Ob sie wirklich so aussieht, wie man sie denkt, das ist ja ganz gleichgültig. Ich zwinge sie mit meinen Gedanken. Ich bin das Leben, ich bin der Mittelpunkt, um den sich das All dreht, ich gestalte es um, wie ich will. Alles will ich an mich raffen. Arzt, Künstler, Gelehrter, Fürst, Tier, Wasser und Erde sollen mir dienen, und die Sonne ist eben glänzend genug, um mir den Siegeswagen zu geben, auf dem ich den Himmel stürme. Ich will keine Fesseln tragen, ich will frei sein, frei, immer und immer frei.

Brigitte hörte lächelnd den Knaben. Sie freute sich über sein Feuer, das ihr wie schäumender Wein die Glieder leicht machte. Der Klang und Tonfall war es, der ihr gefiel. Sie achtete kaum auf den Inhalt. Dann plötzlich fuhr ihr ein widerwärtiger Gedanke durch den Kopf. Sie kannte dieses Wesen, das so dicht an der Schauspielerei vorbeistrich, solche Menschen, die sich an der eignen Rede berauschten. Wer konnte da entscheiden, was echte Größe und was Spiel war? Wie ähnlich der Junge in manchem seinem Vater war. Bei dem hatte sie nie gewußt, wie er im Innersten dachte. Und ablenkend sagte sie: »Einer Fessel entrinnst du sicher nicht. Dir wird es gehen wie Goethe. Er war gewiß ein König wie keiner. Aber der Frau ist er nicht entgangen. Hier predigt ja jedes Stück Erde seine Liebe zur Stein. Ich sehe schon die kleinen Hände, die dir Himmelsstürmer die Arme binden.«

Wolfgang wurde einen Moment nachdenklich. Er sah wie in ein großes Meer des Friedens. Aber er schüttelte den Gedanken ab, er störte ihn heute. Und er begann von neuem zu schwärmen.

Jetzt fiel es ihm wie Schuppen von den Augen. Auch das Wissen war kein Zweck, es war ein Gegenstand, den man sich aneignen mußte, eine Wegzehrung, eine Stufe, um besser sehen zu können, um die Stimme weiter tönen zu lassen. Diese Gelehrten, sie waren noch längst keine

Menschen. Die Mediziner, bah, so viel gab er auf sie, und er schnippte mit den Fingern. Aber selbst die Leute der Naturwissenschaft mit ihrem weltenschauenden Blick, die Historiker, die Männer des Altertums, die Rätsellöser der Erscheinungen, sie alle waren nur Diener, für ihn, den Einzigen, Diener. So tobte Wolfgang sich in eine seltsame Laune hinein, die Brigittes ernstes Gesicht wohl rechtfertigen konnte.

In den nächsten Tagen verfolgte Wolfgang seinen Gedankengang weiter. Es wollte ihn bedünken, daß es keine großen Männer mehr gebe. War die Welt zu weit geworden, daß sie sich nicht von einem Geist umspannen ließ? Er suchte die einfachen Formeln, in die das All gefaßt wurde. Idee und Materie, Bewegung und Sein, weiter war ja das menschliche Denken nicht gelangt. Dieselbe Lösung hatten die Hellenen vor Tausenden von Jahren gegeben. Zwischen ihnen und heut lag eine graue, nebelumhüllte Fläche. War dieses kindliche Stammeln wirklich die Grenze, das Letzte, was der Mensch bewältigen konnte? Das Wissen der Griechen war armselig. Jetzt stand man auf anderer, höherer Grundlage, und gewiß ein Kopf, der alles Wissen beherrschte, konnte besser diese Urrätsel lösen. Nietzsche fiel ihm ein. Er hatte von diesem Manne gehört: der häufte das Wissen der Welt in seinem Kopf, und aus diesem Kopf waren klare Gedanken gesprungen, groß in der Form und schön von Gestalt, wohl geeignet die Welt umzuprägen. Jetzt wollte ein dunkles Gerücht wissen, der Geist dieses Denkers sei gestört. War er nicht einer gewesen, der in seinem Wissen zu drückende Lasten Berge hinaufschleppen will? Wer zu schwer trägt, kann nicht klettern. Mit geringerer Bürde hätte er wohl den Gipfel erreicht. In den Fluß des Menschenlebens ließen sich Steine zum Wehr schichten, und seine Kraft konnte dann Mühlen treiben. Wer aber den Schutt des Wissens wahllos in den Strom wirft, hemmt seinen Lauf. Lastträger – ja das konnte es sein. Der Mensch war ein Arbeiter geworden, er lebte der Arbeit, er pries die Arbeit. Den Griechen war die Arbeit eine Schmach. Die sparten ihre Kräfte für das hohe Leben. Wir aber werden schon von dem Werke des Tages müde. Uns erdrückt der Beruf.

Wolfgang frohlockte. Das war es. Der Beruf tötet den Menschen.

Wer Großes will, muß frei von der Arbeit leben. Und neidvoll gedachte er Tarners, der unbehindert von Ketten sein eignes Leben führte. Dieser Mann mußte ihm helfen. Mit schnellem Entschluß schrieb er an Tronka. Er bat ihn zu kommen. Mit Tronka wollte er sprechen, das war eine verwandte Seele. Der kannte den Meister und konnte Rat geben.

4.

Tronka kam und verlebte mit den Guntrams erinnerungsreiche Stunden. Eine seltsame Aufregung sprach aus seinem Wesen. Er stand unter dem frischen Eindruck Tarners, mit dem er soeben kurze Zeit zugebracht hatte. Tarner hatte ihm Grüße an Wolfgang aufgetragen. Er werde hoffentlich bald Gelegenheit haben, den jungen Freund in Berlin oder anderswo zu sehen. Freilich Zeit sei das, woran er den größten Mangel leide.

»Das ist wahr,« meinte der Hauptmann. »Tarners Pläne spitzen sich immer mehr zu. Er tut die ersten Schritte, um seine Ideen zu verwirklichen.« Und Tronka erzählte: der Meister wolle einen Mittelpunkt schaffen, von dem aus die geistigen Kräfte Europas gelenkt würden. Er denke sich das als eine Vereinigung strebsamer und kluger Köpfe aller Völker, die durch den gemeinsamen Zweck zusammengehalten, ihre Dienste seinen Zielen widmen sollten. In einer Art klösterlicher Verfassung, freilich ohne allen asketischen Zwang, vielmehr im vollen Genuß des Lebens sollte das Problem des erlösenden Wissens vorläufig im kleinsten Kreise gelöst werden. Von allen sozialen Fesseln befreit, sich selbst in schöner Ausgleichung über die Unterschiede der Sprache, des Geschlechts und des Volksstamms hinweghebend, gleichberechtigt und gleichverpflichtet, sollten die Begabtesten hier an allem, was das Menschengeschlecht je Schönes und Wahres geschaffen habe, sich zu vollkommnen Menschen ausbilden. In der hohen Welt der reinen Schönheit, ungestört von Sorgen und Begierden, in idealer Gemeinschaft die edelsten Genüsse kostend, fern von dem Treiben des Tages sollte der Adel der Erde wachsen, der, zur Vollendung gereift, als hehrster Senat die Völker der duldenden Liebe, dem verstehenden Mitleid, dem entsagenden Frieden entgegenführen werde. Tarner habe sein ganzes Riesenvermögen diesem Unternehmen zur Verfügung gestellt. Der Ort der Kolonie sei schon in Erwägung gezogen, edle Genossen geworben, Pläne zur Regelung des Lebens und Strebens erdacht.

Tronka hielt hier inne. Man merkte ihm an, daß er in diesem Augenblick, vielleicht zum tausendsten Mal, die Möglichkeit erwog, selbst mitzuwirken. Dann fuhr er fort. Der Meister selbst durchschweife die Welt, sie aufzuwühlen und umzugraben, den Geist und die Hoffnung der Wiedergeburt zu säen, Jünger zu finden. Von Stadt zu Stadt, von Land zu Land ziehe er ruhelos, in feuriger Rede, in scharfer Streitschrift und hinreißender Begeisterung die Menschen fischend, alles dem hohen Ziele in stolzer Entsagung opfernd. »Noch wird es Jahre des angestrengtesten Mühens kosten,« schloß Tronka, »aber die Kraft dieses Mannes wächst gleichsam an der eignen Erschöpfung. Je riesiger seine Arbeit ist, um so sicherer wird sein Wirken.«

Tronkas Schilderung hatte beide Guntrams, Mutter und Sohn, fortgerissen. Mit eifriger Freude wurde der Plan besprochen, alle Möglichkeiten erwogen, neue Ideen erdacht. In dem stillen Zimmer, von dem der Blick hin zu der ruhigen Linie des Kickelhahns schweifte, wurden goldne Schlösser der Zukunft gebaut und die Welt in tollkühner Phantasie umgewandelt.

Wolfgang ging mit funkelnden Augen im Zimmer umher. Herrisch riß er das Wort an sich, von innerem Feuer erhitzt, sich in der eignen Rede überstürzend. Hie und da versuchte die Mutter oder der Freund etwas zu sagen, aber er duldete es nicht. Mit maßloser Hast sprach er weiter, bald drohend, bald spöttisch, tiefernst und sprudelnd vor Lust. Tronka schaute verwundert auf Wolfgang. Dessen Worte täuschten ihm einen Mann vor, und es war nur ein schwärmender Knabe.

Innig bewegt schied der Hauptmann. Die Gewißheit, dem jugendlichen Genossen in alter Herzlichkeit nahezustehen und in dessen Mutter einen neuen Freund gefunden zu haben, tat ihm wohl. Ein Gefühl der Sicherheit war über ihn gekommen, und das Unstete in seinem Wesen schien wie von holder Musik gebändigt. Dafür wühlte in Wolfgang die

Unruhe. Alles trieb ihn in die Wälder hinaus, und stürmisch bat er die zögernde Mutter, mit ihm zu gehen. Während Brigitte Hut und Mantel holte, stand er am Fenster und starrte nach dem Gipfel des Berges. Als sie zu ihm trat, sagte er: »Wir wollen zum Goethehäuschen.« Und mit eigentümlichem Lächeln setzte er hinzu: »Was meinst du, würde der alte Geheimrat wohl sagen, wenn er uns gehört hätte. Ich glaube –« Aber schnell abbrechend gab er der Mutter den Arm und ging.

Nach Berlin zurückgekehrt nahm Wolfgang Tarners Schriften vor. Er las sie mit Liebe und mit dem heißen Wunsch zu verstehen. Das wollte ihm nicht leicht erscheinen. Eine seltsame Mischung tiefer Philosophie, praktischer, fast platter Alltagsweisheit und phantastischer Schwärmerei war in dem wunderlich verschnörkelten Stil des Meisters zusammengehäuft, und der leitende Gedanke ließ sich nur mühsam herausschälen. Aber dieser Gedanke war stets groß. Es lohnte sich, ihm nachzuspüren.

Eines vor allem lockte Wolfgang. Er stand einer übermächtigen Persönlichkeit gegenüber, die unbekümmert um Fehler und Irrtum mit ganzer Kraft das glaubte, was sie sagte, die die eignen Tiefen ihres Inneren ebenso wie die Erscheinungen der Außenwelt einem Gedanken dienstbar machte. Da war kein verstecktes Hintertürchen offen geblieben, nichts schlau und vorsichtig verschleiert, alles drängte stürmisch dem einen Ziele zu. Geschichte, Wissenschaft, Kunst und Leben, Politik und Sprache, Geschlecht und Alter, alles war dem Meister ein Beweis, daß das Chaos der Welt durch Menschenwillen ordnend geschlichtet werde, eine Mahnung an jeden, selbst helfend einzugreifen. Dieser Gedanke tönte wie mächtiger Glockenschlag aus jeder Zeile der Bücher, zum Schaffen rufend, zur Arbeit weckend. Wer das schrieb, der mußte eine göttergleiche Vorstellung von dem Beruf des Menschengeschlechts haben, und wer es las, der fühlte in sich die Gottesnatur des Menschen, die unabweisbare Pflicht, selbst an der Erlösung der Welt mitzuschaffen. An diesem Gedanken gemessen erschien jede große Tat der Geschichte nur wie eine Stufe zur Höhe, und jeder Heros wurde zum tragenden Handlanger an dem allgemeinen Riesenbau. Der einzelne Mensch schwand zusammen, und in stolzer Pracht erhob sich das Bild der Menschheit.

Und Tarner gab noch mehr. Mit unwiderstehlicher Wucht warf er den Satz hin, daß allein die weiße Rasse berufen und befähigt sei, die Menschheit zum Gipfel zu führen, daß in ihr alle schöpferischen Kräfte sich ursprünglich fänden und daß die jahrtausendelange Kultur diese Anlagen kräftig entwickelt habe. Die Arier haben die Welt und das Wissen sich in geduldiger Arbeit unterjocht, geführt von dem Heldengeschlecht der Germanen, welche in reiner, unschuldiger Größe den Kindersinn des tiefsten Gemüts mit der Schärfe des Verstandes, der nie erlahmenden Tatkraft und dem trotzigen Bau des Körpers vereinen.

Das alles war Wasser auf Wolfgangs Mühle. Die schaffenden Kräfte wurden in ihm lebendig. Daß der Mensch sich mit eigener Kraft aus allem Leid erlösen könne, klang ihm himmlischer als die Gottesbotschaft des Christentums. Und die Vorstellung, wie jedes Glied des Ganzen bewußt oder unbewußt an dem Wachsen des Menschengeschlechts mitarbeite, wie der eine sich im niederen Karrendienst mühe, während der andre spielend gewaltige Mauern aufrichte, dehnte sich ihm zu übermenschlicher Größe. Aufgezogen in der Idee, daß in dem tätigen Streben das Glück und der Zweck des Lebens liege, versenkte er sich tief in das Anschauen eines Planes, der ihm klar und scharf den Weg durch den Nebel des Geschehens zeigte. Und voll Bewunderung neigte er sein Herz dem Manne, der ihn zur freien Höhe hob.

Dieser Mann, der die Zukunft der Jahrhunderte vorherbestimmte, war groß genug, in tapferer Selbstbeschränkung den mühsamen Pfad der kleinsten Anfänge zu gehen. Er gewann es über sich, den Blick fest auf den vor ihm liegenden Boden zu heften und geduldig Stich auf Stich eine Straße zu graben. Wie mußte Tarner zumute sein, wenn er für diesen unscheinbaren Plan der einsamen Brüdergemeinschaft kämpfte, während in seinem Kopf die Ideen eines Schöpfers lebten. Diese heldenhafte Entsagung erschien Wolfgang nicht weniger erstaunlich als die Kühnheit der Weltauffassung.

Demütig wandte er den Blick in sein eignes Innere. Er erkannte den verächtlichen Hochmut seines Wesens und im tiefsten getroffen zwang er die schweifende Phantasie, die ihn über die Welten hinwegtrug, zu den näheren Zielen. Während ihm schwer auf die Seele fiel, wie wenig er noch das Leben verstand, hob ihn das Bewußtsein, jung zu sein und zu werden. Mit Freuden begrüßte er die Geduld als liebe Gefährtin und mit unvergänglichem Entschluß grub er sich in das Herz, daß er die treue niemals von sich lassen wolle.

Mit all diesen Grübeleien kam Wolfgang jedoch keinen Schritt der Frage näher, welche jetzt brennend wurde, der Frage nach seinem Studium. Umhergeworfen von den verschiedensten Empfindungen erwachte er heute mit dem festen Entschluß, sich in die Arbeit zu stürzen, die Prüfungen zu bestehen und geduldig seines Geschickes zu warten, und morgen tönte ihm wieder der mahnende Ruf in die Seele, daß er unnütz Zeit vergeude, daß der Beruf des Arztes ihn nur von der eignen Bahn ablenke, daß es ein Unrecht sei, mit halbem Herzen die Verantwortung der Menschenpflege auf sich zu nehmen. Je mehr er unter Tarners Einfluß Klarheit seiner Ziele zu gewinnen glaubte, um so schwieriger und unlösbarer schien ihm die Frage seiner nächsten Zukunft.

Brigitte verfolgte mit gespanntem Interesse das Wesen ihres Sohnes, der ihr in seinem unbestimmten Umherschweifen und dem auffallenden Nachlassen seines Fleißes immer rätselhafter wurde. Da sie die tiefer liegenden Gründe nicht erfuhr, machte sie sich ihre eignen Gedanken. Der angeborne weibliche Spürsinn gab ihr Aufklärungen, an welche Wolfgang selbst nicht im mindesten gedacht hatte, die aber gewiß in ihrer unbefangenen Natürlichkeit richtig waren. Nachdem sie eine Zeitlang schweigend das Treiben Wolfgangs mit angesehen hatte, packte sie ihn unvermittelt und überraschend an der Stelle, die sie für verwundbar hielt.

Wolfgang schritt mürrisch und verdrossen im Zimmer umher, mit vielsagendem Seufzen und duldendem Blick die heitere Unbefangenheit der geschäftigen Mutter ertragend. Jede Fiber seines Körpers drückte die leidvolle Entsagung eines tief Unglücklichen gegen anderer Menschen Frohsinn aus. Brigitte summte ein Liedchen vor sich hin, erst ganz leise. Wolfgang blieb stehen, er wollte trotz tiefster Seelenschmerzen doch seine Anteilnahme zu erkennen geben. »Was ist das, was du singst,« fragte er, »Beethoven?«

Brigitte lachte: »Nicht ganz. Du bist himmlisch dumm.«

»Ach die Musik ist höhere Kochkunst, Ohrenschmaus, wie es so treffend heißt. Nun, was singst du denn also,« fragte er in gereiztem Ton. Er wollte doch zeigen, daß seine Gedanken für müßige Spielereien zu kostbar seien.

Brigitte belustigte sich und ließ ihn zappeln. Sie kannte die Neugier des guten Jungen. »Willst du es wirklich wissen?«

»Ach was, ist mir ganz gleichgültig,« und nach einer Weile: »Willst du mich denn nicht gütigst belehren, wer der hohe Künstler deiner Arie ist?«

»Das weiß ich selber nicht. Aber es ist ein nettes Lied.«

»Na also los.«

Und Brigitte begann. »Ach, wenn ich doch ein Liebchen hätte! Wer schenkt mir eins zum heiligen Christ?«

Wolfgang wurde blutrot. »Was ist das nun wieder,« schalt er, »laß doch das ewige Necken. Du weißt, ich kann das nicht vertragen. Was soll es überhaupt heißen, dein Liebchen?«

»Das soll heißen, mein Junge, daß du Tanzstunde nehmen sollst.«

Wolfgang fuhr herum wie vom Blitze getroffen. »Ich Tanzstunde?« und dann lachte er laut auf. »Die Weiber können mir gestohlen werden.« Und wieder ging er im Zimmer auf und ab, aber sein Gesicht war heiter geworden, und nach einer Weile sagte er: »Weißt du, Mama, eigentlich hast du recht. Ich glaube, es könnte mir nichts schaden.«

»Nein, schaden kann es dir nichts. Du hast dich bei deiner schwachen Mutter schon so zum Haustyrannen ausgebildet, daß es sogar höchste Zeit ist, wenn du ein wenig Anstand lernst.«

»Quäl mich nicht,« fuhr er auf. »Wie hast du dir denn die Sache gedacht?«

»Oh, ganz einfach. Es ist schon alles verabredet. Ich habe, ohne deine gütige Erlaubnis erst abzuwarten, schon mit ein paar sorglichen

Müttern gesprochen. Für den Winter ist ein Zirkel kleiner netter Mädchen gebildet, die genauso wie du der Zierlichkeit ermangeln. An Herren fehlte es, und einer der Herren sollst du sein.«

»Wie alt sind denn die Plagen,« fragte Wolfgang gedehnt.

»Nun so fünfzehn, sechzehn Jahre, echte Backfische.«

»Brrr,« machte der jugendliche Heros.

»Na, na, das ist gerade das richtige Alter für dich. Sonst verliebtest du dich gar, wenn sie schon heiratsfähig wären, und ich habe noch keine Lust, als Schwiegermutter beiseite gesetzt zu werden.«

»Aber, Mama.«

»Nun, man weiß bei dir nie, wie es ausgeht. Zieh dich morgen nett an und mach bei den Damen des Zirkels deine Verbeugung. Nächsten Mittwoch kann die Sache dann losgehen. Willst du?«

»Meinetwegen.«

Im Inneren jubelte er. Das war ja eine herrliche Idee der Alten. Nett, einfach nett. Aber merken lassen durfte er sich nichts. Er war mit erhabnen Fragen beschäftigt, und diese springenden Lämmer durften ihn nicht locken. Ach, das Kind in ihm war mächtiger, als er es selbst wußte, und nicht lange, so saß er bei der Mutter und besprach eifrig die neuen Aussichten, um schließlich händereibend aufzustehen. »Weißt du Mama, es wird ganz famos werden.«

Die Tanzstunde wurde in Szene gesetzt, und sie hatte für Wolfgang allerlei Folgen. Der freie, natürliche Anstand seiner Kindheit war ihm verlorengegangen. Den gewann er jetzt wieder und zugleich ein wohltuendes Gefühl der Sicherheit im Verkehr. Mit etwas schwerfälliger Gründlichkeit lernte er dem Lehrer vollendete Verbeugungen und feierliche Bewegungen ab, und da er schon zu alt war, um in der Stunde einfach ein Vergnügen zu sehen, so setzte sich dieses förmlich-steife Wesen in ihm fest. Er behielt es sein Leben hindurch zur Ergötzung und Verwunderung seiner Bekannten, die nicht recht wußten, was sie damit machen sollten. Derselbe Mann, welcher noch soeben frei und frank mit dem fremdesten Menschen sprach, als ob er ihn seit Jahren kenne und liebe, welcher in wenigen Minuten die geheimsten Wünsche eines Herzens erriet und wie etwas Selbstverständliches, längst Gewußtes besprach, schnitt durch die zurückhaltende Art seines Abschieds alle gesponnenen Fäden ab, so daß sein Auftreten wie ein Traum wirkte. Er wies damit jede Annäherung zurück, zeigte die Grenzen, die ihn von den Nebenmenschen trennten, und erreichte ohne jede Absicht, daß man ihn in Ruhe ließ und fürchtete. Nur das machte ihn fähig, der Vertraute so vieler Seelen zu werden, ohne selbst unter allzu eifriger Liebe und Verehrung zu leiden.

Auch sein Verkehr mit Frauen erhielt hier das Gepräge. Da er weitaus der älteste unter den Teilnehmern war, hielt er es für seine Pflicht, den Erhabenen zu spielen. Er nahm sich der Mauerblümchen an, befleißigte sich einer liebenswürdigen Ritterlichkeit gegen die Mütter und machte den Töchterlein umschichtig und gründlich den Hof. Kurz, er wußte jeder einzelnen so zu Gefallen zu reden, daß sie sich für ein ausgezeichnetes Wesen halten mußte. Ein leichter, spöttischer Ton in dem, was er sagte, verriet nur gerade genug, um ihn vor ernsten Abenteuern zu bewahren. Die übergroße Furcht vor dem Lachen lehrte ihn auch, jede Blöße zu vermeiden. Die spottlustige Schar der Backfische gab ihm guten Unterricht. Anfangs verhöhnt, merkte er bald, wie er das kaum flügge Volk behandeln müsse, und da ihn später das Leben lehrte, daß selbst die älteste und erfahrenste Frau ein Stück Backfisch mit sich schleppte, faßte er die Frauen stets von dieser Seite und gewann damit das Übergewicht, welches er brauchte. Die Empfindlichkeit dieser kleinen Wesen, die, noch natürlich, weder aus ihrer Freude ein Hehl machten noch verletzt ihre Kränkung verbargen, ließ ihn tiefe Blicke in die weibliche Seele tun.

Neben dem allen aber war ihm das Tanzen ein Vergnügen. Er liebte die rasche Bewegung, das Wirbeln des Blutes, er liebte es, sich heimlich und verstohlen anbeten zu lassen, und darin behielt die Mutter recht, die Lust am Leben erwachte und ließ ihn alle Fragen Tarnerscher Weisheit vergessen.

Jetzt fand sich auch für sein Studium Rat. Es war, als ob die frische Tanzluft ihm den Kopf klar gemacht hätte.

Seine Augen öffneten sich dem Verständnis eines Mannes, welcher ihn noch einmal und stärker als je einer zuvor in eine fremde Bahn lenkte.

5.

Das genußsüchtige Umherschweifen Wolfgangs bei den verschiedenen Lehrern der Universität warf ihn eines Tages in die Vorlesung Schweningers. Er hatte, als er in den Hörsaal trat, nicht überlegt, wer dort wohl im Augenblick unterrichten könne. Der erste Anblick ließ ihn stutzen. Die Bänke der Zuhörer waren leer, nicht ein einziger Streber mit dem unvermeidlichen Heft zum Nachschreiben war zu erblicken. Dafür drängte sich in der Mitte des Raumes, der sonst so feierlich bei der Rede der Kliniker gähnte, ein Dutzend älterer Studenten, aufmerksam die Haut eines Arbeiters musternd. Und mitten unter ihnen stand Schweninger, schweigend mit ernsten Augen von einem zum andern blickend. Diese Stille hatte etwas Drückendes. Wolfgang blieb lautlos stehen. So konnte nur die ruhige Übermacht eines großen Mannes wirken.

Leise wurde ein Name genannt. Offenbar war es die Diagnose, nach der Schweninger gefragt hatte. Das Gesicht des Schweigsamen änderte sich, ein lebhafter, wohlwollender Strahl des Auges richtete sich auf den schüchternen Sprecher, aufmunternd und unwiderstehlich reizvoll. »Der Herr Kollege meint Psoriasis«, klang es jetzt in ruhigem Ton, der durch den ausgeprägten Dialekt etwas seltsam Persönliches gewann, »aber das ist nur ein Name.«

Wolfgang war näher gekommen, ein kurzer scharfer Blick des schwarzen Mannes traf ihn, ein Blick wie der eines Teufels oder eines Gottes, so durchdringend war er. Und lebhafter werdend fuhr Schweninger fort: »Auf den Namen kommt nichts an. Sie können Ihren Hund Karo oder Jakob oder meinetwegen Anton nennen, aber Sie müssen sagen, daß das eben Ihr Hund ist. Bitte wollen Sie uns beschreiben, was Sie sehen, Herr Kollege.«

Wieder trat das ängstliche Schweigen ein. Wolfgang fühlte, wie ihm selbst der Atem stockte. Das, was er jetzt erlebte, war etwas Neues,

Überraschendes, Entscheidendes. So wie der Mann dort war, so hatte sich Wolfgang oft selbst im Geiste gesehen. Wenn er von wilden Volksversammlungen geträumt hatte, wie er mit seinem Wesen die tobende Menge bändigen wolle, dann hatte er sich so gedacht, in Haltung, Blick, Gebärde dieselbe große Ruhe tragend.

Jetzt änderte sich wieder der Ausdruck. Mit einem Ruck beugte sich Schweninger über den Kranken. Die Brille hochschiebend musterte er ihn, laut und rasch sprechend, sich mit den Augen auf dem Objekt festbohrend, das Bild schärfster Konzentration, die Verkörperung lauteren Forschergeistes. Er sprach lange, etwas merkwürdig in dem Stil, unglaubliche Sätze bildend. Aber Wolfgang konnte ihm folgen. Er kannte diese Bandwurmsprache von seinem Vater her. Und er staunte über das, was er hörte. Jedes Wort war schlagend, vielleicht ungefüge, aber unübertrefflich bezeichnend. Man mußte den Verstand zusammennehmen, um zu begreifen. Es war nichts für den lernenden Schüler, jedoch überraschend interessant für den, der den Gegenstand beherrschte.

In wachsender Anteilnahme drängte sich Wolfgang vor. Da brach Schweninger mitten im Vortrag ab, faßte ihn am Arm und zog ihn etwas zurück. Es war ein schmiegsamer, aber unwiderstehlicher Griff, als ob eine magnetische Kraft von dieser lebendig warmen Hand ausginge. »Die andern Herren möchten auch sehen,« sagte er im ruhigsten Ton, wie wenn es für ihn selbstverständlich sei, die Menschen hin und her zu schieben.

Wolfgang war verwirrt, wie er es nie gewesen war. Zu seiner Freude schloß der Professor fast in dem gleichen Moment die Vorlesung, um sofort wie ein Rasender zu seinem Wagen zu stürmen.

Das nächste Mal war Wolfgang wieder in dem Hörsaal Schweningers, und so ging es weiter. Das war nicht nur ein ganzer Mann, der ihm da entgegentrat, ein Mann mit unermüdlicher Tatkraft, mit unbeugsamem Willen, mit durchdringendem Scharfsinn und hochstrebendem Flug der Gedanken. All das kannte und bewunderte Wolfgang an Tarner. Hier war etwas ganz Neues. Das war ein Mann des Berufs, der statt wie so oft seine Menschenwürde im Dienst zu verlieren, sein Amt trug wie einen Königsmantel.

Wolfgang hatte so häufig den Spruch von dem geborenen Künstler gehört. Er hatte sich darunter nie etwas vorstellen können, auch nie an die Möglichkeit des angeborenen Berufs geglaubt. Mit Schweninger aber war sein Amt verwachsen wie die Haut; wie ein Herz in ihm steckte und Lungen, Gehirn und Eingeweide, so war sein ganzes Wesen erfüllt von dem Arztsein. Ebenso wie er ging und atmete und schlief, so war er auch Arzt. Es war eine Funktion seines Organismus wie das Sehen und Hören. Man hätte ihm Hände und Füße abschneiden und die Augen ausstechen können, in jedem Blutstropfen, in jedem ungeschädigten Muskel und Nerv wäre genug von diesem Saft des Arztes zurückgeblieben. Schweninger war ein geborener Arzt. Das war kein Zweifel.

Wolfgang studierte diese neue Erscheinung. Also war es doch möglich, einen Beruf vollkommen zu erfüllen und trotzdem Mensch mit unverfälschten Trieben und klarem Gehirn zu bleiben. Aber wie war es möglich? Von Einseitigkeit konnte nicht die Rede sein. Schweninger war ein Naturprodukt, gleichsam die Essenz alles ärztlichen Wirkens der Jahrhunderte. Selten war Wolfgang einem so vielgestaltigen Menschen begegnet, und alle diese Gestalten dienten dem Zweck des Arztes. Wie der Meergott sich in Stier und Schlange zum Kampf verwandelt, so wechselte dieser hier sein Wesen in Berechnung der Eigenschaften des Kranken. In diesem Kopf lebte ein ganzes Volk von Gedanken, wie ein Heer geschult, dem leisesten Wink des Arztes zu gehorchen. Sein Gehirn beobachtete, umfaßte und hegte jeden Eindruck, um ihn sicher seinen Absichten dienstbar zu machen. Die Welt in ihrer vollen Ausdehnung lag wie ein Kristall klar vor den forschenden Augen, aber diese Klarheit war einem Amt untertänig. Jede Richtung des Menschenlebens fand hier Verständnis, aber immer war es der Arzt, der dieses Verständnis hatte. Sozialismus und Königtum, Wassersnot und Sturmwind, Dampfwagen und elektrisches Licht, Essen und Atmen, Winter und Sonne, Gold und Armut, Arbeit und Nichtstun, Schulen und Menschen, alles sah und benutzte er als Arzt.

Wolfgang durchforschte das Gesicht. Nicht eine menschliche Eigenschaft fehlte. In den ausgeprägten Zügen saß die Liebe neben dem Haß, Spott neben Begeisterung, der Stolz und die Eitelkeit neben einer klaren Erkenntnis der eignen Grenzen. Der Jähzorn blitzte auf, um der kalten Selbstbeherrschung zu weichen, die Härte lag in seiner Stimme und weiche Herzenstöne edelster Güte klangen darin. Eine warme Empfindung lebte in ihm, eine unendliche Menschenliebe, aber daneben verriet sich die grausame Kraft des unbestechlichen Arztes. Jede seiner Eigenschaften brauchte er zu seinem Plan, jeden Trieb beherrschte er als Arzt. Er mochte essen, trinken, schlemmen oder Hunger leiden, gehen oder ruhen, schelten oder loben, forschen oder phantastische Bilder entwerfen, mit Männern oder mit Weibern verkehren, Kinder oder Tiere vor sich sehen, er war immer Arzt. Die Art, wie er ein Glas hielt oder die Brille verschob, wie er den Menschen ansah und ihm die Hand bot, wie er sprach und hörte, verriet das. Eine unbändige Kraft kennzeichnete ihn vor allen Menschen, Wolfgang hatte nie etwas Ähnliches gesehen.

Von jenem Tage an wurde der junge Student von seinem Traumleben abgelenkt. Selbst Tarners Gestalt verblaßte vor dem neuen Eindruck. In dieser ersten Zeit zweifelte Wolfgang nicht eine Sekunde, wem er folgen müsse. Es war nur die Frage, ob er es könne, die Frage, ob sich das Arztsein lernen lasse, wie er das Sehen gelernt hatte. Diese Probe wollte er machen. Er wollte werden wie Schweninger.

Dazu mußte er dem Lehrer persönlich nähertreten. Die Unterhaltungen, zu denen Schweninger wöchentlich einmal seine Jünger versammelte, boten die Gelegenheit. Wolfgang wurde bald ein regelmäßiger Besucher dieser abendlichen Zusammenkünfte. Das Herz ging ihm dabei auf. Da gab es keinen steifen, erkünstelten Vortrag, der hier Lichter verstärkte und dort Schatten wegließ, um ein abgerundetes Bild zu bieten. In freier Rede und Gegenrede, gleichsam im Freundeskreise wurde alles Menschliche besprochen, nicht nur die Fragen der Medizin, nein alles, was es auf Gottes Erdboden gab. So mußte die Schule der Peripatetiker gewesen sein. Gewiß so hatte Aristoteles gelehrt, und so war das Denken der Griechen gewachsen. Wolfgang lernte, raffte neuen Stoff des Wissens auf, noch nicht gekannte Wege, den Dingen beizukommen, öffneten sich ihm, und nicht zum wenigsten begriff er jetzt, wie ein kräftiger Verstand mit allem fertig werden konnte, selbst mit dem Irrtum.

Dem Schüler wurde der Lehrer immer merkwürdiger, immer bewundernswerter. Freilich das seltsam Drückende behielt Schweninger für ihn. Es war dem Jungen, als ob er in des Professors Gegenwart leise sein müsse, nur vorsichtig atmen und auftreten könne. Er verstand diese Empfindung damals noch nicht. Erst später wurde es ihm klar, daß es die Ehrfurcht war, die er hier zum ersten Male rein empfand. Er bäumte sich dagegen auf, aber wie er sich auch mühte, er brachte es nicht weiter, als daß er fest seine Meinung sagen konnte. Die sonstige freche Keckheit fehlte ihm. Selbst das half ihm nicht, daß er das Wohlgefallen Schweningers an seinem Wesen und Denken bemerkte. Es schmeichelte ihm, er wurde feurig und beredt dabei, aber ein einziges Wort des Lehrers genügte, um ihn befangen zu machen.

Wie sicher war aber auch dieser Mann. Jede Schwierigkeit wußte er in eigentümlicher Form zu lösen, er wurde den einzelnen Meinungen gerecht, er verstand es, den Irrtum eines der Schüler unmerklich hin und her zu drehen, zu modeln, umzuwandeln, bis er als selbstverständliche Wahrheit dastand. Eine Scheu beherrschte den jungen Studenten. Er kam seinem Halbgott menschlich nicht näher.

6.
Da öffnete ihm Schweninger selbst den Weg. Er begann seinen Zöglingen Aufgaben zu stellen. Wolfgang ergriff das ihm übertragene Thema, die Prüfung eines neuen Arzneimittels, mit Eifer. Er bat um die Erlaubnis, es als Doktorarbeit zu verwerten, was ihm auch gern gewährt wurde. Nun durfte er endlich seine Kräfte an einem bestimmten Gegen-

stand erproben. Die Krankensäle wurden ihm geöffnet, und er begann seine Versuche.

Als etwa zwei Monate verstrichen waren, trat er den Professor an und bat um ein andres Thema. Schweninger fragte erstaunt nach dem Grunde. »Das Zeug taugt nichts,« meinte Wolfgang wegwerfend, »es ist alles nicht richtig, was darüber geschrieben wurde.«
»Aber das ist ja herrlich; um so besser. Beweisen Sie, daß das Mittel nichts wert ist, das ist die beste Doktorarbeit, die Sie überhaupt machen können. Seltsame Fälle beschreiben oder vielmehr abschreiben, kann jeder. Aber das Spülichtfaß der chemischen Garküche ausräumen, das lohnt sich schon. Schreiben Sie nur ruhig, was Sie gefunden oder nicht gefunden haben.« Damit ging er davon.

Wolfgang sah ihm eine Weile verblüfft nach, dann sagte er: »Na, wenn du es nicht anders haben willst, dann sollst du etwas erleben.« Und er setzte sich hin und hielt Gericht über die neue Erfindung.

Bei der nächsten Abendsitzung las er das Machwerk vor. Es war eine knappe, fachliche Arbeit, in ihren Beweisen erdrückend und in ihrem Schlußurteil vernichtend. Schweninger sprach sich anerkennend aus. Nachdem das Schriftchen seine Schuldigkeit als Dissertation getan hatte, ließ der Professor es in einer Fachzeitung veröffentlichen. Ihm, dem der Kampf Lebenselement war, gefiel die Guntramsart, Schläge auszuteilen.

Der Junge war glückselig, sich gedruckt zu sehen, und seine Eitelkeit stieg bis zu einem unerlaubten Maße, als sich ein gelehrter Herr und Spezialist soweit vergaß, dem kecken Knaben gereizt zu antworten. Ein Streit in der Fachschrift entspann sich, und Wolfgang blieb Sieger. Das Mittel, kaum eingeführt, verschwand aus dem Arzneischatz trotz aller Empfehlungen. Für Wolfgangs Leben aber hatte das Abenteuer wichtige Folgen. Sein Gegner hatte sich durch persönliche Angriffe bloßgestellt und nicht zum wenigsten dadurch unterlag er. Wolfgang folgte auch darin dem Beispiel seines Meisters, den Kampf fachlich zu führen, und er blieb diesem Grundsatz treu.

Der billige Erfolg lockte weiter. Der junge Guntram warf sich auf die Schriftstellerei, und da er sehr bald entdeckt hatte, wieviel leichter es ist, anzugreifen und zu zerstören, als ruhig zu beurteilen oder gar aufzubauen, so wurde seine Schreibart schärfer und beißender. Alles, was er schrieb, legte er Schweninger zur Beurteilung vor. Der milderte die maßlosen Übertreibungen, und durch seine Fürsorge fanden die Arbeiten in Zeitschriften Aufnahme. Sie behandelten meistens allgemeine Themata aus dem Gebiete der Medizin. Schweninger stand damals noch mitten in dem Kampf mit dem verrotteten Universitätswesen, und die geschickte Schreibweise, der stahlharte Stil des jungen Burschen waren ihm willkommen. Er zog den Guntram mehr in seine Nähe, munterte ihn zum Fleiß auf und führte ihn an der Hand seines eignen Krankenmaterials in die Praxis ein.

Wolfgang merkte sehr bald, wie große Vorteile er dadurch errang. Nicht nur, daß er Gelegenheit hatte, die Tätigkeit eines großen Arztes ganz unmittelbar zu studieren, ungetrübt von dem Zwang der Schulweisheit, daß er sich die tausend Hilfsmittel der Kunst aneignen konnte und die Fülle der Gedanken, der Menschenbehandlung und Erfahrung seines Lehrers für sich auszunutzen lernte; die Art des Krankenmaterials an sich war schon ungemein belehrend. In dem Sprechzimmer des Professors fanden sich die Opfer jeder Erkrankung zusammen. Man erhielt in verhältnismäßig kurzer Zeit einen Überblick über die Einzelfächer der Medizin. All diese Kranken waren auch schon durch die Behandlung andrer Ärzte gegangen. Schweninger war ihre letzte Zuflucht. Dadurch erhielten seine Erfolge die unangreifbare Beweiskraft. Wo andre nicht helfen konnten, half er. Das hatte etwas Bestechendes für Wolfgang. Das Außergewöhnliche, die Sonderstellung dieses Arztes reizten ihn. Der Glaube an das starke Übergewicht Schweningers setzte sich in ihm fest, und die eigentümliche Wendung, welche die Medizin in wenigen Jahren nahm, gab ihm recht.

Noch ein andrer Punkt wurde für den Werdenden wichtig. Menschen des verschiedensten Bildungsgrades, der entlegensten Länder kamen hier zusammen, die Gegensätze der Gesellschaft trafen sich. Wolfgangs Menschenkenntnis erweiterte sich im Laufe weniger Monate außerordentlich, und die Winke des Lehrers, der mit dem scharfen Auge der Anlage und Übung alle Gehirne durchschaute, halfen ihm weiter.

Schweninger vergaß seinen Schüler niemals. Sobald ein Kranker abgefertigt war, forderte er Wolfgang auf, Fragen zu stellen, die er dann bestimmt und sicher beantwortete. Nie blieb eine Unklarheit, alles suchte er dem Verständnis seines Jüngers nahezubringen. Drängte die Zeit, so nahm er Guntram mit in den Wagen und besprach während der Fahrt eingehend alles, was Wolfgang zu wissen wünschte.

In diesen Stunden nun wurde sich Guntram der eignen Unkenntnis bewußt. Die Scham über seine Faulheit wuchs, und das gütige Entgegenkommen des Professors begann ihn zu drücken. Er fühlte, daß der geniale Mann weit mehr hätte bieten können, wenn er mit einem vorgebildeten Hörer zu tun gehabt hätte. Mit Eifer und Fleiß besuchte er jetzt alle Vorlesungen, suchte zu lernen, wo er nur konnte. Bald mußte er einsehen, daß er auf diesem Wege zu langsam vorwärtskam, und der Gedanke, als Volontär in ein Krankenhaus einzutreten, stieg in ihm auf. Er wendete ihn hin und her, aber die Liebe zu seiner Mutter, welche zu verlassen ihm unerträglich schien, ließ ihn zögern, um so mehr als Alter und Sorgen die zarte Frau schwer geschädigt hatten. Sie war schwerfälliger in ihren Bewegungen geworden, klagte hie und da über Müdigkeit und Schwäche und quälte ihren Sohn ein wenig mit Todesgedanken. So wäre wohl aus Wolfgangs Plänen nichts geworden, wenn nicht gerade die Mutter dafür eingetreten wäre.

Brigitte hatte mit der größten Freude die Veränderung in dem Wesen ihres Sohnes wahrgenommen. Wie es bei Tarner gegangen war, so ging es auch hier. Sie teilte die Verehrung ihres Kindes für den großen Arzt und munterte es auf, den Verkehr zu pflegen. Ja, dieses Mal erschien ihr die Verehrung berechtigter und fester begründet, als die für den Meister, der ihr immer sonderbar und verdächtig blieb. Die kleinen Schriften Guntrams gefielen ihr ausnehmend, und sie war nicht erstaunt, daß sie viel gelesen wurden. Das erschien ihr natürlich. Ein glühender Ehrgeiz für ihren Jüngstgeborenen packte sie.

Während sie bisher noch nicht hatte übersehen können, wohin der Strom seiner Fähigkeiten sich wenden werde, erkannte sie jetzt eine bestimmte Richtung, die sie um so eifriger förderte, als sie mit den Wünschen des toten Vaters übereinstimmte. Als sie den Mißmut des Sohnes bemerkte, forschte sie den Gründen nach und ruhte nicht eher, bis sie erfuhr, was ihn drückte.

Sein Mangel an Kenntnissen quälte Wolfgang neuerdings doppelt, denn soeben hatte ihn Schweninger vor eine wirkliche Arbeit gestellt, die Wissen und Erfahrung beanspruchte. Des Studenten Kräfte versagten, und er besprach die ganze Angelegenheit mit seinem Lehrer. Schweninger zuckte die Achseln. Er verstand nicht, wie ein Arzt zwischen der Möglichkeit, sein Können zu bereichern, und einem gefühlvollen Zusammenleben mit der Mutter schwanken könne. Aber seine Vorliebe für den Schüler ging doch nicht weit genug, um ihm zuzureden und so die Verantwortung zu tragen. Wolfgang war auf die eigne Entscheidung angewiesen, und die vermochte er nicht zu fällen.

Als Brigitte den Kummer über die Krankenhausfrage erfuhr, gab sie, ohne einen Augenblick zu zögern, ihre Einwilligung. Sie sprach für den Plan, freute sich in Gedanken, dem Sohne durch eigne Entbehrung förderlich zu sein, und malte in den heitersten Farben aus, wie sie ihn besuchen werde, wie sie an freien Tagen ihn bewirten könne, kurz, sie wußte alles so verführerisch darzustellen, daß sie sich fast auf die Einsamkeit zu freuen schien. Trotzdem wurde den beiden Freunden der Abschied voneinander schwer, und sie versprachen sich fest, nach Ablauf dieses einen Jahres sich nicht wieder zu trennen.

Die Zeit im Krankenhause flog dahin. Jede Minute des Tages war ausgefüllt, und wenn ja eine Viertelstunde sich erübrigen ließ, so benutzte Wolfgang sie zum gründlichen Faulenzen. Aber nur selten kam es dazu. Auf den Krankensälen gab es stets etwas zu tun.

Das war ein glückliches Jahr für Wolfgang. Das Dasein erschien ihm so bunt, so wechselreich und anziehend. Er glaubte unendlich viel zu erleben, Eindrücke für seine gesamte Zukunft zu gewinnen. Daß er für sein Fach lernen werde, hatte er erwartet, das war der Zweck seines

Dienstes, und er sah sich darin nicht getäuscht. Aber reiche Schätze der Erfahrung schienen ihm zuzufließen. Es kam ihm vor, als ob er von Tag zu Tag sicherer, reifer, lebensklüger werde. Die Welt und alle ihre Fragen schienen ihm so wohlgeordnet und übersichtlich wie die Krankensäle, so voll von Bitterkeit und Tod, so leuchtend von Genesung und wach werdender Lebenslust. – Wie erstaunt war er doch, als er, in sein gewohntes Dasein zurückgekehrt, nichts mehr von all dieser festen Sicherheit fühlte, als er merkte, daß er den großen Fragen des Denkens gegenüber auf demselben Punkte stand, wie vorher, daß die gleiche undurchdringliche Dunkelheit ihn umgab. Nur die Arbeit, die unaufhörliche Mühe hatte ihm das Gefühl innerlicher Befriedigung gegeben, ihm eine Freiheit vorgetäuscht, wo in Wahrheit enge Ketten jede Bewegung hemmten. Diese Freiheit genoß auch der Arbeiter, wenn er in mechanischem Eifer sein Rad drehte. Den versuchten die Rätsel des Lebens auch nicht. Ein Frösteln überlief den Grübler, der sich den eignen Frieden verdarb. Er gedachte daran, wie leicht es sei, in geschäftigem Dahinleben sich selbst zu verlieren.

Auf der Bahn des Arztes aber, das sah Wolfgang deutlich, hatte er einen Schritt vorwärts getan. Sein Blick für die Krankheit war geschärft, die Grundlagen für eine sichre Erkenntnis gelegt. Er wußte zu beurteilen, er wußte mit Kranken zu verkehren, er hatte im Wechsel der Monate alle Fächer der Wissenschaft gesehen und die Eigenart tüchtiger Ärzte kennen- und schätzengelernt. Er war hart geworden gegen geringes Leid und weichmütig mitfühlend bei dem Elend. Die tapfere Grausamkeit und den sicheren Entschluß hatte er sich zu eigen gemacht. Er hatte den vielgestaltigen Tod gesehen und erkannt, wie riesengewaltig die Lust am Leben wirke, wie der Wille zum Dasein der beste Arzt sei. Er hatte pflegen und warten gelernt, und er drückte den Schwestern warm die Hand, die ihm so manches gezeigt hatten, was er sonst nicht verstanden hätte. Und seine stärkste Kraft war in ihm gewachsen, die Geduld, die warten konnte.

Auch den seltsamen Lügengang der Behandlung war er mitgewandelt, innerlich empört und erbittert, aber er hatte den Mut gehabt, zu gehorchen, weil er jetzt endlich das kleinere Leid dem größeren Zweck unterzuordnen verstand. An dem Leichentisch war ihm der Sinn für die Fragwürdigkeit aller Diagnosen aufgegangen, Fehler hatte er gesehen, welche er vermeiden konnte, das Unabänderliche der Zerstörungen war ihm klar geworden; aber er glaubte nun auch zu wissen, daß das Bild der Krankheit nicht allein durch das Leiden eines Organs bedingt sei, daß eine Erkrankung wirke wie ein Stein, der in den Wasserspiegel fällt. Der Stein bleibt in dem Wasser liegen, aber die Ringe, die er aufgewühlt hat, glätten sich wieder. So bilde die Zerstörung eines Organs Ringe im gesamten Leben. Sie ließen sich glätten, sie mußten sich glätten lassen. Nur hatte man vielfach vergessen, wie das zu machen war. Dies Krankenhaus war nicht die einzige Lehrstätte. Vielleicht, ja sicher wußte Schweninger Rat, und außer ihm gab es auch noch Leute: was er nicht dachte, dachte ein andrer. Zuletzt blieb noch die große Meisterin, die eigne Erfahrung. Nein, es war nicht schlecht angewendet, dieses Jahr der Mühe und Arbeit.

Und war er nicht unter den Irren gewesen? War das nichts? Dort hatte er gelernt. Dort war er auch innerlich gewachsen. Geheimnisse waren ihm aufgetan, in den scharfen Linien des Zerrbildes hatte er deutlicher als sonst irgendwo die echten Züge des Menschen erkannt. Er traute sich jetzt zu, vieles zu sehen, was andre nicht sahen, und mancher Mensch verriet sich ihm an der Ähnlichkeit mit den verrückten, so übersichtlichen Kranken.

7.

Das Jahr verrann, und Wolfgang kehrte zur Mutter zurück. Beider Zusammenleben begann in alter Herzlichkeit. Ein heiliger Frieden lag über dem Heim, kaum unterbrochen von dem Treiben des Staatsexamens, welches der junge Doktor jetzt rasch bestand. Die Stimmung des Hauses gab ihm Ruhe und Sicherheit, er schritt gleichmäßig und gleichmütig dem Ziele seiner Wanderung, der Approbation, zu. Und weder ihn noch die Mutter wunderte es, daß er eines Tages das Blatt in der Hand hielt, welches ihn zum Arzt machte. Schweigend betrachteten sie es, dann faltete Brigitte das Papier zusammen und legte es in ihren Nähkorb, ihr Schatzkästlein. »Ich werde es aufheben,« sagte sie, »du könntest es verlieren.« Und über den Sohn hinwegschauend in die Ferne, strich sie ihm über das Haar und sagte, »du hast nun ein Ziel erreicht und giltst als Mann. Mir aber bist du das Herbstkind, und ich will dich den kurzen Sommer genießen. Im Herbst wollen wir deiner Zukunft gedenken.« Aber sie gedachten der Zukunft nie mehr.

Brigitte war älter und gebrechlicher geworden. Von Zeit zu Zeit befiel sie, an das Ende mahnend, ein Schwindel. Sie verließ kaum noch das Haus. Still, fast der Welt entrückt, lebte sie ihren Kindern. Mit der Allgegenwart einer Mutter umfaßte sie die weit zerstreuten, sammelte Liebe und Freude an ihnen und schenkte, was sie im Herzen erfuhr, dem einzigen Sohne, der bei ihr war. Die Gegenwart eilte vorüber, ohne das Haar der greisen Frau mit dem Wehen ihres Fluges zu bewegen. Wolfgang aber beugte sich diesem Zauber. Er dachte nichts und erlebte nichts. Er schritt in dem goldnen Nebel der Dämmerung dahin, im Wachen träumend, und seine Mutter ruhte an seinem Arm. Ihm war, als ob die Tage ineinander flössen zu einem stillen Abend. Und die letzten Strahlen eines milden Lichtes sammelten sich in den braunen Augen der Mutter.

Der Sommer stieg noch einmal empor und wärmte die fröstelnden Glieder der Alten. Seit Tagen schon las sie in vergilbten Blättern, und wenn die Augen versagten oder der Abend hereinbrach, rief sie ihr Kind herbei und erzählte ihm von der eigenen Mutter. Das hatte sie nie getan. Von allen hatte sie gesprochen, mit allen Gefährten Brigittes wußte ihr Sohn Bescheid, die Freuden und Leiden dieses reichen Lebens hatte er kennengelernt, nur dieser Frau hatte Brigitte nie gedacht. Jetzt aber hob sie den Schleier von ihrer Seele, und Wolfgang schaute das Bild, das ungeahnt in dem Herzen der Einsamen gelebt hatte. Andächtig lauschend kniete er vor dem schwachen Mütterchen. Er umfaßte die liebe Hand und streichelte sie und sagte: »Ich suche die Großmutter mit meinen Augen, aber wohin ich auch schaue, ich erblicke nur dich, und was du auch sprichst, ich höre nur dich. Und wenn deine Mutter dir glich, so magst du sie wohl geliebt haben.« Brigitte sah ihn mit ihren Augen an und sagte: »Ich bin eine glückliche Frau, denn mein Kind lobt mich.« Dann winkte sie ihm lächelnd zu gehen.

Als er im Dämmerlicht wieder zu ihr trat, war sie tot. In ihren Zügen aber lag noch dieselbe Freude. Er beugte sich zu ihr, und ihm war, als ob sie noch einmal die Lippen öffnete und leise lachend sagte: »Ich bin eine glückliche Frau, denn mein Kind lobt mich.«

In tiefem Ernst drückte er der Toten die Augen zu. Dann nahm er ihr still das Blatt aus der Hand, welches sie noch immer hielt. Es waren nur wenige Worte in der Schrift seines Vaters: »Sei getrost, mein Lieb, uns kommt der Friede, das glaube ich fest.« Wolfgang sah auf die Schrift, da füllten sich seine Augen mit Tränen. Vorsichtig schob er das Blatt in den Haufen der alten Briefe, die auf der Mutter Nähtisch lagen. Dann nahm er sie alle und trug sie behutsam auftretend zu dem Schreibtisch des Vaters. Dort verbarg er sie aller Augen. Er war jetzt einsam. Wenn er die Mutter verloren hatte, ein tiefes Geheimnis verband ihn mit ihr. Das sollte niemand teilen. Und ruhigen Herzens, fast freudig gedachte er der Freundin.

Als die Dämmerung tiefer sank, rief er die Dienerschaft. Der Totendienst begann.

Wolfgang führte die Leiche in die alte Heimat. Dort an der Seite des Mannes, mit welchem sie gelebt hatte, sollte die Mutter begraben werden. Auf der langen Totenfahrt kamen und gingen ihm die Gedanken, wie Wolkenschatten an der Sonne vorbeiziehend. An dem Grabe der Mutter mußten die Guntrams noch einmal zusammenkommen. Einer aber würde fehlen, der älteste Bruder, das Haupt der Familie. War er das noch? Gab es noch eine Familie? Nein, das war vorbei. Mit der Mutter war die Familie gestorben. Sie hatte alles zusammengehalten, sie war die Familie gewesen.

Wolfgang dachte seiner Toten. Und in seinen Ohren klang ein alter Spruch, den er mit kindischem Schwermut sich einst ersonnen hatte: »Wolfgang bist du genannt. Den Gang des Wolfes sollst du treten, einsam und stark, wie das Raubtier. Hüte dich vor der Gier, daß sie dich nicht zum Rudel treibe.«

Wo war jetzt der Baum, der dem Einsamen Schatten gab, unter dessen Ästen er spielte und hauste? Die Schwester hatte er geliebt. Aber ihr Sterben war ihm nichts. Wie ein welkes Blatt war sie abgefallen, der Wind hatte sie verweht. Der Tod des Vaters war über den Baum hinweggefahren wie ein Sturm. Ein Blitzstrahl hatte den Stamm getroffen, ihm die Rinde gespalten und das Mark erschüttert. Aber nur fester hatte er sich dann gewurzelt, von treibenden Säften genährt war der Wipfel zum Dach der Freundschaft geworden. Auch der Vater war gestorben, ohne Wolfgangs Dasein zu ändern. Damals hatte er die Heimat verloren. Was aber war das für ihn gewesen? Er war der Mutter gefolgt. Sie war die Heimat. Die Brüder waren zerstreut. Ruhig hatte er auf die Lichtung in dem Gezweig geschaut und sich der wärmenden Sonne gefreut, die ihn allein traf. Auch die waren tot für ihn. Der Älteste war gegangen, das Haupt der Familie. Wieder fiel es ihm ein, war das das Haupt? Nein, gewiß nicht. Das war der neue Stamm eines neuen Geschlechts. Aber das alte Haus hatte eine Frau getragen, die Frau, die vor ihm im Sarge lag. Wie hatte er den Bruder verehrt und doch, sein Scheiden war an ihm vorübergegangen, ohne ihn aus dem Behagen des Baumes zu wecken. Über Wolfgangs Seele breitete sich die Ehrfurcht vor dem Weibe aus, und wie in einem Gesichte schaute er die Kraft und Herrlichkeit der Frau. Leise klang in ihm die Gewißheit, daß in dem Weibe aller Welt Zukunft ruhe. Nicht nur das Dach des Hauses trägt die Frau, sie treibt die Säfte ihrer Gedanken, die Äste ihres Lebens in alles Menschendasein hinein, Schatten gebend und Licht verteilend. Sein Sinnen kehrte zu der Toten zurück.

Der Gedanke trug ihn über die Zeiten des gemeinsamen Lebens dahin. Er sah die Sorge der Mutter, ihr Mühen und Geben, ihr gütiges Schaffen. Und er erkannte, daß diese Frau ihn geliebt hatte, wie nur ein Gott liebt. War nicht die Liebe der Mutter Gottes Reich? War nicht jede Mutter Gott? Und verständnislos blickte er auf den Mann, der seine Mutter verließ, um die Menschen von der Sünde zu lösen.

Da aber traf ihn ein furchtbarer Gedanke, und er beugte das Haupt so tief, daß es mit der Stirn wider den Sarg schlug. Denn er hatte selbst seine Mutter verlassen, um den Menschen zu dienen. Dieses Jahr der Arbeit war ein Flecken auf seinem Leben. Vielleicht, wäre er bei ihr geblieben, vielleicht wäre sie nicht gestorben. Und mit Grausen hörte er vor sich und um sich Worte der Mutter tönen, strafend, warnend, bittend, klagend: »Die Liebe ist größer als die Pflicht. Du sollst nicht hinwegschreiten über das blutende Herz deines Weibes.« Er hielt sich die Ohren zu, um den schrecklichen Laut nicht zu hören, und betäubte die Klage der Mutter mit seinem Weinen. Dann aber faßte er sich und schaute still auf den leblosen Sarg. Die Vergangenheit war nun tot. Mit der da war alles gestorben. Ein Neuer, Heimatloser, tief Einsamer stand er der Welt gegenüber. Wie ein Feuer kam es über ihn, daß er ein Mann war. Er fühlte, wie ihn die Flammen glühten und härteten. Er freute sich dieser Flammen, denn was vor ihm lag, forderte Härte.

Den kalten, finsteren Blick in die Ferne gerichtet, nicht rechts noch links schauend, folgte er dem Zuge zum Kirchhof. Die Brüder sprachen zu ihm und er antwortete, liebe Worte ertönten an der Gruft, und der alte Freund Polykarp küßte den Knaben der Freundin, helle Stimmen sangen im Chor das Grablied der Mutter. Aber Wolfgang war ein einsamer Mann, dessen Seele kein Gruß traf, den kein Rühren bewegte. Denn er dachte nicht mehr der Mutter, er dachte der eignen Mannheit.

Zweiter Band

II

Der Strom

Erstes Buch

1.

Guntram kehrte ohne Aufenthalt nach Berlin zurück. Die Erbschaft wurde rasch geregelt, es lagen keine Schwierigkeiten vor. So schnell als irgend möglich löste er den Haushalt auf und mietete sich in der Nähe des Museums ein. Aus dem Nachlaß der Mutter übernahm er nichts. Er wollte frei von allen Fesseln der Vergangenheit in das Leben treten. Die Blätter, mit denen sich die Mutter während der letzten Zeit so viel beschäftigt hatte, fielen ihm in die Hand, als er den Schreibtisch räumte. Es war der Briefwechsel der Großmutter und Mutter und Briefe des Vaters an Brigitte während der Brautzeit. Wolfgang nahm sie an sich. Er machte sich kein Gewissen daraus, sie den Brüdern zu unterschlagen. Er betrachtete sie mit Zärtlichkeit, sie erschienen ihm wie ein süßes Andenken an tote Liebe. Ohne sie zu lesen, verschloß er sie. Er wollte warten, bis er den Eltern und sich selbst fremd geworden sei.

Wolfgang führte jetzt ein völliges Einsiedlerleben, kaum daß er zur Mittagszeit zum nächsten Gasthaus ging, um dort zu essen. Oft tat er auch das nicht, sondern ließ sich von seiner Wirtsfrau vorsetzen, was sie gerade hatte. Sie war ein verlebtes, altes Weib mit gierigen Zügen. Anfangs versuchte sie, wenn sie die Stuben ordnete, mit dem Mieter zu klatschen, fügte sich aber bald der Schweigsamkeit des stillen Gastes. Den Mann dieser Frau sah Wolfgang nie. Freilich kümmerte er sich auch um nichts.

Wer damals nach Guntrams Tätigkeit gefragt hätte, dem hätte man füglich sagen können: er tut nichts. Er stand spät auf und legte sich früh nieder. Den Tag verbrachte er halb schlafend, halb wachend in einem Traumzustand. Er öffnete kein Buch, schrieb keine Zeile, dachte keinen klaren Gedanken. Seine einzige Beschäftigung war, Karten zu legen. Damit konnte er sich viele Stunden hintereinander vergnügen. Die eintreffenden Beileidsbriefe musterte er. Wenn ihm die Schrift bekannt war, legte er sie uneröffnet beiseite, nur was von fremder Hand kam, las er.

Eine flüchtige Regung des Interesses empfand er, als er einen Brief Tarners empfing, der ihn herzlich bat, zu ihm auf sein Landgut Wildenwald zu kommen, um dort Trost zu finden. Dann aber warf er den Brief unbeantwortet fort. Er brauchte keinen Trost. Er war mit seinem Lose zufrieden.

Das war eine merkwürdige Zeit. Wolfgang war weder froh noch traurig, er empfand ein seltsames und nur schwer begreifliches Gefühl des Behagens. Er wunderte sich über sich selbst und wenn er einmal erwachte, schämte er sich ein wenig. Dann nahm er sich vor zu arbeiten, dachte ein paar Minuten an seine Zukunft und an den Beruf, um bald wieder in den alten Zustand des seligen Nichtstuns zu versinken.

So verstrichen Wochen und Monate. Wenn Wolfgang später dieser Tage gedachte, nannte er sie wohl scherzend seinen Winterschlaf und schalt auf seine Faulheit. Aber im geheimen verließ ihn die Sehnsucht danach nie wieder. Und wenn er sich wahrhaft in seinem Inneren fragte, welcher Abschnitt des Lebens für ihn der wichtigste gewesen sei, was ihn am meisten gefördert habe, so fiel ihm zu seinem eignen Erstaunen immer wieder diese Zeit nach dem Tode seiner Mutter ein.

So seltsam es auch war, er hatte sich damals ohne es zu merken, völlig verwandelt. Die Ursprünge seines späteren Denkens, welches ihn so weit von der früheren Bahn entfernte, ließen sich bis zu diesem Zeitpunkte zurückverfolgen. Hier freilich verschwanden sie im Dunkel. Wie sehr er sich auch Mühe gab, wie sehr er seine Erinnerung durchforschte, er konnte sich nicht einer klaren Überlegung aus diesem Winterschlaf entsinnen, nicht eine einzige Stunde war ihm im Gedächtnis geblieben, wo er von diesem oder jenem andere Anschauungen gewonnen hätte. Ja er war sogar überzeugt, daß er während all der Monate überhaupt nicht gedacht habe, und mußte sich mit dem Satz begnügen, daß der Herr den Seinen es im Schlafe schenkt.

Die Änderung in ihm war unterirdisch vor sich gegangen.

Wie das möglich gewesen war, begriff er erst, als er zum zweitenmal einsam geworden, sich ganz in sich selbst vergrub. Er sah dann ein, und fast mit Bedauern erkannte er es, daß er schon in jener Zeit zu einem

Gipfel hätte kommen können, wenn er nicht einem falsch verstandnen Gedanken gefolgt wäre. Gewiß wäre er bald, sich selbst überlassen, zum Bewußtsein erwacht und hätte auf eignen Bahnen eignes geschaffen. Freilich mußte er sich auch sagen, daß er nie zu der stolzen Höhe gelangt wäre, wenn er damals schon, halb nur gereift, ohne Kenntnis des höchsten Glücks und des tiefsten Leids, den Pfad der Einsamkeit weitergegangen wäre.

Wie die Dinge aber einmal verliefen, wurde er mitten aus dem Schlaf in den Strudel der Welt hineingerissen. Ehe er noch zu einem Ziel gelangt war, wurde sein Schicksal von fremder Hand gestört. Tarner rief ihn zum zweitenmal zu sich, und jetzt folgte er der Mahnung. Seine Seele glich zu dieser Zeit einem Felde, das lange brachliegend reiche Kräfte gesammelt hat, das Leid fuhr darüber hin als Pflugschar, den Boden in tiefen Furchen zerreißend und ihn der Saat bereitend. Die Saat aber, die in schweren Ähren reifte, säte ein Weib, des Name war Anna.

Tarner schrieb: Mein lieber Guntram, Sie haben meinen Brief, aus welchen Gründen es auch immer sei, unbeantwortet gelassen, und ich mag Ihnen das nicht nachtragen. Denn da ich Ihnen nur Trost versprach, so konnten Sie damit machen, was Sie wollten. Jetzt aber verspreche ich Ihnen etwas Besseres, Arbeit. Oder vielmehr ich verspreche gar nichts, sondern sage nur: Kommen Sie. Ich brauche Sie. Man peinigt mich mit allerlei Niedertracht, und der bin ich nicht gewachsen. Ich bedarf einer gewandten Feder, die leicht und schnell die Zeitungsschreiber in Tinte ertränkt, sie mit der eigenen Waffe schlagend. Tronka hat mir erzählt, wie Sie schreiben können, ich habe Ihre Sachen mit Freuden gelesen. Das ist es, was mir not tut. Und ich selbst besitze es nicht. Ich bin zu schwerfällig zu diesen Seiltänzersprüngen. Zu allem übrigen bin ich krank; mein pöbelhafter Magen, das Pöbelhafteste, was ich habe, tut nicht mehr mit. Diesen Herbst schon sollte der Grundstein zu der Zukunftsschule gelegt werden. Nun ist alles anders gekommen durch diese verflixten Taglohnschmierer. Sie können sich nicht vorstellen, mit welchem Blödsinn ich zu kämpfen habe. Ich erzähle Ihnen das alles, wenn Sie hier sind. Darum eilen Sie, kommen Sie, vor allem kommen Sie. Ich brauche Sie. Herzlichst Ihr geist- und magenverstimmter Tarner. P. S. Damit Sie sich nicht allzu erniedrigt als Schreibmaschine vorkommen, gestatte ich Ihnen an dem corpus vile meiner Wenigkeit herumzuarbeiten, soviel Sie wollen. Ich stelle den rundlichen Bauch zur Verfügung. Aber Sie müssen scharf vorgehen. Ich kann höllisch viel Zeugs vertragen.

Am nächsten Tage reiste Wolfgang nach Wildenwald. Ihm war zumute wie einem Bräutigam. Alles, was sein Herz an Begeisterung fassen konnte, trug er diesem Manne entgegen. Zu der Sehnsucht nach Freundschaft, die ihn jahrelang verfolgt hatte, gesellte sich die Empfindung trostloser Öde. Der Verlust der Mutter trat ihm erst jetzt deutlich vor Augen. Bei dem ersten Schritt aus den vier Wänden brach der Zauber der letzten Wochen. Quälend stieg der Gedanke an sein vergangnes Glück in ihm empor. Er begriff nicht, wie er so lange in der Einsamkeit hatte leben können, ohne an dem Gefühl des Leides unterzugehen. Er glaubte selbst aus einem Grabe aufzustehen, und eine tolle Lebenslust bemächtigte sich seiner. Alle Liebe – und seine Empfindungsfähigkeit war durch Sparsamkeit mit Gefühlen und durch die Asketik der letzten Monate zur höchsten Kraft angewachsen – warf er auf diesen Mann.

Sein zielloses Umherirren mußte nun ein Ende nehmen. Dabei waren in seinem Inneren geheime Quellen aufgewacht, die er selbst nicht verstand, die ihn aber in unheimlicher Weise verwirrten. Sein Zustand glich dem eines Schwerkranken, der, erst halb genesen, zu mächtigen Eindrücken ausgesetzt wird und das bunte Spiel des Lebens zu ernsthaft nimmt.

Diese leichte Verwundbarkeit der Seele war eine schwere Gefahr, und Wolfgang entging ihr nicht. Wenn er sich, enttäuscht und ernüchtert, nicht mit Ekel von den Menschen abwandte, sondern tapfer das Leid überwand, so half ihm dazu nur der unverwüstliche Glaube an seinen Stern, der jetzt zur leitenden Idee seines Lebens wurde, und die merkwürdige Fähigkeit, sich neben seine eignen Gefühle zu stellen und sie kaltblütig zu zerpflücken und zu durchforschen. In demselben Moment, wo er seinen Irrtum über Tarner erkannte, wußte er auch, warum er sich geirrt hatte. Aber der Mut, den Irrtum offen zu bekennen, fehlte ihm. So kam es, daß Wolfgang der Frau, der zu vertrauen sein innigster Wunsch war, vom ersten Tag seiner Ehe an die Wandlung seines Inneren verbarg.

Wolfgang wurde mit offenen Armen in Tarners Hause aufgenommen. Vom ersten Augenblick an hatte er das Gefühl, zur Familie zu gehören. Wochenlang schien sich das Leben um ihn zu drehen. Tarner trat ihm mit der bezaubernden Offenheit seines Wesens entgegen, ihn wie einen alten Freund begrüßend. Noch fester aber wußte die Wirtin den Gast an sich zu ketten.

Wolfgang begriff, warum man Frau Aglaia die liebenswürdigste Frau der Gegenwart nannte. Und was für ihn mehr bedeutete, sie war klug. Über ihrem Wesen lag der freundliche Schimmer eines ausgeglichenen Gemüts. Diese Frau, die hager und schon halb verblüht, eher häßlich als schön war, machte den Eindruck vollkommner Harmonie. Ein wohltuender Ausdruck des Glücks sprach aus ihren Zügen, der Sättigung durch Liebe und berechtigten Stolz auf ihren Mann. Jeden, der sie ansah, mußte ein Behagen an der Welt erfassen. In ihr lebte eine einheitliche Idee, die ihr Dasein gestaltet hatte. Die ganze Welt war ihr ein Lobgesang auf den Mann ihrer Wahl. In dieser unbedingten Hingebung war Größe, der sich niemand entziehen konnte. Während sie wie eine Königin den Kreis ihrer Umgebung beherrschte, wußte sie jede Huldigung in einfacher Weise auf den Meister abzuleiten, während sie jedes Menschen Neigungen und Liebhabereien zu kennen und zu pflegen schien, lenkte sie alle Strömungen nach dem einen Punkte, nach dem Manne hin. Sie studierte den Menschen nur mit dem einen Ziel, was er für Tarner sein könne, und jede Eigentümlichkeit, jedes Talent, jeden Vorzug und Fehler wußte sie so zurechtzurücken, daß ein helles Licht auf ihren Gatten fiel.

Selten wohl hatte ein Mensch gelebt, dessen Umgebung so widerstandslos seiner Größe hingegeben war, wie Tarner. Daß seine Pläne, wenigstens teilweise, Leben gewannen, und seine schöngeistige Schwärmerei mitten in dem Treiben dieses hastigen Jahrhunderts Mode wurde, war weit mehr das Verdienst dieser Frau als das Tarners. Mit der starren Einseitigkeit eines unbeugsamen Willens und der selbstverständlichen Überlegenheit einer gebildeten und dabei ungekünstelten, niemals aufdringlichen Frau wußte sie den Träumen Tarners noch nach seinem Tode blendende Gestalt zu geben und jahrzehntelang seiner Schule den Schein weltgeschichtlicher Bedeutung zu erhalten.

Ihre Klugheit bewies sie auch an Wolfgang. In dem jungen Arzt erriet sie, eher als ein anderer, eine Macht. Sie sah in ihm das unwiderstehliche Werkzeug für ihre Pläne und zugleich die drohende Gefahr des überlegnen Gegners. Unmerklich und leise zog sie ihn auf dem Wege fort, den er im Taumel betreten hatte. Sie ahnte sehr wohl, wie wenig der wirkliche Tarner dem Bilde entsprach, welches Wolfgang im Herzen trug, und mit kluger List wußte sie jedes allzu grelle Licht zu dämpfen, um ihn in seinem Irrtum zu erhalten. Die Eitelkeit Tarners verschleierte sie ebenso, wie den eignen brennenden Ehrgeiz, die weltschmerzliche Gefühlsseligkeit, die ein kennzeichnender Zug ihres Mannes war, verbarg sie unter dem Streben nach Größe und Freiheit. Die naheliegenden und die kleinlichen Ziele rückte sie künstlich in eine nebelhafte Ferne, so daß sie in der Dämmerung riesige Schatten warfen. Die sozialistischen Ideen, von welchen Tarners Denken durchtränkt war, verdünnte sie bis zur Unkenntlichkeit und wußte daraus das Bild eines Geistesadels hervorzuzaubern, das auf Wolfgang bestechend wirkte. Sie hatte schon in der ersten Stunde herausgefunden, daß im Grunde genommen Wolfgangs Verehrung auf dem Schriftchen beruhte, das er in der Schule gelesen hatte. Mit seiner Überlegung leitete sie das Gespräch so, daß Tarner nie ein unvorsichtiges Wort sprach. Sie ließ die beiden kaum allein, und es gelang ihr, die Sachlage zu beherrschen.

Zu alledem aber nutzte sie die weiche Stimmung und das Unglück Wolfgangs aus. Sie wühlte das Leid um die verlorene Mutter in ihm auf, unter dem Schein des Mitleids riß sie die halbvernarbten Wunden auseinander und vergiftete sein Inneres mit der Süße des Schmerzes. Sie gab der jungen Seele die Wollust der Selbstpeinigung, des Schwelgens in den dunklen Tiefen zu kosten, und als sie sah, daß der Zauber wirkte, weckte sie langsam und vorsichtig das Mitgefühl für ihr eignes Geschick. Sie ließ ihn auf Augenblicke geheimstes Leid ahnen, verstrickte ihn in erdachte und erdichtete Gefühle und deutete in geschickt gewählten Stunden an, wie hoch sie seine Hilfe schätze, wie sie von ihm alles Befreiende und Beglückende für ihr Leben erwarte. Das war eine unwiderstehliche Lockung für Wolfgang. Das Glückflehende, Erwartungsvolle in diesem Verhalten wirkte auf ihn wie die versteckten Schauer eines verlangenden Weibes. Die warme Luft eines Treibhauses herrschte hier. Alle Keime des Herzens schossen üppig empor und überwucherten mit ihren saftigen Blättern seinen Verstand.

Frau Tarner trieb ihn weiter. Sie entwarf ihm ein Bild der neidischen Feindschaft, mit welcher man den Gatten verfolgte. Mit schonungsloser Härte die Blößen ihrer Gegner aufdeckend, empörte sie das aufgeregte Herz ihres Schülers zum blinden Fanatismus. Sie zeigte mit zynischer Offenheit die Mittel, welche man zur Schädigung Tarners benutzte, und zwang dann den bewundernden Blick auf des Meisters vornehme Gesinnung, seinen menschlichen Adel. Und ohne zu bitten, wußte sie jedem ihrer Worte einen flehenden Ton zu geben, so daß Wolfgang den Augenblick herbeisehnte, wo er für Tarner eintreten könne.

Jetzt endlich kam Frau Aglaia mit ihren Wünschen hervor. Seitdem Tarners Absichten greifbare Gestalt gewonnen hatten, war plötzlich und ohne jede wahrnehmbare Veranlassung das Für und Wider der Presse, soweit sie sich überhaupt für die Zukunftsschule interessiert hatte, verstummt. Es schien, als ob die Losung, Tarner totzuschweigen, ausgegeben sei. Und nicht genug damit. Es lagen die Beweise vor, daß bedeutende Persönlichkeiten, welche mit des Meisters Unternehmen verknüpft waren, umgestimmt und von ihm abgezogen worden waren. Das alles war offenbar langer Hand vorbereitet worden, und als Tarner an die letzte Vollendung seines Werkes ging, fand er den Boden unterwühlt. Als er den geheimen Fäden dieser Machenschaften nachging, fand er sie alle in einer Hand vereinigt, die er am wenigsten als feindlich vermutet hatte. Die unheimliche Maulwurfsarbeit ging von einem Mitglied des Hofes aus und erreichte ihr Ziel um so sicherer, weil

Tarners Anhängerschar hauptsächlich den besten Gesellschaftskreisen angehörte. Was der Grund dazu war, ließ sich nicht sicher feststellen. Frau Aglaia war der Überzeugung, daß ein Wunsch von höchster Stelle ausgesprochen sei, Tarners Gründung auf jeden Fall zu verhindern. Sie kannte die gottlose Zunge ihres Gatten genug, und nur so glaubte sie sich den Abfall der Getreuen erklären zu können. Nur die Gegnerschaft des Kaisers konnte die Niederlage ihres Meisters begreiflich machen.

Ihr Entschluß war rasch gefaßt, und sie wußte auch Tarner bald dafür zu gewinnen. Während er selbst auf neuen Reisen die verlornen Anhänger durch den Zauber seiner Persönlichkeit eroberte, sollte die Presse zum Sprechen gezwungen werden. Eine neue Zeitschrift, die Tarnerschen Blätter, wollte man gründen, die durch Inhalt und Form allgemeine Aufmerksamkeit erregen sollte. Zum Leiter war ein blinder Anhänger Tarners, Professor Delius, bestimmt und jetzt galt es, Mitarbeiter zu werben. Als einen der ersten hatte Frau Aglaia Wolfgang vorgeschlagen, und in langer Arbeit suchte sie aus ihm ein gefügiges Werkzeug zu machen.

Wolfgang ergriff den Gedanken mit Begeisterung. Voller Ungeduld wartete er nicht erst das Erscheinen der Tarnerschen Blätter ab. Die Gärung in seinem Inneren zwang ihm die Feder in die Hand. Mitten aus dem Taumel von Leidenschaft, Schmerz, Mitgefühl und Dankbarkeit heraus schrieb er eine Reihe von Aufsätzen, in welchen er unter klarer Darlegung des Sachverhalts die Hilfe der öffentlichen Meinung zugunsten Tarners forderte. Es war ein Meisterstück verführerischer Klugheit. Scharfe Logik war mir dem Feuer warmer Anhänglichkeit verschmolzen, und dem Leser wurden Gedanken untergeschoben, die ihm ebenso schmeicheln wie ihn rühren mußten. Durch seine früheren Verbindungen gelang es ihm, die Aufsätze in einer verbreiteten Wochenschrift zu veröffentlichen.

Die Wirkung war überraschend. Wie mit einem Zauberschlage war der Bann des tödlichen Schweigens gebrochen. Alle Zeitungen hallten von den Namen Tarner und Guntram wider, die Zukunftsschule wurde die brennende Tagesfrage, hüben und drüben war die Leidenschaft entfesselt. Wie ein Sturm brauste es über das Land, zum Beweis dafür, wie tief die jahrelange Arbeit Tarners gewirkt hatte, und wie nur eine gewaltsame Machtentfaltung einen Mißerfolg vortäuschen konnte. Selbst in das Ausland griff die Bewegung über.

2.
In Wildenwald herrschte grenzenloses Entzücken. Die Frage der Zukunftsschule war mit einem Schlage entschieden. Mochte die Wut und der Haß der Gegner jetzt noch so eifrig kämpfen, an dem Gelingen des Tarnerschen Werkes war nicht mehr zu zweifeln. Von allen Seiten kamen die Glückwünsche, die drängenden Bitten zur Eile, die Beweise der Zuneigung und Anhänglichkeit. Man konnte mit Ruhe an die Arbeit des Vollendens gehen.

Den jungen Guntram, der so glücklich die Wendung herbeigeführt hatte, umgab man jetzt mit doppelter Liebe. Zärtlicher und fürsorglicher als Frau Aglaia war die eigene Mutter kaum gewesen, und Wolfgang fühlte von Tag zu Tag mehr, daß eine warme Zuneigung in der klugen Frau wuchs. Sie hatte ihn in ihr Herz geschlossen wie ein eigenes Kind. Auch sein Verhältnis zu Tarner änderte sich. War er bisher der andächtige Jünger gewesen, den der Meister belehrte, so wurde er jetzt der gleichberechtigte Freund, der wertvollen Rat erteilte, und dessen Meinung immer häufiger den Ausschlag gab. Alle Fragen wurden mit Guntram besprochen, eingehende Pläne ausgearbeitet, eine goldene Zukunft geschaffen.

Das Zusammenleben der drei Freunde hatte in seinem ungetrübten Glanze etwas feierlich Weihevolles. Die gehobene Stimmung eines großen Werkes, an dem jeder sich unentbehrlich wußte, schloß die Gemüter zusammen und öffnete sie zugleich zu vertraulicher Mitteilung. Die Welt zog an diesen Menschen vorbei, wie von einem Zauberlichte gefärbt, und das Rauschen des Lebens hallte ihnen zu schönen Harmonien zusammen. Athenische Nächte nannten sie die Zeit, wenn sie ihrer gedachten.

Guntrams Seelenzustand war damals aufs höchste, fast bis zur Sinnlosigkeit gespannt. Der beispiellose Erfolg, den er errungen hatte, löste alle Kräfte der Eitelkeit und des Ehrgeizes noch einmal und unwiderstehlich in ihm. Der Rausch des Tagesruhms hielt ihn gepackt. Und um sich her fühlte er die heiße Luft des Fanatismus. Nichts, gar nichts verletzte sein Empfinden. Alles war hier edel, mächtig, fast übermenschlich, die Gedanken von der Menschheit, die Anforderungen an die eigne Kraft und fremdes Wirken, die Hoffnungen und Befürchtungen, alles wuchs zu erschütternder Größe. Und dabei war den Freunden nichts fremd. Jede Frage des Lebens fand in ihnen Antwort, aber jede wußten sie zu vertiefen und ihr ewige Bedeutung zu geben. Nichts war so klein, daß es nicht hier groß geworden wäre. Es war eine köstliche Zeit.

Wolfgang erkannte fast erst am Ende seines Lebens, wie diese Tage möglich geworden waren. Er begriff, daß er, er ganz allein auf kurze Zeit die Freunde zu dieser reinen Höhe emporgehoben hatte. Er begriff dann auch, warum der Haß Tarners gegen ihn so bitter war, als sich ihre Wege trennten. Je beseligender das Glück gewesen war, das sie in dem schwindelnden Flug der Freundschaft empfunden hatten, je fester sie davon überzeugt waren, den jungen Adler auf ihren Fittichen emporgetragen zu haben, um so tiefer mußte das Gefühl sie beschämen, daß ihre Kräfte nicht ausreichten, dauernd diesen Höhenflug zu wagen. Damals aber glaubte Wolfgang noch an die Überlegenheit Tarners. Er verehrte ihn wie einen Heiligen, wie den Engel, der ihm die Pforten des Lebens öffnete. Und ein hoher Frieden der Freundschaft lag über den drei Menschen.

Tarner sah bald ein, daß er den jungen Gefährten nur schwer entbehren könne. Um ihn dauernd an Wildenwald zu fesseln, schlug er ihm vor, sich in der nahegelegenen Stadt als Arzt niederzulassen. Die aufblühende Industrie des Ortes hatte eine große Zahl von Arbeitern dort zusammengeführt, und für Wolfgang bot sich ungesucht die Gelegenheit, an einem unerschöpflichen Material seine Kräfte zu erproben. Weit und breit war keine Universität, die mit ihren Krankensälen alles Interessante und Schwierige an sich ziehen konnte. Das lockte ihn an.

Und die Aussicht, in der Nähe der Freunde zu bleiben, hätte ihn allein schon vermocht zuzugreifen.

Frau Aglaia wußte den Moment zu benutzen. Schon längst hatte sie die Aufregung Wolfgangs dadurch geschickt gesteigert, daß sie die wunden Stellen, die der innere Kampf zwischen Nächstenliebe und Eigenpflicht in ihm gerissen hatte, immer von neuem berührte. Jetzt griff sie in das Toben der Seele keck hinein und trieb den unruhig Schwankenden in ihre Bahn. Wolfgang vergaß den Stolz der eignen Kraft und warf sich besinnungslos in den Dienst der Menschheit hinein. Das Anpeitschen einer fremden Hand beschleunigte seine Entwicklung zu rasender Schnelligkeit. Bei dem tollen Lauf zerschellte der Bund der drei Gewaltigen als erstes Opfer.

Guntram faßte seine Tätigkeit ernsthaft an. Er ging nicht mehr so blind in die Arbeit hinein wie früher. Die Erfahrungen in dem Krankenhause hatten ihm bewiesen, wie leicht gerade er von der Lust des Schaffens verführt werden konnte. Deshalb gab er sich ein Gegengewicht gegen die Pflicht des Tages in einem Werk, welches zusammenfassend die Gründe und Ziele der Tarnerschen Bewegung darlegen sollte. Er beabsichtigte damit, in erster Linie einen Dienst der Dankbarkeit zu erfüllen, hoffte jedoch, selbst über die Frage der Menschheitserziehung, welche ihm mehr als je am Herzen lag, klarzuwerden. Diesen beiden Strömungen gab er sich rückhaltlos hin und ließ sich von ihnen treiben, ruhig das Ergebnis erwartend. Bestimmte Absichten, sich selbst zu ändern, an sich zu arbeiten, hatte er nicht, wie ihm denn sein Leben lang der Begriff der Selbstzucht unverständlich blieb.

Zunächst lockte es Guntram, das, was er bei Schweninger gelernt hatte, auf eigne Hand und unter einem anders gearteten Publikum zu erproben. Der Erfolg übertraf seine Erwartungen. Der Ruf des neuen Arztes verbreitete sich schnell, das Feld seiner Tätigkeit gewann von Tag zu Tag an Ausdehnung. Anfangs blieb Wolfgang mißtrauisch. Er hatte schon zu oft die Macht der Mode gesehen, um sich nicht selbst argwöhnisch als Götzen zu betrachten. Mit der Länge der Zeit jedoch überzeugte er sich, daß er den Lehren seines Meisters folgend wirklich ein Übergewicht über andre Ärzte besaß. Jeder Zweifel schwand vor den klaren Tatsachen.

Wolfgang hatte, wenn er Arzt blieb, den richtigen Weg gewählt. Freilich die Frage, ob er Arzt bleiben oder richtiger werden sollte – denn noch immer betrachtete er sich als Lernenden – war damit nicht beantwortet. Er wußte nicht, ob er Talent habe. Was er leistete, konnte ebensogut das Resultat angelernter und äußerlicher Übung wie einer ausgeprägten Begabung sein. Das Gefühl der Befriedigung, welches er in dem Kampf mit dem Elend empfand, führte ihn dabei nicht weiter. Dieselbe Empfindung hatte er auch bei seinem letzten Schriftstellererfolg gehabt. Und doch fühlte er sich, wenn er ehrlich zusah, sehr unschuldig an dem Aufsehen, welches seine Arbeit gemacht hatte. Der Gegenstand, nicht die Art der Behandlung, hatte den Sturm in der Presse entfesselt. So gewarnt hütete er sich vor der Selbstüberschätzung. Erst spätere Zeiten konnten ihn aufklären, ob er sich mit Recht Arzt nannte.

Ab und zu tauchten schon jetzt Bedenken auf. Der Zweifel, ob ein Menschenleben wirklich so wertvoll sei, wie es die Tätigkeit des Arztes ihn anzunehmen zwang, drängte sich unwillkürlich hervor. Was er sah, war kaum geeignet, ihm einen hohen Begriff von diesem Wert zu geben. Die Lücke, welche der Tod riß, füllte sich rasch wieder aus, wie im äußeren Leben so in den Gemütern der Hinterbliebenen. Die tägliche Erfahrung schien ihm zu beweisen, daß das Dasein Tausender völlig gleichgültig sei, und sein Blick, der nicht an der Scholle haftenblieb, führte ihn in die Geschicke der Menschheit hinein, ihn lehrend, daß viele untergehen müssen, damit einer groß wird. Von diesem Punkte aus war es nur ein Schritt, um zu der Verachtung der eigenen Tätigkeit, des Mühens um minderwertige Existenzen zu kommen. Aber dieser Schritt führte über einen Abgrund, und Wolfgang tat ihn nicht. Die Gefahr des Sturzes schreckte ihn.

Seltsam jedoch berührte es ihn – und diesen Gedanken verfolgte er – daß es ein moralischer Grundsatz zu sein schien, jedes einzelne Leben für kostbar und unersetzlich zu halten, ja daß es für eine nicht zu begehende Sünde galt, dem Tode gleichgültig gegenüberzustehen. Mochte das Elend des Kranken übermächtig gewesen sein, man beklagte den Toten, mochte sein sieches Dasein allen zur Qual gewesen sein, man beklagte den Toten, mochte die stumpfe Brutalität sich noch so deutlich in den Überlebenden ausprägen, sie beklagten den Toten. Widerwärtig und erschreckend trat die schauspielerische Gebärde in diesen dunkelen Augenblicken hervor. Fast wollte es Wolfgang bedünken, als ob diese Gebärde nicht mehr erkünstelt werde, als ob sie Natur des Menschen geworden sei, wie der Gebrauch der Gabel oder das Tragen der Kleider. Und plötzlich erwachte in ihm der Ekel vor der Menschenliebe, welche das Laster des Menschen, die Todesfurcht heiligt.

Da stand er denn wieder vor der großen quälenden Frage, ob sein Wunsch, der Menschheit zu dienen, der richtige sei. Fast verzweifelnd wandte er sie hin und her. Hier in der Stadt der Arbeiter, die, man konnte fast sagen ganz – in der Hand eines einzigen Fabrikherren war, mußte er einen Schritt vorwärtskommen. Hier war ein Mann mit ausreichenden Geisteskräften, mit unerschöpflichem Vermögen und unerschöpflichem guten Willen, der schon jahrzehntelang sich mühte, das Elend seiner Arbeiter zu mildern, sie in die Höhe zu heben, zu Menschen zu machen. Und was hatte er erreicht? Gewiß das Elend war gemildert, Hunger und Kälte verschwunden, aber glücklicher waren die Leute nicht. Was war überhaupt Glück? Der Mensch lebt nicht, um glücklich zu sein, er hat kein Recht auf Glück. War es nicht ein Verbrechen, diesen armen Teufeln die Lüge vom Glück vorzuspiegeln?

Die Niedrigen heben? Wer da niedrig ist, der soll erhöhet werden. Wolfgang lachte höhnisch in Erinnerung an das göttliche Wortspiel, welches so viel in der Welt vernichtet hatte. War das ein Heben der Niedrigen, wenn sie lernten, anständig zu essen, höflich zu sein, sich gesittet zu benehmen? Wer mit der Serviette auf den Knien ißt, dem will es nicht mehr behagen, in Ruß und Schmutz den Hammer zu schwingen, aber die Kraft des Denkens lernt sich nicht durch die Sitte, eher verdirbt sie daran. Die Arbeiter zu Menschen machen? Gewiß, wenn der Mensch durch Lesen und Schreiben wird, das ließ sich erreichen. Aber wer will noch Sklave sein, wenn er die schwarze Kunst beherrscht? Und Sklaven braucht man.

Wer ist denn Mensch? Kannte er auch nur einen einzigen? Namen fuhren ihm durch den Kopf. Mit rascher Bewegung schüttelte er sie von sich. Die Geschichte tat sich wieder vor ihm auf, und prüfend durchschritt er sie. Der trug nicht schwer genug und jener war falsches Gold. Hier hatte man einen aufgeblasen und dort einem anderen Stelzen untergeschnallt. Ach, wie wenige blieben doch übrig. Fünfzehn, zwanzig – er wußte nicht wie viele, aber nichts gegenüber den Massen. Und alle diese Menschen waren hart, menschenverachtend, nicht selten bluttriefend. Selbst Christus war es. Oh, es war kein Zweifel. Die Welt war um der Wenigen willen da. Die Niedrigen mußten erniedrigt werden, damit die Hohen erhöht würden.

Tarner fiel ihm ein. Das war dessen Idee, die Hohen zu erhöhen. Oder nicht? Ein beängstigender Zweifel stieg in Wolfgang auf, der in wenigen Sekunden zur schärfsten Klarheit wurde. Tarner hatte einen anderen Gedanken. Er glaubte an das Wachsen der Menschheit, an viele Berufne, an alle, denen der Weg geebnet werden sollte. Der Gedanke der einsamen Größe lag ihm fern.

Auf Momente war es Wolfgang, als ob ihm die Kehle zugeschnürt werde. Wenn er sich in diesem Manne getäuscht hätte? Er warf mit Anspannung aller Kräfte den Gedanken von sich. Jetzt war dazu nicht Zeit. Das konnte warten. Den Freund verlor er noch zeitig genug. Andere Dinge waren da vor ihm, die mußten erledigt werden.

War es nicht furchtbar, lächerlich furchtbar, daß man dem Menschen half, und daß er an der Hilfe schwach wurde? Sah das denn niemand? Wolfgang sah es. Auch hier wuchs er an dem Schauen des Todes. Der Mann, dem das Weib starb, suchte in einer zweiten Gefährtin nach einer Stütze. Das Weib aber, wenn es den Ernährer verlor, blieb ledig.

Die Starken waren schwach geworden und die Schwachen stark.

Wolfgang sah das Wachsen des Weibes. Er sah, wie die Frau Schritt für Schritt emporgestiegen war. Die Sklavin war Hausfrau geworden und Herrin des Hauses. Langsam und stetig hatte sie dem Manne Vorrecht auf Vorrecht genommen. Den Drehpunkt des Lebens hatte sie von dem Marktplatz an den Herd des Hauses verlegt, die Erziehung der Kinder hatte sie an sich gerissen. Sie hatte die Familie geschaffen. Und schon griffen diese begehrlichen Hände nach Wissenschaft und Kunst. Dem Manne hatten sie nichts gelassen als die Arbeit. Die Ehrfurcht vor dem Manne war der Huldigung der Frau gewichen. Die Welt war von dem Gefühl des Weibes beherrscht. Wie hätte je ein Mann den Gedanken des Mitleids denken können, des ewigen Friedens, des Helfens, des Adels der Schwäche?

Das alles stieg vor seinem Geiste auf, drohend, quälend, ängstigend. Wie war das möglich geworden, wie war das gekommen? Er erschrak vor der eigenen Antwort. Die Frau hatte das Herz des Menschen geweckt, sie hatte die Liebe erfunden. Dahin also führte die Liebe, zur Schwäche des Mannes. »Und er schwächte das Weib,« fuhr es ihm durch den Kopf. Wie falsch doch die Menschen dachten. Das war ja alles, alles falsch.

Für den Mann gab es den Schmerz nicht mehr. Krieg und Pest war ein Zufall geworden. Feind war ihm nur noch der Hunger, und den Hunger stillte die Arbeit. Deshalb verstand jeder Mann zu arbeiten. Deshalb arbeitete jeder Mann. Das Weib aber kannte die Not, ihm war sie notwendig. Im Schmerz empfing sie, in Schmerzen mußte sie Kinder gebären. Dem Manne war das Leid fremd geworden, zum Weibe aber gehörte es und am Leide wuchs es. Und an der Freude noch mehr. Was war doch die Freude des Mannes? Die Arbeit, der Fluch der Arbeit, die Flucht vor der Not, die Sehnsucht nach warmer Bequemlichkeit. Aber die Frau gebar sich stets von neuem die Freude. Die Frau hatte das Kind, eine werdende, fordernde, lebendige Freude. Sie wuchs an der Freude. Das Weib mußte stark bleiben, denn der Kampf war ihm zwingende Gewalt, und in dem Kampf fand es Lust.

Die Liebe war das Werk des Weibes. Auch das Christentum war nur eine Waffe in seiner Hand. In dem Weibe lag die Gefahr. Wer ein Mann werden wollte, der mußte jede Spur weiblichen Denkens in sich vernichten. Wer ein Mann sein wollte, durfte der Menschheit nicht dienen. Wer ein Mann sein wollte, durfte vor allem nicht lieben.

Ein unheimlicher Kampf der Gedanken begann in Wolfgangs Kopf. Im tiefsten fühlte er den brennenden Wunsch, Mann zu werden. Aber wieviel mußte er noch überwinden! Eltern und Geschwister mußten begraben werden, nicht in der Erde, die Liebe zu ihnen mußte erstickt werden. Die Menschenliebe mußte er ausrotten, den Beruf aufgeben, die Arbeit scheuen, die Not suchen, grausam werden, böse von Herzensgrund.

War es denn möglich, mit allem zu brechen? Mit den Ideen, die ihn von Kindesbeinen her umgeben hatten, die mit ihm wie eine Haut verwachsen waren. Es quälte ihn, dieses Denken, es quälte ihn furchtbar. Und seltsam, während sein Geist ganz von dem Gedanken des Weibes erfaßt war, dachte er nicht an die schwerste Gefahr, die ihm drohte, an das eigene Weib. Das aber hatte er schlecht bedacht.

3.

Wolfgang fuhr oft nach Wildenwald und in den letzten Wochen öfter als sonst. Der Winter war vergangen und der Frühling gekommen. Endlich im Herbst sollte der Grundstein des neuen Gebäudes gelegt werden, von dem aus dann ein helles Licht flammen würde. Die Getreuesten der Getreuen waren geladen, und im Tarnerschen Hause regten sich alle Hände, das Ereignis würdig zu feiern. Von der Reise des Meisters war nicht mehr die Rede. Seit Guntrams Aufsatz war der Plan gesichert.

Eines Tages, als Wolfgang mit den Freunden gemächlich über das Fest plauderte, trat ein junges Mädchen ein. Er war es gewöhnt, bei Tarners Fremde zu treffen, und achtete ihrer nicht. Dieses Mädchen aber war nicht zu übersehen. Es war, als ob die freie Rede durch ihr Erscheinen eingeschüchtert sei, als ob die natürliche Bewegung erstarre. Etwas gezwungen Feierliches breitete sich über des Meisters Gesicht, und seine Stimme erhielt einen unnatürlich väterlichen Klang, während Frau Aglaia, die Sichere, fast ein wenig verlegen wurde, als sie den Gast vorstellte. Wolfgang selbst war betroffen. Er hatte das Gefühl, daß plötzlich unter heitere Menschen das Leid getreten sei und mit leisem Klagen das Lachen verstummen mache.

Mit einem eigentümlich tänzelnden Schritt trat das Mädchen an Frau Aglaia heran und küßte ihr die Hand. Es war eine zierliche, schlanke Gestalt, die in jeder Bewegung Anmut ausdrückte. Um den Mund lag ein merkwürdiges Lächeln, wie bei einer Mutter, die im herbsten Schmerz dem Kinde zulacht. Völlige Hilflosigkeit und zugleich ein zu Herzen dringendes Flehen um Hilfe sprach aus diesen Zügen, das leidvolle Sichfügen in einen Zwang, die Ängstlichkeit eines Kindes, das im Innersten erschreckt, irgendein Entsetzliches fürchtet und sich durch sein Lächeln selbst zu belügen sucht, als fürchte es nichts.

Wolfgang wandte sich schnell ab. Das Mädchen, an dem kein Zug natürlich schien, mißfiel ihm. Er nahm das Gespräch wieder auf, aber die alte Heiterkeit wollte nicht zurückkehren. Tarner blieb befangen. Er gab zerstreute Antworten und suchte dazwischen der jungen Dame Angenehmes zu sagen, was sie mit leichter Gewandtheit erwiderte. Ja schließlich wurden seine Worte so fade und abgestanden, daß Wolfgang empört war. Frau Tarner aber, die anfangs mit der herzlichsten Liebenswürdigkeit zu dem Mädchen gesprochen hatte, wurde immer steifer und unnahbarer.

Die junge Dame schien nichts davon zu merken. Sie plauderte rasch und gewandt, ohne die mindeste Verlegenheit, sicher und mit kühlem, wohlklingendem Tonfall. Was sie sagte, war nicht aufregend gescheit, auch nicht albern, es war die gewöhnliche leichte Unterhaltung der Gesellschaft. Aber es klang wie eingelernt, als ob sie ganz etwas andres dächte, als sie sprach.

Guntram schwieg lange Zeit. Über eine Zeichnung gebeugt, hörte er zu. Aber er fühlte, wie der Jähzorn in ihm aufstieg. Wenn er noch zwei Minuten an sich hielt, war er nicht mehr Herr seiner selbst. Er warf noch einen Blick auf den unerquicklichen Gast. Jetzt, wo sie sprach, kam ihre Grazie noch mehr zur Geltung als beim Gehen. Seltsam war es, wie ihre kluge Stirn mit dem fremden Zuge des Mundes kontrastierte. Es reizte ihn unwiderstehlich auf, und rasch begann er zu sprechen.

»Sie werden verzeihen, mein gnädiges Fräulein, wenn ich auf unser altes Gespräch zurückkomme. Es handelt sich um das Fest zur Grundsteinlegung. Der Meister hat sich da etwas in den Kopf gesetzt, was ich für den reinen Unsinn halte. Dieses Griechenfest –« Er stockte plötzlich. Das Mädchen da war unbequem, man konnte sich vor ihm nicht gehenlassen.

»Hören Sie doch auf, Guntram,« mischte sich Tarner ein. »Wir haben ja Zeit. Wir können später darüber sprechen. Ich bin viel zu dickköpfig, um nachzugeben. Übrigens teilt Anna ganz meine Ansicht.«

»Das kann ich mir denken,« platzte Wolfgang heraus. Er verlor immer mehr die Gewalt über sich. »Trotzdem bleibt es der bare Unsinn, dieses Schauspiel der Hellenen.«

Das junge Mädchen wandte sich zum ersten Mal an Wolfgang. »Warum nennen Sie es Unsinn, Herr Doktor? Ich denke es mir im Gegenteil herrlich. Nichts kann dem Ereignis eine höhere Weihe geben, als wenn alle, von griechischem Geist beseelt, in griechischer Stimmung das Fest begehen.« Tarner nickte beifällig, und Frau Aglaia blickte triumphierend den Doktor an, als ob sie sagen wollte: siehst du, so muß ein echter Jünger sprechen. »Daß wir auch äußerlich das Gewand der Hellenen tragen, wenn wir die echte Renaissance des Griechentums anstreben, ist doch natürlich.«

»Erlauben Sie, erlauben Sie,« fiel Wolfgang heftig ein. »Griechischer Geist. Von den hundert Leuten, die geladen sind, kennt die Hälfte den Homer nur aus Schwabs Sagen, und die andere Hälfte hat längst jedes griechische Wort vergessen. Und Griechenland unter diesem Himmel. Um Gottes willen! Wir bleiben Barbaren und anständige Mitteleuropäer –«

»Europäer,« knurrte Tarner.

»Nun ja, also Europäer, und können nur im Frack etwas vorstellen. Denken Sie sich all diese verschnürten Damen und die Dickbäuche unsrer Gäste. Es ist lächerlich. Sie tragen ja auch ein Korsett,« setzte er hinzu. Er gefiel sich damals in Ausfällen auf Weibereitelkeit und hielt sich dadurch für unwiderstehlich.

»Und warum nicht? Ich bin nicht verschnürt. Im wallenden Gewand sieht man auch nichts von dem Schnürleibe. Und was Sie da von der griechischen Sprache reden, meinen Sie ja nicht ernst. Wenn ich auch nicht so genau weiß, wie es in Hellas zuging, allenfalls kann ich es mir schon vorstellen, und ich werde mir Mühe geben, dem gestrengen Herrn zu gefallen.« Dabei lachte sie ein wenig spöttisch. Das Lachen gefiel Wolfgang. Sie nahm ihn nicht ernst, das war gescheit. Und dann hatte sie ein köstliches Näschen, das vergnügt mitlachte.

Er trat näher an sie heran. »Und halten Sie es nicht für ein böses Vorzeichen, wenn wir diese Schule, die ein neues Zeitalter gründen soll, mit einem Maskenfest beginnen? Bei solch ernstem Anlaß ist es unwürdig zu schauspielern. Es könnte scheinen, als ob das ganze Unternehmen ein Schauspiel sei. Aber vielleicht –« Er sprach nicht aus. Der Gedanke war zu ketzerisch und ihm selbst überraschend.

»Ach lassen wir doch die ganze Sache,« brach Frau Tarner ab. »Wozu wollen wir uns den Abend verderben, der euch beide zum ersten Mal zusammenführt. Ich hoffe, ihr werdet noch gute Freunde werden. Sing uns etwas, Anna!«

Gehorsam und ohne Zögern ging das Mädchen zum Flügel und suchte Noten hervor. Wolfgang sah mißvergnügt vor sich nieder. Er liebte das Singen nicht. Und dann glaubte er aus Frau Aglaias Worten herauszuhören, daß er diese Anna nun öfter genießen werde. Das erschien ihm nicht sehr verlockend.

»Was soll ich singen?« fragte Anna jetzt unschlüssig und drehte den Kopf, »haben Sie nicht irgendein Lieblingslied, Herr Doktor?«

»Ich verstehe nichts von Musik. Eine moderne Kunst, überhaupt keine Kunst, Kochkunst, Ohrenschmaus.« Er schämte sich seiner eignen Albernheit und wurde immer gereizter. Dabei gefiel ihm der Stolz, mit dem das Mädchen seine Ungezogenheit überhörte.

Sie sang. Ihre Stimme war wie ihr ganzes Wesen. Etwas unfertig Kindliches, tief Rührendes lag in den reinen Klängen. Sie sang mit voller Seele und ganz sich selbst vergessend. Offenbar stand ihr ein großes Talent zu Gebote. Aber auch jetzt verschwand der flehende Zug in dem

Gesichte nicht, im Gegenteil war er kaum zu ertragen, so eindringlich wirkte er mit den klagenden Tönen des *lascia ch' io pianga*.

Wolfgang hörte aufmerksam zu. Als sie geendet hatte, bat er um ein zweites Lied. Sofort begann sie: Komm aus der engen Stadt. Sie begeisterte sich jetzt an dem eigenen Vortrag. Wolfgang hatte nie ein solches Schwelgen in Musik für möglich gehalten, wie er es bei diesem Mädchen sah. Er fühlte sich eigentümlich bewegt. Etwas Ganzes stand vor ihm, und das wirkte immer wohltuend auf ihn.

»Ich danke Ihnen,« sagte er und dann fortfahrend, »aber wie können Sie nach Händel dieses abgeschmackte Liebessäuseln singen. Das ist wie ein Schlag in das Gesicht. Eine Sängerin sollte doch mehr auf Harmonie des Eindrucks achten.«

Annas Gesicht verzog sich, wie bei einem gekränkten Kinde. »Sie sind ein unausstehlicher Schulmeister,« sagte sie, und aus dem Zimmer eilend drehte sie sich noch einmal um und rief ihm zu: »Ich hasse das Schulmeistern.«

Wolfgang stand verblüfft. Er hatte geglaubt, etwas sehr Geistreiches zu sagen. Offenbar sah er in diesem Moment verführerisch dumm aus; denn beide Tarners brachen in ein schallendes Gelächter aus. Einen Augenblick dachte er daran, gekränkt zu tun. Dann drehte er sich pfeifend auf den Hacken, lachte ein wenig mit und fragte: »Wer ist eigentlich diese singende Fee?« Wie durch einen Zauber war mit dem Verschwinden des Mädchens der Druck von den Gemütern genommen, und beide Tarners erzählten eifrig von ihrem Schützling.

Anna Wiborg war das Kind eines Jugendfreundes. In der frühesten Zeit hatte sie beide Eltern verloren, Tarner hatte die Verwaiste in sein Haus genommen, sie aber später, als er sowohl wie seine Frau immer häufiger auf Reisen waren, einer alten Tante anvertraut. Seitdem der Meister in Wildenwald festen Fuß gefaßt hatte, sehnte er sich nach dem Kinde. Er habe sie zurückgefordert, und sie sei gekommen, eine fertige junge Dame von einundzwanzig Jahren, anmutig und geistreich, ein wenig scheu, aber gewandt und erfahren in allen gesellschaftlichen Formen und eine Herzensfreude für ihre Pflegeeltern. Sie solle nun hier bleiben. Der Sommer werde Gäste und Lustbarkeit genug bringen, so daß sie heiter und froh werde.

Wolfgang suchte sich vorzustellen, wie Anna Wiborg aussehen möge, wenn sie heiter und froh sei. Aber er vermochte es nicht. Als er in der Nacht heimfuhr, hatte er das unbehagliche Gefühl, daß etwas Neues in sein Leben getreten sei. Er beschloß, vorläufig das Tarnersche Haus zu meiden.

Wolfgang blieb seinem Vorsatz nur kurze Zeit getreu. Einige Tage nach seinem Besuch traf ein Brief von Tarner ein:

»Warum so abseits, lieber Freund? Jetzt ist nicht Zeit zu grübeln. Um uns ist heiteres Frühlingsleben. Die Wandervögel treffen ein, und unser Haus ist voller Gäste. Nur Sie, der Lieblingsjünger, fehlen. Schließen Sie Ihren Laden und kommen Sie. Wir haben den lieben Musen Tempel gebaut, und das junge Volk arbeitet in Einaktern und dummen Liebeskomödien. Ich habe geschimpft und gewettert, sie sollen mir Besseres vorgaukeln. Aber das lose Gesindel will vom Ernst nichts wissen, er ist ihm zu langweilig. Nun galt die Wette. Ich habe behauptet, das langweiligste klassische Stück aufzuführen, werde sie mehr vergnügen als all ihre Zuckerverse. Denken Sie, was das Rackerzeug ausgesucht hat: den Tasso. Nun ich will die Wette wohl bezahlen, wenn sie sich nur mit etwas Ordentlichem beschäftigen.

Die Rollen sind schon verteilt. Aber als Tasso hat Ännchen – sie ist die Macherin – einen Bombenkerl ausgesucht, der mir die Ohren zerschreit. Das kann ich dem heiligen Goethe nicht antun. Ich würde ihn selbst spielen. Aber Sie wissen, ich habe Bauch. Bleiben also nur Sie. Den Tasso müssen Sie übernehmen. Anna spielt die Prinzessin. Sie mault und will mit dem Schulmeister nicht spielen. Sie sind ihr zu hölzern. Er geht steifbeinig, sagt sie, und beim ersten Schritt auf der Bühne stolpert er über sich selbst. Mein Gott ja, Mädel sind manchmal wunderlich. Zeigen Sie ihr, was eine Harke ist.

Das Griechenfest ist gefallen. Ännchen hat sich trotz allem durch Sie bekehren lassen. Das als Pflaster für den Biß ihrer Zunge. Am 19. August legen wir den Grundstein, nur mit Reden und Essen, und nach-

her wird Musik gemacht. Wie steht es aber mit dem wahren Grundstein des Werks, Ihrem Buche? Ich vergehe vor Begier zu lesen, wie Sie meine Seele erraten. Herzlichst Ihr Tarner.«
Wolfgangs Entschluß war sofort gefaßt, und er antwortete:
»Liebster Lehrer und Meister,
ich werde dem Fräulein heut abend zeigen, daß Schulmeister auch Komödie spielen können. Das Buch schläft, hoffentlich einer hohen Vollendung entgegen. Immer der Ihre
Guntram.«

Er freute sich der Ablenkung. Die Tage wurden ihm quälend, just durch das Buch, von welchem Tarner sprach. Wolfgang wollte zur Feier des großen Ereignisses über Tarners Ideen schreiben. Er wollte alles zusammenfassen, was in dem Wesen des Meisters lag. Mit fester Sicherheit war er daran gegangen, je weiter er vorschritt, um so schwerer wurden die Zweifel. Er vermochte den Kampf der beiden Gewalten nicht zu ertragen, und die Aussicht, durch das Spiel mit dem Weibe Zeit zu gewinnen, begrüßte er freudig. Fest entschlossen, das scheue Mädchen zu bändigen, fuhr er zu Tarners.

Er traf in dem Wintergarten gruppiert eine kleine Gesellschaft, die sich zur Rollenverteilung eingefunden hatte. Wieder fiel ihm der steife Ton auf, der jetzt in den wirtlichen Räumen herrschte. Ein Zwang lag auf den Gemütern, etwas Geschraubtes klang aus jedem Wort, welches sich hören ließ. Der Grund, das wußte er, lag in Anna Wiborg. Ohne sich vorzudrängen, beherrschte sie die Stimmung. Ihr Wesen lastete auf den Menschen, die Art zu sprechen, sich zu bewegen, zu lächeln, zu bitten und zu danken hatte etwas Fremdes, dem sich keiner entziehen konnte. Wolfgang fühlte, daß er hier einem ebenbürtigen Gegner gegenüberstand. Das aber trieb ihn weiter, als er beabsichtigt hatte.

Wolfgang hatte sich vorgenommen, nicht wieder in diesen Bann zu geraten. Er wußte, daß die ersten Worte, die er sprach, entscheidend für seine Stimmung waren. Da freute es ihn denn doppelt, als er unter den Gästen Tronka bemerkte. Froh überrascht setzte er sich neben den

Freund. Jetzt war er seiner selbst sicher und konnte der Ereignisse harren.

Er sah sich seine Leute an. Ihm gegenüber saß Anna Wiborg, zu ihrer rechten Seite ein junger Bildhauer. Trotz seiner schwäbischen Abkunft hatte er eigentümlich römische Gesichtszüge, eine scharfe Nase und einen finsteren Blick. Den hatte der Genius gezeichnet, das sah man. Er war zum Antonio bestimmt, während Tronka den Fürsten spielen sollte. Tarner als Leiter des Ganzen führte das Wort. Neben ihm hatte die Baronin Wartegg, deren sich Wolfgang von dem Abend in Berlin her entsann, Platz genommen. Sie war eher jünger geworden, strahlte in Gesundheit und Farben, und der heitere Frohmut, mit dem die schöne Frau sich hier in dem engen Kreise bewegte, stand ihr gut. Sie lächelte Wolfgang freundlich zu, als er seinen Stuhl neben sie schob. Frau Tarner waltete zwischen Tronka und dem Herrn, der ursprünglich den Tasso spielen sollte, ihres Amtes als Wirt mit einem Riesenbowlenlöffel.

»Wir können nun wohl anfangen,« begann Tarner. »Die Rollen sind klar verteilt und werden gut gehen. Nur den Tasso müssen wir noch unterbringen. Ich denke, der Doktor liest während der ersten Szenen, Herr von Wussow kann dann den zweiten Teil übernehmen.«

Wolfgang spielte mit seinen Händen. Als sein Name genannt wurde, sah er herausfordernd zu Anna hinüber und begegnete ihrem Blick. Sie schlug verstimmt die Augen nieder.

»Ich weiß nicht, warum du dem Herrn von Wussow seine Rolle nehmen willst, Onkel. Ich werde befangen, wenn ich mit dem Herrn Doktor spielen soll. Ich kenne ihn nicht, und er sieht bösartig aus.«

»Ruhe, Kleine, nicht rebellieren! Wussow schreit. Macht Guntram es nicht besser, sollst du deinen Verehrer wieder haben.«

Guntram lachte ein wenig, und Anna begann rasch zu lesen. Sie sprach vom ersten Wort an ohne jede Schüchternheit mit feiner Betonung. Frau von Wartegg als Leonore Sanvitale hielt den Gegenpart. Das Ganze machte einen etwas steifen Eindruck, der auch durch Tronkas Eingreifen nicht gelöst wurde. Mit großer Feierlichkeit wurden die Verse vorgetragen, allzu streng und förmlich. Man behandelte die Worte, wie gebildete, aber arme Leute etwas sehr Kostbares, eine herrliche Vase oder ein Schaustück von Silber in der Hand halten, mit der leisen Befürchtung, das Kleinod zu zerbrechen.

»Ihr tut, als ob ihr aus Versehen beim Geheimrat Goethe zu Gast wäret,« brummte Tarner ungeduldig.»Die Verse sind schön genug, man braucht sie nicht auf Stelzen abzulaufen. Na, Guntram, los.«

Wolfgang war wohl der einzige, der gewöhnt war vorzulesen. Er war von vornherein seines Erfolges sicher, und der Entschluß, mit Prinzessin Anna zu tändeln, machte ihn keck und übermütig. In einem Augenblick hatte er sich in die Rolle des Tasso so hineinphantasiert, daß er damit eins wurde. Es war, als ob die Worte, von ihm erdacht, nicht an die Schatten des Dichters, sondern an die Menschen hier im Saal gerichtet seien. So und nicht anders mußte Tassos Stimme klingen. Das war der echte Kleinmut, der sich hinter stolzen Worten und überhebender Selbstgefälligkeit verbirgt, die maßlose Leidenschaft, die sich durch übertriebene Form zu beherrschen sucht. Mit den Worten: Es ist die Gegenwart, die mich entzückt, schlug er die Augen auf und sah Anna an.»Ich denke, es wird gehen,« sagte er. Sie nickte ihm freundlich zu. Es war das erste Mal, daß er einen klaren, offnen Blick von ihr sah.

»Sie spielen sich selbst,« rief Tarner, »ausgezeichnet, aber weiter, weiter.«

Der Bann war jetzt gebrochen. Jeder einzelne sprach frei und unbefangen, ohne sich allzusehr um Ausdruck und Rhythmus zu kümmern. Der Bildhauer schien für den Antonio geschaffen. Man merkte diesem Manne an, daß er, wie offen er sich auch geben mochte, sich doch nie ganz mitteilen werde, ja, daß er das nicht konnte. In seinen Augen lebte etwas, was außerhalb aller menschlichen Worte lag. Wolfgang betrachtete ihn aufmerksam. Er erinnerte ihn an Schweninger, und da wurde es ihm auch schon klar: diese fertige, unnahbare Abgeschlossenheit gab es nur bei geborenen Talenten. Er empfand fast Zorn über diesen Menschen. Dann aber erwachte in ihm ein lebhaftes persönliches Interesse, eine Mischung von Wohlgefallen und Abneigung. Gleichzeitig bemerkte er, wie vorteilhaft diese Empfindung für sein Lesen war.

Die Stimmung der Gesellschaft war jetzt gesammelt. Alle lebten unter dem Eindruck der Schönheit und sahen gespannt der ersten großen Szene zwischen der Prinzessin und Tasso entgegen.

Jetzt ging etwas Seltsames in Wolfgang vor sich. Er vergaß, daß er ein Spiel trieb. Ein wunderbares Empfinden für das Mädchen ihm gegenüber ergriff ihn, es überlief ihn heiß und kalt, und ein unsägliches Wohlgefühl erfüllte ihn. Es war ihm, als ob er allein mit dem Mädchen sei, sie wurde ihm wirklich zur Prinzessin und er wurde Tasso, und doch wieder war sie die Anna, die er liebte, und er war der Guntram, der alle Kräfte der Jugend in sich fühlte. Und mit einer schaudernden Freude sah er, daß Anna unter dem gleichen Zauber stand. Das alles war Wirklichkeit, das alles waren eigene Worte, die ihnen der hohe Augenblick der Einsamkeit eingab. So rein konnten sich nie zwei Menschen verstanden haben. Unter den Worten des Monologs wuchs diese verzauberte Stimmung zur überirdischen Weihe. Die Ahnung der eigenen Zukunft stieg in ihm auf, die Witterung des Glücks und das Bewußtsein, dem Weibe, seinem Weibe gegenüberzustehen, erfüllte ihn, die Brust schwellend in dem Gedanken: daß eine liebe Hand den goldnen Schmuck aus frischen, reichen Ästen breche.

Reicher Beifall lohnte ihm, als er endete. Er fühlte, wie Annas Blick auf ihm haftete. Das führte ihn in die Wirklichkeit zurück. Er konnte mit ruhiger Überlegung seine Rolle zu Ende führen. In die Szene mit Antonio legte er sein ganzes Können, und sie gewann etwas von großem Stil durch die seltsame Eigenart, mit der der Bildhauer den Antonio gestaltete. Dagegen trat Wolfgang der Prinzessin gegenüber absichtlich zurück. Jetzt, wo er dem Mädchen seine Kraft gezeigt hatte, begnügte er sich damit, die Leidenschaft gleichsam anzudeuten. Er wußte, daß der Ehrgeiz Annas angespannt war, daß sie sich offen geben würde, und daß ihr Triumph sie ihm sicherer in die Hände lieferte, als wenn er sie durch überlegene Kunst erdrückte. Mit boshafter Freude beobachtete er, wie in die gezwungnen Züge Leben kam, wie die Augen Glanz gewannen, wie die Siegesluft in dem Mädchen alle Flammen des Weibes entzündete.

Allmählich aber trat ein andres Gefühl in seine Seele. Mit Staunen sah er, was aus dieser Puppe wurde, und einen Augenblick war sein ganzer Mensch von dem Gedanken ausgefüllt, einem Werke seines Wortes gegenüberzustehen. Sein Mund hatte der Unbeseelten lebendigen Odem gegeben, die Ehrfurcht vor der eignen Gottesmacht überkam ihn und zugleich die große Liebe des Schöpfers zu seinem Geschöpf. Mit einer solchen Gewalt packte ihn diese Empfindung, daß er sie nicht zu ertragen vermochte. Rasch erhob er sich. In dem Blick, mit dem er Anna ansah, loderten Haß und heiliger Zorn. »Wir wollen schließen, ich kann nicht mehr,« sagte er und mit einem spöttischen Lächeln den fragenden Augen des Mädchens begegnend, fügte er hinzu: »Sie werden mir das Herz zerreißen, wenn Sie so spielen.«

Anna wurde blutrot unter dem offenbaren Hohn. Sich gewaltsam zusammennehmend erwiderte sie, ihn fest ansehend: »Es ist schade, daß Sie so kalten Herzens selber zerstören, was Sie in den Menschen hineinlegen.«

Er beugte sich zu ihr nieder und sagte ruhig und ernst: »Ich sprach die Wahrheit.«

Die Gesellschaft sah verwundert auf das seltsame Paar, und rasch ergriff Tarner das Wort, den befremdenden Eindruck zu verwischen. Er allein mochte verstanden haben, was das alles bedeutete. »Ich glaube, meine Wette werde ich gewinnen,« sagte er. »Sei dem aber, wie ihm wolle, eines wird die Tassoaufführung uns beweisen, daß die Schönheit ewig ist und daß wer sie nicht genießt, nicht genußfähig ist. Die Genußfähigkeit aber läßt sich lernen, das will ich hier in Wildenwald zeigen. In einigen Jahren werden wir ein Publikum haben, welches dem Tasso ebenso gewachsen ist, wie wir es jetzt sind.«

»Es ist etwas andres, selbst zu handeln als zuzuschauen,« meinte Tronka. »Ein Publikum ist schwer zu schaffen.«

»Ich denke doch, man kann es versuchen. Sehen Sie den Wussow an. Er ist Publikum, noch dazu gekränktes, denn man hat ihm seine Rolle genommen. Und doch hat er sich hinreißen lassen. Vor der Schönheit kann der Neid ebensowenig bestehen, wie die Langeweile. Ich will mich nicht an die Massen wenden. Wenn wir aber alljährlich etwas zustande bringen, wie jetzt den Tasso, so haben wir damit schon gewonnenes Spiel. Sie müssen nicht vergessen, daß jeder, der in Wildenwald eine Stätte findet, zu den Auserlesenen gehört, zu den schönheitsdurstigen Seelen. Diese Menschen werden vor unsrer Bühne unvergeßliche Augenblicke erleben, und jeder wird die Saat weitertragen.«

Er schwieg und lehnte sich im Stuhl zurück, die Faust mit dem halb aufgeschlagenen Buch auf den Tisch legend. »Glaubt mir, das Theater ist eine Erziehungsanstalt. Man muß es nur richtig anfangen. Publikum und Mimen müssen dieselben sein, Menschen mit allseitiger Entwicklung, Menschen ohne den Fehler der Arbeit in einer Richtung. Wir leiden daran, daß alles Beruf ist, daß es wohl Künstler, Lehrer, Ärzte gibt, aber keine Menschen.«

»Es könnte nichts schaden, wenn der Künstler den Menschen nicht zu sehr vergäße,« warf der Bildhauer dazwischen. »Wir haben zuviel Fach in unserm Können.«

»Gewiß. Glauben Sie mir, jeder, der hier mitwirkt, wird ein andrer, Höherer werden. Das Theater ist nur eine Handhabe. Wie man hier tragiert, so wird man malen, bauen, denken, schaffen. Lassen Sie zwanzig solche Kerls zusammenkommen wie wir hier sind, die sich unbeirrt gegenseitig helfen und stützen, und die Welt wird sich wandeln.«

Guntram quälten diese Worte. Von diesen Menschen hier wollte er sich nicht helfen lassen. Sie konnten ihm auch nicht helfen. In ihrem Kreise war er ein Fremder. Er war sich selbst genug, die Welt zu bewegen. Das Mädchen aber gehörte ihm. Unwillkürlich hatte er sich erhoben und war hinter Annas Stuhl getreten.

Tarner fuhr fort. »Ein edler Mensch kann alles leisten. Das haben die Griechen bewiesen, und die Renaissance lehrt es deutlich. Der Beruf ist für das Volk, das ja einmal da sein muß. Der Adel aber, nicht unser alter Adel, der Zukunftsadel soll alle Fähigkeiten des Menschen in sich ausbilden, vor allem die zu genießen.«

Die Unterhaltung ging jetzt den gewohnten Gang. Wolfgang kannte das. Es waren Gedanken, die er in einsamen Stunden immer von neuem durchdachte. Er wollte nicht mittun. Leise beugte er sich zu Anna hernieder. »Wie merkwürdig ist doch ein alter Mensch,« flüsterte er. »Das Gute liegt so nah.« Sie sah ihn fragend an. »Verstehen Sie nicht?« Er lachte sie freundlich an. »Was Ihr Onkel in Jahren erreichen will, vollbringen Sie schon durch Ihr Dasein. Ich kann genießen, wenn ich Sie sehe.«

Anna lachte. »Sie verstehen zu schmeicheln. Und doch haben Sie eben bewiesen, daß der Onkel recht hat. Ich habe durch Sie erst gelernt, wie man Goethe lesen muß.«

»Und glauben Sie, daß einer der anderen das auch so gelernt hat wie Sie?« fragte er wieder. »Sicher nicht. Ich habe etwas geweckt, was in Ihnen lag. Wir beide haben erlebt, was uns allein gehört. Ich las für Sie und Sie haben mir gelauscht. Sehen Sie doch die Menschen dort. Sie sprechen von der kahlen Zukunft. Das Schöne sehen sie nicht. Wir aber denken aneinander. Wir freuen uns der Gegenwart. Oder fanden Sie schon Zeit, etwas andres zu denken als sich und mich?«

»Sie fragen zuviel, Herr Doktor.«

»Ich frage nicht, ich weiß das. Ich weiß, daß Sie fühlen, was ich fühle. Denn Sie sind ebenso einsam wie ich. Und warum wollen Sie mir nicht sagen, was Sie denken? Bin ich Ihnen zu fremd? Wissen Sie nicht, daß man dem Fremden mehr sagen kann als dem Freunde? Und dann, ich stehe Ihnen näher als Ihre Freunde, das fühlen Sie so gut wie ich. Es gibt Augenblicke, in denen man Jahre erlebt. Es gibt Menschen, mit denen man frei atmen kann, sobald man sie sieht. Für Sie bin ich ein solcher Mensch.« Sie sah ihn an. »Woher wissen Sie das,« fragte sie langsam und dann sich erhebend: »Ich habe Ihnen manches abzubitten.« Sie reichte ihm die Hand und schritt auf die Freunde zu, die zum Aufbruch drängten.

4.

Wolfgang wurde jetzt ein häufiger Gast in Wildenwald. Unter dem Vorwand der Proben erschien er, sooft er sich aus seiner Tätigkeit losreißen konnte. Das Gefühl, daß Altes in ihm starb und Neues wuchs, jagte ihn aus der Einsamkeit fort. Er labte sich an dem Verkehr mit Anna, wie ein Frierender sich an der Sonne wärmt. Er war harmlos geworden. Jeder Gedanke, mit dem Mädchen zu spielen, wurde ihm fremd. Dazu freute er sich zu sehr des aufblühenden Wesens. Anna war eine andre, wenn er mit ihr zusammen war. Des Plauderns war kein Ende. Die Erde wurde den beiden schön und ein Nichts inhaltsschwer. Sie ritten und lasen zusammen, sie teilten ihr Leben und ließen wie Kinder lachend den Tag walten. Sie sandten sich Bücher und Leckerbissen, schrieben sich Briefe über das Spiel der Mücken oder den Schatten an der Wand, und ein warmes Frohlocken erfüllte die jungen Menschen, wenn sie die Worte »lieber Freund« und »beste Freundin« lasen. Sie konnten auch ernst sein, aber in ihrer Weise, und sie waren niemals traurig. Sie liebten sich nicht, damals gewiß nicht. Sie waren Gespielen geworden, und die holde Wärme des Frohmuts ließ sie füreinander reifen. Anmut und Kraft nannte sie Frau Aglaia.

Inzwischen gingen die Proben ihren Gang, und die Aufführung nahte heran. Einladungen flogen in alle Winde, und hier und da tauchten die ersten Gäste auf, die in dem wirtlichen Hause aufgenommen wurden oder in der nahegelegenen Stadt Unterkunft fanden. Wolfgang warf jetzt seine Tätigkeit ganz von sich. Er wollte die Freude rein genießen. So nahm er Urlaub und folgte dem freundlichen Rufe Tarners nach Wildenwald.

Zwischen den Spielern war eine harmlose Freundschaft entstanden. Jeder gab sich, wie er war, und jeder hatte am anderen Freude. Das stille Leben der beiden, Wolfgangs und Annas, wurde schweigend betrachtet und heimlich bescherzt. Man schuf allerlei Zukunftsbilder, von denen die großen Kinder nichts ahnten, und Tarner nickte wohlgefällig, wenn ein keckes Wort ihn neckend ausforschte. Er und Frau Aglaia schürzten das Band noch fester, das den Jünger völlig an des Meisters Werk fesseln mußte.

Das tändelnde Spiel griff um sich. Der gefühlvolle Tronka machte der Baronin in seiner stillen Weise den Hof. Fast schien es, als ob eine Leidenschaft in ihm erwachte, so träumerisch war er in ihren Anblick versunken. Und die leichtfertige Dame wurde zart und nachdenklich, ihre Züge gewannen eine längst vergangene Weiche, und die Teilnahme eines reinen Menschen verschönte sie. Der Bildhauer aber saß nach langer Untätigkeit leidenschaftlich an neuer Arbeit, und der Stolz des Schaffens glühte in seinen Augen. Selbst die beiden Tarners wurden jung an der Jugend. Ein voller Strom des Lebens ging durch das Haus. Die schaffende Kraft freudiger Liebe saß tätig am Herde und lächelte friedlich den Kindern, die ihr am Herzen lagen, Wolfgang und Anna.

Und die Lust stieg bis zum letzten Augenblick. Die Proben waren beendet, der Abend des Spiels brach an. Wolfgang klopfte das Herz. Er stand fiebernd hinter dem Vorhang. War es doch das erste Mal, daß er mit seinem Wort eine lauschende Menge beherrschen sollte. In seinem Kopf summten die Verse hin und her.

Anna kam auf ihn zu.

»Fürchten Sie sich,« fragte sie.

»Ein wenig; Sie nicht?«

»Nein. Ich habe an das gedacht, was Sie mir am ersten Abend sagten, und daß ich für Sie spiele und Sie für mich, macht mich ruhig.«

Sie gab ihm die Hand, und er faßte sie fest. So standen sie lange Hand in Hand wie zwei Kinder und lugten neugierig in den Zuschauerraum, verträumt und froh. Der aufrollende Vorhang hätte die beiden wohl überrascht, wenn nicht Tarner rechtzeitig die Glücklichen geweckt hätte.

Selten wohl ist ein Stück so harmonisch gestaltet worden wie dieser Tasso, selten mag solch ein inniges Verstehen zwischen Spielern und Hörern geherrscht haben wie an diesem Abend. An keinem der Gäste gingen die Szenen vorüber, ohne einen tiefen Eindruck zu machen, und mancher, der bisher spöttisch über den Tarner-Wahnsinn gelacht hatte, neigte sich jetzt dem Manne zu, dessen Ideen so entflammen konnten. In den Gesellschaftsräumen des Hauses bot sich nach der Vorstellung ein merkwürdiges Bild. Überall sah man sich Gruppen bilden, die in ernsten Worten ernste Dinge besprachen. Wie verhaltne Leidenschaft lag es über den Menschen. Die Mienen waren gespannt und die Gesichter erregt, die Stimmen klangen leise und flüsternd, hastig, erwartungsvoll. Frau Aglaia war von einer Schar umgeben, die sie mit Fragen bestürmte. Aber sie gab nur kurze Antworten. Ihre Augen flogen unruhig nach der Tür, durch welche die Spieler erscheinen mußten.

Es dauerte lange, ehe sie kamen. Die standen alle noch um den glücklichen Tarner geschart, der in freudiger Begeisterung den Rausch seines Erfolges genoß. Er sprach unaufhörlich, selbst fortgerissen von der übergroßen Bewegung fand er Worte der höchsten Kraft, die er seinen Zuhörern mitteilte. Ein Glanz von Schönheit lag über diesen fünf Menschen, deren Wangen vom Spiel gerötet, deren Augen in Stolz glänzend waren, deren Seelen die eigne Tat dem Sturm der Größe geöffnet hatte.

Wolfgang hörte und sah nichts. Er fühlte nur die Nähe Annas und mit freundlichem Lächeln dankte er dem Meister, der die verschlungnen Hände der beiden wohlgefällig grüßte. Ein Bote, von Frau Tarner gesandt, trieb endlich die Entrückten auseinander. Man eilte, sich umzukleiden. In einer Sekunde waren alle zerstoben, ehe noch Wolfgang Zeit gehabt hatte, sich zu besinnen. Vor sich hinbrütend schritt er in das Freie und ließ sich unter den hellen Fenstern des Hauses nieder. Er horchte hinauf. Ein gleichmäßiges Summen klang aus dem Raum wie von vielen unterdrückten Stimmen. Einmal war es ihm, als ob eine lebhafte Bewegung in die Menge käme, dann aber tönte wieder das geschäftige Murmeln. Er verfiel in ein süßes Träumen, das ihn Zeit und Ort vergessen ließ.

Unterdessen stieg die Erregung in den Sälen. Man hob sich ungeduldig auf die Zehen, um die Erwarteten herbeizuzaubern, und hier und da wurden in dem Gewühl die Namen Guntram und Anna Wiborg laut. Endlich öffnete sich die Tür, und Arm in Arm erschienen Tronka und der Bildhauer, beide in frohester Laune. Sofort waren sie der Mittelpunkt des Saales. Alles umdrängte sie, und für einige Sekunden stieg das unbestimmte Rauschen des Gesprächs zu lauter Höhe, um dann nach einer kurzen Pause tiefer Stille – Tronka sprach einige Worte – wieder gleichförmig einzusetzen. Immer verlangender wurde die Erwartung, und fast eine Verstimmung breitete sich aus. Plötzlich brach der Beifall los. Man schob sich nach vorn, um zu sehen. Anna Wiborg war, von Tarner geführt, eingetreten.

Mit leichter Grazie schritt sie vorwärts, nach rechts und links grüßend. Sie erschien jetzt wie eine Fürstin. Nicht einen Moment machte es sie befangen, von allen angestaunt und gemustert zu werden. Die aufrichtige Huldigung war ihr Lebenselement. Eine schöne Freude sprach aus ihren Bewegungen, keine Spur der gepreßten Ängstlichkeit, die sie so merkwürdig kennzeichnete, war an ihr zu finden. Sie trug das Wohlgefallen der Menge so natürlich wie ein Kleid.

Nur langsam kamen die beiden vorwärts. Immer neue Gestalten traten heran, ließen sich vorstellen und sangen ihr Liedchen des Lobes. Anna hörte lächelnd zu und riß durch die Liebenswürdigkeit ihrer Erscheinung alles mit sich fort. Tarner zog sie weiter, und endlich langten sie bei Frau Aglaia an. Annas Augen flogen suchend umher. Eine Enttäuschung malte sich auf ihrem Gesicht. Er war nicht da.

Sofort wurde sie wieder in den Strudel des Gesprächs gerissen. Alt und jung umdrängte den Meister und die Seinen, und stets von neuem mußte die Prinzessin Rede stehen. Sie trug einen Papierfächer, auf dem sie Erinnerungen an die Gäste sammeln wollte. Man riß ihn ihr aus der Hand, und im Augenblick war er mit Namen bedeckt.

Aber Wolfgang kam nicht. Sie wußte selbst nicht, wie der Groll über den Gespielen wuchs, der ihr heute fernblieb. Ein Gefühl des Erstickens stieg in ihr auf, es war, als ob ihr die Kehle zugeschnürt würde. Als jetzt drüben im Theatersaal die Geigen mit lustiger Weise einsetzten, traten ihr die Tränen in die Augen. Noch einen Moment zögerte sie, dann gab sie dem Bildhauer den Arm und schritt auf die geöffneten Flügeltüren zu.

Die Gruppen hatten sich gelöst, das junge Volk eilte den lockenden Klängen der Musik nach, während die älteren langsam folgten, prüfend nach dem Büfett und einem gemütlichen Platz zum Plaudern ausschauend. Plötzlich ertönte von der Eingangstür her ein einzelner Ruf: Tasso. Anna blieb stehen und ließ den Arm ihres Begleiters fallen. Wie ein entfesselter Sturm ging es durch die Menge. Das war die elementare Gewalt der Dankbarkeit. So unmittelbar war der Jubel, daß er Anna Tränen der Freude erpreßte. Sie nickte unwillkürlich nach der Tür, den Gespielen zu grüßen, obwohl sie vor den drängenden, schiebenden, schreienden Menschen nichts andres sehen konnte, als daß Wolfgang noch in dem Tassokostüm war. Dann schritt sie weiter.

Guntram war zurückgefahren, er wäre am liebsten entflohen, aber man hatte ihn schon gepackt und zog ihn vorwärts. Sein Gesicht wurde abwechselnd rot und blaß. Ein quälender Ekel befiel ihn, Verachtung vor dieser klatschenden Menge und vor sich selbst. Er kam sich erniedrigt vor, der Beifall empörte ihn, eine maßlose Wut kochte in ihm, und gewaltsam die Leute abschüttelnd schrie er: »Was wollt ihr von mir, laßt mich, ich bin nicht euer Narr.«

Die nächsten wichen befremdet vor dem wütenden Menschen mit den geballten Fäusten und den sprühenden Augen zurück, zuckten die Achseln und kehrten ihm den Rücken. Sehr rasch verbreitete sich die Kunde von dem seltsamen Benehmen des Helden, und bald war man einig, daß das Ganze, sein spätes Erscheinen sowie diese alberne Komödie beim Empfang, ein berechnetes Kunststückchen sei. Schon nach wenigen Minuten stand der eben Gefeierte verlassen da.

Er atmete auf, aber an Stelle des Zornes trat eine ängstliche Befangenheit, die ihm die Besinnung raubte. Erst jetzt merkte er, daß er der einzige im Kostüm war. Und gleichzeitig fiel ihm schwer auf die Seele, daß er sich lächerlich gemacht hatte. Das war das Schlimmste. Das Lachen fürchtete er. Mit dem Ausdruck der Qual blickte er um sich, dann verließ er die Fasträume und schloß sich in seinem Zimmer ein. Er riß die Pracht der Gewänder ab und gepeinigt von Scham lief er rastlos in der Stube hin und her.

Sein Kopf verwirrte sich immer mehr, und schließlich blieb er gedankenlos vor dem Büchertisch stehen, den ihm Tarner eingerichtet hatte. Aus alter Gewohnheit schlug er den Tasso auf, warf ihn aber mit Abscheu von sich. Er zog die Goetheschen Gedichte hervor, und es dauerte nicht lange, so hatte er Fest und Menschen und Wut und Beschämung vergessen und lebte und liebte mit dem Dichter.

Unterdessen ging das Fest seinen Gang. Niemand vermißte den unglücklichen Schauspieler, und wo man seiner gedachte, geschah es mit einem spöttischen Wort. Die Fröhlichkeit stieg, und die Hitze des Tanzes löste die Leidenschaft.

Einzig Anna war betrübt. Man hatte ihr von Wolfgangs sonderbarem Betragen erzählt. Sie begriff nichts davon, nur das war ihr klar, daß der Freund traurig sei, und das drückte sie. Immer wieder ließ sie die Augen durch den Saal schweifen, den Ersehnten zu sehen. Aber er kam nicht. Sie ahnte nicht, daß er sie längst über seinen Büchern vergessen hatte. Die Freude war ihr zerstört, und von Unruhe gepeinigt bat sie schließlich Tronka, dessen Freundschaft zu Guntram sie kannte, den Vermißten zu suchen. Tronka ging nicht gern. Er fürchtete eine Szene, war auch selbst durch die alberne Schauspielerei des Freundes verletzt, in dessen Seele hinein er sich aufrichtig schämte.

Als er in das Zimmer trat, war er überrascht, Wolfgang so ruhig zu finden. Er stutzte, dann aber fuhr er los:

»Sagen Sie, liebster Doktor, was ist Ihnen in die Krone gefahren? Sie sind verrückt oder betrunken?«

Wolfgang schob ihm einen Stuhl hin: »Weder das eine noch das andre,« sagte er einfach. »Ich bin angeekelt.«

»Was heißt das nun wieder, angeekelt? Nein, nein, ich danke, ich mag mich nicht setzen.«

»Nun, wie Sie wollen, aber wenn ich Ihnen alles erklären soll, brauche ich viel Zeit. Genug, glauben Sie mir, ein kläglicheres Fiasko konnten Tarners Ideen nicht machen, als heute.«

Tronka riß die Augen auf:»Ich verstehe Sie nicht. Fiasko? Nach solch beispiellosem Erfolg?«

Wolfgang lachte spöttisch:»Gerade der Erfolg ist es. Ja, haben Sie denn keine Augen im Kopf und keine Ohren?« brach er auf einmal los, und die Stimme wurde schreiend.»Ist das der Adel der Zukunft, die höheren Menschen, die Genießenden, die wie Papageien Wörter plappern? Eine Jahrmarktsbande, die dem Gaukler zujubelt. Wie Schweine wälzen sie sich in der Pfütze herum. Schweine sind es, Schweine!«

»Hören Sie, Guntram –«

»Ach, lassen Sie mich in Ruhe, hören Sie nicht auf mich, ich kann Ihnen nichts sagen, aber, weiß Gott, ich gäbe meine rechte Hand hin, wenn ich diesen Moment vorhin aus meinem Leben streichen könnte. Nein, nein, ich schäme mich nicht, gar nicht, nicht im geringsten. Aber ich verachte dieses Gesindel, dessen Lob beschmutzt. Und dieser Tarner –« Er knirschte vor Wut.

Tronka sah ihn befremdet an. Es zerbrach in diesem Augenblick etwas in ihm, ein schönes Gefühl, das ihn mit dem Jungen verbunden hatte. Er hob ein Buch in die Höhe, spielte damit und es fortlegend sagte er:»Ich glaube, wir werden das beide nicht vergessen. Ich mochte Sie gern leiden. Schade.« Er schwieg und wandte sich zum Gehen.»Übrigens ehe ich es vergesse. Fräulein Wiborg verlangt nach Ihnen. Aber die gehört ja auch zu dem Gesindel.«

Wolfgang wurde sofort ruhig.»Nein, die nicht. Einen Augenblick, ich komme.« Aber Tronka war schon aus der Tür. Guntram sah ihm mit Bedauern nach, dann pfiff er vor sich hin und warf sich in seinen Gesellschaftsanzug. Ohne sich um irgendeine Menschenseele zu kümmern, schritt er gerade auf Anna zu.

Sie saß vom Tanz erschöpft da und wehte sich mit dem Fächer Kühlung zu. Schweigend wies sie auf den Stuhl neben sich. Sie sah ihn mit einem eigentümlichen Blick an. Seitdem er bei ihr war, hatte sie alles Leid vergessen und dachte nur daran, wie sie ihn erfreuen könne. Aber gerade jetzt versagte ihr die Phantasie. Mechanisch bewegte sie den Fächer hin und her. Wolfgang beobachtete still die feinen Finger, und wieder

313

fiel es ihm auf, wieviel Anmut in dem Mädchen lag. Sein Gesicht hellte sich auf, und er lachte ein wenig.

Anna wandte sich ihm zu, erstaunt, ein fröhliches Gesicht zu sehen, stutzte sie, dann selber lachend, sagte sie:»Sie sind ein böser Freund, mich so warten zu lassen. Zur Strafe schreiben Sie hier.« Sie gab ihm den Fächer.

»Was soll ich schreiben?«

»Ach, was Sie wollen. Ihren Namen, das genügt.« Sie wurde zum Tanz geholt, und Wolfgang blieb allein.

Er sah sich den Fächer an. Der war über und über beschrieben, kein Plätzchen mehr zu finden. Da blitzte ein Gedanke in ihm auf. Vor Freude lächelnd erhob er sich und ging in den Nebenraum, wo Tarner mit seinen Freunden stand.»Meister, wo finde ich Tinte in diesen geistvollen Sälen?« fragte er.

Tarner sah ihn nicht eben freundlich an, er hatte sich weidlich über den Jünger geärgert.»Hinten im Rauchzimmer finden Sie genug, um drei von Ihren Köpfen leerzuschreiben, Sie Teufelskerl.«

Wolfgang lachte vergnügt und bald saß er über den Fächer gebeugt und schrieb in großen Lettern quer über die schönen Namen hinweg:

Wie sie den Fächer zierlich hält,
So führt sie mich mit leisen Händen,
So muß ich, wie es ihr gefällt,
Bald hierhin mich, bald dorthin wenden.

In seinem Spiel muß ich mich drehn,
Jetzt offen, jetzt geschlossen zeigen.
Du, Fächer, darfst Erfrischung wehn,
Ich darf von ferne nur mich neigen.

Wie nah ich ihr? Du trag es fort
Und weh' ihr zu, daß mit der Kühle

Sie hold errötend auch das Wort,
Wie ich's gesprochen, deutlich fühle.

Er eilte zurück in den Saal und gab Anna, ehe sie noch über die erneuerte Flucht schelten konnte, den Fächer. Sie öffnete ihn und lachte laut, als sie die frechen Buchstaben sah. Dann las sie. Sie hob die Augen und sah ihn mit einem strahlenden Blick der Liebe und kindlichen Freude an.
»Sind Sie zufrieden,« fragte er.
»Ich bin noch nicht fertig.« Und sie las von neuem, leise die Lippen bewegend. Dann stand sie auf, griff seinen Arm und sagte: »Kommen Sie, liebster Freund, wir wollen tanzen.«
Nach den Klängen des Walzers sich drehend, flogen sie durch den Saal. Mitten im Tanz fuhr es ihm durch den Kopf, wie reizend die Locke um ihre Stirn spielte, und die Lust, diese Locke zu küssen, überkam ihn. Er zog das Mädchen dicht an sich, und Anna gab seinem Arm nach. Da sah er die Stirn vor sich. Ruhig und mit dem Frohmut eines Gottes drückte er seine Lippen darauf. Noch eine Zeitlang hielt Anna den Kopf gesenkt, als ob der Augenblick zu rasch vergangen sei, dann sah sie ihn an. Er führte sie zu ihrem Platz und verließ diesen Abend nicht mehr ihre Seite.

5.

Als Wolfgang nach beendetem Fest in den Flur trat, streifte Frau von Wartegg an ihm vorbei. Wie ermüdet blieb sie stehen und sagte seufzend: »Oh diese schrecklichen Treppen! Ich wollte, es gäbe noch Sklaven, mich hinaufzutragen.«
Wolfgang war in der übermütigsten Laune.
»Es müßte schön sein, Sie im Arm zu halten,« sagte er. »Wollen Sie es mit mir wagen?«
»Nein, nein, aber Sie dürfen mich stützen.«
Sich fest auflehnend stieg sie empor.
»Wie nett von Ihnen, Doktor, daß Sie einer armen Frau Ritterdien-

ste erweisen. Sie waren heut abend so beschäftigt. Wir konnten alle sterben, ohne daß Sie es bemerkt hätten.«

Er lachte harmlos auf.

»Ja, ich habe einen köstlichen Abend verlebt, und wie freut es mich, daß ich zum Schluß noch Sklave sein darf, wenn es auch bloß der schöne Arm ist, den ich halte.«

Die Baronin zog die Hand zurück. Mit einer leichten Bewegung schob sie das Achselband zurecht, das ihr von der Schulter geglitten war, und das Kleid ein wenig raffend, ging sie weiter.

»Sie spielen Ihre Tassorolle noch immer. Ich möchte wissen, was die Prinzessin zu Ihrer Liebenswürdigkeit sagen würde. Ich glaube, sie wäre nicht sehr zufrieden.«

Wolfgang schwieg. Die Erwähnung Annas hatte ihn verstimmt. Aber schließlich, warum sollte er nicht den Tasso spielen und mit beiden Frauen liebeln? Die süße Sünde dort war gewiß des Tändelns wert. Er liebte das Spiel mit den Frauen. Und was ging ihn Anna Wiborg an? Was konnte er dafür, wenn er den Weibern gefiel?

Er stand jetzt dicht neben der schönen Frau. Sie hatte eben den Fuß auf die letzte Stufe gesetzt, den Oberkörper leicht nach vorn geneigt, hielt sie mit der linken Hand das Kleid, während die rechte das Geländer faßte.

»Nun, wie weit sind Sie mit ihr? Darf man Glück wünschen?«

Rasch den Kopf nach ihm wendend sah sie ihm voll in die Augen. »Sie Tor,« und ihr Gesicht dicht zu ihm neigend wiederholte sie leise und klagend: »Sie Tor, großer Tor.«

In Wolfgangs Augen blitzte der Zorn auf. Er war empört und bezaubert zugleich.

»Hüten Sie sich,« zischte er und hob unwillkürlich die Faust.

Die Frau fuhr zurück. Ihre Augen waren weit geöffnet und starrten wie die eines Kindes entsetzt auf Guntram. Dann drehte sie langsam den Kopf und neigte ihn tief auf die Brust, sich gleichsam vor dem Schlage zusammenduckend. Wieder glitt ihr das Kleid von der Schulter. So stand sie regungslos, geduldig ihren schönen Nacken bietend. Eine wahnsinnige Leidenschaft ergriff Wolfgang. Das Blut tanzte ihm vor den Augen, und ganz geblendet beugte er sich vor.

»Sie sind schön, Baronin, verführerisch schön. Ich werde ihn küssen, diesen Rücken. Ich werde ihn küssen.«

Wie eine Schlange fuhr die Frau empor. »Das glaube ich,« sagte sie. »Nein, mein Bürschchen. Spielen Sie mit Kindern, Sie Kind, das heißt, wenn ich Ihnen das Spiel nicht störe. Und ich werde es tun, glauben Sie mir, mein schönes Herrchen.« Damit war sie verschwunden.

Einen Augenblick blieb Wolfgang verblüfft stehen. Wie schade, daß er nicht gleich geküßt hatte, er hätte es gekonnt. Dann dachte er an Anna. Was hatte die Baronin gesagt? Ob man Glück wünschen dürfe? Hatte er es so weit getrieben? Das wäre ja sehr dumm. Aber heut konnte er nicht mehr darüber grübeln. Jetzt war er müde. Und dieser Gedanke war auch verteufelt unbequem. Heiraten, er? Er dachte nicht daran. Und völlig verärgert warf er sich auf sein Bett.

Wolfgang erwachte am nächsten Morgen in unangenehmer Stimmung. Sobald er die Augen aufschlug, überfiel ihn der Gedanke, daß er jetzt einen Entschluß fassen müsse. Das bunte Spiel der letzten Tage war vorüber, und die Spannung der Nerven mit dieser einen Nacht zerschnitten. Es erschien ihm frevelhaft, daß er so lange Zeit mit müßigem Tändeln zugebracht hatte, während die Frage, wie er im Innersten der Seele über sein Leben denke, noch ungelöst war.

Am gestrigen Abend hatte er einen Ekel vor allem, was mit Tarner zusammenhing, empfunden. Die Enttäuschung über die höheren Menschen war zu groß gewesen, und er hatte gut bemerkt, wie wohlgefällig Tarner diesen Bühnenerfolg für etwas Echtes nahm. Tarner war ein viel zu klarer Kopf, um nicht im tiefsten zu fühlen, daß was man gestern erlebt hatte, gewiß nicht einen Fortschritt auf der Bahn der Zukunft bedeutete, daß es die gewöhnlichste Alltäglichkeit war und nichts weiter. Wenn der Meister trotzdem in den allgemeinen Jubel einstimmte, so spielte er entweder Komödie: das hätte Wolfgang verstanden und er hätte den Weg weiter mitgehen können – oder Tarner belog sich selbst. Dann glaubte er nicht mehr an sich und betäubte sich mit der Lüge. Wie war Klarheit zu gewinnen? Eine Begierde ergriff Wolfgang, sein Buch über Tarner zu schreiben. Im Schreiben mußte er die Wahrheit finden.

Hier konnte er nicht bleiben. Hier war zuviel Verführung. Die holde Vergangenheit lebt hier, Tarners Worte wirkten noch immer lebendig, und dann Anna. Wenn er sie liebte – er mochte es nicht ergründen – aber, wenn es der Fall war, mußte er fliehen. Die Liebe durfte ihm nicht den Weg verdunkeln; sie sollte ihm leuchten, wenn er ein Mann war. Jetzt aber suchte er noch.

Und wieder dachte er: im Schreiben werde ich die Wahrheit finden. Wolfgang nahm es mit dem geschriebenen Wort ernst. Eine seltsame Laune ließ ihm die gesprochene Lüge geboten, die geschriebene verwerflich erscheinen. Dabei leitete ihn ein feines Gefühl. Denn damals wußte er noch nicht, daß sein Wort verwehen, seine Schrift aber bleiben werde. Die ruhige Sicherheit des Entschlusses kam über ihn, und mit offenem Auge und klarem Kopf trat er unter die Freunde. Sein erster Blick fiel auf Tarner. Eine noch größere Unruhe als gewöhnlich schien in dem Manne dort zu arbeiten. Etwas Lautes, Lärmendes lag in seinen Worten, als ob er einen geheimen Gedanken überschreien wolle.

»Ah, der Liebling der Grazien,« rief er dem Eintretenden schon in der Tür zu, »arg verzogen und fast ein wenig ungezogen, aber doch der Liebling. Nun, was sagen Sie, Guntram? Es war ein Sieg, ein unerhörter Sieg der Schönheit, ein Säen der Zukunft.«

Wolfgang lächelte. Also er hatte sich nicht getäuscht, der Meister wollte die Wahrheit nicht sehen. Er kämpfte wider sein eigenes Wissen. Er war eitel. Oder glaubte Tarner wirklich an den Sieg? Nachdenklich sah er vor sich hin. Dann das Vergebliche seines Grübelns erkennend, musterte er die Genossen. Die waren alle über die Maßen vergnügt. So hatte er es auch erwartet. Frau Aglaias Freude war gewiß echt, Tronka schwärmte noch immer für die schöne Wartegg, und sie ließ es sich gern gefallen, angebetet zu werden. Wolfgang fiel sein Abenteuer mit ihr ein. Wie dumm war es doch, einen Menschen nach seinen Handlungen zu beurteilen. Sie glaubte sicher, er sei verliebt. Und ihm hatte doch nur die Linie des Rückens gefallen. Das Mädchen drüben, das gefiel ihm. Die urteilte gewiß nicht nach dem Augenblick. Wenn der Anna das Glück den Blick öffnete, konnte sie in den Herzen lesen. Und wenn sie traurig war, schloß sie die Augen und suchte die Nacht. So war es doch nicht umsonst gewesen, dieses Narrenspiel. Wie klar und sonnig war Anna geworden. Welch eine Lust, einen Menschen zu bilden.

Tarner sprach noch immer, hastig und zudringlich: »Seht nur die Anna,« sagte er jetzt, »was aus der geworden ist. Wie ein graues Käuzchen kam sie daher, vor dem Lichte blinzelnd, und jetzt sieht sie so keck in den Tag wie ein Spatz. Das ist doch der beste Beweis, was unser Wirken vermag. Nicht, Guntram?«

Wolfgang sah hinüber nach der Freundin.

»Wirklich, Sie sind eine andre geworden; wie eine Elfe, die dem Waldquell entsteigt, schauen Sie aus.« Und lachend ging er über die Frage des Meisters hinweg. Wozu sollte er das geheime Wirken der Liebe entweihen?

»Und der treffliche Phidias,« fuhr Tarner fort, »beweist es erst recht. Er hat hier schaffen gelernt. Nicht, Steinhauer, ist es nicht so?«

Der Bildhauer hatte in sich versunken dagesessen, einem fernen Gesicht nachhängend. Man sah ihm an, daß ihn ein einziger übermächtiger Gedanke beherrschte. »Ja,« sagte er jetzt, »ich kann wieder arbeiten.«

»Und ich will es tun,« mischte sich Wolfgang ein. »Sie müssen mir Urlaub geben, Meister. Ich will an das Buch gehen und brauche Einsamkeit.«

Aller Augen wandten sich ihm zu. Tarners Gesicht klärte sich auf. »Nun endlich. Also auch das wäre erreicht. Wann wollen Sie fahren?«

»Heut noch. Wenn es gut geht, bin ich morgen in Berlin.«

»Was, in Berlin? Ja, in des drei Teufels Namen. Was wollen Sie denn in Berlin? Ihre Kranken werden ja alle gesund, wenn Sie so lange fortbleiben.«

Wolfgang richtete jetzt das Wort ausschließlich an Anna, die den Kopf auf die Hand gestützt ihn ruhig ansah. »Ich gehe nicht wieder zu meinen Kranken. Ich brauche die Einsamkeit, ich muß mir über vieles klar werden. Das werden Sie begreifen, beste Freundin, über vieles, vieles. Und nirgends bin ich so allein, wie in der großen Stadt.« Er hatte unwillkürlich die Hand über den Tisch gestreckt, und sie hob die ihre, langsam und ihn immer fest anblickend, und gab sie ihm.

»Na, Kinder, ihr braucht nun nicht gleich hier beim Kaffeetisch Abschied zu nehmen,« spottete Tarner. »Übrigens haben Sie recht. Es geht nichts über den Lärm, der macht den Kopf klar.« Er erhob sich und schritt auf Guntram zu, faßte ihn an den Haaren und sah ihm mit Wohlgefallen in die Augen: »Alter Junge, es wird mir schwer, Sie fortzulassen. Aber wat sin möt, möt sin. Sie darf man nicht aufhalten. Uns allen sollen Sie den Weg bahnen. Und zum Fest der Grundsteine kommen Sie wieder.«

»Ich komme wieder,« sagte Wolfgang, immer noch Annas Hand haltend und fest drückend, »gewiß, ich komme wieder, wenn ich fertig bin.«

Man erhob sich und ging auseinander. Frau von Wartegg trat an Guntram heran. »Sie brauchen nicht zu fliehen, ich werde nichts sagen,« flüsterte sie.

Er lachte hellauf. »Ich fliehe nicht, glauben Sie mir, Gnädigste. Erzählen Sie ruhig Ihre Geschichte, aber bedenken Sie, daß Sie nichts davon verstehen.«

Als Wolfgang aus dem Zimmer trat, zog ihn der Bildhauer mit sich. Rasch und aufgeregt führte er ihn vorwärts. »Kommen Sie, ich will Ihnen zeigen, was ich gearbeitet habe. Ich danke es Ihnen, Ihnen und dem Fräulein drunten. Oder vielmehr, ich habe Sie beide bestohlen. Und deshalb sollen Sie es sehen. Sie sollen nicht denken, daß ich hinterrücks handle. Der Dame kann ich es nicht sagen, ich kenne sie nicht. Aber Sie sind ein verständiger Kerl. Sie werden begreifen, daß ich nicht anders konnte. Und wenn Sie es nicht begreifen, auch gut. Es quält so etwas, es quält und muß heraus, greifbar werden, Form bekommen.«

Er legte die Hand auf die Türklinke. Wolfgang sah, wie die Hand zitterte. Oh, er begriff das vollkommen, diese wahnsinnige Aufregung war ihm bekannt, er hatte es erlebt, wie vollständig die Schaffenswut den Menschen aus Rand und Band bringt. Und in diesem Augenblick, wo alles in ihm selbst nach dem Gestalten der Gedanken schrie, fühlte er doppelt mit. Was für ein Wunder lag doch in dieser Absichtslosigkeit, in dieser überwältigenden Notwendigkeit des Augenblicks, die den Menschen zum blinden Werkzeug des Genius machte. Er hielt den Arm des Künstlers fest. »Warten Sie,« sagte er. »Sie wissen, ich sehe gern, was Sie mir zeigen. Aber können Sie es vollenden, wenn ein Fremder in Ihr Schaffen hineingesehen hat. Es gibt Menschen –«

»Ach, wenn Sie nicht wollen, dann nicht,« schrie der Künstler ihn an. Der rasche Zorn ließ sein Gesicht noch mehr wie das eines Italieners erscheinen. Dann in plötzlichem Übergang sah er bittend auf Wolfgang. »Sie werden etwas sehen, was Sie nie gesehen haben.« Wolfgang ließ den Arm los, und sie traten ein.

Das einzige Fenster war zur Hälfte verhängt, so daß das Licht von oben einfiel. In der Mitte des Raums stand auf einem Gestell das verhüllte Werk. »Kommen Sie hierher. Hier müssen Sie stehen,« flüsterte der Bildhauer. Beide gingen unwillkürlich auf den Zehen, so sehr waren sie von Ehrfurcht erfüllt. Jetzt nahm der Künstler die Hülle von der Gruppe. Jede Aufregung war bei ihm geschwunden. Er stand ruhig neben dem Bildwerk und musterte es mit scharfen Augen, dann zum Modellierholz greifend, begann er zu arbeiten.

Wolfgang stand betroffen. Er hatte nicht darüber nachgedacht, was der Künstler ihm zeigen werde, war im Grunde genommen mehr aus Gefälligkeit und weil ihm der Mann behagte, mitgekommen. Was er aber jetzt vor sich sah, weckte merkwürdige Empfindungen. »Das ist Anna«, rief er aus. »Ja, und Sie selbst.«

In mäßig großen Verhältnissen war eine Gruppe ausgearbeitet, ein junges Mädchen nackt auf einem Felsen sitzend und zu einem Jüngling aufblickend, der in ruhiger Kraft der bloßen Glieder vor ihr stand und ihre Hand hielt.

»Das ist harmonisch, das ist schön,« sagte Wolfgang bestimmt. »Die sind zu einer unlösbaren Einheit verschmolzen.«

Der Künstler nickte. »Ja, und das danke ich Ihnen. Hätte ich Sie gestern nicht mit dem Fräulein Hand in Hand gesehen, wäre nichts daraus geworden. Sie beide haben mich gleich gefesselt, vornehmlich die Dame. Sehen Sie, da drüben, da habe ich es schon zweimal versucht.« Er wies auf eine kleine Skizze, ein Weib darstellend. An der Bewegung, mit der es liegend den Kopf halb im Arm verbarg, sah man, daß es innerlich gebrochen war. »Das ist sie, ehe Sie hierherkamen, eine Eva. Da haben Sie noch den merkwürdigen Zug um den Mund, das Ängstliche, Kummervolle. Es hätte etwas daraus werden können. Aber Sie haben es mir zerstört. Teufel, was haben Sie aus dem Mädchen gemacht! Das Ding war nicht mehr zu brauchen. Der charakteristische Zug verschwand allmählich. Oh, das hat mich in Wut gebracht, verzweifelt war ich und hätte Sie würgen können. Einmal dachte ich es gepackt zu haben. So ist das dort entstanden. Die Vergebung sollte es werden. Mit Ihnen konnte ich nichts anfangen, Sie waren mir gleichgültig, und deshalb habe ich Sie auf die Knie geworfen, und Ihr Gesicht ist in dem Schoß der Frau verborgen. Sie sollten dafür büßen, daß Sie mir die Eva verdorben hatten. Sehen Sie nur, was das für eine Rückenlinie gegeben hätte. Und an der Frau haben Sie noch den Rest dieses seltsamen Lächelns, ein Leid, das zu hoffen beginnt. Aber es taugt nichts. Da ist Affekt darin und sogar Affektation. Pfui. Ich verstehe selbst nicht, wie ich auf solch eine Idee kam, während ich Sie beide täglich sah, wie köstlich frisch und natürlich Sie waren. Ich habe daran herumgebastelt, wie verrückt. Und Sie sind doch viel zu gut für das Schauspielern. Jetzt ist es mir aufgegangen. Das ist das Richtige, das ist eine unlösbare Einheit, das ist schön. Sie haben ganz recht, das ist schön.« Er sah wieder prüfend auf die Gruppe und wischte mit dem Holz über den Nacken des Mädchens. »Sie hat einen göttlichen Hals, Ihre Anna,« sagte er. »Und achten Sie darauf, was aus dem Gesicht geworden ist. Das ist das aufgehende Glück, das feste Vertrauen, die selbstverständliche Neigung, die keiner Bewegung bedarf, die den Menschen leidenschaftslos erscheinen läßt, weil nichts andres in ihm ist als Liebe. Sie sind beneidenswert, so einen lebendigen Menschen zu schaffen. Ich habe Sie gehaßt bis heut nacht. Seitdem ich das gemacht habe, bin ich Ihnen gut. Es ist ähnlich, was? Ja, und dabei ist keine Linie so wie im Leben, es ist alles umgestaltet. Ihr Gesicht ist schief. Der eine

Kinnbacken ist zu massig gegen den anderen. Das habe ich gemildert. Und die Stirn Annas ist zu hoch. Aber sehen Sie nur hin. Das ist sie, als ob sie lebte. Und Sie sind es auch. In der Ruhe liegt Ihr Geheimnis, in der einfachen, sicheren Ruhe. Sie sind ein unheimlich sicherer Mensch.«

Wolfgang schwieg noch immer. Die Worte hallten in ihm wider: die Neigung, die den Menschen leidenschaftslos erscheinen läßt, weil nichts andres in ihm ist als Liebe. Der Künstler zeigte jetzt auf den Körper. »Ich wette, daß sie so aussieht, Linie für Linie, ein prachtvolles Weib. Nun, Sie werden sie ja selbst sehen, wie sie da sitzt.« Wolfgang fuhr auf: »Hören Sie –«»Soll ich Sie für hirnverbrannt halten,« unterbrach ihn der Künstler und packte ihn leidenschaftlich am Arm. »Sind Sie ein Narr? Ach was, machen Sie mir nichts vor. Man liebt seine Geschöpfe, davon kommt man nicht los. Oder glauben Sie, daß Ihnen das noch einmal gelingt, was Sie aus der Anna gemacht haben? Übrigens sind Sie noch nicht fertig. Bis jetzt ist es nur ein Ansatz, ein genialer Entwurf. Aber Sie sind kein Stümper. Sie lassen nichts halb stehen. Da liegt noch viel darin, in diesem Mädchenleib. Das will sich wölben und wachsen und weich werden. Da schlummert noch Größe und Zukunft.« Er schwieg wieder und sah Wolfgang prüfend an. »Ich werde es Ihnen zur Hochzeit schenken,« sagte er, »bis dahin ist es vollendet. Es ist ja doch gestohlenes Gut.« Und seufzend begann er wieder zu arbeiten.

Wolfgang blieb lange Zeit stehen. Er vermochte nichts zu sprechen und nichts zu denken. Der Künstler hatte ihn vergessen. Endlich riß er sich los und ging zur Türe.

»Nun also zur Hochzeit,« rief der Bildhauer noch einmal, und sein Gesicht strahlte in freundschaftlicher Gesinnung. »Allzubald wird es nicht sein. Sie haben ja noch den Tarner-Wahnsinn, der steht zwischen Ihnen und Anna. Aber,« er trat dicht an Wolfgang heran und zitterte vor Leidenschaft,»Ihr Tarner ist ein Narr und ein Lügner dazu, ein Mensch, der sich ein Ideal zusammengelogen hat. So, und nun lassen Sie mich arbeiten, Sie stören mich.«

6.
Wolfgang ging, ohne ein Wort zu erwidern. Halb im Traum verließ er nach kurzer Zeit Wildenwald, ordnete alles in der Stadt und fuhr noch am selben Abend nach Berlin.

Während der schlaflosen Nacht sichtete er seine Gedanken. Es handelte sich darum, was er mit sich beginnen sollte. Sein Buch schreiben, gewiß. Aber das füllte sein Leben nicht aus. Und in wenigen Wochen war es vollendet. Es galt nur, niederzuschreiben, was lange durchdacht war. Tarners Gefolgsmann konnte er nicht bleiben. Mochten dessen Ziele wahr oder falsch sein, neben sich würde Tarner den Jünger nicht dulden, und dienen konnte Wolfgang diesem Manne nicht mehr. Sie mußten, jeder für sich, ihre Straße ziehen. Ob Tarners Weg auch der seine war, würde sich bald zeigen. Vorläufig galt es Zeit zu gewinnen, sich schieben zu lassen. Dazu brauchte er eine Stelle, wo er nicht Gefahr lief, von dem Tagesleben zerquetscht zu werden, wo er seine Kräfte unbehindert regen konnte. Seine Kraft aber war Menschen zu bilden. Die ärztliche Tätigkeit bot ein gutes Feld. Der Kranke war eindrucksfähiger, widerstandsloser als der Gesunde. Er war zum zweiten Male Kind.

In die breite Wirksamkeit des letzten Jahres kehrte er nicht zurück. Es war Vergeudung, das Elend der Massen ein wenig zu lindern, wenn man fähig war, wenige zu großer Höhe zu heben. Ein Goldschmied durfte nicht Pferde beschlagen. Und es war ja eine Lüge, daß man die Lage der Menschheit verbessern könne. Das hatte er längst begriffen. Er paßte nicht unter die Menge. Er war nicht grobknochig genug, um das Volk zu führen. Er kannte seine Grenzen, und in denen mußte er leben. In einem engen Kreis mit hohen Ansprüchen an sich selbst, an die Welt und an den Lehrer, in dem konnte er wirken. Schweninger besaß solchen Kreis, der mußte ihm den Weg bahnen, der würde es auch tun. Schweninger war groß genug, neidlos zu sein.

Gleichzeitig aber stieg ein andres Ziel in Wolfgang auf. Er konnte sein Feld noch mehr beschränken, er konnte eine Ehe schließen und sich seinem Weibe widmen. In der Ehe lag die beste, ja die einzige Möglichkeit, einen vollkommnen Menschen heranzubilden. Da ging die Saat nicht unter, denn in der Frau lag die Mutter, sie dünkte ihm die Lenkerin der Zukunft. Einer Frau zu dienen, ihr sein ganzes Leben und Können zu weihen, war das Höchste, was erreicht werden konnte. Wer nicht selbst Gipfel der Menschheit war, dem war die Frau eine Brücke zur Höhe in kommenden Geschlechtern. Und auch zur eigenen Größe führte der Pfad über die Frau. Denn nur die Freude gibt dem Menschen Flügel, das Leid lastet. Die Freude des Mannes aber ist die Frau. Er jedoch war noch zu jung, war nicht reif genug, um zu bilden. Er mußte warten. Ach, er wußte nicht, daß der Mann nie anders reif wird als durch das Weib, nie anders für die Ehe tauglich als durch die Ehe. Und wo war das Weib, das ihm bestimmt war, das bildsam genug war, seine Schaffenskraft zu erschöpfen, das schön genug war, ihm die Freude zu geben, das tapfer genug war, um die Brücke seiner Füße zu werden, wenn das Schicksal ihn zur Höhe riß.

Schaudernd hielt er inne. Der Mutter Worte klangen wieder in ihm: du sollst nicht über den Leib deines Weibes hinwegschreiten. Nein, er wollte es nicht. Das tat er der Anna nicht an. Welch ein Zwiespalt! Die Liebe war Notwendigkeit für ihn, und diese Liebe mußte er zertreten, wenn er ein Mensch werden wollte. Und wenn er das nicht wurde, wenn die Kräfte erlahmten, wenn er schwach war, dann, das wußte er, gingen sie beide an seiner nie erfüllten Sehnsucht zugrunde. Langsam umwob ihn der linde Traum. Er dachte des Mädchens, das er liebte.

Am ersten Tage schon trat Wolfgang in Schweningers Dienst, und dieser Dienst freute ihn. Am ersten Tage auch begann er sein Buch zu schreiben. Er wollte etwas Gutes zustande bringen, und als er es vollendet in Händen hielt, lachte sein Herz in der Freude des Siegs. Diese Worte, das war kein Zweifel, waren der Grundstein für Tarners ferneres Wirken. Hier war ihm die Bahn gezogen, die er nicht verlassen durfte, auf die er die Menschen locken und mehr noch, an die er selbst glauben konnte. Dies Buch gab Tarner die verlorene Kraft zurück, es gab ihm den Glauben an sich selbst wieder. Und wer auch immer diese Sätze lesen mochte, eines mußte er denken, daß Wolfgang auf des Meisters Worte schwöre.

Das Buch war eine Lüge. Wolfgang wußte, daß es eine Lüge war, und er war stolz, den Mut dazu gehabt zu haben. Es war ein Abschiedsgruß, ein Abschiedsgruß an Tarner, den er so sehr geliebt hatte und dessen Gefährte er nicht mehr war, ein Abschiedsgruß an den Gedanken der Freundschaft, den er so lange gehegt hatte und der ihm so schön erfüllt worden war, ein Abschiedsgruß an die Ziele der Vergangenheit, denen er soviel Mühe und Streben geweiht hatte. Der Traum, daß die Menschheit einen Zweck in sich selbst habe, war zerstoben. Niemals gab es eine Entwicklung der Menschheit, und niemals wird es eine solche geben. Der Zweck der Tausende war die Größe des Einen. Wo Höhe ist, mußte auch Tiefe sein, und das Licht forderte den Schatten. Der Menschheit zu dienen war ein Irrtum. Wer groß war, brauchte keine Hilfe, und wer es nicht war, sollte Stufe für den Großen sein, oder ein Spiegel, das Bild des Einen zurückwerfend, oder ein Ruf, den Namen des Einen tönend.

Frohen Herzens sah Wolfgang das Buch in die Welt gehen. An diesem Buche hatte er die erste große Gefahr seines Lebens überwunden, die Liebe zur Menschheit.

Das Schicksal des Werkes gestaltete sich eigenartig. Der Kreis der Intimen begrüßte es mit Jubel, und Tarner selbst sandte sofort ein Schreiben, welches mit den Worten schloß: »Sie wissen nicht, wie ich gehoben bin, wie sehr Ihre Schrift alle meine Gedanken gefangenhält. Mein eignes Bild tritt mir verklärt entgegen, und die Idee meines Lebens gewinnt etwas Riesiges. Die Seele gesättigt von der Größe des Augenblicks und heiligen Bewußtseins voll, schreite ich wie ein Priester meinem Ziele entgegen. Sie geben mir Kraft, Sie Guter, Einziger. Nie so wie jetzt habe ich die Schwere der Verantwortung und die hohe Weihe meines Amtes gefühlt. Dank, tausend Dank Ihnen, Sie Herzenskündiger, dessen Blick die Menschen durchdringt und dessen Wort die Menschen erhebt.« Wolfgang legte den Brief seufzend beiseite. Vor wenigen Wochen noch hätte er ihn wie ein Kleinod betrachtet, jetzt ging er daran vorüber, wie an etwas Fremdem.

Das große Publikum beachtete das Buch nicht. Es wurde kaum gekauft, und Wolfgang mußte sich sagen, daß er, je besser er schrieb, um so weniger Anklang fand. Auch die Presse blieb still. Mit nichtssagenden Worten ging man über das Werk hinweg, um einige Nachrichten über das bevorstehende Fest der Grundsteinlegung in Wildenwald anzuknüpfen. Nur eine einzige Zeitung, ein etwas veraltetes Blatt, dessen Stimme aber für das beste Publikum in das Gewicht fiel, brachte eine längere Besprechung.

Der Verfasser betonte den Reichtum der Gedanken, erwog ernsthaft das Für und Wider der Ansichten, die er weder verwarf noch annahm, um schließlich die Aufmerksamkeit der Leser auf die Eigentümlichkeit des Stils zu lenken. »Wir begegnen hier,« hieß es, »zum ersten Mal seit langer Zeit einem Schriftsteller, der es mit der deutschen Sprache ernst nimmt. Man sieht fast in jeder Zeile den Kampf eines aufrichtigen Willens mit der Fessel der Gewohnheit. Da gibt es Sätze, die wie Hammerschläge treffen. Da ist vor allem kein überflüssiges Wort. Rund und vollkommen wie Perlen stehen die Zeilen aneinandergereiht, fast zu blendend. Nur eines stört den Genuß. In dem Buch findet sich kein Ruhepunkt, nicht einen Augenblick kann man sich gehenlassen, nicht einen Augenblick betrachtend genießen. Das ist ein Fehler, vielleicht, hoffentlich ein Fehler der Jugend. Die schüchterne, kaum auszusprechende Hoffnung regt sich bei dem Lesen einzelner Sätze, daß hier ein Meister heranreift, der unsrer armen Prosa gibt, was ihr fehlt, Klarheit und Schönheit.« Wolfgang las diese Worte mit dem größten Interesse. Was hier gesagt wurde, erfreute ihn mehr als der laute Jubel, der seine früheren Aufsätze begleitet hatte.

Noch einmal begann er nun, von ganz neuen Gesichtspunkten aus, als Lernender die Meisterwerke deutscher Prosa zu lesen und kam dabei zu merkwürdigen Aufschlüssen. Um jedoch ein besseres Urteil über sein sprachliches Denken zu gewinnen und um sein Verständnis für den Wert des Worts und der Satzbildung zu schärfen, nahm er das Studium fremder Sprachen zu Hilfe. Neben der italienischen wählte er dazu die englische, die ihm ihrer Verwandtschaft in Laut und Regellosigkeit, ihrer Barbarei wegen am geeignetsten schien. Er wollte die Eigenart seiner Muttersprache kennenlernen, ihre Fähigkeiten und Grenzen, und das mühsame Erlernen fremder und doch ähnlicher Sprachbegriffe sollte als Handhabe dienen. Da es ihm auf geläufiges Sprechen nicht ankam, vielmehr auf das möglichst tiefe Erfassen des Geistes, wandte er sich nicht an einen Lehrer, sondern suchte durch aufmerksames Durcharbeiten der Grammatik und durch Lesen sein Ziel zu erreichen. Denn gerade in der Schwierigkeit, ohne Kenntnisse zu lesen, glaubte er die beste Hilfe zu finden. Der Erfolg dieses närrischen Einfalls war, daß er nie sprechen lernte, wohl aber begriff, was Stil war.

So verflossen die Monate in einsamer Tätigkeit. Der ärztliche Beruf trat wiederum in den Hintergrund gegenüber dem neuen Streben, und Schweninger schüttelte mehr als einmal den Kopf über den Schüler, der so viel versprochen hatte und so wenig hielt. Wolfgang merkte von dieser Unzufriedenheit nichts. Da er fleißig arbeitete, fiel es ihm nicht auf, wie sehr er sein Fach vernachlässigte. Vermutlich wäre bald eine Entfremdung zwischen Lehrer und Schüler eingetreten, wenn nicht die Ereignisse das Verhältnis gelöst hätten, ehe es noch den Reiz verlor.

Am 19. August, Frau Aglaias Geburtstag, sollte der Grundstein zu Tarners Zukunftsschule gelegt werden. Ein auserlesenes, nicht allzu zahlreiches Publikum war dazu geladen, und auch Wolfgang durfte und wollte nicht fehlen. Zu seiner Freude hatte man von jeder taktlosen Schaustellung abgesehen. Die feierliche Handlung sollte kurz und ohne Gepränge vor sich gehen, und erst der Abend versammelte die festlustigen Gäste in dem Tarnerschen Hause. Beethovens neunte Symphonie mit der großen Hymne an die Freude gab dem Tage dann den weihevollen Abschluß. Allerdings hatte dieses würdige Programm eine kleine Änderung erfahren. Die Fürstin Boranski hatte den Wunsch ausgesprochen, daß ihre Kinder an der Feier tätigen Anteil nehmen sollten. Leicht beweglichen Geistes und in phantastischen Ideen schwärmend hoffte sie, ihrer jungen Brut einen unauslöschlichen Eindruck des Ideals zu geben, wenn sie selbst eingreifend an dem Werk der Zukunft mithalfen. Da die Fürstin die treueste und freigebigste Anhängerin des Meisters war, mochte Tarner ihre Bitte nicht unerfüllt lassen, und um doch nicht durch ein aufdringliches Schauspiel den Ernst des Ganzen zu stören, beschloß er, von den beiden Kleinen zusammen mit einer Schar halbwüchsiger Knaben und Mädchen ein Mozartsches Menuett tanzen zu lassen. Mit diesem Gedanken befreundete er sich um so mehr, als die Kinder sein warmes Gemüt völlig gewannen. Der feierlich steife Tanz dieser lieblichen Geschöpfe, deren kindliche Unbeholfenheit und knospende Grazie die Idee des Wachsens und Werdens verkörperte, schien ihm das beste Mittel, alle Herzen der großen Freude zu öffnen.

Wolfgang traf erst am Festtage selbst in Wildenwald ein.

Auf der Fahrt hatte ihn nur der eine Gedanke beschäftigt, wie er Anna Wiborg gegenüberzutreten solle. Er nahm sich fest vor, die Grenzen einer kühlen Freundlichkeit nicht zu verlassen. Die Erinnerung daran kam ihm in den Sinn, während er mit dem lieben Mädchen im eifrigsten, traulichsten Gespräch stand. Er mußte lachen, als er seine Pläne mit dem verglich, was das erste Sehen daraus gemacht hatte.

Anna sah ihn verwundert an. »Warum lachen Sie?« fragte sie.

»Oh, ich freue mich, wie gute Freunde wir sind.« »Ja, das sind wir, das sind wir,« stimmte sie lebhaft ein. »Es ist, als ob wir uns nicht getrennt hätten.« Und immer strahlend vor Freude blieben sie sich nahe.

Zur Mittagsstunde wurde der Grundstein gelegt. Der tiefe Ernst und die feierliche Stille führten Wolfgang weit von der Stätte fort, auf der er stand. Seine Augen sahen, wie die Erde die Urkunden in sich barg. Ihm war, als ob sich das Grab auftue, in welches der Mutter Sarg versenkt wurde, und als der Stein die geheimen Schätze der Erde verschloß, ergriff ihn eine tiefe Traurigkeit, wie wenn er erst jetzt die treue verlöre. Die scharfen Klänge des Hammers trugen ihn in die heimatliche Wohnung, wo er in namenlosem Schmerz kniend den harten Schlägen gelauscht hatte, die ihm den Sarg verschlossen. Und dabei hatte er nie so deutlich Tarners Gestalt gesehen wie jetzt, wo seine Träume in weiten Fernen schweiften. So wie er den Hammer schwang, grub sich des Meisters Bild in Wolfgangs Seele. Nie mehr konnte er ihn sich anders vorstellen als so, wie er ihn jetzt erblickte. So also war ein Mensch im höchsten Augenblick des Lebens.

Dann aber versank die Wirklichkeit wieder vor ihm. Greifbar deutlich sah er sein Kinderzimmer vor sich. Er stand auf dem Stuhle und starrte wie früher den alten Kupferstich an.

Immer noch wollte es ihm nicht in den Sinn, was das fremdartige Wesen im Walde bedeute. Er wurde traurig, und seine Gedanken verwirrten sich. War es der Baumstumpf, der ihm so rätselhaft erschien; war es der Mann, den er eben wunderbar groß geschaut hatte? Nein, nein, er war ja zu Haus und stand vor dem Bilde, und jetzt zupfte ihn Käthe am Kittel. Er merkte deutlich, daß sie es war. Sie stand auf den Zehen und sah ängstlich zu ihm empor; denn sie begriff nicht, was der Bruder träumte und fürchtete sein entrücktes Gesicht. Ein wenig sollte sie noch warten. Sie mochte noch einmal zupfen. Sie mußte es immer zweimal tun, ehe er sich losriß. Würde sie es heut auch so machen, heut unter den vielen Menschen? Ja, da war es. Und lächelnd sah er sich um. Aber das war nicht die Schwester, das war Anna. Wie ängstlich sie aussah, und wie traurig froh das Lächeln jetzt ihre Züge veredelte. Dieses Gesicht hatte er schon einmal gesehen, vor langer langer Zeit, längst ehe er Anna kannte; wann aber, wußte er nicht.

»Wie fremd Sie schauten,« sagte sie, »und jetzt wieder. Wie ein Fremdling auf Erden.« Und scherzend legte sie den Arm in den seinen. »Führen Sie mich fort, es ist alles vorbei. Sie haben nicht viel gehört. Wo waren Sie doch?«

»Bei den Meinen,« und langsam vorwärtsschreitend blickte er vor sich hin. »Sie sind alle tot,« sagte er nach langer Zeit, »aber ich bin froh darüber. Sonst wäre ich nicht bei Ihnen.« Sie hätte gern gefragt, wie er das meine. Aber sein Antlitz sah so finster aus, daß sie furchtsam den Arm losließ und schweigend neben ihm ging.

Vor der Treppe des Hauses blieb er stehen. »Ich gehe nun fort,« sagte er.

Anna sah ihn befremdet an. »Der Onkel erwartet Sie.«

»Nein, ich gehe nun fort.« Er sah immer noch sinnend in die Ferne. »Ich habe etwas erlebt, damit muß ich fertig werden.«

»Aber heut abend!« fragte sie wieder. Er zuckte die Achseln und sah sie mit einem Blick an, aus dem eine tiefe Qual sprach. Anna ging traurig in das Haus, und Wolfgang schritt dem Walde zu. Rastlos, rastlos irrte er umher in einsamer Flucht. Aber was er floh, ging mit ihm, und als der Abend kam, trieb ihn eine unwiderstehliche Gewalt zurück. Und eine tiefe Freude zog in sein Herz.

7.

Als er in den Saal trat, fiel sein erster Blick auf Anna. Sie saß ganz hinten in einfachem, weißem Kleide und schaute lächelnd nach vorn, wo die zierliche Weise des Menuetts erklang, und junge Kinder gravitätisch einherschritten. Wolfgang ging zu ihr. Ohne sich umzuwenden, nahm sie Fächer und Handschuhe von dem Stuhl, der neben ihr stand, und als er sich setzte, gab sie ihm die Hand, noch immer lächelnd und schauend.

»Lieber Freund,« sagte sie, »wie schön, daß ich das mit Ihnen sehe.«

Er hielt den Atem an und lauschte. Dann überkam ihn ein süßer Frieden. Die goldene Schaukel sank hernieder, nahm ihn und führte ihn in leisem Schwunge auf und ab. Neben ihm saß ein liebes Mädchen darin, das hielt seine Hand fest. Sie beide aber schauten in selige Fernen.

Der Tanz war beendet, und eine lebhafte Unterhaltung begann in dem Saal.

»Wie schade,« sagte Anna. »Ich wußte nicht mehr, wo ich war, so schön war es.«

»Wir wollen gehen,« erwiderte er. »Ich will allein mit Ihnen sein.«

Gehorsam erhob sie sich und beide gingen. In dem breiten Korridor schritten sie auf und ab. Sie sprachen kein Wort. Aber sie hatten sich gern und wußten das. Wozu sollten sie sprechen?

Drinnen erklangen die ersten Takte der Symphonie.

Anna sah ihren Begleiter an. »Wir müssen hineingehen,« sagte sie zaghaft.

Er fuhr heftig auf. »Wenn Sie nicht mit mir zusammensein mögen, gehen Sie. Ich bleibe.« Da nahm sie wieder seinen Arm.

Ein Diener schritt vorbei und machte respektvoll Platz vor dem jungen Paar. Anna nickte ihm fröhlich zu und lachte ihn an. Wolfgang aber zog die Brauen finster zusammen. »Ich könnte den Kerl umbringen,« sagte er, »was hat er uns zu stören. Ich wollte, wir wären allein.« Anna ließ plötzlich seinen Arm los und lief davon, zierlich mit schnellen, kleinen Schritten. Ganz bestürzt starrte Wolfgang ihr nach. An der Treppe blieb sie stehen, drehte sich um und brach in ein frohes, neckisches Lachen aus. Dann stieg sie leise auf den Zehen die Stufen empor. Jetzt erst begriff er, was sie wollte, und eilte ihr nach.

Oben erwartete ihn Anna. »Wenn Sie wüßten, wie komisch Sie aussehen,« sagte sie, »wie ein Tanzbär,« und sie hob die Arme und wankte schwerfällig von einem Füßchen auf das andre.

Er lachte gutmütig. »Nehmen Sie sich in acht, Liebste, der Bär beißt.«

»Huh,« rief sie, wie in Angst die Hände vor das Gesicht haltend. Wieder huschte sie davon. Vor einer Tür machte sie halt, sah sich um und legte den Finger auf den Mund. Sofort hob sich Wolfgang auf die Zehen und schob sich schwankend vorwärts.

»Hier ist mein Stübchen,« sagte sie und öffnete, »aber der Bär muß sehr artig sein. Alles ist hier zerbrechlich.« Rasch hatte sie ein Streichholz entzündet und streckte sich zu der Gaskrone empor. Da trat er hinter sie, löschte das brennende Holz und zog sie an sich. Einen Augenblick fühlte er, wie sie sich an ihn schmiegte. Dann machte sie sich los.

»Alles ist hier zerbrechlich, Herr Bär, und ich selbst am meisten,« sagte sie. Sie sprach die Worte in hohlem Ton, als ob sie ihm Furcht einjagen wollte. »Stecken Sie Licht an.« Gehorsam tat er, was ihm geheißen war. »Alle drei Flammen. Ich will Sie sehen.« Sie hatte die Hand auf seine Schulter gelegt und sah ihn ein wenig spöttisch an. »Sie sahen schrecklich böse vorhin aus und jetzt so gut.«

»Glückliche Menschen sehen immer gut aus.«

»Ach Sie sind ein langweiliger Schulmeister,« grollte sie und wandte sich ab.

»Alle drei Flammen?« fragte er noch einmal, als ob er nicht recht gehört hätte. Anna stand wartend da, bis er fertig war.

»Wie nett es bei Ihnen ist,« sagte Wolfgang und sah umher. »Gewiß, da passen Sie hinein, Rokokomöbel mit goldnen Beschlägen und schwerem Brokat. Wie sollte ein Bär da nichts zerbrechen.«

»Es ist gar kein Brokat, Sie Kluger. Und zerbrechen werden Sie nichts. Dort auf den Schemel setzen Sie sich ganz still hin, mir gegenüber.« Sie ließ sich auf einen Schaukelstuhl nieder, umschlang die Knie mit ihren Händen und sah ihn an, den Stuhl leise hin und her wiegend.

»Pfui, wie spöttisch Sie lachen. Gefällt es Ihnen nicht, mein hoher Herr?«

»Doch, doch.« Er lachte wirklich. »Woher haben Sie denn die Engelsköpfe?« Er deutete auf einen buntfarbigen Öldruck mit vier oder fünf Kinderköpfchen in englischer Manier.

»Sie sind sehr niedlich,« sagte sie eifrig. »Das verstehen Sie nicht.«

»Und eine ganze Tassensammlung haben Sie auch. Nur der Tisch, auf dem sie stehen, ist wacklig.«

»Ich bin kein Bär,« erwiderte Anna.

Sie stand auf: »Kommen Sie, ich will Ihnen meinen Raritätenschrank zeigen.« Sie ging auf ein Glasschränkchen zu und begann zu erzählen.

»Sehen Sie, lauter liebe Erinnerungen. Wieviel frohe Stunden habe ich schon gehabt! Das sind meine ersten Tanzschuhe, das kleine Kegelspiel in der Nußschale stammt aus Berchtesgaden und die Seekastanien vom Lago maggiore. Und hier ist meine Kinderklapper. Den chinesischen Fächer hat mir der Onkel geschenkt und die Kartentasche aus Elfenbein dazu. Und da sind Sie,« jubelte sie plötzlich und hielt ihm einen kleinen, aus Holz geschnitzten Bären entgegen, der mühsam die Geige strich. Sie ließ ihn lachend dicht vor Wolfgangs Gesicht tanzen und tat, als ob sie ihm damit die Nase zerquetschen wollte. Er bog den Kopf zurück und streckte die Hände abwehrend nach vorn.

»Nehmen Sie sich in acht,« rief sie, »meine Tassen.«

»Ja, dann müssen Sie artig sein.«

»Und das Gemüse?« fragte Wolfgang jetzt.

»Gemüse? Meine Balltrophäen sind es. Hier, das stammt von meiner ersten Schwärmerei. Ich war damals noch Kind, höchstens zwölf Jahre alt, da hörte ich einen kleinen Geiger, ein sogenanntes Wunderkind. Er war nicht größer als ich. Der Onkel hatte mir einen Lorbeerkranz gegeben, den sollte ich ihm bringen. Weil mir der Junge aber gar so gut gefiel, habe ich vorher ein paar Blätter gerupft.«

»Nun, und die andern?«

»Warten Sie, das ist der erste Strauß, den ich im Ballsaal erhalten habe, oder war es dieser? Nein, der. Ach, ich weiß nicht mehr, es ist Gemüse.«

Sie packte rasch ihre Schätze zusammen. Wolfgang stand hinter ihr und überlegte. »Kennen Sie den Klingerschen Stich,« fragte er, »Bär und Elfe? So sind Sie. Die Elfe sitzt auf schwankem Zweige und kitzelt mit langem Grashalm den Bär an der Nase.«

Wie der Blitz fuhr Anna herum und mit den Worten: »friß ihn, Bär«, zielte sie ihm mit dem Schnitzwerk nach den Augen. Er wich zurück und »natürlich meine Tassen«, rief sie schon, als die Herrlichkeit zu Boden fiel. Dann lachte sie auf. »Wie köstlich Sie aussehen, so dumm, so dumm. Schnell aufheben, schnell.«

Jetzt knieten sie beide am Boden und sammelten die Scherben. Wieder wie damals sah er die Stirn dicht vor sich, er küßte sie rasch, sie aber tat, als ob sie es nicht merkte. »Danken Sie Gott. Es ist nur eine zerbrochen, und der fehlte schon lange der Henkel.«

»Bah,« sagte er, »Scherben bedeuten Glück.«

Wolfgang erhob sich und wies mit dem Fuß auf eine zierliche Rokokotruhe. »Was haben Sie da? Wie niedlich das ist.«

»Nicht wahr? Lauter Liebesbriefe sind darin,« flüsterte sie geheimnisvoll, und als sie sah, wie er das Gesicht verzog, fügte sie ernsthaft hinzu: »Wirklich. Ich werde sie Ihnen zeigen. Aber nur einen Augenblick.« Sie öffnete den Deckel ein wenig und schlug ihn gleich wieder zu. »Nun?«

»Ich habe nichts gesehen.«

»Sie müssen aufpassen.« Und sie begann das Spiel von neuem.

Diesmal sah er ein Päckchen Briefe mit blauem Seidenband gebunden. Er erkannte seine eignen Schriftzüge. »Sie sind ein gutes Mädchen,« sagte er. Sie hatte vor ihm kniend den Kopf gehoben. Beide sahen sich in die Augen.

»Es ist noch viel Platz darin,« lachte sie dann.

»Und diese Bilder hier stellen Ihre Eltern dar?« Er war an den Schreibtisch getreten und betrachtete zwei verblaßte Photographien.

»Ja, das sind meine Eltern.« In ihrem Tone lag etwas Kaltes. Wolfgang drehte sich nach ihr um und sah sie fragend an. »Ich habe sie nicht gekannt,« sagte sie.

»Können Sie nicht lieben?«

Einen Augenblick zuckte der Zorn in ihr auf. Dann sagte sie langsam: »Doch, ich kann lieben.« Sie wandte sich ab und begann ihre Lokken zu ordnen, die sich gelöst hatten.

Wolfgang war ernst geworden.

In der Mitte des Zimmers stand ein Flügel. An den setzte er sich, schlug den Deckel zurück und begann zu klimpern. »Ach lassen Sie das,« rief Anna eifrig. »Sie können ja nicht spielen.«

»Doch, ich kann spielen,« und dabei lachte er, denn er dachte daran, wie Anna vorhin fast dieselben Worte gesagt hatte, und wie tief sie ihm zu Herzen gesprochen waren, und lachend tippte er mit einem Finger auf den Tasten: Ännchen von Tharau ist, die mir gefällt.

Da wurde sie blutrot, lief auf ihn zu und zauste ihn am Ohr. »Wollen Sie wohl aufhören!«

»Es ist ein schönes Liedchen.«

»Gehen Sie, ich will Ihnen singen.« Sie schob ihn von dem Sessel und setzte sich. Mit leichten Fingern glitt sie über die Tasten. Als er ihrem Blick folgte, sah er sich gegenüber eine Büste Tarners, mit leuchtenden Rosen gekrönt. Ein eigentümliches Lächeln spielte um Annas Mund. Sie sah einen Augenblick zu Guntram auf und nickte mit dem Kopf nach der Büste. Als er nicht antwortete, senkte sie nachdenklich die Stirn und begann zu singen:

Es waren zwei Königskinder, die hatten einander so lieb.
Sie konnten zusammen nicht kommen, das Wasser war viel zu tief.
Ach Liebster, könntest du schwimmen, so schwimm doch
herüber zu mir.
Drei Kerzen will ich dir anzünden, und die sollen leuchten dir.

Wolfgang stand weit vorgebeugt hinter ihr.

Das hört ein falsches Nönnlein, die tät als ob sie schlief.
Die Kerzen tät sie auslöschen –

»Was tun Sie,« unterbrach sie sich.
Er hatte noch die Hand nach oben gestreckt, mit der er die eine der drei Flammen ausgedreht hatte. »Ich tät die Kerzen auslöschen,« antwortete er und sah mit einem strahlenden Blick des Stolzes und der Freude über seine List auf sie herab.
»Wenn Sie unartig sind, singe ich nicht mehr.«
»Oh, ich werde artig sein. Ich verspreche es. Aber singen Sie nicht so traurige Sachen, singen Sie Mozart.«
Er suchte hastig in den umherliegenden Noten. »Da, das sollen Sie mir singen.« Er warf ihr ein Heft zu.
Einen Augenblick flog ein ängstlicher Zug über ihr Gesicht, dann ihn fest anblickend begann sie:

Endlich naht sich die Stunde, wo ich dich, mein Geliebter,
Bald ganz besitzen werde.

Wieder richtete er sich empor und löschte die zweite Flamme; sie sah ihn bittend an.
»Das Lied braucht Dämmerung.«
Da nickte sie und sang:

Ängstliche Sorgen entfliehet, weicht auf immer!
Störet nicht mehr die Freude meines Herzens!
Ha, um mich her scheint alles mir so heiter,
Komm doch mein Trauter! Hesperus blickt so freundlich.

Jetzt erlosch auch das letzte Licht. Anna hielt inne. »Ich fürchte mich,« sagte sie und ließ die Hände schlaff auf die Tasten sinken. »Das sollen Sie nicht, Anna.« Er lachte leise vor sich hin. »Ich gehe ganz fort von Ihnen. Dort an Tarners Büste will ich warten, geduldig warten, bis Sie zu Ende sind. Aber das Lied verträgt kein Licht.« Wirklich schritt er hinüber. »Nun weiter: Stille der Nacht beschützt uns.«

Und sie sang weiter, anfangs zitternd, aber bald ruhig werdend, in vollen schönen Tönen. Sie konnte ihn sehen. Ein mildes Dämmerlicht fiel durch das offne Fenster auf ihn.

Oh säume länger nicht, geliebte Seele!
Sehnsuchtsvoll harret deiner hier die Freundin.
Komm doch mein Trauter, laß länger mich nicht harren.
Komm, o Trauter!
Daß ich mit Rosen kränze dein Haupt,
Daß ich dich kränze mit Rosen!

Die letzten Töne verklangen, und Anna erhob sich. »Wo sind Sie, Geliebter?« fragte sie. Er nahm den Kranz von der Büste und wollte ihn ihr aufdrücken. Aber mit raschem Griff riß sie ihn an sich. »Nicht mir, dir gehört er,« rief sie und sich hoch aufrichtend, hielt sie die Rosen mit dem ausgestreckten Arm über seinem Haupt, seine haschende Hand abwehrend.

Als sie so vor ihm stand, sah er die hohe Stirn und die Locken und den Kranz. Da erkannte er sie.

So nahm Wolfgang sein Weib.

Zweites Buch

1.

»Ist dein Brief noch nicht beendet, Wolfgang?«

»Noch nicht, Anna. Geh voraus und füttre die Tauben auf dem Markusplatz. Oder besser, bestelle uns Kaffee.«

»Ja, ich soll stets bestellen. Du bist der rechte Pantoffelheld. Vor jedem Kellner verkriechst du dich. Die Zimmer muß ich aussuchen, die Speisekarte studieren, den Gondoliere wählen. Nächstens werde ich dir die Stiefel anziehen müssen.«

»Das wirst du schon noch lernen, gräme dich nicht. Du bist gar nicht dumm.«

»Aber du; drei Stunden schreibst du schon. Der arme Onkel, das alles lesen zu müssen.« Anna stand vor dem Spiegel und drehte den Kopf hin und her, um ihre schottische Mütze zu bewundern.

»Warum hast du dir diese Wahlverwandten zugelegt! Zu meinem Vergnügen schreibe ich nicht an Tarners. Du darfst den Brief nachher lesen.«

»Selbstverständlich will ich das. Wehe dir, wenn du nicht artig geschrieben hast. Ihr Männer macht immer dumme Witze in Briefen von der Hochzeitsreise.«

»Wie oft hast du denn schon Hochzeitsreisen gemacht, Liebste?«

Anna drehte sich lachend um. »In Gedanken schon oft. Seit du den Tasso gelesen hattest, habe ich es mir täglich ausgemalt, wie wir zusammen in Venedig wären und in der Gondel führen.«

»Ja, tiefblauer Himmel, darunter Militärmusik, wie es im Tagebuch steht.«

»Es ist nicht wahr. Willst du gleich sagen, daß es nicht wahr ist!«

»Ja, ja, gewiß, natürlich, es ist nicht wahr.«

»Nun also. In der Gondel sitzen, ja, aber du tust es nicht. Immer muß ich dich stoßen und drängen.«

Wolfgang legte die Feder aus der Hand. »So, Tarner ist beseitigt. Nein, mir ist es unangenehm, faul dazusitzen, während hinter mir ein

Mann sich abmüht und schwitzt. Ich tauge nicht zum grand seigneur. Aber wollen wir nicht gehen, Kaffee trinken?«

»Natürlich wollen wir. Aber wohin gehen? Zu Quadri sicher nicht. Der Kellner hat dir falsches Geld in die Hand gesteckt.«

Wolfgang lachte. »Hast du auch noch den falschen Lireschein aus Verona? Er soll in den Raritätenschrank zur Erinnerung an eine dumme Reisende. Aber jetzt, jetzt heißt es: sono pratico. Komm, auf zu Florian.«

Anna kniete vor dem Koffer. »Nein, erst will ich unsre Schätze sehen.« Sie breitete allerlei Gegenstände auf dem Boden aus und klatschte in die Hände. »Sieh, Wolfgang, ist es nicht hübsch? Da ist der rote Sonnenschirm aus Bozen, den führe ich heut spazieren.«

»Und ich binde das grüne Brusttuch um.« Er schlang es sich um den Hals.

»Wirst du es wohl liegenlassen, mit deinen ungeschickten Händen.« Sie glättete das Tuch sorgfältig, hielt es an ihre Backe und lachte vor sich hin. »Es war doch hübsch im Torglhäuschen bei dem feurigen Kreuzbichler. Ob die alte Madame wohl unsern Kuß gesehen hat?«

»Kannst du dir die Küsse so genau merken?«

»Gewiß, alle weiß ich noch. Aber du, du hast so viele Frauen geküßt, du kannst es nicht mehr auseinanderhalten. O, ich kratze dir noch die Augen aus.« Dabei krümmte sie die Finger und fuhr ihm nach dem Gesicht.

»Hat man dich nie geküßt?«

»Nie.«

»Oh, was für dumme Männer! Weißt du noch, beim Tanz nach der Tassoaufführung?«

»Ach, das ist ein Märchen. Ich habe nichts davon gemerkt.«

Wolfgang kniete neben seiner Frau. »Die Stirn war dir nicht genug. Du botest den Mund. Ich habe es wohl gesehen. Aber wann werden wir nun zu Florian gehen?«

»Erst meine Sachen. Da ist der falsche Lireschein. O wie dumm du doch bist!«

»Was ich? Du hast ihn dir aufschwatzen lassen. Da liegt das Gotenkind als Beweis dafür.« Er hob eine kleine Kinderfigur empor, die roh aus Sandstein gehauen war. Anna nahm sie ihm aus der Hand, streichelte sie und sagte:

»Geh nicht so roh mit dem Kindchen um! Es ist schon alt und immer noch zart und klein. 1272 steht darauf, und der Trödler in Verona hat geschworen, es stamme von dem Grabe des Can grande.«

Wolfgang ergriff einen Rosenkranz, schlang ihn der Puppe um und steckte den Frankschein zwischen die Windungen der Kette. »So, nun ist alles beisammen. Bei dem Kind haben wir den Schein bekommen, und bei dem Rosenkranz wollten wir ihn wieder loswerden. Aber Betrug frommt uns nicht. Wir sehen beide zu ehrlich aus.«

»O hättest du mich machen lassen, ich verstehe so etwas. Madame versteht zu reisen, hat Testolini gesagt. Was für schöne Sachen hat er in seinem Laden, glitzernde Gläser und geschnitzte Stühle mit Engelsköpfchen.«

»Bah, Schwindel. Hier,« Wolfgang hob sorgfältig ein Kästchen hoch, »das ist das blaue Wunder mit den pompejanischen Bildern, unser heiliges Glas.«

»Wollen wir es nicht auspacken, Wolfgang?«

»Das werden wir hübsch bleiben lassen. Es zerbricht, und du weißt, es ist ein Unikum. Wo werden wir es hinstellen, Anna?«

»In den Salon, selbstverständlich. Ach, Wolfgang, wenn wir doch erst eine Wohnung hätten. Was mag aus meinem Flügel geworden sein?«

»Wer weiß. Es wäre schade, wenn er verloren wäre. Ich muß darauf schlafen, wenn wir heimkommen. Ein Bett habe ich nicht.«

»Wozu auch?«

»Ah,« er lachte heiter die Frau an, der das Blut ins Gesicht stieg.

Anna schmiegte sich an ihn; dann alles zusammenraffend, warf sie die Sachen bunt durcheinander und sprang auf. »Nun ist es genug.« Sie nahm den Arm des Mannes, und beide schritten rasch durch die Gänge des Hotels.

»Es ist anheimelnd hier,« sagte Wolfgang. »Ein kleines Bild von Venedig voll geheimen Zaubers, diese Treppchen und Gänge, diese Irrfahrt von rechts, links und geradeaus, sie spannt die Erwartung und ist immer überraschend. Das Leben des Südens herrscht in dem angeräucherten Kasten. Hast du den alten Mann hinter seinem Pult gesehen? Wie vornehm er den Kopf zum Gruße senkt. Setz ihm die Dogenmütze auf, und du hast einen Tintoretto vor dir.«

»Er lächelte, als wir vorübergingen. Jedermann sieht uns das Hochzeitspaar an. Du mußt würdiger auftreten, Wolfgang. Du mußt zanken.« Mit einem leichten Neigen des Kopfes schritt Anna an dem Gatten vorüber, der ihr die Tür öffnete. »Was schreibt er wohl den ganzen Tag? Die Menschen sehen hier alle so erschreckend geschäftig aus, doch bin ich überzeugt, keiner tut etwas.«

»Wer könnte hier auch arbeiten. Die Glieder lösen sich in ruhigem Genuß, Kräfte zu rascher Tat sammelnd. Wen hier mitten in dem dämmernden Zauberleben der Drang zum Schaffen faßt, der vollbringt Großes. Alles zwingt zum heißen Eifer. Ich kann mir denken, warum Feuerbach so gern hier weilte. Die armen Sterblichen macht Venedig müde, aber den Göttersöhnen ist es feuriger Nektar. Wenn ich etwas Schönes schaffen müßte, ginge ich nach Venedig. Die Stadt ist wie ein reifes Weib; wen sie liebt, den hebt sie zum Himmel.«

Sie waren auf den Markusplatz getreten. Anna blieb stehen. »Wie das leuchtet, und wie scharf die Linien der Prokratien sich abzeichnen. Alles ist so klar und durchsichtig, wie aus Alabaster geschnitten. Märchenschlösser sind es, und überall sucht der Blick nach neuen Wundern.«

»Eine tiefe Glut steckt in Venedig. Ich sage dir, es ist ein Weib, Anna. Diese satte Üppigkeit, die doch begehrlich bleibt und Begierde weckt, dieses Schwelgen in der Pracht, das so hoheitsvoll in natürlicher Anmut nie die Würde vergißt, kennzeichnen die schöne Frau. Tizian, Giorgione, Veronese, alle hat sie verführt, selbst den tiefen Bellini und den spröden Carpaccio. Wenn man das sieht, beugt man sich vor der Macht der weiblichen Schönheit.« Er schwieg einen Augenblick und sah weit in die Ferne. »Nun möchte ich Flügel haben und nach der Stadt der Männer ziehen, nach dem toten Pompeji. Es müßte merkwürdig sein, so mit einem Blick das Werden der Kunst zu sehen. Hier in Venedig wurzelt alle Gegenwart und Zukunft, und Pompeji ist gleichsam das Grab der Manneswelt.«

»Nein, Liebster, bleib lieber hier. Mir gefällt es bei der schönen Frau.«

»Wenn sie nur besseren Kaffee kochte,« meinte Wolfgang, und lachend schritten sie quer über den Platz zu Florian. »Nun gib den Brief,« hieß es, und eifrig begann Anna zu lesen:

Lieber Meister,

meine Frau behauptet, daß ihre eignen Briefe nicht genügen, um Ihnen und Ihrer Gattin einen Begriff von unserm Honigmond zu geben. Ich sehe zwar nicht ein, wozu ich geheiratet habe – »du Scheusal!« – wenn ich auch ferner Briefe schreiben soll. Aber Sie wissen, man muß tun, was Frau Guntram befiehlt. So nehmen Sie denn voraus alle meine guten Wünsche und Grüße und seien Sie versichert, daß wir beide des Paars in Wildenwald innig gedenken. Freilich, wo bleibt mir Zeit, Gedanken festzuhalten. Die Wogen des Lebens schlagen über meinem Haupte zusammen, zum ersten Mal. Italien überwältigt mich. Das klingt anempfunden. Und doch ist es wahr. Es nicht einzugestehen, wäre falsche Scham. Soll ich mein Gefühl verstecken, weil Goethe alles vorweg gefühlt hat?

Am Gardasee ist mir der Sinn aufgegangen. Die reinen Linien der Berge in der hellen Nacht haben es mir angetan. Mit einem Schlage begriff ich, was Klarheit des Lebens für mich bedeutet. In mir ist zuviel Verstecktes. Ich brauche Licht, und mir leuchtet es heller, weil ich selbst Finsternis berge.

Hier ist alles offen und unverhüllt. Man sieht die Gegenstände wie sie sind. Sie haben etwas Selbstbewußtes, Königliches, besitzen eine schöne Realität. Selbst der Dreck trägt den Gedanken zur Schau: sieh mich nur an, ich gehöre dazu. Bei uns hat die Welt in dem ewigen Dunst selbst die Gewohnheit des Nebels angenommen. Alles läuft ineinander, wird verschwommen und weichlich, und nur die Brühe des Gefühls macht das Leben genießbar. Hier aber gibt es scharfe Grenzen, harte Kanten und spitze Ecken. Das Auge wird nie verwirrt. Jeder Eindruck ist vollkommen und fertig. Man höre nur die Sprache, dieses klingende o, das wie ein Schlachtruf schmettert, voll, tönend, kriegerisch, das r, wie es leicht dahinrollt, ein Gleichnis südlichen Lebens, unbesorgt, prachtliebend. Und dann die weichen Laute mit ihrer unendlichen Melodie. Diese Sprache allein entzückt und hebt die Glieder zu leichterem Schwung.

Verona hat mich bezaubert. Mit kühner Sicherheit schreitet das Leben daher, als scheue es kein Geheimnis. Der Blick schweift ungehemmt, wie auf einer klaren Zeichnung sieht er die Linien, das Treiben der Welt wird ihm wie der Umriß eines Gebäudes, und stolz freut er sich, Schönheit geschaut zu haben. Ich sah da einen Kerl, zerrissen und zerlumpt, schmutzig, unrasiert, aber den Hut, einen breiten, weichen Filz, trug er, wie ein König die Krone trägt, und um den Körper hatte er ein viereckiges Stück Tuch als Mantel geworfen, in dem jede Falte rief: so trägt ein Veronese sein Kleid. Wenn ich denke, wie unsre Dirnen die Kopftücher umwürgen, wie sie mit ihren Pantinen stampfen und patschen! Hier tänzeln die zierlichsten Füßchen in solchen Dingern einher, zur Lust aufreizend mit ihrem klappernden Takt, lockend die schlanken Knöchel bewegend. Und aus dem dunklen Spitzentuch, welches wie der Rahmen das Bild hebt, lacht verführerisch keck das freie Auge, selbstbewußt und beweglich, mag die Frau noch so alt und häßlich sein. Seht nur diese Hände! Welch ein Bild! Wie gestaltet sich die Welt in dem Spiel der Finger, wie sicher redet die Anmut in ihrer stummen Bewegung!

Die Einfachheit macht alles so heiter. Diese Menschen, die ihr Leben nicht in den Stuben verstecken, kennen die Sümpfe verwirrter Gefühle nicht. Sie sind offen und zeigen freimütig ihre Blöße. Mit harmloser Frechheit schreit man die Ware zu Markt, überzeugt und überzeugend durch den Tonfall der Stimme. Der Italiener betrügt, gewiß. Aber er schämt sich dessen nicht. Er lacht, er lacht über das Leben, über die

Menschen, über die Lüge, über sich selbst. Und neben der lachenden Freude lebt in den Gesichtern der jähe Zorn, man sieht förmlich diese spielenden Hände plötzlich das Messer zum Stoß fassen, Leidenschaft, Liebe, Haß tritt hervor, wo noch eben spitzbübische Schelmerei glänzte. Diese schroffen Gegensätze entzücken mein Herz, diese plötzlichen sicheren Sprünge über Abgründe der Seele machen mich geschmeidig und geben mir Flügel.

Schatten und Licht. Gestern habe ich eine Serenata erlebt. Das werde ich nie vergessen. Wie sich die Gestalten im Glanz der Pechfackeln drehten und wendeten, wie die Figur des Gondoliere ernsthaft im Takt vor und zurücksank, wie sich die Glieder und Profile abzeichneten. Würde und Anmut und Leben lagerten über dem Boot mit seinen zerlumpten Sängern. Und dazu die schwelgerische Süße des Orients.

Wir verbringen köstliche Tage, glaubt es nur. Das Leben hat uns gepackt, zum ersten Male, und wir werden verwandelt heimkommen. Unsre Sehnsucht wird wissen, was sie begehrt.

Freuen Sie sich mit uns, Meister, und wenn Sie mit der Gattin das Schicksal so lieben wie wir, so sind Sie glückliche Menschen. Herzlichst Ihr Guntram.

Anna ließ das Blatt sinken und sah nachdenklich vor sich hin.

»Gefällt er dir nicht, mein Brief?« fragte Wolfgang und blinzelte seiner Frau schlau zu.

»Warum schreibst du so anders, als du sprichst?«

»Bah, das ist so Stil bei mir. Und dann, Briefe schreibt man ja nicht an sich selbst. Man muß den Empfänger im Auge haben, schreiben, was ihm gefällt. Tarner wird doch nicht zufrieden sein. Er liebt es nicht, von etwas anderem zu hören als von sich.«

Annas Gesicht war traurig geworden. »Aber das ist schlecht, das ist schlecht,« sagte sie eifrig und riß ungeduldig an den Franzen ihres Jacketts. »Man darf sich nicht verstellen, man muß immer wahr sein.«

Wolfgang zuckte verächtlich die Achseln. »Ich trage tausend Masken. Wahr bin ich gegen mich selbst. Die andern belüge ich. Man muß

Herr sein über Wahrheit und Lüge.« Er warf einen prüfenden Blick auf seine Frau. Sie saß mit niedergeschlagenen Augen da und zupfte noch immer an ihrem Jäckchen. Wieder sah er das schmerzliche Lächeln um ihren Mund, welches so lange verschwunden war. Er warf den Kopf zurück und pfiff leise vor sich hin. Plötzlich lachte er laut auf.

»Sieh Anna, welch ein drolliger Kauz!«

Vor ihrem Tisch lief ein Knirps von etwa acht Jahren auf den Händen hin und her. Die weiten, zerrissenen Hosen waren über die Knie gerutscht, und zwei braunschwarze Füße starrten gen Himmel. Anna lächelte flüchtig. »Gib ihm.« Gehorsam griff Wolfgang in die Tasche. »Weißt du noch, wie uns der Junge drüben in Riva um *un so* anbettelte? Es war der erste italienische Laut, den wir hörten.«

Anna nickte, und die Augen fingen an zu glänzen. »Er will mehr,« sagte sie.

Der Junge stand da, die Hände in den Hosentaschen, anscheinend wenig befriedigt. Er sah mit gierigen Blicken zu dem jungen Paar hinüber. Er sagte etwas, aber im Augenblick darauf, als ob er wüßte, daß man ihn nicht verstand, stellte er sich wieder auf die Hände und lief umher. Dann, sich aufrichtend, führte er die Finger an den Mund, sog die Backen voll und blies die Luft wieder von sich. Die beiden stießen sich lachend an, und der Knabe trollte davon, vergnügt die Zigarette rauchend, die ihm Wolfgang zugeworfen hatte.

»Welch ein harmloses Völkchen. Das sieht immer nur den nächsten Wunsch. Aus dem Geld machte der Bengel sich nichts. Er wollte rauchen. Die brauchen keine Lüge oder höchstens eine, die ihren Stempel an der Stirn trägt, eine derbe, handgreifliche. Bei uns Nordländern muß alles nebelhaft sein, ein Gemengsel von Lüge und Wahrheit, Milchkaffee. Ach, was bin ich froh in unserm Hotel, wo man keine Landsleute trifft und so guten Chianti hat.«

»Und fritti misti und Risotto und uccelletti! Liebster, wir sind schauderhaft materiell.«

»Und warum nicht? Du glaubst gar nicht, wie mir das gefällt, mich gehenzulassen, offen zu sein.«

»Bist du denn offen?«

»Mit dir? Natürlich. Du gehörst zu mir. Bist mein Fleisch und Blut.«

»Und wird es immer so bleiben, wirst du immer wahr sein, mir nie etwas verbergen, mich nicht belügen?«

»Das liegt in deiner Hand. Solange du mir vertraust, gewiß.«

»Wie soll ich trauen, wenn du tausend Masken trägst? Wer sagt mir, daß du mich nicht belügst?«

Wolfgang wurde ungeduldig. »Aber Kind, du bist närrisch. Ich liebe dich, und mein Wesen dir gegenüber ist so selbstverständlich wie das eines Kindes. Mach mich doch nicht irre! Wie soll ich dir alles sagen, wenn du nicht verstehst, daß du zu mir gehörst, daß du anders zu mir stehst als alle, daß ich dich liebe. Wozu sollte ich dich belügen?«

»Du liebst mich, aber du schreibst nicht ein Wort von mir an den Onkel oder vielmehr, was du schreibst, ist garstig.«

»Was geht Tarner unsere Ehe an? Wir wollen niemand hineinsehen lassen, am wenigsten ihn. Wir wollen allein stehen und unsern Schatz genießen.«

Er reichte ihr die Hand, mit einem leichten Zögern erwiderte sie den Druck. Dann hing sie sich an seinen Arm.

»Sag, seit wann liebst du mich,« fragte sie und sah ihn aufmerksam an.

»Ich weiß es wirklich nicht. Offen gestanden, habe ich mich vor dir gefürchtet oder besser vor der Ehe. Es ist eine Lotterie, das Heiraten.«

»Aber jetzt bist du zufrieden, nicht? Seit wann liebst du mich?«

»Wirklich, ich weiß es nicht. Wann beginnt ein Kind seine Mutter zu lieben?«

»Aber das ist ganz etwas anderes.«

Wolfgang schwieg eine Weile und sah nachdenklich vor sich hin. »Nein, ich glaube nicht. Es ist dasselbe, ganz dasselbe. Du bist eine Mutter für mich, eine Frau und ein Kind.«

Er hatte ernst gesprochen, und Überzeugung lag in seinem Ton.

Jetzt war sie froh und schmiegte sich eng an ihn. Sie schlenderten durch die Säulengänge und blieben hier oder da vor den farbenprächtigen Läden stehen.

»Wir wollen kaufen, Liebster, wir haben so lange nicht mehr gekauft. Eine Ampel für unser Schlafzimmer will ich haben, eine rote Ampel. Denke, wie schön das ist, im magischen Licht zu zweit.«
»Das ist allerdings verlockend. Ich sehe gern, was ich liebe.« Sie kniff ihn in den Arm. »Also schön, eine Ampel.«
»Ja, und dann will ich einen Schleier haben, weißt du, so ein Kopftuch, wie sie es hier tragen, für heut abend, für den Markusplatz.«
Wolfgang blieb stehen. »Bist du närrisch geworden? Unter keiner Bedingung.«
Anna ließ schmollend seinen Arm los.
»Du tust mir auch gar nichts zu Gefallen.«
»Aber du bist vollkommen verdreht. Es paßt nicht zu dir. Solch ein Unsinn! Du bist so schön genug.«
»Aber ich möchte so gern,« sie hing sich wieder an ihn und sah schmeichelnd empor. »Du hast so nett über Schleier und Pantöffelchen geschrieben.« Er schüttelte den Kopf. »Dann kaufe ich mir selbst das Tuch.«
Wie Feuer schoß ihm das Blut in die Augen.
»Ich will nicht, hörst du, ich verbiete es dir.«
»Schrei doch nicht so, wie häßlich du aussiehst. Ich bin nicht deine Sklavin.«
Wolfgang zitterte plötzlich vor Wut. Der Jähzorn hatte ihn gepackt.
»Doch bist du es, doch, doch. Ich dulde es nicht, daß du mir trotzest, niemals.« Und nach Atem ringend stieß er seine Frau beiseite und raste davon.
Anna stand einen Augenblick ganz verstört da. Sie wußte nicht, sollte sie lachen oder weinen. Dann lief sie, seinen Namen rufend, nach.

2.
Annas Eile war nutzlos. Wolfgang war schon verschwunden. Mißmutig kehrte sie in ihr Hotelzimmer zurück und warf sich dort weinend in einen Stuhl. Ach, sie kannte das alles nur zu gut. Die wenigen Wochen hatten genügt, ihr die Augen über den fragwürdigen Gatten zu öffnen.

Plötzlich aus heiterem Himmel brachen diese Wutanfälle los, um ein Nichts, unvorhergesehen, unvermeidbar. Sie brausten dahin, lärmend, tobend, gewaltsam. Sie wühlten die Tiefen empor und deckten die Blößen des Herzens auf.

Wenn man sie nur hätte verlachen können! Anna hatte es versucht. Aber eine so teuflische Grausamkeit des Worts war dann zum Vorschein gekommen, eine so kalte Hartherzigkeit, die mit unheimlicher Sicherheit die wunden Stellen des Menschen zu treffen wußte, daß die arme Frau lieber die laute Wut über sich ergehen ließ.

Sie hatte sich zur Wehr gesetzt, den Zorn mit Zorn bekämpft. Einmal war es geglückt. Wolfgang war erstaunt vor dem Weibe zurückgewichen, er hatte es bewundert, es schön gefunden und in überquellender Liebe die besten Versprechen gegeben. Aber schon bei der nächsten Gelegenheit hatte das Mittel nicht mehr gewirkt. Dieser Mensch war fürchterlich, gewappnet gegen jeden Schlag, immer dem Augenblick gewachsen. Es blieb nichts übrig, als ruhig stillzuhalten.

Und das Schlimmste war, daß Wolfgang, wenn kaum der Sturm vorübergebraust war, tat, als sei nichts geschehen, ja er tat nicht nur so, er war wirklich im Augenblick darauf harmlos und heiter. Er ahnte offenbar nicht, wie tief er die Seele seines Weibes verletzte. Anna mußte stets an das Wesen des südlichen Himmels denken, der plötzlich die Welt in Wolken verfinstert und mit Donner und Blitz rast und zerschmettert, gleich darauf aber im tiefsten Blau leuchtet und unbekümmert um die Verwüstung sein lachendes Antlitz zeigt. Wolfgang dann zu folgen, überstieg Annas Kräfte. Sie hatte gelernt, sich zusammenzunehmen, die beleidigte Scham zu verbergen; aber in der Nacht kroch wieder die ungesühnte Kränkung heran und raubte ihr den Schlaf. Denn nur selten, fast nie, gab der trotzige Mann ein gutes Wort, für ihn war alles abgetan, sobald der Zorn verraucht war. Vielleicht fühlte er ganz im verborgenen etwas von Reue, aber er war viel zu herrschsüchtig, um es je zu zeigen. Und so fraß der heimliche Gram an der Frau, bis die Zeit lindernd die Wunde vernarben ließ.

Anna grübelte und sann. Mußte sie jetzt schon nach wenigen Wochen der Ehe berechnende Klugheit lernen, listig und vorsichtig tappend die Gelegenheit umgehen? Und das diesem Manne gegenüber, der unbedingtes Vertrauen forderte, der mit einem Blick jede Regung ihrer Seele zu lesen verstand? Nein, das war unwürdig. So durfte ihre Ehe nicht werden, diese Ehe, die sie beide so göttlich geträumt hatten. Es war auch unmöglich, denn Wolfgang erriet sie zu sehr, er wußte, was in ihr vorging, wußte es voraus. Und es war zwecklos. Sein Wesen war nicht zu berechnen, die Gelegenheit nicht zu vermeiden. Es blieb nichts übrig als stillzuhalten, zu dulden. Was zwang ihn zu diesem wahnsinnigen Tun? Er war ja sonst geduldig, mit jedem anderen gleichmäßig freundlich und gütig. Wenn sie ihm glauben wollte, mußte sie sich freuen. Sagte er doch, daß niemand sein Inneres bewegen könne, daß nur sie ihm Leid und Freud bringe. Ach, ihr erschien das wie Hohn, und sie hätte gern das traurige Vorrecht des Leidbringens hingegeben, wenn ihr die Macht der Freude geblieben wäre. Sie glaubte ihm auch nicht. Wie konnte ein Mensch so warmes Interesse heucheln, wie es Wolfgang überall und jedem gegenüber zeigte, ohne etwas zu fühlen. Er trat dem Fremdesten so nahe, als ob er ihn allein in der Welt gesucht und endlich, endlich gefunden hätte. Das ließ sich nicht erkünsteln. Aber freilich, heftig war er nur mit ihr, und es gab etwas in ihrem Beisammensein, was ihr das Herz immer wieder dazu überredete: der Mann liebt dich, liebt dich grenzenlos.

Anna sann und grübelte. Was ließ diesen stolzen Mann sich so vergessen, sich so erniedrigen? War es die grausame Lüsternheit des Tyrannen, der nach Willkür und Laune die Seele des Menschen hierhin und dorthin warf? Aber er war nicht nur Tyrann. Wie unbedingt gab er sich hin, wie leicht war er zu lenken, wie schön wuchsen all seine Kräfte unter ihrer segnenden Hand.

Das Spiel eines Kindes fiel ihr ein, das die Puppe zur Erde wirft, um sie gleich wieder zu küssen. Ja, es lag viel Kindliches in ihrem Mann. Aber das Kind blieb unberührt, ob es sein Spielzeug herzte oder zerbrach. Für das Kind war es eben ein Spiel. Wolfgang jedoch war im

Moment des Zornes am tiefsten erschüttert, alle Leidenschaften waren bei ihm entfesselt, es war kein Spiel, es war alles ernste, erschreckende Wirklichkeit. Er ließ sich gehen, er verstellte sich nicht, er war wahr, nur ihr gegenüber war er wahr. Und leise tröstend kam der Gedanke: du stehst ihm nahe, sonst würde er dir nicht wehe tun. Sie warf sich auf das Bett und weinte leise vor sich hin.

Die Stunden vergingen. Endlich, endlich hörte die einsame Frau Wolfgangs rasche Schritte auf dem Flur. Sie setzte sich auf und strich sich die Locken zurecht. Sie wußte, jetzt würde er hereintreten, strahlend und unbesorgt, ohne eine Spur von Befangenheit, völlig überrascht von ihrem Schmerz.

Die Tür öffnete sich, und Wolfgangs breite, ausgearbeitete Hand streckte sich hinein. Wie eine Fahne ließ sie ein Stück Spitze hin- und herwehen, während draußen ein lautes Lachen erscholl.

»So nimm es mir doch ab, Kleine, ich kann es wahrhaftig nicht mehr halten,« rief er, und als keine Antwort kam, steckte er den Kopf durch die Tür. »Was hast du denn?« fragte er ganz verwundert, das verweinte Gesicht der Frau ansehend, und rasch eintretend, warf er die Spitze zur Seite und kniete vor Anna nieder. »Arme Frau! Habe ich dir wehe getan? Sei mir wieder gut! Es ist nun einmal nicht anders. Denke, ich hatte es schon ganz vergessen.«

»Ja, du, für dich existiert eben nichts anderes, als du selbst.«

»Gewiß, aber du gehörst zu mir. Und wenn du traurig bist, ist mir, als ob ich eine schwarze Brille trüge. Die ganze Welt wird mir dann dunkel. Ach, du weißt nicht, wie du mich lähmen kannst.«

»Nein, das will ich nicht, Wolfgang, das gewiß nicht. Du sollst dich frei entfalten können. Aber ein wenig freundlicher könntest du sein, ein wenig rücksichtsvoller; bist du es doch gegen jedermann, nur gegen mich nicht.«

»Ich bin es auch nicht gegen meine Hand, sie greift überall hin, und ich achte der Dornen nicht, die sie zerreißen, ich bin es nicht gegen meinen Kopf oder mein Herz. Ich denke jeden Gedanken aus, mag er mich noch so tief schmerzen. Du bist ein Stück von mir, wie die Hand oder

der Kopf. Wäre ich rücksichtsvoll mit dir, ich würde dich nicht lieben. Kann ich mich nicht gehenlassen, so taugt unsere Ehe nichts, und deine Liebe erst recht nichts.«

»Aber ich will nicht dein Blitzableiter sein.«

»Das bist du auch nicht. Viel eher meine Muse. Was verdanke ich dir nicht alles! Du weißt nicht, was das Glück in mir lebendig gemacht hat. Du machst mich zum Menschen, du bist meine Muse. Oder nein, du bist gar nichts Bestimmtes, weder Muse noch Blitzableiter, du bist für mich der Tag und die Nacht, das Leben, alles! Aber dann mußt du auch meine Launen ertragen und lieben.«

Anna hörte zu, der weiche Klang der Stimme tat ihr wohl, und die lieben Worte gruben sich ein. Aber sie war nur halb getröstet.

Sie warf einen bösen Blick nach den Spitzen hinüber. »Du willst mich kaufen,« sagte sie, »mir das Unrecht bezahlen.«

Wolfgang lachte hellauf. »Armes Närrchen, nein, wollte ich nicht. Dazu müßte ich ja wissen, wenn ich dir unrecht tue, und wahrhaftig, ich weiß es nicht. Ich denke immer, du bist wie ich. Der Sturm kommt und vergeht. Ich sah das Ding im Fenster liegen, ist es nicht hübsch? *point de neige*, und mir fielen deine prachtvollen Schultern ein. Die werden sich abheben in ihrem lebendigen Weiß.« Er faßte das Gewebe und schlang es der Frau um den Hals. Unwillkürlich strich und zupfte sie die Spitzen zurecht. »Siehst du, ich dachte es wohl, das wird dir gefallen.«

Anna riß das feine Gespinnst herab, ballte es zu einem Knäuel und warf es ihm an den Kopf. »Du bist ein Teufel,« rief sie zwischen Lachen und Weinen, »du weißt, wie man arme Weiblein fängt; und außerdem hast du dich betrügen lassen. Zeig her, was hast du bezahlt?« »Das sagt man nicht.«

»Gleich will ich es wissen, gleich, gleich. Es ist sehr niedlich.« Sie sprang auf und trat vor den Spiegel. »Nun mußt du mir schwarze Seide kaufen, schwere schwarze Seide. Dann bin ich deine Königin. Was hast du bezahlt?«

»Rate!«

»Ach, es ist gleichgültig. Ich mag es nicht wissen. Komm, hier sind Nadeln, stecke es fest, da hinten. Au, nicht stechen!« Sie wiegte sich auf den Zehen hin und her und lachte dem Bilde des Mannes in dem Spiegel zu. »So, so sitzt es gut.« Und plötzlich sich umdrehend warf sie die Arme um seinen Hals. »Du bist ein schlechtes Kerlchen, aber nett bist du doch. Was um des Himmels willen hast du solange getan? Wo hast du dich herumgetrieben?« Und wieder ernst werdend verzog sie den Mund zum Weinen.

»Sei doch gut, Kleine, nur nicht weinen! Ich bin der Nase nach gegangen, durch tausend Winkel und Gäßchen. Oh, das ist spaßhaft, dieses Umherlaufen ohne Ziel, das Hübscheste an ganz Venedig. Die ausgespannten Seile quer über der Straße mit der flatternden Wäsche, die himmelhohen roten Gebäude, zu deren oberstem Stockwerk Körbe mit Brot und Milch hochgeleiert werden, die Gassen und Stege, die Barken mit rotem Wein, der in riesigen Kellen geschöpft wird, ganze Möbelläden auf den Kähnen, Früchte, Gemüse, fröhliche Menschen, diese Brücken und Brückchen, dieses Wechselvolle, das immer wieder dasselbe bezaubernde Bild des Leichtsinns in neuem Rahmen und neuer Gruppierung bietet, launisch, humorvoll, sentimental, reizend und reizbar, ganz wie ein Weib! Oh, ich liebe Venedig, und fast könntest du eifersüchtig sein. Natürlich habe ich mich verirrt. Ein kleines Mädchen hat mich zurechtgewiesen, eins mit klappernden Schuhchen und Spitzenschleier, weißt du.«

»War es hübsch?«
»Versteht sich; ich frage keine Häßlichen.«
»Oh du, du. Nun Gott sei Dank, verstehst du nicht genug Italienisch.«
»Aber mein Lächeln versteht man überall.«
»Das ist auch das einzig Gute an dir.«
Wolfgang war den ganzen Tag über in ausgelassener Stimmung, und es dauerte nicht lange, so hatte er die kleine blonde Frau mit seiner guten Laune angesteckt. Sie streiften in der Stadt umher, freuten sich an dem Treiben auf dem Rialto, besuchten den Fischmarkt mit seinen

prächtig wechselnden Bildern und ließen sich von der Gondel durch das verschlungene Gewirr der Kanäle schaukeln. Die geheimnisvolle Stille des Wassers, aus dem hier und da die mächtigen alten Paläste emporstiegen, spannte die Einbildungskraft, der weiche Zauber sorgloser Hingebung führte die Herzen zusammen, und goldene Träume umwebten die Sinne.

»Schade,« rief Anna, als sie der Piazzetta zusteuerten, »es war so schön. Und diese trinkgelddurstigen Menschen, sie rauben alle Poesie. Sieh nur den alten Kerl dort mit seinem Bootshaken, tut er nicht, als ob er sich die Seele aus dem Leibe arbeite, um uns zwei leichte Vögel ans Land zu ziehen?«

»Was willst du, Liebste? Es ist nicht leicht in Venedig zu arbeiten. Dieses harmlose Fischen nach einigen Soldi gibt uns die Kraft zum Schwärmen. Die Menschen hier, die mit großen Gebärden ein Nichts zu einem Etwas gestalten, machen mir das süße Träumen würzig. Was für ein Schauspiel ist solch ein Mann! Er glaubt an sich. Er ist lebendige Poesie. Aber komm, laß uns eilen! Dort schleppen sie schon die Notenpulte für das Götterkonzert heran. Wir müssen uns schön machen.«

In kurzem standen sie in dem breiten Zimmer des Cappello nero. Die Fenster und Läden waren schon geschlossen, und tiefes Dunkel herrschte. Sie traten in den Raum, Wolfgang schlug Licht an und hob das Wachskerzchen hoch empor, den Tisch beleuchtend. Anna fuhr mit einem leichten Schrei nach der Hand ihres Mannes. Sie war blutrot geworden.

»Was hast du gemacht, Liebster?« sagte sie und stürzte auf den Tisch zu.

»Oh, da verlöscht die Flamme. Schnell ein neues Zündholz, schnell, ich will sehen, ob sie mir passen.« Damit griff sie, während der Mann die Kerzen anzündete, nach zwei kleinen, roten Saffianpantöffelchen und einem schwarzen Spitzentuch, die mitten auf dem Tisch lagen.

»Ist es so recht?« fragte er.

Sie saß schon auf dem Stuhl und nestelte an ihren Stiefeln. »Natürlich, ganz so habe ich es mir gedacht. Schau nur, wie kokett sie sind und passen mir wie angegossen. Hör nur, klipp klapp, klipp klapp. Oh, ich bin Philine, oh, ich liebe es, Philine zu sein!« Und voller Übermut tanzte sie im Zimmer auf und ab, faßte das Tuch und sich tief niederbeugend, ließ sie es über den Boden flattern, während sie mit leichten Füßen dahinhuschte. Dann, sich plötzlich aufrichtend, schlang sie das Tuch um den Kopf, faßte den Mann um die Schultern und zog ihn mit sich fort. »So nun bin ich Venezianerin. So habe ich mich selten gefreut.«

Er bot ihr den Arm und, zierlich das Kleid schürzend und bei jedem Schritt die roten Schuhchen vorstreckend, um sie zu bewundern, ging sie die Treppe hinunter.

Drunten ließen sich Stimmen hören, die Speiseräume waren gefüllt, und Anna blieb zögernd stehen. »Hu! Die Menschen,« sagte sie. »Komm, wir wollen umkehren.«

»Willst du nicht mehr auf den Markusplatz?«

»Nein, nein, für dich will ich Venezianerin sein, aber nicht für die anderen.« Sie riß sich los und wollte wieder hinauf.

Aber so leichten Kaufes sollte sie nicht davonkommen.

Wolfgang lief ihr nach und zog sie mit sich fort. »So haben wir nicht gewettet, Kleine. Magst du die Menschen nicht, so will ich ihnen zeigen, was für eine niedliche Schöne ich habe. Strafe muß sein, und zum mindesten sollst du als liebe Philine dein Abendbrot essen. Komm nur, du wirst dich wundern, wie dich die Leute anstaunen.«

Ein wenig widerstrebend, folgte die kleine Frau. Noch eine Weile blieb sie befangen und beschämt; als aber der Chianti belebend über die Zunge glitt, und als ihr der gefällige Kellner bewundernd zurief: »Come è bella Signora,« und als sie gar in den großen Spiegelscheiben des Speisesaals ein kleines kokettes Augenspiel mit einem spitzbärtigen, dunkelbraunen Italiener beginnen konnte, war sie bald fröhlichster Laune. Aber auf den Markusplatz traute sie sich nicht. Während Wolfgang die Rechnung beglich, war sie entwischt und noch ehe er bezahlt hatte, erschien sie wieder, ihre schottische Mütze tragend und stolz die Füße zeigend, die in festen Stiefelchen steckten.

3.

Wolfgangs Brief an Tarner gab ungefähr ein Bild von dem, was in ihm vorgegangen war. Italien hatte ihn gepackt und bezaubert. Er atmete Lebenslust. Das Schreiben war geschickt berechnet. Die Grenzen, in denen sich fortan der Verkehr mit Tarner bewegen sollte, waren scharf bezeichnet. Nicht ein intimeres Wort fand sich in diesem Schriftstück, dem früheren Freunde war damit keine Möglichkeit mehr gelassen, einen Blick in das innere Leben seiner Kinder zu werfen.

Wolfgang errichtete, ohne zu verletzen, ohne auch nur im geringsten eine Wandlung des Verhältnisses anzudeuten, eine unübersteigbare Mauer zwischen seiner Ehe und dem Manne, der ihm so nahegestanden hatte.

Von nun an teilte er die Welt und wurde selbst doppelt. Er schloß sein häusliches Glück gegen jedermann ab. Nur mit seinem Weibe lebte er frei, offen und unbefangen, ihr gab er sich ganz und ohne Rückhalt. Während er Anna gegenüber sich gehenließ und den Freuden und Leiden des Augenblicks Gewalt einräumte, verwandelte er sich für jeden anderen in die Gestalt, die ihm am besten für seine Zwecke erschien. Er paßte sich mit der größten Leichtigkeit den Bedürfnissen und Wünschen Fremder an, er war jedesmal der, der er sein wollte, und den man brauchte. Aber so freimütig er scheinbar seine Seele enthüllte, niemand sah ihn mehr in seiner wahren Gestalt, niemand erhielt mehr Kunde von dem, was in seinem Inneren vorging. Nur was er in sich verarbeitet hatte, dessen er müde und überdrüssig geworden war, erfuhr die Welt. Das tiefe Leben behielt er in sich für seine Frau, und nur Anna konnte ein Urteil über ihn haben. Seine Idee von der Ehe war hoch; sie glücklich zu gestalten, das erste und einzige Ziel, welches er hatte.

Wolfgang schätzte und liebte sein Weib. Und er hatte Grund dazu. Anna hatte ihn verwandelt. Was hätte er wohl mit diesem Italien angefangen, wenn er nicht die Frau an seiner Seite gehabt hätte? Eine Menge neuer Eindrücke hatte sich in seinem Gehirn gehäuft, sein Gesichtskreis wäre in der Fläche gewachsen, seine Augen wären schärfer und seine Kenntnisse größer geworden. Das alles bot sich auch ihm jetzt, nur drang es tiefer; denn das Glück hatte alle Tore seines Wesens weit gemacht. »Ich habe jetzt doppelte Augen,« sagte er seiner Frau, »deine und meine, und wer weiß, welches die besseren sind.« Das fremde Volk, die Abgeschlossenheit durch die unverständliche Sprache, der Zauber der Schönheit und des gemeinsamen Genießens, das brachte die beiden rasch zusammen und knüpfte innigste Bande. So verschönte Italien die Ehe, und die Liebe gab dem goldnen Lande erhöhten Glanz.

Wie eigentümlich war doch dies Leben zu zweit, dieses gegenseitige Kennenlernen, dieses überraschende Hineinblicken in ein fremdes Denken. Wolfgang hatte das nie erfahren. Wem er auch gegenübergetreten war, überall hatte er etwas gesucht, überall war er auf sich bedacht gewesen, auf seinen eigenen Fortschritt. Hier aber wollte er nichts für sich. Hier war ein Mensch wie er, gleich strebend und werdend, und dieser Mensch ging mit ihm denselben Schritt, bald in rasender Eile die Höhen erklimmend, bald still die Fernsicht genießend. Die Lust und Kraft der Jugend erneute, vervielfältigte sich in ihm durch den Genossen. Und dann, dieser Gefährte war eine Frau, ein Mädchen, das Frau wurde. Da gab es Dinge, die der reine Tor nie gekannt hatte, da waren Gefühle, Empfindungen, Gedanken, die ihm, dem Manne, neu und rätselhaft waren. Das Buntschillernde, Wechselnde, Oberflächliche und Unergründliche der Frauennatur tat sich vor ihm auf. Ein fröhlich heiterer Kampf, aufregend und weckend, wurde nun das Leben. Das Ringen mit der Scham, das atemlose Genießen des Siegs, die müde Ruhe, alles trieb die inneren Kräfte zum Wachstum. Und daneben der wohltuende Zauber der Form, die zarte Rücksicht, welche das Weib sich heischte und erzwang. Diese Fesseln drückten nicht, sie gaben dem Gang Sicherheit, leiteten und lenkten den ungestümen Lauf. Diese Hände glätteten die Kanten und schroffen Auswüchse, eine wohlige Weichheit umspann das Handeln des Mannes, und wie die jähe Bewegung der Glieder anmutige Rundung gewann, wie die Sprache Duft und Wohllaut bekam, so wurde die Welt der Gedanken zierlicher, schauenswerter, schöner. Ein Hauch der Poesie breitete sich über Wolfgangs Wesen aus, ordnend und formend, den allzu strengen Ernst mit holdem Leichtsinn mildernd, den rohen Frohsinn zähmend und läuternd. Ein Schimmer der Grazie, die er stets vor Augen sah und im Herzen liebend trug, stahl sich in sein eigenes Leben hinein, und gab ihm die Macht, seine Kraft in schöner Form zu gestalten. Die inneren Stürme der ringenden Seele verrauschten, die Kämpfe, die noch vor kurzem den ganzen Menschen zerrissen hatten, verstummten, und eine ruhige und beruhigende Harmonie trat an deren Stelle.

Wolfgangs Denken wurde klarer. Bisher gewöhnt, alles in seinen Tiefen zu verarbeiten, dachte er in Sprüngen, in raschem Fluge über die Zwischenglieder hinwegsetzend. Jetzt, wo er froh war, laut zu denken, sich mitzuteilen, mußte er langsam Schritt für Schritt vorwärtsgehen, jeden Gedanken in voller Breite und Tiefe ausmessen, und er staunte, wieviel er übersehen hatte. Die Lust zu belehren erwachte in ihm, und dieser Schüler war unermüdlich zu forschen und zu fragen. Die Widersprüche mußten geklärt werden, das leichtfertige Hinwegdenken über die Schwierigkeiten wollte nun nicht mehr gelingen. Eine Verantwortung war zum ersten Mal an Wolfgang herangetreten, fast zu früh für ihn, fast zu schwer für sein junges Herz. Aber er war sich dieser Schwere bewußt, er lernte die Vorsicht, das feinfühlende Tasten, alle Kunstgriffe und Zartheiten des Verkehrs von Seele zu Seele, gehoben von den kräftigen Fittichen der Liebe. Auch für die eignen Züge schärfte sich sein Blick. Mit warmem Interesse und sonderbar bewegt sah er in der jüngeren Frau Krisen und Seelenkämpfe vor sich gehen, die ihn selbst einst bewegt hatten und die er jetzt als Fremder zergliedern konnte.

Und dieses alles wurde umhüllt von einem warmen Glücksgefühl. Keine Sorge um die Zukunft störte den ruhig Schwelgenden. Die schillernden Ideale seines früheren Lebens waren matt geworden, sein Ziel hielt er nahe bei sich, er mochte es mit den Armen umfangen. Kein Tätigkeitstrieb schreckte ihn auf und jagte ihn vorwärts. In seiner Ehe war das Bild seines Wirkens beschlossen, und in stolzer Sicherheit zog ein seliges Paar den hohen Flug durch die Welt der Harmonie.

Der Herbst schritt weiter vor, und die beiden verschwisterten Menschen folgten der Sonne Toskana zu. Es blieb ein unvergeßlicher

Augenblick, als nach dem langsamen, mühsamen Klimmen durch die Täler und Krümmungen des Apenin, durch Tunnel über Viadukte dahin endlich der Zug den Kamm des Gebirges überschritt, und das weite, lachende Tal vor den Augen der Reisenden lag. Wolfgang stand am Fenster und sah hinab. Ein eigentümlicher Glanz lag auf seinen Zügen. Ihm war zumute, als habe er selbst all diese Herrlichkeiten geschaffen. Nichts von der begehrlichen Sehnsucht, mit der er vor kurzem über die Lagunen hinweg nach Venedig gespäht hatte, war in ihm. Er wies mit einem stolzen Lächeln in das Tal. Die weißen Häuser strahlten in dem letzten Sonnenlicht, unübersehbar an Zahl, eine einzige Riesenstadt bildend. Das silberne Grau der Oliven bedeckte die Flächen, schön geschwungene Berglinien umkränzten das Ganze, und aus dem heiteren Bilde grüßte ernst die Zypresse. »Am siebenten Tage aber ruhete er aus von seinen Werken und siehe, es war alles sehr gut,« sagte er.

»Spötter! Aber recht hast du: wer das genießen kann, schafft es von neuem. Ich glaube, es gibt auf der Welt nichts Schöneres, nichts, was so erhaben eindringlich zum Menschen spricht, wie diese einsam ragenden Bäume mit ihrer wunderbaren Form.« Und in schweigendem Triumph zogen sie in das schöne Florenz ein.

Die Klarheit zufriedener Freude blieb Wolfgang während des Aufenthalts in der Arnostadt. Hier gab es für ihn keine Überraschungen, keine plötzlichen Eindrücke, keine zauberhaften Verlockungen, keine Buntheit und asiatische Pracht wie in Venedig. Das war reife Schönheit der Vollendung, tief dringender Ernst stolzer Einfachheit. Alles trug hier den Stempel des hohen Geistes, des arbeitsamen Genies der Renaissance. Alles war groß, geschaffen für ein stolzes Herz, in sich abgeschlossen, beruhigend. Wenn sie eine Frau war, diese Stadt, so glich sie der Mutter der Gracchen: nichts versteckt Geheimnisvolles lag in ihr, mit der Offenheit der Größe zeigte sie sich und ihre Seele. Die begehrliche Süße der Hetäre fehlte, aber die Ehrfurcht erwachte und die Freude am Adel. Diese Stadt wirkte auf Wolfgang wie ein vornehm denkender Mensch aus altem fleckenlosem Geschlecht, dessen Züge die Kultur langer Jahrhunderte geformt hat. Diesen Adel strahlten die weißen Höhen von Fiesole und die mächtigen Bauten des Pitti oder des Palazzo Strozzi, diesen Adel leuchtete die Sonne hinab, und die klare Luft wehte ihn allen Bäumen und Sträuchern zu, die Bilder des Botticelli und Signorellis Figuren atmeten ihn ebenso wie die scharfgeschnittnen Profile Donatelloscher Büsten. Der tägliche Umgang mit dieser Stadt gab dem Denken und Fühlen, dem Bewegen und Handeln Wolfgangs einen edlen Zug. Niemals hatte er bisher so das Gefühl der freien Höhe über dem Tagesleben gehabt wie hier in Florenz, in der Stadt der Wiedergeburt, die ihn ein neues Leben ahnen ließ, ein königliches Leben. Ein seltsamer Stolz prägte sich in seinem Schreiten und Schauen aus. Das alles gehört mir, sprach jeder seiner Blicke, jede Gebärde der Hand, das alles verstehe ich und mache ich mir zu eigen.

Die Wochen verstrichen rasch, die Sonne selbst schien sich des frohen Paares zu freuen und mit den Lachenden um die Wette zu lachen. Aber die Tage wurden kürzer, und der Wind ging scharf über das Arnotal dahin. Da saßen die beiden verfroren vor dem kärglichen Feuer, das langsam und zaghaft die knorrigen Olivenstrünke verzehrte, und huschelten sich zusammen.

»Weißt du, Schatz,« begann Wolfgang, »ich habe schon angenehmere Dinge erlebt als solch einen Florentiner Winterabend. Mir friert der Verstand ein und, wenn es noch lange dauert, auch das Herz.«

»Mit andern Worten, du willst fort; aber wohin? Nach Rom? Ach bitte, bitte nach Rom.«

»Wo denkst du hin? Nein, ich habe Sehnsucht nach einem anständigen deutschen Ofen.«

Anna schob die Unterlippe vor. »Ich mag nicht nach Deutschland.«

»Und ich nicht nach Rom. Es ist derselbe Schwindel dort wie hier, Sonnenschein, der nicht wärmt, Feuer, bei dem man friert. Und dann, ich liebe diese Stadt der Barbaren nicht. Ich verabscheue diese Stätte, wo das hochmütigste und roheste Volk gelebt hat, wo mir jeder Stein die Erinnerung an Griechenlands Plünderung, an die Unwissenheit des Christentums wachruft.«

Wolfgang sah seine Frau von der Seite an. Sie hatte den Fuß auf das Kamingitter gestemmt, die Arme um die Knie geschlungen und blickte ein wenig spöttisch in die Flammen. Der Zorn stieg in ihm auf, aber er bezwang sich.

»Ich bin noch jung genug zu hassen,« sagte er, »und ich hasse diese Stadt, die sich wie ein Pfau bläht und sich die glänzenden Federn doch nur zusammengestohlen hat. Ich bin noch nicht alt genug, um mich an der Schönheit rücksichtslos und kalten Herzens zu freuen. Es wird nur zu rasch kommen, und du wirst als erste darunter leiden. Jetzt aber macht mich das Werden der Dinge noch heiß und kalt. Wenn ich hier auf der Signoria stehe, dann zieht die große Zeit des Werdens an mir vorüber; ich sehe diese bunten Menschen, die leben, nichts als leben wollten, und weil ich in mir selbst diese Lebenslust fühle, wird es mir leicht um das Herz. Aber Rom? Die Römer haben immer nach außen gelebt, dem Glanz, der brutalen Macht. Diese Geschichte der menschlichen Eitelkeit, die den Erdball als Spiegel braucht, die nichts in sich selbst findet, ist mir verhaßt.« Er war aufgesprungen und lief erregt in dem Zimmer umher. »Nein, sie sind dumm, die Römer, ein geschmackloses Gesindel, und ich will nicht das Denkmal sehen, das sich die Stierköpfigkeit der Bauern errichtet hat. Ein unbegabtes Volk von Dieben, tölpische Riesen, die nichts weiter konnten als bauen, und von der Architektur verstehe ich nichts, das weißt du; pedantische Schulmeister, die mit ihren knifflligen Regeln die Welt noch nach Jahrtausenden plagen. Herrgott, was für eine Zähigkeit steckt in der Dummheit!«

»Warum schreist du so, Wolfgang? Ich glaube dir doch nicht.«

»So?« Er blieb stehen und sah verdutzt auf die Frau, die den einen Fuß von dem wärmenden Gitter nahm und den anderen darauf setzte.

»Na, ich glaube es auch nicht und deshalb eben schreie ich. Ich höre mich gern sprechen, überrede mich selbst.«

»Das habe ich mir gedacht.«

»Ja, glaubst du denn, ich habe Lust, noch länger zu frieren? Ich will es warm haben. Übrigens,« er setzte sich wieder neben seine Frau und suchte auch seinerseits den Fuß am Feuer unterzubringen, »etwas

Wahres ist doch daran. Sieh, ich habe das hier und in Venedig so recht gemerkt. Mich fesselt vorläufig nur das Werden. An der reifen Schönheit gehe ich vorüber. Ich fühle mich selbst noch zu sehr als Werdender. Den Tizian habe ich nicht verstanden, Carpaccio, Bellini, die waren mir mehr wert. Und hier bleibe ich auch vor den frühen Meistern stehen, der schöne Raffael langweilt mich. Das ist doch der beste Beweis, daß ich noch zu jung für Rom bin. Wer Raffael nicht genießen kann, sollte nicht hingehen. Ich fürchte mich auch vor der Sixtinischen Kapelle. Hier bin ich allenfalls noch mit Michel Angelo fertig geworden, obwohl mir die Mediceergräber die Freude am eignen Leben für lange verdorben haben. Ich bin eben noch nicht mit Neid und Ehrgeiz fertig, und die großen Leute sind mir ein Ärgernis. Ich brauche Umgang mit den Mittelmäßigen.«

»Danke schön.«

»Ach, sei doch still! Du weißt ja, du bist mir das Höchste, das Beste. Aber du mußt mich nicht unterbrechen, ich bin noch längst nicht fertig.«

»Noch nicht,« seufzte Anna.

»Also, und das ist die Hauptsache: ich mag nicht nach Rom gehen, weil ich von der Antike noch nichts verstehe. Florenz kannte ich auswendig, ehe ich es sah, von Rom weiß ich nichts. Und es ist eine Schande, in die höchste Schönheit dumm wie ein Schäfer hineinzugehen. Ich kann nur dort genießen, wo ich den Stoff beherrsche, wo ich nicht buchstabieren muß. Warum lachst du?«

»Wo hast du denn die Frauen buchstabieren gelernt?«

»Das ist angeborenes Talent.«

»Und recht reichliches. Ich lache, weil ich aus alledem heraushöre, daß du nicht willst, was ich will, und weil du doch tun wirst, was ich will.«

»Oh du gottloseste aller Frauen! Höre, nun will ich dir ganz im geheimen etwas sagen. Ich möchte allein mit dir sein. Verstehst du? Am eigenen Herd möchte ich sitzen, im eigenen Bett schlafen, die Speisen essen, die du mir bereitest, deine Hand möchte ich auf meinen Wegen spüren, ich möchte die Helferin kennenlernen, die du mir bist. Wir wollen ein Plätzchen für unser Nest suchen, wo diese Nachteulen von Kellnern nicht um uns flattern, wo du ungestört singen kannst, wo wir uns ungestört lieben mögen, wie es uns behagt, ein Nest für uns und das dritte.« Anna sah mit eigentümlichem Blick in das Feuer, sie hob die Hand und streichelte die Wange des Mannes neben ihr, ohne ihn anzuschauen. »Nicht wahr, das ist schön. Ach, könnte ich doch die Bilder sehen, die jetzt vor deiner Seele schweben, Liebste. Höre weiter! Ich habe keine Lust, jahraus, jahrein den Arzt zu spielen, du erlaubst es auch nicht.« Sie nickte lächelnd. »Irgend etwas muß der Mensch aber tun, namentlich wenn er ein Topfgucker ist, wie ich. Wir wollen in einen Badeort ziehen, da brauche ich nur im Sommer zu arbeiten, und der Winter gehört uns. Für den müssen wir es also schön haben. Ich denke mir, wir reisen nun hinauf, sehen uns die einzelnen Plätze an und wo es uns selbst in Schnee und Eis gefällt, bleiben wir. Was meinst du?«

»Ja und dort leben wir den ewigen Frühling.« »Gewiß, so ungefähr. Ein paar Zimmer sollen es nur sein, die statten wir aus mit aller Schönheit und Liebe, die machen wir zum Reiche des Frühlings, wir ganz allein. Wir lassen alles so einfach wie möglich, ohne Dienerschaft; ein Weibsstück, das uns die Stuben reinigt und Essen kocht, genügt. Aber des Abends muß es fort, zum Teufel, oder wo es sonst hin will. Die Nacht gehört uns, uns ganz allein. Hörst du mich, Liebste?«

»Ich höre.« Sie sah verträumt mit großen Augen in die Zukunft. »Die Nacht, die schönere Hälfte des Tages,« flüsterte er und zog ihr Haupt an sich.

Anna machte sich langsam los, strich über die Stirn und erhob sich. »Also morgen?« fragte sie.

»Morgen!«

4.

Am nächsten Tage fuhren die beiden ihrem Vaterlande zu. Der Gedanke, sich von den Wellen des Zufalls an irgendeine Scholle werfen zu lassen, gab ihnen in seiner abenteuerlichen Verwegenheit eine übermütige Stimmung. Um den kommenden Tag nicht zu sorgen, das war ihre Losung. Alles Gepäck mit Ausnahme zweier Handkoffer ließen sie an der Grenze zurück und reisten von Stadt zu Stadt, seelenvergnügt ihren Frohmut mit sich tragend.

Was gab es doch alles zu spotten und zu lachen, lustig zu sein und mitsammen zu scherzen. Nur eines war schlimm: es regnete, regnete jeglichen Tag. Das trieb sie von einem Ort zum andern. »Das echte deutsche Wetter,« höhnte Wolfgang. »Darin ist man nun groß geworden. Was Wunder, wenn hierzulande die Tinte so flüssig ist, wo so viel Wasser vom Himmel fällt. Schau nur diese wandelnden Regenschirme.«

»Wo ich zuerst die Sonne wiedersehe, bleibe ich,« erklärte Anna ernsthaft.

Als aber nun wirklich einmal ein klarer Tag schien, wurde sie ängstlich. Wie mochte der Platz beschaffen sein, an dem das Nest gebaut werden sollte? Sie wußte nichts weiter davon, als das es einer der Orte war, in dem sich jeden Sommer Tausende von Menschen einfanden, um für Gelderwerb und Vergnügen neue Kräfte zu sammeln und ihre Kleider zu zeigen. Vorsichtig schlich sie an das Fenster. Gefiel ihr der erste Blick nicht, so wollte sie die Koffer packen, ehe noch der schlummernde Gatte erwachte. Dann würde sie ihn weitertreiben. Denn seine Siebensachen selbst wieder auszukramen, dazu war der Gute viel zu faul. Einen Augenblick lugte sie durch die Spalte, dann stieß sie jubelnd die Läden auf. »Wolfgang, Wolfgang, die Sonne scheint! Sieh nur, die Sonne scheint!«

Ein Tal lag ihr zu Füßen, selbst in dem Winterfrost noch prangend. Ringsum reckten sich die Berge empor. Tannen und winterlich kahle Laubbäume bedeckten die Abhänge. Der Reif hatte ein zierliches Kleid darüber geworfen, und die Sonne spielte mit dem glitzernden Schnee. Häuser, Villen und Gärten zogen sich bis zur halben Höhe der Hügelkette, und altes, verfallnes Gemäuer unterbrach trotzig die ruhige Linie des Berges. Gerade gegenüber jedoch, durch die Talsenkung getrennt, stand eine kleine Kapelle, umhegt von Gartenland, aus dem dunkle Fichten ernsthaft und mahnend grüßten.

Wolfgang richtete sich langsam auf, und während er noch müde den Kopf auf dem aufgestützten Arm ruhen ließ, schaute er hinaus. Anna trat zu ihm. »Wollen wir bleiben?« fragte sie.

Er nickte bedächtig. Dann reichte er, ohne den Kopf zu wenden, seiner Frau die Hand. Sie saß neben ihm auf dem Rande des Bettes. So blieben sie lange. Dann ließ Wolfgang sich wieder zurücksinken, schloß die Augen und seufzte zufrieden: »Siehst du, Anna, den Seinen schenkt's der Herr im Schlafe.«

Anna kniete schon vor den halbausgepackten Koffern und leerte sie eifrig.

Das waren keine Menschen von langen Entschlüssen, diese beiden. Noch am selben Tage hatten sie gefunden, was sie suchten, ein Häuschen mit Garten, am Waldesrande gelegen. Ein wenig altmodisch war es, die Zimmer nicht allzugroß und die Treppe vielleicht zu steil, die Tapeten geschmacklos und nur in einigen Räumen Parkett. Aber der Blick nach allen Seiten entzückte das Herz. Hier und dort stiegen die Wälder empor, da lag die alte Burgruine in klarer Schönheit, und weiter hinaus schweifte das Auge in eine fruchtbare Ebne. Ein breiter Strom schlängelte sich darin, und tief im Hintergrunde schlossen die blauen Ketten eines Gebirges das Bild. Breite Veranden und gefällige Balkone zierten das Haus und versprachen manch lustigen Sommerabend.

Wolfgang entfaltete sofort eine fieberhafte Tätigkeit. Er mietete ohne lange Bedenken, und am liebsten hätte er heute angefangen einzurichten, wenn er nur Möbel zur Hand gehabt hätte. Anna sah die Sache, nachdem die erste Freude an der Aussicht verflogen war, etwas bedenklicher an. Das Haus erschien ihr mit seinen drei Stockwerken gar zu weitläufig und unbequem. Mit geheimem Schrecken dachte sie der Qualen der Hausfrau und kleinmütig meinte sie: »Was willst du nur mit all den Zimmern anfangen?«

»Leben und sterben will ich darin. Was können wir uns Besseres wünschen als ein Haus, schön gelegen, auf Zuwachs berechnet und ohne Nachbarn? Ohne jeden Nachbar, denk doch nur, Anna! Das allein ist schon Goldes wert.« Wolfgang trat an das Fenster und schaute vergnügt auf die weiten Rasenplätze ringsum. »Siehst du, dort drüben bei dem Gebüsch beginnt erst der nächste Besitz, das alles hier sind nur Bauplätze. Und nun will ich dir etwas sagen« – dabei wurden seine Augen groß und scharf – »wir bleiben hier. Gefällt es uns, so kaufen wir das ganze Gebiet bis dort hinüber an und das Haus dazu.«

Anna lachte. »Du bist ein sonderbarer Schwärmer. Gibt man dir einen Stoß, so rasseln hastig ganze Ketten von Bildern vorbei.«

Wolfgang hatte sich auf das Fenster gestützt und sah immer noch hinaus. In der klaren Luft wirbelte ein wenig Schnee. Hier und da fiel ein zierlicher Kristall auf die steinerne Brüstung und zerfloß. »Die Guntrams haben stets festen Grundbesitz gehabt. Ich will nicht wie eine Schneeflocke durch das Land geweht werden und zergehen.«

Das war eine seltsame Rede. Er, der noch vor kurzem bei dem Tode der Mutter alles verschleudert hatte, was ihn mit der Vergangenheit verknüpfen konnte, der frei und ohne Ketten in das Leben treten wollte, der niemals bisher an den Zusammenhang der Familie gedacht und die Tradition verachtet hatte, suchte sich selbst Fesseln anzulegen. Die wenigen Wochen der Ehe hatten ihn vieles gelehrt. Er sah neue Ziele vor sich, nahe Ziele, die ihm Weib und Kinder umfaßten. Wie ein Blitz durchfuhr es ihn, daß er in ein unbekanntes Leben hineintrat, ein Leben, welches ihn verpflichtete. Zum ersten Male kam ihm das Bewußtsein nahe, daß er gebunden sei. Und seltsam, dieses Bewußtsein freute ihn.

Als Wolfgang sich suchend nach seiner lieben Last umschaute, sah er, wie sie durch sein jähes Träumen erschreckt war. Tröstend trat er zu ihr und sagte: »Laß nur, Liebste, noch ist es nicht soweit. Und die vielen Räume sollen dich nicht grämen. Vorläufig brauchen wir nur ein paar. Sieh, da neben der Küche, das wird das Eßzimmer. Ist es nicht gut, beides so nahe beisammen zu haben? Dann richten wir noch ein Wohn- und ein Schlafzimmer ein, und das Nest ist fertig. Da bauen wir uns ein und lassen die Welt an uns vorübergehen.«

Das lockte die Frau, den Mann ihrer Sehnsucht ganz allein für sich zu haben und freudig gab sie ihre Zustimmung. Sich lebhaft die Zukunft ausmalend, suchten die beiden ihr Obdach in dem Hotel auf.

»Das Wohnzimmer stopfen wir mit meinen Rokokomöbeln voll, und für das Schlafzimmer reicht allenfalls die Einrichtung meines Jungfernstübchens aus. Nur wenige Tage, dann kann alles hier sein. Ich schreibe heute noch an Tarners. Nur ein Bett mußt du haben.«
»Schön, so schaffen wir es. Ein paar feste Stühle und einen großen Eßtisch werden wir auch bald finden; dann sind wir fertig!«
»Und die Küche? Und das Geschirr, Gläser, Lampen, Wäsche?« Anna stieß den Gatten triumphierend in die Seite. »Oh du bist der echte Mann. Alles muß ich für dich bedenken, sonst vergißt du das Essen und Schlafen.«

Wolfgang nickte überzeugt. »Vor allem wollen wir uns eine Zofe zulegen.«

»So, eine Zofe? Wohl gar eine hübsche, junge? Nein, mein schöner Herr, die älteste, die ich finden kann, ist jung genug, um unser Nest sauberzuhalten, und deine Augen sollen nicht jetzt schon herumflanieren.«

So geschah es. Frau Anna nahm ein wunderbares Gestell von Häßlichkeit in ihre Dienste und lachte spöttisch über Wolfgangs Erschrekken, als ihm die Alte vorgezeigt wurde. »Schön Rottraut gefällt dir nicht? Aber mir, mir gefällt sie. Das sind die einzigen Frauen, die du anschauen darfst, hörst du? Solche!« setzte sie mit Nachdruck hinzu. Und: »Du brauchst mich nicht so erstaunt anzusehen. So ist es und so bleibt es.«

In den nächsten Tagen zogen sie in den Läden des Städtchens umher und kauften Hausrat und Küchengerät, und jedes einzelne Stück gab ihnen Freude und heiteren Spaß. Täglich gingen sie in das leere Haus. Da bauten sie ihre Herrlichkeiten auf, und wenn Wolfgang einen neu erworbenen Eimer herbeischleppte, schalt Anna ihn lachend einen Maurergesellen. Er aber rächte sich und nannte sie Hexe, als sie im Übermut auf einem Besen reitend durch die Zimmer jagte. Alles wurde gemeinsam besorgt, und ganz verwundert hörte die Frau auf Wolfgangs Urteil über Kochtöpfe und Bratpfannen. Er gefiel ihr als sorglicher Hauswirt. Des Abends aber saßen sie zusammen und lasen eifrig in den Katalogen der großen Wäschefirmen. Das sollte dauernder Besitz werden, und sie waren einig, nur das Beste zu erwerben.

Ganz friedlich sollte es jedoch nicht verlaufen. Das Paar war in die nahegelegene Hauptstadt des Ländchens gefahren und hatte dort in aller Eintracht das vielversprochne Lager Wolfgangs gekauft, dazu kräftige Eichenstühle und ein Wunder von einem Eßtisch. »Der bricht nicht, selbst wenn du alles auf einmal auftischst, was ich essen kann,« lachte Wolfgang und schlug mit der Faust auf die schwere Platte. »Nun wollen wir noch gehen, Teller und Eßgeschirr auszusuchen. Ich denke, wir nehmen ein einfaches weißes, bis wir einmal in Berlin oder Paris etwas Gutes kaufen können.«

Damit war jedoch Anna durchaus nicht einverstanden. Sie hatte sich ein zartes Muster von Rosen und Vergißmeinnicht ausgedacht und, als sie zufällig ein ähnliches in einem Schaufenster sah, bestand sie auf ihrem Willen. Wolfgang schalt eine Weile, Anna aber wußte ihn zu trösten. »Es ist doch bald alles zerbrochen. Und dann magst du wählen.«

Nach und nach fand sich die kleine Einrichtung zusammen. Das war ein Tag der Freude. Jedes einzelne Stück rief lange Beratungen hervor, ehe es seinen endgültigen Platz erhielt. Nur wo es unumgänglich notwendig war, benutzten die beiden fremde Hilfe. Als alles unter Dach war und der schwere Flügel erst mitten im Wohnzimmer stand, wurden die Arbeiter entlassen. Die leichten Vögel bauten selber ihr Nest. Von einer Ecke zur anderen rutschten sie mit den Möbeln, und bald an dieser, bald an jener Wand wurde ein schüchterner Versuch zierlichen Schmucks gemacht; Fächer, bunte Stoffe und große Blattpflanzen mußten ersetzen, was bisher noch fehlte. Gab es doch bei diesem rasch zusammengeflatterten Paar wenig Schätze. Was es aber besaß, und mochte es noch so wertlos sein, das hütete es mit Argusaugen. Die singenden Kinder Robbias lachten schelmisch von der Wand hernieder, und ein kleiner, bunt goldner Engel des Fra Angelico in gotischem Rahmen musizierte dazu. Das Venezianer Glas wurde von einem Ort zum anderen getragen, bis es endlich seinen richtigen Platz über dem Schreibtisch Frau Annas fand. Ein Stich nach der Sixtina zierte die breite Wand, voll beleuchtet vom Licht, und auf dem Kamin stand, traulich zu Herzen sprechend, die Gruppe des Bildhauers, der freundlich Wort gehalten hatte. Wie oft war heute die Leiter erklettert worden, wievielmal war der Hammerschlag erklungen, freudig, heiter und frisch. Und alles hatten die beiden selbst geschaffen, das war ihr größter Stolz. Sogar die kleine Ampel seligen Angedenkens hatte Wolfgang mit eigener Hand an dem Deckenhaken befestigt, und Anna hatte bebend die Leiter dabei gehalten. Kleine Amoretten kletterten an den Ketten hinauf und guckten neugierig in das rote Licht, welches geheimnisvoll das Schlafzimmer erhellte.

Jetzt standen sie beide befriedigt da und beschauten ihr Werk. »Ein wenig abgeschabt sind sie schon, unsre Möbel,« meinte Wolfgang, »um so echter sehen sie aus.«

Anna tat beleidigt. »Und was bringst du in die Wirtschaft, daß du meine Mädchenpracht schiltst? Wenigstens für die Ecke über dem Schreibtisch hättest du etwas besorgen sollen. Deine Bücherkisten kann ich doch nicht aufhängen,« und ungeduldig stieß sie mit dem Fuß gegen eine große Kiste, auf der Wolfgang breit saß. »Was soll das schmutzige Ding überhaupt in meinem Zimmer? Rasch, rasch, fort damit!«

Wolfgang grinste behaglich. »Die Kiste bleibt hier.«

»Deine staubigen Bücher? Unter keinen Umständen.«

»Es sind keine Bücher.«

»Keine Bücher? Was dann?«

»Mein Hochzeitsgeschenk für dich.«

»Und das sagst du erst jetzt? Den ganzen Tag muß ich mich über das Ungeheuer ärgern, und schließlich steckt etwas Schönes darin. Was ist es, Liebster? Sag.«

»Für die Ecke über dem Schreibtisch. Mach es nur auf.«

Das ging nun über Annas Kraft, und zaghaft bat sie den Vielgescholtenen um Hilfe. Wie froh aber war sie, als aus der Hülle der Eroskopf zum Vorschein kam. Hastig riß sie den Zettel an sich, der neben der Büste lag, und las:

Dienen will ich dir, Gott, doch schütze mir die Geliebte!
Fest verknüpfe das Band, schling es für Leben und Tod!
Schaffe, daß hold sie mir bleibt, und, Eros, zähme die Kecke!
Schilt sie, gebiete ihr Halt; küßt sie, so sage ihr: mehr! –

5.
Seit das Guntramsche Ehepaar sein Haus bezogen hatte, führte es ein Leben wie der Herrgott selbst. Die beiden Leutchen betrachteten die Welt als ihr Eigentum und verfügten frei darüber, sich weder um Menschen noch Zeit kümmernd. Die kleine Wirtschaft ging unter Schön Rottrauts Führung ihren einfachen Gang, und wenn sie ja ein wenig stockte, so genügte ein kurzes Eingreifen Annas, um sie wieder anzutreiben. Wolfgang genoß dieses Dasein in vollen Zügen. In nichts gebunden, mit reich entfalteten Kräften der Jugend und Leidenschaft, durch den Gefährten mehr beflügelt als gehemmt, lebte er ganz den Eingebungen des Augenblicks. Alle Schranken der Zeit und des Raums schienen gefallen zu sein, wie im Traume vermochte er jede Laune zu erfüllen, mit leichtem Schwung von dieser in jene Stimmung überzugehen. Es kam die köstliche Zeit, wo die Momente zu Ewigkeiten werden, und die Wochen wie Augenblicke verfliegen. Jetzt, wo jede Minute wie der Becher zum Überlaufen gefüllt war, kümmerte er sich nicht um die Fragen, die ihm bisher das Gemüt beschwert hatten. Der holde Leichtsinn war an Stelle der Beschaulichkeit getreten, und seine Augen waren nur dem Reiz des Doppelwesens seiner Ehe geöffnet. Er vergaß, daß eine weite Zukunft vor ihm lag, so wie er die Außenwelt vergessen hatte.

Dabei war sein Wesen nichts weniger als gesammelt. Wie sein äußeres Leben bunt und zusammenhanglos wurde, so wich die Ruhe, die sonst über seinem Inneren lag, einer rasch wechselnden Aufregung. Die Gründlichkeit, die in die Tiefen dringt, ging ihm verloren. Alles war ihm neu, lockend, und bald hier, bald da suchte er die fremde Seele zu überraschen. Sie zu verstehen und sich zu eigen zu machen, war sein Bestreben, und er hetzte diesem Ziele zu. Zu welchem Ende das waghalsige Vorwärtshasten führen würde, kümmerte ihn nicht. Die Eroberungslust hatte ihn gepackt, ein Kampfestaumel, der nicht mehr maßzuhalten weiß und die eignen Kräfte nicht zu schonen vermag, der die Deckung vergißt und in sehnsüchtiger Brunst nur den Angriff heischt, ohne die unbeschützte Brust zu wappnen.

Jetzt erst warb Wolfgang um sein Weib, das doch nichts mehr wünschte, als sich hinzugeben. Aber dieses Streben nach einer vollen Übereinstimmung war so ungestüm nicht zu erfüllen. In kleinen und großen Fragen traten täglich neue Verschiedenheiten auf, täglich mußten neue Hindernisse überwunden, neue Brücken geschlagen werden. Die Besinnung konnte dabei nicht andauern; war es doch ein junger, leidenschaftglühender Mensch, der zum ersten Male die Wonne des Ringens kennenlernte; kämpfte er doch mit einem ebenso jungen, glühenden Gegner, dessen weibliche Zier die Augen blendete. Das forderte die Anspannung aller Kräfte, und diese Kräfte wuchsen unter der heißen Sonne des Glücks.

Bei aller Sehnsucht jedoch, gegenseitig in die Tiefen zu dringen und sich offen zu geben, trug das Leben der beiden noch den Stempel des Schauspiels. Unbewußt suchte jeder dem anderen so schön zu erscheinen, wie es nur möglich war, den Reiz zu erhöhen, den er ausübte, den Genossen zu immer größerer Anbetung zu verführen. Nicht nur das Häßliche und Alltägliche versteckte sich, auch die Tiefen überzogen sich mit dichten Schleiern, in welchen ein glitzerndes Zwielicht spielte. Zu gefallen war das erste und einzige Ziel, ihm opferten beide ohne jedes zaudernde Nachdenken ihre wahren Naturen. Das Leben war ihnen ein aufregendes Spiel. Die frische Kindlichkeit jedoch war noch nicht wiedergewonnen. Sie versenkten sich weniger ineinander, wie in die reizvolle Lust des Verkehrs. Wie die halbwüchsigen Knaben den hohen Ernst ihrer Kindheit verlieren, um lüstern verstohlene Blicke in die Welt der Großen zu werfen, so vergaßen die Guntrams in neuer Lust die Besinnung des ruhigen Genießens. Naschhaft kosteten sie von allen Schüsseln des Lebens, ohne lange zu wählen und zu bedenken. Dieses sorglose Schwelgen in den Geheimnissen der Seele riß Wolfgang immer weiter. Sich ganz frei dem Gefühlsleben hinzugeben, war für ihn etwas

Neues, und er war noch jung genug, sich darin ausleben zu lassen. Wie die heiße Glut des Erzes geriet sein Inneres in kochende Bewegung. Frische und nie versiegende Nahrung erhielt dieses Feuer durch die Musik. Wolfgang stand der wollüstigen Kunst fast knabenhaft gegenüber. Ihm mangelte das musikalische Gehör, aber er brachte den Tönen ein empfängliches Herz und einen unverdorbenen Geschmack entgegen. Er kannte so gut wie nichts und ließ sich willig von seiner Frau führen. Durch und durch musikalisch besaß Anna ein ungewöhnliches Talent, die Stimmung eines Tonstückes nachzuempfinden und wiederzugeben. Sie schuf gewissermaßen alles von neuem, und dem tiefen Fühlen ihrer Seele war die Musik die natürlichste Sprache. Während Wolfgang der Welt und ihrer Kunst sonst mit abwägendem Verstand gegenübertrat, ließ er Gesang und Spiel unmittelbar auf sich einwirken. Sie verstrickten ihn in ein unbestimmtes Behagen, das ihm noch ebenso wie in der Kindheit als wohltuender Schleier die schroffen Widersprüche des Daseins verhüllte. Unsichtbare Bande knüpften sich da von Herz zu Herz. Sie waren um so fester, weil sie nicht durch Wolfgangs Hang nach Zergliederung gefährdet wurden. Er betrachtete die Musik als ausschließliches Eigentum seines Hauses, als die geheimnisvolle Brücke zwischen sich und Anna. Die Überzeugung setzte sich in ihm fest, daß nur Anna musizieren könne und nur ihm.

Die Stunden, die sie am Klavier verbrachten, waren die Weihestunden des Tages. Und nicht eine verging, ohne daß er dem Verständnis seines Weibes nähergerückt wäre. So war es denn weniger das Reich der Töne, welches er kennenlernte, als die Tiefe seiner Frau, deren Wesen sich frisch und hüllenlos offenbarte. Er geriet auf diese Weise immer mehr unter den Bann Annas. Sie bot ihm etwas, was bisher niemand und nichts vermocht hatte, eine Nahrung für seine Seele. Das Bewußtsein aber, einen unwiderstehlichen Zauber zu besitzen, gab Anna den sicheren Takt in Auswahl und Vortrag, die Kraft der Vollkommenheit. Bei beiden Gatten entwickelte sich ein Geschmack des Herzens, der gleichmäßig fortschreitend sich zu einer eigentümlichen Harmonie ausbildete.

Neben diesem weichen und bedingungslosen Hingeben lief jedoch ein ganz andrer Entwicklungsgang einher. Unter dem Drängen der Frau besuchte Wolfgang Konzerte. Dabei entdeckte er voller Verwunderung, daß die Musik ihren Zauber verlor, sobald sie von anderen ausgeübt wurde. Seine Seele blieb kalt, und nur der Verstand kam zur Geltung. Der aber wußte mit den Harmonien wenig anzufangen. Der Mangel an Bildung machte ihm den Genuß der Tonfolgen unmöglich. Das Zusammenklingen der Instrumente glitt an seinem Ohr spurlos vorüber, nicht einmal den gliederlösenden Traumzustand vermochte es hervorzurufen. So blieb ihm, wenn er nicht vor Langeweile sterben wollte, nur übrig, die einzelnen Spieler in ihrem wechselnden Ausdruck zu beobachten, den Kapellmeister zu studieren, oder – und das tat er am liebsten – den Ton eines einzelnen Instrumentes scharf aufzufassen und in dem Klanggewirr zu verfolgen. Er tat das absichtslos und ahnte wahrlich nicht, daß ihm dieses Verfahren eines Tages ein gewisses Musikverständnis wie eine reife Frucht in den Schoß werfen sollte.

Mit der Oper ging es nicht besser, nur daß ihn hier seine Unreife in eine einseitige Geschmacksrichtung hineintrieb, die ihm lange Zeit jeden Fortschritt hemmte. Da er von der Musik nichts verstand, suchte er in Handlung und Schaustellung einen Ersatz. Das erste, was ihm dabei auffiel, war die Albernheit des Textes. Für ihn war das Wort die Hauptsache, der Ton nur dazu da, um jenem Stimmung zu geben, es eindringlich zu machen. Die Forderung, daß Dichter und Komponist in einer Person vereint sein sollten, war ihm natürlich. In kurzer Zeit kam er soweit, sich ein schroffes Vorurteil gegen das klingende Spiel der Oper zu bilden, er zuckte die Achseln über Melodie und Gesangeskunst und strandete auf diesem Wege schließlich bei dem Musikdrama. Wagner, den er bisher in seinen Musikreden als komische Figur benutzt hatte, wurde jetzt eine Art Gott. Diese Anbetung wäre bei Wolfgangs Anlagen undenkbar gewesen, wenn er nicht gerade in der aufgeregten Stimmung des ersten Ehejahrs mit dem merkwürdigen Zauberer bekanntgeworden wäre. So jedoch, als alle Nerven gleichsam bloßlagen, gab er sich widerstandslos dem bestrickenden Reiz hin, der mit jeder

Empfindung seines wechselvollen Herzens zusammenklang. Und wie der eigene Taumel ihn für die unendliche Melodie empfänglich machte, so wirkte diese wiederum gewaltsam auf ihn zurück, so daß er aus jeder Vorstellung auf das tiefste erschüttert heimkehrte. In der jungen Seele Annas fand er dann den Widerklang, und das Entzücken des einen steigerte das des anderen immer mehr.

Auch aus anderen Ursachen nahm diese Spannung der Kräfte zu. Anna brachte einen unendlichen Wissensdurst mit in die Ehe, den es zu befriedigen galt. Sie wollte viel und rasch lernen, und jeder Weg dazu war ihr recht. Wolfgang aber, der damals die Welt zu seinen Füßen sah, und dem nie der Gedanke kam, ob er falsch oder gut berichtet sei, dem alles klar war und kein Rätsel mehr übrigblieb, riß seine willige Hörerin im Sturm von einem Gebiet zum anderen, ohne jede Methode, bald hier, bald dort den Fuß aufsetzend, eifrig in die Tiefe grabend und irgendeinen verborgenen Schatz weisend, um nach kurzem Verweilen weiterzueilen. Eine atemlose Hast lag über dem Paar, eine Hast, die das Glück zu häufen suchte und das Leben im Augenblick völlig durchleben wollte. So steigerte sich bei beiden die Glut immer mehr und mehr, und alles in Wolfgang geriet in verzehrende Flammen.

Schon während der Wintermonde trugen die Liebenden ihre übervollen Herzen hinaus in die freie Natur. Die eisige Pracht der Landschaft übte einen seltsamen Zauber aus. Wolfgangs Stimmung war für das große Schweigen empfänglich. Eine sehnende Wehmut zog in ihn ein, die, so innig dem Lustgefühle verwandt, wenig geeignet war, ihm Ruhe zu bringen. Inmitten der toten Natur begann sein Geist zu schwärmen, sich Bilder von Gefahren und Kämpfen vorzustellen. Die alten Gaukelspiele, in denen er sich an der Spitze von Heeren sah, erwachten in ihm, mit offnen Augen träumte er sich zum Schlachthelden, voll Eifer warf er sich in die Rolle Napoleons beim Rückzug aus Russland, oder er leitete den Alpenübergang Hannibals.

Es fiel ihm auf, daß er diese Spiele des Hirns seiner Frau nicht mitteilte. Er konnte sich nicht dazu entschließen; vielleicht war es Furcht, lächerlich zu erscheinen, vielleicht die geheime Lust, etwas allein zu besitzen. Jedenfalls aber war es ihm ein Beweis, daß noch ein Hindernis zwischen ihm und der Frau stand, und es gab Augenblicke, wo ihm das Hindernis groß bedünken wollte. Wenn er sich, wie es ihm ab und zu gelang, außer sich stellte, sah er den Unterschied im Denken und Fühlen deutlich, und es entging ihm nicht, daß neben der Verschiedenheit der Person und des Geschlechts noch anderes die Übereinstimmung erschwerte. Der Punkt, auf dem er bei seiner Heirat stand, war ein anderer und vielfach höherer als der Annas. Sie sollte diesen Vorsprung einholen. Da er selbst jedoch nicht stillstand, sondern in seiner Entwickelung weitereilte, schien es schwer möglich für sie, ihn zu erreichen.

Daß auch eine verschiedene Richtung bestehen könne, kam ihm nicht in den Sinn. Wenn er seiner Frau sorgfältig seine Gedanken über Tarner verschwieg, so geschah es, um ihr Schmerz und Leid zu ersparen, nicht weil er einen Sieg des Tarnerschen Einflusses fürchtete. Er glaubte sicher, durch das enge Zusammenleben und offne Mitteilen Annas Seele unlöslich mit der seinen verschmelzen zu können. Anna hatte auch keinen anderen Gedanken, als die Bahn ihres Mannes zu wandeln. So suchte sie denn seinen helfenden Arm zu fassen und sich von ihm gestützt zu gleicher Höhe zu heben. Die Führerrolle aber verwirrte Wolfgang nur noch mehr; denn er selbst wußte nicht, wohin sein Weg ging.

Der beginnende Lenz brachte dem Schweifen durch die Wälder neuen Reiz. Nie früher und nie später empfand Wolfgang so die Wonne des Frühlings. Ganze Tage und halbe Nächte durchstreifte er mit seiner Frau die Gegend. Jede Knospe schien ihnen ein Wunder, jeder grünende Strauch ein Widerschein ihres Glücks. Sonne und Mond und die stillen Sterne leuchteten nur ihnen, und die Erde ward ihnen der Garten der Liebe. Überall blühte den jungen Gemütern erwachende Freude entgegen; das stille Wirken und Weben, in dem Blumen, Blätter und Beeren emportrieben, weckte die Kraft des Lebens, das Singen der heimkehrenden Vögel, und das Rauschen wasserreicher Quellen schlug an die erregten Sinne wie der Ruf der Morgenglocke. Das Feuer des Erdinneren schien emporzusteigen und in unwiderstehlichem Drang die Kräfte und Säfte der Welt rascher strömen zu lassen. In dieses Wogen und Hasten des Waldes schaute Wolfgang hinein, gespannt an dem eigenen Herzschlag die Gewalt des zwangvollen Ausbruchs messend. Er glaubte ein wunderbares Klingen zu hören, leise, leise beginnend und allmählich ansteigend zum starken Brausen, zum gewaltig erschütternden Schrei der Natur, die die Erlösung von den lange zurückgestauten Leidenschaften begrüßte. Ihm war zumute wie einem Gott, unter dessen segnenden Schritten die Erde sich auftut und blühende Pracht emporschickt; als ob ihm Schwingen gewachsen wären, so zog er durch die Welt, die Brust zum Springen mit Entzücken und Feuer gefüllt, selbst Frühling, treibend, keimend, blühend, strotzend von unversieglichen Säften, durstig nach Taten. Alles wurde zu eng, und die Schale dieses lebendigen Reichtums bebte unter dem Druck der spannenden Kraft. Und voll heißen Verlangens sagte Wolfgang: »Jetzt möchte ich mitten in das Leben hineinspringen wie ein Schwimmer in die Wogen. Ich fühle die Glieder stark.« In warmem Stolz klammerte sich Anna an ihn: »Du Lieber, Guter, Einziger.«

6.

Das Schicksal schien Wolfgangs Wunsch rasch zu erfüllen. Der nächste Morgen schon brachte einen Brief von seinem Lehrer, dem Professor Schweninger.

»Verehrter Kollege und lieber Freund!
 Durch Zufall habe ich erfahren, wo Sie sich mit der Gattin, der ich mich zu Füßen lege, verborgen haben. Verzeihen Sie, wenn ich Ihre Güte für einen meiner Kranken in Anspruch nehme. Der Graf Torau, an vielfältigen Sarkomen leidend, hat, nachdem ihm die Kollegen die Aufschrift unheilbar gegeben haben, meinen Beistand gefordert. Ich kann mich seiner nicht annehmen, da ich für die nächsten Wochen nach England reisen muß. Er sprach den Wunsch aus, in seine Heimat zu gehen, und da ich wußte, daß Sie ebendort hausen, versprach ich ihm Ihre Hilfe. An dem Verlauf der Sache läßt sich nichts ändern. Aber man hat dem Unglücklichen leider sein Todesurteil nicht vorenthalten und

in echter Menschenliebe ihm fast Tag und Stunde vorausgesagt, in der er sterben wird. Machen Sie diese barbarische Grausamkeit, die wahrlich eine Schande für den Arzt ist, wieder gut. Trösten Sie ihn, erwecken Sie Vertrauen und Hoffnung, geben Sie ihm einen leichten Tod. Es ist die schwerste, aber gewiß auch die schönste Aufgabe des Arztes. Herzlichst und freundschaftlichst Ihr E. Schweninger.«

Der Brief brachte eine sehr verschiedene Wirkung bei den Eheleuten hervor. Anna jubelte über den ersten Kranken. Sie wollte ihren Wolfgang so gern als Helfer und Retter sehen, sie wollte der Welt zeigen, welch einen Mann sie hatte. Wolfgang dagegen, dem noch gestern der Wunsch nach grenzenloser Tätigkeit das Herz abdrückte, wurde still und einsilbig. Für kurze Stunden überzog sich ihm alles wie mit einem Schleier, der ihn und die Geliebte zu umstricken drohte. Also doch wieder Arzt, doch wieder sollte er unter die Menschen, doch wieder mit dem Elend ringen, Menschenliebe üben, mit der er abgeschlossen zu haben glaubte. Eine dunkle Frage stieg vor ihm auf. Anfangen konnte er wohl, aber wie sollte er enden? Als er dann aber die innige Freude Annas sah, die geschäftig und lebhaft Träume der Zukunft spann, warf er die Sorgen von sich und faßte ruhigen Blicks die kommende Schicksalswendung ins Auge.

Der Eintritt in die ärztliche Tätigkeit bedeutete viel für den jungen Hausstand. Allerlei äußere Sorgen traten an die beiden heran, die rasch erledigt werden mußten, und vor denen die inneren Fragen bald in Vergessenheit gerieten. Warte- und Sprechzimmer bedurften der Einrichtung, allerlei ärztlichen Krimskrams brauchte man, ein dienendes Wesen mußte dauernd im Hause sein; das und manches andere brachten die nächsten Tage, und noch vor Ankunft des Kranken war alles bereit.

Mit welchem Behagen hatten sie alles gekauft: den schweren Bücherschrank und den wuchtigen Schreibtisch, den schlanken Waschtisch, dem niemand von außen seinen Zweck ansah, die würdigen, ernsthaften Stühle, das Ruhebett, die Vorhänge und den dicken, farbenprächtigen Teppich. Und da war auch wieder die Büste des Zeus.

Das hatte sich Anna nicht nehmen lassen, ihm die zu schenken, und Wolfgang hatte sich herzlich gefreut. Wurde doch immer mehr in ihm der Hang der Vergangenheit mächtig.

Anna fuhr liebkosend mit dem Fuß über den weichen Teppich: »Wie schön und wohlig er ist,« sagte sie, »wie hübsch ist das alles. Ach, großer Doktor, was sind wir für glückliche Menschen!« und im Übermut warf sie sich auf die Knie und hob scherzend die Hände zum Bilde des Zeus. Wolfgang beugte sich zu ihr und legte müde den Kopf an ihre Brust. Sie sah verwundert zu ihm hinab.

»Was ist dir?« fragte sie ganz verängstigt, denn sie sah ein seltsam trauriges Glänzen in seinen Augen.

»Ach Liebste, wenn mich die Welt erst wieder packt, dann wird alles, alles anders. Und es war doch so schön.«

Da tröstete sie ihn leise mit zarter Rede, und wie ein Kind lauschte er ihren mütterlichen Worten.

Die zage Weichheit Wolfgangs verflog, sobald er dem Kranken gegenüberstand. Sein Wesen gewann eine sichere Größe. In wenigen Minuten unterwarf er sich diese zerbrochene Seele, die nach Hoffnung lechzte. Die furchtbare Angst, welche dem Unglücklichen die Brust beklemmte, die ihm den Atem nahm, die Gestalt krümmte und die Glieder zittern ließ, wich, und aus den flackernden Augen sprach eine leidenschaftliche Gier nach dem Leben. Den Kopf weit vorgebeugt, krallte der Leidende die mageren Finger in die Lehne des Stuhls. Es war, als ob er jedes Wort des Arztes fest packen wollte, um es nie, nie wieder loszulassen. Allmählich kam Bewegung in die starren Züge, eine süße Lässigkeit löste den Krampf der Furcht und gab den Muskeln und Nerven Ruhe. Ein Strom des Lebens ging von diesem Arzte aus, des kräftigen, lebendigen Lebens. Als der Kranke das Zimmer verließ, trug er den Kopf hoch und wies die hilfreichen Hände, die ihn zum Wagen führen wollten, scherzend zurück.

Anna trat kurz darauf zu dem Gatten. Sie fand ihn am Fenster stehend. Mit einer ruhigen Gebärde wies Wolfgang auf den Grafen, der eben lächelnd hinaufgrüßte. »Die Toten werden lebendig,« sagte er, und dann sich hoch aufrichtend: »Jetzt will ich die Welt erobern.«

Es schien wirklich, als ob der Graf unter Wolfgangs Händen zu neuem Leben erwache. Die Kräfte des Sterbenden hoben sich, er ging spazieren, empfing Menschen, besuchte Konzerte und Theater, las und schrieb lange Briefe. Und überall, wo er hinkam, sprach er von seinem Doktor, pries ihn und hob ihn zum Himmel. Die geschäftige Sage aber trug das Wunder umher, und der Ruf des jungen Arztes verbreitete sich rasch.

Selbst Anna wurde irre, wenn sie den Kranken hie und da als ihren Gast begrüßte. Unsicher meinte sie: »Du hast dich getäuscht, Wolfgang, der Mann wird gesund.« Guntram erwiderte nur ein kurzes Nein. Aber ruhig und ohne mit einer Miene seine Gedanken zu verraten, umgab er seinen Schützling mit Freude und Sorgfalt, und der Segen dieser schaffenden Kraft trug den Unglücklichen über sein Leiden hinweg.

»Das ist der Sieg über den Tod,« sagte Wolfgang, »Schön sterben, wer das die Menschen lehrt, der ist der Sieger.«

Guntram wunderte sich über sich selbst. Jedesmal, wenn der Kranke das Sprechzimmer verließ, schaute er ihm prüfend nach. Wie kam es, daß dieser Körper noch zusammenhielt, daß er jetzt Dinge leistete, die ihm schon vor Monaten unmöglich waren? Er konnte deutlich beobachten, daß bei jedem Wiedersehen eine neue Flamme in dem Siechen auflöderte, daß er jedesmal vertrauender, hoffnungsfreudiger und stärker schied. Mit einem seltsamen Gefühl der Neugier betrachtete der Arzt sich selbst. Er studierte seine Gaben, sein Denken und Sprechen, und sah mit scheuer Verehrung das, was ein Gott in ihn hineingelegt hatte. Es war ihm, als ob Feuer durch seine Adern rolle, und sein Wesen erschien ihm wie ein Strom, der die Menschen und ihre Werke mit sich hinwegträgt.

Jetzt wuchs ihm ein neues Dasein. Eine rastlose Tätigkeit begann. Erst einzeln, dann in hellen Haufen kamen die Menschen, seine Hilfe zu suchen, ein buntes Gewimmel von Charakteren. Neben den Kranken saßen die Modedamen, die begierig den neuen Stern umwarben; Leute, die der Tod gezeichnet hatte, drängten sich zu denen, die wieder genesend freudigen Dank fühlten; der Verzweifelte so gut wie der eingebildete Kranke, der Hypochonder und der schwer Geschädigte suchten den Arzt. Mitten in dieser Menge stand Wolfgang, leicht wie ein Spiel die Arbeit verrichtend, die doch erdrückend schien. Je mehr er gab, um so reicher quollen die Schätze des Inneren hervor. Mit vollen Händen schenkte er fort, was zu seinem eignen Erstaunen in ihm sich angehäuft hatte, verschwenderisch, achtlos, königlich. Der Rausch der Begeisterung, den er rings um sich sah, faßte ihn selbst. Eine unsichtbare Gewalt trug ihn empor und verlieh ihm Macht über Leib und Seele.

Ganz anders als früher stand Guntram jetzt seinem Beruf gegenüber. Der hohe Gedanke, der Menschheit zu leben, war verweht; daß er Arzt war, galt ihm nur als Zufall. Hätte das Geschick ihn in einen anderen Beruf geworfen, er wäre mit derselben Freudigkeit tätig gewesen, und er würde sich ein Feld der Arbeit geschaffen haben, wenn es nicht vor ihm gelegen hätte. Wie ein junges übermütiges Füllen, das sich im Springen und Jagen nicht genugtun kann, ließ er seine Kräfte spielen. Das Bewußtsein, frei nach eignem Gefallen schalten und walten zu können, das Bewußtsein der unbedingten Macht über alle, die ihm nahekamen, machte ihn stark. Daß er etwas leisten konnte, erfuhr er erst jetzt, und diese Fähigkeit zu leisten, schien keine Grenzen zu haben.

Für ihn gab es weder Müdigkeit noch plötzliches Erlahmen, noch verdrießliche Stimmung. Mit gleicher Frische trat er jedem einzelnen seiner Kranken entgegen, mit raschem Blick die schwachen Punkte erkennend, um dann in einem Ansprung das fremde Wesen zu unterjochen oder in vorsichtigem Tasten langsam den Weg zu dem Inneren zu suchen. Tausend Mittel und neue Pfade fand er, um sich unvermerkt in das Dasein seiner Schutzbefohlenen einzugraben und es umgestalten, so daß es das Werk seiner Hände wurde. Er scheute vor keiner Abweisung zurück, nahm siegesgewiß den Kampf mit den Angehörigen und Freunden auf und ruhte nicht eher, als bis er den Menschen, der sich ihm anvertraute, ganz mit dem eignen Denken und Fühlen durchtränkt hatte. Der Hang seiner Jugend, Menschen zu erraten, hatte ihn feinfühlig gemacht, und in langer Übung mit den Eltern, mit Tarner und nun mit der Frau an seiner Seite hatte er diese Gabe zur höchsten Vollendung entwickelt. In der Zeit der Untätigkeit, wo er den Beruf ganz außer Augen gelassen und nur sein Inneres beobachtet hatte, waren die Fähigkeiten gehäuft worden, eine große Überlegenheit hatte sich ausgebildet, die, dem gewöhnlichen Gang des Denkens entwachsen, die Nebenmenschen wie Kinder leitete.

Zur vollen Blüte wurde das alles durch das Glücksgefühl gebracht, das ihn ganz durchdrungen hatte und ihm ein Leuchten und Strahlen gab. Kein schwerer, trüber Gedanke konnte in seiner Nähe aufkommen, das Jubelnde, Siegesfrohe in ihm verbreitete Frische des Lebens überall und unter allen Umständen. Die tiefe Innigkeit seiner Ehe mit Anna warf ihren Abglanz auf jeden Augenblick, auf jede Bewegung, auf jedes Wort. In jener Zeit war Wolfgang der schwersten Mühe gewachsen, ja er empfand sie nicht einmal als Mühe; sie wurde ihm natürlich, selbstverständlich wie Schlafen und Atmen und was den Menschen als Pflichttreue und Selbstvergessen erschien, war nur der unwiderstehliche Drang einer schaffenden Seele.

Die wichtigste Grundlage, Großes zu leisten, war gegeben, der Glaube an sich selbst und das Vertrauen der Kranken. Was Wolfgang auch riet und anordnete, er war sicher, Gehorsam zu finden. Und er wußte längst, daß nur das erdrückende Übergewicht der Persönlichkeit den großen Arzt ausmacht. Vieles ließ sich durch Fleiß und Sorgfalt erwerben, das aber war Begabung, die kein Studium lehren konnte. An Fleiß fehlte es ihm nicht. Vorurteilslos und ohne Parteilichkeit nahm er die Hilfe, wo er sie fand. Was ihm zu seinem Zweck, den Kranken zu behandeln, dienlich schien, war ihm recht, mochte es aus den Hörsälen der Wissenschaft, aus den Schichten des Volkes oder aus eignem Nachdenken stammen. Klarheit zu gewinnen galt ihm als das Nächste, einen freien Überblick mußte der Arzt haben. Die Krankheit war ihm nicht ein Feind, den er blind zu bekämpfen hatte, sie war eine Folge des Lebens in seiner ganzen Ausdehnung von Vergangenheit und Gegenwart, von leiblichen und seelischen Vorgängen. Die erste Aufgabe des Arztes schien ihm, das Leben einfach zu gestalten, so daß es sich übersehen ließ. Das ruhig geduldige Regeln der Verhältnisse sonderte oft schon den störenden Fehler des Uhrwerks aus, und überraschend, wundergleich war der Erfolg erzielt, ehe der Kranke noch zur Besinnung kam. Das waren die glücklichen Griffe, die Wunderkuren, deren Ruf anwachsend von Ort zu Ort durch die Welt flog und den Namen des Arztes in alle Winde trug. Wo aber der augenblickliche Sieg ausblieb, zeigte sich wenigstens nun in den reinen Verhältnissen die schadhafte Stelle deutlich und klar. War sie zu flicken, so versuchte es Wolfgang gewiß, mit eigner oder fremder Kraft, und wo er das unbesiegliche Leid oder den Tod sah, verschleierte er in gütigem Sorgen den Ausgang, immer bemüht, Hoffnung und Lebenslust aufrechtzuhalten, Freude und Glück zu geben.

So wäre er denn ein Arzt nach dem Herzen Gottes gewesen, nur fehlte ihm eines: die Selbstlosigkeit, die Menschenliebe. Was er tat, tat er sich selbst. Nicht um zu helfen, mühte er sich von früh bis spät, er wollte das Bewußtsein genießen, geholfen zu haben. Die Lust der Macht kostete er aus. Die schrankenlose Gewalt lockte ihn, und für sie arbeitete er. Er liebte alle diese Menschen nicht. Was waren sie ihm? Er hatte sein Weib, neben dem war kein Platz. Das alles waren nur Stufen für ihn, auf denen er emporstieg zu immer trotzigerer Höhe. Er verachtete diese Wesen, die an dem Leben hingen, die elend waren, die einen Herrn in der Krankheit hatten. In sich fühlte er die Gewißheit, daß er nie so arm werden konnte, fremde Hilfe zu erflehen. Er war sich genug, und laut klang es ihm in dem Herzen: Arzt, hilf dir selber. Er würde sich helfen, das wußte er.

Wie er die andern hin- und herwarf und ihre Seelen nach seinem Gefallen in Formen preßte, so mußte er auch über den eigenen Körper Herr werden, und was schwerer war, über die eigene unbändige Seele. Es sollte und durfte nichts Unmögliches geben. Was lag ihm daran, daß man ihn pries und rühmte? Er sah so viele große Männer klein. Ob er in fremden Augen bedeutend war, galt ihm nichts. Sich selbst wollte er achten, das Bewußtsein der Größe gewinnen, vor dem Gott im Inneren erstaunen. Der Nebel vor seinen Augen klärte sich langsam, und er sah in ein fernes, lockendes Land. Eine geheime Sehnsucht wuchs in ihm, eine Sehnsucht nach Unsterblichkeit, und sein erwachender Blick glitt schon zuzeiten über die beengende Nähe des Lebens hinweg in die Ewigkeit.

Wolfgang war in den Strudel der Welt hineingerissen, und der Lärm des Tages erklang auch in seiner Häuslichkeit. An Stelle des harmlosen Freuens, das unbekümmert um die Kürze der Zeit sich behaglich und schwelgerisch gehenläßt, trat jetzt eine erregte Spannung, die den Augenblick des Zusammenseins dehnen will und in der Angst vor der kommenden Trennung die freie Ruhe des Genießens zerstört.

Wohl blieben der innigen Stunden noch genug, denn beide, Wolfgang wie Anna, benützten jeden freien Augenblick, sich zu suchen, aber sie waren gezählt, und ein leiser Mißklang ertönte ab und zu.

Anna hatte sich einen phantastisch hohen Begriff von ihres Mannes Tätigkeit zurechtgezimmert. Sie, die jüngere, unbefangne glaubte noch fest daran, daß die Liebe zur Menschheit, das Mitleid Wolfgangs treibende Kraft sei; jetzt, wo alle mütterlichen Triebe in ihr erwachten, glaubte sie es doppelt fest. Sie verstand nicht, daß eine hohe Selbstsucht, ein unbegrenzter Eifer nach Größe in diesem Manne lebte, daß die Art seines Schaffens ein Zufall war, daß er nur wirken mußte, gleichviel wie. Sie setzte bei ihm ein Interesse an seinen Kranken voraus, welches er nicht hatte, sie wollte daran teilnehmen, und da er ihr diese Teilnahme nicht gewähren konnte, so glaubte sie ihm gleichgültiger zu sein, als sie es dulden wollte.

Wolfgang gab sich Mühe, ihr sein Wesen verständlich zu machen; aber Anna vermochte nicht seinen Gedanken zu glauben, selbst wenn sie sie begriff. Ja sie wollte nicht daran glauben. Denn in dem Moment, wo das strahlende Gewand des selbstlosen, opferfreudigen Helfers von ihm abfiel, mußte sie fürchten, alle Begeisterung und fromme Liebe für ihn zu verlieren. Was ihm gut dünkte und notwendig war, das war ihr schlecht und gefährlich. Und als ob eine dunkle Ahnung der Zukunft in ihr lebte, bekämpfte sie mit aller Kraft die einsamen Anschauungen des Mannes. Sie liebte ihn, wie er war; so sollte er bleiben, weich, anschmiegend, zärtlich und leidenschaftlich, ein werbender Freier mit dem Schmuck der Liebe bekleidet. Was lag ihr an seiner Größe? Er sollte sie lieben, er sollte ihr gehören; mochte er sich von allem befreien, über alles hinauswachsen, ihr Eigentum mußte er bleiben, ihr Mann.

Wolfgang merkte von dem stillen Ringen der Frau um seinen Besitz wenig. Harmlos und ledig der Sorgen flog er in die volle Zukunft hinein, ohne Vorgefühl des Schicksals, welches seines Glückes harrte. Er sah wohl, daß Annas Wesen anders war als das seine, er sah auch den Punkt, in dem es abwich, aber da er selbst die Zeiten der poetischen Menschenliebe durchgemacht hatte, glaubte er, daß es nur ein kurzes Irren sei, ein Zurückbleiben des Weibes, welches die Zeit ausgleichen werde. Ein Mittel, diesen Abstand des Denkens zu verringern, fand er nicht. Was er ihr auch aus seinem Inneren heraus darüber sagte, er sah deutlich, daß es eindruckslos an ihr vorüberglitt, daß jedes zufällige Wort über seinen Beruf mißtrauisches Unbehagen hervorrief. Dann kam es zu gewaltsamen Szenen und Ausbrüchen des Zorns; denn es verletzte ihn tief, sich nicht verstanden zu sehen, von der nicht verstanden zu werden, die er in schwärmenden Gedanken weit über sich stellte.

Diese Anfälle blinder Wut häuften sich jetzt mehr und mehr. Wäre der Arzt nicht zu sehr mit anderen Dingen beschäftigt gewesen, er hätte gewiß den Grund dafür in dem eigenen Körper gesucht. So aber achtete Wolfgang der drohenden Zeichen nicht und zerstörte in maßloser Arbeit, gleichgültig gegen sich selbst, die Kraft seines Leibes.

Innig zusammengeführt wurden die beiden Eheleute am Sonntag. Den hatten sie vom ersten Tage der Arbeit an zum frohen Feste gestaltet, und sie verbrachten ihn ledig aller Bürde im freiesten Austausch ihrer Naturen. Das alte Leben des Winters stand dann wieder auf, mit seinen heimlichen Freuden, mit der Musik, den ernsten Gesprächen, dem leichten Geplauder, mit dem ganzen Entzücken junger Liebe. Dann wurde das Bewußtsein in beiden mächtig, daß sie einander gehörten, einander besaßen, daß kein Winkel und Eckchen dem trauten Auge verborgen sei. Die Vergangenheit glitt leise vorüber, in süßem Erinnern goldne Bilder hervorzaubernd, die wohlige Freude des Augenblicks mit ihrer staunenden Seligkeit kam, und holde Träume der Zukunft sangen das Lied der Liebe. Ein ewiges Land des Friedens dehnte sich vor ihnen, das Weilen darin hob sie über die Welt, und das hohe Hoffen des Weibes band die Herzen in neuen Wünschen zusammen.

7.

Der Sommer verging und der Herbst kam, da lag neben Frau Guntrams Bett ein kleines Wesen mit dickem Kopf und kurzen Beinen, ein rosiges Mädchen, das müde die Welt anschlief. Wie froh war doch die Mutter! Sie hatte sich ein wenig vor der schweren Stunde geängstigt. Aber jetzt war alles vorbei, und das unnennbare Gefühl der Mutter erfüllte ihre Seele. Mit zarten, vorsichtigen Händen strich sie über die Kissen, in denen das neue Wunder lag, und selig war der Blick, mit dem sie den Mann grüßte.

Wolfgang stand über das Bettchen der Kleinen gelehnt. »Wie eine Aztekenmumie sieht der Wurm aus,« sagte er. Ein leises Unbehagen war in ihm. Da war wieder ein Neues, etwas, was mit der kleinen Hand an dem Knoten zerrte, der Mann und Frau verband, bis es die Schlinge gelockert hatte und mit hineinschlüpfen konnte. Würde das Band je wieder so fest geknüpft wie früher? Und mußte die Geliebte nicht eine andere werden als Mutter? Prüfend sah er zu Anna hinüber. Noch lag derselbe mädchenhafte Schimmer über ihrem Wesen wie am ersten Tage ihres Begegnens. Ein Freuen strahlte aus diesem Gesicht wie das eines Kindes über ein neues Spielzeug. Und ihre Augen suchten den Geber, nicht die Gabe. Er setzte sich zu ihr und nahm ihre Hand in die seine.

»Wie gut du lächelst,« sagte Anna, und leise seine Finger drückend, fragte sie: »Woran denkst du?«

»Ich dachte an dich und den Ausdruck deiner Augen, als du den Schrei des Kindes hörtest. Du warst so schön.«

Sie streichelte zärtlich seine Hand. »Wie gut, daß ich dir noch gefalle.«

Wolfgang blickte ernst auf sie nieder. Seine Gedanken wurden traurig und bitter. Was war er mit all seinen Arbeiten gegen die schwache

Frau da, die der Welt ein neues Leben geboren hatte? Das war Schöpfung. Da vor ihm lag die junge Ewigkeit, das Werk seines Weibes, die immer empfangende, bildende, gebärende Ewigkeit. Alle Zukunft lag in der Frau, der nährenden, zeitbezwingenden, Geschlechter weckenden Frau. Und sein Manneswerk war ein eitles Prahlen, welches der Wind verweht. Er erschien sich klein. Er stützte den Kopf auf die Hand und sann. Der Schoß des Weibes barg Jahrhunderte in sich. Was sollte er dem an die Seite stellen? Ein Gefühl des Neides stieg in ihm auf und zugleich ehrfürchtige Bewunderung. Und die Sehnsucht nach Größe befiel ihn wie ein Raubtier und nagte an seinem Herzen.

Wolfgangs Befürchtungen trafen nicht zu. Es blieb alles beim alten. Wie Anna äußerlich die jungfräuliche Gestalt behielt, so war auch ihr Inneres unberührt. Sie hing mit gleicher Liebe an dem Manne, geizte mit den Minuten, um sich ihm zu gesellen, und lebte und webte nur in ihm. Das kleine Mädchen war ihr ein seltsames Spielzeug, so wunderbar schön und freundlich lebendig, daß sie es herzen und küssen mußte und hegen und pflegen und sorgfältig schützen. Sie nährte es selbst, und es war ihr ein eigenes Behagen, sein Fleisch und Blut mit der Milch ihrer Brüste aufzuziehen. In ihrem Leibe hatte sie es getragen und mit ihren Säften getränkt wuchs es heran. Welch eine Freude war das! Aber doch war das Kind nur ein Spiel. Der feste Ernst gehörte dem Manne, ihm alle guten Gedanken und alle Liebe, alles mädchenhafte Entzücken, Seele und Leib. Und auch für Wolfgang war das junge Leben nicht mehr als ein holder Zeitvertreib, mit dem er tändelnd scherzte, während Blick und Gedanken darüber hinwegflogen zu der Frau seiner Ehe. Sie war heilig diese Ehe, und nichts, nichts konnte sie stören.

Der Haushalt freilich war größer geworden, und Annas Zeit wurde knapper. Eine leichte Müdigkeit befiel hier und da die immer muntere. Jetzt erschien ihr das Doktorhaus nicht mehr so unermeßlich groß, und sie dachte, daß einmal der Tag kommen könne, wo es an Platz mangeln werde. Neue Gesichter zeigten sich in dem Hause. Schön Rottraut, die stets beim Sprechen die Lippen so fest aufeinanderpreßte, als fürchte sie den letzten einsamen Zahn zu verlieren, wenn sie den Mund öffnete, war verschwunden, und eine feste Bauerndirne hob die Töpfe und mischte die Speisen, stampfte in den Stuben herum und verbrauchte endlose Ströme des Wassers. Und in dem Zimmer neben den Eltern wartete ein frisches Ding des Kindes, das, umgeben von Licht und Spiel, sein Reich nur mit schiefen Augen anblinzelte. Wie entschlossen das Mädchen die Kleine packte und wusch und kleidete! Jede Bewegung schien zu sagen: mir gehört das Kind, mir gehört das Kind. Wie hübsch das aussah! Wenn Anna den Kopf auf ihrem Lager drehte, sah sie das Bettchen und die neue Wickelkommode, die Badewanne, Schwämme und Windeln. Und an der Wand hing ein freundlicher Stich der heiligen Familie. Ein lichter Strahl der Sonne fiel des Morgens darauf, sobald der Tag erwachte.

Als Anna nun erst wieder aufstand, staunte sie gar. Aus dem Wohnzimmer war der Flügel entfernt worden und hatte in einsamer Pracht seinen Platz in einem großen Raum daneben gefunden. Das hatte sie sich ersehnt. Es war so störend gewesen, gegen die Möbel anzusingen; die Stimme wurde gebrochen, und jeder Ton klang gedämpft. Hier aber in dem lichten Gemach, wo nur wenige bequeme Strohmöbel standen, mußte es sich herrlich singen. Die tiefblaue Farbe der Wand leuchtete in ihrer satten Pracht eine traumhafte Stimmung herab, und durch eine breite Veranda flog der Blick zu den runden Linien der Berge. Rote und gelbe Farben der welken Blätter wechselten mit dem düsteren Schwarzblau des Nadelgehölzes. Das alles griff der jungen Frau an das Herz, sie lehnte sich fester auf den Arm ihres Mannes und sagte mit Tränen der Freude: »Das ist der Parnaß, Wolfgang. O, wieviel selige Stunden soll er uns bringen.«

Guntram weidete sich an dem Erstaunen der Liebsten. Das war das Schönste, die Freude in ihrem Gesichte zu sehen, und eifrig begann er zu sprechen: »Das ist nur der Anfang. So müssen wir das Haus umgestalten. Wir schmücken es festlich für die junge Brut, die du mir gebierst. Sieh, das alles hier muß noch Gestalt gewinnen, da muß Marmor hinein, weiße leuchtende Glieder sollen uns grüßen, und griechische Schönheit wird deinem Gesange lauschen. Wir wollen die Welt durch-

schweifen und das Schönste, was wir finden, schleppen wir her. Eine Bibliothek müssen wir haben, ich habe schon meine Ideen darüber, und ein Fremdenzimmer und dann für die Kinder –«
»Wieviel willst du eigentlich haben?« unterbrach sie ihn lachend.
»Wenn sie dir gleichen, ein Dutzend und mehr. Aber höre. Wir wollen Bücher sammeln und Bilder und Bronzen und schöne nette Sachen, Silber und Porzellan, Gläser und Stoffe. Und dich will ich kleiden in Sammet und Seide und Spitzen und Gold und Perlen, und du sollst mich lieben, und ich will dich dafür anbeten.«
»Und wovon willst du das alles tun?«
»Ich werde erwerben. Ich habe Verstand und habe Glück, o so viel Glück. Laß mich nur machen. Jetzt haben wir vollauf zu leben, aber warte fünf, sechs Jahre, dann habe ich unser Vermögen verdoppelt. Ich sagte dir ja, ich werde die Welt erobern. Dort die Wiesen um uns herum« – er wies aus dem Fenster – »das ist das Nächste. In wenigen Monaten gehört das alles uns. Grün und junge Gartenpracht wird uns dann umgeben, die Nachtigallen werden auf unserem Boden schlagen, und Brunnen sollen springen, die Freunde der Dichter und Liebenden. Das wird schön sein.«
»Du wirst ein Leben dazu brauchen, dein Haus zu gründen.«
»Und ist es dann schlecht verwendet? Neue Geschlechter sollen hier hausen, deine Geschöpfe und Werke deines Bluts. Ich habe das früher nicht verstanden, den Adel des Bluts, den Wert der Vergangenheit. Der hat etwas Hebendes, Weckendes, Mahnendes. Ich will eine neue Erde für die Guntrams gründen, für die Annensöhne. Dann erst gewinnt mein Leben Sinn, wenn es der Zukunft gelebt wird. Es soll mich nicht irren, es dem Schmücken des Hauses zu weihen. Aber wer weiß, vielleicht gibt mir ein Gott noch höhere Arbeit.«

Wolfgang war es ernst mit dem, was er sagte. Mit allen Kräften strebte er danach, an dieser Stelle Wurzeln zu schlagen, und schon stand er insgeheim in Unterhandlung, um die Nachbargrundstücke an sich zu bringen. Zwischen der hetzenden Arbeit des Tages fuhren ihm Pläne durch den Kopf, wie er seinen Besitz erweitern könne, er knüpfte nach allen Seiten Verbindungen an und benutzte die immer wachsende Zahl erfahrener Männer unter den Kranken und Freunden, um mit kühnem Unternehmen seine Habe zu mehren. Und er hatte eine glückliche Hand. Sein Vermögen wuchs, und das Erringen der Macht bezauberte ihn nun. Was kümmerte es ihn, daß die Arbeit stieg und stieg, daß die Stunden zu kurz wurden, um die tägliche Mühe zu bewältigen? Er war jung, stark und voll inneren Feuers. Die Arbeit war ihm ein Spiel, an seinem Werke klebte kein mühsamer Schweiß. Es blieb ihm noch Leben genug, sein Weib zu beglücken, mit dem Kinde zu spielen und eilend nach dem Ziel des Erwerbens vorwärtszustürmen. Eine unbändige Freude an sich selbst belebte und hob ihn.»Mit dem Erträgnis meiner Muße kannst du zehn Leben füllen,« sagte er zu Anna, und »es gibt nichts, gar nichts, was ich nicht leisten könnte. Das alles danke ich dir, denn du gabst mir das Glück.« Das aber hörte die Frau gern.

Drittes Buch

1.

Die Frage nach der Taufe des Mädchens wurde nun dringend. Schon während sie das Kind trug, hatte sich Anna mit dem Gedanken an Namen und Paten beschäftigt. Wolfgang war jeder Erörterung darüber mit den Worten ausgewichen, das habe noch Zeit, erst müsse das Kind da sein. Er wußte, was ihm drohte. So hatte denn Anna die Sache mit sich allein ausgemacht und kam jetzt mit dem Ergebnis hervor.

Der Name fand Wolfgangs Billigung. »Schön, Susanne. Suse, liebe Suse, Suse Guntram, das klingt.« Aber bei den Paten leistete er Widerstand. »Mein ältester Bruder, natürlich, das versteht sich von selbst. Er wird zwar zur Taufe nicht kommen, das macht jedoch nichts. Aber nun Tarners. Lassen sich die nicht umgehen?«

Anna sah ihren Mann erstaunt an: »Wolfgang, Tarners sind unsre besten Freunde.«

»Gewesen.«

»Sie sind es noch, wenigstens die meinen.«

»Und meine nicht. Ich bitte dich, laß sie aus dem Spiel. Sie sind imstande und kommen her.«

»Ich begreife nicht, warum du so gereizt gegen die Leute bist. Niemand hat so für Tarner geschwärmt wie du. Du hast mir selbst oft genug erzählt, daß er einen erstaunlichen Einfluß auf dich gehabt hat, du hast von ihm gelernt wie von keinem, und er ist dir lieb gewesen, mehr als dein Leben.«

»Gerade deshalb, deshalb mag ich ihn nicht sehen. Tarner war meine erste Leidenschaft. Ist es so wunderbar, wenn Liebe in Haß umschlägt? Beide sind verwandt.«

Anna lächelte überlegen. »Ich glaube an diesen Haß nicht. Ich bin überzeugt, es ist ein Mißverständnis, und wenn du ihn siehst, weißt du selbst nicht mehr, wie du zu solchen Einbildungen gekommen bist.«

»Es sind keine Einbildungen.«

»Gewiß. Was soll denn zwischen euch stehen? Ihr seid beide hochstrebende Menschen, klug und edel, ganz euren Zielen hingegeben, und eure Ziele sind dieselben.«

»Anna!«

»Im Grunde dieselben. Ihr seid Feuergeister, wollt die Welt umwälzen. Eure Naturen sind einander verwandt, wie man es nie wieder findet. Glaube mir, Wolfgang, du tust unrecht. Es ist dein einziger Freund, ein Mensch, der dich von ganzem Herzen liebt und nicht begreift, was du gegen ihn hast. Er ist dein einziger Freund.« Wolfgang schüttelte den Kopf. »Was hast du gegen Tarner?«

»Man kann sich alles verzeihen, nur keinen Irrtum im Gefühl. Ich habe in Tarner etwas anderes gesehen, als er ist. Er steht unter mir, und Götter, die man überwunden hat, verachtet man oder zerbricht sie.«

Anna ärgerte sich über diese Hartnäckigkeit. Sie hatte es sich so schön ausgemalt, den Engel der Versöhnung zu spielen. »Du schnappst noch vor Hochmut über. Der Onkel hat bewiesen, daß er etwas ist. Er hat sich ein unvergängliches Denkmal gesetzt.«

»Ja, mit der Zukunftsschule.«

Anna ließ sich nicht beirren. »Ein unvergängliches Denkmal. Sein Name wird noch nach Jahrhunderten leben. Ich bewundere ihn von ganzer Seele. Ein Mensch, der sich seiner Idee opfert, der in dem Gefühl unendlicher Menschenliebe sich selbst rücksichtslos preisgibt, ist groß, und du hast kein Recht über ihn hinwegzusehen, du am wenigsten.«

Wolfgang blieb völlig ruhig. Er hatte das lange vorausgesehen und war auf alles gefaßt. »Und warum ich am wenigsten? Ich kenne ihn gut.«

»Du bist ihm Dank schuldig. Zucke nicht mit den Achseln! Wenn du wüßtest, wie häßlich du dadurch wirst.«

»Dank, Dank, was ist Dank? Wenn ich allen Menschen, die etwas für mich getan haben, dankbar sein sollte, müßte ich den halben Tag auf den Knien liegen. Die Dankbarkeit ist unmenschlich, sie ist eine von den großen Lügen, mit denen die Welt vergiftet worden ist. Ein vernünftiger Mensch ist nicht dankbar.«

Anna fuhr mit blitzenden Augen auf. »Sprich nicht so, das glaubst du selbst nicht. Das ist schändlich.« Und dabei brach sie in krampfhaftes Schluchzen aus.

Dem jungen Gatten wurde ungemütlich in seiner Haut. Er mochte Tränen nicht leiden. Er wußte, wie schwach er dadurch wurde, und diese Schwäche suchte er zu betäuben. Zornig ging er auf und ab und redete rasch und ohne Besinnen: »Ich spreche mit voller Überlegung. Die Dankbarkeit ist ein Laster. Nicht für alle, aber für mich. Was für den Dutzendmenschen gut ist, ist für die großen Naturen Sünde, Sünde gegen sich selbst. Mit der Dankbarkeit ist es, wie mit der Frömmigkeit, dem Mitleid, der Liebe. Wer Zeit dazu hat und schwach ist, für den sind sie gut, diese göttlichen Tugenden. Ich habe aber keine Zeit. Ich sehe nicht zurück, mich kümmert meine Vergangenheit nicht. Was ich getan habe, ist vorbei, unabänderlich, und ich kenne weder Reue noch Dank. Beides lähmt die Kraft. Rücksichtslos, gewaltsam, teuflisch meinetwegen, das kann man brauchen. Aber seine Seele an Gefühlen abnutzen, das ist Sünde.« Anna folgte ihrem Manne mit weitaufgerissenen Augen. Sie fürchtete sich vor ihm. Er geriet immer mehr in Leidenschaft, und seine Stimme klang laut und heftig. »Ehrfurcht kann der Mensch haben. Ehrfurcht vor etwas, was er sieht. Aber dankbar sein kann er nicht. Das Gefühl, verpflichtet zu sein, frißt wie ein Wurm an einem edlen Herzen. Wenn ich meinen Eltern Dank schuldete, ich risse ihr Andenken aus mir heraus und würfe es weg wie Schmutz. Hochachtung empfinde ich, Ehrfurcht ja, aber gewiß nicht für deinen Onkel. Er war für mich ein Hügel auf meinem Weg, ich bin über ihn hinweggeklettert und denke nicht mehr an ihn.«

Anna hatte sich erhoben. Sie stand aufrecht da. Alles in ihr war empört und beleidigt. »Wenn du das, was den Menschen hoch und heilig ist, von dir wirfst, so ist es deine Sache. Du tust mir weh damit, aber das ist ja gleichgültig, wenigstens für dich, der du die Liebe auch unter die Laster rechnest.«

»Das habe ich nicht gesagt.«

»Doch, das hast du gesagt. Es mag ja sehr groß sein, was du empfindest. Aber ich bin froh, daß ich dir nicht folgen kann. Ich würde frieren in dieser Eiseskälte. Ich freue mich, daß ich nicht bin wie du. Ich bin dankbar, was du unedel nennst. Als meine Eltern starben, bin ich zu Tarners gekommen, und sie haben mich beschützt und geleitet. Ehe ich dich kennenlernte, waren sie mir alles, und ich liebe sie auch jetzt, jetzt noch mehr, seit ich weiß, wie schlecht du bist. Sie sollen von mir nicht sagen, daß ich sie vergessen habe, als es mir gut ging. Das darf nicht sein. Das darf nicht sein.«

Wolfgang trat ans Fenster. Er zuckte mit den Achseln. »Lad' sie doch ein. Mir ist es gleichgültig.«

»Es soll dir aber nicht gleichgültig sein.« Sie stand eine Weile und sah traurig zu ihm hinüber, dann schlich sie auf den Zehen zu ihm, legte die Hände um seinen Kopf und versuchte, ihm in das Gesicht zu sehen. Eine namenlose Angst quälte sie. »Wolfgang, Liebster, sag mir doch, daß es nicht wahr ist, was du eben sprachst. Das kann ja nicht dein Ernst sein.«

Sie zerrte seinen Kopf herum. Mit einem scheuen Blick sah er sie an, dann flog eine dunkle Röte über sein Gesicht, und sie fest ansehend, sagte er: »Doch, es ist alles wahr. Ich —« und plötzlich sich losreißend und sie zurückstoßend schrie er noch: »Ach, Dummheit,« und stürzte davon. Am Abend aber saß er am Arbeitstisch und schrieb die Einladung für Tarners.

Wenige Wochen darauf fand die Taufe statt. Fritz hatte, wie zu erwarten war, abgesagt. Tarners jedoch kamen beide. Ihr Besuch verlief glatt und ohne jedes Ärgernis. Die Gäste waren in gehobener Stimmung, das Wildenwalder Unternehmen stand jetzt auf der Höhe. Eine Schar begabter und strebender Männer hatte sich um den Meister gesammelt, eine Kolonie von Künstlern und Gelehrten war entstanden, die, zusammengehalten durch Tarners überlegene Persönlichkeit, Überraschendes leistete. Die Augen der Welt richteten sich oft nach dem stillen Winkel, in dem sich eine wertvolle Tätigkeit entwickelte, und der Name Tarners war von einem Glanze umgeben, wie es selten einem Lebenden zuteil wird. Umringt von Bewunderern und Schmeichlern hatte der Mann selbst doch seine Frische und Natürlichkeit behalten.

Der Reiz großer Absichten und voller Kraft zierte ihn, und das Bewußtsein eines langersehnten Sieges gab ihm eine Freudigkeit, der schwer zu widerstehen war. Auch Frau Aglaia stand noch in der Blüte ihres Schaffens, ja es schien, als ob die Jahre ihr immer neuen Liebreiz gäben. Alles, was sie erlebt hatten, erfüllte die beiden so ganz, daß die wenigen Tage ihres Verweilens unter dem Besprechen von Vergangenheit und Zukunft rasch verflossen.

Wolfgang war ein aufmerksamer und liebenswürdiger Wirt, der in unermüdlicher Heiterkeit seiner Gäste Wünsche erriet und erfüllte. Niemand merkte, wie sorgfältig er jedes Alleinsein mit seinem alten Freunde vermied.

Anna war entzückt. Sie war in Angst vor dem Verlauf des Festes gewesen. Jetzt, wo sie die heitere Freundlichkeit ihres Mannes sah, überließ sie sich ganz dem Zauber der gemeinsamen Erinnerungen und beteiligte sich mit Eifer und jugendlichem Feuer an den Plänen des Meisters. Dessen Gedanken griffen immer weiter hinaus, die Zukunft erschien ihm wie ein machtloses Stück Materie, seiner gestaltenden Hände harrend. Anna hing mit offner Bewunderung an ihrem Pflegevater und glaubte an ihn wie an einen Propheten. Ganz im geheimen lebte die stolze Freude in ihr, daß es ihr gelungen sei, den abtrünnigen Gatten wieder bekehrt zu haben. Nur als sie einmal in einem unbewachten Momente die tiefe Trauer in Wolfgangs Augen bemerkte, der scheinbar aufmerksam hörend über den Meister hinweg in eigene Fernen sah, stieg der Verdacht in ihr auf, das Zusammensein könne die beiden noch mehr voneinander entfernt haben. Und zaghaft lehnte sie sich an Guntrams Brust, als Tarners geschieden waren.

»Ich bin doch froh, daß ihr beiden großen Wilden wieder friedlich seid, statt zu raufen.« Wolfgang sah seine Frau mit einem unbeschreiblichen Blicke der Wehmut an, dann führte er sie zu einem Sessel, barg seinen Kopf in ihrem Schoß und lag so lange, ohne sich zu regen.

Anna wurde beklommen zumute. Sie spielte mit seinen Haaren und wußte nichts zu sagen. Nur von Zeit zu Zeit wiederholte sie leise: »Mein armer Junge. Mein armer Junge.« Aber der schwere Druck auf ihrem

Herzen ließ nicht nach, er stieg und stieg, bis sie ihn nicht mehr ertragen konnte, und plötzlich mit beiden Händen in Wolfgangs Haare packend, riß sie seinen Kopf in die Höhe und herrschte ihn zornsprühend an: »So sprich doch, sprich doch!«
Da lachte er laut auf und richtete sich empor. »Nun ist alles wieder gut,« sagte er. »Ich fürchtete, dieser Mensch –« aber er sprach nicht aus. »Ich habe in diesen Tagen viel gelitten. Die Sehnsucht nach dem frohen Glauben der Jugend hat mich noch einmal gepackt. Aber jetzt ist es vorbei.« Anna starrte ihn an, sie verstand nicht recht, was er meinte. »Das war der letzte Rest der Vergangenheit, der noch an mir klebte. Mir ist zumute wie nach einem Bade. Eine lange, lange Reise mit Schmutz und Rauch liegt hinter mir. Ich bin erquickt und rein gewaschen, ein neuer Mensch.« Und dann seine Frau scharf ansehend, sagte er langsam: »Tarner und ich, wir sind ewige Gegner wie Wasser und Feuer. Das wird sich nie ändern.« Wieder sah er ernst in die Weite, als ob er dort irgendein Bild erschaue. Anna wagte nicht, sich zu regen. Der Mann da vor ihr hatte etwas Großes in diesem Augenblick.

Endlich begann sie: »Wenn eure Wege verschieden sind, sei es denn. Aber deshalb könnt ihr euch doch achten und werthalten.«

Wolfgang schüttelte den Kopf: »Nein, das ist unmöglich. Ja, wenn dein Pflegevater ein anderer wäre. Die größten Feinde lieben einander am meisten. Aber Tarner ist nicht groß. Tarner ist das Werkzeug seiner Frau.« Und ruhig sich eine Zigarette anzündend setzte er hinzu: »Ich verachte diesen Mann, aber auch diese Verachtung muß ich noch überwinden, um ganz frei zu sein, und ganz frei muß ich werden.« Damit ging er an seine Geschäfte. Anna aber war traurig, und in der Nacht lag sie wieder lange wach und grübelte über die Härte des Mannes, der frei werden wollte.

2.

Als Wolfgang einwilligte, Tarners zu Paten zu bitten, tat er es in der Hoffnung, seine Frau durch den Augenschein zu überzeugen, welche Kluft zwischen ihm und ihrem Pflegevater lag. Der Gedanke, daß sie sein innerstes Wesen nicht verstand, bedrückte ihn. Aber er besaß nicht die Kraft, sie aufzuklären. Ihr Denken war noch zu sehr in den gewohnten Ketten der hohen Moral befangen; Wolfgang fürchtete, wenn auch nicht Annas Liebe, so doch ihre Hochachtung auf das Spiel zu setzen, wenn er ihr allzugewaltsam die Augen über seine stahlharten Ansichten öffnete. Sie wichen zu sehr von dem herkömmlichen Wege ab. Die Zeit mußte das tun, und er konnte höchstens hie und da eine Gelegenheit vorbereiten, um den Gegensatz in helles Licht zu setzen. Jetzt mußte er sich sagen, daß dieser Zweck nur sehr bedingt erreicht war. Annas Schwärmerei für die Menschheitsbeglückung war eher gesteigert als abgeschwächt.

Aber eines hatte sie bestimmt sehen müssen, daß ihr Mann anders dachte. Nun galt es abzuwarten, was stärker auf sie wirken werde, die Gewohnheit der Kinderjahre oder die Kraft seines Denkens. Eine Entscheidung mußte kommen. So bestrickend Annas Liebe auf ihn wirkte, er brauchte mehr als Liebe und Leidenschaft. Er brauchte eine feste, untrüglich feste Stütze, eine blind vertrauende Gefährtin, ein ehrgeizig treibendes Weib, welches ihn seiner Trägheit und Verdrußscheu nicht achtend unablässig anstachelte.

Noch hatte er nur ein dunkles Gefühl seiner Aufgabe. Sein Weg lag nicht vor den Füßen, und er wußte nur zu gut, wie bald seine eigene Kraft, sich selbst überlassen, erlahmen werde. Wenn Anna nicht an ihn glaubte, erreichte er nie das dunkle Ziel. Deren Glaube aber stand vor einer schweren Prüfung.

Wolfgang sah das an dem gespannten Wesen seiner Frau, an dem suchenden Tasten, mit dem sie in sein Inneres zu dringen strebte. Sie verschloß genau wie er die bangende Begierde in ihrer Seele. Und bei beiden stieg die Angst vor einer Katastrophe bis zum Unerträglichen. Der gewaltsame Ausbruch mußte kommen, wenn nicht irgendein Gott helfend dazwischentrat, und niemand konnte ermessen, was die Folge sein würde.

Dieser Gedanke nagte an dem grübelnden Wolfgang und unterwühlte seine frische Mannheit. Er fühlte jetzt schon hie und da das unheimliche Arbeiten der streitenden Gewalten in sich, und das Entsetzen packte ihn, als ihm zum ersten Male, wenn auch nur auf Augenblicke, die Kräfte versagten.

Dabei stand unerbittlich eine neue Not vor ihm, die er wenden mußte. Er mußte sein Hirn von dem Wust reinfegen, der von der Vergangenheit her noch darin lag, seine Seele von der Bitterkeit befreien, die das erste Verfehlen eines Zieles in ihm angehäuft hatte. Er mußte seinem Verhältnis zu Tarner einen Abschluß geben, dann würde der persönliche Groll, welchen er gegen den früheren Freund hegte, verschwinden, er mußte offen vor seiner Frau und vor der Welt Farbe bekennen, dann gewann er die Bewegungsfreiheit, die er brauchte.

So entstand in Wolfgang langsam der Gedanke, ein neues Buch zu schreiben, ein Buch, in dem er widerrufen wollte, was er früher gesagt hatte. Er hoffte, den Winter dazu benutzen zu können. Das erwies sich jedoch als Täuschung. Freilich verringerte sich die Zahl der Kranken, welche ihn aufsuchten, allmählich. Aber Guntram hatte im ersten Rausch seiner Tätigkeit sich eine Kette geschmiedet, die ihn nun nicht mehr losließ. Damals hatte er sich schon nach wenigen Wochen davon überzeugt, daß er volle Erfolge, so wie er sie haben wollte und mußte, nur in einer Klinik erreichen werde, und kurz entschlossen hatte er ein Haus gekauft, um es im Laufe des Sommers zu seinen Zwecken und nach seinen Angaben in ein Krankenhaus umzuwandeln. Das alles einzurichten hatte ihm Freude gemacht, und seit eine tüchtige Leiterin der Anstalt gefunden war, schwelgte er in dem Gedanken, wie er nun Wunder verrichten wolle. Schon vor der Geburt des Kindes waren die ersten Kranken eingezogen, und den ganzen Winter über blieb das Haus mehr oder weniger gefüllt, so daß ein großer Teil des Tages über seiner ärztlichen Arbeit dahinging.

Das hätte er leicht ertragen, dagegen wuchsen ihm jetzt die Geschäfte des Landankaufs über den Kopf, und die vielen Unternehmungen, auf die er sich eingelassen hatte, zerrten ihn bald hierhin, bald dorthin. Es war eine widerwärtige Art der Arbeit, sie brachte ihn mit dem Schmutz des Tages in Berührung, quälte ihn mit albernen Ansprüchen und zerriß seine Zeit. Wolfgang fand nicht Gelegenheit zur Sammlung, und das Buch, das ihm auf der Seele brannte, blieb in den Anfängen stecken.

Schließlich verfiel er auf einen eigentümlichen Ausweg. Er richtete, um sich zum Ordnen seiner Ideen zu zwingen, in seiner Klinik Unterhaltungsabende ein. Ein Frage- und Antwortspiel sollte stattfinden, und er hoffte es stets so leiten zu können, daß er die Dinge bespräche, die ihm am Herzen lagen.

Der Gedanke fand Anklang. Frau Anna redete eifrig zu. Sie hatte mit Bangen die steigende Reizbarkeit ihres Mannes gesehen. Im Unklaren gelassen über die Qual seines Inneren suchte sie die Schuld in allen möglichen Kleinigkeiten und freute sich der Ablenkung. Ja, sie erbot sich, ein Protokoll über die Verhandlungen zu führen, was sie denn auch wirklich mit großer Gewissenhaftigkeit tat. Die Kranken nun gar, die sich in dem toten Städtchen langweilten, drängten sich zu den Unterhaltungen. Stets lebendig und umfassend bewegten sich Wolfgangs Reden auf allen Gebieten und gaben eigentümliche Anregungen.

Seinen Zweck erreichte er jedoch nicht. Eine Fülle des Stoffs häufte sich an, sorgfältig von der treuen Helferin zu Papier gebracht. Aber es war keine Ordnung darin, und Guntram warf jedesmal in heller Wut die engbeschriebenen Blätter zur Seite, wenn er sich in einer freien Stunde damit abgequält hatte. Dann ging er aufgeregt im Zimmer auf und ab, gedankenlos und abgespannt, um sich schließlich zu seiner Frau zu setzen, ihr vorzulesen, sie singen zu hören oder mit dem Kinde zu spielen. Der Gedanke, eine Aufgabe vor sich zu haben, zu der er nicht Zeit fand, quälte ihn.

Diese innere Pein zeigte jetzt auch ihre Wirkungen im Hause. Wolfgangs Heftigkeit nahm zu. Er schüchterte seine Frau so ein, daß sie kaum mehr offen mit ihm zu verkehren wagte. Anna behandelte ihn vorsichtig, jedes Wort und jede Tat im voraus abwägend. Wolfgang sah das sehr wohl, und es war ihm nur ein neuer Schmerz. Das Bewußtsein, der geliebten Frau Kummer zu bereiten, drückte auf ihm und machte seine Stimmung noch gefährlicher. Er sah jetzt oft verweinte Augen und empfand die Schwüle, die in seinem Heim herrschte.

Es war, als ob die Heiterkeit gewichen sei. So ging der Winter dahin, in rasender Eile, jede Minute vollgestopft mit wechselnden Eindrücken und Taten. Nun lag der Frühling vor Wolfgang, nun kam der Strom der Sommergäste, vermutlich mit doppelter Gewalt; denn Frau Sage war tätig gewesen und hatte den Ruf des Arztes weit umhergetragen. Guntram zerriß ungeduldig die Briefe, die ihm neue Kranke meldeten. Er sah freudlos und verstimmt in die Zukunft, die ihm nicht einmal erlauben werde, mit sich selbst fertig zu werden.

Auf der einen Seite freilich sah er sich entlastet. Die Verhandlungen über den Ankauf des Hauses sowie der umliegenden Gelände waren abgeschlossen. Wenn Wolfgang jetzt den Blick vom Schreibtisch erhob und ihn hinausschweifen ließ, sah er auf sein Eigentum. Das erfüllte ihn mit Freude und Stolz. Rasch flogen durch seinen Kopf ganze Reihen von Zahlen. In ein, höchstens zwei Jahren mußte dies alles von seiner Hände Arbeit bezahlt sein. Sein und der Frau Vermögen lag dann wieder in der alten Höhe vor ihm, ein fester Grund für sein Geschlecht war gelegt, kein Gut, aber ein Landsitz, wie er herrlicher nicht gedacht werden konnte. Und wie lange würde es dauern, dann war sein Krankenhaus das doppelte, dreifache von dem wert, was es gekostet hatte. Die Ziffern und Zahlen häuften sich, hier und dort stiegen sie empor, an jenem Ende der Welt und an diesem; auf dem Wasser und in dem Dampf der Maschinen arbeitete man für seines Hauses Herrlichkeit, aus der Erde wuchs ihm das Gold, die geheimen Quellen der Tiefe brachen für ihn hervor, der fliegende Strom der Elektrizität machte ihm die Welt untertan, Schiffe trugen ihm Lasten zu, und die dampfenden Züge kamen von allen Seiten, seinem Stamme den Glanz zu bringen.

Sein Blick fiel auf die mißfarbenen Wiesen, die kaum vom Schnee befreit, trübselig vor ihm lagen. Rasch wandelte sich das Bild: Bäume und Sträucher wuchsen, Wege entstanden, Hecken und Rosen, Veilchen und lockendes Obst lachten ihm entgegen. Und inmitten des prangenden Grüns sah er ein liebliches Kind spielen, im roten Kleidchen, mit flatternden Haaren. Auf den Zehen emporgerichtet streute es mit der winzigen Hand Körner, während die andere ängstlich das Körbchen nach oben hielt, um es vor dem drängenden Geflügel zu schützen. Welch ein reizendes Gesicht! Wie es der Mutter glich, der Frau seines Herzens, Frau Anna, der lieblichen. – Aber das alles brauchte Zeit, Zeit. Wo sollte er die hernehmen? Jede Minute war ausgefüllt. Schwer sank ihm der Kopf nieder, und mechanisch fuhr der Bleistift über das Papier und schrieb Zahlen, lange Reihen von Zahlen.

Anna saß mit dem Kinde auf dem Schoß still beiseite und blickte sorgenvoll auf den Gatten. Ihr war trübe zumute. Sie fühlte, wie eine dämonische Macht ihr den Mann zu vernichten drohte, der ihr alles war, der so gern lebte und so schön leben konnte. Seit das Kind auf der Welt war, hatte sich die unruhige Tätigkeit Guntrams verdoppelt; er glaubte jetzt eine Zukunft vor sich zu haben, in seinem Kinde die Sehnsucht nach der Unsterblichkeit stillen zu können. Wie er unermüdlich bedacht war, den äußeren Bau seines Heims zu festigen, so wachte er eifrig über dem Wohl des kleinen Mädchens, das auf Annas Schoß lag, so hegte und pflegte er zärtlich die Mutter, die ihm der Güter Höchstes war. Wie oft hatte sie gebeten und gefleht, daß er mit der Arbeit einhalten möge. Aber alles war an ihm und seinem Willen gescheitert, und ach, die Dringlichkeit ihres Flehens war durch eine leise Warnung des Gewissens gehindert. Anna selbst empfand so wenig für die Zukunft. Sie wollte das Glück, nichts weiter. Sie wollte den Mann genießen, den ihr Gott geschenkt hatte. Wenn sie aber sah, wie dessen Gedanken über die Gegenwart hinwegflogen, wie stolz sie das Glück des Alltags von sich wiesen, kam sie sich in ihrer begehrlichen Sehnsucht nach Freude schlecht vor, und wie ein Vorwurf zuckte es in ihr auf: dieser Mann gehört nicht dir. Das ist kein Mensch des Behagens, und das Beste in ihm geht verloren, wenn du ihn fesselst.

Aber irgend etwas mußte geschehen. Er durfte ihr nicht ganz aus den Händen gleiten, und das würde kommen, wenn sie ihn gewähren ließ. Mit einem leisen Seufzer nahm sie ihre Kraft zusammen. »Wolfgang!«

»Was gibt's?«

»Lies einmal, was ich der Tante Berta geschrieben habe.«

»Tante Berta? Tante Berta? Ach so, das ist dein Ziehmütterchen. Ob sie wohl immer noch so ärgerlich auf mich ist, wie damals bei unsrer Hochzeit? Oder hat sie mir das Glas Wein verziehen, das ich ihr über das schöne Kleid goß?« Er nahm den Brief, den ihm Anna hinhielt. »Sie sah dich so lieb an, als wir Abschied nahmen; und sie mochte Tarner nicht leiden, das spricht für sie.« Dabei blickte er seine Frau scharf an.

Anna biß die Zähne aufeinander. Sie erwiderte nichts. Sie war gewöhnt, daß er bei dem Gedanken an Tarner bitter wurde. »Lies nur,« sagte sie.

»Ist er hübsch, dein Brief?«

»Lies ihn nur.«

Wolfgang sah hinein, dann lachte er fröhlich auf. »So, so, du willst nach Paris, und ich soll mit.« Er sah einen Augenblick vor sich hin. »Wann kann die Tante hier sein?«

»Sie kommt sofort, sie hat es mir versprochen, und wenn sie im Sterben läge, sie käme.« Wolfgang blickte auf das Kind, das ruhig schlummernd in der Mutter Armen lag. »Sie wird es hüten wie ihr eignes,« erwiderte Anna.

»Nun also, sobald sie da ist, reisen wir, aber nur auf zehn Tage, länger geht es nicht. Nein, sicher nicht, und du mußt alles vorbereiten. Ich will nichts damit zu tun haben.« Damit schloß er das Kuvert, dann plötzlich drehte er sich auf dem Sessel um, hob die Arme empor und zog sein Weib zu sich. Mit lachenden Augen sah er sie an, küßte sie und sagte: »Du bist ein kluges Mädchen, Anna. Zieh dich an, wir tragen den Brief selbst zur Post. Er soll nicht verlorengehen.«

Leise trug Anna das Kind hinüber in sein Bettchen und dann folgte sie glückstrahlend dem Gatten, der freudig erregt und wie neubelebt war.

Schon nach wenigen Tagen langte die alte Tante an. Wolfgang entsann sich ihrer kaum noch. Aber das offene, freie Wesen, mit dem sie ihm entgegentrat, die Unbefangenheit, mit der sie sich sofort in das merkwürdige Leben des Hauses einfügte, die Willigkeit, jede Last und Verantwortung auf sich zu nehmen, gefielen ihm, und die Zärtlichkeit, die sie seiner Frau erwies, gewann ihr sein Herz. »Du, das ist ein tüchtiges Frauenzimmer,« sagte er händereibend zu Anna. »Die weiß die Dinge anzupacken. Wenn jedermann so mit dem Leben fertig würde wie die, könnte ich wieder Lust an den Menschen bekommen.« Und weil sie ihm so nach dem Geschmack war, gewann er auch ihre Neigung bald. Noch ehe der Tag verstrichen war, hatte sich die alte Tante ihren Platz im Hause und in den Herzen erworben.

3.

Am nächsten Abend reisten die beiden ab. Wolfgang hatte sich heimlich entfernt. Ein herzerquickender Übermut sprach aus ihm, als er endlich im Schlafwagen saß. Er glaubte sich in seine Schulzeit versetzt und lachte ausgelassen und lustig über seinen Streich, ganz so wie er als Junge gelacht hatte. »Was werden die Kranken sagen, wenn ich morgen nicht komme, was werden sie sagen?« Er schlug mit der Hand durch die Luft, als ob er etwas weit von sich werfe. »Oh ich freue mich, Anna, ich freue mich. So etwas kannst nur du ausdenken.«

Schon der erste Tag in Paris hatte die beiden jungen Gatten verändert. Da war nichts mehr von der Hast zu merken, die stets etwas zu versäumen fürchtet. Man dehnte sich wohlig im Bett, die Nacht verlängernd, ein wenig schläfrig schaute man den Tag an: du, heut will ich aber vergnügt sein; man scherzte und lachte in alter Weise. Mit wohlüberlegter Genußsucht wurde das Frühstück in die Länge gezogen, diese göttlich freie Stunde, in der die Harmlosigkeit selbst mit zu Tische saß. Jeder Bissen schmeckte, und Wolfgang kam schon jetzt zu dem Schluß, daß man nur in Paris zu essen verstehe. Als er nun erst durch die Straßen schritt, wurde ihm freudig zumute. Dieses lässige Treiben, dieses unbekümmerte Sichgehenlassen, das mühelose Genießen, das über der ganzen Stadt lag und ihr den Charakter gab, sprachen ihn an.

Wie heiter hier die Menschen über die Zeit verfügten. Gewiß, es gab auch hier fleißige Leute, es mußte ja so sein. Aber man sah nichts davon.

Der Schweiß drängte sich nicht hervor, etwas spielend Leichtfertiges sprudelte in aller Tätigkeit. Es war der sorglose Übermut des Weltsiegers, der seiner Kraft bewußt ohne Eile dahintrottet, sicher, wenn er nur will, den Ölzweig zu fassen.

Die deutsche Hausfrau fiel ihm ein, wie sie mit Schlüsseln und Tellern klappert. Gewiß, sie war die echte Verkörperung deutschen Geistes. Mit innerer Befriedigung sah er auf Anna. Gott sei Dank, an der klebte kein Staub, und ihr Mund sprach Besseres als Küchenrezepte.

Auf einmal wurde Wolfgang nachdenklich. Wie war das doch? Hatte er nicht in den letzten Wochen öfter als sonst das Staubtuch in den Händen seiner Frau gesehen, hatte er sie nicht dann und wann in verdächtiger Nähe der Küche gefunden und hatte sie nicht schon über Mägde und Hausnot geklagt? Und er selbst? Stand es etwa besser mit ihm? Wo war seine vornehme Zurückhaltung geblieben, die stolze Höhe seiner Einsamkeit? Griff er nicht stündlich in den Schmutz des Tages, sich Schwielen anarbeitend in dem Bemühen, seinen kümmerlichen Karren vorwärtszuschieben? Diese plebejische Eile, mit der er nach jeder Arbeit griff, ekelte ihn an. Unter den haschenden Händen des Volks, das um die hingeworfenen Münzen großer Herren rauft, sah er die eigenen, befleckt und gierig.

Gewiß, arbeiten war gut, aber es mußte ein Spiel bleiben, ein vornehmer Zeitvertreib zum Ausfüllen müßiger Stunden. Die echte Arbeit, die mußte etwas anderes sein; die durfte nicht ermüden, die mußte erheben, beflügeln, zur Höhe tragen, vielleicht nur zu einem tödlichen Sturz, aber niemals in diese kahlen Hecken, die mit Dornen und Stacheln die Kleider zerrissen. Hier in der breiten Gemächlichkeit alter Kultur, wo jeder Zeit fand und niemand Eile hatte, schämte er sich.

Und wieder blickte er auf Anna. Es war seine Schuld, wenn sie eine Hausfrau wurde. Sie sah nichts Besseres. War er doch ein echter deutscher Hausvater geworden, kleinlich in Sorge, ohne Kraft, sich von den Tagesketten zu befreien. Wenn er recht zusah, konnte er schon wieder den ängstlichen Zug um Annas Mund sehen. Das mußte anders werden.

Wolfgang fühlte, hier in der Stadt des Genießens konnte er lernen, das Leben breit und edel zu nehmen. Von Minute zu Minute wurde er ein anderer. Wie wohl das tat zu schlendern, mit jedem Schritt seine Eindrücke in sich aufzunehmen, den ausgesuchten Luxus der Welt auf sich wirken zu lassen, die Erde von vornherein als tributpflichtigen Besitz zu betrachten. Er konnte sich so gut in die Stimmung eines Pariser Salons hineinversetzen. Freilich sagte man, die Zeit des esprit sei vorüber. Aber für ihn war sie eine Wirklichkeit, für ihn war das ganze Paris ein einziger Salon mit geistreichen Männern und schönen Frauen, und rings um ihn schwirrte die edle Sprache der tausendjährigen Kultur. Wie Schalen lösten sich die Gewohnheiten des stumpfen Arbeitsmenschen von ihm ab. Wenn er zurückschaute, begriff er kaum noch, wie er so hatte leben können. Und plötzlich trat es ihm vor die Seele, wie er sein Buch schreiben mußte und was er zu sagen hatte.

Ein Kampfschrei gegen die aufdringliche Menschenbeglückung mußte es sein, ein Wort für die wenigen, für die, die, nicht befangen in den idealen Lügen, groß genug waren, in sich selbst die Welt zu finden. Es brauchte nicht formvollendet zu sein, kein Kunstwerk. Nur alles, was ihm verächtlich war, mußte er einmal von sich schleudern und davon sagen: Seht, das liegt hinter mir. Wenn er so mit dem Niederen fertig wurde, es von sich abwusch, dann konnte vielleicht die Zeit kommen, wo er etwas Ewiges schuf. Voll von dem Bedürfnis, sich freizumachen, begann er noch am selben Tage sein Buch.

In dem kahlen Zimmer des Hotels ging Wolfgang auf und ab und diktierte seiner Frau, die glückselig, teilzunehmen und mitzuhelfen, am Schreibtisch saß und die Feder hingleiten ließ. Er hielt sich nicht dabei auf, die einzelnen Gedanken in Zusammenhang zu bringen. Was er zu sagen hatte, goß er in knappe, feste Form, in der kein Wort sich umstellen ließ, in der alles notwendig war und nichts zuviel. Ihm war zumute, als ob er hoch zu Roß den Streithammer führe, und er freute sich an dem sausenden Takt seiner Schläge.

So ging es nun weiter, Tag für Tag ein oder zwei Stunden lang, und wie ein Wunder erschien es ihm selbst, wenn er den Blick über das hinfliegen ließ, was dastand, glänzend wie Stahl, hart wie Stahl und schneidend wie Stahl. Das war eine Arbeit nach seinem Herzen, eine Arbeit, die ihn hob, statt zu drücken. Und um diese kurze Spanne der Kraftentfaltung lagerte sich der Genuß, die langentbehrte Muße eines verwöhnten Prinzen. Seine Augen wurden scharf für Farbe und Form, sein Ohr hell, seine Zunge schmeckend und seine Haut fühlend. Wahrhaftig, er war dem Paris, diesem Herd der vornehmen Freude, des freien Lebens, gewachsen, er vielleicht mehr als jeder andere. Sinnend blieb sein Auge wieder auf der Frau haften. Die hatte ihn leben gelehrt. Nur durch ihr Dasein. Und mit geheimer Freude sah er, wie die scharfen Linien aus Annas Gesicht verschwanden. Erquickt, wie den Wassern eines Jungbrunnens entstiegen, kehrten die beiden heim, das ganze Haus und ihr Leben mit dem Duft neu knospender Lust erfüllend.

4.

Wolfgang ging mit frischen Kräften an seine Tätigkeit. Er hatte den festen Vorsatz gefaßt, sich die Arbeit nicht wieder über den Kopf wachsen zu lassen, und danach handelte er. Ein Hilfsarzt wurde verpflichtet, und wenigstens ein Teil der Mühe auf dessen Schultern abgewälzt. Soweit es irgend möglich war, zog Guntram sein Vermögen aus den zahlreichen Unternehmungen zurück. Es blieb freilich genug übrig, um tätig zu sein, aber die Arbeit war keine drückende Last, und es war mehr Bewegungsfreiheit gewonnen.

Vorläufig nahm Tante Berta noch Zeit in Anspruch. Wolfgang fand Vergnügen an der klugen Frau, an ihrer geraden Offenheit und ihrem gesunden Urteil. Sie wußte seinen Neigungen und seiner Eitelkeit zu schmeicheln, verhehlte ihre Bewunderung nicht für alles, was er tat, ließ sich mit vielem Anstand necken und zahlte mit gleicher Münze heim. Dieser geistreichelnde Verkehr, der alles auf die Spitze trieb und sich auf gewagten Wegen gefiel, war ihm aus dem Elternhause vertraut, und das bißchen Sentimentalität, welches mit unterlief, nahm er in den Kauf. Bot es ihm doch willkommenen Stoff zum Spotten.

Anna war verstimmt. Ihr mißfiel die Art, wie Wolfgang sich gab. Sie hing mit Ehrfurcht an der Pflegemutter und hätte gern ihren Mann so gezeigt, wie er war. Der aber suchte zu blenden, ließ sein Wesen in allen Farben schillern und reizte zum Streit. Er wollte gefallen, und diese Absicht tat Anna weh. Er erschien ihr herzlos, ungütig.

Wolfgang kümmerte sich darum nicht. »Du nimmst die Dinge zu ernst,« sagte er. »Sieh doch, wie komisch es ist, wenn die gute Tante auf den Köder zufährt, den ich ihr hinwerfe. Sie sprudelt förmlich vor Eifer, mich besser zu machen als ich bin.« Er ging immer weiter in seinen Worten, überbot sich in kecken Behauptungen und brachte die Ansichten der alten Dame so in Verwirrung, daß sie nicht mehr wußte, was sie glauben sollte. Endlich holte er sein Manuskript hervor und las daraus.

Tante Berta hörte mit dem ernsthaftesten Gesicht von der Welt zu. Sie hatte die Arme über der Brust gekreuzt, und jeder Zug in ihr drückte das Bewußtsein aus, daß sie als unparteiischer Richter angerufen sei. Jetzt streckte sie die Hand aus und nahm mit den Worten: »Erlauben Sie, Neffe,« die Papiere an sich, setzte umständlich den Klemmer auf die Nase und begann zu blättern. Wolfgang sah seine Frau lächelnd an, als ob er fragen wollte: Was für ein Spaß wird nun an den Tag kommen? Anna war verwirrt. So beim Zuhören klangen die Sätze viel schärfer und unsympathischer als damals in Paris während des Diktierens. Welche unglaublichen Härten standen da. Es erfaßte sie fast eine Angst vor dem Manne, der solche Worte sagen konnte. Je länger die Tante in der Schrift las, um so mehr verlor ihr Gesicht den Ausdruck der Überlegenheit, und endlich warf sie das Heft fort und sagte: »Nein, die Sache gefällt mir nicht, gefällt mir gar nicht,« und dabei sah sie den Neffen herausfordernd an.

»Und warum gefällt es Ihnen nicht, Tante?«

»Das ist ja alles nicht Ihr Ernst. Wie kann man so etwas schreiben: Es ist besser, zehn Schwache zu töten, als einem einzigen das Leben zu verlängern? Wie kann ein Arzt so etwas schreiben?«

»Das beweist doch nur, daß dieser Arzt eben kein Arzt ist,« erwiderte Wolfgang.

»Ach, damit kommen Sie immer: Ich bin kein Arzt. Jeder, der Sie einen Tag arbeiten sieht, weiß es besser. Sie erwägen alles sorgfältig für

Ihre Kranken, beschäftigen sich stets mit ihnen und sind auf ihr Wohl bedacht. Sie sind allerdings Arzt. Und Ihre Schrift ist nur eine Reihe eitler Redensarten, die Sie durch Ihr eignes Tun widerlegen.«

Wolfgang wurde immer lustiger. Der Eifer der alten Dame, die ihn gegen sein eigenes Werk verteidigen wollte, machte ihm Spaß. »Es bringt Geld ein,« lachte er.

Ein Wutblick der Tante und ein ängstlich fragender Annas trafen ihn zu gleicher Zeit. »Was Sie da sagen, ist noch schlimmer als was Sie schreiben. Aber es ist auch nicht wahr. Anna hat mir davon erzählt, die Hälfte Ihrer Kranken bezahlt nicht.«

»Dafür bezahlen die anderen das Doppelte. Außerdem gibt es kein schöneres Vergnügen, als den Großmütigen zu spielen.«

»Nun, jedenfalls ist es ein seltsamer Weg, Geld zu verdienen, wenn Sie als Arzt solche Narrheiten schreiben.«

»Oh, das wird sich zeigen. Vielleicht ist es eine ganz gute Reklame.«

Tante Berta wurde blaß vor Ärger. »Aber das geht ja gar nicht. Sie können dieses Buch nicht herausgeben, in dem Sie auf jeder Seite sagen: es ist ein Verbrechen, Kranke am Leben zu erhalten. Dann wäre es wenigstens anständig, den Beruf, den Sie so verachten, aufzugeben.«

»Wer weiß, vielleicht tue ich es.«

»Nun, und was wollen Sie dann anfangen? Noch mehr schlechte Bücher schreiben?«

»Wohl kaum. Aber ich werde meine Zeit anzuwenden wissen, nicht wahr, Anna, für meine Frau, mein Kind –«

»Ihr Kind? Gott sei dem armen Ding gnädig, daß es nicht Ihre fürchterlichen Ansichten teilen lernt. Ich hoffe, Anna wird da auch ein Wörtchen mitsprechen. Im Grunde ist es doch Sache der Frau, die Tochter zu erziehen.«

»Vielleicht. Ein wenig will ich mich aber auch darin versuchen. Und vorläufig denke ich nicht daran, meinen Beruf aufzugeben.«

»Sehen Sie, ich wußte, daß das alles nur Scherz ist. Sie dürfen das Buch nicht herausgeben, Doktor. Das ist für einen Arzt unmöglich.«

Wolfgang zuckte die Achseln. »Gewiß werde ich es herausgeben.«

»Jedermann, die ganze Welt wird Sie verhöhnen.«
»Ich schreibe nicht für die Welt, ich schreibe für mich.«
»Dann schließen Sie es in Ihren Schreibtisch.«
Wolfgang wurde plötzlich ernst. »Nein,« sagte er.
»Aber das muß sein. Hilf mir doch, Anna! Dein Mann richtet sich und dich zugrunde und eure ganze Zukunft. Denken Sie an Ihre Frau! Wie muß ihr zumute sein, wenn sie sieht, daß man über ihren Mann herfällt, und mit Recht. Wie muß sie selbst unter diesen widerwärtigen Ansichten leiden!«
»Anna? Sie weiß es, wenn sie meine Verse nicht lobt, so lasse ich mich von ihr scheiden. Sie wird sie aber loben. Und Scherz beiseite! Haben Sie schon einmal eine kreißende Frau gesehen?«
Die Alte lachte auf. »Sie sind ein unausstehlicher Mensch. Nun ja, ein-, zweimal. Was soll das nun wieder? Wollen Sie mich altes Mädchen höhnen?«
»Nein, gar nicht. Aber versetzen Sie sich einmal in die Lage solcher Mutter. Wenn sie sich auch noch so viel Mühe gibt, die Wehen zu unterdrücken, das Kind will doch heraus, es will an das Sonnenlicht und es kommt zutage. Mein Kind will auch ans Licht.«
»Sie sind ein ungezogener Mensch, Doktor.«
Anna hatte während der ganzen Zeit schweigend zugehört. Sie wußte nicht, was sie von alldem denken sollte. Sie konnte sich nicht helfen, ihr Mann mißfiel ihr. Sie atmete auf, als der unglückliche Streit durch das Abendbrot unterbrochen wurde.
Noch aber gab sich Tante Berta nicht zufrieden. Man sah ihr an, wie erregt sie war. Das Metall des Bestecks klirrte scharf auf ihrem Teller, wenn sie mit raschen Messerzügen die Speisen zerlegte. – Wolfgang erzählte von Schweninger, von dessen Tätigkeit und Plänen, von seinen Eigenschaften als Arzt und von seiner Bedeutung für die Medizin.
»Da haben wir es,« unterbrach ihn Berta. »Sie erkennen doch das Ideal des ärztlichen Berufes an.«
»Gewiß. Natürlich. Nur nicht für mich.«
»Für Sie nicht? Wie meinen Sie das?«

»Ganz einfach. Es gibt Menschen, die für ihren Beruf geboren sind, die darin die Erfüllung ihres Wesens finden. Sie sind der Typus ihrer Art, prägen Gesetze und leben in dem Wirken Tausender fort. So hat man Künstler, Staatsmänner, Feldherren, meinetwegen auch Ärzte. Sie haben gar kein Ziel. Sie folgen einem inneren Zwang. Sie können nicht anders als ihrem Beruf leben. Wir andern aber, für uns ist es gleichgültig, ob wir dies oder jenes sind, für uns ist der Beruf ein Zufall. Wie wir an einer Scholle hängenbleiben, der eine in dieser, der andere in jener Stadt, je nach Laune; wie wir ein Kleid tragen, weil es uns steht, den Bart haben oder ein glattes Gesicht, so haben wir auch einen Beruf. Wir könnten aber ebensogut einen anderen haben, ohne in unseren Grundlagen erschüttert zu werden. Soll einer von uns simplen Menschen unsterblich werden, so muß es auch als Mensch geschehen. Der Beruf ist für uns wie eine Gabel. Wir führen damit den Bissen zum Munde.« Er lächelte in sich hinein. »Sie sehen, das ist dasselbe, was ich vorhin sagte: mein Beruf bringt Geld ein. Er gibt die Möglichkeit zu warten, wozu der liebe Gott einen bestimmt hat.«

Tante Berta war sehr ernst geworden. »Das ist ein trauriges Leben,« sagte sie.

»Ja, das ist sehr traurig,« wiederholte Wolfgang. Er sah, wie erstaunt Anna aufblickte und fuhr fort: »Nur müssen Sie nicht denken, daß ich auch warte. Ich bilde mir ein, die Lösung gefunden zu haben.« Er beugte den Kopf nach vorn und richtete jetzt das Wort ausschließlich an Anna: »Wer seine Unsterblichkeit nicht in seiner unmittelbaren Tätigkeit finden kann, der hat sie in seinen Kindern. In denen lebt er fort. Das ist ein Saatkorn, für welches er Regen und Sonnenschein und Pflugschar ist. Es ist nicht genug, eine Frau zur Mutter zu machen; die Frau ist die fruchtbare Erde, durch uns wird sie ertragsfähig. Des Menschen Zukunft sind die Kinder. Das weiß auch jedermann. Die Kinder sind der Zweck aller Arbeit, soweit sie eben Arbeit und nicht Schöpfung ist. Aber was man nicht weiß, ist, daß diese Zukunft in den Händen der Frau liegt, und daß der Mann nichts anderes ist und sein darf als der Sklave seiner Frau. Wenn er sich nur als Brotsklave betrachtet, so ist es schlimm; es gibt noch andere Dinge in der Welt als Brotverdienen, nicht wahr, Anna? Aber wenn ich von etwas überzeugt bin, so ist es davon, daß ich dies Kind hier zu einer rechten Mutter machen muß, zur Mutter meiner Kinder. Daß die Frucht ihres Leibes über uns hinauswachse von Geschlecht zu Geschlecht, bis vielleicht einmal aus unserm Blut ein tätiger Schöpfer ersteht, der in sich eine Vollendung ist.«

»Und wenn das nie kommt? Wenn Ihr Geschlecht ausstirbt ohne die Krönung Ihres Lebens?«

»Dann waren wir eben Schutt. Dann schreiten andere auf unserm Staube empor; was liegt an uns? Die Natur ist reich. Wer kümmert sich um das Gelingen? Wollen ist genug.« Er erhob sich und trat zu seiner Frau.

»Sie sind doch nicht so schlecht, wie ich dachte,« meinte die Tante.

»Aber was machen Sie mit der Mitwelt?«

»Ich verdaue sie wie den Schinken heute abend.« Und laut lachend schritt er voran in das Musikzimmer.

Als die Tante, von Anna geleitet, ihre Stube aufsuchte, sagte sie: »Du bist eine glückliche Frau.« Anna nickte und sah die Tante fröhlich an. Die Treppe hinabsteigend mußte sie über das nachdenken, was Wolfgang gesagt hatte. War es denn wahr, daß er nur ihr lebte? Sie wußte es nicht, sie wußte überhaupt so wenig von diesem Manne. Er war ein Rätsel.

Zur selben Zeit stand Wolfgang und sann. Ein Licht war ihm im Sprechen entzündet. Wie lange würde es leuchten? Waren die Kinder wirklich die Lösung seines Lebens? Er wußte es nicht. Er war sich selbst ein Rätsel.

5.

Wolfgangs Absicht, die Arbeit einzuschränken, wurde bald zuschanden. Die Zahl der Hilfesuchenden wuchs von Monat zu Monat, und ihre Art wurde immer schwieriger. Seine Behandlung verlangte von seinen Kranken eine unbedingte Unterwerfung unter seinen Willen, eine große Entsagungskraft und den Vorsatz, selbst mitzuhelfen. Das alles schreckte die Halb- und Viertelskranken zurück, während es gerade die Aufgegebenen, die völlig Ratlosen anlockte. Kaum noch einer kam, der nicht schon an vieler Ärzte Tür geklopft hatte, und jeder neue Kranke stellte neue Aufgaben, vor allem immer die eine, die erschöpfte Hoffnung wiederherzustellen. Dieser fortwährende Kampf mit der Verzagtheit stählte Wolfgangs Mut, ein Selbstvertrauen, dem nichts unmöglich schien, entstand in ihm, seine Tatkraft wuchs wie das Feuer an der eigenen Flamme. Und allmählich verwischten sich für ihn die Grenzen seines Könnens.

Wieder wie vor einem Jahre häufte er zuviel auf seine Schultern. Der Hilfsarzt versagte ganz. Wolfgangs Unfähigkeit, fremde Kräfte auszunützen, wurde hier verhängnisvoll. Er war eine in sich abgeschlossene Natur, herrschsüchtig und alles mit eigenen Mitteln erzwingend. Er verstand es so wenig, Menschen zu gebrauchen, daß jeder in seinem Dienst verdarb. Trotz lebhaften Unmuts über die Fehler brachte er es doch nicht über sich zu tadeln, und rasch kam er dahin, lieber selbst das Doppelte zu arbeiten als die fremde Kraft zu erziehen. Innerhalb eines Jahres wurde der Hilfsarzt zweimal gewechselt. Dann gab Wolfgang den fruchtlosen Versuch auf.

Auch seinen geschäftlichen Unternehmungen vermochte Guntram sich nicht zu entziehen. Da er nicht alles preisgegeben hatte, so zog sehr bald das eine Geschäft andre nach sich, und schon im Laufe des Sommers sah sich der Mann in dasselbe Netz von Berechnungen, Listen und Wagnissen verstrickt, dem er entronnen zu sein glaubte. Die erworbenen Grundstücke mußten angepflanzt und bebaut werden, Pläne wurden geprüft, verworfen, neu aufgestellt, und ein unabsehbarer Haufen von Schwierigkeiten türmte sich auf. Dabei sah er deutlich, daß er sich immer mehr von seinem Ziele, der hohen Ehe, entfernte. Er merkte, wie Anna, sich selbst überlassen, verschlossen und einsam wurde, wie sie sich, leise und ohne es selbst zu wollen, von ihm loslöste. Sie widmete sich jetzt viel mehr als früher dem Kinde, und seit sie einer neuen Niederkunft entgegensah, schien ihre Welt immer enger zu werden.

Dazu erhob sich zwischen dem Paare wie eine Mauer das neue Buch

Wolfgangs. Je tiefer sich Anna in diese Ideen versenkte, um so schrecklicher und unmenschlicher erschienen sie ihr. Nicht nur ihre ganze Vergangenheit empörte sich gegen die Härte der Forderungen, ihr innerstes Wesen war so ganz anders gestaltet, so weich und hingebend, so voll Zärtlichkeit und weiblichen Mitleids, daß sie sich selbst das nicht zu eigen machte, was ihr Verstand billigte. Sie entschied mit dem Herzen, und das Herz, das seine Freude und Nahrung an dem kleinen Wesen zu ihren Füßen und dem Regen des Kindes in ihrem Leibe fand, verabscheute die gewaltsame Denkart des Mannes. Anna glaubte auch nicht daran. Sie sah Wolfgangs Leben vor sich, und dieses Leben strafte ihn Lügen. Wo sie auch prüfte, überall fand sie Güte und Liebe in seinem Wesen. Nicht eine seiner scharfen Ansichten fand sie in seinem Tun bestätigt. Sie glaubte ihm nicht. Die Erinnerung an seine Worte, daß er tausend Masken trage, wachte in ihr auf, sie sah, wie gewissenlos er mit der Wahrheit spielte, und sie fing an, ihm zu mißtrauen. Immer begieriger wurde sie, diesen Menschen kennenzulernen, ihn bis in die tiefsten Gründe seiner Seele aufzudecken, und je öfter ihr das mißlang, um so bitterer und trüber wurde ihre Stimmung, um so mehr versteckte sie aber auch ihr eigenes Empfinden.

So entstand allmählich eine drückende Schwüle in dem jungen Haushalt, und die Geburt des Knaben, die im Frühjahr erfolgte, vermehrte sie, statt sie zu zerstreuen. Eine heftige, kaum stillbare Blutung führte die junge Frau an den Rand des Grabes, und Wolfgangs eiserne Natur scheiterte beinahe an der quälenden Angst um sein Weib. Die Freude an dem Sohne wurde ihm dadurch vergällt, und er vermochte lange Zeit nicht, den kleinen Anselm zu ertragen, dessen Geburt ihm fast den Inhalt seines Lebens zerstört hatte. Er übertrug diesen Groll auch auf die Tochter und entfremdete sich ganz dem kindlichen Wesen. Seine Seele hing an dem Weibe.

Aber seltsam, kaum war die drohende Gefahr beseitigt, so empfand er nur noch die Unbequemlichkeit, eine kränkelnde Frau um sich zu haben. Unmutig sah er auf das blasse Gesicht, den schleppenden Gang, die müde Miene. Das war nicht, was er erträumt, was er so selig besessen hatte. Er brauchte Anregung, Heiterkeit, Anmut, er brauchte es, um leben zu können. Diese Schwere in seiner Umgebung lähmte ihn. Ein wachsender Zorn gegen seine Frau stieg in ihm auf. Er machte ihr aus ihrer Schwäche einen Vorwurf, er schalt und tobte, und beschämt durch die eigene Roheit vertiefte er noch seinen Groll. Das quälende Bewußtsein, mit eigenen Händen sein Glück zu zertrümmern, verfolgte ihn Tag und Nacht, und sein Gemüt verhärtete sich gegen alles und jedes. Ja, es kam so weit, daß er die Stunden fürchtete, die er zu Hause verbringen mußte, daß er sie abzukürzen suchte. Immer neue Arbeit nahm er auf sich, nur um dem Zusammensein mit Anna zu entfliehen, die ihm jetzt wie ein Gespenst die Zwecklosigkeit seines Daseins zu beweisen schien.

Endlich merkte er, daß seine Kräfte nachließen. Fast täglich traten heftige Kopfschmerzen auf, die er ungeduldig mit großen Gaben irgendwelcher Betäubungsmittel vertrieb. Der Atem wurde kurz und das Gehen mühsam. Er fühlte undeutlich, daß irgend etwas Schreckliches kommen mußte. Aber er war viel zu gleichgültig gegen jede Gefahr, um für sich zu sorgen. Seit Anna kränkelte, ekelte es ihn vor jeder Berührung mit Gebrechen, er verachtete und haßte das Leiden, er wollte nicht krank sein. Andere, ja was lag an anderen? Aber ihn durfte es nicht anpacken. Er wollte nicht. Und mit einem wahnsinnigen Trotz schleppte er sich durch den Sommer hindurch.

Inzwischen war sein Buch erschienen. Es war sang- und klanglos dahingegangen. Wenn es gelesen wurde, so erfuhr wenigstens Wolfgang nichts davon. Ab und zu sah er es bei seinen Kranken liegen. Er fragte nicht danach, und man sprach nicht davon. Nur selten hörte er durch Anna ein Wort, wie man darüber dachte. Man hielt es für eine Laune des überreizten Arztes, für eine Narrheit, die man ihm bei seinen Verdiensten zugute halten müsse.

Nach Wildenwald hatte Anna ein Exemplar gesandt. Ganz vereinsamt suchte die Arme dort Hilfe in ihrer Not. Denn eine Not war das Buch für sie. Es brannte sie wie höllisches Feuer. Sie haßte es und wollte es so gern lieben. Und nun, verwirrt und ratlos, hoffte sie bei dem Manne auf ein tröstendes, aufklärendes Wort, dessen ganzes Denken und

Streben eine einzige Verurteilung Wolfgangs war. Statt jeder Antwort erschien in den Wildenwalder Blättern von des Meisters Feder ein persönlicher Angriff gegen Wolfgang.

Anna fühlte recht gut, wie wenig vornehm das war. In ihres Gatten Schrift war der Name Tarner nicht mit einem Wort erwähnt, ja wer beiden Männern fremd war, vermochte keine Anspielung auf des Meisters Ideen darin zu finden, so sorgfältig war jeder Hinweis auf Wildenwald vermieden. Ein Gefühl des Stolzes regte sich in der Frau, eine Bewunderung für Guntram, der, ohne eine Miene zu ändern, Tarners Schmähschrift las und ruhig beiseite legte.

Aber sie gab noch nicht die Hoffnung auf, eine Versöhnung der beiden herbeizuführen. In ihrem tiefsten Herzen war es ihr doch, als ob Wolfgang dem alten Freunde bitteres Unrecht getan habe, als ob sein Buch eine Verirrung sei, eine Sünde an allem Heiligen. Und sie wandte sich bittend an Frau Aglaia um einen Ausgleich.

Wolfgang lächelte nur, als sie ihm davon erzählte. »Es wird nichts helfen, Anna,« sagte er traurig. Er war im Innersten getroffen. Daß seine eigene Frau ihn nicht verstand, raubte ihm jede Hoffnung, jede Freude, jede Lust am Leben. Von dieser Stunde an wartete er kalt und ruhig auf den Moment seines Zusammenbruchs, der ihm jetzt unausbleiblich schien.

Nach wenigen Tagen kam die Antwort von Frau Aglaia. Sie wies den Gedanken an eine Aussöhnung weit von sich. »Dein Vorschlag, meine Liebe,« schrieb sie, »ist unausführbar. Er zeigt mir einzig, wie wenig klar du siehst. Von einer Aussöhnung kann doch nur die Rede sein, wenn ein Kampf stattgefunden hat. Wie sollte aber der Meister mit seinem halbwüchsigen Schüler kämpfen? Alles, was dein Mann Gutes besaß, kam ihm von Tarner. Viel eher könnte man von einer Beleidigung sprechen und von Verzeihung. Aber auch darum handelt es sich nicht. Die minderwertige Leistung eines Undankbaren kann nicht beleidigen. Es ist traurig, wenn ein Mensch mit solchen Gaben Nichtigkeiten in die Welt schreit, wie man sie täglich in der Zeitung liest. Man begreift es nur, wenn man annimmt, daß dieser Mensch krank ist.

Dein Mann ist krank, arme Anna, und das beste, was du tun kannst, ist den Arzt für den Arzt zu rufen. Er selbst kann sich nicht mehr helfen. Welch eine Verirrung! Jahrelang hat er von des Meisters Gedanken gezehrt, und nun treibt ihn der Dämon des Neides, sich auf Kosten seines besseren Innern einen zweifelhaften Ruf zu schaffen, wie ihn jeder Beliebige mit weitem Gewissen und leidlich geübter Feder haben kann. Neid ist es, nichts weiter, Neid, daß er nicht sein kann, was er sein möchte.

Wir werden nie vergessen, was dein Mann uns war. Er ist für des Meisters unvergängliches Werk wie kein anderer tätig gewesen, er hat Worte gesagt, wie sie schöner nie gesprochen wurden. Wenn er jetzt sich selbst widerruft und den Schmuck von sich wirft, der ihn zierte, so kann ich ihn nur bedauern. Dafür gibt es nur eine Erklärung: Krankheit, und nur ein Heilmittel: stumme Verachtung.

Mit Freuden werden wir stets des Guntram gedenken, der unserem Herzen so nahe stand. Aber der ist tot. Den Mann, der diesen Namen weiter trägt, kennen wir nicht. Er ist für uns ewig ein Fremder. Nur mit tiefem Schmerz wissen wir in seiner Nähe unser Bestes, dich, unsere Tochter.«

Anna starrte den Brief an und las ihn verständnislos immer wieder von neuem. Dann brach sie in lautes, unaufhörliches Weinen aus. Endlich erhob sie sich. Wer nicht für mich ist, der ist wider mich, klang es ihr in den Ohren. Wie mit einem Blitzstrahl war ihr die Zukunft erleuchtet. Sie gehörte zu Wolfgang, sie durfte nicht rechts und nicht links schauen, sie mußte ihm folgen, selbst wenn er Unrecht hatte, und wenn sie das Unrecht einsah, so mußte sie ihre bessere Einsicht ausrotten und seinen Irrtum teilen. Was er war, mußte sie sein. Sie durfte nicht zweifeln.

6.

Als Wolfgang heimkehrte, empfing ihn Anna liebevoll und offen wie lange nicht. Ein lichter Schimmer der Freude und der Genesung glänzte in ihren Augen.

Wolfgang sah sie verwirrt an. Seit Stunden merkte er, daß sich ein

Schleier über sein Gehirn ausbreitete, und nur mit der äußersten Anstrengung vermochte er noch auf Minuten seinen Geist zu beherrschen. Anna kniete vor ihm nieder und unter Tränen gestand sie, daß sie an ihm gezweifelt habe, daß sie jetzt an ihn glaube, daß alles, alles aus ihrem Herzen gerissen sei, selbst Tarner, und daß nur er darin weiterlebe.

Wolfgang lehnte sich erschöpft im Stuhle zurück. Er hatte die Augen geschlossen. Nur bei dem Wort Tarner fuhr er auf, um sofort wieder in sich zusammenzusinken. Die erregte Frau sah besorgt zu ihm empor. »Es ist nichts,« sagte er, »ängstige dich nicht. Es wird vorübergehen.« Und sich erhebend schritt er in sein Zimmer und warf sich auf das Bett.

Als Anna ihn etwa eine Stunde darauf wecken wollte, sah er sie mit irren Augen an, dann streckte er ihr die Hand entgegen und sagte mit einem eigentümlichen Lachen: »Ich habe dazwischengeschossen in dieses Tarnergesindel, eine ganze Ladung Rizinusöl. Das wird sie auseinandersprengen. Glaubst du nicht?« Dann schloß er die Augen und fing an zu phantasieren.

Wolfgang blieb sich in dem Dämmerzustand des Fiebers bewußt, daß er von neuem an einer Lungenentzündung litt. Schon am ersten Abende rechnete er aus, wann die Krise eintreten mußte. Darauf wartete er. Er fühlte, daß er davonkommen werde. Der Arzt, den Anna gerufen hatte, war überflüssig. Der quälte ihn nur mit seinem Untersuchen und Fiebermessen. An dem Verlauf konnte er doch nichts ändern.

Im Laufe des vierten Tages fühlte der Kranke, wie etwas Neues, Unbekanntes an ihn herantrat. Sein Geruchssinn hatte sich zu einer unheimlichen Schärfe ausgebildet, und er wußte, was das bedeutete. Seine Nieren waren krank. Die Leute da, seine Frau und der Arzt, taten so, als ob sie es nicht glaubten. Sie hielten es wohl gar für Phantasien oder wollten ihn trösten. Das fehlte ihm gerade noch, ihn trösten! Es war wahr, was er von seinen Nieren sagte. Da schwatzten sie von dem Fieber, und daß die Entzündung auf die andere Lunge übergriff. Daran starb er nicht. Aber das Wasser, das in seinem Leibe stieg, das brachte ihn um. Bald mußte die Krise kommen, dann wollte er selbst sehen, was zu tun sei.

Die Krise trat ein. Wie diese Frau, die Anna, sich freute! Wahrhaftig, sie lachte und weinte zu gleicher Zeit. Wie dumm sie doch war! Sie wußte nicht einmal, daß er erst jetzt sterben mußte. Er schob sie zur Seite, als sie sich zärtlich an ihn schmiegte. Er schlug die Decke zurück und setzte sich aufrecht. Anna wollte ihn hindern. Da sah er sie mit einem Blicke des Hasses an, daß sie zurückwich. »Ich sterbe noch früh genug,« sagte er und prüfte mit unsicherer Hand die mageren Beine. Als er die teigige Masse unter seinen Fingern weichen fühlte, legte er sich wieder zurück.

Also darin hatte er Recht gehabt. Ja, er verstand etwas von Medizin, sicher verstand er etwas davon. Deshalb hatte man ihn von der Armee entlassen. Er schleppte das schon 12 Jahre mit sich herum. Nun ging es weiter. Erst schwollen die Beine an, und dann der Bauch und die Hände, die Brust, das Gesicht. Und dann starb er, ein scheußlicher Klumpen.

Was sie wohl fühlen würde, die Frau da drüben, so einhergehend neben einer lebendigen Leiche? Er kannte das. Die Furcht wußte nichts von Ermüdung, scheute keine Anstrengung. Sie fachte die Flammen des Daseins an und brannte den Menschen aus. Und wenn dann alles im letzten Schrecken zusammenbrach, dann würde das Herz seiner Frau leer sein wie kahle Mauern nach der Feuersbrunst.

Es lag viel Sinn in diesem langsamen Hinsterben. Die Liebe gewann Zeit mitzusterben. Und die erschöpften Kräfte labten sich wohl an dem trüben Gedanken: Es war das beste für ihn, und wir taten alles und mehr als wir konnten. Vor dieser leisen, kaum gewagten Eitelkeit schauderte dann der Blick und kehrte zurück zu der hohen Erinnerung an Liebe und Leben.

Wolfgang drehte den Kopf und blickte zwischen den halbgeöffneten Augenlidern zu seiner Frau hinüber. Anna erhob sich und neigte sich über ihn. »Geh,« sagte er, »du nimmst mir den Atem.« Und er sann weiter.

Er hatte sich einen andern Tod gewünscht, einen Heldentod. In dem Bett konnte er nicht sterben, das war unmöglich. Vielleicht ließ sich das alles kurz abtun. Er dachte wieder an seine Frau. Sie würde ihn pflegen, ihm die Tage der Qual verlängern. Die hatte nicht die Kraft, ihm den Gnadenstoß zu geben. Nein, er mußte sich selbst helfen. Das war ja leicht. Schon heute konnte er es tun. Nur der Arzt mußte fort. Der würde alles zerstören.

Ohne die Augen zu öffnen, sagte er: »Anna.« Sie trat zu ihm. »Wenn der Arzt heute kommt, sag ihm, ich wolle ihn nicht mehr sehen.«

»Aber Wolfgang!«

Er schlug die Augen auf und sah sie ruhig an. »Du hast gehört, was ich sagte? Ich will frei sein, bis zuletzt.« Die Tränen stürzten der armen Frau hervor. Sie faltete die Hände und sah den Kranken bittend an. Aber in diesem Gesicht war nicht ein Zug menschlichen Empfindens mehr, und machtlos sank ihr Mut vor der zukunftslosen Entschlossenheit des Mannes zusammen.

Sie versprach, nach seinen Wünschen zu handeln. Im Innern dachte sie anders. Man hatte ihr wohl gesagt, daß der Gatte verloren sei. Aber sie gab die Hoffnung nicht auf, und der Arzt, der so freundlich zu ihr sprach, war ihre einzige Stütze.

Wolfgang sah angestrengt nach den Augen der Frau. Er wollte wissen, ob sie wahr sprach. Aber sein Gehirn versagte den Dienst. Er versank in einen Dämmerzustand, und seine Gedanken verwirrten sich.

Nach kurzem Schlummer erwachte er. »Ist der Arzt dagewesen?« fragte er. Anna zögerte einen Augenblick. Sie überlegte, was der Kranke wohl hören wolle. Vielleicht sehnte er sich doch nach Trost. »Es ist gut,« fuhr Wolfgang fort. »Du willst nicht tun, was ich dir sage. Nun höre wohl zu. Ich habe keine Zeit mehr, mit dir zu rechten. Was noch von Kraft in mir ist, ist nicht dein, sondern mein. Ich werde nichts anderes tun, als was ich selbst will. Ich gehöre nicht mehr dir, und du gehörst nicht mir. Ein Stück von mir ist schon tot, und dieses Stück bist du. Du bist eine Fremde für mich, die in meinen Diensten steht. Willst du bei mir bleiben, gut, willst du gehen, auch gut. Weder das eine noch das andere macht mich heiß oder kalt. Bleibst du aber, so gehorche!«

Anna sah ihn fest an und sagte: »Ich werde es tun.«

»Nun also.« Er schwieg lange, dann begann er von neuem: »Wenn der Arzt kommt, so laß ihn ein.« In Annas Augen leuchtete es auf. Da wandte er sich ab und sagte: »Du verstehst mich nicht.« Und ohne ein Wort hinzuzusetzen, starrte er vor sich hin.

Vorhin als er sprach, war ihm etwas in den Sinn gekommen, etwas, was ihm den Selbstmord weit in die Ferne rückte. Mit der Frau da, mit den Kindern, dem Haus, den Plänen des Lebens hatte er nichts mehr zu tun. Das war Vergangenheit. Aber er hatte doch noch eine Zukunft. Es gab für ihn einen Heldentod, nicht blendend nach außen; niemand würde ihn sehen. Doch was gingen ihn die Menschen an? Er hatte nichts mit ihnen zu schaffen. Es gab einen Weg, dieses Schreckgespenst des Sterbens zu überwinden. Er konnte als Arzt sterben, beobachtend, prüfend, berechnend. Er konnte seinen Verstand an einer letzten, großen Probe messen. Er konnte am eigenen Körper lernen, wie ein Mensch zugrunde geht, und das wollte er tun.

Als gegen Abend der Arzt kam, sprach ihm Wolfgang seinen Dank aus und bat ihn, die Besuche einzustellen. Am nächsten Morgen erhob er sich und zog sich an. Die Kleider schlotterten ihm um den dürren Körper, nur die Füße waren geschwollen. Er schleppte sich schwerfällig in sein Zimmer und ließ sich dort vor dem Schreibtisch nieder.

»Wie steht es mit der Klinik?« fragte er Anna. Es waren seine ersten Worte seit gestern.

»Sie ist leer.«

»Und sind keine Anmeldungen gekommen?«

»Ich habe allen, die anfragten, abgeschrieben.«

Wolfgang schwieg. Er fuhr mit unruhigen Fingern über die Platte des Tisches und betastete die Gegenstände darauf. Zuletzt griff er nach einem Brief, welcher noch ungeöffnet dalag, und las ihn. »Welchen Wochentag haben wir heute?« fragte er dann.

»Mittwoch.«

»Für den Fürsten Leuchtenberg sollen zum Sonntag in der Klinik Zimmer bereitgehalten werden.«

»Wolfgang, das ist unmöglich. Du kannst noch nicht arbeiten.«

»Teile es der Verwalterin mit und schreibe an den Fürsten, er sei mir willkommen. Ich sei noch etwas elend durch meine Erkrankung, aber seine Behandlung werde darunter nicht leiden.«

»Wolfgang, du mußt Ruhe haben, mußt liegen. Der Arzt hat es mir auf die Seele gebunden.«

»Ich helfe mir selbst. Willst du schreiben oder nicht? Ich finde auch andere Menschen, welche für mich arbeiten.«

Anna sah ihren Mann zweifelnd an. Es lag eine so kalte Entschlossenheit in seinen Zügen, es war nutzlos, Widerstand zu leisten. Und wenigstens das eine mußte sie sich retten, ihm zu dienen, solange es anging.

Als sie geschrieben hatte, las er den Brief und steckte ihn zu sich. »Ich werde ihn selbst besorgen,« sagte er.

Anna fuhr empor. Die Angst gab ihr neue Kraft. »Das ist der helle Wahnsinn, Wolfgang. Ich lasse dich nicht gehen. Ich dulde es nicht. Ich dulde es nicht.«

Guntram stand vor ihr und stützte sich auf den Stuhl. »Ich habe keine Kraft zu streiten, aber glaube mir, es ist alles unnütz, was du sagst. Ich weiß, was ich will. Ein paar Tage habe ich noch Zeit. Die will ich mit oder ohne deine Zustimmung benutzen, mich an die Luft zu gewöhnen. Du siehst, ich kann nicht allein gehen. Willst du mich nicht stützen?« Seine Stimme zitterte ein wenig, wie in unbezwinglicher Rührung.

Als Anna diesen Klang hörte, forschte sie noch einmal ängstlich hoffnungsvoll in seinem Gesicht. Sie wartete nun schon seit zwei Tagen auf ein einziges Wort der Liebe. Aber ihres Mannes Ausdruck war unbeweglich wie früher, und im Innersten getroffen blieb sie dabei: »Ich lasse dich nicht gehen.«

Da lachte er kurz auf und schritt zur Türe. Sie warf sich vor seine Füße und hielt ihn fest. »Du darfst nicht, Wolfgang. Es ist dein Tod. Du darfst nicht.«

Wolfgang blieb stehen und mit ruhiger Stimme sagte er: »Ich habe keine Kraft mit dir zu streiten, das sagte ich dir schon vorhin. Ich bin krank und schwach, und du kannst mich mit deiner Hand festhalten. Sobald diese Hand mich losläßt, werde ich gehen.«

Einen Augenblick schaute Anna noch zu ihm empor. Dann erhob sie sich und ließ ihn vorbeischreiten. Nach wenigen Minuten sah sie ihn, in den Mantel gehüllt, schwankend an der Hauswand entlangschleichen. An der Gartentür stand er still. Er hielt den Brief in der Hand und blickte mit dem Ausdruck tiefster Qual die Straße entlang. Offenbar fühlte er, daß seine Kräfte nicht für den Weg bis zu dem Briefkasten reichen würden. Da ging Anna ihm nach, nahm den Brief und trug ihn selbst fort. Als sie zurückkam, dankte er mit einem freundlichen Blick wie in alter Zeit. Das ging ihr bis in das Herz hinein, und sorglich stützte sie den Kranken, der mühsam dem Hause zuschritt.

Wolfgang hatte mit dem Leben abgeschlossen, ohne Bitterkeit und ohne Hoffnung. Im ersten Augenblick, als er sein Schicksal erkannte, hatte sich seine ganze Willenskraft dagegen empört, aber sehr bald schon hatte er eingesehen, daß alles Widerstreben vergeblich sei. Nun harrte er des Ausgangs, als ob er allem menschlichen Begehren entrückt, allen Wünschen tot sei, die Lebensäußerungen in sich betrachtend und überdenkend wie eine Rechenaufgabe, wie einen Versuch. Dieser Versuch mußte seiner Voraussicht nach in einer bestimmten Zeit ablaufen. Was dann kam, war ihm gleichgültig. Nicht für eine Sekunde kam es ihm in den Sinn, über die Zukunft nach dem Tode zu denken. In seinem Wesen fand sich nichts, was ihn auch nur locker mit einem überirdischen Dasein verknüpft hätte. Er war mit der Erde verwachsen, und all seine Vergangenheit und Zukunft hatte an dieser Erde gehangen; des Glaubens war er immer gewesen. Seine Götter waren sterblich, seine Ewigkeit irdisch, und sein Fortleben auf das Nachwirken seiner Tätigkeit beschränkt. Dieser Glaube blieb ihm auch jetzt, als er sein Leben nach Wochen zählte.

In den schlaflosen Nächten lag er und überlegte, was nun der folgende Tag in ihm absterben ließ, wie weit sein Atem morgen reichen werde, welche Kraft in dem und jenem Gliede noch geblieben sei, wo der Körper zuerst versagen, welches Hindernis zunächst seine Leistungen hemmen werde. Und mit einer gewissen Schadenfreude gegen sich selbst sah er dann, wie richtig sein Rechnen war. Er freute sich über seinen Verstand. Das war die einzige Freude, die er empfand, und das einzige Bangen war, ihn zu verlieren.

Freilich wenn er dann näher zusah, verflog diese Angst. Je mehr der Körper dahinsiechte, um so klarer wurde sein Geist. Die Beine wurden ihm schwer, der Atem kurz und haschend, die Gewebe waren matschig wie schmieriger Schlamm, die Muskeln verloren die Kraft, und der Leib war gedunsen wie ein faulender Körper. Seine Leidenschaften waren untergegangen, seine Interessen vernichtet, Leid und Lust geschwunden, Weib und Kinder galten ihm nichts mehr, Vergangenes und Zukünftiges war ihm ein leerer Hauch, aber der Geist, mit welchem er die Dinge beschaute, war klar und durchdringend. Der hüllende Schleier schien von der Welt gefallen, etwas prophetisch Allwissendes lag jetzt in seinem Hirn, dessen Tätigkeit keine Grenzen mehr zu kennen schien. Und je länger er diesem Schauspiele folgte, wie er innerlich wuchs und größer wurde, während er äußerlich abstarb, um so lebendiger wurde in ihm das Gefühl des Stolzes und der Selbstanbetung. Wolfgang kam sich geweiht vor, unüberwindlich, und leise, leise begann sich die Freude am eigenen Menschen zu regen, das sichere Zeichen erwachender Lebenslust.

Was war denn durch seine Krankheit anders geworden? Stand er nicht eben so siegreich und machtvoll der Welt gegenüber wie vordem? Tag für Tag sah und sprach er die Kranken, die zu ihm kamen. Er hatte die Kraft, sie zu trösten, ihnen zu helfen, sie zur Freiheit zu heben. So wie stets gab er den Menschen Regen und Sonnenschein, so wie stets leitete er sie wie eine Herde den Weg seines Denkens. Sein Haus folgte seinem Wort, seine Kinder lächelten, wenn er zu ihnen trat, seine Frau liebte ihn und war glücklich, ein freundliches Wort, einen warmen Blick zu empfangen. Er bezwang den eigenen Körper, das Siechtum, die Schwäche, und er bezwang alles, was um ihn war. Und das nur mit seinem Kopf. Nichts, weder Liebe noch Haß, weder Freude noch Schmerz sprach dabei mit. Nur der denkende Wille war da, der losgelöste Verstand, und ihm unterwarf sich alles. Dieses Gefühl, Herr zu sein, hatte etwas Lockendes. Um seinetwillen lohnte es sich fast zu leben. Langsam, unmerklich führte der Hang zur Macht den Abgestorbenen zum Leben zurück. Seine Augen öffneten sich wieder dem Spiel der Welt und schauten verwundert auf die Dinge und Menschen, welche ihnen jetzt so anders erschienen.

Seit der Kranke sich gewaltsam Bahn gebrochen hatte, ließ Anna ihn gehen. Sie fügte sich seinem Willen. Mit immer gleichbleibender Sorgfalt und Güte trug sie ihr schweres Amt, diesen unbändigen Mann zu pflegen. Still und geräuschlos räumte sie ihm jedes Hindernis, jeden Verdruß aus dem Wege, seiner heftigen Laune mit einem Lächeln begegnend, seine Bitterkeit in Süße verwandelnd.

Wolfgang verfolgte das Wesen seiner Frau und sah mit Staunen, wie sie ihr Leben gestaltete. Diese ruhige Tapferkeit gab ihm zu denken. In dem zarten Geschöpf, dessen Anmut ihn bezaubert hatte, lebte eine Fülle der Kraft, die den schwersten Aufgaben gewachsen schien. Er hatte seine Frau nicht gekannt. Das Gefühl, eine Ebenbürtige neben sich zu haben, erwachte in ihm, und ganz in der Tiefe stieg der Wunsch empor, diese Frau noch einmal zu durchforschen und sich ihrer zu freuen.

Anna übertraf seine Erwartungen. Mit welcher Sicherheit wußte sie zu entscheiden, wie schlau und listig im scheinbaren Nachgeben sein Leben zu lenken, wie selbstverständlich war der Lauf des Tages, von ihrer Hand geleitet, und wie vorschauend und sorglich gab sie der kommenden Zeit die richtige Bahn. Zur selben Stunde, als ihm das eigne Tun gleichgültig wurde, sah er mit Lust, wie ein anderer die Zügel führte, und was ein fremdes Wesen aus dem Leben zu machen verstand. Eine stumme Ehrfurcht vor der Kraft Annas lebte in ihm auf, und die wohlige Freude, daß diese Frau sein war, erwärmte ihn. Wolfgang wurde begierig zu wissen, was sie mit ihm, dem Zukunftslosen, anfangen werde. Den eigenen Willen fest fassend und unterdrückend, warf er sich ihr wie ein Stück Holz in den Weg und wartete dessen, was sie tun könne.

7.

Die zerstörende Wut der Krankheit schritt unaufhaltsam weiter. Im Inneren Wolfgangs aber ging langsam eine Wandlung vor. Sie erschreckte ihn fast. Ihm war zumute, als ob er, ein sehnsüchtig umgehendes Gespenst, sich von der Herrlichkeit der Welt nicht trennen könne, einer Herrlichkeit, die er doch nicht mehr genießen durfte. Hie und da überraschte er sich selbst, wie er staunenden Auges den zierlichen Bewegungen Annas folgte, wie sein Ohr sich am Klange ihrer Stimme freute, wie er ihr Berühren lindernd und wärmend empfand. Er lernte wieder fühlen, daß es auch andre Mächte gab als die seines Verstandes. Wie der anschwellende Ton holder Musik wirkte das Anschauen eines schönen Menschenbildes. Dieses sanfte Genießen stärkte ihn wie erquickender Schlaf.

Nun wurde ihm die Sonne wieder wärmend und die Luft klar und weckend, die Bläue des Himmels leuchtete von neuem, und ein leises Weben ging durch die sterbende Natur des Herbstes. Die fallenden Blätter raschelten seltsame Weisen, aufregend, belebend, antreibend; der Herbststurm rüttelte an den Fenstern und Mauern, als ob er den stillen Genossen suchte und riefe. Der drinnen aber war zaghaft geworden. Das neu erwachende Leben hatte ihn schwach und weichmütig gemacht, und wie ein ängstliches Kind flüchtete er in den schützenden Arm der liebenden Frau.

Von der ließ er sich trösten. Sie mußte ihm Lieder singen, kleine, unscheinbare Melodien mit klarem, leichtflüssigem Rhythmus, die in holder Einfachheit das Herz erfrischten und ihn frei aufatmen ließen. Wie liebte er diese ruhigen Klänge, wie liebte er den Mund, der sie sang, den wechselnden Ausdruck in diesem wahren Gesicht, das jede leiseste Regung verriet. Er konnte nun wieder die lieben Geheimnisse verfolgen, welche in seiner Frau beschlossen lagen, und er freute sich, wenn er an einem leichten Zittern der Stimme, an einem raschen Zucken der Lippen merkte, welche Gedanken ihr durch die Seele gingen.

Wolfgang mochte Anna jetzt nicht mehr entbehren. Sie war um ihn alle Zeit. Geduldig harrte sie die Stunden, die er der Tätigkeit widmete, im Nebenzimmer, freundlich bot sie dem Matten den Arm und leitete seinen schweren Schritt, sorglich umgab sie sein Leben mit Liebe und Hilfe. Und langsam stiegen vor seinem schlaflosen Hirn andre leuchtende, warme Gedanken empor. Eine leichte Schwärmerei mit süßen, kindlichen Träumen umwob ihn und schüttelte tändelnde Reime vor ihm aus, die er zwischen Wachen und Schlafen sammelte. Wolfgang sah es jetzt deutlich, wie das Leben ein lieblich goldenes Netz mit glänzenden Fäden um ihn webte, wie leichte Rosenfesseln ihn umkränzten, um ihn an das Dasein zu ketten. Er blickte in sein Inneres hinein wie in einen Kelch, aus dessen Tiefe perlender Schaum emporsteigt, und immer wacher wurde die Lust am Leben. Die grüßte er mit glücklichem Vertrauen. Er wußte, die Freude war das halbe Genesen; kehrte der Wille zum Leben zurück, so war er gesund.

Und dieser Wille kam, machtvoll, gewaltig, unwiderstehlich. Wie einen schwellenden Strom fühlte der Kranke es in sich emporquellen, wachsen und überfließen, ein herrliches Schauspiel der gütigen Mutter Natur. Von Zeit zu Zeit kam es wie ein Jauchzen über ihn, wie ein frohlockendes Begrüßen lachender Lust. Dann dehnte sich vor ihm die Zukunft wie das Meer, brausend und brandend, den kühnen Schwimmer zum Sprunge fordernd. Dann ward ihm zumute, als ob er alles Ewige und Große in einem Augenblick erlebte, dann sah er sich an der Stelle des Vaters stehen, sah sich mit demselben kraftvollen Übermut in die Fluten hineinspringen, die ganze Welt in einen einzigen Atemzug zusammendrängend. Wenn nun sein Blick zu der liebreichen Frau hinüberschweifte, deren Schönheit an der inneren Qual gereift war, so stieg die Fülle des Lebens vor ihm auf, ewige Zukunft verheißend. Vorsichtig prüfend betrachtete er den eigenen Zustand, mit hoffenden Augen, nicht mehr mit dem kalten Blicke des Rechners.

War es Täuschung, daß sich die Muskeln leichter bewegten, daß die Brust weniger gierig die Luft einsog? Er konnte sich irren. Aber daß er dem Lachen der Kinder fröhlich lauschte, daß es in seinem Inneren widerklang, das war kein Irrtum. Vielleicht dachte er falsch, wenn er den Schlaf ruhiger wähnte, wenn er die Lust an der Nahrung aufkeimend glaubte, aber daß er mit längst vergessner Freude dem Plaudern Annas folgte, daß er mit neuem Interesse dieses und jenes mit ihr besprach, das war keine Täuschung. Da war kein Zweifel, er mußte genesen.

Urplötzlich, wie mit einem Zauberschlage brach die Genesung über ihn herein. Von Tag zu Tag sank das Gewicht, die aufgeschwemmten Glieder gewannen Formen und Ecken, Muskeln und Haut verloren ihre schwammige Gedunsenheit, die Knochen traten in erschreckender Magerkeit hervor, die Wangen wurden hohl und der Körper leicht und fest. Das war die Genesung. Alle Triebe des Lebens schossen in ihm auf, eine Flut von inneren Hoffnungen, Begierden und Kräften überströmte ihn und führte ihn dem jungen Tage entgegen.

Und wieder raffte Wolfgang seine Gedanken zusammen und berechnete dieses Gesunden. Das Schwindelgefühl, die Ohnmachten waren unvermeidlich. Wie sollte der verwüstete Körper noch Blut genug haben, das Hirn zu ernähren? Das Versagen der Denkkraft, welches er vor kurzem so erschrocken gefürchtet hatte, betrachtete er jetzt kühl. Es mußte so sein. Ein Vegetieren mußte kommen, ein unterirdisches Wachsen der Kraft. Der Schlaf floh ihn, gewiß, aber er würde zurückkehren, früher oder später. Dieser quälende Durst verschwand, sobald die gelockerten Gewebe die alte Festigkeit gewonnen hatten. Die Augen wurden ihm schwach, er konnte die Buchstaben nicht mehr unterscheiden. Aber das ging vorüber, das war nur die weichende Spannung der Netzhaut, und die Qual der Blindheit ließ sich für die wenigen Wochen leicht überwinden. Vielleicht blieb der bohrende Schmerz im Kopf, vielleicht, wahrscheinlich. Das war zum Lachen. Er wollte kein Wohlsein, er wollte das Glück, und das Glück konnte vom Schmerz nicht getrübt werden. Die Nieren blieben krank, gewiß. So mußte er jeden Tag seines Lebens als ein Wunder betrachten, so konnte er jede Stunde doppelt genießen. Der schwärmerische Gedanke schloß ihm durch den Kopf, daß er ein Auserwählter, ein Gezeichneter der Zukunft sei. Siegesfroh trat er zurück in das Leben.

Nach und nach gewann Wolfgang den Überblick über das, was hinter ihm lag. Er hatte das Ende vor sich gesehen, er durfte sich sagen, daß er nicht gezittert hatte. Das gab ihm eine unzerstörbare Ruhe, die Gewißheit, allem gewachsen zu sein. Eine große Feierlichkeit herrschte in ihm; die Welt erschien ihm fester, vertrauenswürdig, nicht zu erschüttern. Sein Fuß trat sicherer auf, das Unstete in seinem Wesen und Streben hatte einer tiefinnerlichen Sammlung Platz gemacht. Er wurde schweigsam, weniger mitteilend, er gab sich nicht mehr so leichtsinnig aus. Die neuen Erfahrungen hatten ihm gezeigt, daß er immer noch ein Werdender war, daß die ganze Welt noch wie roher Stoff vor dem Lernenden lag. Gleichsam in einen tiefen, tiefen Brunnen fielen die Erscheinungen des Lebens in ihn, in dem Dunkel des Schachtes verschwindend, als sollten sie nie wieder auftauchen. Jeder Tag war ihm wie ein Geschenk, und wie ein Geschenk aus Freundeshand betrachtete er den Augenblick und alles, was der ihm zeigte.

Dieses Dasein, welches dem Tode fast geraubt wurde, war wie der Funke des Prometheus. Ein nährendes, wärmendes, leuchtendes Feuer mußte daraus entstehen. In den langen Stunden, in welchen er mit sich und seinen Gedanken allein gewesen war, lieblos, sorglos und freudlos, hatte er alle Möglichkeiten, die in ihm lagen, geprüft. Durch die Nähe des Todes hellseherisch geworden, schaute er in sein Wesen hinein, wie der Zauberer, dem der Ring die Tiefe der Erde sichtbar macht. Leuchtende Adern edlen Metalls liefen dort entlang, umhüllt von blindem Gestein und wertlosem Erz. Hie und da züngelten Flammen des Erdfeuers empor, gierig nach außen springend und leckend. Er mußte sie hüten, diese Flamme, nähren und bändigen. Sie durfte nicht ersterben, sie durfte nicht zu früh hervorbrechen. Wenn das Element die Hülle zerbrach, sollte es ein Feuerstrom werden, der in seinem verheerenden Lauf prachtvoll gewaltig die Welt in Schrecken emporhob.

Wolfgang suchte sein Leben einheitlicher zu gestalten, selbst auf die Gefahr hin, einseitig zu werden. Stetigkeit, Ordnung, vor allem Ruhe mußte hineinkommen. Alles Fremde, Nebensächliche, Voreilige, Waghalsige sollte verschwinden. So war denn das erste, daß er den Gedanken aufgab, ein Riesenvermögen anzusammeln. Mit kühler Berechnung und unbekümmert um die unvermeidlichen Verluste zog er sich aus allem geschäftlichen Verkehr zurück. Der Glanz der Geldmacht blendete ihn nicht mehr. Er sah jetzt die Grenzen, die dem Besitz gesteckt waren, und diese Grenzen waren ihm zu eng. Selbst in den freiesten Händen schien ihm das Geld zukunftslos, und er erkannte, daß es ein Fraß für Motten und Rost war. Ein Stammeseigentum, auf dem sich Sitte und Denkart vererben konnten, dessen hatte es bedurft, und das hielt er in Händen. Sein Geschlecht konnte es weiter ausbauen und wetterfest machen. Er aber hatte genug getan. Und ohne Bedenken wälzte er die Last des Erhaltens auf die willigen Schultern seiner Frau ab.

Wolfgang erkannte immer mehr, was er an Anna besaß, und er versuchte, sich ihr rückhaltlos und offen hinzugeben. Er sah, daß sie an ihn glaubte, daß sie mit allem, was ihr eigen war, in ihm aufgehen wünschte. In dieser seiner Ehe war es Wahrheit geworden, daß sie waren wie ein Fleisch und ein Blut. Wenn es je eine Ergänzung zweier Menschen gab, so war es hier Wirklichkeit. Die scharfen Gegensätze der kältesten Selbstsucht und der reinsten Selbstlosigkeit waren zusammengekommen und hatten sich miteinander vermischt wie die Glut zweier Liebenden, und in der Frucht dieser Vermischung lebte und wuchs die untrennbare Einheit, das Neue, wie ein Kind der Liebe.

In dieser Ehe mußte die Lösung aller Rätsel für ihn liegen. Denn, welches Rätsel konnte ihn locken als das des Menschen? Waren sie nicht reich genug, alles Menschliche in sich zu fassen? Lag nicht alles in ihnen beschlossen, alle Leidenschaften, alle Lust und Unlust, alle Grenzen des Denkens und Fühlens? Wolfgangs Ehe, das war das einzige Lebensverhältnis, welches er ganz kennenlernen konnte, weil es das einzige war, welches ihm gefiel, welches ihn anzog. Was er in dieser Ehe nicht fand, das würde er nie finden. Und wie er sich selbst als einen den Göttern Geweihten betrachtete, so sah er in seiner Frau alles Ehrfurchtheischende verkörpert. Die heilige Stimmung, in der er seit seiner Genesung war, verklärte ihm die Frau, und gab ihm das, wonach er solange sehnend gerungen hatte, eine Einheit in der Ehe.

Eine Zeit des frohen Genießens brach an, fast eine neue Kindheit. Das selige Dämmern wunschloser Genesung umfing dort in dem Doktorhaus alles mit holder Freude, und das große Kind, das dem Leben so wunderbar geschenkt war, spielte um die Wette mit den kleinen. Neugierig spürte der gesundende Mann den Lebensregungen des Sohnes nach, aufmerksam verfolgte er den erwachenden Verstand Susannes, im eigenen Innern Verwandtes fühlend. Er hielt andächtig den Kleinen im Arm, sich der Bewegung der Finger freuend, die greifend die Welt erkundeten, oder das Saugen der Lippen bewundernd. Er warf sich auf den Teppich zu der Tochter und jubelte mit ihr um die Wette, wenn sie von seinem Rücken getragen dahintrabte. Er neckte Frau Anna, er spielte mit ihr, schlang sich ihr Haar um die Finger und ließ sich willig den Bart zausen. Er haschte die Fliehende und rang mit ihr um den Kuß, und die Tage glänzten wie ein Kindeslachen.

Nur leise, leise klang ein einziges Mal ein Mißton dazwischen.

Wolfgang hatte seine ärztliche Tätigkeit so viel wie möglich eingeschränkt. Anfänglich sorgte sich Anna, er könne bei der Arbeit wieder erkranken. Als sie sah, wie seine Kräfte von Monat zu Monat zunahmen, minderte sich die Angst, ja sie verschwand völlig, seitdem Guntram von neuem einen Gehilfen geworben hatte. Sein Eifer, als Arzt Tüchtiges zu leisten, wurde geringer, und allmählich machte sich das in dem Reden der Menschen bemerkbar. Während Anna früher nur Lob und Preis über den Gatten geerntet hatte, mußte sie jetzt manchen Vorwurf hören. Der Doktor kümmert sich nur noch um Kranke, die ihm angenehm sind, hieß es, die anderen läßt er laufen. – Als Anna der Sache nachspürte, fand sie das bestätigt, ja es wollte sie fast bedünken, als ob er sich nur des jungen Volkes annehme. Die Eifersucht stach sie, und eines Tages stellte sie den Mann zur Rede.

»Die Leute haben ganz recht gesehen,« erwiderte Wolfgang. »Ich mache mir nichts aus alten Weibern.«

»So, du machst dir nichts daraus? Das ist köstlich,« eiferte Anna. »Die jungen frischen Dinger, die gefallen dir. Das glaube ich. Aber das ist schändlich. Dazu bist du nicht Arzt.«

»Es ist sehr angenehm, sich anbeten zu lassen.«

Anna lachte wider Willen. Wolfgang sah so pfiffig aus. Das mochte sie wohl leiden. Aber sogleich nahm sie sich zusammen. »Und daß dein Ruf dabei zugrunde geht, das gilt dir gleich. Mich wundert es nicht, wenn du keine Erfolge mehr hast.«

»Du weißt selbst, daß das nicht richtig ist. Jeder bekommt von mir soviel Sorgfalt, wie er braucht, und meine Erfolge leiden nicht darunter, daß ich jetzt mehr Übung habe, alles rascher erledige und der Eitelkeit der Menschen nicht mehr fröne. Aber man soll dem Ochsen, der da drischet, das Maul nicht zubinden. Ich will mein Vergnügen haben.«

Anna drehte hastig das Taschentuch hin und her, welches sie in den Händen hielt. »Du sollst nicht nach anderen Frauen schielen,« sagte sie.

Wolfgang hob den Kopf und sah seine Frau schlau von der Seite an. »Ach so, du bist eifersüchtig. Tröste dich, du hast keinen Grund.«

Das kränkte nun aber die kleine Frau doppelt, sich so erraten zu sehen. »Es fällt mir nicht ein, eifersüchtig zu sein, aber die armen Kinder tun mir leid. Du verdrehst ihnen den Kopf und machst sie unglücklich.«

»Hast du schon einmal so eine Unglückliche gesehen?«

»Ach, solange sie hier bei dir sind, geht natürlich alles gut. Da wachsen sie an deiner Sonne und sind froh und heiter. Aber was wird nachher? Du stopfst sie mit deinen verruchten Ansichten voll und dann läßt du sie laufen. Wolfgang, das ist schlecht. Wie kannst du so mit den Menschen spielen?«

»Ich brauche das für mich selber. Ich lerne an ihnen. Es bleibt mir noch manches Rätsel der menschlichen Seele zu lösen. Und dazu habe ich meine Kranken.«

»Du experimentierst.«

»Natürlich.«

»Und ob dabei Menschen zugrunde gehen, was kümmert es dich? Du lernst dabei.«

»Ist das nicht mehr wert? Gewiß, wenn ich meine Grenzen kennte, wenn ich wüßte, daß ich es nicht weiter bringen kann als der oder jener, ich wäre bescheiden genug, mich mit der Rolle des Arztes zu begnügen. Aber das ist es eben, ich weiß nicht, was in mir liegt. Vielleicht steckt etwas in mir, was sich lohnt.«

»Warum bist du nicht mehr wie früher? Da dachtest du auch gering von deinem Beruf. Aber du verteiltest deine Arbeit gerecht.«

»Früher, früher. Da bildete ich mir ein, schon etwas zu sein.«

»Und bist du etwa nichts?«

»Nichts. Wenigstens nicht das, was ich werden muß. Ich glaubte, auf dem Gipfel zu stehen, und es machte mir Freude, die Welt, meine Welt zu regieren. Jetzt ist das anders. Meine Welt, wenn es so etwas für mich gibt, liegt in der Zukunft. Da harrt meiner ein Kampf, vielleicht.«

»Und für diesen Kampf schmiedest du dir Waffen aus den jungen Seelen, die sich dir anvertrauen?«

»Ja. Das tue ich. Ich weiß, was ich tue. Ich wandle einen gefährlichen Gang. Ich trage eine große Verantwortung. Aber genug, ich trage sie. Wenn ich dieser Zukunft Menschen opfere, glaubst du, ich nehme mich selber aus? Du weißt ja nicht, was ich tue, du weißt nicht, was ich leide, jetzt schon, und was mir zu leiden bleibt.«

Anna sah ihren Mann scheu an. Sie hatte fast Lust zu lachen, und doch waren ihr die Tränen nahe. »Vorläufig sehe ich nur, daß du andere leiden läßt. Du bist viel zu kalt, um Reue zu fühlen. Mich empört es, daß du die Besten aussuchst, um sie auszusaugen und deinem Machtgelüste zu frönen.«

»Du irrst dich, Anna. Ich habe keine Freude mehr an der Macht. Das war einmal. Was ich jetzt will, ersehne und erstrebe, ist nur, den Menschen kennenzulernen. Alle Triebfedern und geheimen Kräfte sollen sich mir offenbaren. Und wenn ich etwas entdeckt habe, einen Hebel, irgendein kleines Werkzeug, so erprobe ich es am lebendigen Menschen. Aber dazu kann ich nur die besten gebrauchen, die feinsten Seelen. Die Menschen sind für mich wie chemische Körper. Ich mache Versuche damit.«

»Wenn sie aber darüber zugrunde gehen?«

»Was tut das, es finden sich neue. Und dann vergiß nicht – ich sagte es dir schon einmal – die Seele, mit der ich am meisten und am gefährlichsten experimentiere, ist meine eigene. Ich glaube, mehr kann der Mensch nicht tun, als daß er sich selbst preisgibt.«

Anna kniete vor ihrem Manne und sah ihn bittend an.

»Gib deinen Beruf auf, Wolfgang. Das kann kein Mensch, was du tun willst. Das hält kein Mensch aus, diese harte Gewissenlosigkeit, diese eisige Kälte der Berechnung. Gib deinen Beruf auf!«

»Nein, noch nicht. Ich brauche ihn noch. Ich will nichts für mich. In zwei, drei Jahren kann ich es vielleicht. Aber jetzt noch nicht. Ich will nichts für mich,« wiederholte er.

»Wolfgang, wenn du so weitergehst, werden wir alle für dich zu Rechenaufgaben, wir alle, deine Freunde, deine Kinder, wir alle.«

»Ich habe keinen anderen Freund als dich und auch keinen anderen Feind. Du kannst mich hemmen und vernichten. Tue es nicht. Es wäre schade. Hilf mir, aber halte mich nicht auf! Ich müßte versuchen, über dich hinwegzuschreiten« – er hielt einen Augenblick inne: ihm war, als ob er die Mutter reden höre –»und das würde ich nicht vermögen. Ich würde zugrunde gehen.«

Anna sah immer noch zu ihm empor, ein Ausdruck der inneren Qual überzog ihr Gesicht. Sie hatte nicht den Mut anzukämpfen. Dieses seltsam Visionäre in dem Wesen des Mannes lähmte sie. Ihr kam er vor wie ein Nachtwandler, und sie fürchtete sich, ihn zu wecken. »Wohin willst du mit alldem?« fragte sie.

»Ich weiß es nicht.«

»Du mußt doch ein Ziel haben. Jedermann hat ein Ziel.«

»Ich weiß es nicht. Und es ist auch nicht wahr. Niemand hat ein Ziel. Das bilden sich die Menschen nur ein. Über allen ruht die Notwendigkeit. Die meine ist, vorwärtszugehen wie ein Tollkühner, alle Möglichkeiten eines Menschenlebens zu erproben, die Grenzen mit den Fingern zu tasten.« Und als ob für einen Moment der Schleier der Zukunft vor ihm zerrisse, schrie er plötzlich auf: »Laß mich! Meine Last ist schwer genug. Du darfst dich nicht auch noch an mich hängen.« Da wandte sich Anna ab und ließ ihn gehen.

So blieb denn alles beim alten. Aber Annas Glaube wurde fester und tiefer denn zuvor, und sie lernte Wolfgangs Gedanken ertragen. Er wurde für sie wie das Meer oder der Sturm, unabänderlich.

Viertes Buch

1.

In dieser Zeit der Wiedergenesung, wo die Augen alles tiefer und voller sahen und die neubelebte Seele wie ein schwebender Adler in stolzer Ruhe weit über dem Leben des Tages hinwegzog, brach die Sehnsucht nach Schönheit und erhobener Größe in Wolfgang hervor wie ein quellender Brunnen. Sein Ohr, welches lange in das Schweigen des Todes hinausgehorcht hatte, verschloß sich verletzt dem Lärm der Menschen und lauschte den tiefen Klängen gestorbener Zeiten. Jetzt oder nie mußte er Rom sehen, das fühlte Wolfgang deutlich, Rom und die tote Welt. Was er jetzt, wo sein Inneres durstig, ein vertrocknetes Erdreich, die Eindrücke in sich aufsog und zitternd wie die Mimose jede rauhe Berührung scheute, was er jetzt Augen und Sinnen bot, das mußte ewig in ihm bleiben, das mußte wachsen und treiben und ihn ausfüllen, das mußte über alle Zukunft entscheiden. Neue, klare, große Eindrücke mußte er haben.

Und mit warmem Verlangen und freudiger Erwartung betrieb er die Reise zum Süden. Je weiter der Sommer vorschritt, je mehr seine Kräfte wuchsen, um so fester faßte er sich zusammen, um so sorgfältiger verschloß er sich gegen alle zudringlich verführerischen Reize des Tages, um so absichtlicher zwang er sein Erleben in einen engen Kreis der Einfachheit und Ruhe.

Es kam ihm nicht darauf an, sich mit dem Lande, welches er betreten wollte, und dessen Schätzen vertraut zu machen. Was lag daran, ob er hie und da etwas übersah, ob er an dem und jenem vorüberschritt? Die Einzelheiten konnten ihn nur stören, das viele Wissen ihm die Fragen zersplittern, denen er jetzt entgegenging. Stimmung brauchte er, weihevolle Stimmung. Er wollte die Antike ganz einseitig auf sich wirken lassen, um endlich einmal einen tiefen Blick in das geheimnisvolle Werden des Menschengeistes zu tun. Wenn es ihm gelang, sein Fühlen und Sehen um zwei Jahrtausende zurückzuzwingen, sich eine Zeitlang ganz gegen den Schein der kurzen Vergangenheit abzustumpfen, um dann plötzlich und unvermittelt wieder in den Strudel der Gegenwart zu springen, so mußte er dem Schicksal die Wege ablauschen.

So tauchten denn wieder alte Gewohnheiten in Wolfgang auf. Griechische und römische Schriftsteller wurden hervorgesucht und eifrig gelesen. Wie merkwürdig war es doch, daß ihm die Sprachen an sich keine Schwierigkeiten boten; er verstand alles viel leichter, obwohl er so lange Zeit kein griechisches Wort mehr gesehen hatte. Und je länger er las, um so seltsamer wurde das Bild, welches sich vor seinen Augen erhob, um so deutlicher trat ihm die kraftvolle Männlichkeit des antiken Denkens entgegen. Verwundert folgte er dessen Regungen, Wendungen und Änderungen. Er brauchte sich nicht mehr zu seinem Gegenstand zu zwingen; der nahm ihn gefangen und trug ihn über die Zeiten hinweg.

Nun kam es ganz von selbst, daß Wolfgangs Gedanken ernst und kraftvoll wurden, daß seine Rede einen höheren Klang erhielt, daß sich ein dionysisches Entzücken in seinem Tun und Handeln aussprach. Diese neuen, ungeahnten Fluten des Erfahrens erfüllten ihn ganz und brachen, angestaut, gewaltsam zur Mitteilung und Offenbarung hervor. So wortkarg er bisher gewesen war, so reich floß es jetzt aus seiner Brust. Neue Bande knüpften sich von ihm zu Anna. Das hohe Gefühl des Entdeckens machte den Mann weich und der Liebe empfänglich. Und er sah mit pochender Herzenslust, wie er die Frau allmählich von ihrem Boden des kleinen Sorgens und Schaffens loslöste und zu sich in die Regionen schwärmerischer Andacht hinüberzog, wie in ihr sich die Liebe und das Begehren der Größe an seinen Worten emporrankte. Das gab ihm den Stolz und die Eroberungslust zurück, die unter dem Grübeln und dem bedächtigen Zielen verschwunden waren. Als er endlich die ewige Stadt betrat, geschah es mit junger, frischer Seele, als ob er den ersten Schritt in das Leben tue.

Wolfgang fand in Rom nicht, was er suchte. Rom machte ihn unruhig. Er genoß die Schönheit in vollen Zügen. Aber irgend etwas drängte sich störend ein und machte ihn mißtrauisch, sich hinzugeben. Sein Blut wallte hier heißer, die Ungeduld der Erwartung trieb ihn umher. Der Mißmut, den er in sich entstehen fühlte, drohte ihm zu zerstören, was er so sorgsam emporgezogen hatte, und kurz entschlossen verließ er die seltsame Stadt schon nach wenigen Tagen.

Halb ernüchtert und ohne viel Freude fuhr er weiter dem Süden zu nach Neapel. Das einförmige Rütteln des Zuges und das hereinbrechende Dunkel versenkten ihn in unbestimmte Träume. Bittere Zweifel an sich selbst stiegen in ihm auf, und eine müde Trostlosigkeit breitete sich über ihn. Alles, was er dachte und fühlte, schien ihm abenteuerlich, unglaublich, er paßte wenig in die Welt, wo alles so wohlgeordnet und friedlich war, wo das Außergewöhnliche, Gewalttätige mit Spinnennetzen umwunden wurde, bis es ungefährlich, staubig und gerümpelhaft aussah.

Der Palatin fiel ihm ein. Der hatte ihn gepackt. Wie in einer Vision war die furchtbare Pracht der Kaisergeschlechter aus den riesigen Trümmern emporgewachsen. Für einen Moment war es über ihn gekommen, das Gefühl der Cäsaren, die sich Götter dünkten, und er hatte es begriffen. Ein unnennbares Empfinden hatte ihn erfüllt, den Erdball zu fassen und mit ihm zu spielen, wahnsinnig wie jene, zwecklos, gewissenlos, nur von dem Lustgefühle der Macht durchtränkt.

Da war eine Gruppe von Leuten neben ihm aufgetaucht, Leute mit frischen, nordischen Gesichtern und laut klingenden Stimmen. Eng umdrängten sie einen hochgewachsenen Mann mit blondem, leicht ergrautem Bart, der langsam ihnen vorangeschritten war und jetzt stillstand. Ein eigentümlicher Einfluß ging von diesem Gelehrten aus, ein stechender Eifer, ein festes Erfassen und stöbernder Scharfblick lagen in ihm. Mit einfachen, klaren, harten Worten entwarf er das Bild der Kaiserpaläste. Wolfgang horchte auf. Wie unbedingt sicher sich alles vor diesen Brillengläsern gestaltete, wie genau dieser Geist malte! So war es und nicht anders. Es hätte nicht des merkwürdigen Werfens mit dem Kopfe bedurft, mit dem der Mann einzelne Worte vorwärtsstieß, als seien es treffende Kugeln. Man glaubte ihm ohne das, man glaubte seinem zusammengefaßten Wesen. Auch Wolfgang glaubte und war gefesselt. Er maß, wog und verglich in Gedanken mit demselben Eifer wie der Redner. Jetzt schwieg der Mann, griff in die Tasche und brachte einen

Plan zum Vorschein, den er bedächtig ausbreitete. In diesem plötzlichen Schweigen durchfuhr es Wolfgang wie Scham. Er wandte sich mit Ekel vor sich selbst ab und knirschte zwischen den Zähnen: »Maulwurf.« Anna hatte ihn fragend angesehen, aber er hatte nichts hinzugefügt, war verstimmt davongegangen, hatte sich in eine Droschke gesetzt und war auf den Monte Pincio gefahren. Dort in dem bunten Treiben des Volkes war er wieder froh geworden. »Das paßt für uns,« hatte er gesagt, »wir begreifen es doch nicht, dieses Übergewaltige. Wir sind viel zu gemütlich und brav, und wir wissen zuviel.«

Ja, ja man wußte zuviel. Wie sollte heute noch unter diesem wissenden Menschenvolk Gewalt aufkommen, was sollte das Schauerliche, Abenteuerlich-Gefährliche noch inmitten der glatten Lebensbahn? In der übersichtlichen Ordnung Europas war kein Platz mehr für Außergewöhnliches, für rohe Kraft des Gedankens, für große Leidenschaften des Geistes, kein Platz für ihn mit seinem qualvollen Sehnen nach übermenschlichem Siege. Es war nutzlos, etwas anderes zu wollen, als Arbeit und Glück des Hauses.

Wolfgang war ganz in sich versunken. Da stieß ihn Anna an. »Sieh, Wolfgang, das Erdfeuer.« Er blickte auf. Der Vesuv glühte in der Ferne. Tief aufatmend starrte er den Berg an. Da war noch ein Wunder, eine unbegriffene Gefahr, eine hohe Hoffnung. Wolfgang sah lange hinaus, dann nahm er die Hand seiner Frau und drückte sie krampfhaft. »Wie ich ihn liebe, diesen Feuerspucker, wie ich ihn liebe, Anna!«

2.

Die Tage in Neapel vergingen im Fluge. Dem Paar erschien es wie ein Traum, als es zum Abschluß der schönen Zeit an der Meeresküste entlang Amalfi zufuhr. Am Morgen waren die beiden von Salerno aufgebrochen, und die Fahrt mit dem Blick auf die große Pracht des Meeres hatte die Seelen weit und festlich gestimmt.

»Mir ist zumute, als ob ich zum ersten Male neben dir säße, Liebste, als ob wir jetzt erst die hohe Zeit der jungen Liebe durchlebten. Ein Druck ist von mir genommen. Ich war schwerfällig geworden, und das

Leben erschien mir wie eine Mühe, nicht wie ein Genuß. Ich bildete mir ein, eine Aufgabe zu haben, und daran habe ich herumgebrütet, als ob ich in der Schule eine besonders schwere Dreieckskonstruktion lösen sollte.«

»Ein wenig langweilig warst du, das läßt sich nicht leugnen.«

»Aber jetzt, jetzt ist wieder gut mit mir leben, nicht wahr? Was haben wir für schöne Tage gehabt! Sie schauen mich lockend an, einer an den anderen in Freude und Glanz gereiht, wie die goldnen Früchte, die dir die Wirtin auf Capri schenkte.«

Anna lachte und summte eine Melodie vor sich hin. »Sie waren doch spaßhaft, diese Musikanten auf dem Dampfer mit ihrem Geklimper. Wie vergnügt sie das Leben nahmen, trotzdem sie so arg verhungert aussahen. Und die unermüdliche Geduld, mit der unser Freund, der Händler, seine Schreibmappe anpries. Nun habe ich das schönste Schreibzeug der Welt, das Herz lacht einem, wenn man die schmucken Tänzer auf dem Holzdeckel sieht. Und ich brenne vor Begier, den ersten Brief zu schreiben. Wem soll ich ihn schreiben? Habe ich nicht gut mit dem Manne gehandelt? Ein Drittel seiner Forderung hat er bekommen.«

»Die Leute nehmen uns eben für ein Hochzeitspaar, und die stehen hoch im Preise. Wir müssen weniger verliebt sein. – Es ist ein glückliches Völkchen hier. Die Sonne scheint ihnen so reich, daß alles in Gold getaucht ist und ihnen teuer wie Gold wird. Wie eine lustige Seifenblase tanzt ihr Leben dahin, buntschillernd ist alles, in wechselnden Farben leuchtend. Die klare, heitere Luft gleicht die Unterschiede aus und verbrüdert in Freude. Denk nur, wie der Kutscher vorhin vom Onkel Tarner erzählte. Als ob er sein bester Freund sei, und er hat ihn doch nur nach Cap Misenum gefahren. Und wie väterlich er jetzt mit uns tut. Was lachst du?«

»Oh, mir fiel Pompeji ein, und der alte Führer dort, der uns zeigte, wie sich die Neapolitaner Fleisch in die Suppe schaffen, wenn sie den Kopf schütteln. Der tat auch, als habe er mit dem Imperatore di Germania Brüderschaft geschlossen.«

»Siehst du, Anna, ich bin so froh, so froh, daß ich hierhergekommen bin. Ich war auf dem besten Wege zu versauern. In Rom wäre ich bestimmt versauert.« Wolfgang schwieg und sah pfiffig vor sich hin.

»Weißt du denn, was mich so verändert hat?«

»Natürlich der Vesuv.«

»Der Vesuv? Nun ja, aber der hat es doch nicht allein gemacht. Da blieb noch eine Menge Satz in mir. Nein, in der ersten Nacht in Neapel ging es mir durch den Kopf, wie unbrauchbar ein Mensch ist, der sich nicht freuen kann. Ein tiefer Ekel vor mir selbst ergriff mich, denn ich konnte mich nicht mehr freuen. Eine wehmütige Sehnsucht stieg in mir auf, und so schlief ich bekümmert und traurig ein. Als ich aufwachte –«

»Nun?«

»Als ich aufwachte, sah ich ein Meer von Wärme und Farbe und Sonnenschein vor mir, und an dem Fenster stand, unbekümmert um ihre Nacktheit, eine junge Frau, wie verlangend sich in der süßen Pracht zu baden. Sie bot ihre Glieder stolz dem Lichte, bewußt, das alles zu besitzen und zu besiegen.«

Anna hatte sich zu Wolfgang gewandt und suchte mit der Hand seinen lachenden Mund zu verschließen. Er aber wich mit dem Kopfe aus und packte sie fest, daß sie sich nicht rühren konnte. »Da habe ich das Freuen wieder gelernt,« sagte er, »und das Küssen.«

Anna machte sich rasch los. »Ach, du bist wild,« sagte sie. »Sieh nur, wie unser Kutscher lacht.«

»Er möchte mithalten, Anna. Ihm gefällst du.«

Wolfgang lehnte sich im Wagen zurück und warf einen sehnsüchtigen Blick auf das blaue Meer. »Siehst du, so etwas tut gut. Du weißt nicht, was diese Tage für mich gewesen sind. Mit Rom konnte ich nicht fertig werden. Rom hat etwas Aufdringliches, Beunruhigendes. Es ist hundertzüngig, redet die Sprachen aller Zeiten, und jede will die andere überschreien. Schließlich versteht man kein Wort. Hier ist das ganz anders. Hier begreift man die Welt auf den ersten Blick. Ich verstehe jetzt erst, was mich so nach Italien, zur Antike lockte. Es ist die Kraft, die darin liegt, die noch nicht von Empfindungen zernagt ist. Hier gibt es noch Gegensätze, schroffe, klare Widersprüche. Man findet es ganz in der Ordnung, neben dem prächtigen Karossenzug des Korso die zerlumpte Menge zu sehen. Hoch und Niedrig sind noch geschieden, und ich fühle mich zum ersten Male frei von dem Druck, ein Herr zu sein. Hier lernt sich die Größe und das Befehlen. Ich denke, hier werde ich auch mit allen Resten der Menschenliebe fertig.« Er biß die Zähne aufeinander, als ob er damit ein Stück Welt für sich herausreißen wolle.

»Was für tolles Zeug du wieder redest,« meinte Anna. »Du bist ein echter Wolf. Du bellst wenigstens so. Im Herzen weißt du so gut wie ich, daß der Mensch für den Menschen da ist, und daß wir alle dem Fortschreiten der Menschheit leben, dienstbar dem großen Ganzen.«

»Tarner,« unterbrach Wolfgang. »Ich kenne dieses Gesäusel, aber es ist nicht wahr. Man lebt sich selbst, nicht den anderen, und noch weniger irgendeinem blöden Ziel wie dem Fortschritt der Menschheit. Das habe ich lange dunkel gefühlt, nur daß es mich wie ein Vorwurf drückte. Pompeji hat mir bewiesen, wie recht ich habe. Für mich bedeutet das Sehen dieser toten Stadt ganz etwas anderes als ein bloßes Herumwühlen im alten Gerümpel, ebenso wie ich nicht dem Genuß des Schönen nachjage, was ich wohl früher tat. Es ist die Entscheidung für mein Denken, das Begreifen und Billigen meiner eigenen Natur. Was mir schlecht erschien, wird mir jetzt gut, und ich sehe, wie alle Flitter von mir abfallen, mit denen man mich behängte. Besinnst du dich auf das Christuskind von Sansovino, wie man es mit Seide und Perlen bedeckt hat? So ist es mir gegangen. Meine Eltern, mein Bruder, der alte Schäufflein, alle haben sie mir ein Mäntelchen angezogen, und zuletzt noch, pfui Teufel, ist der Wildenwalder mit seinem Tarnhelm gekommen und hat ihn mir aufgestülpt. Pflicht, Menschenliebe, Arbeit für andere, Leben und Sterben für eine große Idee, das ist alles Mummenschanz. Gut und Böse, das gibt es gar nicht, und das Gewissen ist die verderbliche Erfindung eines Menschen. Groß und klein, das ist der einzige Unterschied. Was wußten die Alten von Nächstenliebe? Sie hatten Sklaven, sie brauchten ihre Nächsten als Werkzeuge und sie taten recht daran. Oder Treue? Mir hat der alte Themistokles am besten gefallen, wie er in Sardes saß und darüber brütete, sein Vaterland zu verraten, und Alkibiades war mein jauchzendes Entzücken. Schon als Kind verstand ich es nicht, wie ein Mensch verzeihen könne bloß einer fremden Idee wegen. Damals trat man die Idee mit Füßen, wenn sie den eigenen Weg versperrte.« Wolfgang stampfte selbst mit dem Fuß auf, als ob er etwas zerträte. »Der Achill, das war ein Kerl. Den ganzen Krieg wirft er über den Haufen, sobald er sich gekränkt sieht. Er zwingt die Griechen zu der Einsicht, daß sein Stolz mehr wert ist als ihre heilige Rache. Und was haben sich die Leute für Götter geschaffen! Denen ist der Mensch ein lebendiges Spielzeug, und ihr Leid ist ihnen ein Vergnügen. Das war der Antike Größe, gleichgültig über die Menschen hinwegzuschreiten. Und das liegt auch in mir. Für mich sind die Menschen Würfel, mit denen ich gegen das Schicksal wette.«

Frau Anna lachte in sich hinein. »Du bist ein Wolf. Aber man weiß dich zu zähmen. Frauenhände können dich zähmen, daß du Körner frißt.«

»Gewiß, das ist es ja eben. Ich bin kein Mann, kein Grieche. Wir dienen alle der Frau. Wir lieben mit dem Herzen, wir halten im Ernst die Treue, wir kennen die Ehe und das Glück der Familie. Wie sollen wir noch Großes schaffen, wir, die wir den Weibern dienen? Es ist an Euch, die Welt zu führen. Das ist der große Irrtum der Renaissance; sie hat nicht vermocht, die Frau niederzudrücken, ja mit ihr beginnt der Siegeszug des Weibes. Wenn man Raffael mit der Antike vergleicht, begreift man, warum er selbst neben ihr schön bleibt, aber auch warum er so klein erscheint. Er ist die Stufe für ein Weib; das wird vollenden, was er gewollt hat, die Kunst der Mutter. Das ist es, was mich in Rom gestört hat, dieses unreife Tasten an der Zukunft. Und ebenso an der Vergangenheit. Michel Angelo hat es damit versucht. Er wollte männlich sein. Zu seiner Zeit gab es schon gar keine Männer mehr. Darum ist alles bei ihm erzwungen, auf die Spitze getrieben, gesucht männlich. Es ist keine echte Kraft. Aber möglich muß es sein, ein Mann zu sein, und wenn man dazu in die Einsamkeit gehen müßte.«

»Mir bist du reichlich männlich, Wolfgang, und ich habe keine Lust, noch mehr Proben deiner Kraft zu hören. Du gehörst an mein Gängelband, und ich will dich schon führen. Die Welt, die du uns Frauen so gütig zuerteilst, überlasse ich anderen. Ich finde es ausreichend schwierig, meinen großen Jungen zu erziehen. Aber du gefällst mir gut, wenn du so recht frech mit allem umspringst. Du bist dann komisch.«

Wolfgang lachte. »Weißt du,« sagte er, »vor Jahren habe ich einmal vor meiner Mutter so drauflos geredet. Es ist mir noch völlig gegenwärtig. Daß gute Altchen nahm damals meine lauten Träume halb und halb ernst und hatte arge Sorge um ihr Kind. Es freut mich an dir, daß du mir mit Auswahl glaubst. Es wäre schrecklich, wenn ich alles verantworten müßte, was ich sage.«

Ein leichter Schatten flog über Annas Gesicht. Sie hatte so oft für Scherz genommen, was dann doch bitterer Ernst war. Aber plötzlich klatschte sie in die Hände und sich weit aus dem Wagen beugend, rief sie: »Sieh Wolfgang, wie schön das ist! Das sind die Pforten des Paradieses.«

Im gleichen Moment schaute der Kutscher sich um und nach vorn weisend sagte er: »Ecco Amalfi!« Und lustig mit der Peitsche wallend, jagte er dem Paradiese zu.

Die Welt wurde für Wolfgang wieder zum Paradiese. Als sie heimreisten, rasteten sie noch einmal in Rom, und dieses Mal genoß er es ganz. Frei von allen Sorgen und von der Last pedantischen Denkens und schwerfälliger Ideen tanzte er durch das Leben, froh mit der Geliebten vereint. Seine Augen waren weit offen für Rom, und alle Pracht und Freude zog in ihn ein wie in weit geöffnete Tore. Er fand es alles nicht mehr so erschreckend groß und schwer. Ihm war es einfach ein schönes Spiel, geschaffen, sein Liebesleben auf rosigen Wolken zu tragen.

Wolfgang war wieder unbefangen geworden. Sein Verdacht gegen alles, dessen Lob er bis zum Ekel gehört und gelesen hatte, war verschwunden. Der Sonnenuntergang auf dem Monte Pincio erschien ihm wirklich schön, die Campagna wurde ihm reizvoll, und selbst Frascati gefiel ihm trotz aller schrecklichen Lobgesänge deutscher Gemütlichkeit. Und eines Abends saß er voll Stolz in einer kleinen trattoria an der

Fontana di Trevi. Er war beim Mondschein in dem Kolosseum gewesen und war sich nicht albern vorgekommen.

»Einen besseren Beweis, wie gesund ich bin, gibt es gar nicht, Anna. Ich glaubte schon, die unselige Wut, originell zu sein und besonders geschmackvoll, werde sich nie verlieren. Nun habe ich auch diese verteufelte Eigenschaft, diesen Rest meiner Kindheit von mir geworfen. Ich hoffe, es kann noch etwas aus mir werden.«

»Sieh nur den Wirt, Wolfgang,« unterbrach ihn Anna, »wie sauber er alles geordnet hat. Wahrhaftig, man bekommt Lust mitzuessen. Früchte und Brot und Salami und Käse und alles an seinem Platz und alles blitzrein. Wie er die fetten Händchen bewegt, schau nur! Er hat die Augen überall. Seinen Burschen, den kleinen Buckel, weist er zurecht, weil er drüben den Gast noch nicht bedient hat. Ich finde es nett hier, Wolfgang. Mondschein, guter Wein und frohe Menschen, das gefällt mir.«

»Ja, das glaube ich. Und froh ist man hier. Sieh nur, den Arbeiter dort, wie er sein Schätzchen traktiert und die Schwiegermutter dazu! Die Mandoline hat er mitgebracht; der wird uns singen, das sollst du sehen.«

Eine Weile schauten sie dem Treiben der Leute zu, dann begann Wolfgang wieder: »Weißt du auch, wo wir sind? Anselm Feuerbach hat hier oft gesessen, wer weiß, vielleicht auch mit seiner Nanna.«

Anna rückte ihrem Manne näher: »Mein Feuerbach, der Schack-Feuerbach mit den schönen Frauen und Kindern? Der Grieche?«

»Gewiß, derselbe, der mit dem Symposion. Ich könnte mir denken, daß er hier beim Plätschern des Wassers seinen Alkibiades erfunden hat. Ich bilde mir immer ein, ich müsse ihm ähnlich sein.«

»Wem? Dem Feuerbach?«

»Nein, den beneide ich. Seinen Alkibiades meine ich.«

»Du?« Anna lachte laut. »Gar nicht. Wie kommst du darauf?«

Wolfgang schwieg eine Weile. Das Lachen hatte ihn verstimmt. Dann begann er zögernd: »Es hat eine sonderbare Bewandtnis mit Feuerbachs Symposion. Das Bild ist schuld, daß ich dich geheiratet habe.«

Anna sah ihren Mann erwartungsvoll an. »Das ist nicht eben höflich,« sagte sie.

»Nein, aber wahr. Ich habe dir das nie erzählt. Es liegt noch etwas Dunkles, Unerklärliches über der ganzen Sache.« Und nun erzählte er ihr den Traum, den er in der Nacht nach der Gesellschaft bei Tarner geträumt hatte.

Anna saß still neben ihm und hörte zu. Als er aber davon sprach, wie das Kind auf dem Arme der Frau, der sie glich, den Lorbeer ergriffen habe, unterbrach sie ihn: »Sieh nur, Wolfgang, die Maccaroni. Wie süß das duftet, und wie nett der Mann das zurechtmacht! Ich möchte mitessen, schon seinen Händen zulieb. Und dann Wein! Du läßt mich verdursten.«

Lachend bestellte Wolfgang Speise und Trank, und heiter plaudernd saßen sie noch eine Zeit und freuten sich an dem Treiben der Menschen in dem kleinen Raum.

Als sie hinaustraten, hing sich Anna fester an Wolfgangs Arm. »Hör, wie das Wasser plätschert und rauscht,« sagte Wolfgang. »Alle guten Geister leben darin, und das Mondlicht glänzt lieblichen Schein.« Sie standen lange an dem Rand des Beckens.

»Wirf einen Soldo hinein,« sagte Anna, »wir wollen wiederkehren. Wer dem Gotte opfert, kehrt wieder.« Wolfgang schleuderte ein Kupferstück hoch in die Luft. Anna stand weit vorgebeugt an der Brüstung. Als sie das Klatschen des niederfallenden Metalls hörte, zog sie den Mann mit sich fort. »Wir wollen gehen.« Und auf dem Heimweg sagte sie, sich an ihn schmiegend: »Dir wird niemand den Lorbeer nehmen, Wolfgang. Aber wenn dein und mein Kind über dich wächst, willst du es ihm neiden?«

3.

Wolfgang kehrte als froher Mensch nach Deutschland zurück. Wie der junge Morgen umfing er in frischer Kühle die Welt. Das Leben lachte ihm mit hellem Kinderlachen. Kein dumpfes Empfinden, keine sehnsüchtige Träne zitterte darin. Die warme Behaglichkeit des Hauses hüllte ihn ein. Er wußte, daß für ihn in seinem Weibe und seinen Kindern die Welt beschlossen sei. Hier sprangen die Quellen eines neuen Werdens. Als ihm sein Töchterchen schon von weitem zujubelte und im flatternden Kleide den Eltern entgegenrannte, während der Bube schwerfällig den Körper von einem Bein auf das andre werfend hinterdrein wankte, ging dem Vater das Herz auf, und er empfand innig, was er besaß. Seine Glieder streckten sich in sicherer Ruhe, beschaulich sonnte er sich an der Freude des Heims. Das kannte der Südländer nicht. Und dankbar gedachte er der Frauenliebe, die das Haus zur Welt gestaltete und diese Welt wohlig durchwärmte.

Alles erschien ihm nun neu und doch vertraut. Mit Schätzen beladen waren die Liebenden von der Reise zurückgekehrt, eifrig begannen sie ihr Heim umzugestalten, und die Wochen vergingen im Fluge.

Als nun alles vollendet war, freuten sie sich ihres Besitzes. Arm in Arm schritten sie durch die Zimmer und labten sich an ihrer Hände Werk. Denn ihre Augen sahen noch anderes als die Schönheit der Form und Farbe, als die Stimmung des Ganzen. Ihnen war alles lebendig. Die Wände regten sich und zeigten liebe Erinnerungen, die Bilder raunten ein leises Wort von stillen, schauenden Stunden.

Dort auf dem Flur stand die hochlehnige Truhe, aus Eichenholz geschnitzt. Liebkosend fuhr Anna über die zähnefletschenden Löwenköpfe an ihren Seiten hinweg. »Weißt du noch, Wolfgang, wie drollig es war, wenn die Suse den winzigen Finger in den scheußlichen Rachen steckte, zitternd vor Angst, daß der tote Kiefer doch einmal zuklappen könne? Und wie froh sie das Händchen betrachtete, das so wunderbar heil aus der Gefahr herauskam? Und dann eilte sie hurtig davon und kauerte sich zu dem Holzadler, ihm die Schwingen zu prüfen, mit denen er die steinerne Tischplatte trägt. War es nicht möglich, daß er einmal die Flügel ausbreitete und auf und davon flog?« Und heiter lachte sie.

Nun schritten sie weiter, und ihre Füße wurden ihnen leicht. Denn hier in dem weiten Eßraum drängten sich die Erlebnisse, und ganze Länder, die sie durchreist, ließen sich mit einem Blick überschauen.

»Es klingt wie das Sprachgewirr des babylonischen Turmbaus,«

meinte Wolfgang.»Hör nur! Der volle, eckige Grundton, das sind die Eichenmöbel, die sich vom deutschen Walde erzählen; wie fallende Wassertropfen im Springbrunnen lachen die Stimmen des französischen Porzellans dazwischen, rauh und heiser klappern Delfter Teller ihr breites, gemütvolles Lied, das Florentiner Silber singt von der stolzen Stadt, und von Zeit zu Zeit, achte darauf, rufen die alten spanischen Vasen von der Höhe des Schranks fremde Worte in das Getön. Mitunter vernimmst du auch unverständliche Laute dort an der Ecke, wo der russische Teeschrank steht.«

Anna schritt zu dem Büfett.»Horch,« rief sie und legte das Ohr an die Tür,»horch, da tanzen die Venetianer Gläser darin. Schau nur durchs Schlüsselloch, du großes Kind, dann wirst du es sehen. Dort das im gelben Kleid und dort eins im roten, das grüne schürzt sich das Röckchen und vom Fuß des perlfarbenen, schau nur, löst sich langsam die Schlange ab und dreht und windet sich. Was für ein toller Reigen! Nun klingen sie aneinander und begehren nach Wein. Nein, nein, ihr Gierigen, nicht heut am Tage. Wenn die Lichter nur heimlich noch brennen und der Tag schläft, holt euch die Herrin des Hauses und gibt dem reißenden Wolf den Nachttrunk.«

Sie zupfte Wolfgang am Ohr und rannte davon. Und haschend und neckend und träumend durchwandelten sie ihr Reich, durch die Kinderstuben an dem Rokokozimmer vorbei, und durch die blaue Pracht des Musikraums, wo nun wirklich weißer Marmor in griechischer Schönheit lauschte.

In der Bibliothek staunten sie über die Bücher, und Wolfgang freute sich an den stattlichen Reihen. Er nahm einen Band der Goetheschen Werke zur Hand und drückte ihn an sich.»Mir ist, als ob ich das alles selbst geschrieben hätte. Anna, so liebe ich es, so fühle ich mich eins mit ihm.«

Anna schwieg. Ihr Blick fiel auf ein Relief, das ernst an der Wand hing, und während Wolfgang voll Eifers dem Heiligtum nahte, einem breiten, streng geschnitzten Schrank, der die Kupferstiche barg, sann sie dem schweren Eindruck nach, den das Bildwerk in ihr hervorrief. In

Neapel an einem sonnigen Tage hatten sie es gekauft, diesen Abschied des Orpheus von seinem Weibe. Wie ernst und heilig der Mann blickte! Das war, als ob ihn ein Licht locke, ein einsames Licht, zu dem die Gattin nicht folgen durfte. Eine tiefe Traurigkeit erfaßte Annas Herz. Sie schüttelte leise den Kopf, wie wenn sie ein Grauen von sich weise, dann eilte sie fort, dem nachstürmenden Wolfgang entwischend.

In des Herren Zimmer standen sie still. Wolfgang warf sich in seinen Stuhl. »Bunt genug sieht es bei uns aus,« sagte er, »eine Trödlerbude. Wie würden die Stilgerechten höhnen, wenn sie das sähen! Und doch ist es einheitlich, harmonisch, ein schönes Heim.«

Anna war ernst geworden. »Ein echtes Abbild deines Wesens ist es, und das macht es so. Wie in deinem Kopf und leider dem Herzen sich alles zusammendrängt, um das hohe Lied deines Lebens zu singen, so ist es in deinen Räumen. Du führst und leitest zum Einklang, du prägst die Dinge um, daß sie dein werden, daß sie wie du werden, ganz wie du die Menschen umprägst und ihnen neue Seelen gibst. Ach, ich liebe dich, Wolfgang. Du bist die Welt, die ganze Welt bist du.« Und voll Glück kniete sie sich vor ihm nieder.

Dann wurde sie wieder still. Dort gegenüber hing der Stich nach dem Feuerbachschen Symposion. Vor kurzem hatten sie ihn erworben, und es war ein froher Liebestag gewesen. Aber nicht daran dachte Anna. Ein seltsames Gesicht tauchte vor ihr auf. Unter dem Bilde hatte gestern Wolfgang gesessen; den Knaben hielt er auf dem Arm, und sein Mädchen lehnte sich schweigend an sein Knie, ernsthaft zu ihm ausspähend. Der Vater erzählte ein Märchen von jenen Menschen, wie sie ihm einst lebendig erschienen seien, und ihm einer Frau Bild zeigten, und wie er ausgegangen sei, diese Frau zu suchen. Sie wußte nicht mehr, wie sein Märchen endete. Aber es tat ihr wohl. Denn sie sah daraus, wie innerlich glücklich der Mann war, dem das eigene Leben ein Märchenzauber erschien, und sie war es, die ihm den Märchenton gab.

Und die Tage kamen und gingen in Frieden.

Wolfgang war zumute wie einem Menschen, der in die Flammen des Kamins blickt. Die Dämmerung sinkt mit leisen Schatten hernieder, und die Feuerzungen beginnen zu reden. Sie sprechen von der tiefen, stillen Freude, sie sprechen von Dingen, die der Tag nicht kennt, und die die Nacht fliehen. Leises, heimliches Plaudern und träumendes Versinken in Frieden war ihm das Leben.

In dieser dämmernden Ruhe wandte sich Wolfgangs Blick auf das Werden der Menschen und des Menschendenkens. Die Eindrücke in Pompeji hatten ihm den Gegensatz der Zeiten vor Augen geführt, und bewußt und unbewußt suchte er jetzt das Entstehen der Anschauungen zu verfolgen. Immer mehr verschwanden vor ihm die Einzelheiten der Geschichte, an denen sein Forschen so lange geklebt hatte, in ununterbrochener Kette zogen die Ideen der Welt vorüber, losgelöst von den einzelnen Trägern, unabhängig von den Worten des Tages, neu gestaltet durch sein Denken. Vor seinen Augen wandelten sich die Ansichten von Gut und Böse, Recht und Unrecht, Wahrheit und Lüge. Das Heilige wurde zum Spott, und die Verachtung ward scheues Verehren. Es gab Zeiten, in denen der Reichtum nichts galt, und in denen man das Menschenleben nicht achtete. Das Ziel, welchem die Menschheit nachjagte, veränderte sich rasch. Das Leben erschien wie ein Wandeln zwischen Spiegeln, die täuschend bald hier, bald dort zu neuen Wegen locken.

Wo waren die Grundfesten der Menschenwelt und wo die Vollendung? Alles Streben danach war eitel, es verging mit dem Tage. Nur die kurze Zeit, die er die Erde trat, gehörte ihm. In dieser Zeit mußte sich ihm vollenden, was zu vollenden war, und mit ihm starb die Welt. Licht und Luft brauchte er, und wie die Pflanze mußte er der Sonne entgegenwachsen, seiner Sonne, unbekümmert um das, was neben ihm emporsproß oder aus ihm entsprang. Seine Ziele lagen nicht außerhalb seiner selbst. In den Knochen seines Schädels war aller Inhalt des Lebens beschlossen, und die Welt reichte nicht weiter als seine Haut den Körper umhüllte. Diese Welt zur höchsten Vollkommenheit auszubilden, war seine einzige Pflicht, und sein Leben durfte nur noch ein Sammeln aller Kräfte sein, ein geduldiges Harren des Augenblicks, der ihn zur Höhe trug.

Der Kreis seines Außenlebens mußte kleiner werden. Wolfgang sah die Zeit nahen, wo er mit allem Lernen abschließen konnte. Denn der Lebensweg führte nur eine Strecke bergan. Den Gipfel zu erkennen und auf ihm haltzumachen, darauf kam es an. Und nur soviel lastende Bürde durfte er auf sich nehmen, wie er ohne Gefährdung der Kräfte zu tragen vermochte. Einzig das Unvergängliche sammelte er noch. So warf er denn seinen Beruf von sich. Er hatte daraus gezogen, was darin war. Wolfgang verkaufte sein Krankenhaus an seinen Gehilfen und trat ihm die ärztliche Tätigkeit ganz ab.

Anna frohlockte. Wie hatte sie diesen Augenblick ersehnt.

Sie hatte sich seines Tuns geschämt, das ja schon längst nichts anderes mehr war als ein kaltherziges Bloßlegen menschlicher Eigenschaften. Es kam ihr nicht in den Sinn, daß Wolfgang jemals in Untätigkeit verfallen werde. Sie kannte ihn genug. Für ihn war der Beruf nur ein Zufall; an die Stelle der alten Beschäftigung trat gewiß bald eine neue, eine neue, die ihn nicht mehr mit fremden Seelen spielen ließ und die ihn mehr als früher an das Haus und an sein Weib fesselte. Das besonders begrüßte sie mit Genugtuung. Denn seit der Krankheit drückte sie eine geheime Angst, sie könne ganz Wolfgangs Liebe verlieren. Und dieser Gedanke war furchtbar. Er bedrohte ihren innersten Lebenskern.

Wolfgangs Rücktritt erregte einen Sturm der Entrüstung unter all seinen Freunden und Bekannten. So wenig er sich auch in den letzten Jahren um seine Kranken gekümmert hatte, er war doch immer noch die Seele des Krankenhauses gewesen, und alles, was geschah, geschah in seinem Namen und in seinem Geist.

Von allen Seiten trafen Briefe mit Vorwürfen ein. Wolfgang selbst bekümmerte sich nicht um diesen Lärm. Er ließ die Zuschriften ungelesen liegen; und so blieb auf Anna die undankbare Aufgabe lasten, die Gemüter zu beschwichtigen. Sie tat es so schonend und herzlich wie möglich, ohne im mindesten zu verraten, wie sehnlich sie selbst diese Wendung herbeigewünscht hatte und wie fest sie überzeugt war, daß ihr Mann schon längst keine Hilfe, sondern eine schwere Gefahr für alle, die zu ihm kamen, sei. Nur den Brief ihrer Tante Berta beantwortete sie offen und ehrlich.

»Du kannst dir denken,« schrieb sie, »welches Aufsehen Wolfgangs Entschluß macht, und wenn ich sehe, wie die Menschen an dem Arzte hängen, könnte ich fast an meiner eigenen Überzeugung irre werden. Und doch ist es so, wie es ist, am besten.

Du entsinnst dich vielleicht des Gespräches, welches ihr beide nach unsrer Pariser Reise führtet. Er scherzte damals nicht, wie du annahmst. Alles, was er sagte, war wahr, ein wenig für den Augenblick zurechtgestutzt, aber doch wahr. Wolfgang ist nie mit seinem Herzen Arzt gewesen. Er verachtet die Menschen und liebt im Grunde nur sich selbst. Vielleicht auch mich, aber das weiß ich nicht. Niemand ahnt, wie gleichgültig er allen seinen Kranken gegenüberstand, ja mit welchem Ekel er sich mit dem Elend befaßte. Nur ich habe gesehen, welch Unheil der Gefeierte anrichtete, und ich habe unter diesem Wust von Lüge und Verstellung mehr gelitten, als je zu sagen ist. Man darf meinen Mann nicht mit dem üblichen Maß messen. Für ihn gibt es keine Schranken. Er ist ebenso gut wie schlecht, und man muß ihn hinnehmen wie das Wetter. Regnet es heute, so scheint morgen die Sonne. Mir tut jeder Mensch leid, der sein Herz an ihn hängt, der etwas von ihm erwartet. Solch einen Mann darf man nicht lieben, wenn man nicht darüber zugrunde gehen will.

Das Recht, ihn zu lieben, habe nur ich. Ich habe es mir in Freud und Leid erkämpft, und wenn ich ihn liebe, wenn ich ihn anbete und nichts Größeres weiß, als ihn, so geht das niemanden etwas an, als mich selbst. Ich weiß sehr gut, daß ich an ihm verderbe, aber ich werde nicht darüber klagen. Ich danke Gott, daß ich nun die einzige bin, mit der er lebt und die er gefährdet. Und ich gestehe offen, daß ich selbst, soweit ich es vermochte, seinen Entschluß bestärkt habe. Wenn du ihn kenntest, wie ich ihn kenne, würdest du das begreiflich finden.«

»Du singst nicht gerade mein Lob,« meinte Wolfgang, als er den Brief las. »Und was heißt das, daß du an mir zugrunde gehen wirst?«

»Das ist so, wie ich es sage.«

Wolfgang sah seine Frau einen Augenblick an, fast feindlich, dann schlug er die Augen nieder und ging seiner Wege.

4.

Anna hatte recht; ein leeres Leben gab es für diesen Mann nicht. Jetzt, freier geworden, drängte er sich mit allen seinen Gedanken an das tiefe Geheimnis des Menschen heran. Ihm war, als könne er allein das Rätsel des Werdens lösen, als müsse er es lösen. Eine dunkle Sehnsucht, ihm selbst unerklärlich, trieb ihn immer von neuem an, des Menschen Wesen zu ergründen, und der Wunsch, ein einziges Mal klar in eine Seele zu schauen, wurde übermächtig.

Prüfend und suchend erforschte er sein Weib, ihre Herzenstiefen kennenzulernen. Aber über deren dunkelster Seele lag ein undurchdringlicher Schleier, als schliefe in ihr noch die stumme Schönheit der Nacht. Etwas Feierlich-Heiliges war in ihr, dem fehlte das Leben, und er vermochte es nicht zu wecken.

Mit einem leisen Unbehagen wandte sich Wolfgang von dem fruchtlosen Bemühen ab. Dann vertiefte er sich in eigene Gedanken, durchforschte die Reiche der Wissenschaft, in kühnen Vergleichen Aufklärung bei Physik und Chemie, bei Steinen und Sternen, bei Tieren und Pflanzen suchend. Und wenn er einen neuen Weg gefunden zu haben glaubte, trieb es ihn wieder zu Anna, um zu erproben, ob er nun reif sei, ihr Schönstes zu wecken. Denn ihm war, als ob er sein Werk an seiner Frau nur halb getan habe.

Aber wenn auch überall seinem prüfenden Hammer Funken entgegensprangen, das Tiefste blieb, wie es gewesen war. Noch war das Beste in Anna tot, und er vermochte nicht, es lebendig zu machen.

Er klagte wohl seine Not Frau Anna. Die schüttelte den Kopf und lachte. »Ich verstehe dich nicht, Wolfgang. Was sollte ich dir verbergen? Ich liebe dich.« Ach, er wußte es nur zu gut, daß sie ihn nicht verstand, daß sie seine heiße Begierde nach Erkenntnis nicht teilte. Es nagte an ihm und zwang ihn zu neuem Streben. Der Tag ward ihm zu kurz über dem Denken und Grübeln.

Da, einmal, war ihm, als ob seine Augen geöffnet würden. Heute endlich hatte er den letzten Besuch in seiner Klinik gemacht, die letzten Kranken gesprochen, das letzte Elend gesehen. Ein wunderbares Gefühl hatte ihn beherrscht. Er hatte sich diesen Augenblick wie die Erlösung von einer Last gedacht. Aber er empfand nichts davon, es war wie alle Tage gewesen, so als ob er morgen von neuem den Rundgang bei seinen Patienten antreten werde. Und gewaltsam mußte er sich erinnern, daß er frei war, endlich frei.

Nun kam Wolfgang von einem langen, einsamen Spaziergang zurück. Das Schweigen des Waldes hatte ihn eindrucksfähig gemacht, ihn mit geheimnisvoller Erwartung erfüllt. Ihm war gewesen, als ob er in ein Menschenherz blicke, in die kühle Jungfräulichkeit einer Seele. Als er um die letzte Ecke bog, sah er sein Haus vor sich liegen, mit hell erleuchteten Fenstern wie im festlichen Schmuck. Ärgerlich stutzte er. Heute mochte er keine Gäste, heute nicht. Er hatte sich auf Anna gefreut.

In der Tür trat ihm das Mädchen entgegen, ganz rot vor heimlichem Vergnügen. Verwundert sah Wolfgang sie an. Er war gewöhnt, daß die Dienstboten scheu vor ihm auswichen. »Sie sind ja so schön geputzt, Sophie,« sagte er; ihr schwarzes Kleid mit der schneeweißen Schürze fiel ihm auf und das derbe Gesicht, das so blank aussah, als habe sie es wie die Dielen mit dem Schrubber geputzt. »Sind Gäste oben?«

Sophie platzte fast vor innerem Lachen. Statt jeder Antwort reichte sie ihm einen Brief hin. Wolfgang erbrach ihn ziemlich verstimmt und las: Frau Guntram ladet den Wolf zu Gaste, zum allerintimsten Stelldichein. Verlangt wird: Hunger, Laune, Frack und Ordensstern. »Was zum Teufel hat sie nur vor,« dachte er und stürmte rasch die Treppe hinauf. Da hörte er Türen schlagen und den Riegel vorschieben, und als er vor dem Schlafzimmer stand, fand er den Eingang verschlossen. Er rüttelte ungeduldig an der Klinke. »Geh nur und zieh dich an,« rief Anna, »und rasch, rasch. Ich bin gleich fertig.«

»Was gibt es denn,« fragte er.

»Gleich, gleich,« tönte es zurück, »du wirst schon sehen.«

Zögernd stand er. Er war neugierig, der gute Junge. Ihm war, als ob er Kinderstimmen unterscheide und das Rauschen von Seide. Er beugte sich nieder, um durch das Schlüsselloch zu spähen. »Ha, ha,« scholl es drinnen, »das ist verstopft. Das wußte ich vorher. Geh nur und zieh dich an. Den Orden bringe ich dir mit.«

Eine Zeitlang horchte der ausgesperrte Gatte noch an der wohlverwahrten Tür, dann schlich er davon. Da tönte wieder die fröhliche Stimme der Frau: »Ins Bad sollst du, Wolfgang, einen neuen Adam anziehen, alles Fremde und Kranke abspülen. Wir feiern Wiedergeburt.« Und nun hörte er deutlich das laute Gelächter der Kinder.

Wolfgang schritt sinnend die Treppe hinauf. Der Gedanke der Frau gefiel ihm. Er liebte die symbolische Handlung, und es freute ihn, daß sein Weib ihn verstand.

Als er erquickt vom Bade und sorgfältig gekleidet dastand, war ihm wirklich, als ob er ein andrer Mensch geworden sei, und wohlgefällig trat er vor den Spiegel, sich zu mustern. Eine übermütige Stimmung ergriff ihn wie junge Liebe. Die Worte des Bruders fielen ihm ein, der einst von dem Festkleid der frischen Weltbürger gesprochen hatte. Ihm war, als ob er selbst in ein neues Leben eintrete, in das Leben für Weib und Kind.

Er öffnete die Tür, da stand vor ihm im zierlichen Pagenkostüm die Suse. In der Hand hielt sie eine brennende Pechfackel. »Mein hoher Herr,« begrüßte sie ihn und neigte sich tief, mit der Feder ihres Baretts den Boden fegend, und die blonden Haare fielen ihr über die kindlichen Schultern. Wolfgang betrachtete sie vergnügt. »Was für ein netter Junge du bist,« sagte er.

Suse lachte geschmeichelt, aber als er sie küssen wollte, wehrte sie ab. »Nicht doch, Papa. Du zerknutschest mir alles. Ihr Männer seid doch ungeschickt. Komm lieber! Mama wartet.« Würdevoll schritt sie voran, sich zum Ernste zwingend. Nur das Näschen schaute vorwitzig fidel aus dem Gesicht, als ob es sich über seine Trägerin lustig mache.

Wolfgang rückte sich in seinem Frack zurecht. Er kam sich neben der Kleinen nicht schön genug vor.

Unten erwartete ihn ein zweiter Fackelträger: Anselm. Der Junge war ganz anders als das Mädchen. Nichts von der übermütigen Schelmerei der Schwester lag in seinem Gesicht. Sein Wesen war gesammelt, und seine Bewegung ehrfurchtsvoll, als ob er mit seinen sieben Jahren schon wüßte, welch tiefen Sinn das heitere Spiel barg. Auch er grüßte schweigend, und nun standen die beiden zur Seite der Tür, in der die junge Frau erschien.

»Wie hübsch das ist, Anna! Wie hübsch du bist und alles, was du tust!«

»Nicht wahr?« Und dabei drehte sie sich um sich selbst und schaute stolz an sich herab. »Er steht mir gut, der grüne Sammet, und die Perlen dazu. Nun ist es Wahrheit geworden, was du einst träumtest, von Sammet und Seide, Gold und Edelgestein. Ich wagte es nie zu glauben. Aber du bist nicht geizig.« Sie schlang die Arme um seinen Nacken und sah freudig zu ihm empor. »Sieh, was für ein Kunstwerk ich gezaubert habe, echte, rechte Duseärmel, wallend bis zur Erde.« Sie ließ die Hand sinken, und der schleppende Ärmel des seltsamen Gewandes, der bei der Bewegung vorhin langsam das Fleisch entblößend bis zu den Schultern emporgeglitten war, fiel wieder herab. Spielend faßte sie nach dem Zipfel des sonderbaren Stückes und hob von neuem den Arm.

»Ich weiß, ich weiß, kleine Duse,« spottete Wolfgang. »Oh, ihr Frauen seid alle gleich, stolz auf die Schönheit und weise im Wählen des Schmuckes. Ihr wißt noch, daß das Schöne heilig ist und prangen muß, wie der Hochaltar im Lichterglanz.« Er nickte zu Suse hinüber. »Selbst die weiß es schon.«

»Ja, die.« Anna lachte heiter. »Du glaubst nicht, mit welchem Vergnügen sie ihre Pagenhöschen anzog, ganz anders als der Junge. Der dachte schon an die süße Speise, die er nachher zu erhaschen hofft. Aber komm, Wolfgang! Unser Mahl wartet auf uns.«

»Und die Kinder,« fragte Guntram. »Du hast nur für zwei gedeckt.«

»Sie bedienen uns heute, laß sie nur. Gib ihnen vom süßen Wein, wenn sie dich dauern!«

Sie setzte sich dem Gatten gegenüber und weidete sich an dem Staunen, mit dem er den Tisch musterte. Alle Silberschätze standen darauf, und zwischen die Stücke waren zierlich Primeln gestreut, wie die Wiese des Frühlings in goldener Heiterkeit lachend.

»Und was bedeutet das alles,« fragte Wolfgang wieder.

»Iß und trink, dann sollst du hören.«

Mit heiteren Mienen, beide erregt von dem halben Geheimnis, plauderten sie und aßen, und die Kinder umkreisten den Tisch, die Schüsseln reichend und die Gläser füllend, und hier einen leckeren Bissen naschend und dort von dem schäumenden Naß nippend. Als der Nachtisch auf der Tafel stand, blickten sie fragend zur Mutter hinüber. Die nickte, und heimlich kichernd rannten sie davon.

Frau Anna nahm eins der Blümchen, die auf dem Tische lagen, und gab es dem Manne. »Sieh, das ist der Himmelsschlüssel. Das soll der Schlüssel zu meinem Himmel sein. Steck es nur an dein Herz. Du weißt, dort will ich wohnen. Schau nicht so verzückt drein, ich feiere wieder Hochzeit. Bis jetzt warst du aller Welt Mann, heute wirst du wirklich mein Mann, mein Herr und mein Knecht.« Sie streckte die Hand über den Tisch. »Willst du mir das versprechen?« Wolfgang nahm ihre Hand und drückte sie fest.

Die Tür tat sich wieder auf, und die Kinder traten herein. Gravitätisch schritten sie auf den Vater zu, und Anselm begann zu reden:

»Ein neues, schönres Amt ist heute dir beschieden,
Ein Amt, das dir nicht hart die Schultern drückt.
Wohl ist's ein Joch, dem sich dein Nacken bückt,
Doch, was dich bandigt, bringt dir deinen Frieden.

Die Mutter schmiedet es mit feinen Schlägen,
Wir, deine Kinder, legen es dir auf.
Nun, wilder Wolf, beginn den frischen Lauf,
Sei unser ganz, und unser ist der Segen.«

»Bravo, bravo,« klang es. Der Junge hatte mit scharfer, richtiger Betonung gesprochen, ohne einen Augenblick zu stocken, ganz hingerissen von der eigenen Bewegung. Jetzt stand er immer noch da, in der gleichen Stellung, mit halboffenen Lippen, als ob er weitersprechen wolle. Wolfgang sah ihn erwartungsvoll an. Da brach der Knabe plötzlich ab, trat zurück und kreuzte die Arme über der Brust. »Ich bin fertig.«

Ganz rot im Gesicht trat Suse nun vor. Sie hielt in den Händen ein Kästchen. Verängstigt blickte sie zu der Mutter, und als die nickte, begann sie hastig zu sprechen. Aber schon beim dritten Worte blieb sie stecken, und als die Mutter einhelfen wollte, brach sie in Schluchzen aus. »Ihr müßt mich nicht angucken.«

Wolfgang zog sie an sich und ihr die Tränen trocknend sagte er: »Ängstige dich nicht, mein Kind. Nachher sagst du dein Sprüchlein um so besser. Inzwischen sehe ich mir an, was du mir schenkst.« Er nahm ihr das Kästchen aus der Hand und öffnete es. Ein einfaches, goldnes Medaillon an blauem Bande lag darin. Aber ehe er es noch näher ansehen konnte, richtete sich Suse auf, deckte laut lachend die Hände darüber und sagte: »Nein, nicht ansehen, erst mußt du hören.«

Und nun begann sie rasch und ohne jede Spur von Verlegenheit:

»Um deinen Hals will ich ein seltsam Schmuckstück legen.
Ein Orden ist's für deine beste Tat.
Noch ist sie ungetan, doch weiß ich Rat.
Daß sie getan wird, wirkt des Schmuckes Segen.

Schau ihn nur an. Er birgt, von Lieb umflossen,
Ein freundlich lachend Frauenangesicht.
Doch, Wölfchen, hüte dich, vergiß des Joches nicht!
Dein Hauskreuz ist darin mit eingeschlossen.«

Suse knickste, dann rasch sich ihrer Pagentracht entsinnend, machte sie, rot und lachend, die feierlich tiefe Verbeugung und eilte zur Mutter.

Wolfgang öffnete den Schmuck. In winzig kleinen Verhältnissen, aber scharf ausgeführt war ein Bild seiner Frau darin. Sie saß da, mit den lachenden Augen halb schelmisch, halb drohend aus dem Rahmen blickend, gerade als ob sie ihn anschaue. Während sie mit der einen Hand sich auf die Lehne des Stuhls stützte, griff sie mit der anderen nach dem niedlichsten Schuhchen der Welt, das ihren Fuß schmückte.

Wolfgang lachte froh auf und der Gattin, die mit aufgestützten Armen neugierig zu ihm hinüberblickte, zunickend sagte er: »So soll es sein. Ich beuge mich dem kleinen Schuh. Stoßt an, Kinder! Heil dem Hauskreuz, Frau Anna, der Herrin!« Die Gläser füllend hob er das seine zum Gruß.

Das Mahl war beendet. Die Gatten saßen allein in dem Musikraum. Frau Anna vor dem Flügel, Wolfgang ihr gegenüber. Er war in Träume verloren und hörte mit schweifenden Gedanken den Klängen zu. Die Liebe der Kindheit, sich von den goldenen Tönen schaukeln zu lassen, war ihm geblieben. Da plötzlich fing es über seinen Häupten an zu toben, zu poltern und zu lachen, Kinderfüße liefen umher, und das Jubeln der Kleinen drang aus ihrem Zimmer hernieder.

Anna ließ die Hände sinken und halb froh, halb geärgert seufzte sie auf. »Sie sind voll des süßen Weines,« sagte sie und wollte Ruhe gebieten. Da hielt Wolfgang sie fest und legte den Finger auf den Mund.

Und jetzt kam es herunter wie die wilde Jagd, die Treppe hinab durch die Halle zur Tür herein. Wie Katzen fuhren die Kinder daher mit zerzausten Kleidern und hochroten Wangen. Suse rannte zur Mutter, als ob sie dort vor dem Scherz Schutz suchen müsse, aber der Knabe packte sie noch schnell, und es begann ein eifriges Ringen. Frau Anna sprang erschrocken auf. All ihre schönen Sachen schienen ihr in Gefahr, und ein wenig scheltend trieb sie die Brut in ihr Nest zurück.

Wolfgang sah erstaunt zu ihr hinüber. Wie war das möglich, daß Anna die Kinder so wenig verstand, sie, die eben noch herzlich mit ihnen gespielt hatte, daß sie an totes Besitztum dachte, wenn sie die Schönheit des Lebens vor sich sah? Denn ihm erschienen die beiden kämpfenden Kinder schön. Unruhig schritt er auf und ab, sinnend und grübelnd. Da war es wieder, das Fremde, Unbegreifliche.

»Warum schickst du die Kinder fort?« fragte er plötzlich.

Anna warf den Kopf zurück. Sie liebte es nicht, wenn der Mann sie nicht anbetete. »Sie können oben tollen. Hier unten sind heilige Räume.«

Wolfgang zuckte die Achseln. Er hätte nie die laute Lust zu stören vermocht. Abbrechend begann er: »Wie die Suse dir ähnlich wird! Ein seltsames Spiel der Natur.«

Dann trat er auf Anna zu und faßte sie am Arm. »Weißt du, was ich eben gedacht habe,« sagte er. »Ach, du errätst es nicht. Ich sehe den Weg der Erkenntnis vor mir. Die Kinder haben ihn mir gezeigt.«

Anna sah ihn verwundert an. »Die Kinder?« fragte sie.

»Ja. Ist es nicht sonderbar, daß ich nie daran dachte, bei ihnen zu finden, was ich suche, den Weg zum Inneren des Menschen? Sie sind noch unberührt, leicht zu erkennen.«

Anna wurde ernst. »Willst du auch mit denen experimentieren,« sagte sie scharf. »Hüte dich, hüte dich! Ich werde sie schützen und mich rächen.«

Wolfgang lachte sie harmlos an. In diesem Zorn regte sich das Tiefste der Frau. »Ich werde sie dir nicht umbringen,« sagte er. »Sie sind gut geraten, mein und dein Blut.«

Von diesem Tage an widmete sich Wolfgang mehr den Kindern. Die Zeiten fielen ihm ein, als sein Vater mit ihm und der Schwester so traulich verkehrt hatte. Der Wunsch wurde in ihm rege, ein Gleiches zu tun. Wenn er bisher harmlos, selbst ein Kind, mit ihnen gespielt hatte, suchte er jetzt sie zu verstehen. Er wollte wissen, wieweit sich der angeborene Keim, der in ihnen war, formen lasse.

»Ich will sie kennenlernen,« sagte er, als Anna ihn erstaunt fragte, warum er so eifrig die Gesellschaft der Kleinen suche.

»Kennenlernen? Du? Ach, Wolfgang, täusche dich doch nicht über dich selbst. Was liegt dir am Kennenlernen? Du willst sie gestalten, vielmehr, du mußt es tun. Es ist dein Beruf. Aber tue es nur, Lieber! Mir war es immer ein Schmerz, daß die Kinder dir fremd blieben; und wer könnte sie besser lehren als du?«

So begann Wolfgang zu lehren, und im Lehren verglich er sein eigenes Wesen mit dem der Kinder. Dabei lernte er sich selbst besser verstehen. Eine hellsichtige Klarheit überkam ihn und ließ ihn Züge begreifen, die ihm seltsam gedünkt hatten.

Der Junge war rasch zu überblicken. Sein sicheres Wesen versprach eine feste Zukunft. Unternehmungslustig griff er alles auf, was sich ihm bot. Eine besondere Lust zu belehren steckte in ihm, und die Sucht zu gefallen, fast mehr als in dem Mädchen. Der Hang, sich durch allerlei Fährlichkeiten hindurchzuschwindeln, war bei ihm echt kindlich, und er benahm sich so harmlos dumm dabei, daß es zum Lachen war. Seine Seele lag offen zutage, rein und tief wie ein Brunnen, quellend in ursprünglicher Frische des Herzens.

Die Suse sah wie die Mutter aus, aber innerlich bot sie einen scharfen Gegensatz zu Frau Anna. Sie war im Wesen fahrig, verträumt, in vielem auffallend unreif, eine einsame Seele, der niemand auf den Grund schauen konnte. Und so kindlich und unbefangen sie erschien, es gab Augenblicke, in denen sich bei ihr eine furchtbare Kraft der Leidenschaft offenbarte, eine unheimliche Glut des Gefühls. Das sah Wolfgang, wenn sie neben der Mutter stand. Den Vater schien das Kind zu fürchten, die Mutter liebte sie heiß.

Eines aber fand er in sich, das fehlte beiden Kindern, die selbstherrliche Kraft, die von klein an in ihm lag. Sie bedurften der Führung. Sie brauchten andere Menschen. Wolfgang wußte nicht, ob er das als Mangel oder als Glück nehmen solle, aber es trat von Zeit zu Zeit störend zwischen ihn und die Kinder.

Anna ließ den Gatten gewähren. Im tiefsten freute sie sich trotz der geheimen Angst vor Wolfgangs Denken, daß er die Kinder liebte, und ihr Gesicht strahlte, wenn sie den Vater sah, wie er zur Rechten das Mädchen, zur Linken den Knaben, eifrig lehrte. Übrigens behielt sie Recht. Es dauerte nicht lange, so vergaß Wolfgang, nach dem Wesen der Kinder zu forschen. Die bildende Kraft riß ihn mit fort. In ihm wuchs mit jedem Tage die Freude, der alte, nie überwundene Hang, Menschen zu formen. Wie er die Saat aufgehen sah, wurde sein Wort tiefer dringend, sein Feuer wärmender, seine Seele fließend. Die Jungen mit seinem Geiste zu beleben, das lockte ihn. Er schuf Menschen nach seinem Bilde.

Sehr rasch jedoch nahmen die Dinge einen seltsamen Gang. Die Kinder trieben den Vater mit allerlei Fragen in die Enge, und aus dem ruhigen Unterricht wurde ein phantastisches Schwärmen. Weil der Vater so vieles wußte, glaubten die Kleinen ihn allwissend. Die sichere Kenntnis des Mannes war bald bezwungen, und wenn Wolfgang auf das Antwort geben wollte, was von ihm gefordert wurde, mußte er erfinden. Er tat es, und auf einmal glaubte er zu wissen, wie er das Rätsel des Menschen lösen könne. Nicht fremdes Wissen tat ihm not; das glatte Leben ließ sich leicht halten, wenn man keck zufaßte, keck wie ein Kind den Ball packt; alle Fragen fanden in der eigenen Brust Antwort, wenn er gläubig genug der prophetischen Stimme dort lauschte; alles Dunkel wurde Licht, sobald er mit lieblich goldener Erfindung herantrat. Dem schaffenden Hirn, das merkte er jetzt, war nichts geheimnisvoll.

Nun gestaltete Wolfgang wirklich die Welt zum Spielzeug. Mit frohem Vertrauen dichtete er die schleppende Last des Wissens in fließende Rede um, rasch erfindend, was er nicht kannte, zum Leben weckend, was es nicht gab. Die Schwere der Dinge wurde in seinen Händen gewogen leicht, alles gewann, mit seinen Augen gesehen, Schärfe der Linien, hebende Lichter und Schatten. Lachend vor innerer Freude führte er seine Kinder den eigenen Weg.

Wie er nun so in leichtsinnigem Fluge die Kleinen mit sich hinwegtrug, und der Ernst sich ihnen in Scherz und das Spiel in Ernst verwandelte, begann es Anna zu grauen. Sie sah in dem frühen Schweifen über alle Grenzen hinaus für die Kinder kein Heil. Sie wollte tüchtige Menschen erziehen, Menschen, die fest auf dem Boden stehen und mit brauchbaren Armen im sicheren Kreise wirken. »Es ist genug an einem Wolfgang,« sagte sie wohl, »genug, weil die Welt selbst sonst die Vernunft verlöre, wenn es deren mehrere gäbe; genug, weil ich dich nicht lieben könnte, wenn du nicht einzig wärest,« und sie lachte dabei. Aber im stillen knüpfte sie die Bande enger, mit denen sie von der Geburt an Mädchen und Knaben an sich gefesselt hatte. Beide gehörten ja ihr, ihr Blut hatte sie genährt, ihr Leib sie schwer getragen und mit Schmerzen geboren. So sollten sie auch der Mutter Seele achten und nachahmen.

Da wurde der tolle Flug bald stiller und stetiger und stockte ganz.

Wolfgang wußte sich zu bescheiden; denn er gab seiner Frau, was ihrer war, und er glaubte an die Heiligkeit einer Mutter. Sich selbst traute er nicht. Er kannte sich zu gut. Ihm waren die Kinder doch nur ein Spiel, sie zu lehren der Wunsch, selber zu lernen. Die Frau aber hatte nichts Eigensüchtiges. Sie besaß, was ihm fehlte, feste Treue. Und in den Kindern liebte sie ihn und sich selbst, die Einheit der zwei.

So schwand Wolfgangs Gedanke, Menschen nach seinem Bilde zu schaffen, wieder zusammen, und von dem stürmenden Beginnen blieb nur ein leises, langsames Unterrichten übrig, welches die Kinder auf gewohnter Bahn förderte. Wolfgang wandte sich zurück zu sich selbst, und er freute sich an dem, was er geworden war.

5.

Anna begrüßte die Nachgiebigkeit ihres Mannes mit heimlicher Freude. Es war ihr ernst mit dem Worte gewesen, daß es nur einen Wolfgang geben solle; aber sie verschwieg etwas dabei. Sie hatte an der Leidenschaft, mit der ihr Gatte sich den Kindern widmete, gelitten. Sie wollte ihn für sich haben, allein für sich. So viel, so unendlich viel hatte sie durch ihn erduldet, Schmerzen, die niemand ahnen konnte. Dadurch war er verpflichtet und ihr allein verfallen.

Als sie jetzt sah, wie Wolfgang stiller wurde und hie und da ein Schatten über ihm lag, tat er ihr leid. Sie schämte sich ihrer eigenen Begehrlichkeit und suchte ihn zu trösten. Mit aufmerkender Liebe umgab sie ihn und schmeichelte ihn wieder in sicheres Behagen hinein. »Was quälst du dich mit Hirngespinsten, wozu jagst du Fremdem nach, der du so reich an Eigenem bist?«

Wolfgang sah sie forschend an. »Bin ich das?« fragte er.

»Ja.« Sie schwieg eine Zeitlang, dann legte sie die Arbeit, an der sie nähte, in den Schoß, faltete die Hände und sagte: »Du brauchst nicht zu suchen. Dein Weg ist unabänderlich, wie der Lauf eines Stromes. Du brauchst nicht zu wollen. In dir ist natürliche Kraft. Du bist ein Kind der Erde, du bist ein Strom, der sicher und eben dahinfließt, von blühenden Ufern beschränkt, dem Meere entgegen. Schlamm und Sand und Steine fallen zu Grund und ruhen schwer im tiefsten Schoße des Flusses, aber die erdentsprossenen Gewässer nimmst du in dich auf, sie den eigenen Fluten mischend, und auf der spiegelnden Fläche trägst du als leichten Zierat Schifflein mit farbigen Wimpeln, geblähten Segeln und wimmelndem Menschenvolk, das freudig die wechselnden Gelände begrüßt.«

Wolfgang nickte ihr dankbar zu. »Es ist gut, von dir geliebt zu werden. Aber nun höre auch du. Ich bin der Strom. Doch jeder Strom hat eine Quelle, eine Mutter seines lebendigen Strömens. Jeder Tropfen der flüchtigen Menge in mir ist sich des Ursprungs von dir bewußt, und jeder glänzt sonnenbestrahlt seinen Dank dir, der Nymphe, die du aus nimmer erschöpfter Urne das hüpfende Wasser zu Tal gießest.«

Wolfgang liebte sein Weib, jetzt mehr als je. Hatte er früher mit dem Stolze des Schöpfers auf Frau Anna geblickt, die an seinem Wesen gewachsen war wie der Schößling an der Kraft des Stammes, jetzt war sie ihm das nahrhafte Erdreich, in dem seine Wurzeln ruhten, die Sonne, die ihn wärmte, das Wasser, das ihn tränkte, der Wind, der ihn spielend umkreiste und brausend verjüngte. Wie wußte diese Frau alles hervorzulocken, was in seinem Inneren träumte. Bald teilnehmend sich mit ihm in Gedanken vertiefend, bald wißbegierig seinem Worte lauschend; bald in freudigem Eifer neue Ideen weckend oder alte ausbauend, bald neckisch oder ernsthaft im Widerspruch zu immer kühnerem Sprunge verführend, lebte sie mit ihm das hohe Leben der Ehe. Mit der Sorgfalt des Gärtners hegte sie jeden jungen Trieb, ihn nährend und schützend, ihn zum Wachstum fördernd. Sie glaubte an ihn, fest, mit dem unerschütterlichen Glauben, der Berge versetzen kann.

Diese Frau, so reich und vollgesegnet an eigenen Kräften, war selbst ein Mensch. Hier, wo sie ihr ganzes Wesen dem einen Ziele dienstbar machte, Wolfgangs Bestes zu entwickeln, erreichte sie Großes. Wenn Wolfgang sie messen wollte, genügte es nicht, die Frau mit der schüchternen Anna zu vergleichen, der er einst Seele gab. Er mußte sich selbst zergliedern, sein eigenes Denken gegen sein junges Wesen abwägen, dann erst gewann er den Maßstab für Anna. Langsam, hier fördernd, dort hemmend hatte sie alles in ihm reifen lassen.

Die Kraft war zum höchsten gestiegen. In ruhigem Schweigen erwartete er den Augenblick, welcher sein Leben beginnen sollte. Diese stille Fläche des Meeres mußte sich eines Tages in unwiderstehlicher Gewalt aufbäumen, die Erde erschütternd und die Luft mit dem brausenden Takt seiner Wellen erfüllend. War Anna sein Werk, so war er das ihre. Zwei schlanke Bäume standen sie da, mit Wurzel und Krone unlösbar verschlungen.

Seltsam irre erschien ihm der Pfad, den er gewandelt war, glatt und eben lag er vor ihm, seit Anna ihn führte. Mit leichter Hand leitete sie ihn in das Reich des Kindseins, gab sie ihm die goldene Zeit zurück, wo er sich selbst genug war und in sich die Welt trug. Wie Schuppen fiel es von Wolfgangs Augen. Die Vergangenheit wurde ihm klar und beleuchtete scharf das gegenwärtige Leben. Nur in der Kindheit war er er selbst gewesen, nur damals frei und groß, ein Herr und König. Da ging ihm tagtäglich die Sonne als leuchtender Bote der Freude auf, und der Abend kam ihm zur Ruhe. Erde und Himmel, Menschen und Götter lenkte er damals mit kindischer Faust. Er erkannte, Herr sein sei besser als Knecht, und wer befehlen könne, solle nicht dienen. Wer an die Welt als an sein Eigentum die Hände legt, besitzt sie, und jedes Kind ist ein Gott. Jetzt war er wieder wie ein Kind, ein selbstgläubiges, unbekümmertes Kind, das spielend mit dem Gefährten den Tag regierte. Wie dankbar war er diesem Gespielen, dem Weibe, welches dem Manne die Kindheit zurückgab.

Er hatte in fremden Fernen gesucht, was in ihm lag. Die blassen Geister der Sitte hatten ihn weit von der Heimat entführt. Der Zwang der Schule hatte die Freiheit beengt, das Lernen den träumenden Schwung des Geistes gelähmt. Last auf Last hatte der geduldige Rücken auf sich genommen. Den störrischen Träger hatte ein kluger Meister mit gutem Wort gezähmt, Sanftmut lehrend und die lockende Süße der Milde ihm zeigend. Welch ein schlauer Verführer zum Guten war dieser Alte gewesen, der Freund seiner Mutter, der immer ruhige Mann, der ihm den goldnen Nebel ferner Welten zeigte. – Dort neben ihm stand, riesengroß und prächtig zu schauen, der Vater, den Ehrgeiz weckend, die Sehnsucht aufstachelnd, strahlend in Kraft die mächtigen Glieder reckend. Dem wandelte sich die Welt in ein einziges Feld der Tätigkeit, und hunderthändig schaffte er darin. Dem galt das Leben nur so weit, als es Hindernisse bot, den lockte nur, was schwer war. Unersättlich im Mühen rief er dem Sohne sein »Nichts zu schwer –« und »nie genug –« zu. »Hinaus, Junge, ins Leben hinaus, hinaus! Die Welt ist ein Weib und will bewältigt werden.« – Und langsam veränderte sich die Gestalt, sie wurde schmächtiger, schlanker, geschmeidiger, der Blick schaute schärfer, der Mund wurde feiner, geistvoller und fester geschlossen. Das war der Bruder, der angebetete, der ruhig Überlegne, Sichere, der alles kannte und alles wußte, der kein Dunkel gelten ließ, der das Sehen liebte und, was er nicht sah, nicht achtete. »Tu die Augen auf, Bürschchen, und betrachte die Dinge! Dann ist dir die Welt untertan,« hörte er ihn sagen. Die Welt, wieder die Welt, die draußen lag. – Doch schon tönte dazwischen eine andere Stimme, leise zwar, aber tief zu Herzen dringend, lang, lang nachtönend, im Verklingen neu anschwellend und nie sterbend. Das war der Mutter Ruf. Die sprach: »Liebe dein Weib, Wolfgang! Wolfgang, liebe dein Weib! Dort liegt die Welt. Wolfgang, liebe dein Weib! Eng sei dein Leben reicher an Segen.« – Und dann war lautlose Stille rings um ihn her, bis es wie Sturmesbrausen daherzog, betäubend, jauchzend, hehr gewaltig, das Zauberlied der Zukunft jubelnd, Tarners lockenden Sang. Auf kräftigen Flügeln hob es ihn auf und flog mit ihm über das Meer des Tages hinweg unter den schimmernden Himmelswolken hin gerade in den goldnen Nebel hinein. Aber der Nebel glänzte nur aus der Ferne so hell, drinnen umfing er die Augen mit undurchdringlichem Dunkel. Da hieß es: zurück, kehr um, kehr um! – Tastend griff seine Hand ein Mädchen, das leitete heiter zum Tage und lachte ihm zu: »Wolfgang, du bist die Welt.« Er lauschte gern. – Aber noch irrte sein Gang. In trotziger Kraft warb er die Welt, die ein Weib war, des Vaters Welt, bis der Tod ihn hinterrücks packte, und das kalte Entsetzen den Fuß fester haften ließ und die Augen weit machte. Da sah er die Welt, des Bruders Welt, welche der Blick bezwang. Wie klar war ihm alles, wie durchsichtig klar seinem Auge! Und doch hungerte ihm der Blick, sein Sehen war unersättlich und voll Gier. – Noch hielt er die Hand, die ihn durch Wirrsal und Irrsal geleitete, und träumend horchte er dem lieben Klang: Wolfgang, du bist die Welt. Da jauchzte er auf. Das Lied wandelnd, flocht er der Mutter Weise hinein von dem Weib, das die Welt ist. Höher und höher, voller und engelgleich tönte es wieder: Ein Fleisch und ein Blut, Wolfgang und Anna, ich und du, wir beide, wir beide sind eins.

6.

Inmitten dieser Träume fuhr es dem Grübler durch den Kopf, wie fremd ihm die Menschen geworden waren. Er stand abseits, unberührt von dem wogenden Leben, ein Fels, ein Stück der Natur. Oder eher noch war er ein Quell inmitten duftender Wiesen, als Mensch schon Schicksal geworden, ein Stück des Schicksals. Nur Anna stand noch neben ihm. Die war wie sein eigenes Ich. Die gehörte zu ihm, wie seine Hand, wie sein Auge, sein Mund.

Alle die Lieben, die ihm einst so nahe waren, standen ihm fern, die Vergangenheit lag weit hinter ihm. Er konnte hineinblicken, ohne geblendet zu werden, er konnte sich selbst sehen, sich und die Seinen, ohne Mitleid, ohne Zorn, ohne Reue, ohne Freude und ohne Liebe. Neugierig sah er zurück, neugierig forschte er nach den Quellen seines Wesens. Er unterschied, was ihn hier oder dort geleitet hatte, er konnte die Menschen zählen, die ihn vorwärtsgestoßen hatten. Der hatte diesen und jener jenen Trieb geweckt und zur Blüte gebracht.

Den Samen dazu aber hatten die Eltern gelegt. Er war das Erdreich, in das der Zufall fruchtbringende Saat geworfen hatte. Wenn er sein Bild ganz schauen wollte, mußte er dort suchen, wo er entstanden war, mußte er Vater und Mutter kennenlernen, mußte er erwerben, was er ererbt hatte. Dann erst war er frei. Frei war er nur, wenn er die Wurzeln seiner Kraft erkundete; dann erst wußte er, wieweit er das Leben treiben konnte, ohne verfrüht die Grenzen zu finden. Das Mittel, den Ursprung aufzudecken, hielt er in Händen. Das waren die Briefe der Mutter. Er las sie jetzt Blatt für Blatt seiner Frau vor, Geist und Inhalt sorgfältig abwägend und das Wesen der Eltern mit dem seinen vergleichend.

Während er nun kühlen Herzens den eigenen Quellen nachging, sah Wolfgang mit staunender Rührung, wie tief Anna von diesen Briefen ergriffen wurde. Es war, als ob sie leibhaftig mit den längst Gestorbenen in Verkehr träte. Sie litt und jubelte mit ihnen, sie träumte und schwärmte, liebte, haßte und spottete, wie jene es getan. Mit echter Kraft des Gestaltens gab sie den Schatten der Menschen Leben und Geist, ließ sie auferstehen und wandeln. Wie eine Dichterin wob sie schöne Gewänder, in deren Falten sie die Menschen von ehedem kleidete, fein nachfühlend wußte sie jede Stimmung lebendig zu machen, jedes Ereignis gewann den Schein der Wirklichkeit, jedes Wort lebte in ihrem Herzen auf. Ein Gefühl der Freude umfing den Mann, der das sah, und ließ sein Herz voller schlagen, riß ihn mit fort und gab ihm selbst ein hohes, überschwengliches Empfinden, in dem der alte heißblütige Wolfgang von neuem erwachte. Groß und stark war die Liebe dieser Frau, die sich eng an ihn schmiegte und alles, Leben spendend, ernährte, was je dem Manne ihrer Sehnsucht nahegetreten war.

Wolfgang beneidete diese frische Ursprünglichkeit, diese Biegsamkeit der Seele, die vielgestaltig und reich fremdes Leben von neuem durchlebte. Er sah, daß eine Quelle des Freuens aus dem Gefühl entsprang, daß das Glück in den Tiefen des Herzens wurzelte. Das war für ihn vorbei. Er hatte kein Herz, und das Glück war ihm verloren. Aber was lag daran? Der Mensch ist nicht geboren, glücklich zu sein, sagte er sich. In ihm lag Besseres als das Glücksgefühl, ihn trieb ein Dämon, ein Gott. Das Mitleid mit sich selbst tapfer bezwingend, forschte er nach, wie er wurde. Prüfend sann er den Menschen nach, die ihm aus den Briefen entgegentraten.

Da war der Vater Brigittens, ein gerader, aufrichtiger Mann, im höchsten Sinne gebildet, gütig und freundlich. Unermüdlich in fleißiger Arbeit, pflichttreu und rechtlich blieb er sein Leben lang ein gläubiges Kind, stark, unbesiegbar in dem, was er kannte; nur im engen Kreise behaglich mied er das Neue, schwarzseherisch warnend fürchtete er das Schicksal. – Ihm zur Seite die Frau, ruhig und überlegen, den Gatten leitend und schützend. Tapfer und zäh, dem Geschick fest entgegentretend, wurde sie stark am Leide. Offen, heiter nach außen, im tiefsten versteckt hegte sie gern leichten Spott und verbarg darunter die verzehrende Sehnsucht nach Leidenschaft, liebesdurstig und immer einsam. – Und zwischen den beiden wuchs die Tochter, ein lieblich aufblühender Baum mit zierlichen Ästen und saftigem Blattwerk. Wunderlich stritten in ihr die Lichter und Schatten. Verschlossen und scheu vor den Menschen war sie von Herrschsucht und Durst nach Anerkennung gequält. Sich selbst überhebend mißtraute sie doch der eigenen Kraft und spähte nach fremdem Lob, nach Bestätigung. Reichen Geistes ermangelte die immer Gelehrige der schaffenden Kraft, reichen Herzens schwelgte sie in der Leidenschaft, begierig, sie zu durchkosten, während die Angst vor dem süßen Vergehen sie zittern ließ. Leicht verletzlich verletzte sie gern, selbst ohne geheimnisvolle Tiefen wurde sie von den unergründlichen Menschen angezogen. Wie war es möglich, daß dieses Mädchen mit dem begehrlichen Wesen die stille weltfremde Frau wurde, die Mutter der Mütter? – Ein Sturm war über ihr Leben gebraust. Der hatte alles hinweggefegt, Sehnsucht, Leidenschaft, Angst, Hochmut und Kleinmut, alles eigen Persönliche, und nichts war der Frau geblieben als die Mutterliebe. Die aber war unüberwindlich, ein lebendiger Fels. – Ja, wie ein Sturm war der Vater, gewalttätig, hastend ruhelos, mit kühnem Lied die Herzen bezwingend, plötzlich abbrechend, um jäh von neuem anzuspringen, jauchzend vor unbändiger Freude, tief klagend, schrill schreiend, unberechenbar und ewig jung. Er hatte die Frau gepackt, die zähe bekämpft und bezwungen, und in rasender Eile war er davongeflogen, sinnlos die eigene Gewalt in das Nichts ausgießend. Aus dem gebrochenen Stamm der Frau war Wolfgang entsprossen, ein Kind des Windes und der Erde, der wilden Kraft und der festen Treue.

Noch aber fehlte dem Bilde, welches Wolfgang sich vom eigenen Werden schuf, Licht und Schatten, die Stimmung des Lebens, in dem er herangewachsen war. Zum ersten Mal seit seinem Scheiden aus der Schule stieg der Wunsch in ihm auf, die Heimat wiederzusehen, sie der Gefährtin zu zeigen, die so vieles von ihm wußte und ihn ganz kennen sollte. Als er die Mutter begraben hatte, war sein Fuß noch einmal auf heimischer Scholle getreten. Jedoch der Geist schwärmte damals in Nebelfernen, sein Auge war dunkel von Tränen, und sein Sinn jedem Eindruck starr. Jetzt schaute er mit hellen Augen, und die Erinnerung zog in ein weit geöffnetes Herz ein. Sie packte ihn mit Gewalt. Was die Briefe der Eltern nicht vermocht hatten, seine kühle Sicherheit zu stören, tat die Heimat. Sie übermannte den Mann. Liebe, Haß, kindische Ehrfurcht und kindischer Zorn, laute Lust und stilles Beten, alle Empfindung der Kindesseele wurde hier lebendig, nahm ihn und warf ihn hin und her wie einen Ball. Eine jugendfrische Unruhe trieb ihn umher, der Schritt hetzte dem Auge nach, und das Auge dem seligen Gedanken.

»Du machst mich tot, Wolfgang,« seufzte Anna in müder Freude.

»Tot? Tot? Hier werden Tote lebendig. Ach, wenn du wüßtest, wie der Frühling in mir braust! Ich möchte die Bäume umarmen und die Felsen küssen, ich möchte mich in die Lüfte schwingen und mit einem Blick die herrliche Heimat durchfliegen. Sieh', hier hab' ich die ersten Veilchen gepflückt, mit winzigen kleinen Kinderhänden die Blüten an ihren Köpfen gepackt und jubelnd der Mutter gebracht. Ich sehe sie, wie sie die halbzerdrückten mir abnahm, sie freudig küßte und glücklich lächelnd die allzukurzen Stiele zwischen den Fingern hielt. Ein steifer Peter war ich, ängstlich zu fallen, und eine Heldentat dünkte es mich, die tief verborgenen Blümchen zu rupfen. Die Mutter hat es mir oft erzählt. Dann später lief ich über gefällte Holzstämme hinweg, ein Künstler, ein König des Könnens, Bewunderung heischend, Bewunderung findend. Kannst du es dir nicht denken, das lachende Kind, wie es hochrot im

Gesicht vor Anstrengung und tödlich bezaubernder Furcht über die glatten Stämme hinwegschreitet, zitternd, aufgeregt, weltentrückt und ein Gott im Gelingen? Hier werden Tote lebendig. Auf dem Brückengeländer bin ich gegangen, hoch über dem tosenden Fluß schwindelfrei, ehrgeizig, sicher des Siegs und lüstern nach der Gefahr. Mit welchem Entzücken hab ich's der Mutter erzählt, wie habe ich mich an dem Entsetzen gelabt, das ihr der bloße Gedanke des tollen Kindes einjagte! Was bin ich gegen den kleinen Wolf, was ist ein Mann gegen ein Kind! Tot? Hier wird alles lebendig. Siehst du nicht, wie es mich grüßt und mir huldigt? Das alles ist mein, das habe ich geschaffen. Die Berge habe ich aufgeworfen wie Schanzen: der ward der Sitz der Götter und jener das Himmelreich, und darunter gähnte mir die Hölle. Dem Fluß habe ich den Lauf durch das Tal gewiesen, Mühlen mußte er treiben, Boote tragen, mit Ruten schlug ich ihn, und er hat mir gehorcht. Als Ritter habe ich Burgen gebaut, Krämer zu werfen, und als König zertrümmerte ich die selbstgefügten. Der Sturm hörte mein Wort und sang der Welt sein furchtbares Lied, am Himmel türmte ich Eisberge, schichtete Wolken und ließ die gewaltigen Hirten weiße Lämmer auf tiefblauer Trift weiden. Tot? Alles wird hier lebendig. Die Kraft, die Macht, die Lust, die Jugend, die Liebe.«

»Du tust mir weh, Wolfgang.« Leise löste die Frau den Arm aus dem schmerzenden Griff, mit dem der Mann sie gepackt hielt. Aber es war ein lächelndes Klagen, und die Herzen schlugen den gleichen Takt.

7.

Heimatluft und Kindesentzücken trieben die beiden über Berge durch Feld und Wald. Wandelnd verbrachten sie Stunde auf Stunde, schweigend in Frieden einander genießend. Da öffnete sich der dunkle Forst, und die Wanderer hemmten den Schritt.

Jenseits einer Waldschlucht, aus welcher das Murmeln eines Baches herausdrang, ragte ein mächtiger Felsblock empor, zu gewaltiger Höhe ansteigend, auf dem Gipfel mit toten Trümmern gekrönt, steil abfallend in schroffer Schönheit. Die breiten Flächen des Gesteins schauten unheimlich düster hinab und spiegelten ihre braunen Umrisse in dem schwarz-grünen Teich, welcher still und einsam am Fuße des Felsens schlief. Dunkle Tannen umsäumten ihn. Gelbes Moos, von der Sonne verbrannt und im Lichte schimmernd, bedeckte wie ein goldgewirkter Teppich den Abhang, und dazwischen blitzten tiefrote Farben auf. Blutnelken hatten sich hier zusammengedrängt und leuchteten weit hinaus, gehoben von dem toten Grau der Wand. – »Komm, Wolfgang,« begann die Frau, »mich friert.« Sie drängte sich an ihn, wie um Schutz zu suchen. Wolfgang schritt vorwärts, er wußte, warum sein Weib mitten in der Sonnenglut fror, und ihr Grausen erfüllte ihn mit heimlichem Stolze.

»Siehst du die Sage dort unten sitzen? Sie spinnt und spinnt, und ihr Rad schnurrt eine schaurige Weise.«

»Wir wollen zu ihr und sie ehrfurchtsvoll grüßen. Mir hat sie Ammenlieder gesungen, und ich liebe das Grauen, das sie umgibt.«

Sie sah ihn einen Augenblick fragend an, dann flog ein Lächeln über die traurigen Züge, und in raschem Lauf, halb fröhlich, halb ängstlich, eilte sie den Berg hinunter. Wolfgang folgte ihr langsam. Er freute sich ihres Wesens, das so klar jeden Eindruck widerspiegelte. Er liebte diese Gestalt, die vertrauend sich ihm neigte, eine wohlige Wärme durchdrang seine Glieder. Die satte Ruhe des Besitzes erfüllte ihn.

Am Ufer des Teiches erwartete ihn Anna. Sie lag ausgestreckt in dem dunkeln Rasen, und ihr Haupt, von den Locken umkränzt, ruhte auf dem Arm, dem Nahenden entgegengewandt.

»Sie ist nicht mehr da, deine alte Amme, und ich mag sie auch nicht.«

»Dafür bist du selber ein Märchen, Liebste, und Du sollst mir erzählen, was du vom Felsen weißt.«

Er warf sich neben sein Weib, legte den Kopf in dessen Schoß, die Frau aber – halb aufgerichtet – begann:

»In alten Zeiten stand droben, wo jetzt die Tanne gen Himmel wächst, ein festes Haus mit Türmen und Zinnen. Darin hauste ein harter Mann, tapfer und weltberühmt, von eisernem Sinn und stählernem Herzen. Sein Weib aber liebte die Menschen und half, wo es nur konnte.

Ein frommer Herr nun, der Bischof des Sprengels, trotzte dem Ritter, und beide führten scharfe Fehde miteinander. Da begab es sich eines Tages, daß der Schloßherr die Mannen satteln ließ, auszureiten. Er wollte ein Dorf ausbrennen, welches dem Bischof gehörte, und hatte strengen Befehl gegeben, nicht Mann, noch Weib, noch Kind am Leben zu lassen. Als er schon gewappnet am Fenster stand und finster in die Lande hinausschaute, warf sich die holde Frau dem wütenden Manne zu Füßen und bat, die unschuldigen Menschen zu schonen. Ihm aber stieg der Zorn in das Haupt, daß ihm das Blut vor den Augen tanzte. Er packte die Arme und mit einem wilden Fluche warf er sie den Felsen hinab. Die spitzen Zacken zerrissen den Körper, rotes Blut netzte den grauen Stein, und tief drunten blieb der Leichnam liegen. Da kamen die Tiere des Waldes, die Wölfe und Füchse, die gruben der Toten ein Grab und legten sie hinein. Die Vögel brachen Zweige vom nahen Walde und pflanzten sie rings um das Grab. Die Felsen öffneten ihre Brust, welche das Blut getrunken hatte, und rote Nelken sprossen hervor. Die Sonne ließ Moos wachsen, wo der Körper der Frau zerschmettert war, und vergoldete es mit ihren Strahlen. Die Berge ringsum weinten Tränen, die flossen zusammen zu einem murmelnden Bache und drunten im Tale sammelten sie sich in einem stillen Teich, auf dem schwimmen Wasserrosen als Krone der Toten. Der Wind aber kam zornig über das Land geflogen, er rüttelte, riß und zerrte an den Mauern des Schlosses, bis es in Trümmer sank.«

Wolfgang hatte ganz still gelegen und leise vor sich hin gesummt. Jetzt hob er den Kopf und sah die Frau an, die, melancholisch die Augen ins Weite gerichtet, Gräser zerpflückte. Er lachte gutmütig.

»Du bist eine Dichterin, Anna. Dir gestaltet sich alles zu Bildern und Märchen. Der Duft des Waldes umhüllt dich und macht dich zum Märchen. Aber der Fels mit der toten Frau gefällt mir nicht mehr. Laß uns gehen, drüben im Sonnenlicht wollen wir lagern.«

Sie schritten langsam um den Teich herum, sprangen über den Bach und kamen an den Fuß des gegenüberliegenden Waldes.

»Horch! Ein zweites Bächlein. Sind es auch Tränen, Liebste?«

Anna bog ein paar Zweige zurück, unter dichtem Gebüsch verborgen sprudelte in hastigen Sprüngen ein Quell hernieder. Tiefer Waldesschatten lagerte über dem schmalen Bett, dessen Ufer, zu beiden Seiten mit Tannen bewachsen, gemächlich emporstiegen.

»Hier ist gut sein, Wolfgang, hier laß uns Hütten bauen.« Mit leichtem Sprung überschritt Anna das lustig schimmernde Wasser. Wolfgang fügte die Zweige behutsam ineinander und folgte ihr. Sie stand zögernd vor dem halbausgetrockneten Bett des Baches; scharfes Geröll und moosige Trümmer machten den Weg beschwerlich.

»Hier sind wir sicher, hier findet uns niemand, komm, vorwärts.«

Anna tat ein paar Schritte, aber wiederum zauderte sie: Die Windungen des Bächleins ließen nur eine kurze Strecke seines Laufes überschauen. Ungeduldig sprang Wolfgang an seinem Weibe vorüber.

»Das ist Waldesgeheimnis, dort hinten schläft das Glück.«

Sie schritten mühsam vorwärts, durch Gebüsch und Gestein den Weg bahnend. Der Quell schoß jetzt in rascherem Laufe dahin, das Tal verengerte sich, in schroffen Felsmassen stiegen die Wände empor, droben fast zusammenwachsend und der Gottessonne kaum Einlaß gewährend. Der Weg ging steil aufwärts, hie und da hatte das Wasser natürliche Stufen gehöhlt, auf denen der Fuß bequem haften konnte. Der Blick war durch die starke Neigung noch mehr gefesselt; in munterem Falle plätscherte das Wasser hinab, neugierig der zierlichen Frau die Füße netzend. Sie lachte jubelnd auf:

»Du darfst nicht so rennen, Großer, ich armes Waldfräulein komme nicht mit.«

Wolfgang stand weiter oben auf einem Absatz des Weges.

Er hatte den Finger auf den Mund gelegt und hob sich auf den Zehen; es war, als ob er ein badendes Mädchen belauschte.

Leise mit vorsichtigen Sohlen trat die leichte Gestalt Annas neben ihn, eine warme Freude erfüllte die beiden. Sie schmiegten sich aneinander und schauten.

Die Felsen waren ein wenig auseinandergewichen. Zur Seite stieg die Wand mächtig empor, eine gewaltige Tanne hing, halb vom Sturme zerbrochen, zu ihren Häupten. Zur anderen Seite schoß zwischen verwitterten Blöcken das Wasser hervor, in schönem Fall, aus gemächlicher Höhe herabrauschend, in keuschestes Weiß gekleidet. Drunten aber breitete sich in ruhiger Fläche, dunkelgrün, ein Becken aus, halb überwölbt von grauem Gestein, welches zur Grotte sich rundete.

»Sie wird kommen, die Nymphe,« flüsterte Anna, »sie wird baden, Lieber, siehst du sie nicht?«

»Wir sind die Götter und Nymphen, wir sind allein auf der Erde. Hier ist gut sein, hier laß uns Hütten bauen.«

Frau Anna lachte, als sie die eigenen Worte hörte. Das Kleid schürzend, sprang sie dem Manne nach, der hochatmend den letzten Absatz erstieg. Eine sonnige, wonnige Waldwiese breitete sich vor ihnen aus, einen Augenblick standen die beiden staunend, dann faßten sie sich bei den Händen und tanzten jauchzend dahin. – Nun traten sie wieder fest umschlungen an den Rand der Quelle und blickten in den dunkeln Grund des Wassers. Durch die Zweige der alten Tanne, welche am Felsen hing, spielten die Lichter der Sonne.

»Ich glaube sicher, daß hier die Nixe wohnt, und das ist die Wiese der Elfen. Wenn der Mond scheint, schimmern die weißen Glieder, die zierlichen Geschöpfe neigen sich und schweben dahin. Die blauen Glocken der Erde läuten ein Lied, und in zarter Bewegung dreht sich der Reigen.« Annas Augen hatten einen tiefen Glanz bekommen, ihre Worte klangen mit überzeugender Fülle des Tons, und die ganze Gestalt – mit den gekreuzten Armen über der Brust – drückte Ehrfurcht aus und hingebendes Verlangen, den hohen Wesen zu huldigen.

Auch Wolfgang war ernst geworden. Eine traumhafte Stimmung erfaßte ihn, holde Müdigkeit, weiches Sehnen. Noch nie hatte er so deutlich empfunden, wie heilig das Weib war, welches er sein eigen nannte.

Mit langsamen Schritten stieg Anna zur Grotte hinab, dort kniete sie nieder und winkte dem Manne: »Beuge dich, du Kind der Erde!« sprach sie zu ihm, »ich will dich netzen mit heiligem Wasser.« Wolfgang neigte sich nieder.

»Groß sollst du sein, wie die Tanne emporragt unter den Bäumen, du Lieber, Großer! Wie die Tanne den Quell beschattet, so soll dein Geist über der Menschheit liegen, sie schützend vor leidenschaftlichem Wahn und der Kälte winterlicher Öde. Unter dir bricht der Menschen Zukunft hervor, der Urquell aller ewigen Freude. Leichtfüßig springt er dahin, wachsend unter des Himmels Regen, zum Bach anschwellend und zum brausenden Strom, dem Meere zueilend. Ich will dich weihen mit heiligem Wasser.«

Sie tauchte die Hand in die stille Fläche, einen Augenblick sah sie zu, wie die Tropfen in den silbernen Spiegel fielen und leise Ringe bildeten, dann legte sie dem knienden Mann die Finger auf Haupt, Mund und Hand:

»Edel wie deiner Stirne Bildung sei alles, was du denkst, groß und ewig. Edles spreche dein Mund. Rein sei, was er sagt, und wahr.

Edel bleibe die Hand, der Zukunft schönes Gewand wirkend.

Wie der Tropfen, der von der Hand rinnend das Wasser in Ringen bewegt, so sei dein Leben wirkungsreich und lieblich zu schauen.

Ich danke dir, Lieber, daß du mich dein nennst. Denn ich glaube an dich.«

Die beiden knieten lange und schauten in den stillen Frieden des Wassers.

Anna erhob sich. »Wir wollen uns oben lagern, am Rande der Wiese. Ich will dir ein Kränzchen aus Heidekraut flechten; das sollst du heute tragen.«

Sie stiegen zusammen zum Wald hinauf. Junge Birken und Erlen standen im frischen Grün ihrer Blätter, und der Rasen erschien wie ein Teppich, mit dem Rot der Erika vermischt. Sie pflückten eifrig. Dann breitete Anna den Schleier aus, und beide setzten sich.

»Erzähle mir, Wolfgang.«

Wolfgang blickte sinnend vor sich hin. »Ich weiß nichts zu erzählen. Ich muß dich anschauen und muß staunen; denn ich kenne dich nicht wieder. Du bist größer, schöner, und dein Gesicht leuchtet wie in ewigem Schein. Das Berühren deiner Hand rinnt durch mein Blut wie alter Wein, und deine Stimme klingt wie das Singen der Nachtigall.« Anna lachte.

»Weißt du denn nicht, du großes Kind, wer ich bin? Hast du nie von den Elfen gehört? In unbezwinglicher Liebe folgen sie dem Manne, dessen Kuß sie dem Tode weiht, dessen Umfangen ihnen die überirdische Schönheit nimmt. Ich bin ein armes Elfchen, von Liebe zu dir gequält und gehoben, ewig verstoßen aus meinem Geschlecht, ein schlichtes Weib, dem Herzensmanne sich hingebend. Hier ist die Heimat, Quell und Wiese; das Rauschen der Bäume weckt mir uralte Erinnerung, und du schaust den Abglanz vergangener Herrlichkeit.« Sie lächelte, aber zwei große Tränen rollten aus ihren Augen. Wolfgang küßte sie fort: »Ich weiß, was du denkst, mein Mädchen. Ich habe dir viel Leid getan. Doch ich liebe dich, und die Liebe versöhnt. Eine heilige Kraft ruht in mir; die soll dir eine neue Heimat gründen, kein Elfenreich, aber ein heiteres Menschenleben. Das flehe ich von den hohen Göttern.«

Anna schwieg. Sie beugte sich zu den Blumen und flocht ihr Kränzchen. Wolfgang saß still neben ihr und sah ihren flinken Händen zu. Es fiel ihm auf, wie natürlich jede der Bewegungen dieser Frau war, wie selbstverständlich sie sich in ihre grüne Umgebung einfügte.

»Ich glaube dir, Liebste, was du mir sagst. Du gehörst hierher, und wenn man dich fortnehmen wollte, verlöre das Märchen den Reiz, und Blumen, Quelle und Wiese müßten trauern, weil ihr Bestes verschwunden wäre. Wie du mich weihtest, so will ich dich taufen. Elfe nenne ich dich, und meine Lippen sollst du küssen, damit sie sich erinnern, wie ich dich hieß.«

Die Frau ließ den Kranz sinken, und bot ihm den Mund. Sie saßen Hand in Hand, der Kranz war vergessen.

»Mich hungert, sättige mich, Wolfgang!«

»Soll ich dir Beeren brechen oder Wurzeln suchen, du Waldkind?«

Sie verzog den Mund.

»Wein will ich, dunkeln, rotglühenden Wein, und goldene Früchte und weißes Brot, du Schlimmer. Ein Königskind bin ich, und königlich sollst du mich halten!«

»Ich habe nichts mehr, gar nichts mehr! Du hast das Ränzel leergenascht, du Kätzchen.«

»Aber mich hungert.« Dabei beharrte sie, und ihr Gesicht wurde trübe wie bei einem weinenden Kinde.

»Dann wollen wir gehen.«

»Gehen? Du sagtest doch –« sie stockte.

»Was sagte ich?«

Sie versteckte ihr Gesicht an seiner Brust. »Nun, was sagte ich?«

»Wir wollten hier Hütten bauen.«

Ein freudiger Schreck fuhr ihm durch die Glieder. Hier bleiben, allein mit diesem Weibe, das war die Krönung seines Lebens. Ein Wogen der Lust überflog ihn, das ihm die Augen blendete.

Er erhob sich. »Ich werde dir Wein holen und Früchte und weißglänzendes Brot. Bleibe hier und denke an mich. Die Stadt ist nicht weit, in zwei Stunden bin ich wieder bei dir.«

Er warf sich den Rucksack über die Schulter und eilte davon. Schon nach wenigen Schritten blieb er stehen. »Fürchtest du dich?«

Sie grüßte ihn lächelnd. »Ich bin zu Hause hier. Eile und bringe mir Brot.«

Nun ging er wirklich. An dem Quell wandte er sich. Seine Frau saß regungslos, den Kopf in die Hand gestützt, und schaute in die Sonne. Er wußte nicht, war sie froh oder traurig.

Wie er versprochen hatte, war Wolfgang wieder zur Stelle. Er blickte spähend umher. Nein, es konnte ihn niemand sehen. Rasch schlüpfte er durch das dichte Gestrüpp, besorgt, jede Spur seines Eindringens zu verwischen. Dann ging er leise vorwärts. An der Grotte saß Frau Anna still und träumerisch. Die Haare hatte sie aufgelöst und den Heidekranz in die Locken gedrückt. Ihr Gesicht sah ernst aus, fast streng.

Sie hatte kleine Steinchen im Schoß liegen, von Zeit zu Zeit warf sie eines in den dunkeln Grund. Das Bild grub sich tief in Wolfgangs Seele.

»Du störst die Nixen auf, Anna,« begann er leise.

Anna blickte auf. Sie erschrak nicht, obwohl sie sein Kommen nicht bemerkt haben konnte. Sie streckte ihm die Hand entgegen und lächelte ihn an.

»Was weißt du von Nixen, Menschenkind! Die drunten kennen und lieben mich. Schau, welchen Gruß sie mir senden.« Ein Ebereschenzweig mit dichten Beeren schwamm auf den finsteren Wassern, seltsam leuchtete ihr Rot aus dem Grün hervor. Anna beugte sich und erfaßte den Zweig. Die kurzen Locken fielen wie die Mähne des Löwen über ihr Gesicht, und ihr weit vorgeneigter Leib mit dem greifenden Arm bildete wunderbare Linien zu dem sicher ruhenden Unterkörper und der kraftvoll aufgestemmten linken Hand.

Wolfgang klopfte das Herz, künstlerisches Behagen erfüllte ihn. Als sie sich aufrichtete, sah sie in seine Augen und las seine Gedanken. Sie strahlte im stolzen Bewußtsein der Schönheit.

»Schaut man so holde Elfen an? Warte, du Frecher!«

Mit raschem Schwung schleuderte sie den triefenden Zweig nach ihm. Er fing ihn geschickt und lachte sie an.

Anna sprang auf. »Was hast du mitgebracht? Zeig her, Fauler!«

Wolfgang kramte seine Schätze aus, sie knieten beide am Boden.

»Roter Wein, goldene Frucht, weißschimmerndes Brot! Du bist ein guter Junge, und ich liebe dich tausendmal.«

Sie hatte eine Birne gefaßt und biß herzhaft hinein, während sie mit der freien Hand sorglich die Früchte prüfte. »Noch mehr?« fragte sie, und ihre Stirn zog sich kraus, »ich wollte nichts anderes, und du sollst gehorchen. Ich bin die Elfe, und alles huldigt mir hier.«

»Woraus willst du trinken, Herrin? Ich dachte an dich, als ich es im Fenster sah.«

Er hielt ihr ein schwarzes Kästchen hin. Sie drückte es auf, und strahlendes Silber blitzte ihr entgegen.

»Ein Becherlein,« jubelte sie und tanzte umher. »Ein Becherlein für den rotglühenden Trank. Du lieber, guter, goldener Mann, wie herrlich du mich beschenkst!« Sie stand still und spiegelte ihr Gesicht in dem blanken Metall. »Wie garstig das alles verzerrt, das ist nur gut zum Trinken. Aber sieh einmal hier hinab.« Sie zog ihn zum Wasserspiegel und bog ihren Kopf darüber.

»Bin ich nicht schön? Die Nymphe liebt mich, sie zeigt mir, wie schön ich bin.«

»Schau mir ins Auge, dort siehst du den reinsten Spiegel deiner Schönheit. Denn ich liebe dich mehr.«

Anna sah ihn fest und innig an. Die Glut erfaßte ihn, er packte sie und zog sie an sich. Aber sie wand sich aus seinen Armen. »Warte, mein schöner Herr, warte, erst wollen wir frisch und wacker sein, ehe wir spielen. Mich hungert, drum sei vernünftig.«

Sie setzten sich und begannen zu schmausen. Wolfgang ergriff den Becher.

»Nein, keinen Wein. Noch nicht. Heut abend wollen wir trinken. Jetzt will ich mich sättigen, zur Arbeit stählen.«

Er sah sie fragend an.

»Wir müssen Hütten bauen,« und dabei nickte sie ihm ernsthaft zu. »Droben am Waldrande sollst du mir ein Dach zimmern aus grünen Zweigen und jungen Birkenstämmen. Tummle dich, die Sonne wirft schon längere Schatten.«

Rasch beendeten sie ihr Mahl. Dann schritten sie suchend zur Waldwiese hinauf.

»Hier will ich bleiben,« entschied Anna, »Moos und duftige Kräuter habe ich zum Brautbett gesammelt, nun schaffe mir den Betthimmel! Aber zu dicht darf er nicht sein. Ich will die Sterne sehen.«

Wolfgang sah sich prüfend um. Ein paar schlanke Stämme standen in flacher Rundung, mit den Kronen sich fast verflechtend.

»Du mußt mir helfen, Elfe, dann wird es gehen. Du hast gut gewählt.«

Dabei reckte er sich empor und bog den nächststehenden Baum hernieder. »Halte ihn, Kleine, und nun den zweiten.« Sie versuchten die Zweige miteinander zu verknoten, aber die biegsamen Stämme richteten sich wieder auf.

»So kommen wir nicht zustande,« sagte Anna. »Warte, ich weiß schon Rat!«

Sie sprang davon und brachte den Rucksack herbei. »Ein wenig hast du, Dummer, uns auch geholfen. Da ist Strick und Bandwerk; es ist gut, daß man dir alles so gründlich verpackte. Und dann hier« – eifrig knüpfte sie die Riemen des Ränzels los. »Wird es reichen?« fragte sie ängstlich, während er bedächtig die Stücke durch die Hand gleiten ließ.

»Wer weiß, vielleicht, wir müssen sehen –«

»O, ich habe noch mehr,« rief sie lustig, »ich habe Bänder am Rock, und wenn ich barfuß laufe, was schadet es? Ach, Wolfgang, was für ein Königsbett werden wir haben!«

Er nickte ihr zu. »Und was uns noch fehlt, schaffe ich dir.« Er kletterte den Abhang hinauf.

»Was tust du, Liebster? Laß mich nicht allein,« rief sie ihm nach.

»Einen Hammer suche ich und habe ihn schon.« Dabei warf er eine knorrige Eichenwurzel hinab, »das und ein tüchtiger Stein werden es tun, nun brauche ich noch Pflöcke.«

Bald waren auch diese gefunden, und jetzt gingen beide an die Arbeit, ihr Bett zu krönen.

»Du hast mich noch gar nicht gefragt, was ich getrieben habe, während du fort warst,« begann Anna und sah ihn vorwurfsvoll an.

»Das ist auch wahr, aber wo blieb uns Zeit zum Fragen? Erzähle, es ist gute Musik bei der Arbeit, später erzähle ich, was ich in der Stadt erlebte.«

»Nein, ich mag es nicht hören. Was gehen mich die Menschen an! Wir wollen allein sein. Rate, was ich getan habe!«

»Geschlafen.«

»Falsch, doppelt falsch. Du rätst es nicht. Ich habe gebadet.«

Wolfgang zog die Zweige tiefer herab. Er lachte.

»Hörst du nicht? Ich habe gebadet.«

»Ich höre.«

»Bist du nicht eifersüchtig, nicht einmal ein bißchen böse über die kecke Frau?«

»Die Sonne hat es gesehen, Anna, die erzählt es weiter.«

»Spotte nur, aber was meinst du, wenn ich belauscht wurde?«

Wolfgang ließ sich nicht aus der Fassung bringen.

»Ich beneide den Glücklichen. Welch ein Schauspiel, die badende Frau im Waldquell.«

Anna errötete. »Pfui, du Garstiger!« Sie stieß mit dem Fuße die Erde fort, die vor ihr lag. »Du sollst dich ärgern. Ich bin belauscht worden.« Sie warf den Kopf zurück und sah ihn herausfordernd an.

»Du siehst ja, ich glaube es.«

»Aber du sollst zornig werden!«

»Nun gut, ich bin es.«

»Nein mehr, du sollst wüten und toben!«

»Warum, Anna?« Wolfgang war an sie herangetreten. »Siehe unser Lager ist bereit. Soll ich dem andern den flüchtigen Augenblick der Schönheit mißgönnen, wenn mir die lange Nacht winkt?«

Die kleine Frau warf sich ihm an die Brust. »Ich schäme mich, Wolfgang,« flüsterte sie. Dann hob sie den Kopf und sah ihn an. »Wahr ist es doch. Denke, ich stand unter dem sprudelnden Fall und ließ das Wasser über die Brust rieseln; es war so wonnig, so heimlich verführerisch, und die Gefahr war das Schönste dabei. Plötzlich rauschte es in den Zweigen – ach, und nun fürchtete ich mich doch. Ich hielt mir die Augen zu – denke, so dumm war ich – als ob ich dann nicht gesehen würde – bin ich nicht dumm?« Wolfgang nickte schweigend, der Körper, den er in den Armen hielt, teilte ihm brennende Glut mit.

»Ein paar Minuten stand ich so. Als alles still blieb, wurde ich neugierig; ganz langsam ließ ich die Hände sinken. Ach Wolfgang, es war so herrlich, so feierlich schön!«

Er zog sie dichter an sich. Alle Pulse flogen ihm.

»Da unten am Wasser stand ein Reh, schlank und braun, und ein ganz junges Kitzlein drängte sich an die Mutter. Sie wollte trinken, nicht wahr?«

»Ja.«

»Die Arme! Als sie meine Hände sinken sah, stand sie noch einen

Augenblick und schaute mich an. Dann drehte sie den Hals nach dem Jungen, und in Eile sprangen sie beide davon. Ich wollte, sie wären geblieben.« Anna senkte den Kopf und sah traurig vor sich hin. »Was fürchtete die Mutter von mir?«

»Sie gingen anderswo ihren Durst löschen. Sie hatten Ehrfurcht vor der badenden Frau.«

»Nein, nein.« Anna umschlang den Hals des Mannes und sah ihn innig an. »Hätte ich ein Kind an der Brust, sie wären geblieben, ich weiß es.«

Wolfgang erwiderte nichts.

»Siehst du den Faden dort, den die Spinne von Baum zu Baum wob,« fragte er endlich. »Unser Werk ist noch nicht vollendet, und die Sonne steht tief.«

Anna hatte sich erhoben und blickte hinab. Über das Tal war ein einziger Faden gespannt, er glänzte im Licht.

»Was willst du tun?« fragte sie.

»Uns schützen. Du mußt mir helfen.«

Sie stiegen weiter hinab, bis dicht an den Eingang der Schlucht. Dort häuften sie Steine und Felsstücke, Baumtrümmer und morsche Zweige. Zuletzt riß Wolfgang eine Tanne, welche, vom Sturm entwurzelt, am Ufer hing, quer über das Bett des Baches.

»Nun sind wir sicher, nun sind wir zu Haus,« sagte er triumphierend. Anna klatschte vor Freuden in die Hände.

»Nun wollen wir schmausen und tanzen und lieben, Liebster! Ich werde dir tanzen, droben auf der Waldwiese werde ich tanzen. O du sollst mich lieben, lieben wie du noch nie tatest!« Sie packte ihn am Kopf und mit einem wilden Ausdruck biß sie ihn in die Wange.

»Warte noch,« sprach er, »nicht hier, nicht jetzt. Das Brautlager harret auf uns beide.«

Die Sonne warf schräge Strahlen hinab, und das Becken der Nymphe leuchtete wie flüssiges Gold.

Anna breitete die Schätze aus, welche Wolfgang aus der Stadt gebracht hatte. Sie brachen das Brot und aßen die Frucht. Dann füllte der

Mann den Becher mit rotem Wein, sie traten an den Rand des Falles; den Arm um sein Weib schlingend, hob er das Silber:

»Dir, Mutter Sonne, gilt mein erster Gruß! Schaue das Glück deiner Kinder.«

Dann goß er den Wein in die Flut.

»Trinke den Wein, heidnische Göttin, heimliche Freundin der Liebe. Dir, Nymphe des Quells, weihe ich uns.

Rastlos trage uns fort auf hüpfenden Wogen des Lebens, freudig der Sonne das Haupt bietend.

Den Garten der Ehe netze mit deinen Wassern, und lasse Blumen darin wachsen, duftende Blumen der Zukunft.«

Sie schauten hinab, wie das Rot mit dem goldenen Licht und den tiefgrünen Schatten des Wasserspiegels sich mischte.

Schweigend ruhten sie dann, das Haupt auf den Arm gelehnt, das Auge in das ewige, fröhliche Blau des Himmels versenkt. Die Vögel des Waldes verstummten, nur leise noch summten über dem Heidekraut Bienen, und der Bach flüsterte Liebesworte.

»Die Sonne sinkt.«

Anna erhob sich. Hoch sich aufrichtend und nach dem Gestirn ausschauend, warf sie die Kleider ab und ergriff den Schleier. Mit leichtem Schritt, langsam und feierlich, schwebte die Frau dahin, einer Göttin gleich, vom roten Licht der untergehenden Sonne umflossen. Der Körper hob sich in ernster Grazie und senkte sich, die Glieder in verlangendem Rhythmus biegend und wiegend. Und mit verhaltenem Atem schaute Mutter Natur den Tanz des Weibes. Rascher flog die Bewegung, blitzschnell wechselten Linien und Farben, Leidenschaft wurde der Tanz, dionysischer Wahnsinn brauste dahin.

Milde Dämmerung fiel hernieder. Hochatmend stand die Frau still. Da nahm Wolfgang sein Weib und trug es zum Lager.

Der Tag weckte Wolfgang. Anna saß am Brunnen und strählte ihr Haar.

Über den Waldeskronen erhob sich die Sonne, und mit dem ersten Strahl traf sie die nackte Frau, wie ihr der letzte Gruß gegolten hatte.

Die Glieder erschienen voller, und die Brust wölbte sich runder. Das Haupt trug sie wie eine Königin.

Wolfgang trat neben sie.

»Wäre ich ein Künstler, dich bildete ich als Mutter Natur.«

Anna reichte ihm die Hand und sah ihn freundlich an: »Ich glaube, ich bin Mutter,« sagte sie.

»Ich weiß, daß du es bist. Heilig bist du, und heilig ist die Frucht deines Leibes.« Er beugte sich tief, der Mutter huldigend.

Über den Quell aber flatterte ein Vogel zum Nest. Begehrlich streckten die Kleinen die Köpfe heraus und zirpten nach der nährenden Mutter.

Fünftes Buch

1.
Und Anna gebar ein Kind, das nannte sie Beate. Das erbte vom Vater den eindringlichen Blick und die fest fassenden Hände, von der Mutter die mächtige Stirn und ringelnde Locken. Der Wald aber, der seine Empfängnis beschattet hatte, gab ihm die junge Kraft des Wassers und die Erquickung des lebendigen Brunnens. Das Mädchen wuchs zwischen den Eltern, Glück nehmend und Glück bringend.

In diesem neuen Menschen endlich fand Wolfgang seinen Meister. Hier strahlte ihm Glanz des eigenen Wesens rein entgegen, und der Mann lernte kindliches Wissen. Die Tochter wies ihm die Wege, die er wandeln mußte. Ein anderes Augenpaar, klarer und tiefer blickend, sah nun für ihn, und die offene Freude, der echte Schmerz des wachsenden Menschen lehrten ihn, was er nicht kannte oder nicht ahnte. Wie lange hatte er sich bemüht, draußen zu finden, was in ihm lag, einen Menschen aus sich zu machen, einen König der Schöpfung! Bei diesem spielenden Wesen ward es ihm offenbar: Es war leicht zu leben, was ihm doch so schwer gefallen war; es war leicht, eine Welt zu schaffen, Himmel, Erde und Menschen sich untertänig zu halten. Die lastende Schwere fiel von ihm ab, und leicht tragende Lüfte wehten um ihn, die Brust zu frischerem Atmen dehnend, zum Fluge lockend. Da wandte sich Wolfgang von allem Kleinen und Nahen und schaute das Antlitz des hohen Lebens.

Begierig lauschte er nun den leisen Stimmen heimlichster Weisheit. Wie die tragende Mutter fühlte er mit ungläubig hoffendem Entzücken das schüchterne Klopfen neuer Menschheit. Ein Unbekanntes, noch Unerkanntes wuchs und regte sich in ihm, dem Lichte zustrebend, selbst Licht verheißend. Die Welt wurde ihm schweigend, doch lauter, immer lauter redete es in seinem Inneren, süße Worte, tief dringend, anwachsend zum alles erfüllenden Klang, einfach und groß wie der Tod. Das Schicksal faßte ihn an der Hand, und weit offenen Auges, innerer

Freuden voll, folgte er willig dem Führer, ob ihm auch ringsum alles versank, was ihm lieb war.

Nun saß er stundenlang und spielte mit seinem Kinde. Kein Tag brach an, ohne ihm Glück zu lächeln, und keine Nacht sank nieder ohne frohe Hoffnung auf das Erwachen. Mit seinem ganzen Denken versenkte sich Wolfgang in dieses ursprünglich reine Wesen. Staunend sah er, wie rings um das Mädchen etwas Neues entstand, eine unbekannte Welt, wie es sich ein eigenes Leben unmittelbar, glänzend und frisch geboren wie der junge Tag, schuf, aus sich heraus. Und jetzt erst begriff er ganz, daß mit jedem Menschen eine neue Zeit beginnt, eine Zeit, die kein anderer versteht, als der, der sie durch sein Dasein hervorbringt. Er sah den Willen entstehen und die Begierde, das Nachdenken und die gestaltende Kraft der Phantasie, Liebe und Haß, Freude, Gram und Zorn. Er sah, welche Gewalt und Macht dieses Kind besaß, wie es, der höchste Herrscher, Menschen und Dinge lenkte und wandelte. Nichts auf der Welt schien dieser Kraft zu gleichen, nichts Größeres gab es als dieses kleine winzige Mädchen.

Und Wolfgangs Blicke wandten sich und hafteten auf Anna. Wie anders war sie, seit sie Mutter geworden war. Sie war sicher, ruhig, groß, ein ganzer Mensch mit frei entfalteten, unbegrenzten Kräften. Ihre Augen blickten wie tiefe Wasser, und das Lächeln ihres Mundes war wie das Biegen des Astes unter dem Winde. Der Ton ihrer Stimme klang wie das Rauschen des Bachs, und ihr Gang war stetig fest, wie das Wachsen des Baumes. Nun war sie selbst Schicksal, Mutter der Zukunft. Der Adel eines kommenden Geschlechts krönte die Stirn; die trug sie hoch, denn sie fühlte den Schmuck, der sie über ihre Grenzen hinaushob.

Da beugte Wolfgang sein Haupt vor dem Weibe, das ihm so groß erschien. Eine tiefe Traurigkeit zog in sein Herz, denn er erkannte, daß er selbst ein Nichts war, und der Neid fraß an ihm.

Anna aber, als sie sah, wie seltsam tot das Auge des Mannes blickte, kniete neben ihn, umfing ihn mit ihren Mutterarmen und tröstete ihn mit linden Worten: »Was quält dich, Wolfgang? Sag es mir, Wolfgang. Du hast mir alle Freuden der Welt gegeben, du hast mit mir geteilt, was dich traf, Tränen und Lachen. Soll ich nicht mehr an dem Kummer deiner Tiefe teilnehmen, jetzt, wo unserer Kinder Augen in unseren Herzen Liebe lesen und die Kleinen lernen sollen, Vater und Mutter zu ehren? Willst du mich aus der Gemeinschaft der Seelen ausstoßen?«

Da senkte Wolfgang den Kopf noch tiefer und barg die Augen vor dem Blick der Frau. Denn deren Worte durchfuhren ihn wie ein vergifteter Dolch, und das Gift haftete in seinem Inneren. Und er schämte sich seines Neides, und daß das Weib ihn erraten hatte.

Anna aber flüsterte weiter: »Was fehlt dir, du mein einzig Geliebter? Siehe, deiner Kinder Freuen umgibt dich, und dein Weib kniet neben dir, ganz dir hingegeben, verlangend und liebend, bereit zu geben und zu nehmen, das Werk deines Lebens, ein Geschöpf deiner Hand, durch dich eine glückliche Frau.«

Da schüttelte Wolfgang den Kopf und begann mit leiser Stimme zu reden: »Was du wurdest, wurdest du nicht durch mich. Das Kind machte dich frei. Und es kränkt meinen Stolz, daß ich es nicht tat. Die Kinder gehören nicht mir, du gebarst sie und bist ihnen Mutter, ich jedoch bin ihnen entbehrlich. Das aber kränkt meinen Stolz, denn es ist meine Liebe, die sie zeugte. Das Kind und die Mutter sind eins. Der Mann aber ist einsam. Mutter zu sein ist deine Vollendung; denn die Frau wird reif, wenn sie ihr Kind liebt. Dem Manne ziemt die Tat, und meine Tat blieb noch ungetan. Es steht etwas zwischen mir und meiner Tat.« Und Annas Augen wurden groß und fragend. Sie drangen mit ihrem liebenden Blick in das Herz des Mannes, füllten sich langsam mit Tränen und strömten in bitterstem Leid über. Denn sie lasen, was zwischen dem Manne und seiner Tat stand.

Die Zeit strich dahin, die Wochen, Monde und Jahre vergingen, und das Lachen der Kinder glättete immer wieder die Falten des Grams, ihr fröhliches Spiel scheuchte die Sehnsucht in die Tiefe, ihr frisches Wachsen wendete den fern schweifenden Blick zurück zur Nähe. Heimlich nur, versteckt unter dem Frieden des Tages wuchs eine neue Macht; die hielt mit stählernen Händen das Herz Wolfgangs, und je höher das Glück in ihm stieg, desto fester faßte sie zu. Ach, dieses Herz war so weich, so groß, so reich, und täglich, stündlich lernte es feiner fühlen, inniger lieben, öffnete es sich weiter der Sonne des Besitzes. Wolfgang begehrte zu lieben, genoß zu lieben und war still und zufrieden.

Von Zeit zu Zeit aber schreckte etwas ihn auf. Ein mahnender Ruf rief ihn, ein weckender Finger zeigte auf ihn und zwang seine Augen zu sehen, seine Ohren zu hören: »Siehe, es ist alles schön, siehe, es ist alles Vollendung. Das tat dein Weib, Wolfgang. Was aber tatest du? Die Zeit deiner Einsamkeit ist nahe, dein innerstes Wesen ruft nach dir: es will frei werden, und du bindest ihm Ketten; es will aus dir hinaustreten, und du versperrst ihm den Weg. Die Stunde deiner Bestimmung bricht an, und du bist nicht bereit. Warum verstopfst du die Ohren? Es hilft nichts, die Augen zu schließen. Du hörst noch mit taubem Gehör und siehst noch mit blindem Blick. Und dein Wehren ist umsonst. Denn du mußt.« Dann umklammerte Wolfgang sein Weib und rief seine Kinder und lauschte dem Lallen des Jüngsten. Aber seine Seele schrie vor Schmerz. Doch es kam die Stunde, da kämpfte Wolfgang mit dieser Seele einen guten Kampf.

Sobald der Tag erwachte, ward das Kind den Eltern gebracht. Dann lag es, ein Bild der Liebe, zwischen dem liebenden Paar. Und das neckische Spiel kindlichen Schaffens begann. Die Welt wandelte sich, alles Tote gewann lebendigstes Leben. Die Geister der Schränke und Büchsen kamen zum Vorschein, von lallender Stimme gelockt, und lagerten sich um das Herrenkind, in freundlichem Zauber Gestalt, Farbe und Stimme ändernd, wachsend und schwindend, fliegend und kriechend, schweifend und schlafend. Nur eines Winkes bedurfte es, so waren sie anders. Und wurde nicht Annas Hand zum tausendfältigen Spiel, ihr Finger ein Mensch mit Hut und Kleid, ein huschendes Tier oder eine klingende Glocke? War ihr Haar nicht ein dunkler Wald, ihre Augen Quellen und der Mund eine blühende Rose?

Die Wange wurde ein Garten, in dem das Kind Blumen pflückte und Saat säte. Ihre Brüste wurden nun wirklich wie zwei Türme oder wie Zwillinge des Rehs auf der Waldwiese. Schwerfällig tanzte Wolfgangs Hand, als Bär im Takte sich wiegend, sein Arm war der Sturm und der

Bart wehende Äste des Baums. Zwitschernder Vogel wurde sein Mund und bellender Pudel, Königskronen trug seine Stirn, von Kindsgnaden geschenkt, und sein Rumpf wurde zum Berg, zur bebenden Erde oder zum wogenden Meere. Unerschöpflich spielte der Quell heitersten Kindersinns. Unter dem Hauch seiner Kühle wurden die Menschen gut. Rein und gut, selbstvergessen und glücklich, so wurden sie beide, die das Kind trennend vereinte, Wolfgang und Anna.

Wolfgang lag und schaute sein Kind, wie es ernsthaft und still der Mutter Tüchlein hielt und es weich um Arme und Hals schlang. Träumerisch sah er das Mädchen und traumverloren hörte er das Plätschern des Wassers, das über die zarte Frauengestalt Annas herüberrieselte. So ihr nicht werdet wie die Kinder, so werdet ihr nicht in das Himmelreich kommen, ging es ihm durch den Kopf, immer wieder, immer wieder.

Und seine Seele begann zu ihm zu reden: »Werde ein Kind, Wolfgang. Was suchtest du doch in der Welt nach Zielen und Zwecken? Tue die Augen auf und schaue! Die Welt liegt im Menschen. Das Kind schafft sich die Welt. Das ist seine Größe. Zerstöre dem Kinde die Welt, die es sich weckte, und es wird weinen. So wird dir selbst das tiefste Leben zerstört, das innerste, eigenste Leben. Denn alles, was dich umgibt, gehört nicht zu dir, ist ewig fremd für dich und führt dich irre auf falsche Wege. Selbst deine Liebe ist fremd. Siehe dein Kind! Versuche, sein Spiel zu leiten, behutsam sorglich, zärtlich und liebend. Führe seinen Geist, den Zug seiner Gedanken. Achte darauf, wie es stutzt, wie es irre wird. Gewiß, es folgt dir, es nimmt das Spiel deines Hirns rasch in sich auf und überholt im Flug deine kecksten Träume. Aber sahst du nicht das Zaudern in seinem Antlitz, als du leise in sein heimliches Leben eingriffst, sahst du nicht in seinem Auge das jähe Erschrecken über die fremde Gewalt? Und war nicht alle Schönheit des Kindes zerstört? Schämtest du dich nicht und wußtest du nicht genau wie das Kind, daß du etwas Heiliges schändetest? Du brachst mit der Hand das Wunder und wandeltest den herrlichen Zauber. Das Kind hielt Perlen und Edelgestein in königlichen Händen, du aber zerschlugst seine Welt und zeigtest ihm die Wahrheit, das, was dir Wahrheit ist. Das glänzende

Spielzeug wurde dir und dem Kinde nichts weiter als ein linnenes Tuch. Was nützt es, daß du ein Zelt daraus machst oder eine Fahne? Dein Kind ist stark genug, auch die geliehene Welt sich zu eigen zu machen. Aber ist sie besser, als die selbst geschaffene war? Und wird diese Kraft dem Kinde bleiben? Schaue auf den Knaben! Ist nicht längst schon das Beste in ihm überschüttet von fremdem Schutt? Wo ist dessen Gewalt geblieben? Er denkt alltäglich, wie jeder Schüler, wie jeder Knabe, wie dieser und jener. Wo ist der sprudelnde Quell seines Eigenen? Verschüttet, versiegt. Deine Tochter wiegt sich im Gang wie die Mutter, sie trägt ihr Kleid wie die Mutter, sie singt wie die Mutter und denkt deren Gedanken. Aber das Ursprüngliche suchst du vergebens, es ist mit tausendfältigen Farben übermalt, unkenntlich, unfindbar. Und wo ist an dir selbst noch etwas von deiner einstigen Größe? Du weißt es doch noch, was du warst, du siehst es: so wie das Kind, so warst auch du. Du schämst dich, wie du geworden bist. Und du sollst werden, was du bist, du sollst, du mußt. Die Bande, die dich fesseln, wirst du zerreißen, die fremden Trümmer, in denen die Welt deine Seele begrub, wegwehen mit der Gewalt des Feuers, zerstörend und Raum schaffend für blühende Pracht. Vernichte das Fremde in dir, zerbrich die Kette, das Glück, das dich verführt, den Frieden, der dich lähmt, die Liebe, die dich schlafen läßt. Tue dein Werk! Siehe dein Weib! Das tat, was es mußte. Die Frau ward, was sie ist, als sie ihr Kind lieben lernte. Sie ward frei. Sie weiß es selbst nicht, aber sie ward frei. Ihr alle, du und die Welt, seid ihr versunken, ein Schatten nur noch, ein Bild der Vergangenheit. Sie schuf sich eine eigene Welt, und jeder Gedanke in ihr ist wie Gottes Hauch, Leben gebend. Sie ist wie das Kind. Sie kennt dich nicht mehr, sie löste sich von dir, ward eine andere, hatte den Mut, groß zu sein. Denn was ist größer als eine Mutter, als diese Mutter? Glaube nur nicht, daß sie dich liebt, wie sie dich früher liebte. Du bist ihr der Vater des Kindes, sie liebt dich, weil du sie zur Mutter machtest. Und sie weiß noch nicht, wie entbehrlich du bist. Wolfgang, du machtest sie so, dein Kind wandelte sie. Du kannst es ändern, kannst sie zu dir zurückzwingen, kannst ihre Gottheit zerstören, wenn du es willst, kannst sie wieder zum liebenden

Weibe machen. Aber wagst du es auch? Siehe, wie schön sie ist! Das ist des Weibes Vollendung. Du bist neidisch? So wirst du selbst, wenn du dir folgst, wenn du dein Werk tust, welches dich ruft, wenn du verläßt, was dir lieb ist. Denn niemand kann zween Herren dienen. Tue dein Werk! Werde ein Mann!«

Wolfgang lag lange und lauschte. Dann sprach er grollend zu seiner Seele: »Ich weiß, was du von mir forderst. Aber ich will nicht, hörst du? Ich will nicht tun, was du verlangst. Schaue und urteile selbst! Mein Werk ist vollendet. Ich bin satt, ruhig und satt. Denn ich halte das Glück. Was du auch siehst, ich habe es mir erzwungen. Meinen Namen habe ich in das Herz der Menschen gegraben, er lebt und wird leben; mein Haus gründete ich, ein neues Heim dem eigenen Geschlecht, stark und fest gefügt, wie das alte, welches Jahrhunderte stand; ich warb mir ein Weib, welches du, eifernde Seele, selber mir neidest, ich warb es und machte es frei. Sieh meine Kinder, du Lügnerin, die du mich versuchst! Sie sind nicht, wie du sagst. Sieh, wie mein Mädchen in Anmut und Schönheit wächst, lieblicher als das Gras des Morgens, in welchem der Tau blinkt. Ward es weniger schön, weil es der Mutter gleicht? Höre sein jauchzendes Singen der Lerche, lies in dem Herzen, das ahnend der Liebe sich öffnet. Durch mich ward es ein Mensch. Es ist mein Kind. Ich zeugte es. Sieh auch den Knaben, er schweift frisch wie ein Vogel über die Welt, er wächst und greift um sich, durch mich wird er ein Mensch, und du weißt selber, daß er verliert, nur um zu gewinnen. Er ist mein Kind, ich zeugte ihn, und meine Hand macht ihn groß. Und scheust du dich nicht vor dem klaren Blick meiner Jüngsten, schlägst nicht die Augen nieder vor ihrer Wahrheit, du, die du so lügst? Du betest an vor dem Kinde, aber wisse, es ist mein Kind, ich zeugte es, und durch mich wird es ein Mensch. Siehe das alles und höre, was ich dir sage: ich will nicht, ich tat genug, ich halte das Glück, und Höheres kann ich nicht schaffen. Hörst du, ich will nicht tun, was du verlangst.«

Dann lauschte er still der Antwort, bis es wieder erklang: »Wolfgang, das Glück ist kein Ziel. Wolfgang, du mußt.«

Da sann er lange in Qual und Pein, endlich aber begann er wieder zu reden: »Ich darf nicht denken, was du verlangst, ich darf nicht. Hier ist der Kreis, der mein ist, und das Leben streckt tausend flehende Hände nach mir, jede Sekunde sieht mich mit bittenden Kinderaugen an; wie junge Arme, welche die Kraft noch nicht stählte, umklammert es mich, und tief dringende Worte spricht alles, was mir so lieb ist. Die Zukunft fesselt mich hier. Die kommende Zeit gibt mir die Pflicht, ihr zu leben; ein unmündiges Geschlecht heischt meine führenden Hände. Die Zukunft hält mich und läßt mich nicht los. Ich darf nicht denken, was du verlangst.«

Da schrie es rasch und spöttisch zurück: »Wolfgang, die Zukunft gebar das Weib, und das Weib hält sie in scharfer Zucht. Die Frau ist stärker als du, sie braucht dich nicht, und deine Pflicht bist du dir selbst. Werde, was du bist, Wolfgang. Tue dein Werk! Du darfst, denn du mußt.«

Als der Mann diese Worte hörte, zerbrach ihm das Herz, und er sprach bittend zu seiner Seele: »Ich kann nicht tun, was du verlangst. Schone mich, Seele! Denn ich werde sterben, wenn ich dir folge. Siehe, ich habe dir alles geopfert, was ich besaß. Die Eltern wurden mir fremd, und die Heimat überwand ich für dich. Die Toten vergaß ich, und meine Brüder lernte ich nicht achten. Den Freund habe ich verraten, weil du es wolltest, und den hohen Gedanken der Jugend gemordet, um dir treu zu sein. Die Menschen stieß ich von mir, meinen Beruf habe ich entweiht und selbst das hohe Gefühl, ein Mächtiger der Erde zu sein, warf ich fort, weil du es verlangtest. Ich schuf mich um, wurde ein Anderer, Größerer, Böserer. Das Weib aber, das ich mir wählte, das gebe ich dir nicht. Nimm mein Haus, meine Kinder, mein Leben, aber das Weib gehört mir, und ich kann es nicht lassen. Die Frau – hörst du mich, Seele? – die Frau machte mich zu dem, was ich bin. So viele Menschen ich schuf, durch sie ward ich selbst ein Mensch. Ja, du selber, du heiße Seele, bist nur durch sie. Was empörst du dich gegen die, die dir Leben gab? Dieser Gedanke, den du mir zuraunst, muß in ewige Tiefe gebannt sein, ich muß ihn in Liebe ersticken. Denn, wenn er hervorbricht, dann bricht er den Frieden des Hauses, dann bricht er die Ehe, diese ewige Ehe, dann bricht er mich. Ich kann nicht tun, was du verlangst, und ich werde es nicht, nie, nie, nie.« Und sein Gesicht war heiter, wie das des Morgens und siegesfroh wie die aufgehende Sonne. Denn Anna trat zu ihm, das Kind auf dem Arme, und seine Seele wagte es nicht mehr zu sprechen.

2.

Die Heiterkeit Wolfgangs verschwand rasch. Die Zwiesprache mit seinem tiefsten Herzen hatte seine Kräfte erschüttert; er fühlte, daß der geheime Wunsch nur zum Schweigen gebracht, nicht ausgerottet war, und er fürchtete sich vor einem neuen Kampf.

Zum ersten Male war das Gewissen in ihm erwacht. Wolfgang schämte sich fast. Er war so stolz gewesen, harmlos durch die Welt zu schreiten, er hatte die ängstlichen Gemüter, die den inneren Dämon fürchten, aufrichtig verachtet. Nie sollte sein hohes Herz von dieser Macht der Tiefe gepackt werden. Und jetzt faßte sie doch nach ihm, heimlich versteckt, hinterrücks, in wechselnden Masken, mit allen Listen vertraut. Lang schweigend schoß sie plötzlich hervor wie eine zischende Natter, mit einschlagenden Zähnen sein Glück vergiftend. Unversehens fiel sie ihn an.

Aber eines freute ihn. Es war nicht die sündengeborene Qual. Im Hirn gezeugt, empfangen und geboren sprach es mit scharfen Worten, nachdenklich, verstandhaft und klug. Bestimmt und sicher klang der Vorwurf, es nagte nicht an ihm, es griff ihn an wie ein gewappneter Mann. Dem konnte man begegnen. Der listige Verstand ließ sich überlisten. Wolfgang wußte wohl, daß etwas Unentrinnbares ihn verfolgte; Gedanken lagen in seinem Kopf, wachgeworden hämmerten sie gegen die starre Wand, sie wollten heraus, selbständig werden, fest wie stählerne Klingen. Das waren gefährliche Gesellen, die ihm sein Glück raubten, wenn er ihnen den Weg freigab, die ihn umbrachten, wenn er sie zwang. Was aber nötigte ihn, sie auszusprechen, sie der Welt mitzuteilen, von der nur Spott zu erwarten war, sie der Frau zu sagen, deren

Herz sie brechen mußten? Konnte er sie nicht schwarz auf weiß hinstellen, auf schweigsames Papier niederschreiben, im tiefsten Geheimnis sie modern lassen? Den Ruhm verachtete er, die Welt galt ihm nichts, er haßte die begehrliche Größe seines Inneren, er wollte Ruhe haben, genießen. Das Leben zu genießen, dazu war er auf die Erde gesandt, das war sein Beruf, den wollte er sich erzwingen.

Wenn er sein tiefstes Denken in Formen goß, wenn er es künstlerisch darstellte und gestaltete, tat er genug. Deutlich stand ihm die Zeit vor Augen, als er sich von seiner Vergangenheit, von Freundschaft und Jugendschwärmerei freigeschrieben hatte. Konnte er dichten, was in ihm rief, so überwand er sein Gewissen. Dann mußte die innere Stimme schweigen. Das war die Lösung.

Und voll spöttischer Freude über die List, mit der er sich selbst betrog, begann er heimlich sein lichtscheues Wirken. Auf lose Blätter warf er, was ihn quälte, einzelne Worte, Gedanken, Sprüche, Reime und inhaltsschwere Sätze. Entwürfe zu längeren Abhandlungen entstanden, hie und da wurde etwas genauer ausgeführt, eine Gedankenreihe verfolgt und bis zu schneidender Schärfe zugespitzt. Wolfgang wußte selbst nicht, was so das Dunkel seines Lebens gebar, er vergaß, was er schrieb, und ließ es achtlos im Schreibtische liegen. Es sollte ja nichts anderes, als ihn von der Last des Gewissens befreien.

So stieß Wolfgang ab, was sein Leben bedrohte. Ihm wurde leicht zu Sinn, seine alte Ruhe kehrte zurück, er wurde wieder genußfähig, sprudelnder Heiterkeit voll. Dieses Doppelleben reizte ihn verführerisch, das Versteckte in seiner Natur fand einen Ausweg, die Begierde nach dunkler Heimlichkeit wurde gestillt, die Liebe zur Einsamkeit, die trotz allen Glücks ihn nie verlassen hatte, war befriedigt. Die Augen gingen ihm auf. Wenn er die Zeit an sich vorüberstreichen ließ, fand er bald hier, bald da etwas, was er Anna verschwiegen hatte; Worte, Gefühle, Taten fielen ihm ein, die sie nicht kannte, und dort waren ganze Ketten von Gedanken ihr verborgen geblieben. Wolfgang wunderte sich, daß er das nicht früher bemerkt hatte. Er sah mit einem Male, daß in dem Wandeln seiner Ehe ein Gespenst mitgezogen war, daß ein tiefster Wunsch still in ihm gewacht hatte: der Wunsch, allein zu sein. Das war er nun. Endlich war er frei, endlich. So sollte es bleiben, so konnte es bleiben, immer und ewig, so narrte er das Schicksal. Und reuelos, ohne Scham trug er sein doppeltes Gesicht, redete er mit zwiefacher Zunge. Kein Bedenken stieg in ihm auf, daß er Unrecht tue, daß er die Frau seines Herzens betrüge. Er dachte nicht an Anna. Das alles war ihr fremd, gehörte ihm allein. Es waren seine Kinder, die er in wachsender Fruchtbarkeit der Nacht gebar. Sie hatte keinen Teil daran. Aus ihm entstand es, niemand gab ihm dazu, niemand nahm ihm davon. Es war ganz sein. Er wußte, daß sein Weib nie ertragen würde, was er dachte. Und er war schlecht genug, sich seiner Heimlichkeit zu freuen. Das aber, daß er sein Spiel mit dem Heiligen trieb, rächte sich. Es untergrub tief versteckt sein großes Vertrauen, es zernagte die unsichtbaren Fäden, die sein Herz dem ihren verbanden, ein Halt nach dem andern löste sich, und die traurige Einsamkeit umhüllte ihm die Augen mit nächtlicher Schönheit.

Jedoch noch einmal blühte den Guntrams ein wonniger Frühling empor. Ein Liebesleben in Scherz und Ernst umwebte die beiden, die Freude drang tiefer in stille Herzen, die holde Ruhe ward nicht mehr von dem hetzenden Augenblicke gestört, und das Genießen gewann an Stärke, seit es sich nicht wie früher erdrückend häufte. Alle Träume der alten Zeit wurden Wahrheit. Wie eine Mauer erhob sich, schützend und einend, das Bewußtsein des Glücks um die fünf Menschen, und jeder Tag gemeinsamen Lebens knüpfte festere Bande.

Der Wohlstand des Hauses war gut gefügt, auf breiter Grundlage des Vermögens baute sich ein bequemes, sicheres Dasein auf. Keine Sorge, kein ängstliches Mühen drang bis zu dem behaglichen Kreise heran, der eng verschlungen eine Welt war. Gäste kamen und gingen, jeder erquickt von heiterer Menschenfreude wie von dem Trunk des Waldquells, jeder liebend empfangen, keiner trauernd vermißt.

Hier ging der Tag fröhlich auf; denn muntere Kinderstimmen begrüßten ihn laut, und das Lächeln der Eltern hieß ihn willkommen. Die

Speisen dampften vor Vergnügen auf dem vollen Tisch, die Löffel klapperten hellen Klanges, und in der Küche blitzte das Geschirr freudig in sauberem Blinken.

In dem Hause war es gut arbeiten, die Hände wurden den Mägden geschäftig stark, das Mühen für den Tag eine Lust. Der Garten sandte neugierige Blumen hervor, und die Nacht war erfüllt von dem Dufte der Rosen und lauschte dem Plätschern des Springbrunnens. Äste bogen sich unter der Schwere des Obstes, um leicht hungrige Hände zu füllen, und das Grün trieb lustig empor, damit es bald das Schloß der Frau Freude schaue.

Das Schloß der Frau Freude, das war es. Trällernd schritt sie von Zimmer zu Zimmer, und jeder Tritt tönte Frohlocken. Um den Mund spielte das Mutterlächeln Annas, und deren Locken flogen ihr um die Stirn. Die Augen strahlten den tiefen Glanz des Mannes, und ihre Stimme klang hell wie das Singen der ältesten Tochter. Leicht wie ein Elfenleib schmiegte sich ihre Gestalt, die Glieder zeigten die behende Kraft des Knaben und seine schnelle Beweglichkeit. Die Wangen glühten wie die des sonnigen Kindes, und ihre Haut war lebendige Wärme. In den Haaren aber glänzte es ihr wie tropfende Perlen, das waren der Kleinsten Tränen. Die sammelte die Frau des Morgens beim Waschen von Kinderbacken und trug sie als Schmuck. Und jedem, der diese Tränen sah, wurde das Herz weit, so schimmerten sie.

Das Lachen lachte hier wirklich. Leise stand die Freude hinter der Mutter, wenn die ihr Kind kleidete, und neugierig huschte sie der Liebenden nach, die sorgend den Tisch bereitete. Sie horchte, was Anna der kleinen Freundin, der Suse, erzählte, die zärtlich dem Mutterarme sich schmiegte, und helfend gab sie Worte der Liebe ein. Sie klärte dem Manne die Stirn und lieh seiner Gestalt Kraft. Über die Bücher des Knaben beugte sie sich, schnitzte ihm Bogen und Pfeile und blies ihm die selbstgebauten Kähne mit freundlichem Hauch über den Teich. Die steifen Finger des Mädchens liefen von selbst über die Tasten, wenn die Freundin des Hauses ihr zusah, und der schmerzende Kamm glättete dann gelinde das volle Haar. In der Halle saß sie neben den jungen Eltern, würzte den Tee mit Lust, streute harmlosen Scherz hinein und leitete ernste Gespräche. Die Blätter des Buches, aus dem Wolfgang vorlas, wendete sie und weidete sich an dem gespannten Lauschen des Mädchens, das zu Füßen der liegenden Mutter kniete, oder an dem wechselnden Ausdruck des Knaben, der, still auf dem Ofenbänkchen hockend, selber zum Helden ward. Bei der Jüngsten ließ sie sich nieder, baute ihr Häuschen und stieß sie mit lautem Gepolter jauchzend zusammen. Sie kroch auf dem Boden mit ihr, buk ihr Kuchen aus Sand und zeigte ihr Bilder, küßte und strafte die Puppen, lehrte die Kleine sprechen und lachen und singen. Abends aber stand sie an ihrem Bett, faltete still die Hände bei dem lallenden Gebet und wachte dann über dem schlafenden Kinde, es mit holden Träumen erheiternd. Die Jugend schlummerte in ihrem Schutz, und den Eltern sandte sie liebend und heimlich die Freude der Nacht.

3.
Das Glück dauerte nicht. Denn an Anna nagte die Neugier. Sie sah das versteckte Treiben des Mannes, und von Stund an wuchs in ihr der Wunsch, das kennenzulernen, was Wolfgang so sorglich verbarg. Mit Bitten und List suchte sie ihren Zweck zu erreichen, bald so, bald so einen verstohlenen Blick in seine Arbeit zu werfen. Daß es ihr nicht gelang, reizte sie immer mehr auf. Mit Eifersucht und Abscheu betrachtete sie diese geheimnisvollen Papiere, die sich zwischen ihre Liebe zu drängen schienen. Ihr gutes Eherecht, alles zu teilen, war angetastet.

Zur unerträglichen Pein ward ihr diese Begierde, seit sie bemerkte, wie Wolfgang über dem Schreiben ein anderer wurde. Hie und da sah sie einen gequälten Ausdruck bei ihm, er wurde zuzeiten schweigsam und kalt zurückweisend, brütete vor sich hin, und alle Elfenkünste, mit denen Frau Anna ihn aufheitern wollte, verfingen nicht. Selbst das scherzende Spiel der Kinder vermochte dann den Vergrämten nicht aufzuwecken. Da war es denn doppelt sonderbar und beleidigend, daß eine einzige Stunde, die der Gatte einsam am Schreibtisch zubrachte, allen Kummer von ihm nahm, daß der eben noch trübe wie umgewandelt froh unter die Seinen trat. Wie war es möglich, daß etwas anderes als ihre Liebe Gewalt über Wolfgang gewann? War sie machtlos geworden, und durfte der Mann sie beiseite drängen, neuen Göttern dienen? Das duldete sie nicht.

Ein tiefer Groll fraß sich in ihr fest, ein Groll, der sie selbst erschreckte, der mitunter alles zu verschlingen drohte und ihre große Liebe untergrub. Nichts konnte sie so kränken wie die heimliche Gedankenarbeit ihres Mannes. Mochte er untreu sein, was kümmerte es sie? Sie war überzeugt, daß er innerlich ihr gehörte, daß jeder Eindruck einer anderen spurlos an seinem Herzen vorüberging. Hier aber wendete sich Wolfgangs Seele von ihr, etwas Fremdes, Unbekanntes beherrschte ihn, Gedanken, die sie nicht teilen durfte, Gedanken, die sie, ohne sie zu kennen, fürchtete, die kennenzulernen sie doppelt fürchtete. Diese Furcht verzauberte sie wie der Blick der Schlange den Vogel. Diese quälende Angst trieb sie vorwärts, lehrte sie listige Wege des Lauschens und Überraschens, machte ihre Augen scharf wie die des Luchses. So oft sie Wolfgang tief versenkt vor seinen Papieren sitzen sah, fuhr ihr die jähe Pein durch die Brust, und die Finger zuckten ihr, wenn sie an dem wohlverschlossenen Schreibtisch vorüberging. Sie fühlte, daß der Tag kommen werde, an dem sie das Geheimnis brach.

Der Sommer war da, und Wolfgang saß öfter als sonst an seinen Papieren. Wenn die Sonne nach Westen sank, tollte Frau Anna mit ihren Kindern im Garten, während ihr Mann einsam seinen Gedanken nachhing. Dann aber brachte man ihm Beaten. Er nahm sie auf seinen Arm und herzte sie innig. Denn er liebte das Mädchen, weil es der Mutter Locken trug, und die Frische des Waldes in ihm lebendig war. Er ließ es fliegen und reiten, Trab und Galopp, hin und her, bis die Lampenglocke klirrend mittanzte und der behäbige Schreibtischstuhl achtsam zur Seite rückte, knarrend vor innerem Behagen.

Mitten in diesen Lärm trat Anna. Ihr erster Blick fiel auf den Tisch Wolfgangs. Da lagen seine Schlüssel frei und offen. Wie ein Blitz durchfuhr es die Frau, daß sie heute erfahren werde, was ihr Mann heimlich trieb. Rasch entschlossen trat sie zu ihrem Gatten, umschlang seinen

Hals und sagte: »Wie herrlich draußen die Rosen blühen! Es duftet und glüht in dem Garten, als ob die Erde Hochzeit hielte. Aber meine Vasen sind kahl und leer, und kein gütiger Mann geht und schneidet mir Blumen. Was bin ich Arme ohne Blumen?«

Wolfgang lachte. »Ich gehe schon,« sagte er, gab ihr das Kind und schritt zur Tür. Dort drehte er sich um, sah, wie die Mutter das Kind küßte, und rief heiter zurück: »Was brauchst du Blumen, wenn du dein Kind hast?« Anna nickte ihm zu, und er ging.

Ein verlangendes Zittern lief nun durch Annas Körper.

Sie setzte sich, mit dem Kind auf dem Schoß, an den Schreibtisch. Ihre Finger krampften sich zusammen, und sie hob die Hand, um die Schlüssel zu greifen. Dann überkam sie die Scham. Gewaltsam wendete sie ihre Gedanken zu ihrem Kinde. Das saß unruhig da und streckte die Arme zur Platte empor. Und Anna begann mit dem Kinde zu spielen.

Auf dem Tische wird es lebendig. Die Sphinxe, die das Schreibzeug tragen, rücken vor. Sie wollen dem bronzenen Löwen, der über angehäuften Briefen Wache steht, seinen Schatz rauben und kämpfen mit ihm. Das Gotenkindchen, das Anna einst in Verona erstand, erwacht aus dem Schlaf und verlangt zu trinken. Ein ehernes Mäuschen springt von der etruskischen Lampe herab, wo es geborgen kauerte, und huscht piepend vorbei. Der Hansnarr, der die Lichter trägt, singt seine schelmische Weise und läßt seine Schellen klingen, der Pompejanerin, die still in Bronze gegossen zur Seite steht, flattert das leichte Gewand, hurtig dreht sie sich im Kreise zum Tanz.

Und dort sind die Schlüssel. Verlangend hob Beate das Händchen danach. Eine dunkle Glut stieg in der Mutter empor, sie faßte das Bund und ließ es klirrend über den Tisch gleiten. Wie das Kind lachte und »mehr!« und »mehr!« und »noch mal« rief.

»Das sind die Schlüssel zu Vaters Schreibtisch,« sagte Anna, »mit denen dürfen wir nicht spielen,« und zögernd schob sie sie seitwärts.

Aber das Kind sah die Mutter nur groß an und sagte: »Doch spielen. Beate will spielen.« Und sich weit vorbeugend, griff sie danach.

Anna regte sich nicht. Sie war nicht schuld daran, wenn die kleine

Hand den Schlüssel faßte. Sie tat nichts dazu, sie hinderte es nicht. Jetzt hatte Beate den Ring erreicht und schüttelte fröhlich das Bund. Anna schloß die Augen, aber sie nahm den Schlüssel aus den Fingern der Kleinen und öffnete das Schubfach. Dort in der Ecke lagen Wolfgangs Papiere. Mochte das Schicksal walten. Gab ihr das Kind, was dort lag, so wollte sie es lesen. Sonst mochte Wolfgang seine Heimlichkeit behalten. Nun saß sie ruhig und wartete.

Mit flinken Händen wühlte das Mädchen allerlei Herrlichkeiten empor. Siegellack und Wachs, Schachteln und Federn, alte Briefe, verstaubte Blätter und Rechnungsbücher. Das streute sie achtlos umher, immer neue Schätze zum Vorschein bringend. Jetzt hielt das Kind den Stift, den der Vater sonst brauchte.

»Willst du schreiben?« fragte Anna. »Da schreib,« und hastig zerrte sie Wolfgangs Schriften hervor und gab sie dem Kinde. Gespannt folgte sie dem fliegenden Stift, der ungefüge Striche quer über die saubere Arbeit zog. Sie dachte daran, wie einst Wolfgang so auf ihrem Fächer gedichtet hatte. Gekränkte Liebe und Eitelkeit, brennende Neugier machten sie sinnlos, und plötzlich riß sie alles an sich und gab dem Töchterchen ein leeres Blatt, auf dem es weiter sein Wesen trieb.

Frau Anna aber las in fliegender Eile, was sie nicht lesen durfte. Nur weniges blieb ihr im Gedächtnis, das aber fraß sich tief ein wie ätzendes Gift.

»Die stärkste Kraft ist die Liebe, stärker als Hunger und Durst, und edler. Aber der ist ein Schwächling, der sie nicht zu überwinden vermag, und das höchste Ziel ist, einsam zu werden.«

»Ein Mann muß sich vor seinem Weibe schämen; denn allem, was er tut, halt sie ihr Kind entgegen, und alles wird zu nichts.«

»Wie die Mutter sich das Kind gebiert, so der Mann eine Welt. Mag sie gut oder schlecht sein, wenn es nur seine Welt ist.«

Anna stutzte, und ihr Gesicht überzog sich mit dunkler Röte.

»Nichts ist ferner voneinander als zwei Menschen, die beisammen leben, und jede Stunde der Ehe reißt die Kluft zwischen Mann und Weib tiefer. Zur rechten Zeit die Ehe zu lösen, ist Mannespflicht.«

»Der Augenblick der Liebe hebt zu den Himmeln empor und macht den Menschen zum Gott, aber die Dauer der Liebe knechtet. Nichts Besseres gibt es zuweilen, als eine Untreue.«

»Alles mußt du zum Werkzeug machen. Zur Stufe, um zu steigen, selbst dein Weib, selbst dein Kind, selbst dein eigenes Lieben; und nicht ›ich will dem Höchsten dienen‹ soll deine Richtschnur sein, sondern das ›das Höchste ist eben gut genug, nur zu dienen‹.«

Anna fror. Als sie nun weiterlas, war ihr, als sähen ihres Mannes Augen sie an, aber diese Augen waren verwandelt. Sie blickten versteinernd, wie die der Meduse.

Und plötzlich brach sie ab. Als ob sie Feuer berührt hätte, warf sie die Schriften von sich. Hastig nahm sie ihr Kind und trug es in das Schlafzimmer hinüber. Dort setzte sie die Kleine auf den Tisch, warf sich vor ihr auf die Knie und drückte ihr tränenüberströmtes Gesicht gegen den Leib des Mädchens.

Das Kind streichelte sanft den Kopf der knienden Mutter und sagte leise, als verstände sie den Schmerz: »Arme Elfen, arme Elfen.« Anna hob die Augen empor und sah spähend auf das klare Antlitz vor ihr. Dann von neuem die Tochter umschlingend, rief sie in verzweifeltem Weh: »Nein, du wirst nicht wie er, du darfst nicht so werden wie er. Er ist schlecht. Du bist meine Tochter. Du wirst nicht wie er,« wiederholte sie leise. Das Kind erschrak vor dem Ausdruck der Mutter und verzog den Mund zum Weinen. Das brachte Anna zur Besinnung. Entschlossen erhob sie sich und begann Beaten zu entkleiden. Aber während sie scherzend und spielend die Bänder löste, klang es in ihr fort: Er ist schlecht, und das Kind darf nicht werden wie er.

Allmählich erholte sich Anna von dem Schlage, der sie getroffen hatte. Mit einem Blick sah sie die Gefahr, vor der sie stand. Dieser Mann mit dem kalten Herzen war ihr verloren. Der konnte nie wieder von seinem Wege heimkehren. Das Leid überfiel sie grausam. Aber der Schmerz der wunden Liebe verschwand alsbald vor der Mutterangst. Anna fühlte die giftige Macht all der Worte, die Wolfgang geschrieben hatte. Und ein neues Ziel stand vor ihr, dessen Schauen ihr Kraft gab.

Die Scham erwachte in der Frau und der Trotz. Niemals sollte Wolfgang erfahren, daß sie ihn belauscht hatte. Sie wollte das Geheimnis mit sich tragen, es in ihrer innersten Seele verschließen; er sollte nicht wissen, wie tief sie ihn kannte. Sie fühlte sich stark genug, ihre Kinder zu schützen und ihn zu ertragen, ohne sich zu verraten.

Plötzlich fuhr es ihr durch den Sinn, daß drüben auf dem Schreibtische noch alles bunt durcheinanderlag. Rasch eilte sie hinüber, ordnete in fliegender Hast die Schriften und verschloß sie. Das Herz pochte ihr in harten Schlägen, und die Hände zitterten. Wie ein Stein fiel es ihr von der Brust, als sie den Schlüssel gedreht und das Bund sorglich auf dieselbe Stelle gelegt hatte, von welcher das Kind es nahm.

Ihr war frei zumute, just als ob alles nur ein Irrtum gewesen sei, und fast froh kehrte sie zu der Tochter zurück. Wie ein Kind alle Angst vergißt, sobald es die Spur seines Vergehens verwischt hat, so atmete Anna wieder ruhig, seit sie das Geheimnis versteckt hatte, und in tändelndem Leichtsinn brachte sie ihr kleines Mädchen zu Bett und betete mit ihm.

Da, mitten im Gebet, stand ihr das Herz still. Sie hörte den Schritt Wolfgangs. In leichten Sätzen die Stufen überspringend, eilte er empor, in jedem Schritt jauchzte der Frohmut eines glücklichen Menschen. Das schnitt ihr in die Seele, und langsam schloß sie die Augen, als ob sie dadurch das allzuhelle Hören dämpfen könne. Aber schon klang es herüber in jubelndem Übermut: »Elfe, Elfe, wo bist du? Ich habe Rosen, Rosen zu kränzen dein Haupt.« Gewaltsam sich zusammenraffend, schritt sie hinüber.

4.

Wolfgang stand mitten im Zimmer, sein Auge lachte vor Lust. Gegen die Brust drückte er eine Last roter Rosen, soviel ihrer der Arm umspannen konnte, und mit der Rechten streute er spielend Blätter, Blüten und Knospen zu den Füßen seiner Frau.

Anna blieb in der Tür stehen und sah ihn an. Sie vergaß nie wieder, was sie sah. Langsam sank Wolfgangs Hand nieder, das Lachen aus seinem Antlitz verschwand, und seine Augen wurden scharf und stechend.

Dann brach ein Wutschrei aus seiner Brust hervor, und die Rosen von sich schleudernd, sprang er mit einem Satze auf sie zu, die geballte Faust hebend. Anna stand ruhig vor ihm. Sie fürchtete sich nicht, aber unaufhaltsam rannen lautlose Tränen über ihre Backen. Da gewahrte sie, wie Wolfgangs Ausdruck sich wandelte. Gleich einer Wolke zog es über ihn hin. Niemals hatte Anna einen Menschen so traurig gesehen. Und mit leisen Worten klang es an ihr Ohr: »Arme Elfe, nun ist alles aus; arme Elfe!«

Das hatte sie nicht erwartet. Die Scham überflog sie von neuem, und in aufwallendem Zorne rief sie ihm zu: »Wie schlecht du bist, o wie schlecht du bist, der du heimlich deine Leere versteckst und mir Liebe vorlügst, wo nichts ist, nichts, nichts! Jede Miene von dir ist Lüge, und mit jedem Worte hast du mich betrogen.«

Eine Sekunde lang sah Wolfgang sie an, erstaunt, überrascht, unsicher. Dann wandte er sich und zuckte mit den Achseln. »Du hast es selbst gewollt,« sagte er, »du bist schuld daran. Warum mußtest du lesen, was ich dir verbarg?« Und rasch sich umkehrend, bohrte er seinen Blick in die zornigen Augen der Frau.

Anna trat ganz nahe zu ihm: »Schämst du dich nicht?« fragte sie. »Wie ein Dieb zehrst du von den Schätzen meines Herzens, stiehlst mir das Beste aus der Seele, betrachtest es gierig, wie du früher die seltenen Fälle bei deinen Kranken ansahst, betastest es, drückst deine Finger hinein und legst es dann zurück, um später von neuem dein Handwerk zu beginnen. Du lügst, du lügst. Dein ganzes Leben ist eine Lüge. Schämst du dich nicht?«

»Nein.«

»Oh, wie schlecht du bist, du hast kein Herz, keinen Funken Edelmut. Du bist kalt und leer, ausgebrannt und verfault. Ich bin froh, daß ich nicht bin wie du. Wie ich dich verachte, wie ich es verachte, daß du mit mir spielst, mit allem, was gut ist, spielst! Du bist schlecht.«

»Ich bin nicht schlecht.«

»O ja, gewiß, du nennst das Größe. Aber in meinem kleinen Finger ist mehr Größe als in dir mit all deinem Verstand. Das Niedrigste, was ein Mensch tun kann, eine vertrauende Frau betrügen, das hast du getan. Du bist schlecht, von Grund aus schlecht. Leugne es, wenn du kannst, aber ich sage dir, du bist schlecht.«

Wolfgang unterbrach sie. Sein Ton war kalt und gleichgültig, als ob er zu einer Fremden spräche. »Weißt du so genau, was schlecht ist? Warum lasest du dann, was deinen Augen verborgen war?«

»Es war mein Recht. Du hast mir geschworen, alles mit mir zu teilen. Ich wollte wissen, was du heimlich treibst. Da du deiner Frau ihr Bestes, die Gemeinschaft mit dir, entzogst, nahm ich, was mir gebührt.«

»Recht und Unrecht, darauf kommt es nicht an. Aber ahnst du auch, was du getan hast? Solange ich allein wußte, was dort geschrieben steht, war es tot, war es so gut wie nicht gedacht. Du hast es an das Licht gezogen, du hast es lebendig gemacht, und nun wird es wachsen und ist nicht mehr zu bändigen. Es gibt Dinge, die schwach sind, solange nur ein Mensch sie kennt. Zwei Wissende aber sind zuviel. Es gibt Gedanken, die man nur sich denkt. Man wirft sie in die Tiefe, dort schweigen sie wie ein Stein auf dem Grunde des Brunnens. Teilt man sie mit, so sind sie wie ein entfesselter Sturm, unberechenbar. Die tiefste Heimlichkeit eines Menschen soll man nicht erspähen. Das ist unkeusch. Wenn dir der Zufall den Schleier lüftete, warum blicktest du nicht zur Seite?«

»Oh, ich kenne das, Wolfgang. Ich kenne dich so tief. Ich weiß, wie gewandt du die Worte zu stellen verstehst, wie leicht du Recht in Unrecht verwandelst. Aber dies, dies kannst du nicht von dir abwaschen. Wenn ich denke, daß du in tausend Stunden, wo ich deiner Liebe traute, kalt und fühllos nur deinen ätzenden Gedanken folgtest, stirbt etwas in mir. Alles Erinnern hast du mir vergiftet, jeder Blick, jeder Händedruck, das Lachen der Kinder und deine Liebe ist mir vergiftet; denn ich werde denken, daß du alles nur anschaust wie ein Rechner, mit lauerndem Blick, es für dein Denken zu nutzen. Ich bin dir nur eine Zahl, eine Probe, und mein reiches Herz war dir nichts als ein Spiegel, den dein Hauch trübte. Ich habe mein Gefühl verschwendet, und das überwinde ich nicht. Du hast mein Leben verletzt. Wie ich dich verachte! Wie hoch ich über dir stehe! Denn du kannst nicht lieben.«

»Doch, ich kann lieben.«

Anna stutzte. Diese Worte weckten eine alte Erinnerung, und ihr war, als ob sich ihr Blick trübe. Aber auffahrend schrie sie fast: »Schweig, schweige davon! Schände nicht dieses Wort. Es paßt nicht zu dir. Du magst groß sein, aber du hast kein Herz und du kennst nicht die Liebe. Du bleibst stets hinter mir zurück, und das niederste Weib beschämt dich.«

Wolfgang blickte nachdenklich vor sich hin, dann sah er seine Frau mit einem Blick an, so frei und klar wie ein Kind.

»Ja,« sagte er, »ich weiß das, und du hast recht. Ich habe es nie gewagt, mein Empfinden mit dem deinen zu einer Höhe zu heben. Die Frau ist anders als der Mann. Sie trägt stets die Welt als ihr Kind mit sich, der Mann ist einsam. Das kennst du nicht, diese Einsamkeit, du kennst nicht die furchtbar lautlose Stille, die mich umgibt, und das selige Entzücken ewiger Stimmen der Einsamkeit. Dir ist der Hunger fremd, der den gebenden Mann zum Weibe treibt, um zu teilen, aus dem übervollen Becher zu schütten, du weißt nichts von dem Stolz, der immer schenkend sich nie verschenkt. Die Frau wird doppelt durch den Mann, der Mann aber bleibt immer allein. Sooft er sich gibt, löst er sich los zu einsamer Gestalt. Es gibt keine Gemeinschaft zwischen Mann und Weib. Was du erträumt hast und was ich dachte – denn ich habe gedacht wie du – das gibt es nicht. Ein Fleisch und ein Blut, das ist das Kind. Das ist deine Gemeinschaft. Aber ich, ich bin immer allein. Du kannst mich fesseln, aber du kannst dich nicht mit mir mischen, wie ich es kann. Du wirst eine andere durch mich, ich aber bleibe, wie ich bin, unabänderlich.«

»Ich verstehe nicht, was du redest.«

»Doch, du wirst mich verstehen, denke nur nach.« Wolfgang trat einen Schritt näher und sah sie durchdringend an. Seine Fäuste waren geballt, und es war, als ob sein ganzes Innere wie eine Raubkatze zum tödlichen Sprung rüste. »Wie? Du willst mit mir teilen, du wagst es zu sehen, was ich sah, und bei dem ersten Blick in meine Seele schrickst du zurück und schiltst wie ein Weib? Sieh, ich hatte recht, mich zu verstecken.«

Anna schlug die Augen nieder und senkte den Kopf.

»Höre, was ich dir sage, und begreife, wie schwer es ist, zu teilen, wo das Teilen tausend Wunden reißt. Du sprichst von Liebe, zu mir sprichst du von Liebe, zu mir. Hast du je darüber gedacht, auch nur versucht zu denken? Nein. Denn du wärest zusammengebrochen, gerade wie jetzt, wo du dich beugst und wie erdrückt bist. Du empfindest, aber du weißt nicht. Glaube mir, es ist furchtbar zu wissen. Die Paradiesessage erzählt schon davon. Und wieviel Wahrheit steckt in der Sage. Von der Liebe weiß niemand etwas, es sei denn ein Kind, und das vermag es nicht zu sagen. Ich aber werde wissen, denn ich werde wieder ein Kind. Warum stellst du dich in den Weg und sprichst mir leere Worte vor? Lies doch, was ich schrieb, versuche zu lesen, ohne mich zu kennen, und dir wird das Herz weit werden. Denn gewiß, da steht etwas, was sich lohnt zu lesen. Ich kenne es selbst nicht. Aber ich fühlte mich über der Welt, wenn ich einzelne Worte schrieb.« Er trat ihr noch näher und berührte sie fast mit seinem Körper. »Höre, was ich dir sage. Du liebst mich, gewiß. Aber du willst mich besitzen, du willst mich ändern und du betest mich nicht an. Du zerrst und zupfst an mir und wirfst mir ein Kleid um. Ich war ein Narr, daß ich dir so nahetrat, denn daran starb deine Achtung. Sie wird wieder erwachen, wenn ich dir fremd bin. Was du heute tatest, war etwas Schreckliches.« Plötzlich wurde seine Stimme anders. Ein klagender Ton klang darin. »Höre mich, Anna! Höre wohl zu! Unsre Ehe kann sich lösen. Wir werden streiten und uns verwunden, bis zum Tode verwunden. Aber ich werde dich immer lieben.«

Anna hob die Augen und sah ihn schüchtern an. Er sah gut aus, und sein Ton zitterte in ihrer Seele. Da kniete sie nieder und sammelte die Rosen zu seinen Füßen, und Wolfgang kniete zu ihr, und sie setzten sich zusammen. Anna wand lange Rosenketten, die warf sie um den Leib des Mannes und sich an ihn schmiegend, lachte sie zu ihm auf: »Du hast recht, Wolfgang. Ich will dich fesseln, mit Rosen will ich dich fesseln. Und du sollst mein sein. Hörst du wohl?« Sie sah ihn mit blitzenden

Augen an. Wolfgang lachte herzlich. An diesem Abend waren die zwei wie Kinder.

5.

Es war für lange Zeit die letzte frohe Stunde des Paares. Wie der Sturm für Sekunden schweigt, erschöpft von dem eigenen Wüten, so war der Frieden zwischen den beiden. Schon in der Nacht war es damit vorbei. Der tiefe Gram wachte in Anna auf, schwermütig und hoffnungslos betrachtete sie ihr Leben und ohne Ahnung, wie nahe das Ende vor ihr stand, tändelte sie mit dem Trübsinn in junger Leichtfertigkeit, wie sie so oft mit dem Schmerz gespielt hatte.

In Wolfgang wühlte es wie mit tausend Schwertern. Es trieb ihn in immer steigender Unruhe hin und her. Sein klarer Kopf schien sich verwirrt zu haben. Jagend flogen die Gedanken dahin, sinnlos, unzusammenhängend, der Führung ledig, ein tolles Durcheinander. Die flackernden Augen fuhren umher, unsicher suchend, stets enttäuscht. Ein Abscheu gegen alles, was ihn umgab, gärte in ihm, und was er auch begann, überall folgte ihm die unbestimmte Qual. Er war weder traurig noch froh, etwas Unbekanntes beherrschte ihn, eine Empfindung der Unzufriedenheit, der er machtlos hingegeben war. Er empfand Angst. Und diese Angst war teuflisch, sie war unfaßbar, peinigend, wie der Alpdruck. Da schämte er sich vor sich selbst. Sein Selbstvertrauen war vernichtet, er verachtete sich, verachtete sich aus Herzensgrunde. Warum, das wußte er selbst nicht. Die Kraft war gebrochen, die Fähigkeit der Freude gänzlich verschwunden.

Anna floh den reizbaren Mann. Sie verzieh es ihm nicht, daß er ihren Schmerz nicht sehen wollte, und in tückischer Bitterkeit verschloß sie ihr Herz und ließ ihn mit seiner Pein allein. Seine wahnsinnige Heftigkeit war ihr nur der Ausdruck seines schlechten Gewissens. Sie glaubte ihn von Reue gemartert und sah mit heimlicher Genugtuung die Strafe, die er sich selbst schuf. Immer weiter trennte sie sich von ihm, immer mehr zog sie die Kinder an sich und errichtete tausend Schranken, um sie von dem Vater fernzuhalten. Der sollte dafür büßen, daß er so dachte. Hatte er mitten im Glück gewagt, einsam mit sich allein zu leben, so sollte er sich auch verlassen fühlen. So lebten die beiden nebeneinander, der Mann mit zerrüttetem Denken, die Frau in blindem Zorn ihre Rache kostend.

Von Zeit zu Zeit versuchte Wolfgang, sich aus seinem Zustand herauszureißen. Er setzte sich vor seine Papiere und nahm die Feder zur Hand. Aber kein klarer Gedanke stieg in ihm empor. Er starrte auf die weiße Fläche, seufzte und warf alles wieder beiseite.

Allmählich ließ die Unruhe nach. Ein stumpfer Trübsinn trat an deren Stelle, eine müde Kraftlosigkeit, die sich nicht mehr vom Platze rührte. Nun saß er stundenlang untätig da und dämmerte vor sich hin, ohne Bewußtsein von dem regen Leben um ihn her. Nur die Zeit schleppte ihn vorwärts. Jeder Wunsch war erloschen, ja seltsam genug, selbst der Gedanke, der jüngst so oft lockend an ihn herangetreten war, Weib und Kind zu verlassen und sich selbst zu leben, war aus seinem Gehirn verschwunden. Wolfgang ließ sich von der Stunde treiben, ohne Hoffnung und ohne Mut.

So verfiel das Glück des Hauses. Die drückende Stille des Mannes breitete sich aus und lähmte das Wesen aller. Sie scheuchte jeden Versuch der Freude zurück und ließ das Gefühl der Leere in Anna übermächtig werden. Der Inhalt ihres Lebens verschob sich. Was sie bisher in dem Gatten gefunden hatte, war ihr verloren, der ganze unendliche Reichtum seiner Welt war versunken. Ihr Dasein erschien ihr ärmer von Tag zu Tag.

Da begann die Frau ihre Blicke sehnsüchtig hinauszuwerfen. Nach Jahren zum ersten Mal erwachte wieder der Wunsch in ihr, unter Menschen zu gehen, und in heilerer Luft froh zu atmen. Den ersten flüchtigen Gedanken daran wies sie zurück. Aber als er immer von neuem wiederkam, erschien er ihr lockend, unwiderstehlich. Und schließlich vermochte sie die Begierde nicht mehr zu unterdrücken. Der große Ball des Sommers war nahe. Daran wollte sie teilnehmen.

Wolfgang zuckte die Achseln, als sie ihm von ihrem Plane erzähl-

te. Warum sollte sie nicht tanzen? Sie war jung. »Wenn es dir Freude macht, gewiß. Du hast so wenig von deinem Leben.«
»Das ist wahr.«
»Es ist nicht meine Schuld,« sagte er, und als er ihre ungläubige Miene sah, fuhr er fort, »oder wenigstens will ich dir nicht hinderlich sein, zu genießen, was dir gefällt.«
Die Gleichgültigkeit, mit der Wolfgang auf ihren Wunsch einging, reizte Anna noch mehr. Sie wußte, wie gern er mit ihr tanzte, wie freudig er stets ihre Schönheit gezeigt und selbst genossen hatte. Mit welcher Sorgfalt hatte er sie früher gekleidet, er hatte Gewand und Schmuck bestimmt, und oft wochenlang vorher hatten sie miteinander beraten, was sie tragen solle. Mit tausend kleinen Künsten und Listen hatte er ihren Reiz zu erhöhen gewußt. Und jetzt? Ihre Eitelkeit war verletzt, und plötzlich fuhr es ihr durch den Sinn, ihn zu strafen. Mit der Eifersucht wollte sie ihn plagen, sie wollte ihm zeigen, wie leicht es ihr sei, zu siegen. Vielleicht lehrten ihn anderer Augen, was er an seiner Frau besaß. Dieser Gedanke machte sie heiter, und voller Eifer begann sie ihre Vorbereitungen.

Der Abend kam, und mit ihm stieg ein zitterndes Verlangen in Anna empor. Mit bang klopfendem Herzen trat sie zu Wolfgang. Er stand schweigend am Fenster und blickte hinaus. Einen Augenblick blieb sie an der Tür. Er mußte sich umdrehen, gewiß, er würde es tun. Darauf wartete sie. Dann aber rötete ihr der Zorn die Wangen, und rasch durch das Zimmer eilend faßte sie ihn heftig am Arm. Langsam wendete sich Wolfgang zu ihr, langsam und müde. Anna sah ihn mit einem spöttischen Lächeln an, hob den nackten Arm, griff nach der roten Nelke, die als einziger Schmuck ihr Haar zierte, und warf den Kopf zurück.
»Komm,« sagte sie, »es ist spät.«

In Wolfgangs Augen blitzte es auf, und plötzlich reckte sich seine Gestalt empor. »Gefall ich dir?« fragte sie ihn und die Augen niederschlagend, stand sie still.

Sie fühlte, wie liebend seine Blicke über die schwere Seide des schwarzen Gewandes flogen, über die venetianischen Spitzen, die er so

wohl kannte, die Schultern und den Hals und die unbändigen Locken.
»Gefall ich dir?« fragte sie ihn noch einmal.
»Ja, du gefällst mir.« Er sagte es ernst und ehrlich. »Wie gut du dich kennst. Du brauchst keinen Schmuck.«

Anna hob langsam die Augen. Seine Stimme klang warm, und er sah glücklich aus. So war er lange nicht gewesen. »So komm doch,« drängte sie vorwärts, und eilig lief sie zu dem Wagen hinab.

Strahlend vor Frische und Freude trat Anna in den Ballsaal. Gewiß, so hatte ihr nie das Herz geklopft, selbst nicht, als sie zum ersten Mal das Ballkleid trug. Alles erschien ihr neu, märchenhaft schön. Die Fülle des Lichtes bezauberte sie, das Lachen der Menschen klang ihr verführerisch, die frohe Pracht hob sie, und die Geigen ließen ihre Füße nach dem Tanze zucken. Schnell legte sie den Arm auf des Gatten Schulter und entzückt drehte sie sich im Wirbel dahin. Als sie die sichere Hand Wolfgangs fühlte, umfing es sie wie ein Traum. Sie schloß die Augen. So geborgen kam sie sich vor. Wie fest dieser Arm führte! Dem konnte man vertrauen.

Plötzlich wußte sie, was sie an Wolfgang liebte. Die Sicherheit, mit der er das Leben lenkte, das war sein Zauber. Sie schlug die Augen auf. Sie wollte ihn sehen, den Herrn des Lebens, ihren Herrn. Da faßte sie Erstaunen. Mitten im Tanz blieb sie stehen und starrte ihren Mann an. Schweigend ließ sie die Hand von seiner Schulter gleiten und schritt zu dem nächsten Stuhl. Ein tödlicher Schreck war über sie hinweggefahren. Sie ließ sich nieder und dachte nach.

Das Gesicht, welches sie eben erblickt hatte, war ihr fremd. Diese irren Augen, die umhersuchten, hatten nichts Festes. Das waren nicht Herrenaugen, die so furchtsam blicken konnten, das war nicht mehr der alte Wolfgang. Noch einmal sah sie spähend auf den Mann an ihrer Seite. Wie verzweifelt er das Kinn trug, weit und krampfhaft nach vorn geschoben. Wo hatte sie die Augen gehabt, daß sie das nicht früher gesehen hatte? Und auf einmal überfiel es sie, daß Wolfgang alt geworden war. Er hielt den Kopf geneigt, und der Rücken war schlaff, wie von langer Last ermüdet. Eine Erinnerung tauchte in ihr auf. Solch einen Menschen kannte sie. Sie strengte sich an, zu erfahren, wer das war. Jetzt drehte ihr Wolfgang das Gesicht zu. »Willst du nicht mehr tanzen?« fragte er. Anna schüttelte den Kopf. Die Augen standen ihr voll Tränen, aber sie spannte alle Kraft an, um zu sehen. Als er das Gesicht abwandte, wußte sie, an wen sie dachte. Vor langen Jahren, noch als Kind, hatte sie einen solchen Mann gesehen. Er war Steinträger und arbeitete gerade gegenüber von ihrem Fenster an einem Neubau. Wenn die andern scherzend ihre Last die Leitern hinaufschleppten, war er schweigend gefolgt mit demselben verbissenen Ausdruck, den Wolfgang jetzt hatte. Und sie erinnerte sich deutlich, wie Tarner einst auf den Alten deutete: »Sieh, Anna, das ist einer, der zu schwer trägt.« Sie erhob sich und rasch durch die Menge schreitend, sagte sie: »Wir wollen gehen, Wolfgang. Wir sind zu alt für den Tanz.«

Schweigend fuhren die Gatten in ihre Wohnung zurück. Die Nacht und der Morgen verliefen, ohne daß ein Wort zwischen den beiden gewechselt wurde. Um Mittag aber, als die Sonne hoch stand und es im Hause stille ward, ging Anna zu ihrem Mann und sprach zu ihm: »Wolfgang, wir sind in die Irre gegangen, du dorthin und ich hierhin. Gib mir die Hand, und laß uns zusammen wandeln wie vordem. Wir werden den rechten Weg finden.«

Guntram drehte ihr langsam das Gesicht zu und sah sie aufmerksam an. Dann ließ er den Kopf sinken und sagte: »Es ist unmöglich. Wir verstehen uns nicht mehr. Und es steht zuviel zwischen uns, alles was ich gedacht habe, alles, was dort geschrieben ruht. Es ist nicht wegzuschaffen, denn es ist meine innerste Seele. Du wirst nie denken, wie ich denke, und du wirst nicht dulden, daß ich bin, wie ich bin. Du bist ein Weib und ich ein Mann. Die beiden können nicht in Frieden leben. Sie müssen bis zum Ende miteinander kämpfen. Wir werden uns nicht mehr zusammenfinden. Das ist unmöglich.«

Anna schüttelte den Kopf. »Doch, Wolfgang, es ist möglich, und es wird sein, wie es nie war. Sieh, ich habe alles bedacht und erwogen, und ich weiß, daß ich recht habe. Lächle nicht! Meine Gedanken sind freilich kurz, aber was ich fand, dazu bedurfte es nur der Aufrichtigkeit.« Anna ließ sich vor ihm nieder, stützte den Kopf auf den Arm und blickte ihn ruhig an, und Wolfgang sah, daß sie aufrichtig war. »Als ich las, was du dort geschrieben hast – ich habe nur wenig davon gelesen – da empörte es mein Herz. Wer das Tiefste und Beste, das Einfache in der Menschenseele, so zerpflückt, dachte ich, der ist von ganzem Gemüte grausam, der liebt nicht und hat nie geliebt. Und du solltest mich lieben. Ja, Wolfgang, du solltest mein sein, und als ich dich mit Rosen kettete, war es mir ernst. Aber ich sehe jetzt, daß ich kein Recht dazu habe. Als ich zu dir kam, gab ich mich dir zu eigen, ohne an Lohn zu denken. Ich hätte getan, was ich tat, auch wenn du mich nicht zu deinem Weibe gemacht hättest. Du hast mir alles geschenkt, was kein Mensch je begreifen kann. Das hat mich stolz gemacht. Ich glaubte, dir gleich zu sein, weil du mich mit dir nahmst. Als ich nun sah, daß du ganz, ganz anders wurdest, als ich war und je sein kann, da dachte ich, ich müsse dich ändern. Sieh, die Liebe ist ein seltsam Ding, und du magst wohl wahr reden, wenn du sie Herrschsucht nennst. Ich verstehe das nicht. Ich weiß nur, daß ich vor dir knie und dich verehre wie meinen Herrn. Du bist mein Herr und ich will dir dienen, und was du mir von dem Deinen schenkst, das will ich nehmen und dir die Hand dafür küssen. Was du mir aber nicht sagen willst, das behalte zu eigen und laß es wachsen, bis es der Welt Schatten gibt. Du mußt frei sein. In dir liegt soviel, soviel. Das alles will ich hüten und pflegen, wie ich deine Kinder liebe, dir zu Ehren, weil sie dein sind.«

Wolfgang wandte sich ab. Da faßte sie mit beiden Händen seine Rechte und hielt sie fest. »Glaubst du mir nicht?« fragte sie.

»Nein, es ist unmöglich, daß es zwischen mir und dir Frieden gebe. Was du sagst, beweist das. Spricht nicht aus jedem deiner Worte der Wunsch, mich zu besitzen, mich zu leiten und zu beherrschen? Was ist es anders als Herrschsucht, wenn du hüten und pflegen willst, was mir gehört? Ich soll dir Rechenschaft von dem geben, was ich denke. Du willst mich kennenlernen, und das ist es, was ich nicht ertrage.«

Anna schwieg einen Augenblick, dann sagte sie: »Du verstehst mich nicht, Wolfgang. Ich begehre nicht zu wissen, was du denkst, ich will nicht teilen, was du mir versagst, und ich kann es nicht. Denn deine Gedanken sind nicht meine Gedanken. Ich will dir dienen, du sollst mein Herr sein, und ich habe gelernt, den Wegen des Herrn nicht nachzuspüren. Aber dein Weg ist steil und mühevoll. Seele und Körper leiden dabei. Ich will dir wie ein frischer Windhauch sein, und wie der Schatten des Waldes. Der Bergquell, der den Wanderer erquickt, will ich sein, und du wirst bei mir Ruhe finden. Du sollst in mir froh werden, froh und jung. Ich verlange nichts mehr von dir. Aber dulde mich in deiner Nähe, wie du ein Kind duldest, genieße mich, wie du dein Weib genießen sollst. Ich will dein sein mit allen meinen Wünschen. Willst du allein sein, ich harre, bis du mich rufst, und dann sind wir froh miteinander. Der Mensch kann nicht immer ernst sein. Den Frohsinn findest du bei mir, den leichten Sinn. Ich weiß, es quält dich etwas, ein Unvollendetes, etwas, was du in der Mitte abgebrochen hast. Wenn du froh bist, wirst du groß, dann wirst du enden, was dir jetzt endlos scheint.«

Wolfgang hatte ernsthaft zugehört. Er fühlte, daß Anna aus innerster Seele sprach. Jetzt erwiderte er: »Es ist zu spät, Anna. Ich bin zu alt geworden, und das Leben ist mir eine Last. Ich bin müde und alt. Und dann, ich glaube nicht mehr an dich und deine Liebe; ich glaube nicht, daß du für mich lebst.«

Anna faßte fest seine Hand. »Das glaubst du nicht? Das glaubst du nicht?« rief sie. »Aber ich werde es dir zeigen. Was gäbe es wohl, was ich nicht für dich tun könnte? Alles, alles, das Schwerste kann ich vollbringen. Du hast ja nie auf mich gesehen, du hast ja nie gewußt, was ich dir war. Aber schau auf dein Leben zurück, du kannst mich nicht daraus streichen. Was du bist, bist du durch mich. Glaubst du, ich habe nicht gesehen, wie du reif geworden bist? Hättest du mich nicht gehabt, du wärest jetzt nichts, weniger als nichts. Das Glück, welches dich groß gemacht hat, habe ich dir gegeben, und das Leid, an dem du gealtert bist und schwach wurdest, empfingst du von mir. Ich weiß wohl, daß keiner deiner Gedanken und deiner Kräfte, an denen du so reich bist wie die Erde, aus meinem Hirn entsprungen ist. Aber daß du sie denken konntest, daß du werden konntest, wie du bist, das verdankst du mir. Und wie ich dich aufblühen ließ und wieder welken, so kann ich auch jetzt wecken, was in dir ruhend meiner harrt. Versuche es noch einmal, Wolfgang, jung zu sein! Glaube mir, das Leid, welches du jetzt erfahren hast, war notwendig. Es gab dir die letzte Reife. Schreibe wieder! Du bist ein Dichter und ein Prophet und ein Kind dazu. Schreibe wieder! Ich will dich nicht mit Neugier plagen. Was du mir sagst, werde ich im Herzen bewegen, und was du mir verbirgst, danach will ich nicht umschauen. Du sollst mein großer Wolfgang werden. Denk an den Quell im Walde! Damals habe ich dich kennengelernt, damals habe ich dich erraten, den Dichter in dir erraten, obwohl du so wenig sprachst. Schreibe wieder, versuche es noch einmal! Willst du?«

Wolfgang nickte ihr zu und sagte: »Ja, ich will es versuchen.« Da sprang Frau Anna auf und küßte ihn heiß und leidenschaftlich.

6.

Am selben Abend saß Wolfgang wieder an seinem Schreibtisch. Einen Dichter hatte ihn Anna genannt. Das klang ihm verführerisch in das Ohr. Wie kam sie wohl darauf? Was er bisher geschrieben hatte, schien ihm des Rühmens nicht wert. Wenn sie wahr sprach, so mußte er sich des Namens erst würdig zeigen. So brütete er denn vor sich hin, um zu dichten. Vor ihm lagen die leeren Blätter, und in der Hand hielt er den Stift. Er harrte des Gottes, der die Kraft wecken sollte.

Aber wie sehr er sich auch mühte, kein leuchtender Gedanke wollte kommen. Neckisch tanzten Kobolde vor seinem Hirn umher, warfen sich tolle Worte zu und fingen sie wieder auf, im leichtfertigen Spiele seines absichtlichen Ernstes spottend. Mit grimmigen Blicken suchte er sie fortzuscheuchen, in finsteren Falten sie zu fangen, mit großen Sprüchen sie wie mit Keulen zu erschlagen. Aber die närrischen Käuze kicherten übermütig, huschten eilfertig hin und her, zupften den schwerfälligen Denker hier und zupften ihn da und lachten ganz frech seiner heiligen Absicht. So ging es stundenlang im Kampf der seßhaften

Schwere mit dem springenden Leichtsinn. Endlich riß dem vielgeplagten Dichter die Geduld, und wütend warf er Stift und Blätter beiseite. Von Unruhe gepeinigt rannte Wolfgang im Zimmer umher. Wie kam Anna darauf, ihn einen Dichter zu nennen? Das Dichten war verteufelt schwer, viel schwerer, als er geahnt hatte. Warum gelang es ihm nicht? Ein närrischer Einfall, er, ein Dichter, er, der nüchterne Mensch mit dem hellen Verstand, mit der Gabe des scharfen Beobachtens und des kalten Rechnens. Unsinn, der reine Unsinn war es. Ruhiger werdend lachte er sich selbst und Anna aus. Dann fuhr ihm eine längst vergessene Erinnerung durch den Kopf. Er dachte der Stunde, da er einst als Kind unter dem Beethovenbilde gesessen und von dem goldenen Nebel geträumt hatte. Es war doch etwas in seinem Wesen, was dichten konnte. Und nun reihte sich ein Bild an das andere. Seine Kindheit mit den einsamen Spielen, sein frühreifes Träumen und Suchen, der Hang zur Einsamkeit, die tiefe Verworrenheit seines Inneren, die Schwermut und die heiße Glut des Empfindens, das alles fiel ihm ein. Erstaunt und neugierig zugleich blickte er auf sein Leben zurück. Und fast mit heiligem Schrecken gewahrte er, wie phantastisch er stets Leben und Menschen in seinem Hirn umgestaltet hatte.

Wo er auch hinsah, was er auch prüfte, überall war es das gleiche Schauspiel. Nichts hatte ihn fortgerissen, nichts überwältigt; was ihm begegnet war, hatte er ergriffen, zurechtgebogen und verändert, bis es in seinen Kreis, in seine Denkart paßte. Alle äußeren und inneren Ereignisse hatte er wie Worte zu klingenden Harmonien zusammengestellt, alle Menschen waren ihm Figuren gewesen, die er denken, sprechen und handeln ließ, wie es das einheitliche Werk seines Lebens verlangte. Was sich in den Rhythmus dieser Dichtung nicht einfügte, hatte er beiseite geworfen, was ihm das Gefüge, den Bau dieses lebendigen Gedichtes störte, war eindruckslos an ihm vorübergeglitten. Die Menschen, die Freunde, Verwandten, Weib und Kind, alle hatte er unwillkürlich zu diesem Einen, was in ihm lag, verwendet, er hatte sie in dem eigenen Kopf verändert, hier Züge getilgt, dort neue geschaffen, bald diesem helleres Licht gegeben, bald ihn in Schatten gehüllt. Er hatte die Welt für sich verwandelt. Was er für Eigennutz gehalten hatte, für Kälte und rechnende Absicht, das war die große Macht des dichtenden Geistes gewesen, das unwiderstehliche Schaffen der Gottesflamme.

Wie geblendet von dem aufzuckenden Licht, das ihm plötzlich sein Wesen enthüllte, warf er sich auf das Ruhebett und sah mit geschlossenen Augen in die Sonne, die seine Seele mit goldenem Feuer durchflutete.

So fand ihn Anna. Sie trat zu ihm und fuhr ihm mit der Hand über den Kopf. Es lag etwas Mütterliches in dieser Bewegung und noch mehr in der Art, wie sie ihn jetzt auf die Stirn küßte.

Wolfgang schlug die Augen auf und sah den sorgenvoll bekümmerten Blick, den sie auf ihn richtete. Er lächelte ihr zu, legte den Arm unter den Kopf und schaute zur Decke empor. »Warum nennst du mich einen Dichter?« fragte er.

»Wenn du deine Augen sehen könntest, würdest du nicht fragen,« erwiderte Anna ernsthaft. »Dein Wesen ist so von Dichtkunst durchtränkt, daß ich dich so nennen würde, selbst wenn du nie eine Feder führtest.«

Wolfgang drehte ihr aufmerksam das Gesicht zu und horchte. Was er soeben gedacht hatte, sprach nun ein anderer Mund.

»Du lebst mitten unter uns ein fremdes Leben, in einer eigenen Welt, die nur deinem Blicke sichtbar ist.« Anna schwieg in Gedanken verloren, dann fuhr sie fort: »Es ist mir schwer geworden, das einzusehen; ich wehrte mich gegen mein besseres Wissen. Aber jetzt sehe ich es. Du bist ein Fremdling unter uns, selbst mir bist du es, und wirst es immer bleiben. Du bist wie das Leuchten des Meeres, wunderbar zu sehen, oder wie ein Junikäfer. Ich denke einer milden Nacht. In dem duftigen Dunkel blitzen zwischen den Büschen lebendige Funken, wie Tropfen ewigen Lichtes, und meine Seele ward stille. Sie öffnete sich dem höchsten Empfinden. Aber ich wollte näher sehen, was mich so entzückte, und als ich eines der Tierchen in der Hand hielt, war aller Zauber verschwunden. Da ließ ich es fliegen und freute mich, als ich den Glanz von neuem in den Zweigen aufleuchten sah. Du bist schön zu schauen, aber unnahbar. Weil ich dich kennenlernen wollte, erlosch mir dein Glanz.«

»Und wenn du mich fliegen läßt, meinst du, werde ich wieder leuchten?«

»Ja.« Sie kniete nieder vor ihm und streichelte seine Hand leise und zart. »Was du in tiefster Heimlichkeit schaffst, ungesehen von sterblichen Augen, gleichsam im warmen Dunkel der Johannisnacht, das ist das Schönste an dir. Der Mensch, als der du vor aller Augen wandelst, ist nicht dein wahres Selbst. Die Worte, die du zu dir allein sprichst, sind wunderbar, und die Gesichte, die du hast, du allein, öffnen den Himmel. Diesen Himmel wollte ich sehen, mit dir teilen, ihn mein eigen nennen. Ich war sehr töricht. Ich hätte mich dessen freuen sollen, was du mir schenkst.«

Wolfgang hatte schweigend zugehört. Jetzt entzog er ihr die Hand, stützte den Kopf darauf und sann angestrengt nach. »Ich glaube nicht, daß du recht hast,« begann er endlich. »Du suchst etwas Großes in mir, und das besitze ich nicht. In mir liegt kein Ernst. Ich spiele mit dem Leben, und mir ist nichts heilig, nicht einmal ich selbst, nicht einmal meine Liebe.«

Anna fuhr empor: »Das ist nicht wahr,« rief sie. »Ich will das nicht glauben, ich darf es nicht glauben. Wie oft habe ich es gedacht,« fuhr sie ruhiger fort, »und immer wieder habe ich den Gedanken zurückgewiesen. Nimm mir nicht diesen Glauben, ich könnte es nicht ertragen. Du mußt groß sein, du mußt, hörst du! Wenn du es nicht wärest, so wärest du schlecht, so furchtbar schlecht, daß es nicht auszudenken ist.«

»Du hast mich nicht verstanden, Anna. Ich bin nicht schlecht, aber ich bin auch nicht groß. Zur Größe gehört Ernst, schwerer Ernst, Ehrfurcht vor irgend etwas, Anbetung, Glauben an einen Zweck, ein Streben, ein Zielen nach dem Hohen. Aber für mich gibt es nichts Hohes. Ich bin wie ein Kind, ich spiele mit allem, selbst mit meinen Gedanken, und ich unterscheide nicht zwischen Wichtigem und Wertlosem. Alles ist für mich gleich wichtig, gleich hoch, gleich gut. Ich suche bei allem den Genuß, die Freude. Wo sie mir fehlt, bin ich ein armer, kleinmütiger

Geselle. Ich lebe nur in der Freude, in dem Spiel. Das ist kein freches Spiel, von keiner Leidenschaft oder Begierde ist es entstellt; mein Leben ist wie das Tummeln eines Fohlens auf sonniger Weide, ohne Nachdenken, ziellos, ein Lachen, welches selbst noch im Weinen klingt. Ich bin zu leicht, um groß zu sein. Nimm an, ich schüfe etwas, ein Werk, etwas Ewiges, Unvergängliches. Ich würde auch damit spielen wie mit allem. Ich bin zu leicht. Jeder Wind weht mich hierhin und dorthin.«
»Ich glaube dir nicht. Ich habe dich zu oft leiden sehen.«
»Da kannte ich mich selbst noch nicht.«
»Und seit wann kennst du dich?«
»Seit heute.«
Anna lachte übermütig auf. »Du bist ein närrischer Kauz, mit tausend flimmernden Launen. So höre, was ich dir sagen will! Du spielst mit dem Leben, gewiß, du spielst auch mit mir, mit deinen Gedanken, ja du würdest mit der eigenen Ewigkeit spielen, das alles weiß ich. Aber nicht weil du ein Kind bist. Du wärest ein merkwürdiges Kind. Sondern weil du eine Naturgewalt bist, etwas Unmenschliches, weil du unsterblich bist, so daß dir Zeit und Raum und alles verschwindet. Du bist eher wie eine Flamme, und diese Flamme lockt mich und wird mich verbrennen. Du bist groß; weil du es selbst nicht weißt, bist du es. Ich weiß es, denn ich habe dich mit Schmerzen geboren. Und nun, du mein großer Junge, höre meine Bitte! Ich möchte dir beweisen, daß du wirklich groß bist. Der Schreibtisch birgt noch viel Licht der Juninacht. Zeige es mir! Lies mir, was du geschrieben hast, damit ich sehe, ob du ein Kind oder ein Feuer bist.«
Wolfgang lachte laut. »Du bist eine Schlange, eine Evastochter.« Er setzte sich auf und sah seine Frau forschend an. »Versprichst du mir auch, nichts ernst zu nehmen, was ich schrieb? Wirst du nicht vergessen, daß es nur ein Spiel ist, all dieses Schreiben? Wirst du mir glauben, daß ich dich liebe, auch wenn ich spotte oder steche oder lästere?«
»Ja.«
»So komm und höre! Wir wollen sehen, wer recht hat.« Wolfgang wußte selbst nicht mehr, was er in den einsamen Stunden, mit sich re-

dend, niedergeschrieben hatte. Noch mißtrauisch suchte er sorgfältig das heraus, was er unbedenklich vorlesen könne. Bald aber erging es ihm seltsam. Aus diesen Blättern stieg etwas Wunderbares hervor; ungefüge Kräfte lebten darin; wie Offenbarung tiefster Geheimnisse klang es daraus. Was er geschrieben hatte, erschien ihm als etwas Neues, nie Geahntes. Wolfgang lauschte den eigenen Worten, wie denen eines Fremden. Ein heiliger Schrecken erfaßte ihn und riß ihn mit sich fort. Wie wenn die Wolken des Himmels brächen und die Tiefen Wasser der Erde emporfluteten, so strömte die unendliche Fülle der Gedanken über ihn, ihn zu ersticken und zu ertränken. Er las und las, ohne Wahl, ohne Vorsicht, bald laut der lauschenden Herrin, bald überflog er mit suchenden Augen für sich die Sätze, staunend, erregt, im tiefsten erschüttert, an jener Stelle stockend, gleichsam den inneren Stimmen zu lauschen, die von der Gewalt des Wortes hervorgezaubert, zu ihm sprachen, an dieser hetzend, das Ende zu hören.

Anna saß schweigend ihm gegenüber. Anfangs suchte sie den buntwechselnden Gedanken zu folgen, die in erdrückendem Reichtum an ihr vorüberrauschten. Dann aber packte es sie und legte sich wie mit eisernen Klammern um ihr Herz. Da vor sich sah sie etwas, was sie noch nie gesehen hatte. Der Mann dort, den sie so lange kannte, der so eisern und unerschütterlich war, der Herr über sich und die Welt, war überwältigt, außer sich, ein machtloses Nichts vor seinen eigenen Worten. Was er selbst schuf, hatte Gewalt über ihn gewonnen. Sein Werk fing ihn und trug ihn mit sich fort. Mit weit geöffneten Augen starrte sie das Gesicht an, über das es wie jagende Wolken hinflog, in dem alle Leidenschaften entfesselt blind wüteten und sich gegenseitig würgend dahinrasten. Furcht und Schrecken ergriff sie, und laut schluchzend schlug sie die Hände vor das Gesicht.

Da fuhr Wolfgang auf. Erstaunt blickte er auf seine weinende Frau. Ein leises Erschrecken, wie das des Kindes beim Erwachen, lief über sein Antlitz, dann aber kam ein seliges Lächeln über ihn, und glücklich warf er sich der Frau zu Füßen, hob die Hände zu ihr empor und sprach leise zu ihr: »Anna, du hattest recht. Das ist groß. Anna, sieh mich an, sieh, was ich bin! Anna, liebe Anna!« Und als sie sich neigend ihm die Stirn küßte, umfing er sie mit jugendlichen Armen.

In dieser Stunde erkannte Wolfgang sich selbst, und aus seinem Inneren brach die verzehrende Flamme hervor. Die überlang zurückgehaltene Kraft, die prophetische Begeisterung der Größe riß ihn empor. Nun sprangen alle Quellen des Lebens, nun schossen die Fluten ursprünglichen Denkens dahin, nun brauste der Ton der Worte, wie die Wasser der Frühlingsnacht. Nie erschöpft und unerschöpflich strömte sein Schaffen. Nun wuchs sein Wesen und seine Gestalt, seine Stirn krönte neuer Adel, und seine Gebärde wurde königlich wahr. Wie ein Glückseliger folgte er traumwandelnd verzückt dem Zug seines Genius. Die Welt verschwand vor seinen Augen, als seien sie blind geworden, sein Blick sah nur den Reichtum eigener Tiefen, und sein Tun wurde einförmig groß wie das Rauschen des Meeres.

Nun wurde ihm Liebe und Lust wieder jung, nun jauchzte sein Herz dem Leben zu, nun wurden die Kinder ihm neu geboren, und sein Weib wurde ihm wirklich Weib. Gestaltend und formend griff er, ein Künstler und Gott, in die ewigen Schätze der Ideen hinein, sie glühend, biegend, schmiedend und fügend. Und wie die Gaben streuende Hand des Fürsten funkelte sein Wirken von Pracht. Alles in ihm schrie danach mitzuteilen, zu schenken, zu geben, zu erquicken. Nun trug er wieder, liebend im Bewußtsein der Kraft, alles, was er besaß und schuf, zu den Füßen der Herrin und freute sich ihrer Freude. Und Anna erschauerte vor der Gewalt dieses Mannes; denn aus seinem Munde redeten die Stimmen aller Welten.

7.

Aber des Lebens Neid erwachte und sandte die Angst zu dem Weibe, es mit kleinlich lastender Sorge zu beschweren.

Die nie endende Fülle des Stoffes, die Wolfgang an den Tag brachte, bedrückte Annas Herz. Die Mannigfaltigkeit verwirrte ihr den ordnungsliebenden Sinn, und vor der fremden Größe einzelner Gedanken erschrak sie gar.

Vorsichtig und leise, um die langentbehrte Einheit des Lebens nicht zu stören, versuchte sie, den schwärmenden Mann zu zügeln, seinen holden Wahnsinn in sichere Bahn zu lenken. Ihrem reinlichen Wesen widerstrebte das formlose Aneinanderreihen einzelner Sätze. Das alles, was Wolfgang in wahlloser Verschwendung auf das Papier warf, sollte gegliedert werden, übersichtlich und kunstvoll. Ein Dichtwerk sollte entstehen, schön zu schauen an Leib und Seele, fleckenlos rein, gütig, ein wenig spöttisch vielleicht, aber ohne Schärfe, erhaben poetischer Sprache voll, durchtränkt von edlem Gefühl, anmutig tanzend und klingend.

Nicht umsonst hatte sie Wolfgang den Dichter genannt. Was er schuf, mußte Dichtung sein, klar wie der Quell des Waldes, hüpfend und liebe Lieder rauschend, bald munter im Falle die Farbe der Sonne zu brechen, bald sich im tiefen Becken der Nixengrotte zu weiten. Ein Bild des seligen Träumens zu zweit, das wollte sie finden. Ihr eigenes Fühlen und Denken sollte ihr Dichter gestalten, in jedem Wort suchte sie sich. Sie wollte sehen und hören, was sie dem Manne ihres Herzens war.

Ohne es selbst zu wissen, ließ sie allen Zauber der Evasnatur spielen, das Denken und Dichten Wolfgangs zu leiten. Mit listigem Liebesnetz umfing sie ihn, den Allzubereiten, tändelnd und kosend wußte sie ihm ein wenig die Feder zu führen, Gedanken zu ändern, einzuschieben, fortzustreichen. Der tiefen Sünde unbewußt, stahl sie dem Manne die schneidende Schärfe aus seinen Schriften und gab ihm zierliches Spielwerk dafür; die ungefügen Steine, die er zum Bau heranwälzte, verspottete sie und zeigte ihm glitzernde Juwelen, die er zum Schmuck fügen mußte.

Und freudig sah sie das Werk wachsen, welches Wolfgang in dem unwiderstehlichen Zwange der Liebeslockung ihr schuf. Welch eine Wonne lag in dem Lenken des blinden Genius! Das Bilden mit fremder Hand war wie eigenes Wirken, und stolz rühmte sich Anna des Namens der Muse, den ihr Wolfgang bewundernd gab. Das war ein kühnes Spiel, das weckte den Frohmut, und die träumende Seele wurde lebendig. Alle kleinen und großen Geister in ihr kamen hervor und sprachen mit in die Dichtung hinein, lachend und ernsthaft, schmeichelnd und streng. In der spähenden Wachsamkeit, bei dem Wettlauf der Kräfte, in dem spielenden Kampf mit dem Verstande des Mannes verjüngte sich alles, die Schönheit erblühte wieder, und alle Lebenslust trieb hervor. Das Welke und Müde fiel ab, die mütterliche Bedachtsamkeit schwand, eine neue Wonne der Ehe brach herein, satter, voller, übermütiger als die venetianische Zeit. Enger drängte sich Leib an Leib, die Seelen flossen ineinander in höchstem Glück, und das Leben der beiden ward eins. Und aus diesem Leben wuchs Wolfgangs Dichtung, ein Kind neuer Umarmung, ein Lied inniger Ehe. Das Lied aber trennte die Ehe.

Das Werk war vollendet. Da reizte es Anna, sich selbst und ihren Sänger zu bewundern. Sie nahm die eng beschriebenen Blätter und las sie mit ihrer weichen, biegsamen Stimme vor, jeder Regung der Seele mit dem wechselnden Tone folgend. Ihr Herz klopfte freudig, und voll genießend badete sie sich in der Schönheit. Ihr Wesen strahlte in Liebe zu dem Manne, der so zu dichten verstand, in Stolz auf die hohe Gemeinschaft zweier Menschen, deren Denken eng verwandt sich ergänzte.

In Wolfgangs Seele wechselten Schatten und Licht. Anfangs erstaunte er über die reine Harmonie, die ihm entgegenklang und die sein Werk war. Dann aber packte es ihn wie mit tausend zornigen Händen. Das waren seine Gedanken, aber sie waren verwischt, in fremde Hülle gekleidet, unkenntlich, und in neuer Zusammenstellung sagten sie anderes, als er hatte sagen wollen. Das war sein Herzblut, aber es kreiste in Bahnen, die nicht die seinen waren. Der harte Schlag seiner Wellen war von Dämmen gebrochen, und statt des kräftigen Anpralls klang es wie das süße Singen der Fluten im Uferschilf. Statt des wild großen Traumes seiner Kraft sah er ein lindes Erwachen friedlich behaglichen Lebens vor sich, den Spiegel einer feinen Seele, die nicht sein war.

Da war kein Zweifel. Er hatte sich selbst verloren, sich im Höchsten, was er besaß, belogen, und er schämte sich. Diese Scham ergriff wie heißes Feuer seine tiefste Seele und leuchtete in den geheimsten Winkel seines Herzens. Da sah er die Gemächlichkeit seines Lebens, die jede Gefahr scheute und bequeme Wege liebte, da sah er den stillen Genuß an den Seinen, der ihm das eigene Denken wohltätig verhüllte, die Furcht zu verletzen und zu kränken ruhte dort neben der Sucht zu gefallen. Da war vor allem die Liebe zu Anna, die ihn beherrschte und alles freie Bewegen verhinderte. Er war unfrei, gefesselt an Haupt und Gliedern.

Wolfgang hob die Augen und blickte sein Weib an. Gewiß, Annas Anmut glättete alles Rauhe in ihm, deren liebliches Wesen duldete die harte Wahrheit nicht, und was ihr hüllenlos mißfiel, umkleidete sie mit dem Reize der eigenen Schönheit. Er sah die festen Formen ihrer Gestalt, das Abgerundete ihrer Glieder, die fertigen Bewegungen, in denen sich die reife Vollendung eines Lebens aussprach. Reif war diese Frau, in sich vollendet, stärker als er, unüberwindlich. Stiller und stiller ward es in Wolfgangs Innerem. Er erkannte, welch eine Gefahr in dem Zusammenleben mit Anna lag, wie rettungslos sein ganzes Wesen ihrem Einfluß hingegeben war, wie seine Liebe zu ihr die Grenze steckte, über die sein Denken nicht hinauszuschweifen vermochte. Und er schämte sich tief.

Wie eine Sonne hatte Wolfgang das Bewußtsein durchdrungen, zu großem Tun berufen zu sein, das Höchste, Schwerste vollbringen zu können. Wie einer Sonne hatte er sich dem neuen Lichte zugewandt, das ihm Leben und Zukunft verhieß. Vor diesem Ernst war das Spiel versunken, mußte es ewig versinken. Ein anderes, fremdes Dasein mußte er leben, der Welt, ihren Leiden und Schmerzen entrückt; eine ferne Sonnenhöhe sollte er durchfliegen, Geistesfittiche konnten ihn emporheben; er fühlte ihre göttliche Kraft. Aber er haftete an der Erde, am Hause, am Weibe. Er, der ein Herr sein konnte, diente der Liebe.

Mit kalter Ruhe betrachtete Wolfgang die zwei Menschen, die in ihm beschlossen waren, die sich ewig fremd und doch innig nahe blieben. Eine tiefe Traurigkeit breitete sich über ihn und machte ihm die Welt still und heilig. Die Not erhob sich vor ihm, gewaltig, unerbittlich, unabwendbar, und er wußte, daß er ihr folgen werde, bald, bald, über ein Kurzes. Jetzt dem gemeinsamen Werk gegenüber, welches Anna ihm in die Seele gegeben hatte, wußte er es, daß es unmöglich sei, zu lieben und zu schaffen. Jetzt in dem engen Beisammensein mit Anna wußte er es, daß es unmöglich sei, ihr zu dienen und das Höchste, was in ihm war, zu entwickeln. Die Frau war reif, am Ende ihres Weges, das erreichte Gut festhaltend. Er aber schwankte noch, immer wie ein Knabe dem fern aufleuchtenden Ziele zu. Es war unmöglich zweien Herren zu dienen, sich und dem Weibe. Einer von beiden mußte fallen.

Wieder sah er zu Anna hinüber. Nein, sie war nicht zu biegen, sie war fest wie tausendjähriges Holz; die ließ sich nur brechen. Und plötzlich loderte es in ihm auf, wie ein furchtbarer Haß, wie tödliche Feindschaft, wie frohlockender Siegesstolz. Sie unter sich zwingen, zur Sklavin erniedrigen, über sie hinwegschreiten, die kurzen Freuden mit ihr genießen, die Lust an ihr büßen, sich nach dem gewaltigen Flug der Ewigkeit erquicken, sich kosend trösten lassen und Kräfte zu neuer Tat sammeln, das konnte er tun. Er schloß die Augen und sann. Sein Herz schwärmte in tiefster, geheimster Leidenschaft. Da aber trat ihr Bild vor ihn, wie er sie einst geschaut hatte, die hohe Stirn umflattert von Locken, und auf den Armen hielt sie ihr Kind, eine Mutter mit ihrem Kind. Die Angst ergriff ihn, eine quälende, furchtbare Angst. Er hob die Hände zum Haupt, als ob er den Kranz schützen müsse, nach dem das Kind die spielenden Finger streckte. Er wollte ihn halten, diesen Kranz, dessen Blätter wie Sterne leuchteten, der ihn mit Herrlichkeit krönte und vor Menschen und Göttern schmückte. Seine Lippen bewegten sich leise zu einem Nein. Dann preßte er sie fest zusammen und, die Augen öffnend, sah er sein Schicksal mit sicherem Blick an. Er wußte, was ihm zu tun blieb.

Als Anna mit einem Jauchzen der Freude sich ihm in die Arme warf, froh über das Lied ihres Lebens, da küßte er sie auf die Stirn und sagte: »Meine Wege sind nicht deine Wege, und meine Gedanken sind nicht deine Gedanken.« Anna sah ihn erstaunt an. »Was meinst du?« fragte sie. Aber er antwortete nicht. Nach einer Weile fragte sie noch einmal: »Was meintest du, Wolfgang?« Und als er nichts erwiderte, sondern still mit ihren Locken spielte, schwieg auch sie. Von Zeit zu Zeit nur hob sie den scheuen Blick und sah ihn ehrfürchtig staunend an. »Deine Augen sind wie die des ewigen Gottes,« sagte sie dann »und dein Mund wie der sternenbesäete Himmel. Du bist wie die fruchtbringende Nacht, die der Menschen Geschlechter zeugt.« Da nickte er und lächelte, denn er wußte, daß Anna die Wahrheit sprach.

In der Nacht aber verließ Wolfgang sein Haus, seine Kinder und sein Weib und folgte dem einsamen Stern, der seiner zeugenden Kraft leuchtete.

III

Das Meer

Schluß

Für Anna begann eine schwere Zeit. Ihre Lebenskraft schien gebrochen, und sie wäre zugrunde gegangen, wäre ihr Stolz ihr nicht zu Hilfe gekommen. Mitten in dem Weh fühlte sie Verachtung gegen den Mann, der, wie er ihr in seinem Abschiedsschreiben sagte, sich selbst leben wollte. Dieses eine Wort kennzeichnete ihr Wolfgangs Wesen, und weil ihr solches Denken fremd und verhaßt war, schämte sie sich ihres Leides um einen Unwürdigen. Daß Wolfgang es nicht gewagt hatte, ihr Auge in Auge seinen Willen auszusprechen, erschien ihr erbärmlich, und der Gedanke, daß seine Liebe ihn zu sehr seiner eigenen Seele entfremde, klang so abenteuerlich und gekünstelt, ganz wie Wolfgang zu denken pflegte, wenn er ein Unrecht verschleiern wollte. Sie war überzeugt, es sei nur ein Vorwand. Sie haßte sich wegen ihres Gefühls für diesen Menschen und mit aller Kraft überwand sie ihr Herz. Anna versuchte das Andenken an den Gatten aus ihrer Seele zu tilgen. Sie raffte ihre Kinder an sich und schenkte denen das reiche Innere, welches Wolfgang verschmäht hatte. Und sie fand als Mutter, was der Frau versagt war, Ruhe und Frieden. Aber erst nach Jahren vermochte sie es, ohne Bitterkeit an Wolfgang zu denken. Dann lernte sie es wieder, sich wehmütig seiner zu erinnern, und die Zeit kam, wo sie gern und voll Stolz den Kindern von ihrem Vater erzählte.

Die verhängnisvolle Dichtung hob sie sorgfältig auf. Sie erschien erst nach Annas Tode, als schon längst Wolfgangs Ruhm die Welt erfüllte. Noch immer wundert man sich über das Werk, das so ganz anders ist als alles, was Guntram sonst geschrieben hat.

Von Wolfgang liefen nur spärliche Nachrichten ein. Monatelang war er verschollen, und auch später hat niemand erfahren, was er in der ersten Zeit nach seiner Flucht getrieben hat. Nur daß er in Venedig gewesen war, stellte sich heraus. Von dort her kam die erste Nachricht über ihn. Eine seiner alten Verehrerinnen hatte ihn gesehen; gesehen, aber nicht gesprochen. Als sie ihn anreden wollte, war er ihr ausgewichen, und trotz aller Bemühungen hatte sie ihn nicht wiedergefunden.

Die vielgetreue Neugierige reiste nur deshalb nach Deutschland, um sich an Annas Schmerz um den Verlorenen zu weiden. Sie ging jedoch bald wieder von dannen, sehr unbefriedigt, daß sie statt einer gebrochenen Frau eine tapfere Mutter getroffen hatte, die in der Liebe der Kinder vollen Ersatz zu finden schien.

Kurz darauf kam ein Brief von Wolfgang. Es waren nur wenige Worte, ein Gruß an Weib und Kind. Es gehe ihm gut, und er erwache zu neuen Taten, von denen man hören werde. Seitdem liefen von Zeit zu Zeit kurze Nachrichten ein, bald hierher, bald dorther. Nie enthielten sie etwas anderes als den Gruß und die Hoffnung auf große Taten. Kein Wort, ob er zurückkehren werde und was er erlebe, stand darin. Was Anna dabei empfand, erfuhr kein Mensch. Sie war stets gleichmäßig ruhig, ernster Heiterkeit voll, als ob nichts mehr sie berühren könne. Wie sie jedoch trotz allem mit Wolfgang Fühlung zu behalten suchte, sah man, als man nach ihrem Tode all diese Briefe sorgfältig aufgehoben fand, so unscheinbar sie auch waren.

Auch sonst lebte Wolfgangs Geist weiter. Das Haus wurde in seinem Sinne geführt, das Vermögen nach seinem Beispiel geordnet, die alte Gastlichkeit blieb, und das ganze Leben behielt seinen Charakter freier Behaglichkeit und traulicher Liebe. Der Kinder Heranwachsen überwachte Anna sorgfältig. Sie pflegte getreulich die alten Überlieferungen des Guntramschen Hauses. Der Sinn der Brut wurde auf Schönheit und Stärke gerichtet und die Bahn der Entwicklung möglichst freigehalten. Alle kleinlichen Gewohnheiten und Sorgen verschwanden aus Annas Wesen; seit sie allein war, wurde sie tapferer, gleichgültiger gegen die Zufälle des Lebens, unempfindlicher gegen die Stiche des Tages, duldsamer für die Eigenart ihrer Kinder. Sie wurde eine Meisterin der Erziehung, eine Mutter, die liebevoll jeden Keim ihrer Sprößlinge pflegte, die nichts halb ließ und, weit entfernt von der Absicht, gute Menschen heranzubilden, alles daran wandte, Körper und Geist zu kräftigen. So wuchs ein starkes Geschlecht heran, welchem der Mut und der Adel des Tuns höher stand als die Tugend, jeder Aufgabe gewachsen und voll

Stolz. Und täglich sonnte sich Anna in dem Anblick der Ihren und freute sich der Schar, die sie geboren hatte.

Jahr auf Jahr verstrich, ohne Wolfgangs Heimkehr zu bringen. Schon war die älteste Tochter zur ersten Blüte erwachsen, und noch immer hörte man nichts von dem schweifenden Vater. Da kam zum ersten Male genauere Kunde, die Annas Herz in den Tiefen erschütterte. Der Bildhauer brachte sie. Wolfgang war ihm in Rom begegnet, und sie hatten ein paar Tage zusammen verlebt. Die große Veränderung, die mit seinem früheren Modell vor sich gegangen war, hatte den Künstler erregt. Ihn verlangte, die Frau wiederzusehen, die ihn vorzeiten so mächtig angezogen hatte.

Er wollte erfahren, wie dieser Bund, der für ewige Zeiten geschaffen schien, sich lösen konnte.

Frau Anna war nicht allein. Seit Wolfgangs Flucht kam Tante Berta noch häufiger als früher zu Besuch, und auch jetzt war sie bei der Pflegetochter, ihr Gesellschaft zu leisten. Zur Seite der Mutter saß Suse, ein seltsames Mädchen, Vater und Mutter ähnlich. Ein wenig Grauen hatte der Künstler doch empfunden, der verlassenen Frau gegenüberzutreten. Jetzt, als er ihr freies unbefangenes Wesen sah und ihren heiteren Gruß empfing, wich die Befangenheit, und er fühlte sich heimisch. Forschend musterte er Annas Gestalt und Züge.

»Ich habe mich sehr verändert, nicht wahr?« fragte sie lächelnd.

»Ja,« erwiderte er aufrichtig.

»Gewiß,« fuhr sie fort, »man lebt nicht jahrelang mit einem bedeutenden Manne zusammen, ohne anders zu werden, und wenn man wie ich dann von ihm getrennt wird, läßt das Spuren zurück.«

»Sie brauchen sich ihrer nicht zu schämen, Frau Guntram, sie stehen Ihnen gut.«

Anna lachte ein wenig, dann wieder ernst werdend, sagte sie: »Sie haben Wolfgang gesehen, erzählen Sie von ihm!«

»Ich habe ihn gesehen. Aber woher wissen Sie das?«

»Weil Sie sonst nicht hierhergekommen wären. Er hat Sie neugierig gemacht. Sie begriffen nicht, wie er mich hat verlassen können, und wollten sehen, ob ich garstig geworden bin.«

Der Künstler betrachtete sie wieder: »Nein,« sagte er dann. »Sie gefallen mir. Es ist etwas aus Ihnen geworden. Wenn ich bedenke, wie Sie damals waren,« er nickte zu der Gruppe hinüber, die auf dem Kamin stand, »so knospenhaft unfertig. Und jetzt steht alles in voller Blüte. Sehen Sie nur den Arm, wie rund und voll er geworden ist, damals hatten Sie spitze Ellenbogen.«

Die Tante unterbrach ihn: »Gott bewahre jeden vor Künstleraugen! Lassen Sie Anna, wie sie ist. Erzählen Sie von Guntram!«

»Von Guntram erzählen? Ja, wo soll ich da anfangen? Er ist nicht mehr wie früher.« Der Künstler schwieg und sah vor sich hin.

Tante Berta rückte näher heran. »So erzählen Sie doch, erzählen Sie!«

Der Bildhauer hob den Blick zu Anna und sah sie noch einmal fragend an. Als sie ihm ruhig zunickte, begann er: »Ich habe nie einen solchen Kopf gesehen wie bei ihm. Als ich ihn zuerst wiedersah, – er saß an dem Abhang des Palatin und schaute auf das Forum hinab – war mir, als ob die Welt stillstehe. Meine Seele wurde feierlich. Ich habe nie Gleiches erlebt.«

Einen Augenblick herrschte Schweigen zwischen den vier Menschen. Anna hatte den Kopf auf die Hand gestützt und sah ernst auf den Sprecher, mit dem andern Arm hielt sie ihr Kind umschlungen. Endlich unterbrach die Tante die drückende Stille: »Hat er nicht nach den Seinen gefragt, hat er nichts von seinem Fortgehen, seiner Rückkehr gesprochen?«

Wieder schaute der Künstler nach Annas Augen. Sie blickten unverändert ruhig, freundlich. »Nein,« sagte er zögernd.

»Sie aber, haben Sie nicht gefragt?«

»Nein.«

Tante Berta lehnte sich im Stuhl zurück und kreuzte die Arme über der Brust, leise mit der Fußspitze auf den Boden klappend. »Ich hätte ihn gefragt,« sagte sie kurz.

»Ich habe dem gelauscht, was er sagte, still, wie man dem Rauschen des Meeres lauscht. Meine eigenen Gedanken haben sich nicht an ihn gewagt.«

Der Bildhauer sah vor sich nieder und schien sich zu sammeln. »Was er mir sagte, klingt in mir fort und wird in mir fortklingen, solange ich lebe.«

Wieder trat das ängstliche Schweigen ein. Da erhob sich Anna. »Ich hoffe, Sie werden den Tee mit uns nehmen,« sagte sie, »Sie finden noch alles wie zu Wolfgangs Zeiten,« und ihr Kind mit sich führend, schritt sie voran.

Der Künstler folgte mit Tante Berta. »Welch eine Frau,« sagte er. »Wahrhaftig, es ist etwas aus ihr geworden. Ihre Augen haben Seele bekommen. Sie weiß damit zu schauen. Und ihr Gang, ihr ganzes Wesen. Der ängstliche Zug eines eingeschüchterten Kindes gab ihr früher das Gepräge, so wie es sich in der zusammengekrümmten Haltung des Mädchens in meiner Gruppe ausspricht. Jetzt hat sie etwas Freies, Selbstbeschützendes. Ich glaube nicht, daß sie sich noch unterordnen kann, daß sie jemals so wie früher empfindet. Der feste, herbe Zug um den Mund, der ist neu. Welch eine Frau und welch ein Mann! Wie konnte er sie verlassen!«

Tante Berta war verstimmt. Sie hatte gehofft, durch den Bildhauer irgendeine Erklärung für Guntrams Treulosigkeit zu erhalten. Sie liebte den Mann und wollte ihn so gern entschuldigen. Daß sie keine Entschuldigung fand, daß es keine gab, reizte sie. »Der Doktor tut nichts ohne Grund,« sagte sie. »Er liebte seine Frau, das weiß ich. Wenn er sie verließ, so mußte es sein, und gewiß leidet er am meisten darunter.«

»So geschieht ihm recht,« erwiderte der Künstler. »Ein Mann, der solche Frau verläßt, ist ein Narr und verdient zu leiden.«

»Für Guntram war die Ehe nichts,« fuhr die alte Dame fort. »Ein Mensch wie er und Frau und Kinder, das lastete wie Ketten auf ihm. Kein Wunder, wenn er sie abschüttelte. Einen großen Menschen darf man nicht mit gewöhnlichem Maße messen. Was ihn hindert, wirft er ab, und wenn es Weib und Kind ist. Es ist seine Pflicht.«

»Das könnte Guntram auch gesagt haben, aber ich zweifle, ob er es wirklich glaubt. Vielleicht legt er es sich so zurecht, er war von je ein Meister darin, sich vor sich selbst zu entschuldigen. Wenn er der Freiheit bedurfte – das kommt ja vor, bei Künstlern wenigstens – warum hat er dann geheiratet? Erst eine Frau an sich fesseln und sie dann beiseite werfen, das ist feige. Guntram hätte gar nicht heiraten sollen.«

Anna, die einige Schritte vor den beiden ging, blieb plötzlich stehen und wandte sich um. »Nein, lieber Freund,« sagte sie, »das haben Sie nicht recht erwogen. Aus Guntram wäre nie etwas geworden ohne mich. Das hat er mir tausendmal gesagt, und das weiß ich gewiß. Was er ist, ist er durch mich. Und wenn Sie durch seinen bloßen Anblick ergriffen waren, so glauben Sie mir, hebt mich der Stolz, denn sein Wesen ist mein Werk.« Sie schwieg, wie um sich zu sammeln. Dann fuhr sie fort: »Was Sie erzählen, war seit langem die erste Freude für mich. Sie wissen nicht, wie mein Herz bei Ihren Worten frohlockte. Ich danke Ihnen.«

Allmählich stellte es sich heraus, daß der Gast doch nicht gar so wenig von Wolfgang wußte, wie es anfangs den Anschein hatte. Er konnte erzählen, daß Wolfgang nur vorübergehend in Rom geweilt habe. Er lebe seit langem in einem Felsenneste bei Neapel, einsam und weltabgeschieden.

Nur von Zeit zu Zeit gehe er für einige Wochen unter die Menschen. Aber das Reisen sei ihm beschwerlich. Er sei gealtert und sehe krank aus. Er scheine ruhig zu arbeiten, wenigstens habe er als Grund für seine Einsamkeit angeführt, daß ihn der Menschen Treiben bei seinem Werke störe. »Wenn ich jetzt zurückdenke,« fuhr der Bildhauer fort, »wie er war und sprach, scheint es mir selbst unmöglich, daß Guntram inmitten der Welt leben könne, so anders geartet ist er. Ich habe nie so den Eindruck der Ehrfurcht gehabt wie ihm gegenüber. Das Leben stand still und lauschte, wenn er sprach.«

Nach kurzer Zeit brach der Künstler wieder nach dem Süden auf. Aber seine Worte lebten in Annas Inneren fort. Immer und immer sah sie Wolfgang vor sich, wie er ihr am letzten Tage erschienen war. Da hatte sie an ihn geglaubt, da hatte sie seine ruhige Größe gesehen, und Atem und Blut hatten ihr gestockt, um zu schauen. Wenn sie sich das zurückrief, begriff sie, was der Freund zweimal gesagt hatte: Die Welt steht still, wenn Wolfgang spricht. Dann dachte sie ihrer ältesten Tochter. Wie seltsam hatten sich deren Augen verändert, als jene Worte fielen. Welch eine Fülle staunenden Bewunderns hatte in ihrem Blick gelegen. Es war gewesen, als ob das Kind plötzlich den Himmel offen sähe. An dem Ausdruck dieser Augen hatte Anna wünschen gelernt, was sie nicht glauben wollte, daß Wolfgang recht tat, von ihr zu gehen. Und mühsam tapfer rang sie mit ihrem Herzen, diesen Wunsch zum Glauben erstarken zu lassen.

Wieder verging ein Jahr. Da traf ein Brief des Künstlers ein, der ergriff Anna mit den Schauern der Wahrheit.

»Es hat mir keine Ruhe gelassen,« schrieb er. »Ihres Mannes Bild hat mich Tag und Nacht verfolgt und nun hierher zu ihm gezogen. Vor acht Tagen habe ich ihn in seiner Einsamkeit überfallen. Jetzt sehe ich ihn täglich, und wenn ich von ihm gehe, begleitet mich, was er mir schenkte. Meine Hände sind lebendig geworden und schaffen ein Werk, wie ich es nie schuf. Es ist über mich gekommen wie das Licht der Sterne. Ich trug das ja längst im Kopf, aber ich wußte nicht, wie es gestalten. Es war so riesengewaltig, so erhaben groß mußte er werden, dieser menschenschaffende Prometheus, diese Qual meines Lebens. Und jetzt ist es, als wüchse das Bildwerk von selbst, von der weckenden Mutter der Welt wie ein Baum emporgetrieben. Es gibt nichts, was dem gleich ist.

Und mitten in diesem Entzücken meiner Seele steht der Tod. Mir ist weh zumute, denn ich sehe einen großen Menschen sterben. Das Feuer verzehrt ihn. Was ihn noch hält, ist sein Werk. Ist das vollendet, so wird er nicht mehr bleiben. Und es wird bald vollendet sein.

Zweierlei muß ich Ihnen noch aussprechen. Als Sie mir im vorigen Jahre sagten: Was Wolfgang ist, ist er durch mich, glaubte ich es nicht. Und dann, ich begriff nicht, warum er von Ihnen ging. Jetzt verstehe ich beides.

Ich scheide morgen von hier. Er hat mich darum gebeten zu gehen, und ich werde es tun. Er will einsam sterben, und er hat recht.«

Annas Herz war seltsam bewegt. Ein Gefühl frommer Dankbarkeit durchströmte sie mit linder Wärme, und heiliger Stolz erfüllte sie ganz. Der zitternde Wunsch, ihr Leid mit Kronen bedeckt zu sehen, hob sich erstarrend empor und wurde zur Hoffnung. Die tiefe, nie schweigende Sehnsucht, die bald laut verlangend, bald wehmütig trauernd stets wachgeblieben war, wurde jetzt in der Nähe des Todes doppelt mächtig und zog die gequälte Frau mit tausend Kräften zu dem sterbenden Manne. Aber seit Jahren gewöhnt, ihr Herz zu bezwingen, kämpfte Anna mit dieser Sehnsucht. Eine keusche Angst bebte in ihrer Seele und ließ sie zögern.

Was wußte sie denn von Wolfgang? Daß der Dämon schaffender Kraft in ihm lebte, daran hatte sie nie gezweifelt. Aber war er auch groß genug, sie zu begreifen? Würde er verstehen, warum sie zu ihm ging? Wenn er, des echten Adels ermangelnd, den hohen Mut, der sie trieb, nicht achtete, dann, das fühlte sie mit unheimlichem Grauen, wurde er ihr fremd und klein. Tat sie, was ihre Seele verlangte, so war es höchstes Vertrauen, ein Glauben an seine geheimsten Tiefen, die kein Mensch kannte. Sie hatte nie das Rätsel seiner Seele zu lösen vermocht, sie zweifelte an ihm, sie fürchtete für ihn, ja sie gestand es sich selbst, diese Furcht, ihn klein zu finden, hatte sie stets gehindert, ihm bis ans Herz zu nahen. Und plötzlich ward es ihr klar, diese Furcht hatte sie durch all ihr Leben begleitet, seit sie Wolfgang kannte. Der Mann war ihr Gott gewesen. Aber sie hatte es nie gewagt, seine Allmacht zu prüfen. Im tiefsten hatte sie ihm nie vertraut, sich ihm nie ganz hingegeben, nie an ihn geglaubt. Ein Rest ihres Wesens war ihr geblieben, ein Bestes, tief Verstecktes, das sie vordem nicht gekannt hatte.

Sinnend rief sie ihr Leben zurück. Da war etwas, was sie ihm nie gezeigt hatte, da war eine Kraft, die einsam gewachsen war, da war ein Glaube, der nie gezweifelt hatte. Aber es war nicht der Glaube an Wolfgang, an ihren Gott. Es war das Vertrauen auf ihre eigene Natur, das Wissen um ihre verborgene Kraft; die hatte sie dem Manne nicht geopfert, die war ihr geblieben, die war ihr Eigentum, ihr Heiligtum, ihr innerster Kern.

Als Anna das dachte, überkam sie ein frommer Schauer, und ihr Geist ward sehend. Sie sah, daß sie ein freier Mensch war, daß sie sich selbst vertrauen durfte, daß sie fremde Achtung, Wolfgangs Achtung, nicht brauchte. Was lag daran, wenn er sie verkannte? Was lag daran, wenn er ihr klein erschien? Es war ein Schmerz, ein bitterer, tiefschneidender Schmerz. Aber er griff ihr nicht an die Wurzel. Er konnte nicht das, was in ihr war, vernichten. Das war unzerstörbar, sicher, ewig.

Mit einem Lächeln mütterlichen Behagens dachte sie an Wolfgangs Worte nach der Geburt Beates, daß sie nun reif geworden sei. Wie hatte er sich doch geirrt, der Menschenkenner, der in den Seelen zu lesen glaubte! Jetzt erst war sie reif, jetzt vollendet. Und aus dem Eigenen war ihr diese Reife gekommen. Was sie jetzt war, dankte sie sich selbst, nicht ihm, nicht fremder Liebe. Jetzt auch war sie ihm ebenbürtig. Jetzt konnte sie ihn lieben, mit hoher Liebe, von ganzer Seele und von ganzem Gemüte. Und alle Furcht wich von ihr. Da freute sich Anna, und der Tod stand doch so nahe bei dem, den sie liebte. Aber sie schämte sich ihrer Freude nicht.

Auf der langen Reise hinab nach Neapel kamen und gingen die Erinnerungen. Überall trat der sehnsüchtigen Frau Wolfgangs Bild entgegen, stets wechselnd, stets dasselbe. Welch ein Reichtum des Wesens lag in diesem einen Manne beschlossen! Er hatte die Kunst des Lebens beherrscht. Noch das Gedenken daran ließ das Blut rascher fließen. Was er ihr gegeben hatte, blieb als unvergeudbarer Schatz, aus ihm konnte sie verschwenderisch schöpfen, dem jungen Geschlecht königlich mitteilen. Es würde an dem Abglanz seines Lichtes wachsen, wie sie selbst in seiner Wärme emporgerankt war. Was war für ihn der Tod? Viele würden in seinen Spuren wandeln.

Da trat zum ersten Male die Frage deutlich vor Annas Seele, was die Jahre der Einsamkeit in ihm gereift haben mochten, und die Frau wunderte sich, daß sie niemals an sein Schaffen gedacht hatte. Was mußte das sein, was ihn, den Liebesbedürftigen, Glückshungrigen aus dem Genießen aufgescheucht hatte? Ihr Herz erschrak in freudiger Hoffnung. Aber das Hoffen war gefährliches Träumen, und kraftvoll drängte sie es zurück. Die Bilder, die sie sich machen konnte, waren zu trügerisch, Wolfgangs Gedanken, wie sie ihn kannte, zu wechselnd, um sich erraten zu lassen. Und was ging sie, die Anna, sein Wirken an? Sie wollte sein Wesen, sein Leben erkennen, ihn selbst lieben. Was er getan, mochte der Welt bleiben, der es bestimmt war; sie aber verlangte nach dem, was er war. Nur was er war, konnte ihn vor ihrer richtenden Seele rechtfertigen. Und wieder erhob sich der bange Zweifel, ob er im Innersten edel sei, ob er den Mut einer Frauenseele begreifen könne, die in der Nähe des Todes fleckenlos wurde und vergaß. Ihr Herz wurde müde, und achtlos fuhr sie an den Ufern des Meeres entlang, unberührt von dem Zauber südlicher Schönheit und süßen Erinnerns.

Amalfi lag hinter ihr. Mühsam klommen die Pferde den steilen Berghang empor, und mühsam klopfte Annas Herz wie unter drückender Last.

Die schroffen Zacken der Felsen schienen, näher zusammengerückt, sie zu zermalmen. Ängstlich hob sie die Augen und blickte umher. Da war ihr, als ob der Tod über die Welt dahingefahren sei, als ob die Trauer über der Erde liege. Braunes Gestein, seltsam zerklüftet, lagerte sich vor ihr, verfallene Türme und Burgen streckten starr ihre zerrissenen Glieder, armselige Dörfer trugen schweigend ihr Elend. Zur Linken klaffte in die Tiefe die Schlucht eines Baches, der ausgetrocknet sein leeres Bett zeigte. Und rechts hob sich die steile Felswand, unfruchtbar, tot. Schmale Terrassen schoben sich ein, mit dürrem Reisig bedeckt, eine harte Sonne strahlte vom Himmel herab, mitleidlos. Anna wurde im Herzen traurig, die Augen wurden ihr schwer und sanken mutlos hernieder. Da strahlte zwischen dem braunen Gestrüpp der Terrassen gelbes Gold auf, längliche Zitronen und runde Orangen hingen unter dem dürren Dach, saftstrotzend lebendig, und erquickten das durstige Auge. Und aus dem verfallenen Hause zur Seite strömte es hervor wie lachender Frühling des Nordens, eine jubelnde, tanzende Kinderschar voll sonniger Schönheit.

»La bella signora,« klang es im Chor, und von allen Seiten streckten sich bittende Hände zu Anna hinauf. Von fern aber stand ein barfüßiges

Mädchen mit schwarzem Haar und träumenden Augen. Das hielt eine Orange in dem Händchen. Sinnend und prüfend schaute das Kind auf die fremde Frau, dann rasch entschlossen warf es ihr den goldenen Apfel in den Schoß. Anna lachte froh auf. Da war das Leben, verlangend und gebend! Dankbar streute sie kupferne Münzen unter das wimmelnde Völkchen. Jubelnd tanzten die Kinder neben dem Wagen her. Jetzt bog er um die letzte Ecke, umringt von lauter Lust fuhr die Frau in das Städtchen ein, und es war, als ob die alte Normannenfeste einer neuen Königin huldige.

Schallend rollten die Räder über die uralten Lavaplatten der engen Straße, an der bunten Kirche vorbei über den freien Platz an einer düsteren, efeubekränzten Mauer entlang, und der Wagen hielt vor dem verwitterten Tor, das die Wand durchbrach. Plötzlich verstummte der Lärm der Kinder und der Neugierigen, die herzugedrängt waren. Ein staunendes Murmeln ging durch die Schar. Anna stieg aus. Aber als sie die Hand auf die Klinke legte, trat ein schlichter Mann aus der Menge, sah die Fremde fest an und sagte ruhig: »Non è permesso, Signora.« Anna drehte den Kopf und schaute ihn fragend an. Da wiederholte er eindringlich:

»Non è permesso di visitar la casa del nostro dottore, non è permesso.« Da durchfuhr es Anna wie mit heiliger Freude, und mit heller Stimme rief sie: »Sono la moglie del vostro dottore.« Scheu und voll tiefen Ernstes wichen die Menschen zurück, die Häupter senkten sich zum Gruß, und Anna schritt ein in das Heim ihres Gatten.

Ein weiter Garten in feierlichem Schweigen dehnte sich vor ihr. Alte Cypressen strebten zu beiden Seiten eines Weges in stolzer Ruhe zum Himmel, hinter den Stämmen blitzten die zierlichen Säulen eines Kreuzganges hervor, und ein alter Sarazenenturm mit geschwungenen Fensterbögen ragte darüber auf. Von der Linie der heiligen Bäume geleitet traf der Blick auf das Meer, das blendend im Sonnenschein glänzte. Aufatmend blieb Anna stehen. Hier ist es gut sein, dachte sie. Dann schritt sie mit schnelleren Schritten vorwärts. Denn vorn an der Brüstung, welche den Garten von dem steil abfallenden Felsen trennte, saß ein ernster Mann, den Kopf auf die Mauer gestützt, und schaute hinaus in die Sonne. Den wollte sie sehen. Zögernd stand sie, regungslos, der Atem stockte in ihrer Brust, und das Herz stand still.

***

Wenige Tage waren vergangen. Da saß Frau Anna im Dämmerlichte des Abends wieder daheim, und vor ihr kniete die blonde Suse, vom Tode des Vaters zu hören. Die ernste Frau hatte die Hand auf dem Tische ruhen und drückte damit engbeschriebene Blätter zusammen, als ob sie sie in das harte Holz pressen wollte. Und sie erzählte, wie sie nach Ravello kam und in dem einsamen Garten den Vater erblickte.

»Als ich ihn so sah,« fuhr sie fort, »jenseits aller Menschen, schämte ich mich meines Kommens. Ich wandte mich und ging, denn ich achtete seine Einsamkeit.«

Einen Augenblick hielt Anna inne, dann sprach sie weiter: »Auf der Heimreise, schon in Florenz ereilte mich die Nachricht von seinem Tode. Da kehrte ich um und begrub den Heiden zu Füßen eines heidnischen Gottes.«

Die Nacht war niedergesunken. Das Mädchen hielt der Frau Hand in der seinen, und seine Stimme klang tief: »Du bist meine Mutter. Warum hat er dich verlassen!«

Da tönte es leise zurück: »Kind, Kind, so habe ich auch gedacht. Aber ich denke nicht mehr so. Dein Vater war anders als Menschen sind. Und mein Begehren ist, noch einmal mit ihm zu leben, um ihn noch einmal zu verlieren.«

Die Zeit verstrich. Da klang vom Hause am Waldesrande über die Lande ein seltsamer Ton wie einsames Glockenläuten. Die Menschen standen und lauschten. Mächtiger schwoll nun der Klang, gewaltig, feierlich, ernst. Von den Höhen ringsum antwortete es in vollen Akkorden. Der Schall flog über Erde und Meer unter dem weiten Himmel hin und erfüllte die Luft mit seinem Laut. Und die Welt ward stille. Sie hörte wahre Worte.

So lebte Wolfgang und starb und lebt weiter in Ewigkeit.

Editorische Notiz

Der Roman *Ein Kind der Erde* erschien am 30.03.1905 – wie geplant zum Geburtstag von Georg Groddecks Frau Else – beim Verlag S. Hirzel in Leipzig.
Groddeck beabsichtigt zuerst, den Roman nach der Titelfigur *Wolfgang Guntram* zu nennen, entscheidet sich dann aber auf Vorschlag seines Bruders Carl für den Titel *Ein Kind der Erde*. Wie Wolfgang Martynkewicz in seiner Groddeck-Biographie (Fischer Taschenbuch Verlag Frankfurt 1997) herausstellt, wollte Groddeck von Anfang an und auch beim Titel *Wolfgang Guntram* den Vergleich mit Gustav Frenssens Roman *Jörn Uhl* (1901) vermeiden. An seinen Bruder Carl schreibt er am 05.11.1903:»Aber die Erinnerung an Frenssens ‚Jörn Uhl', der weiß Gott nicht verdient mit meiner sauren Arbeit verglichen zu werden, stört mich dabei.« Er schickt das Manuskript aber trotzdem im Dezember 1904 mit dem Titel *Wolfgang Guntram* an den Verleger Georg Hirzel. Als jetzt auch Hirzel sich am 17.12.1904 für einen anderen Titel ausspricht, tauft Groddeck das Buch um. Abgeschlossen wurde das Manuskript am 14.08.1904. Groddeck hatte sich zuerst an den Verleger Cotta gewandt und ihm 1904 Teile des Manuskripts geschickt. Nach Scheitern der Verhandlungen mit Cotta erklärt Groddeck seinem Bruder Carl in einem Brief vom 12.01.1905 über die bevorstehende Veröffentlichung bei Hirzel:»Die Bedingungen sind günstig. Ich erhalte bei einer Auflage von 1500 Exemplaren die Hälfte des Ladenpreises und habe alle Rechte für spätere Auflagen. Hirzel prophezeit einen guten Erfolg, im Gegensatz zu Cotta, dem meine Forderungen zu stark waren.« Tatsächlich bekundet Hirzel in einem Brief an Groddeck vom 10.12.1904 seine Bereitschaft, den Roman zu verlegen, da ihm die Stellen, die er aus dem Manuskript gelesen hat,»so gut gefallen und mich teilweise so begeistert [haben], dass ich mit Freuden bereit bin, das schöne Buch in meinem Verlag zu nehmen«.
Der umfangreiche Roman erscheint im Handel in zwei Bänden ge-

heftet, aber in einem Band gebunden, was Hirzel mit den Vorlieben des Publikums und mit strategischen Überlegungen beim Vertrieb begründet. Außerdem wählt Hirzel statt eines »abgedroschenen mit Massenvergoldung bedruckten Deckels« lieber »einen still vornehmen Einband« (Hirzel an Groddeck am 10.03.1905). Groddeck soll zusätzlich zu den 20 Freiexemplaren für seine Privatbibliothek ein Extra-Exemplar »auf echtem kaiserlichen Japanpapier« sowie vier »gute Exemplare« in braunem Leder erhalten, welche anders als die für den Handel vorgesehenen Exemplare in zwei einzelne Bände gebunden werden sollen (Hirzel an Groddeck am 10.03.1905).

Hirzel teilt Groddeck auch mit, daß er Briefe an alle ihm »befreundete Redakteure grosser Blätter« schicken wird, so daß »für den Empfang des Kindes« alles getan wird.

Trotzdem muß der Verleger im Januar 1907 Groddeck mitteilen, daß der Absatz des Buches bescheidener ausgefallen ist als gedacht: Er meldet für das erste Jahr den Absatz von rund 500 Exemplaren und schätzt den Verkauf für das zweite Jahr auf 50 Exemplare. Rezensionen über den Roman erschienen u.a. in: *Berliner Lokal-Anzeiger* vom 19.04.1905, *Leipziger Neueste Nachrichten* vom 20.05.1905, *Die Literatur. Hamburger Nachrichten* vom 5.07.1905, *Breslauer Morgenzeitung* vom 08.07.1905, *Der Osten – Literarische Monatsschrift*, hg. vom Verein »Breslauer Dichterschule« vom Juli 1905, *Tägliche Rundschau* vom 06.09.1905, *Die schöne Literatur* vom 23.09.1905, *Zoppoter Zeitung* vom 17.12.1905 u.a.m.

Die vorliegende Ausgabe folgt der Ausgabe von 1905, die in Frakturschrift erschienen ist. Die Numerierung von Kapitel 2 im 2. Buch des 1. Bandes (S. 84) und die Numerierung von Kapitel 7 im 4. Buch des 1. Bandes (S. 216) fehlen in der Erstausgabe von 1905, finden sich aber im Manuskript und wurden deshalb in die vorliegende Ausgabe eingefügt.

Das Manuskript des Werkes befindet sich in der Handschriftenabteilung des Deutschen Literaturarchivs Marbach.

Galina Hristeva

Erläuterungen

Erster Band

Seite 38: *Stoll, Heinrich Wilhelm* (1819–1890) – deutscher Altphilologe, schrieb *Die Helden Roms im Krieg und Frieden – Geschichte der Römer in biographischer Form, für Schulen und die reifere Jugend* (Teubner Leipzig 1866). Groddeck bekam das Buch von einem Lehrer geschenkt, und es wurde für sein Leben sehr wichtig, wie er in seinem 2. Brief an Freud schreibt (o. Datum, verfaßt zw. 14.06. und 20.06.1917).

Seite 38: *Livius, Titus* (59 v. Chr.–17 n. Chr.) – römischer Geschichtsschreiber.

Seite 52: *Thiers, Adolphe* (1797–1877) – französischer Historiker und Politiker; 1871–73 Erster Präsident der Republik.

Seite 53: *Jesuiten* – die Mitglieder der Gesellschaft Jesu, einer katholischen Ordensgemeinschaft, die 1534 von Ignatius v. Loyola gegründet wurde. In Deutschland 1872–1917, also zur Zeit der Niederschrift von Groddecks Roman, verboten.

Seite 64: *Iden des März* – der 15. Tag des Monats März im römischen Kalender; bezeichnet bevorstehendes Unheil, da an diesem Tag Gaius Iulius Caesar ermordet wurde.

Seite 76: *Alumnat der Klosterschule* – nahe bei Bad Kösen, 1137/1540 Zisterzienserkloster, ab 1543 Landesschule für Knaben. Berühmte Schüler sind neben Georg Groddeck u.a. Friedrich Nietzsche, Friedrich Gottlieb Klopstock, Georg Friedrich Philipp Freiherr von Hardenberg (Novalis), Johann Gottlieb Fichte, August Ferdinand Möbius, Leopold von Ranke, Ulrich von Wilamowitz-Moellendorff, Carl Richard Lepsius, Christian Gottfried Ehrenberg, Heinrich Hoffmann, Karl Lamprecht, Theobald von Bethmann Hollweg u. a. An Schulpforta unterrichtete 1824–1870 als Professor auch Groddecks Großvater Karl August Koberstein.

Seite 79: *Fidibus* – Holzspan oder gefalteter Papierstreifen zum Feuer- oder Pfeifeanzünden.

Seite 79: *Coetus* – Versammlung, Verein.

Seite 101: *Epikur* (341–270 v. Chr.) – griechischer Philosoph, Begründer des Epikureismus, verkündet die heitere Seelenruhe als höchstes Gut durch Beherrschung der Begierde.

Seite 101: *Ivanhoe* – Roman von Walter Scott, 1820 erschienen.

Seite 107: *Apsis* – halbkreisförmiger oder vieleckiger Chorabschluß der christlichen Basilika, Altarnische.

Seite 110: *Alumnus* – Internatszögling.

Seite 114: *Ermanarichsage* – die Sage von Ermanarich, dem ersten historischen König der Greutungen. Nietzsche hat als Schüler bei August Koberstein eine Arbeit zur Ermanarichsage geschrieben. Koberstein hat sich wiederholt mit dieser Sage beschäftigt.

Seite 116: *Cerberus* (auch Kerberos) – in der griechischen Mythologie mehrköpfiger Wachhund der Unterwelt.

Seite 135: *Auerbach, Berthold* (1812–1882) – deutscher Volksschriftsteller.

Seite 154: *Ehrenberg, Christian Gottfried* (1795–1876) – Zoologe, Ökologe und Geologe, gilt als Begründer der Mikropaläontologie und Mikrobiologie.

Seite 156: *Herodot* (490–425 v. Chr.) – griechischer Geschichtsschreiber, gilt als »Vater der Geschichtsschreibung«.

Seite 156: *Thukydides* (460 bis ca. 400 v. Chr.) – griechischer Geschichtsschreiber, verfaßte die Geschichte des Peloponnesischen Krieges.

Seite 156: *Taciteisch* – von Tacitus, Cornelius (55–120 n. Chr.), Geschichtsschreiber der römischen Kaiserzeit, hat mit Germania das wichtigste schriftliche Zeugnis über die Germanen hinterlassen.

Seite 158: *Synode der Lehrer* – Lehrerkonferenz.

Seite 161: *Optativ* – Wunschform des Verbs.

Seite 164: *Schweninger, Ernst* (1850–1924) – Arzt, Leibarzt Bismarcks und Mentor Georg Groddecks, entwickelte die sog. Schweningersche Kur (Entfettungskur durch heiße Teilbäder). Professor an der Berliner Universität, Direktor der Abteilung für Hautkrankheiten an der Charité.

Seite 168: *Lenau, Nikolaus* (1802–1850) – eigentlich Niembsch Edler von Strehlenau, österreichischer Dichter, schrieb von Weltschmerz getragene Lyrik.

Seite 182: *Boskett* – Ziergebüsch.

Seite 182: *Telschow* – berühmtes Café in Berlin.

Seite 182: *Josty* – eine Berliner Konditorei, deren bekannteste Filiale das Künstlercafé am Potsdamer Platz war (ca. 1880 eröffnet).

Seite 183: *Siemering, Rudolf* (1835–1905) – deutscher Bildhauer, schuf das Kaiser Wilhelm I.-Standbild, 1891 in Berlin aufgestellt.

Seite 188: *Kellers Grüner Heinrich* – Roman von Gottfried Keller, Erstfassung 1853–55.

Seite 188: *Die Wildente* – Drama von Henrik Ibsen, 1884 geschrieben. Groddeck interessierte sich sehr für Ibsen und verfaßte 1910 die Schrift *Tragödie oder Komödie? Eine Frage an die Ibsenleser.*

Seite 190: *Die Frau vom Meer* – Drama von Henrik Ibsen, 1888 geschrieben.

Seite 191: *Björnson, Bjørnstjerne Martinius* (1832–1910) – norwegischer Dichter, Literaturnobelpreisträger und Politiker; Verfasser der norwegischen Nationalhymne, schrieb außerdem Epen, Erzählungen, Romane und Dramen.

Seite 191: *Kielland, Alexander Lange* (1849–1906) – norwegischer Autor, schrieb Kurzprosa, Romane und Dramen.

Seite 191: *Genelli, Bonaventura* (1798–1868) – deutscher Historienmaler und Zeichner.

Seite 191: *Carstens, Asmus Jakob* (1754–1798) – klassizistischer deutscher Maler.

Seite 192: *Spangenbergs Zug des Todes* – Gustav Adolph Spangenberg (1828–1891) war ein deutscher Maler. Sein »Zug des Todes« entstand 1876 und befindet sich in der Berliner Nationalgalerie.

Seite 193: *Pergamenergruppen* – die Gruppen am Pergamonaltar in der Antikensammlung auf der Museumsinsel in Berlin.

Seite 194: »*Die verwundete Amazone*« – Statue von Kresilas, geschaffen für das Artemisheiligtum in Ephesos.

Seite 194: »*Betender Knabe*« – Bronzestatue, um 300 v. Chr. in der künstlerischen Tradition des griechischen Bildhauers Lysipp geschaffen, auf Rhodos gefunden, eines der berühmtesten antiken Bildwerke, seit 1830 im Alten Museum in Berlin.

Seite 200: *Feuerbachs Konzert* – Gemälde von Anselm Feuerbach.

Seite 207: *Tasso, Torquato* (1544–1595) – italienischer Dichter, im Dienst des Herzogs von Ferrara, gemütskrank, von tiefer Melancholie erfaßt, schrieb das Epos *Befreites Jerusalem*; *Torquato Tasso* ist ein Drama Goethes (1790).

Seite 228: *Rademacher, Johann Gottfried* (1772–1850) – deutscher Arzt, lebte seit 1797 in Goch, einem Städtchen der Rheinprovinz. Beliebter Praktiker, Begründer der sog. »Erfahrungsheillehre«, einer Erneuerung der alten paracelsischen Lehre von den »Signaturen«, hatte viele Anhänger. Hauptwerk: *Rechtfertigung der von den Gelehrten misskannten, verstandesrechten Erfahrungsheillehre der alten scheidekünstigen Geheimärzte und treue Mittheilung des Ergebnisses einer 25jähr. Erprobung dieser Lehre am Krankenbette* (2 Bde., Berlin 1842). Groddeck besaß die 2. Auflage dieses Werkes von 1847.

Seite 235: *Lassalle, Ferdinand* (1825–1864) – Mitbegründer der deutschen Arbeiterbewegung.

Seite 253: *Kickelhahn* – Aussichtsberg im Thüringer Wald (861 m).

Seite 264: *Peripatetiker* – die Schüler des Aristoteles, der in einem Wandelgang (peripatos) zu lehren pflegte.

Zweiter Band

Seite 282: *Corpus vile* – wertloser Körper, der sich nur für Versuche eignet.

Seite 296: *Schwabs Sagen* – Schwab, Gustav (1792–1850), schwäbischer Dichter, schrieb *Die schönsten Sagen des klassischen Altertums*.

Seite 319: *Phidias* (500–432 v. Chr.) – griechischer Bildhauer in Athen, Vollender des klassischen Stils.

Seite 334: *Klingersche Stich* – Klinger, Max (1857–1920) – Graphiker und Bildhauer.

Seite 339: *Quadri* – berühmtes Caférestaurant in Venedig am Markusplatz, 1638 gegründet.

Seite 339: *Florian* – berühmtes Café in Venedig am Markusplatz, 1720 gegründet.

Seite 339: *Torglhäuschen* – traditionsreiches Restaurant in Bozen.

Seite 340: *Can grande* oder Cangrande I. della Scala (1291–1329) – Stadtherr von Verona aus der Familie der Scaliger von 1308–1329.

Seite 341: *Tintoretto, Jacopo* (1518–1594) – venezianischer Maler.

Seite 341: *Prokratien* (Prokuratien, it. Procuratia di San Marco) ist die Bezeichnung für die venezianische Baubehörde am Markusplatz.

Seite 352: *Rialto* – wichtiger Handelsplatz in Venedig.

Seite 354: *Philine* (grch. »die Freundliche«, »die Liebenswerte«) – eine Figur aus Goethes Roman *Wilhelm Meisters Lehrjahre*.

Seite 358: *Gracchen* – Tiberius und Gajus, zwei Brüder, römische Volkstribunen des 2. Jh. v. Chr., Tiberius wurde ermordet, Gajus fiel im Straßenkampf; seitdem Niedergang der römischen Republik.

Seite 359: *Fiesole* – Stadt in der Toskana bei Florenz, von den Etruskern gegründet.

Seite 359: *Pitti* – Palazzo in Florenz, heute Gemäldegalerie.

Seite 359: *Palazzo Strozzi* – Florentiner Stadtpalast aus der Renaissance.

Seite 367: *Die singenden Kinder Robbias* – Marmorkanzel im Dom von Florenz (1431–1438) mit tanzenden und singenden Knaben von Luca della Robbia (1400–1481), einem italienischen Bildhauer und Begründer der Frührenaissance in Florenz.

Seite 367: *Fra Angelico* (ca. 1386–1455), eigentlich Guido di Pietro – ein Maler der italienischen Frührenaissance.

Seite 375: *Sarkom* – bösartige Stützgewebsgeschwulst.

Seite 435: *Monte Pincio* (lat. Mons Pincius) – Hügel im Norden Roms.

Seite 435: *Amalfi* – süditalienische Hafenstadt in Kampanien.

Seite 436: *Cap Misenum* – eine Halbinsel und Stadt am Nordrand des Golfs von Neapel.

Seite 438: *Themistokles* (525–460 v. Chr.) – Staatsmann in Athen, ließ eine Flotte bauen, mit der 480 v. Chr. die Perser bei Salamis geschlagen wurden, wurde 471 v. Chr. verbannt.

Seite 438: *Alkibiades* (451–404 v. Chr.) – Athener Staatsmann und Feldherr, schlug sich auf die Seite der Spartaner, dann auf die Seite der Perser, später wieder auf die der Athener und besiegte dann die Spartaner. Später wurde er abgesetzt, mußte flüchten und wurde 404 v. Chr. ermordet.

Seite 440: *Frascati* – italienisches Villenbad, südöstlich von Rom.

Seite 441: *Fontana di Trevi* – der größte und berühmteste Brunnen Roms.

Seite 441: *Feuerbach, Anselm* (1829–1880) – deutscher Maler; versuchte, die Antike in neuer Idealität nachzubilden; eins seiner berühmtesten Werke war *Das Gastmahl des Plato* (1873).

Seite 444: *Delfter Teller* – Porzellan aus Delft in Holland.

Seite 445: *Orpheus* – sagenhafter griechischer Dichter und Sänger thrakischer Herkunft.

Ein Kind der Erde – eine Ballade vom Übermenschen

Karl August Koberstein gilt als einer der bedeutendsten deutschen Literaturhistoriker. Bekannt geworden ist er vor allem durch sein Handbuch *Grundriß der Geschichte der deutschen National-Litteratur* (Leipzig 1827) und durch die *Vermischten Aufsätze zur Literaturgeschichte und Ästhetik* (Leipzig 1858). Im Jahre 1903 erwacht der 1870 verstorbene Koberstein in der Korrespondenz seiner Enkelkinder Carl und Georg Groddeck zu neuem Leben. Carl, der elf Jahre ältere Bruder, der den Großvater noch in persönlicher Erinnerung hat, lobt die »Sicherheit« des Geschmacks und die »Gediegenheit« des Urteils des Großvaters, nennt »den alten Herrn« einen »charmeur« (1.7.1903), bei dem »jeder Grad von Pietät [...] immer noch unter seinem Werte bleiben [wird].« (Der Briefwechsel befindet sich im Groddeck-Nachlaß im Deutschen Literaturarchiv Marbach.) Überhaupt bezeichnet er die Eltern und Großeltern als »originelle und prächtige Menschen« (1.3.1903), klagt aber auch darüber, »wie wenig sich unsere Nachkommen später ein Bild davon [von den Vorfahren] werden machen können«. (ebd.) Im Hinblick auf den Großvater hat Carl dem Bruder ans Herz gelegt: »[...] aber soweit sein Andenken in Euch lebendig bleibt, mußt Ihr es hoch in Ehren halten«. (1.7.1903) Trotzdem zeigt er sich in einem Brief vom 12.10.1903 über den Umstand überrascht, daß der damals 37-jährige Georg sein Erzählertalent unter Beweis stellen möchte und einen Roman angekündigt hat. Georg soll ihm sein Buch nun in kleinen »Portionen« (12.10.1903) zur Begutachtung schicken. So entsteht Georg Groddecks Roman *Ein Kind der Erde* unter der kompetenten und tatkräftigen Anleitung des Bruders als ein ehrgeiziges Unternehmen: »Aber diese Kost mußt Du in so vollkommener Form bringen, wie Du immer vermagst, denn erstens wirst Du auf längere Zeit, vielleicht Dein Leben lang nicht wieder etwas so Wertvolles zu sagen haben, und zweitens wäre es an sich schade, wenn man dem Buch nicht auch die möglichst anziehende Form gibt, und es nicht viel mehr würde als ein interessantes Zeitdokument für Liebhaber.« (30.11.1903)

Georg Groddeck, der Autor des Romans, hat aber zunächst im Anschluß an traumatische Ereignisse wie der Tod der Schwester Lina (1903) nur seine Absicht bekundet, sich von der Vergangenheit »zu befreien«. (zit. in einem Brief Carls an Georg vom 22.12.1903) Beide Pfeiler jedoch, auf welche der Roman gestellt werden sollte – die Homage an die Vorfahren und die ›selbstanalytische‹, selbsttherapeutische Überprüfung der eigenen Lebensgeschichte – stellen eine Auseinandersetzung mit der Vergangenheit von großem historischen, philosophischen, psychologischen und literarischen Interesse dar. Dieser hohe Wert des Romans wurde in der bisherigen Rezeptionsgeschichte übersehen oder unterschätzt.

Die Nähe zum autobiographischen Roman wird nicht nur aus der obigen Korrespondenz ersichtlich, sondern bleibt dem Leser auch bei der Lektüre des Textes ständig präsent. Autobiographische Lebensdaten sind fundamentale Komponenten dieses Romans. Der mit Georg Groddecks Lebenslauf vertraute Leser wird hier mehrere Stationen des Lebensweges Groddecks wiedererkennen – die Kindheit in Bad Kösen, die Schulzeit am Internat Schulpforta, den allzufrühen, für die Familie katastrophalen Tod des Vaters und den Umzug nach Berlin, das Medizinstudium mit der engen Beziehung zum Mentor und Vorbild Ernst Schweninger usw. Auch der Bruder Carl erscheint im Roman als der ältere, erfahrene Bruder im preußischen Staatsdienst (hier heißt er Fritz), der den jungen Protagonisten in die Berliner Gesellschaft einführt. Mit Bewunderung erwähnt wird auch der Großvater Koberstein. Die starke Affinität dieses Romans zur Autobiographie entspricht Groddecks Absicht, die Vergangenheit zu bewältigen, sie ist aber in der Forschung auch zur Quelle von Mißverständnissen geworden, wenn man versucht hat, die im Roman ausgebreiteten Ereignisse autobiographisch zu verwerten. Groddeck selbst bricht gewaltsam den »autobiographischen Pakt« (dieses Konzept stammt vom französischen Literaturwissenschaftler und Autobiographieforscher Philippe Lejeune), indem er der Hauptfigur einen neuen Namen, Wolfgang Guntram, gibt. Somit wird die Identität von Autor, Erzähler und Protagonist, welche die Faktizität des Textes verbürgt hätte, gesprengt. Ein weiterer Schritt, mit dem sich Groddeck vom autobiographischen Roman entfernt, ist die Suspendierung der Ich-Erzählperspektive und die Einführung der Er-Erzählperspektive. Der Bruder Carl bemerkt und kommentiert diese Entscheidung rechtzeitig: »Ich habe mich gefragt, ob die Form des Ich-Romans nicht natürlicher gewesen wäre, Du wirst Dir die Frage gewiß auch vorgelegt und Deine guten Gründe für die Wahl der andern Form haben […].« (19.11.1903)

Für Carl wäre die Wirkung »stärker« und der Eindruck »ungetrübter« gewesen, hätte Georg seinen Protagonisten die Ereignisse in der Ich-Form erzählen lassen. (ebd.) Diese Entscheidung Groddecks ist von großer Tragweite, die im weiteren zu klären sein wird.

Bekannt wurde Georg Groddeck mit diesem schon vom Umfang her monumentalen Roman aber nicht. Die Räsonanz auf den Roman blieb, wie die Rezensionen belegen, recht verhalten. Berühmt wurde der Autor erst, als er sich Freud und der psychoanalytischen Bewegung anschloß und unter anderem auch psychoanalytische Aufsätze, psychoanalytische Vorträge und einen »psychoanalytischen Roman«, den »köstlichen Seelensucher« (Freud), sowie das vielgelesene *Das Buch vom Es. Psychoanalytische Briefe an eine Freundin* veröffentlichte. So blieb *Ein Kind der Erde* im Schatten der späteren Texte.

Freuds Verdikt über dieses Buch Groddecks ist inzwischen bekannt: Am 30.3.1922 schreibt Freud an Ferenczi, Groddecks Roman sei wie einige andere ältere, voranalytische Texte »recht deutsch und schlecht«. (Vgl. Sigmund Freud/ Sándor Ferenczi: *Briefwechsel*. Hg. von Ernst Falzeder und Eva Brabant. Wien u.a.: Böhlau-Verlag, Band III/1, 1920–1924 [2003], S. 133). Die Überlegung, daß Freuds Ablehnung des Romans mit Nietzsches Einfluß auf Groddeck und auf die Entstehung des Romans zusammenhängen könnte, ist nicht ganz von der Hand zu weisen. Freud beteuerte zeitlebens seine eigene Priorität und spielte Nietzsches Bedeutung als Vorläufer der Tiefenpsychologie herunter. Als Freud 1920 in seiner Schrift *Jenseits des Lustprinzips* eine entscheidende Wendung des eigenen Denkens registriert und ankündigt, beruft er sich nicht auf Nietzsche, sondern auf Schopenhauer, in dessen Hafen er angelangt sei. Die Namen Nietzsche und Groddeck verknüpfen sich aber besonders deutlich 1923, als Freud in seiner Schrift *Das Ich und das Es* Groddecks Es adoptiert und hier die Geschichte des Konzepts über Groddeck zu Nietzsche zurückverfolgt. Darüber, ob es dabei Freuds Ziel gewesen ist, Groddeck mit diesem Zug die Originalität und die Priorität abzuerkennen, wurde in der Forschung hinreichend diskutiert. Hingewiesen werden soll an dieser Stelle vielmehr auf die Zementierung der Verbindung zwischen Nietzsche und Groddeck, welche Freud vollführt. Auch wenn Freud damit keineswegs Groddeck von der Psychoanalyse isolieren wollte und wenn es auf den ersten Blick den Anschein hat, als würde Freud Nietzsches tiefenpsychologische Einsichten und Groddecks Es-Lehre in sein eigenes Theoriegebäude sogar inkorporieren, ist diese Zementierung ein Versuch der Distanzierung der Psychoanalyse von einigen von Nietzsche und Groddeck vertretenen Grundpositionen. Eine dieser Grundpositionen und damit eine der größten Differenzen zwischen der nietzscheanisch-groddeckschen und der psychoanalytischen Weltanschauung betrifft die Rolle des Individuums und dessen Verhältnis zur Welt. Freud betont bei der Übernahme des Es, daß diese Instanz bei Groddeck und Nietzsche das »Unpersönliche« und »Naturnotwendige in unserem Wesen« bezeichne, und unterzieht diese Sichtweise in seinem eigenen Instanzenmodell einer beträchtlichen Korrektur. Eine Differenzierung zwischen der nietzscheanischen und der groddeckschen Konzeptualisierung und Modellierung des Es fehlt bei Freud.

Nietzsches Einfluß auf Georg Groddeck ist in seiner ganzen Breite und Bedeutung in der Forschung noch zu würdigen. Dies kann auch hier nicht geleistet werden. Es genügt vorerst, wenn man sich auf einen der wichtigsten Punkte konzentriert: auf die Idee vom Übermenschen, eine der stärksten, tragfähigsten Brücken zwischen Nietzsche und Groddeck. Zu überprüfen ist, ob Groddeck nur ein Epigone Nietzsches bleibt, der in seinem Roman lediglich eine literarische Illustration der Übermensch-Idee Nietzsches geliefert hat, und inwiefern Groddeck innerhalb der literarischen Tradition der von Nietzsche inspirierten Übermensch-Romane seine Eigenständigkeit bewahrt und einen eigenen philosophischen und literarischen Platz behauptet.

Das Gewebe von Groddecks Roman ist voll von Spuren der Lektüre Nietzsches. Erinnert sei etwa an Aussprüche Wolfgang Guntrams, die sich wie Zitate aus Nietzsches Werken lesen: »Ich trage tausend Masken. Wahr bin ich gegen mich selbst. Die andern belüge ich. Man muß Herr sein über Wahrheit und Lüge.« (S. 344–345) Eine weitere Stelle ist: »Gut und Böse, das gibt es gar nicht, und das Gewissen ist die verderbliche Erfindung eines Menschen.« (S. 438) Nietzscheanischer Herkunft sind auch die Überlegungen über die Rolle des Schmerzes als Erzieher. (S. 45) Diese Aussagen sollen auch die stahlharte Diktion des Übermenschen einführen. Der Protagonist Wolfgang Guntram teilt mit Nietzsche nicht nur die Vorlieben, sondern auch Abneigungen und Feindseligkeiten – so gegen Sokrates, Paulus, Luther. Groddeck überträgt seinem

Protagonisten sogar Nietzsches Fähigkeit, mit dem Hammer zu philosophieren: »Da [in Guntrams Buch] gibt es Sätze, die wie Hammerschläge treffen.« (S. 327) Seine von Nietzsche geprägte Intertextualität trägt der Roman ostentativ zur Schau. Besonders hochgradig ist sie, wenn der Erzähler feststellt: »Wie oft mußte Guntram später an sich selbst und diese Zeit denken, wenn er von Zarathustras Grunzeschwein las.« (S. 123) Groddeck stellt sich in seinem Roman also bereitwillig in die Tradition Nietzsches, imprägniert seinen Text – hier ebenfalls Nietzsche folgend – auch mit lebensphilosophisch-vitalistischen Einsichten. Bei diesem Problem kommt aber auch schon die große Abweichung Groddecks von Nietzsche zum Vorschein. Bekanntlich war die Aufwertung des Lebens bei Nietzsche eine Reaktion gegen dessen Abwertung bei Schopenhauer. Groddeck kämpft in seinem Roman auch um die Aufwertung des Lebens. Die Annäherung an das Leben, unfaßbar und undarstellbar wie es imaginiert wird, erfolgt in *Ein Kind der Erde* aber vorwiegend metaphorisch und viel weniger narrativ. Die eindeutig von Nietzsche beeinflußten Metaphern sind äußerst imposant, aber oft eintönig, was durch Variationen verdeckt wird, die wiederum dazu beitragen sollen, das Unbeschreibliche des Lebens weiter zu steigern. Rekurrent sind die Metaphern vom Leben als »goldenem Nebel« (S. 50, 271, 462, 512) und »goldener Schaukel« (S. 51, 206, 331) sowie von den »Tiefen des Lebens«. (S. 34) Fülle und Wandelbarkeit werden als die wichtigsten Charakteristika des Lebens ausgewiesen, sie werden aber zugleich auch durch eine diffuse Mystik ergänzt. Besonders häufig stehen diese Metaphern am Anfang des Lebens- und Bildungswegs der Hauptfigur – sie prägen die Träume des Protagonisten, seine »Schweigsamkeit und Phantasterei« (ebd.) und forcieren und legitimieren damit seine Auserwähltheit und Überlegenheit. So nutzt der auktoriale Erzähler seinen Informationsvorsprung, um anzukündigen, daß niemand ahne, »wie weit der Knabe mit den hellen Kindesaugen in die Tiefen des Lebens eingedrungen war«. (ebd.) Der Versuch, diese vollmundige metaphorische Ankündigung auch erzählerisch einzuholen, muß notwendigerweise unbefriedigend bleiben, da sich »die Tiefen des Lebens« nur als die Idylle erweisen, die sich der junge Wolfgang durch Schulschwänzen ermöglicht. Damit die als »Leben« apostrophierten Gegenstände und Tätigkeiten nicht völlig trivial ausfallen, werden bestimmte positive, genußvolle Aspekte überbetont, z. B. wie sich der Held »friedlich in einer verborgenen Ecke hinter der Wandelhalle« versteckt »und genoß die Freiheit, so gut es der enge Raum gestattete«. (ebd.) Die Stelle ist eins der zahlreichen Beispiele, bei denen der Raum beim Lebenspathos nicht ›mitmacht‹. Die räumliche Konfiguration in *Ein Kind der Erde* spricht fast immer eine andere Sprache als die Figurenrede oder der Erzählerkommentar, die Enge und bedrückende Geschlossenheit des Raums straft das hohe Lebenspathos Lügen.

Das metaphysische Ziel, »in die Tiefen des Menschenlebens eindringen zu können«, zieht sich wie ein Leitmotiv durch den ganzen Roman. Groddeck verwendet in seinem Text das Modell des Bildungsromans. Nun hat aber besonders der Bildungsroman das Problem, daß er die Hauptfigur Hindernissen aussetzen muß, damit auch höhere Entwicklungsstufen erklärbar werden können. Diese Hindernisse – meist Konflikte mit der Umwelt – widersprechen jedoch der Auffassung des Lebens als »goldener Nebel«. Als die Lebenseuphorie des Protagonisten infolge der Lebensschwierigkeiten zu schwinden droht, erscheint in Groddecks Roman daher eine völlig neue Metapher für das Leben, und es wird zugleich eine Duplizität des Lebens etabliert: »Das Alltagsleben umstrickte ihn wie mit einem Netz, und die Gefahr, daß der Strom seines Lebens versande, wuchs.« (S. 248) Es kommt dann zu einer Verinnerlichung des Lebenspathos, während dem äußeren, empirischen Leben negative Merkmale zugeschrieben werden. Noch gegen Ende des ersten Teils des Romans versucht der Erzähler noch einmal, durch die Wiedergabe von Momenten der besinnlichen Ruhe und Untätigkeit nach Abschluß des Medizinstudiums Wolfgangs die frühere »goldene« Qualität des Lebens wiederherzustellen. Der »Zauber« des Lebens kann nur mit der Darstellung der Regungslosigkeit dieses Lebens wiedergegeben werden, da Neuentwicklungen das Gleichgewicht bedrohen würden. Obwohl der Erzähler die Dynamik des Lebens zu erfassen sucht, muß er deshalb im ersten Teil ›Oasen‹ der Ruhe und des Glücks schaffen, bei denen die Zeit stillsteht und die soziale Abgeschiedenheit vollständig ist, wie an den letzten gemeinsamen Tagen mit der Mutter.

Bei allem Anspruch auf Lebendigkeit bleibt »das Leben« also sehr statisch. Nur die zeitweise Ausblendung der äußeren, vor allem der sozialen Welt, ermöglicht überhaupt die lebenspathetische Darstellung, die Verknüpfung zwischen

Leben und Freiheit kann nur in solchen kurzen idyllischen Momenten der gesellschaftlichen Isolation und meist nur inmitten einer romantisch stilisierten Natur realisiert werden. Es gelingt dem Autor im ersten Teil des Romans nicht, pleromatischen Überfluß, Dynamik und Ornamentalität des Lebens in eine Synthese zu überführen.

Da das Leben im ersten Teil eng mit der Figur der Mutter verknüpft ist, ist die Bindung des Lebens an Anna im zweiten Teil eine konsequente und wenig überraschende Weiterentwicklung, mit der die latenten Bezüge des Lebensbegriffs zur Sexualität fortgesetzt werden sollen. Wolfgang stürzt sich ins Leben, flirtet mit Anna und mit der Baronin. Die gleichzeitige Bejahung des Lebens und das Unbehagen an der Bedrohlichkeit der Sexualität können dadurch aufgefangen werden, daß Figurenkonstellationen in Anlehnung an Goethes *Torquato Tasso* geschaffen werden. In der Tasso-Aufführung reproduziert der Protagonist die Konstellation, in der er sich selbst befindet – seine Position zwischen zwei Frauen, einer kindlichen und einer erfahrenen. Unter dem Vorwand, dem alltäglichen Leben, von dem er nicht »zerschnitten« (S. 317) und »zerquetscht« (S. 324) werden will, zu entkommen, nimmt der Protagonist das Theaterspiel als die einzige Möglichkeit wahr, Sexualität zu leben, da Anna und Wolfgang sonst »eine harmlose Freundschaft« führen. (S. 307) Das so hoch gepriesene Leben kann nur im Spiel gelebt werden, Leben und Spiel fließen ineinander, erst das Spiel lizenziert das Leben.

Die ›rein männliche Beschäftigung des Schreibens‹ füllt Wolfgangs Leben auch nicht aus. Eine weitere Strategie, dem Leben beizukommen und auch der stagnierenden Entwicklung der Figur einen Impuls zu versetzen, ist daher die Verlegung der Erzählung nach Italien. Auch hier ist der Lebensdiskurs mit dem Sexualitätsdiskurs und mit dem Diskurs über die Frau verknüpft, doch werden die sexuellen Momente mit Hilfe der euphemistisch wirkenden Lebensmetaphorik entschärft: »Die Wogen des Lebens schlagen über meinem Haupte zusammen, zum ersten Mal. Italien überwältigt mich.« (S. 342) Das exotische Milieu, »die schwelgerische Süße des Orients« (S. 344) sind eine Weiterführung der unmöglich gewordenen metaphorischen Lebensvorstellungen zu Beginn des Romans. Das Leben wird hier aber wieder sehr bald auf »das innere Leben« reduziert

(S. 355), das der Außenwelt verborgen bleiben muß, obwohl gerade die Fülle und Klarheit des äußeren Lebens in Italien gepriesen werden. Beim Versuch, eine Identität zwischen Natur und Subjekt herzustellen, um das Individuum zu potenzieren, handelt es sich auch nur um eine Übertragung von der Natur auf das Subjekt. Erst durch die Natur wird Wolfgang »selbst Frühling, treibend, keimend, blühend, strotzend von unversieglichen Säften, durstig nach Taten«. (S. 375) Der von dieser höchst poetischen Darstellung des Frühlings eingenommene Leser vernimmt mit Überraschung die abschließende Bemerkung Wolfgangs, nach der das Leben wieder woanders sein soll: »Und voll heißen Verlangens sagte Wolfgang: ›Jetzt möchte ich mitten in das Leben hineinspringen wie ein Schwimmer in die Wogen.‹« (ebd.)
Sämtliche hochtrabenden metaphorischen Fassungen des Lebens scheitern an der Wirklichkeit. Wolfgang muß die Behandlung eines krebskranken Grafen übernehmen und »mit dem Elend ringen« (S. 376) statt seinen goldenen Lebenstraum zu leben. Die ärztliche Tätigkeit führt aber zu einer überraschenden Wende. Das bisher kaum darstellbare Leben objektiviert sich in der Therapie. Der kranke Graf richtet sich unter Wolfgangs Einfluß zu neuem Leben auf. Das von Wolfgang auf den Kranken übergegangene ›Leben‹ kann an äußeren körperlichen Merkmalen abgelesen werden. Die Therapie besteht darin, daß Wolfgang »in wenigen Minuten [...] sich diese zerbrochene Seele, die nach Hoffnung lechzte«, »unterwarf«. (S. 377) Das unerklärliche Wiedererwachen des Lebenswillens des Kranken wird auf die Wirkung des im Arzt strömenden »Lebens« zurückgeführt: »Es war ihm [Wolfgang], als ob Feuer durch seine Adern rolle, und sein Wesen erschien ihm wie ein Strom, der die Menschen und ihre Werke mit sich hinwegträgt.« (S. 378) Unübersehbar liegt in dieser Aussage eine Vorwegnahme der späteren Idee von der Interaktion der beiden Es des Kranken und des Arztes vor. Die Erweckung des Lebens ist aber auch nur vorläufig, der Graf muß trotzdem sterben, Wolfgang muß seinen Anspruch auf das Leben einschränken und seine Aufgabe neu definieren: »Schön sterben, wer das die Menschen lehrt, der ist der Sieger.« (ebd.)
Das Leben wird zunehmend in die Hauptfigur introjiziert, und nur die wiederholten Behauptungen der Außerordentlichkeit Wolfgangs sowie die Darstellung seiner tyrannischen Ausbrüche vor seiner Frau können noch als eine

skurrile Form der Manifestation und der ›Bewältigung‹ des Lebens verstanden werden, da der Text das Leben immer mehr als ›Wille zur Macht‹ auffaßt. Der bislang unklare und vage Lebensbegriff wird in Anlehnung an diese Formel mit Kampfesäußerungen unterlegt. Verstanden als Wille zur Macht, ist für Nietzsche das Leben in *Jenseits von Gut und Böse* »wesentlich Aneignung, Verletzung, Überwältigung des Fremden und Schwächeren, Unterdrückung, Härte, Aufzwängung eigner Formen, Einverleibung und mindestens, mildestens Ausbeutung […]«. So gesehen erweist sich Groddecks Roman auch als unfähig, das Leben in der von Nietzsche vorgezeichneten Grandiosität wiederzugeben. Wolfgang als Exponent dieser Weltanschauung gelingt nur eine zeitweise und oft mangelhafte Unterwerfung, beschränkt auf die eigene Frau. Die nietzscheanische ›Entfesselung der Instinkte‹ offenbart sich nur als »Zauber der jähen Tat« in gewalttätigen, aber trivialen Handlungen. Der nietzscheanisch geprägte, im Lauf des Romans zunehmende Immoralismus Wolfgangs stößt zwar auf das Unverständnis und auf die Kritik der Träger der traditionellen Moral, und der Roman möchte zwar beide Seiten polarisieren, trotzdem wird auf der Seite der Wolfgang-Kritiker, zu denen man auch die leidtragende Anna rechnen muß, eine Perspektivierung vorgenommen, um Wolfgangs Position zu stärken und auch für den Leser akzeptabel zu machen. Dazu werden in Ansätzen die Sichtweisen der Patienten, des Erzählers und der Tante Bertha unterbreitet. Diese Perspektivierung soll den Mythos von der Einzigartigkeit Wolfgangs stützen, hat aber wie auch die rekurrente Apostrophe Wolfgangs als Kind nach seinen ungestümen Handlungen trotzdem eine primär apologetische Funktion. Die ›Entfesselung der Instinkte‹ ist wenig geeignet, die Sympathie des Lesers für sich zu gewinnen, und würde die Hauptfigur in gefährliche Nähe zum »Verbrechertypus« bringen. Damit wäre aber das Leben zum Verbrechen degradiert und seines goldenen Nimbus beraubt. Die Perspektivierung ist somit eine Erzähltechnik, um die Gunst des Lesers zu gewinnen und Sympathien für den Protagonisten zu erwecken. Der Text schafft es nicht, seinen revolutionär-provokanten Habitus durchzuhalten und verwendet gleichzeitig versöhnliche Techniken zur Entschuldigung der Figur.

Und der als Übermensch konzipierte Protagonist benötigt diese Sympathien: So schafft er es nicht, dieselbe Verbundenheit mit dem Leben zu erreichen, wie sie

Frauen durch Schwangerschaft und Geburt gelingt. Im Unterschied zur Frau ist er mit dem Leben und der Natur entzweit. Die Einheit mit der Natur ist nur für die Frau möglich; die echte Identität zwischen Subjekt und Natur ist daher mit der Figur Annas verbunden.

Die Abkehr von der ursprünglichen Großartigkeit der Vorstellungen vom Leben läßt sich an der Umarbeitung einer Metapher aus der Kindheit des Protagonisten ablesen: War damals nur das Alltagsleben ein gefährliches Netz, wird jetzt das ganze Leben mit einem »goldenen Netz mit glänzenden Fäden« verglichen. (S. 424) Je mehr der Text das Wachstum des Protagonisten behauptet, desto mehr schränken die Metaphern vom Leben ihren Anspruch ein. Sie können damit als ein wichtiger Indikator für die Entwicklung der Figur angesehen werden. Die Netzmetapher mit ihrer klebrigen Kontingenz verhindert den stolzen Flug des Protagonisten, garantiert ihm aber den Halt.

Parallel zu dieser Metapher zeigt die Passage eine weitere Dissoziation des »Lebens« in einen aktuellen Lebenswillen und in das Lebenssurrogat der »Zukunft«. Nur metaphorisch können beide verschmelzen. Der Lebenswille ist wie ein gewaltiger Strom und die Zukunft wie ein Meer. Neuartig und auf die Krise mächtig hinweisend ist auch der Blick in die Vergangenheit. Evoziert wird die Erinnerung an den Heroismus des in den Fluten umgekommenen Vaters, um das prekäre Gleichgewicht und Selbstwertgefühl des Protagonisten zu stabilisieren. (S. 424) Anna dagegen bedarf keiner solchen Stützen, da sie mit der Natur eins ist, wie die Darstellung ihres »dionysischen« Tanzes (S. 480) zeigt. Nicht Wolfgang, sondern Anna erfüllt im Text Nietzsches Vorgaben vom Tanz als Symbol des Lebens.

Mit einem weiteren Tanz zu zweit will der Text die Hauptfigur in die All-Einheit integrieren. Der Tanz muß allerdings abgebrochen werden, als Anna in Wolfgangs Augen blickt und erschrocken dessen Verwüstung registriert. (S. 507) Gerade der Tanz, das Symbol des Lebens, hat ihr Wolfgang, den »Herrn des Lebens« (ebd.), nicht als Träger der dionysischen Lebensekstase, sondern als alten, lebensmüden »Steinträger« offenbart. (S. 508) Das Leben ist für Wolfgang zu einer Last geworden. (S. 510) Der Text hat an dieser Stelle mit der Schwierigkeit des »Erstarrens« des Protagonisten zu kämpfen, und gerade die Kritik am »Erstarren« ist der Hauptpunkt jeder Lebensphilosophie. Es müssen also weitere

Versuche gestartet werden, um den Helden zu entlasten und die Idee von der Größe des Lebens aufrechtzuerhalten.

Die Ahnung des eigenen »blinden Genius« (S. 518) als Künstler ist die neue und ultimative Dimension des Lebensgefühls, welche die versiegten Lebensquellen wieder sprudeln läßt. Seltsamerweise geht das Leben des Protagonisten gerade dann zu Ende, als diese höchst erfüllende Dimension gefunden wird. Die Wahrheit, welche Wolfgangs Schriften verkünden, ist als Wahrheit dieses »blinden Genius« aufzufassen, der weder Natur noch Gesellschaft ist, sondern wie das innere Leben unvorstellbaren Ordnungen entstammt. Eindeutig feststellbar ist der Versuch des Autors, Leben, Wille zur Macht und schöpferische Kraft des Menschen in diesem »blinden Genius« zu verschmelzen. Dieser »blinde Genius«, die einzige Instanz, der das Leben geopfert werden darf, ist aber mit dem nietzscheanischen Willen zur Macht nicht gleichzusetzen. Bei Nietzsche gebiert der Wille zur Macht das Leben, bei Groddeck gerät der Wille zur Macht lediglich zum Residuum des unmöglich gewordenen Lebens. Während bei Nietzsche der Wille zur Macht eine explosive, mit dem Individuum fest verwachsene Triebkraft ist, die es zum Handeln und zur Einverleibung der Welt drängt, begleitet das groddecksche Korrelat, wie es in *Ein Kind der Erde* zum Vorschein kommt, ein energie- und kraftloses Individuum, welches nur im Dienen, in der Hingabe an dieses Energiezentrum eine Steigerung seiner Kräfte erfährt.

Die Krise des Individuums wird durch die künstlerische Produktion am Ende des Romans scheinbar überwunden, das Problem der Darstellung des Lebens, mit dem der ganze Roman zu kämpfen hat und das er immer nur teilweise und mangelhaft löst, wird aber in das Problem der Darstellung des »blinden Genius« transponiert. Hier muß der Roman enden, weil eine solche Darstellung unüberwindliche Schwierigkeiten mit sich bringt. Wolfgang Guntram verschwindet aus dem Blickfeld des Lesers, um einige Zeit danach ganz zu entschwinden. Das Individuum wird bei Groddeck, wie gezeigt wurde, von seiner konkreten empirischen Welt, in der es ohnehin nur eine höchst fragwürdige Existenz führt, losgelöst und in die metaphysisch verstandene Instanz des Lebens eingegliedert. Leben und Individuum stützen einander, erweisen sich aber beide als problematische Konzepte. Den Übermenschen als eine Inkarnation des »Willens zur Macht« darzustellen, gelingt es Groddeck auch nicht. Dafür ist der von Groddeck konturierte »blinde Genius« eine ebenso interessante und verhängnisvolle Instanz, welche den groddeckschen Übermenschen auszeichnet.

Groddecks Vorliebe gilt zeitlebens dem Sonderindividuum, der Sonderfigur, dem genialen Außenseiter. Ein Mittel zur Begründung des besonderen Status dieser Figuren ist unter anderem die organische Krankheit, wobei sich der Autor – ein poeta doctus – die »Sonderstellung« des Pathologischen und seine medizinischen Kenntnisse im besten Sinne zunutze macht. Die minutiöse und meisterhafte Erzählung über die Behandlung des kranken Grafen sowie über die organischen Krankheiten des Protagonisten kompensiert die Schwierigkeiten, mit denen die Erzählung über die Genese des besonderen Individuums zu kämpfen hat. Die Steigerung des Schweregrades der Erkrankungen stimmt mit Nietzsches Vorgaben, daß das Wesen des Übermenschen im Überwinden immer höherer Hindernisse bestehe, überein.

Typisch für Wolfgang, die erste groddecksche Sonderfigur, ist auch, daß sie sich aus verschiedenen Facetten zusammensetzt. Genau diese reiche Fragmentierung der Persönlichkeit, die durch die Textsorte ›Bildungsroman‹ zusammengehalten wird, soll die eigentliche Inkohärenz der Figur überdecken und den Eindruck des Unbegreiflichen und Übermenschlichen erwecken. Die im zeitgenössischen Genie-Diskurs übliche Betonung der Abweichung und der Hypertrophie will Groddeck ins Heroische wenden. An die Stelle der gemischten, durchschnittlichen Charaktere, wie sie für den Realismus typisch sind, oder der verbummelten, verkommenen Charaktere naturalistischer Texte wird der als heroisch konzipierte Extremfall gesetzt.

Der Psychologismus bei der Darstellung des Heldenideals und der Genese des großen Individuums ist allerdings ein zwiespältiger. Der Psychologismus in Groddecks Roman ist den Zeitgenossen nicht entgangen. So schreibt Ewald Gerhard Seeliger in der *Täglichen Rundschau* vom 6.9.1905, Nr. 29, der Roman sei »gefüllt mit psychologischen Haarspaltereien eines medizinisch geschulten Denkers« (im Groddeck-Nachlaß im Deutschen Literaturarchiv in Marbach). Beim Psychologismus im Roman *Ein Kind der Erde* ist sorgfältig zwischen Selbsterkenntnis des Protagonisten und psychologischer Erforschung der anderen Figuren zu unterscheiden. Einen großen Schritt auf dem Weg der Selbsterkenntnis macht der Protagonist, als bei ihm der alles überwältigende Zorn, sein »böses Erbteil« (S. 246) vom Vater, über die Mittelmäßigkeit der »engherzigen Banausen« mit ihrem »Bauernfleiß« durchbricht. (S. 245) Ein gegen die Wand vor der bleich gewordenen Brigitte geschleudertes Glas bringt große psychische Entlastung und die Fröhlichkeit zurück. Die therapeutische Wirkung dieser Handlung liegt im »Zauber der jähen Tat«. (S. 246) Daß die Entlastung auf Kosten der Mutter erfolgt, scheint den Erzähler, der an dieser Stelle aufmerksam ihre Reaktionen verfolgt, etwas zu verwirren, die rücksichtslose Tat wird aber dann dem gesunden Egoismus des Protagonisten zugeschrieben und gerade wegen ihrer therapeutischen Effizienz vom Erzähler gebilligt. Feststellbar im Laufe des Romans ist eine zunehmende Desensibilisierung des Erzählers, was die Eruptionen seines Protagonisten betrifft. Der ererbte Zorn befindet sich an dieser Stelle noch auf einer rein psychologischen Ebene, er wird nicht mit einer organischen Krankheit verbunden, es wird auch schnell eine therapeutische Lösung gefunden. Erst sein späteres Auftreten in Kombination mit dem Nierenversagen wäre als eine Degenerationserscheinung zu interpretieren, beides wird aber durch die Einschaltung des Lebenswillens ›überwunden‹ und der Held damit vom Stigma der Degeneration befreit.

Die wichtigsten und gravierendsten Wandlungen der Zentralfigur vollziehen sich in der völligen Einsamkeit. Das ist ein Grund, weswegen viele zeitgenössische Rezensenten das Fehlen einer Handlung in diesem Roman beanstanden (vgl. etwa den *Berliner Lokal-Anzeiger* vom 19.4.1905, Nr. 93, Rezension von F. H.: »kein Roman äußerlicher Geschehnisse«, sondern »innerlicher Erlebnisse«; im Deutschen Literaturarchiv in Marbach). Aber auch in der Einsamkeit vollzieht sich die Entwicklung des Protagonisten ohne sein aktives Zutun und von ihm unbemerkt, im »Winterschlaf« (S. 280) und »unterirdisch«. (ebd.) Die Interaktion zwischen Subjekt und Gesellschaft wird suspendiert zugunsten der Konformität des Subjekts mit einer unbegreifliche Wege gehenden Natur. Diese Konformität ist an der zunehmenden ›Naturalisierung‹ des Protagonisten ablesbar – etwa wenn er mit einem Strom und mit dem Meer in den Überschriften der einzelnen Romanteile verglichen wird. (Daß diese Konformität nur angestrebt wird, in Wirklichkeit aber scheitert, wurde schon aufgezeigt.) Diese Prozesse können vom Erzähler nur konstatiert, aber nicht erklärt werden, alle späteren Versuche Wolfgangs, die Gründe dieser Veränderungen zu ermitteln, verlaufen sich »im Dunkel«. (ebd.) Nicht empirisch feststellbare psychologische Fakten, sondern verborgene, verwickelte Seelenlagen und Prozesse machen den Inhalt der psychologischen Selbsterforschung des Protagonisten aus, werden aber verständlicherweise nur angedeutet. Nur rätselhafte innere Prozesse und nicht Erfahrungen treiben die Entwicklung voran. Aktiv, zielgerichtet und mit vollem Bewußtsein arbeitet Wolfgang in die entgegengesetzte Richtung – daran, »den Eltern und sich selbst fremd« zu werden (S. 279), um sich selbst zu überwinden. Die sogenannte Überwindung, typisch für den Übermenschen, wird zum Selbstzweck, Wolfgangs psychologische Motive und die sie bedingende Philosophie bleiben unklar und widersprüchlich. Die Gründe für die inneren Verwandlungsprozesse bleiben unerklärlich, wieder einmal bietet die Naturmetaphorik den Ausweg aus der psychologischen Aporie, wenn der Erzähler seine magere psychologische Hypothese von der menschenbildnerischen Kraft des Leides in die Metapher von der Seelenlandschaft des Protagonisten kleidet, die wie ein Felde sei, »das lange brachliegend reiche Kräfte gesammelt hat, das Leid fuhr darüber hin als Pflugschar, den Boden in tiefen Furchen zerreißend und ihn der Saat bereitend«. (S. 281)

Die Wiedergabe der Impulse, der Manifestationen der Instinkte der Hauptfigur gelingt dagegen viel müheloser, aber auch deren Begründung gestaltet sich problematisch, so daß der Text auch hier zu Naturbildern und zu Fertigformeln von anonym bleibenden Instanzen wie Leben, Lebenslust, Lebenswille oder Wille zur Macht greifen muß. Die Gewalt dieser Mächte findet wiederum in gewaltsamen Handlungen des Protagonisten ihren spürbaren Niederschlag. Der Text konstituiert sich aus geheimnisvollen, kaum nachvollziehbaren Entwicklungsschüben: unbegreifliche »geheime Quellen« erwachen in ihm (S. 282), die Einsamkeit wird widerrufen und die neue Lebenslust erscheint ihm dann wieder wie ein Aufstehen »aus einem Grabe«. (ebd.)

Trotzdem dominieren schwankende Metamorphosen und Rollenspiel »das Werden« des Protagonisten. Der Theater-Topos bei der Tasso-Aufführung und die Inszenierung im eigenen Haus der Guntrams indizieren Identitätsprobleme, das Fluktuieren zwischen Charakter und Rolle. Der Text kaschiert aber oft den Eindruck einer Identitätskrise durch den Verweis auf weitere Rollen Wolfgangs. So nutzt Wolfgang sein schauspielerisches Talent wie eine Macht, die der »Puppe« Anna, »der Unbeseelten lebendigen Odem« gibt. (S. 304) Das Schauspielerische soll nicht als ein Defekt der Persönlichkeit erscheinen, sondern wird dank dem brillanten Auftritt im klassischen »Tasso« zur besonderen Fähigkeit der Figur erhoben.

Eine Neuauflage des Guntramschen Zorns erlebt Anna in Italien, als sie sich entgegen dem Wunsch Wolfgangs einen Schleier kaufen will. Eine Analyse dieses Zorns aus Annas Sicht beschränkt sich nur auf dessen Beschreibung (»lärmend, tobend, gewaltsam« – S. 348) und auf dessen Wirkung auf die verstörte und hilflose Frau. (ebd.) In den Zornausbrüchen entfaltet sich der echte Wolfgang: »Dieser Mensch war fürchterlich, gewappnet gegen jeden Schlag, immer dem Augenblick gewachsen.« (ebd.) Der Held wird mit der Naturgewalt des Sturmes verglichen und auch mit dem südlichen Himmel, der sich plötzlich verfinstert. (ebd.) Die Rhetorik der Affekte rekurriert also auch diesmal auf die bedrohliche Gewalt der Natur, um sich die psychologische Erklärung zu ersparen und gleichzeitig den starken Charakter des Protagonisten zu akzentuieren. Wolfgang bleibt ein Rätsel für seine Frau, wie sehr sie sich auch bemühen mag, sein Wesen zu ergründen. Der Erzähler zeigt ihre vergeblichen Reflexionen, ihre verzweifelten Selbstrettungsversuche. (S. 348–350) Die Stilisierung des Mannes zum Rätsel ist ein Aufwertungsmanöver und ein Mittel zur Begründung der Übermenschlichkeit Wolfgangs.

Während Wolfgangs Psyche in mystische Schleier gehüllt wird, ist seine psychologische Kompetenz in bezug auf seine Mitmenschen ein Charakteristikum, das ihn von ihnen unterscheidet und ihnen gegenüber auszeichnet. Immer wenn Wolfgang innerlich wächst, wächst auch seine psychologische Einsicht. Meist lernt er an schwächeren Geschöpfen. Während der Arbeit in der psychiatrischen Abteilung des Krankenhauses schärft z.B. das »Zerrbild« der Irren (S. 270) seinen psychologischen Blick für den Menschen. Auch die Eroberung seiner Frau ist für Wolfgang ein schwerer psychologischer Kampf, bei dem er in die Tiefen von Annas Wesen zu dringen sucht. (S. 370) Darin stärkt sich Wolfgangs Ich und bereitet sich auf Größeres vor. Wie verfehlt und wirkungslos hingegen Annas psychologische ›Einsichten‹ sind, zeigt sich, als sie kurz vor dem endgültigen Zusammenbruch des Familienglücks die Unruhe und Gereiztheit Wolfgangs für den »Ausdruck seines schlechten Gewissens« hält. (S. 504) Dem zukünftigen Kampf zuliebe mißbraucht Wolfgang seine Kranken. An ihrem Leid hat er kein Interesse mehr, er will durch sie nur noch ungelöste »Rätsel der menschlichen Seele« lösen. (S. 429) Diese Entwicklung bedeutet eine Abwendung von der konventionellen, christlich geprägten, humanistischen medizinischen Ethik, gegen die Groddeck in Anlehnung an Nietzsche protestiert. Bei der Untersuchung der fremden Psyche verwendet der Protagonist dem naturwissenschaftlichen Diskurs entnommenes mechanistisch-chemisches Vokabular, womit er die Erklärbarkeit ihrer psychischen Prozesse suggeriert – er will »alle Triebfedern und geheimen Kräfte« der Seele kennenlernen (S. 430), er entdeckt Hebel und Werkzeuge (ebd.), die Menschen betrachtet er als »chemische Körper«. (ebd.) Diese Seelen opfert er aber, sie sind die Waffen, die er für seinen zukünftigen Kampf schmiedet. (ebd.) Der viel beredete zukünftige Kampf wird also nur über die Opfer definiert. Das psychologische Können ermöglicht die Selbstüberhöhung und die Selbsverherrlichung, weil es über die anderen Menschen erhebt. Wolfgang vergleicht sich mit den olympischen Göttern, für die die Menschen »ein lebendiges Spielzeug« und ihr Leid »ein Vergnügen« ist. (S. 439) Die psychologische Erforschung ist nicht kurativ orientiert, sondern dient der Machtetablierung des großen, starken Individuums.

Der Antagonismus zwischen der ›starken‹ Persönlichkeit und ihrer ›schwachen‹ Umgebung äußert sich in einer Protokonzeption des »Über-Ich« im Roman. Schon früh liefert der Roman in der Episode mit dem Gewitter nach der Lüge den illustrativen ›Nachweis‹ für die Pathogenität des Gewissens. Nach der Ablösung von Tarners »Gesäusel« von »Fortschritt der Menschheit« (S. 438) (obwohl es sich bei Tarners Positionen nicht um Sozialismus, sondern nur um einen zwiespältigen Sozialaristokratismus handelt) rebelliert Wolfgang gegen das ihm von seinen Eltern, Erziehern und von Tarner wie ein »Mäntelchen« (ebd.) aufgezwungene Gewissen, das sich aus bürgerlichen Werten wie »Pflicht, Menschenliebe, Arbeit für andere, Leben und Sterben für eine große Idee« (ebd.) zusammensetzt. Während das Gewissen früher im Roman in personifizierter Form als ein rachsüchtiger alttestamentarischer Gott erscheint, ist es hier nur eine verderbliche menschliche Erfindung (ebd.), die eine konkrete materielle

Form besitzt (»Mäntelchen«). Das Gewissen ist die Verbindung zur Gesellschaft, die ein großes Individuum von sich wegwerfen und überwinden muß. Anders als bei Freud, bei dem das Über-Ich eine Introjektion gesellschaftlicher Werte und Normen in die Persönlichkeit darstellt und somit zum integralen Bestandteil der Persönlichkeit wird, ist das Gewissen bei Groddeck ein störender Fremdkörper, ein Hemmnis für die Entfaltung des Individuums. Gleichzeitig stellt aber das Gewissen auch ein geeignetes Objekt zum Überwinden dar. Das eigentliche Ich-Ideal Wolfgangs hat mit dem Gewissen und der Gesellschaft nichts zu tun, es ist ihm innerlich und angeboren.

Wolfgang findet alles in sich selbst, in seiner eigenen Individualität und im individuellen Dasein, in seiner individuellen Vollendung, denn »mit ihm starb die Welt«. (S. 446) Es ist seine Welt, seine Sonne, seine Ziele, sein Schädel und seine Haut, in denen die Welt und das Leben beschlossen liegen. (ebd.) Infolge dieser Einsicht wird »der Kreis seines Außenlebens« kleiner. (ebd.) Zur Reduktion der Welt auf den einzelnen Menschen und zum Rückzug aus der Welt hat ihm seine zu ihm sprechende Seele geraten. (S. 486) Die Berufung auf die Autorität der Seele ist zu Beginn des 20. Jahrhunderts nicht unproblematisch, aber im literarischen Werk durchaus möglich. »Die Welt liegt im Menschen« (ebd.), aber nur kurze Zeit schafft man sich selbst die Welt, schon bald wird »das Beste in ihm überschüttet von fremdem Schutt«. (S. 487) »Das Ursprüngliche« ist »mit tausendfältigen Farben übermalt, unkenntlich, unfindbar«. (ebd.)

Der hier propagierte Individualismus läuft aber Gefahr, das Individuum völlig zu isolieren. Es bedarf einer zusätzlichen Stützung des Individuums durch überindividuelle, metaphysische, den Zusammenhang mit dem Ganzen fundierende Instanzen. Das eindringlich von der Seele ausgesprochene und mit der Textsorte »Bildungsroman« durchaus kompatible Ziel lautet: »Und du sollst werden, was du bist, du sollst, du mußt. Die Bande, die dich fesseln, wirst du zerreißen, die fremden Trümmer, in denen die Welt deine Seele begrub, wegwehen mit der Gewalt des Feuers, zerstörend und Raum schaffend für blühende Pracht.« (ebd.) Dem Wiederkehr-Topos, der Verheißung der »blühenden Pracht«, ist ein hohes trostspendendes Potential immanent. Die Verzweiflung an der »Welt« wird somit in ihr Gegenteil verkehrt. Die Ausklammerung der sozialen Welt führt zur Verklärung der Innerlichkeit. Mit Hilfe der sprechenden, personifizierten Seele gelingt dem Menschen die Rückeroberung seines unzerstörbaren Kerns, die Aufwertung des erschütterten Selbstbewußtseins des Helden. Im Vergleich zu Nietzsche, bei dem die Aufwertung des Leibes mit der Abwertung der Seele einhergeht, bedeutet die Rückkehr zur Seele, einer Vorbotin, die in die Idee vom »blinden Genius« und in das zukünftige groddecksche Es einfließen wird, eine Reanimation der Seele.

So reagiert Georg Groddeck mit seinem Roman auf die brisantesten Fragen seiner Zeit, amalgamiert und synthesiert in seinem Roman eine Vielzahl zeittypischer Diskurse und versucht, einen Weg zur Überwindung der zeitgenössischen Dekadenz und des Nihilismus zu weisen. Anders als bei Nietzsche legt Groddecks Roman aber verklärende und versöhnliche Tendenzen an den Tag, Nietzsches höhnische, oft schrille Kritik erscheint hier deutlich gedämpft. Im Unterschied zu anderen Übermensch-Romanen und auch anders als bei Nietzsche ist bei Groddeck aufgrund seiner medizinischen Kompetenz die Einflechtung der medizinischen Ebene bei der Darstellung des Sonderindividuums und der Konturierung des Lebenswillens, bei der Verknüpfung von Physiologie und »übermenschlicher« Romantik einzigartig, auch wenn diese medizinische Ebene zugunsten der schöpferischen Ebene später eliminiert wird. Der Roman enthält interessante und auch wissenschaftshistorisch bedeutsame Ansätze psychologischer und psychosomatischer Konzepte, die Groddeck später weiter ausbauen wird und die ihm einen eigenständigen Platz in der Geschichte der Tiefenpsychologie sichern. Dafür fehlt ihm hier weitgehend der scharfe nietzscheanische analytische Blick für die gesellschaftlichen Probleme sowie für das Ingenium des schöpferischen Individuums. Trotzdem demonstriert der Roman, der als Bestätigung des Ahnenkultes ins Leben gerufen wurde, die Krise der alten Werte, den irreparablen Bruch mit den Ahnen und der Vergangenheit, dokumentiert den gescheiterten Restaurationsversuch. Die alte Ahnenbrücke im Roman ist das markante Symbol für die unmögliche Heimkehr zur Vergangenheit und zu den lebensfähigen Ahnen. Während Groddeck mit seinem Text auch den Konflikt zwischen der Tradition der Ahnen und dem eigenständigen Streben des Individuums nachzeichnet, führt er aber mit seiner Darstellung Nietzsches Versuch, den Übermenschen zu einer kolossalen Größe aufzubauschen, ad absurdum, die Undurchführbarkeit und Unfruchtbarkeit der Übermensch-Idee zeigend. Die zu erschaffenden neuen Werte bleiben äußerst diffus, der rhetorisch vielfach evozierte Kampf bleibt aus. Statt lebensphilosophischer Überhöhung bricht die Lebensschwere durch, statt des inkommensurablen Übermenschen das zerbrechliche, ephemere, labile moderne Individuum, welches von unheimlichen, dämonischen Kräften beherrscht und getrieben wird. (Vgl. auch Carl an Georg Groddeck am 14.2.1904: »Meine Frau findet, daß W. zu viel weint.«) Diesem Individuum ist der Zugang zu der »Gemeinde der Edlen« Tarnerscher Prägung unmöglich geworden, ebenso unmöglich und verhaßt ist ihm aber auch der Anschluß an die »Massen«. Seine Übermenschlichkeit kann es nur durch den Bund mit diesen dämonischen Mächten behalten, und das Individuum ist bereit, ihnen zu dienen. Nietzsches Gottlosigkeit wird in eine neue Gläubigkeit überführt. Doch anders als in anderen Übermensch-Romanen ist die Biologisierung des Individuums, wie sie bei Hermann Conradi und Paul Heyse ihren Niederschlag gefunden hat, hier nur ansatzweise präsent, die Aufladung des Individuums zur »blonden Bestie« fehlt. Die Krise der Humanität, die hier gegenwärtig ist, artet doch nicht in Brutalität aus. Sowohl der radikale Egoismus, den Max Stirner für das Individuum predigt, als auch die verbrecherische Neigung Raskolnikows werden angedeutet, aber nicht realisiert. Im Mittelpunkt stehen bei Groddeck das Leid des großen Individuums und die Einsamkeit. Die Auflehnung gegen die bürgerliche Welt, gegen die Mittelmäßigkeit und die Nivellierung, gegen die Mechanismen, welche das Individuum zermalmen, vollzieht sich bei Groddeck hier nicht als eine Bändigung der Welt, sondern gerade umgekehrt: als ein stiller Rückzug aus der Welt. Die gefährliche Explosivkraft des dionysischen Übermenschen, der berauschende Heroismus der großen Persönlichkeit, die bei Nietzsche ans Tageslicht drängen, lassen sich bei Groddeck vermissen. Während Nietzsches *Also sprach Zarathustra* eine »Vision«, »eine grandiose Sehnsucht«, einen »Flug zu Sonnen und Sternen« beherbergt, wie der bekannte deutsche Literatur- und Kulturkritiker der Jahrhundertwende Samuel Lublinski schreibt, präsentiert Groddecks Roman den Zusammenbruch eben dieser Vision, ihren illusionären Charakter. So erweist sich Groddecks Roman bei all seiner neoromantischen Schwärmerei paradoxerweise als eine desillusionierende Korrektur des nietzscheanischen Höhenflugs. (Nicht zufällig nennt Carl Groddeck in einem Brief vom Pfingstsonntag 1904 Wolfgang Guntram scherzhaft-ironisch einen »Überdoktor«.) Das ist aber nur die eine Seite der Wirkung des Romans. Groddecks Roman verabschiedet sich trotz der Breite der geschilderten Ereignisse, die ein ganzes Menschenleben umfassen, vom Epischen und vollzieht eine Wendung zum Balladesken. Was hier fehlt, ist die Heiterkeit der epischen Erzählung, die Ruhe und Gelassenheit der Darstellung, der souveräne Blick des Erzählers. Immer mehr weicht auch der Perspektivismus bei der Charakterisierung des Protagonisten, es werden die Perspektiven von immer weniger Figuren vorgetragen, der Erzähler und die anderen Figuren verstummen zunehmend. Die sich verstärkende Konzentration auf den Protagonisten und dessen gleichzeitige Eliminierung aus dem Blickfeld (mit der Verpflanzung nach Italien am Ende des Romans unter dem Vorwand, daß er das wahre Künstlertum erreicht habe), folgen ebenfalls dieser Tendenz. Die Totalität der Lebenswelt geht immer mehr verloren, und der Leser erhält nur Bruchstücke eines Lebens vorgelegt. Der ursprünglich intendierte und auf weiten Strecken künstlich und mühsam aufrechterhaltene heroische Rahmen wird zunächst durch die Idylle verdrängt, um dann durch einen zutiefst tragischen Tenor ersetzt zu werden, der allerdings des Heroismus entbehrt. Die sakrale Dimension am Schluß wird eben in diesen düsteren Untergrund eingeflochten. Blut und zerschlagene Körper – typisch für die Ballade – blitzen immer wieder im Laufe des Romans auf und konstituieren einen von Grauen und Schauder getragenen tragischen Lyrismus. »Die blutige Mär« (S. 29), die Wolfgangs Phantasie als Kind ausgefüllt hat und in der er sich noch als »echter Herrscher« (ebd.) der Welt in einem »finstern Mordtal« (ebd.) erlebt hat, wird auch am Ende des Romans weitergeführt, als Anna ihren Mann in Italien aufsucht: »Die schroffen Zacken der Felsen schienen, näher zusammengerückt, sie zu zermalmen. Ängstlich hob sie die Augen und blickte umher. Da war ihr, als ob der Tod über die Welt dahingefahren sei, als ob die Trauer über der Erde liege. Braunes Gestein, seltsam zerklüftet, lagerte sich vor ihr, verfallene Türme und Burgen streckten starr ihre zerrissenen Glieder, armselige Dörfer trugen schweigend ihr Elend.« (S. 534) Obwohl der Text danach durch die Einschaltung klassischer, fast klischeehafter Topoi wie des Bilds der blühenden Orangen und Zitronen oder des prächtigen südlichen Gartens das Grauen vertreiben möchte, bleibt dieser bedrohliche Unterton auch beim

Anblick Wolfgangs weiterbestehen: »Zögernd stand sie [Anna], regungslos, der Atem stockte in ihrer Brust, und das Herz stand still.« (S. 536) Der »Zauber trotziger Mannheit« (S. 29) aus den Träumen der Kindheit ist aber verweht. Anna erblickt einen »ernste[n] Mann, den Kopf auf die Mauer gestützt« (S. 536), »jenseits aller Menschen«. (ebd.) Diese Szene strahlt kein Entzücken an der Größe des Mannes aus, sondern stille, hingebungsvolle, tiefste Ehrfurcht vor dem Geheimnisvollen in Wolfgang. Die nietzscheanische, im Diesseits wurzelnde Treue zur Erde verwandelt sich in die Treue zu den unheimlichen Mächten, welche Wolfgang beherrschen, zu dem dunklen Urgrund seines Wesens. Dies ist auch das Hauptmotiv für Groddecks Hinwendung von der Ich- zur Er-Erzählform: Erstere hätte zwar eine psychologisch profunde Darstellung der Innerlichkeit des Subjekts gestattet, hätte aber bei der Wiedergabe des Unerklärlichen, Dämonischen versagt. Die Er-Form wiederum impliziert genau die Distanz, die der Text benötigt, um einerseits die Profilierung des Protagonisten zum Übermenschen zu versuchen und andererseits die Macht der übermenschlichen Kräfte zu besiegeln, während die Ohnmacht des Individuums nur noch besungen werden kann. Somit verwandelt sich der Roman von einem Hymnus auf den Übermenschen in einen Abgesang auf den Übermenschen.

Georg Groddeck: Werke
hrsg. im Auftrag der Georg Groddeck-Gesellschaft

Der Pfarrer von Langewiesche

Groddeck Almanach

Der Seelensucher. Ein psychoanalytischer Roman
Neuauflage in Vorbereitung

Die Arche. Die zweite Hauszeitschrift aus Groddecks
Sanatorium, 1925–1927.

Satanarium (6. 2. 1918–20. 7. 1918)
Die Hauszeitschrift von Groddecks Sanatorium

Vorträge. Band I–III

Das Buch vom Es. Manuskriptedition & Materialien
zum Buch vom Es, 2 Bände

Das Buch vom Es. Psychoanalytische Briefe an eine Freundin

Der Mensch als Symbol. Unmaßgebliche Meinungen
über Sprache und Kunst

Briefwechsel Sándor Ferenczi – Georg Groddeck

Briefwechsel Georg Groddeck – Sigmund Freud (1917–1934)

Georg Groddeck. Der wilde Analytiker,
Es-Deuter, Schriftsteller, Sozialreformer und Arzt aus Baden-
Baden. Dokumente und Schriften

Georg Groddeck: Psychische Bedingtheit und psychoanalytische
Behandlung organischer Leiden

Stroemfeld